SHIVER

Meine Rache wird euch treffen

LISA
JACKSON

SHIVER

MEINE RACHE
WIRD EUCH TREFFEN

Thriller

Aus dem Amerikanischen
von Elisabeth Hartmann

Weltbild

Die amerikanische Originalausgabe erschien 2006 unter dem Titel
Shiver
bei Kensington Publishing Corp., New York.

Besuchen Sie uns im Internet:
www.weltbild.de

Genehmigte Lizenzausgabe für Verlagsgruppe Weltbild GmbH,
Steinerne Furt, 86167 Augsburg

Übersetzung: Elisabeth Hartmann
Umschlaggestaltung: Jarzina Kommunikations-Design, Köln
Umschlagmotiv: © Thomas Jarzina, Köln
Gesamtherstellung: CPI Moravia Books, s.r.o., Pohorelice
Printed in the EU

ISBN 978-3-8289-9048-7

2011 2010 2009 2008
Die letzte Jahreszahl gibt die aktuelle Lizenzausgabe an.

Für Jack und Betty Pederson, unglaubliche Eltern,
großartige Freunde, zwei Menschen,
die daran glaubten, dass ich alles schaffe.
Danke, Mom und Dad!

Prolog

Zwanzig Jahre zuvor
Krankenhaus Our Lady of Virtues
In der Nähe von New Orleans in Louisiana

Sie spürte seinen Atem.
Warm.
Verführerisch.
Auf erotische Weise böse.
Eine Präsenz, dass sich ihr die Nackenhaare sträubten, dass ihre Haut kribbelte, dass ihr auf dem Rücken der Schweiß austrat.
Ihr Herz pochte heftig. Kaum fähig, sich zu rühren, stand sie im Dunkeln, spähte verzweifelt in die finsteren Zimmerecken. Durchs offene Fenster hörte sie das Froschkonzert in den nahen Sümpfen und das Rumpeln eines Güterzugs auf weit entfernten Schienen.
Aber hier und jetzt war er bei ihr.
Geh weg, wollte sie sagen, hielt jedoch den Mund und hoffte wider besseres Wissen, dass er sie nicht am Fenster stehen sah. Auf der anderen Seite der Scheiben warfen Sicherheitsleuchten blasses, bläuliches Licht über das Grundstück, und

zu spät bemerkte sie, dass ihr Körper, nur von einem durchsichtigen Nachthemd verhüllt, vom gespenstischen Schein der Leuchten umrissen wurde.

Natürlich konnte er sie sehen, sie in der Dunkelheit finden.

Er fand sie immer.

Ihr Mund war trocken. Sie trat einen Schritt zurück und stützte sich Halt suchend mit einer Hand am Fensterrahmen ab. Vielleicht hatte sie sich seine Anwesenheit nur eingebildet. Vielleicht hatte sie doch gar nicht gehört, dass sich die Tür öffnete. Vielleicht war sie zu hastig aus einem von Tabletten herbeigeführten Schlaf erwacht. Schließlich war es noch nicht spät, erst acht Uhr abends.

Vielleicht war sie in diesem Zimmer, in *ihrem* Zimmer in der zweiten Etage, in Sicherheit.

Vielleicht.

Sie tastete nach der Nachttischlampe. Dann vernahm sie das leise Scharren von Leder auf Holzdielen.

Der Schrei erstickte in ihrer Kehle.

Nachdem sich ihre Augen an das Zwielicht gewöhnt hatten, betrachtete sie das Bett mit den zerwühlten Laken, dem Zeugnis ihres unruhigen Schlafs. Auf dem Frisiertisch standen eine Lampe und ein Doppelrahmen mit kleinen Porträtfotos ihrer beiden Töchter. Auf der anderen Seite des kleinen Zimmers befand sich ein Kamin. Sie konnte die dekorativen Kacheln und den Rost erkennen und über dem Sims eine leere, inzwischen verblichene Stelle, an der einst ein Spiegel gehangen hatte.

Wo also war er? Sie warf einen Blick in Richtung der hohen Fenster. Es war ein heißer, drückender Oktoberabend, und draußen war es schon fast dunkel. In den Scheiben sah sie ihr blasses Spiegelbild: zierlich und feingliedrig der Körperbau, traurige goldene Augen, hohe Wangenknochen, das üppige kastanienbraune Haar aus dem Gesicht gekämmt. Und hinter ihr ... War da ein Schatten, der sich näher heranschlich? Oder bildete sie es sich nur ein?

Das war das Problem. Manchmal bildete sie sich Dinge ein. Doch er war tatsächlich immer in der Nähe. Immer. Sie konnte ihn *spüren*, seine leisen, zielstrebigen Schritte im Flur hören, seinen Geruch wahrnehmen – eine Mischung aus männlichem Moschus und Schweiß. Und wenn er vorüberging, konnte sie einen Blick auf seinen huschenden Schatten erhaschen.

Es war ihr nicht möglich, ihm zu entkommen. Niemals. Nicht einmal in der Tiefe der Nacht. Es bereitete ihm höchste Befriedigung, sie zu überraschen, sich anzuschleichen, wenn sie am Schreibtisch saß, sich von hinten über sie zu beugen, wenn sie vor ihrem Bett kniete. Er war jederzeit bereit, sein Gesicht an ihren Nacken zu schmiegen, von hinten an ihre Brust zu greifen, sie zu erregen, obwohl sie ihn verabscheute, sie fest an sich zu ziehen, so dass sie seine Erektion in ihrem Rücken spürte. Sie war nicht sicher vor ihm, wenn sie unter der Dusche stand, und auch nicht, wenn sie unter der Decke in ihrem schmalen Bett schlief.

Welche Ironie des Schicksals, dass man sie hier untergebracht hatte ... zu ihrer eigenen Sicherheit.

»Geh weg«, flüsterte sie. Ihr Kopf dröhnte, sie vermochte keinen klaren Gedanken zu fassen. »Lass mich in Ruhe!«

Sie blinzelte, bemüht, deutlicher zu sehen.

Wo war er?

Nervös richtete sie den Blick auf das einzig mögliche Versteck, den Schrank. Sie fuhr sich mit der Zunge über die trockenen Lippen. Die Holztür stand einen Spaltbreit offen, nur ganz wenig, gerade genug, dass jemand von innen durch die Ritze spähen konnte.

Aus dem sichtbaren Streifen Dunkelheit im Schrank schien etwas zu schimmern. Eine Spiegelung. Augen?

O Gott.

Vielleicht war er dort drinnen. Und wartete.

Eine Gänsehaut überzog ihren ganzen Körper. Sie sollte jemanden rufen! Doch wenn sie das tat, wurde sie ruhig gestellt, sediert ... oder noch etwas Schlimmeres. *Hör auf, Faith. Überlass dich nicht diesem Verfolgungswahn!* Doch die glitzernden Augen im Schrank beobachteten sie. Sie spürte den Blick. Sie schlang einen Arm um ihre Körpermitte, legte den anderen darüber und kratzte mit den Fingernägeln die Haut an ihren Ellbogen auf.

Kratz, kratz, kratz.

Aber vielleicht war alles nur ein böser Traum. Ein Albtraum. Hatten die Schwestern ihr das nicht in sanftem Flüsterton versichert, während sie zärtlich ihre Hände tätschelten und sie aus mitleidigen, ungläubigen Augen ansahen? Ein hässlicher Traum. Ja! Ein Albtraum von ungeahntem, tief gehendem Ausmaß. Selbst die Krankenschwester war einer Meinung mit den Nonnen gewesen und hatte beteuert, das, was sie glaubte, gesehen zu haben, sei nicht wirklich da gewesen. Und der Arzt, kalt, aseptisch, mit dem Mitgefühl eines steinernen Affen, hatte mit ihr geredet wie mit einem dummen kleinen Kind.

»Aber, aber, Faith, niemand verfolgt Sie«, hatte er gesagt und ein schmales, herablassendes Lächeln aufgesetzt. »Niemand beobachtet Sie. Das wissen Sie doch. Sie sind ... Sie sind nur ein wenig durcheinander. Hier sind Sie in Sicherheit. Vergessen Sie nicht, hier sind Sie jetzt zuhause.«

Tränen brannten in ihren Augen, und sie kratzte noch heftiger. Ihre kurzen Fingernägel schabten über die Haut des Unterarms, stießen auf alte Verkrustungen. Zuhause? In

diesem monströsen Gebäude? Sie schloss die Augen und hielt sich am Kopfende des Bettes fest.
War sie wirklich so krank, wie alle behaupteten? Sah sie tatsächlich Menschen, wo gar keine waren? Das hatten sie ihr vorgehalten, immer und immer wieder, bis zu dem Punkt, an dem sie selbst nicht mehr genau wusste, was real war und was nicht. Vielleicht handelte es sich um eine Verschwörung gegen sie, die sie glauben machen sollte, dass sie wirklich so verrückt war, wie sie sagten.
Sie hörte einen Schritt und hob hastig den Kopf.
Die feinen Härchen auf ihren Unterarmen richteten sich auf.
Sie begann zu zittern, als sie sah, wie sich die Tür noch etwas weiter öffnete.
»Himmel!« Bebend wich sie zurück, den Türspalt fest im Visier. Sie kratzte sich wie verrückt am Unterarm. Wie in Zeitlupe bewegte sich leise knarrend die Tür. »Geh weg!«, flüsterte sie. Ihr Magen krampfte sich zusammen, das Grauen fiel mit aller Macht über sie her.
Eine Waffe! Du brauchst eine Waffe!
Voller Angst blickte sie sich in dem halbdunklen Raum mit dem am Boden festgeschraubten Bett um.
Dein Brieföffner! Schnell!
Sie machte einen Schritt auf ihren Schreibtisch zu und erinnerte sich dann erst, dass Schwester Madeline ihr den Brieföffner weggenommen hatte.
Die Lampe auf dem Nachttisch!
Aber auch die war festgeschraubt.
Sie betätigte den Schalter.
Kein Licht.
Verzweifelt drückte sie den Schalter noch einmal. Immer wieder.

Klick! Klick! Klick! Klick!
Sie hob den Blick, und da sah sie ihn. Einen großen Mann, der sich bedrohlich vor der Tür zum Flur aufbaute. Es war zu dunkel, als dass sie seine Gesichtszüge hätte erkennen können, doch sie wusste, dass er sein boshaftes Lächeln aufgesetzt hatte und in seinen Augen ein niederträchtiges Begehren funkelte.
Er war Satan höchstpersönlich. Und vor ihm gab es kein Entrinnen. Niemals.
»Bitte nicht«, flehte sie. Ihre Stimme klang erbärmlich und schwach. Mit zitternden Knien wich sie zurück.
»Bitte nicht – was?«
Rühr mich nicht an … lass deine Finger von meinem Körper … sag mir nicht, dass ich schön bin … küss mich nicht …
»Geh«, verlangte sie eindringlich. Lieber Gott, gab es denn keine Waffe, nichts, was ihn aufhalten konnte?
»Und wenn ich nicht gehe?«
»Dann schreie ich und rufe die Wärter.«
»Die Wärter«, wiederholte er mit leiser, amüsierter, beinahe hypnotischer Stimme. »Hier?« Er schnalzte mit der Zunge, als wäre sie ein ungehorsames Kind. »Das hast du früher auch schon versucht.«
Sie wusste mit absoluter Sicherheit, dass sie sich vergebens wehrte. Sie würde sich ihm wieder unterwerfen.
Wie immer.
»Haben die Wärter dir beim letzten Mal geglaubt?«
Natürlich nicht. Warum sollten sie? Die beiden mageren, pickligen Jungen hatten kein Geheimnis daraus gemacht, dass sie sie für verrückt hielten, obwohl sie sich wissenschaftlicher Bezeichnungen bedienten … *Wahnvorstellungen … Paranoia … Schizophrenie …*
Oder hatten sie überhaupt nichts gesagt? Vielleicht nicht.

Vielleicht hatten sie sie nur aus ihren mitleidigen und doch hungrigen Augen angestarrt. Hatte einer von den beiden nicht gesagt, er fände sie sexy? Und der andere hatte ihre Gesäßbacken umfasst ... oder ... oder war das alles nur ein grauenhafter, lebensechter Albtraum gewesen?

Kratz, kratz, kratz. Sie spürte, wie ihre Nägel die Haut ritzten.

Sie fühlte sich maßlos gedemütigt. Schritt für Schritt wich sie zurück, fort von ihrem Peiniger. Was mit ihr geschah, war ihre eigene Schuld. Irgendwie hatte sie gesündigt, hatte dieses Grauen selbst heraufbeschworen. *Sie* war diejenige, die schlecht war. Sie hatte Gottes Zorn geweckt. Sie allein konnte es wiedergutmachen. »Geh weg«, flüsterte sie und kratzte ihren Arm immer wilder.

»Faith, lass es«, warnte er mit grausig beschwichtigender Stimme. »Du änderst nichts, indem du dich selbst verletzt. Ich bin hier, um dir zu helfen. Das weißt du doch.«

Um ihr zu helfen? Nein ... nein, nein, nein!

Sie wäre am liebsten zu Boden gesunken, um ihre Schuld zu bekennen, sich vor dem Jucken zu retten.

Kämpfe!, befahl ihr eine innere Stimme. *Lass dich von ihm nicht zu Dingen zwingen, die nicht recht sind, wie du wohl weißt! Du hast deinen eigenen Willen. Du kannst dir das von ihm einfach nicht antun lassen.*

Aber es war schon zu spät.

Er war ihr jetzt ganz nahe, schnalzte wieder mit der Zunge, und sie sah, wie sie spitz und feucht über seine Zähne fuhr. In heiserem Flüsterton sagte er: »O Faith, ich glaube, du warst wieder ein böses Mädchen.«

»Nein!« Sie wimmerte. Da war sie wieder ... diese grauenhafte Erregung, die sich in ihr aufbaute.

»Faith, weißt du denn nicht, dass Lügen eine Sünde ist?«

Sie blickte auf die Wand, an der ein Kruzifix hing. Bewegte sich der Gekreuzigte? Sie blinzelte, bildete sich ein, Jesus sähe sie im Halbdunkel an, mit freundlichem, aber doch missbilligendem Blick.
Nein, Faith. Das kann nicht sein. Reiß dich um Himmels willen zusammen.
Es ist nur ein Schnitzwerk, mehr nicht.
Schwer atmend ließ sie den Blick von Jesu zerquältem Gesicht zum Kamin schweifen … kalt, frei von Asche und ohne den Spiegel, stattdessen ein leeres Rechteck, dessen Umriss sich noch von der Rosenmustertapete abhob. Sie sagten, sie habe den Spiegel in einem Wutanfall zerbrochen und sich mit den Scherben verletzt. Der Anblick ihres Spiegelbilds habe sie in Panik versetzt.
Aber in Wirklichkeit hatte er es getan, oder? Dieser Teufel, dessen einziges Ziel es war, sie zu quälen. Hatte sie die Tat nicht selbst bezeugt? Sie hatte versucht, sich ihm zu verweigern, und er hatte die Faust in den Spiegel gestoßen. Scherben stoben daraufhin in alle Richtungen, trafen sie und regneten dann wie glitzernde, tödliche Messer zu Boden.
So war es gewesen.
Nicht wahr?
Oder nicht? Sie spürte Blut unter den Nägeln und war sich nicht sicher.
Was geschieht mit mir?
Sie starrte auf ihre blutigen Hände. Ihre Fingernägel, vormals hübsch manikürt und lackiert, waren eingerissen, die Handflächen zerkratzt, und weiter oben, an den Handgelenken, verheilten tiefe Schnittwunden. Hatte sie selbst sich das angetan? Vor ihrem inneren Auge sah sie Spiegelscherben in ihren Händen und Blut von ihren Fingern tropfen …

Weil du ihn umbringen wolltest … versucht hast, dich zu verteidigen!

Sie schloss die Augen und stieß ein lang gezogenes, wimmerndes Klagen aus. Es stimmte. Oder etwa nicht? Sie wusste nicht mehr, was sie glauben sollte. Wahrheit und Lüge flossen ineinander, Tatsachen und Fiktion vermischten sich, ihr Leben, einstmals so gewöhnlich, so vorhersehbar, war zerrissen. In Fetzen. Von ihrer eigenen Hand.

Sie tastete sich rückwärts näher ans Fenster, fort von ihm, von der Versuchung, der Sünde.

Wo war ihr Mann … wo waren ihre Kinder, was war aus ihren Mädchen geworden?

Entsetzen fraß sich tief in ihre Seele. Verwirrt und von Panik erfüllt blinzelte sie ein paarmal und versuchte nachzudenken. Sie waren in Sicherheit. Sie mussten in Sicherheit sein.

Konzentrier dich, Faith. Reiß dich zusammen! Zoey und Abby sind bei Jacques. Sie kommen heute Abend zu Besuch, hast du das vergessen? Heute ist dein Geburtstag.

Oder stimmte das nicht? War alles gelogen? Lauter makabre Trugbilder ihrer Fantasie?

Sie trat noch einen Schritt zurück.

»Du bist ganz durcheinander, Faith, aber ich kann dir helfen«, sagte er ruhig, als wäre nie etwas zwischen ihnen vorgefallen, als wäre alles, was sie heraufbeschworen hatte, nur in ihrer Einbildung vorhanden, als hätte er sie nie angerührt.

Lieber Gott, wie verrückt war sie wirklich?

Sie wirbelte herum und ihr Zeh blieb an einer Teppichkante hängen. Sie taumelte nach vorn, sah wieder ihr Spiegelbild im Fensterglas und dieses Mal auch ihn, wie er vorwärts stürmte, und dann spürte sie seine Hände.

»Nein!«, schrie sie und stürzte.

Glas splitterte.
Stob auseinander, als ihre Schulter auf die Scheibe prallte.
Das Fenster brach, zerfiel in Scherben. Gab nach.
Mit lautem metallischen Ächzen befreite sich das schmiedeeiserne Gitter von den Riegeln.
Sie schrie und ruderte wild mit den Armen, versuchte, die Fensterbank, das filigrane Gitterwerk, das nur noch an einer Schraube hing, die Backsteinmauer, irgendetwas zu greifen.
Doch es war zu spät. Ihr Körper flog durch die zerbrochene Scheibe, Glas- und Holzsplitter ritzten ihr in die Arme, zerrissen ihr Nachthemd, schlitzten ihre bloßen Beine auf.
Im Bruchteil einer Sekunde wusste sie, dass alles vorüber war. Sie würde keine Schmerzen mehr empfinden.
Faith Chastain schloss die Augen und stürzte in die schwarze Nacht von Louisiana.

1.

Zwanzig Jahre später
Cambrai, Louisiana

Ich rufe nur an, um dir zum Geburtstag zu gratulieren. Herzlichen Glückwunsch!« Ihre Schwester sprach auf den Anrufbeantworter.

Abby stand mitten in ihrer kleinen Küche. Sie hörte zu, überlegte, ob sie den Hörer abheben sollte, entschied sich jedoch dagegen. Sie war einfach nicht in der richtigen Stimmung. Sie hatte Stunden des Tages in ihrem Studio in New Orleans verbracht und sich mit Gören herumgeschlagen, die ihre eigenen Vorstellungen davon hatten, wie ein Porträtfoto auszusehen hatte, das sie zu Weihnachten verschenken wollten. Was sie jetzt brauchte, war ein Glas Wein. Vielleicht auch zwei. Jedenfalls nicht die langatmigen Geburtstagswünsche ihrer Schwester.

»Also … ruf mich bitte an, wenn du nach Hause kommst. Hier an der Westküste ist es noch früh, weißt du. Ich, äh, ich würde gern mit dir reden, Abby. Der fünfunddreißigste Geburtstag ist schließlich ein bedeutender Meilenstein im Leben.«

In mancherlei Hinsicht, dachte Abby, griff in den Kühlschrank und holte eine Flasche Chardonnay hervor. Sie hatte sie vor fast einem Monat gekauft, als sie glaubte, ihre Freundin Alicia würde zu Besuch nach Louisiana kommen.

»Okay ... also ... wenn du meine Nachricht hörst, das heißt, ich gehe davon aus, dass du sie nicht in diesem Moment mithörst und dich immer noch weigerst, mit mir zu reden, also, dann ruf mich an, okay?« Zoey wartete einen Augenblick lang. »Es ist lange her, Abby. Es ist an der Zeit, das Kriegsbeil zu begraben.«

Abby war sich da nicht so sicher. Sie drehte den Wasserhahn auf. Als sie ein Weinglas ausspülte, ächzten die alten Leitungen. Im Laufe der letzten zwei Jahre hatte sich in ihrem Schrank viel Staub angesammelt.

»Weißt du, Abby, es geht nicht nur um dich«, erinnerte Zoey sie per Anrufbeantworter.

Natürlich nicht. Es geht um dich.

»Auch für mich ist es ein schwerer Tag. Sie war auch *meine* Mutter.«

Abby biss die Zähne zusammen, erwog, den Hörer abzuheben, und entschied sich auch dieses Mal wieder dagegen. Es wäre ein Fehler, heute mit Zoey zu reden. Das spürte sie in allen Knochen. Sie kramte in einer Schublade, fand einen Korkenzieher, der schon seit ihren College-Tagen in ihrem Besitz war, und machte sich daran, die Flasche zu öffnen.

»Hör zu, Abby, ich hoffe wirklich von ganzem Herzen, dass du nicht allein zuhause bist und dir das hier anhörst ... Du solltest ausgehen und feiern.«

Das habe ich auch vor.

Es klickte. Zoey hatte aufgelegt. Abby atmete langsam aus und lehnte sich an den Küchentresen. Sie hätte sich melden, das ganze Geburtstagsgefasel, die geheuchelte Munterkeit, dieses Glückliche-Familie-Getue über sich ergehen lassen sollen, aber sie konnte es nicht. Nicht heute. Denn damit hätte sich Zoey nicht zufrieden gegeben. Es wäre unweigerlich zu einem Gespräch über ihre Mutter und das, was vor zwanzig Jahren passiert war, gekommen, und dann hätte sich die peinliche und unangenehme Frage nach Luke aufgedrängt.

Der Korken ploppte.

Es fiel ihr verdammt schwer, ihrer Schwester zu verzeihen, dass sie mit ihrem, Abbys, Mann geschlafen hatte. Ja, das alles lag weit zurück, war noch vor der Hochzeit geschehen, aber er war da, der Keil, der fünf Jahre zuvor, als Abby von der Affäre erfuhr, zwischen die Schwestern getrieben worden war.

Aber Zoey ist zuerst mit ihm gegangen, nicht wahr?

Na und? Abby schenkte sich Wein ein, sah zu, wie die gekühlte gelbliche Flüssigkeit in das Glas floss. Ihr Gewissen regte sich ein wenig bei dem Gedanken, obwohl sich Luke Gierman letztendlich nicht gerade als mustergültig erwiesen hatte, als Freund nicht und als Ehemann noch viel weniger. Absolut nicht.

Und wenn sich Abby auch von ihm hatte scheiden lassen, blieb Zoey doch ihre Schwester. Das ließ sich nicht ändern. Vielleicht sollte ich das Vergangene tatsächlich vergessen, dachte Abby und blickte aus dem einen Spaltbreit geöffneten Fenster, durch das eine leichte, würzig nach Erde und Wasser duftende Brise ins Zimmer wehte.

Die Dämmerung senkte sich allmählich auf Louisiana herab, die Grillen und Zikaden zirpten, die Sterne begannen am lavendelfarbenen Himmel zu blinken. Es war schön hier, wenn auch ein bisschen einsam. Luke und sie hatten geplant anzubauen, eine typische amerikanische Familie zu werden, mit zwei Komma drei Kindern, einem weißen Staketenzaun und einem Minivan.

So viel zu ihren Träumen.

In der Hoffnung auf ein bisschen Kühlung öffnete sie das Fenster noch weiter.

Herzlichen Glückwunsch zum Geburtstag ...

Der Wind schien in den Ästen der immergrünen Eichen eine scheußliche Beerdigungsmelodie zu singen, so dass sich das Spanische Moos in der allmählich einsetzenden Dämmerung über den Wäldern bewegte. In der Ferne hörte Abby das Rumpeln eines Güterzugs. In der Nähe, auf dem Grundstück eines Nachbarn an dieser kurvenreichen Straße, hörte sie einen Hund bellen, und zwischen den Bäumen ging geisterhaft der Mond auf.

Ihre 35-Millimeter-Kamera lag auf dem Tresen bei der Hintertür, und die Abenddämmerung war so still und friedlich, so geheimnisvoll, dass sie auf den Gedanken kam, vielleicht noch ein paar Aufnahmen zu machen, bis der Film verbraucht war. Er befand sich schon sehr lange in diesem Apparat, da sie inzwischen viel öfter ihre Digitalkamera benutzte. Abby ließ den Wein auf dem Tresen stehen, stellte Kamera und Blitz ein und trat durch die Glastüren ihres Esszimmers nach draußen. Dort bezog sie Stellung am Rande des Plattenwegs. Ansel, ihr Kater, folgte Abby nach draußen und hüpfte auf eine Bank unter einem Magnolienbaum. Abby blickte durch den Sucher. Ihr Motiv war der Kater vor dem dunkler werdenden Wald. Ansel sah mit gespitzten Ohren zu den Bäumen in die entgegengesetzte Richtung des Hauses, und sein Fell wurde von den letzten Strahlen der untergehenden Sonne vergoldet. »Hey, Freundchen«, sagte Abby, und der Kater blickte über die Schulter zurück. Abby verknipste die letzten Fotos des Films, und das Blitzlicht spiegelte sich in Ansels goldenen Augen. Es ist doch schön, ein paar Fotos von diesem Tag zu haben, von meinem fünfunddreißigsten Geburtstag, sagte sich Abby und ging zurück zum Haus.

Knack!

Im nahen Unterholz hatte sich etwas bewegt.

Das Herz schlug ihr bis zum Hals.

Sie fuhr herum und rechnete beinahe damit, jemanden in den Schatten lauern zu sehen. Ihr Blick wanderte angestrengt durch die beginnende Dunkelheit. Sie spürte eine Gänsehaut, ihr Herzschlag hämmerte in ihren Ohren.

Doch keine menschliche Gestalt tauchte urplötzlich auf, kein finsteres Wesen trat in das Licht, das durch die Fenster fiel.

Lass das, dachte sie und atmete zitternd tief durch. Hör einfach ... auf damit. Sie war schon den ganzen Tag über in schlechter Stimmung. Nervös und gereizt. Nicht, weil sie Geburtstag hatte. Wen störte es schon, dass wieder einmal ein Jahr vergangen war? Mit fünfunddreißig war man schließlich noch nicht uralt. Aber der Umstand, dass dieser Tag auch der zwanzigste Todestag ihrer Mutter war, *der* ging ihr schon nahe.

Immer noch nervös trat sie ins Haus und rief durch die offene Tür nach dem Kater.

Ansel beachtete sie nicht. Er blieb reglos und wachsam sitzen, den Blick auf die dunklen Schatten gerichtet, aus denen vermutlich irgendein Nachtgeschöpf zurückstarrte. Dasselbe Geschöpf, das auf einen Zweig getreten war. Ein großes Geschöpf. »Komm jetzt, Ansel. Machen wir Feierabend«, drängte sie.

Der Kater fauchte.

Plötzlich sträubte sich sein gestreiftes Fell. Er legte die Ohren an, die Augen wurden rund. Wie ein geölter Blitz schoss er plötzlich über die Veranda und um die Ecke in Richtung Atelier. Ausgeschlossen, dass Abby ihn einfangen konnte.

»Du alter Feigling«, neckte sie ihn, doch als sie die Tür hinter sich verriegelte, konnte sie ihre eigene Unruhe nicht recht abschütteln. Zwar hatte sie noch nie jemanden auf dem Grundstück hinter ihrem Haus gesehen, doch einmal war immer das erste Mal. Sie ließ die Kamera auf dem Tisch im Esszimmer liegen und ging zurück in die Küche, wo das blinkende rote Lämpchen des Anrufbeantworters sie wieder an Zoey erinnerte.

Abby und ihre Schwester hatten einander nie sehr nahe gestanden, nicht, solange sie denken konnte.

Zum Teufel mit dir, Zoey Susanna, dachte sie, griff nach ihrem Glas und trank einen tiefen Zug. Warum konnte Abby ihrer Schwester nicht innig verbunden sein, dieses Gefühl verspüren, in ihr eine beste Freundin zu haben, das Gefühl, von dem alle, die es kannten, in den höchsten Tönen schwärmten? Lag es womöglich daran, dass der Altersunterschied zwischen Abby und Zoey so gering war, nur knapp vierzehn Monate? Oder lag es daran, dass Zoey so verdammt ehrgeizig war? Oder an ihrer kompromisslosen Art, *alles* zu tun, um als Siegerin dazustehen? Vielleicht aber, vielleicht war ihre Feindseligkeit genauso gut Abbys Schuld wie Zoeys.

»Blasphemie«, flüsterte sie und ließ sich den kalten Wein durch die Kehle rinnen, was jedoch keine Abkühlung brachte.

Es war heiß. Schwül. Die Ventilatoren in dem knapp hundert Jahre alten Haus konnten gegen die Hitze, die in diesem Teil des Bayou brütete, nichts ausrichten. Mit dem Zipfel eines Geschirrtuchs tupfte sich Abby den Schweiß von der Stirn.

Hätte sie auf den Anruf reagieren sollen?
Nein. Dazu war sie nicht bereit. Nicht heute. Wahrscheinlich nie.
It was twenty years ago today ...
Der Text eines alten Beatles-Songs, eines Lieblingslieds ihrer Mutter, schoss Abby durch den Kopf. »Hör auf«, ermahnte sie sich. Sinnlos, die Vergangenheit aufleben zu lassen, wie sie es seit zwei Jahrzehnten zu tun pflegte. Es war an der Zeit, nach vorn zu schauen. An diesem Abend, das schwor sie sich, würde sie neu beginnen. Das war der Neuanfang von Abby Chastain, Phase II. Sie würde versuchen zu vergessen, dass genau an diesem Tag vor zwanzig Jahren, als ihre Mutter fünfunddreißig wurde – genauso alt wie Abby heute –, Faith Chastain ihrem qualvollen Leben ein Ende gesetzt hatte. Grauenhaft. Tragisch.
»O Gott, Mom«, sagte Abby und schloss die Augen. Die Erinnerung, die zu unterdrücken sie sich so sehr bemüht hatte, drängte wie in Zeitlupe an die Oberfläche. Sie sah die Limousine ihres Vaters durch das offene schmiedeeiserne Tor fahren. Vorbei an gepflegten Rasenflächen in Richtung des hohen roten Backsteingebäudes, vor dem die Zufahrt einen Brunnen umrundete – einen Brunnen, aus dem drei Engel Wasser zum sternenklaren Himmel hinaufsprühten. Abby, die sich zu dieser Zeit bereits sehr für Jungen interessierte und überlegte, wie sie es anstellen sollte, Trey Hilliard zum Sadie-Hawkins-Tanz am Freitag einzuladen, stieg aus dem Wagen. Sie trug eine mit einer leuchtend fuchsiaroten Schleife verzierte Schachtel und blickte hinauf zum zweiten Stock, zu den Zimmerfenstern ihrer Mutter.
Kein warmer Lichtschein fiel durch die Scheiben.
Das Zimmer war dunkel.
Und dann überkam Abby ein seltsames Gefühl, das wie ein

kalter Hauch ihren Nacken streifte und beinahe ihr Herz stocken ließ. Hier war etwas faul. Oberfaul. »Mama?«, flüsterte sie, bediente sich unwillkürlich des Kosenamens für ihre Mutter, den sie seit einem Jahrzehnt nicht mehr ausgesprochen hatte.

Sie ging gerade die breiten Stufen zum Eingang der Anstalt für psychisch Kranke hinauf, als sie das Klirren hörte.

Ruckartig hob sie den Kopf.

Es regnete Glasscherben. Winzige Teilchen, in denen sich das bläuliche Licht spiegelte.

Ein hässliches Kreischen zerriss die Dunkelheit. Ein Körper fiel vom Himmel. Unter dem Geräusch von brechenden Knochen landete er auf dem Beton.

Angst überfiel Abby.

»Nein! Nein! Neiiiin!« Sie ließ die Schachtel fallen und hastete die Stufen hinunter zu der kleinen, geschundenen Gestalt, die auf dem Rücken auf dem Boden lag. Blut quoll dunkel unter ihrem Kopf hervor, bildete eine Lache. Große whiskeyfarbene Augen starrten blicklos in den Himmel.

Abby warf sich über die Tote.

»Abby!«

Wie vom Ende eines langen Tunnels her hörte sie jemanden ihren Namen rufen. Die angespannte, verzweifelte Stimme ihres Vaters. »Abby, nicht! O Gott. Hilfe! Jemand muss Hilfe holen! Faith!«

Tränen waren aus Abbys Augen gequollen, und das Grauen hatte sie bis in die tiefste Seele getroffen. »Mama! Mama!«, hatte sie geschluchzt, bis kräftige Hände und Arme sie trotz ihrer heftigen Gegenwehr wegzerrten.

Abby blinzelte und gab sich einen innerlichen Ruck. »Herrgott«, flüsterte sie und schüttelte die grausige Vision ab, die sie seit zwanzig Jahren heimsuchte. Plötzlich wurde ihr be-

wusst, dass der Wasserhahn über der Spüle tropfte. Statt ihn zuzudrehen, öffnete sie ihn weiter, so dass das Wasser aus dem Hahn schoss. Rasch hielt sie die Hände unter den Strahl und spritzte sich Wasser ins Gesicht, kühlte die Wangen, verdrängte die entsetzliche Erinnerung und wünschte sich, den Horror jener Nacht für immer abwaschen zu können.
Mit zitternden Händen nahm sie ein Geschirrtuch vom Küchentresen und wischte sich das Gesicht ab. Was war los mit ihr? Hatte sie sich nicht eben noch vorgenommen, diesen schmerzhaften Weg in die Vergangenheit nie mehr zu gehen? »Blöde Kuh«, knurrte sie, legte das Geschirrtuch zusammen, bemerkte das halbvolle Weinglas auf dem Tresen und spürte, dass irgendetwas mit ihr nicht in Ordnung war.
»Reiß dich zusammen«, flüsterte sie in das leere Zimmer hinein und hob das Stielglas, als stünde ihr jemand gegenüber. Sie trank einen Schluck von dem herben Chardonnay. »Auf uns.« Ihre Mutter hatte immer gesagt, sie, Abby, sei etwas Besonderes, und die Tatsache, dass sie am Geburtstag ihrer Mutter zur Welt gekommen war, würde sie besonders eng miteinander verbinden, sie seien zwei vom gleichen Schlag.
Nun ja … nicht ganz.
Ganz und gar nicht.
Absolut nicht.
»Und jetzt … geh bitte«, flüsterte sie. »Lass mich in Ruhe.«
Sie leerte ihr Glas, verkorkte die Flasche und stellte sie ins Flaschenregal in der Kühlschranktür. Sie hatte keine Zeit mehr für Albträume, die den Verstand lähmten, für eine Vergangenheit, die sie manchmal nahezu vernichtete. An diesem Abend sollte das alles vorbei sein.
Entschlossen, ihr Leben in die richtigen Bahnen zu lenken, stellte sie das Glas viel zu hastig auf den Tresen. Es knackte,

der Stiel zerbrach, sie schnitt sich in die Daumenkuppe. »Toll«, knurrte sie, als Blut hervorquoll. Das fehlte ihr gerade noch. Sie öffnete eine Schranktür und griff nach einem Päckchen Pflasterstreifen. Blut tropfte auf die Arbeitsfläche. Sie öffnete das kleine Päckchen und musste feststellen, dass es nur noch zwei Pflasterstreifen in Übergröße enthielt. Umständlich löste sie einen Streifen aus der sterilen Verpackung und wickelte ihn zwei Mal um ihren Daumen.

Sie wischte den Tresen ab und warf das zerbrochene Glas in den Mülleimer, dann ging sie durch einen Vorraum in die Garage und machte Licht. Dort lehnte an einem Holzstapel ein Schild mit der Aufschrift *Vom Eigentümer zu verkaufen*. Abby hob es auf und trug es zum Ende der langen Zufahrt. Sie hängte das blauweiße Schild an die Haken des Pfostens, den sie am Spätnachmittag dort aufgestellt hatte.

»Perfekt«, sagte sie zu sich selbst, wenngleich der bevorstehende Verkauf des Hauses sie mit leiser Wehmut erfüllte. Hier war der Ort gewesen, an dem sie schon einmal einen Neuanfang unternommen hatte, ein Hafen, den sie als idealen Rückzugsort zur Rettung einer gescheiterten Ehe ausgewählt hatte, ein stilles Refugium, in dem sie viele Hoffnungen, viele Träume genährt hatte. Sie hatte sich selbst die Daumen gedrückt, als sie und Luke dieses Haus kauften. Sie hatte darum gebetet, dass sie hier ihr Glück finden würden. Wie dumm sie gewesen war! Abby betrachtete das Haus – ein kuscheliges, kleines, etwa hundert Jahre altes Fachwerkhaus mit Ziegeldach. Es lag weit abseits der Landstraße. Die ursprüngliche Bausubstanz war erneuert, es war vergrößert und nachgebessert worden, so dass das Haupthaus jetzt aus zwei kleinen Schlafzimmern, einem Bad und einem Dachgeschoss bestand, das sie zu ihrem Arbeitszimmer ausgebaut hatte. Das Nebengebäude war vormals als Einliegerwoh-

nung gedacht gewesen, und Abby hatte sich dort ihr Atelier, die Dunkelkammer und ein zweites Bad eingerichtet.
Vor fünf Jahren hatten sie und Luke diese Immobilie entdeckt und für »ideal« erklärt. Mehrere Jahre hatten sie dort verbracht, bis alles auseinanderbrach. Irgendwann war er ausgezogen zu anderen Frauen ... nein, Moment mal. Es war umgekehrt. Zuerst kamen die Frauen. Angefangen mit Zoey. Noch vor der Hochzeit.
Nicht, dass es jetzt noch wichtig war.
Luke Walter Gierman, vormals ein geachteter Nachrichtensprecher und Discjockey im Radio, wurde zu New Orleans' Version des Skandalmoderators Howard Stern und zu einem Kapitel in Abbys Leben, das inzwischen endgültig und unwiderruflich abgeschlossen war. Über ein Jahr war vergangen, seit die Scheidungspapiere unterzeichnet worden waren und der Richter die Ehe offiziell für aufgelöst erklärt hatte.
Abby hob den Hammer vom Boden auf und trat einen Schritt zurück, um das Schild zu betrachten und sich zu vergewissern, dass es gerade hing. Noch einmal las sie die Worte und die Telefonnummer, die anzeigten, dass dieses Haus zum Verkauf stand.
Sie war fest entschlossen gewesen, ihrem Leben eine Richtung zu geben, hatte sich an die Ratschläge von Experten gehalten, obwohl sie im Grunde glaubte, dass ein Großteil dieser Ratschläge sinnlos war. Sie hatte ihrer Ehe noch eine Chance geben wollen, doch das war fehlgeschlagen. Sie hatten sich getrennt, und Abby hatte das Haus behalten. Sämtliche Freunde hatten sie davor gewarnt, die Feste, die Jahrestage und die Wehmut allein zu durchleiden, doch diese Meilensteine hatte sie hinter sich gelassen, und es war gar nicht schlimm gewesen. Sie hatte alles ganz gut überstanden. Wahrscheinlich, weil sie Luke im Grunde nicht erneut ihr

ganzes Herz geschenkt hatte. Und es hatte sie auch nicht sonderlich überrascht, dass sich sein alter Hang zu anderen Frauen erneut Bahn brach.

Luke würde wohl in alle Ewigkeit an seiner krankhaften Untreue leiden.

Knack!

Im Gestrüpp brach ein Zweig. Schon wieder! Abby spähte angestrengt in die Büsche, in die Richtung, aus der das Geräusch gekommen war, und rechnete damit, eine Beutelratte oder einen Waschbären oder auch ein Stinktier in den schwachen Lichtschein vor der Garage huschen zu sehen.

Doch nichts geschah. Jetzt fiel ihr auf, dass die Grillen zu zirpen aufgehört hatten und die Ochsenfrösche nicht mehr quakten. Abbys Puls beschleunigte sich.

Plötzlich fühlte sie sich an diesem abgelegenen Teil der Straße sehr angreifbar.

Sie spähte in die Dunkelheit und spürte, dass unsichtbare Augen sie musterten, sie beobachteten. Ein Frösteln kroch ihr über den Rücken. Sie schalt sich wegen ihrer überreizten Nerven. Sie hatte Geburtstag, sie war allein, und die Gedanken an ihre Mutter hatten sie schwer mitgenommen.

Beruhige dich, ermahnte sie sich. Geh zurück ins Haus. Jetzt ist es dunkel, und das Schild hängt endlich.

Aus den Augenwinkeln sah sie in den Büschen eine Bewegung, hörte das Rascheln von trockenem Laub. Sie erstarrte. Ihre Nerven waren bis zum Zerreißen gespannt.

Im nächsten Moment glitt ein dunkler Schatten aus dem Gestrüpp.

Und dann huschte Ansel aus seinem Versteck unter den Zweigen von Lederholz und Kreuzdorn hervor. Zu ihren Füßen drehte er sich um, starrte in das Gebüsch und fauchte laut.

Abby erschrak und zuckte zusammen. »Um Himmels willen«, flüsterte sie und legte die Hand auf ihr rasendes Herz. »Hör auf damit! Willst du, dass ich einen Herzinfarkt kriege? Das ist dir fast gelungen!« Sie beugte sich hinab und versuchte, den Kater hochzuheben. »Schätze, du bist auch nervös. Wie wär's mit etwas zu trinken? Für mich Wein, für dich frisches H_2O.«

Doch bevor sie ihn packen konnte, schoss Ansel die lange Zufahrt hinauf und in die Garage hinein. Etwa eine Viertelmeile entfernt machte der Hund eines Nachbarn einen Spektakel, der Tote hätte wecken können.

Angst nagte an Abbys Seele. Ihre Finger spannten sich um den Stiel des Hammers, und, so albern es war, sie hatte abermals das Gefühl, dass jemand sie beobachtete. *Dreh jetzt nicht durch. Du bist nicht wie deine Mutter … du bist nicht verrückt.* Gut, der Rottweiler der Pomeroys bellte. Na und? Sie schüttelte ihre Unruhe ab und begab sich zielstrebig zurück zum Haus. Das erste Herbstlaub raschelte unter ihren Schritten. In der Garage drückte sie den Türschließer und ging dann durch den Vorraum in die Küche, wo Ansel mit nervös zuckender Schwanzspitze auf der Fensterbank über der Spüle saß und gebannt nach draußen blickte.

»Was ist los, Freundchen?«, fragte sie.

Der Kater rührte sich nicht.

»Du weißt genau, dass gewisse Plätze in der Küche für dich verboten sind.«

Keine Reaktion.

Abby trat an die Spüle und sah aus dem Fenster hinaus in die Nacht. Hoch aufragende schwarze Bäume umringten ihre kleine Terrasse und den Garten. Das Fenster war leicht gekippt, so dass die Nachtgeräusche und der Wind in die Küche dringen konnten.

Wieder bellte der Hund. Im selben Moment knarrte irgendwo im Haus altes Holz. Gereizt scheuchte Abby den Kater von der Fensterbank, schloss das Fenster und verriegelte es. Sie ließ sich zwar nicht leicht ins Bockshorn jagen, doch hin und wieder, wenn die Einsamkeit des Alleinlebens sie überkam, wurde sie recht nervös.

Aber das sollte sich jetzt ändern.

Wenn sie Alicias Einladung nach San Francisco annahm, würden sie wieder Zimmergenossen sein, genauso wie im College – abgesehen von der Tatsache, dass sie inzwischen beide geschieden waren und Alicia ein fünfjähriges Kind hatte, das in den Kindergarten ging.

»Verlockend, oder?«, fragte Abby den Kater, der sich, von seinem Plätzchen auf der Fensterbank verscheucht, unter dem Tisch versteckt hatte. »Zieh dich nur in den Schmollwinkel zurück! Als hättest du mir nicht schon genug angetan.«

Das Telefon klingelte. Immer noch von Schuldgefühlen geplagt, weil sie den Anruf ihrer Schwester nicht angenommen hatte, hob sie den Hörer ab, ohne die Nummer des Anrufers zu prüfen.

»Hallo«, meldete sie sich und ging mit dem schnurlosen Gerät ins Wohnzimmer.

»Herzlichen Glückwunsch zum Geburtstag.«

Als sie Lukes Stimme hörte, blieb sie wie vom Donner gerührt stehen. »Danke.«

»Du wunderst dich wohl über meinen Anruf.«

Das war die Untertreibung des Jahres. »Ich bin sprachlos. Du bist der Letzte, mit dessen Anruf ich gerechnet hätte.«

»Abby«, sagte er und dehnte ihren Namen so lang, dass er sich wie eine Liebkosung anhörte. »Sieh mal, ich weiß, heute ist ein schwerer Tag für dich, wegen deiner Mom.«

Das kaufte sie ihm nicht ab. Dafür kannte sie ihn zu lange.
»Du rufst an, um mich zu trösten?«
»Ja.«
»Mir geht's gut.« Sie sagte es im Brustton der Überzeugung.
»Oh. Das ist schön«, sagte er verwundert, als erwartete er bei ihr immer noch das totale Gefühlschaos und den drohenden Zusammenbruch. »Wirklich schön.«
»Danke. Bye.«
»Moment! Leg nicht auf.«
Sie hörte das Drängende in seiner Stimme und stellte sich vor, wie er die freie Hand vorstreckte, als wollte er sie körperlich daran hindern, den Hörer auf die Gabel zu legen. Diese Geste war typisch für ihn, wenn er etwas durchsetzen wollte und glaubte, sie würde ihm nicht zuhören.
»Was ist denn, Luke?« Sie stand jetzt im Wohnzimmer, in dem Raum, wo sie mit ihm ferngesehen, Popcorn gegessen und über aktuelle Ereignisse geredet hatte.
Oder gestritten. Sie hatten sich weiß Gott oft angeschrien.
»Sag mal, hast du eigentlich meinen ganzen Kram aufbewahrt?«, fragte er schließlich.
»Welchen Kram?«
»Ach, du weißt schon«, sagte er beiläufig, als wäre ihm das Ganze gerade erst eingefallen. »Meine Angelruten und den Angelkasten. Die alten Golfschläger. Die Taucherausrüstung.«
»Nein.«
»Was?«
»Alles weg.«
Abby warf einen Blick auf den Bücherschrank, in dem zusammen mit den Fotoalben auch ihre Hochzeitsbilder lagen.

Eine kurze Pause entstand, und sie wusste, dass sie ihm den Wind aus den Segeln genommen hatte.

»Wieso weg?«, fragte er, und sie stellte sich vor, wie er die blauen Augen zusammenkniff. »Du hast doch wohl nicht meine Sachen weggeworfen?« Seine Stimme klang plötzlich kalt. Misstrauisch. Vorwurfsvoll.

»Natürlich habe ich sie weggegeben«, antwortete sie ohne eine Spur von Schuldbewusstsein. »Ich habe dir ein halbes Jahr Zeit gelassen, deinen Kram abzuholen, Luke. Und das war schon länger, als ich vorgesehen hatte. Sehr viel länger. Als du nicht aufgetaucht bist, habe ich die Heilsarmee angerufen. Sie haben alles mitgenommen, einschließlich deiner restlichen Kleidung und all dem Zeug, das noch in der Garage und auf dem Dachboden und in den Schränken herumlag.«

»Herrgott, Abby! Einiges davon war echt wertvoll! ›Zeug‹ war das nun wirklich nicht.«

»Dann hättest du es abholen sollen.«

Wieder entstand eine Pause, nur einen Herzschlag lang, und Abby wappnete sich für das Kommende.

»Moment mal. Du hast aber nicht meine Skier weggegeben. Das würdest du nicht tun. Die Rossignols sind noch auf dem Dachboden, nicht wahr?«

Sie vernahm die Fassungslosigkeit in seiner Stimme. Langsam ging sie zurück in die Küche, öffnete den Kühlschrank und holte die Weinflasche wieder hervor.

»Herrgott, Abby, diese Sachen haben mich ein Heidengeld gekostet! Ich fasse es nicht, dass du … Gott im Himmel, bitte sag, dass mein Brett noch in der Garage steht. Das Surfboard.«

»Ich glaube nicht«, erwiderte sie und schüttelte den Kopf. »Ich bin ziemlich sicher, dass es auch weg ist.«

»Das habe ich auf Hawaii gekauft! Und das Kanu?«
»Hm, ich glaube, Our Lady of Virtues hat es bekommen, für eine Tombola.«
»Our Lady of Virtues? Das Krankenhaus, in dem deine Mutter …«
»Es war für die Kirche«, fiel sie ihm ins Wort. »Das Krankenhaus existiert schon seit Jahren nicht mehr.«
»Du bist ja völlig durchgedreht, Abby«, schimpfte er. »Du bist genauso verrückt wie sie!«
Abbys Magen krampfte sich zusammen, aber sie wartete ab. Reagierte nicht. Weigerte sich, den Köder zu schlucken. Den Hörer zwischen Ohr und Schulter geklemmt, zog sie den Korken aus der Flasche und spürte, wie der verletzte Daumen pochte. Sie war nicht verrückt. Ausgeschlossen. Das einzige Mal, dass sie sich einer Geisteskrankheit nahe wähnte, war, als sie Lukes Heiratsantrag annahm. Dieses Jawort war ein einschlägiger Beweis dafür, dass ihr Verstand ausgesetzt hatte. Abgesehen davon aber war sie, klopf auf Holz, geistig gesund. Nicht wahr? Trotz dieses schleichenden Verfolgungswahns, der sie von Zeit zu Zeit befiel.
»Das ist ein Albtraum! Ein verdammter Albtraum! Vermutlich hast du dann auch die 38er von meinem Vater entsorgt?« Als sie nicht antwortete, wurde er deutlicher: »Du weißt schon, Abby, die Pistole?«
»Ich weiß, wovon du redest.« Sie holte sich kein neues Weinglas, sondern begnügte sich mit ihrem Lieblingskaffeebecher aus dem obersten Regalfach, dem mit dem Sprung.
»Die Pistole hat meinem Vater gehört! Jahrelang – *jahrelang* war sie in seinem Besitz. Er war Cop, verdammt noch mal, und … und diese Waffe hat einen besonderen Wert für mich. Die kannst du doch nicht weggegeben haben!«
»Hm.« Sie schenkte sich Wein ein, ohne darauf zu achten,

dass sie ein wenig auf den Tresen verschüttete. »Man fragt sich, was die Heilsarmee damit anfangen will.«
»Die Heilsarmee *nimmt* keine Feuerwaffen.«
»Ach nein?« Sie trank einen großen Schluck Wein. »Dann waren es vielleicht die Nonnen von Our Lady. Ich kann mich nicht genau entsinnen.«
»Du weißt es nicht einmal?« Luke war außer sich. »Du hast meine Pistole weggegeben und weißt nicht mal, wer sie jetzt hat! Heiliger Strohsack, Abby, diese Pistole ist auf mich zugelassen! Wenn sie mal Tatwaffe bei einem Verbrechen sein sollte ...«
»Na ja, ich bin mir nicht absolut sicher, also berufe dich bitte nicht auf mich, aber ich glaube nicht, dass die Schwester Oberin nebenbei Anführerin eines Schmugglerrings ist.«
»Das ist nicht witzig!«
»Doch, Luke. Es ist zum Totlachen.«
»Ich rede von meinem Eigentum. Von *meinem!*« Sie stellte sich vor, wie er mit einem Finger wild auf seine Brust klopfte. »Du hattest kein Recht, das alles wegzugeben!«
»Dann verklag mich doch, Luke.«
»Das werde ich tun«, antwortete er hitzig.
»Hör mal, ich bin nicht dein Lagerdienst, okay? Ich besitze keinen Lagerraum für *deine* Sachen. Wenn sie so wertvoll waren, hättest du sie gleich mitnehmen sollen, als wir uns getrennt haben, oder vielleicht zumindest in den darauf folgenden sechs oder sieben Monaten.«
»Ich glaub es nicht!«
»Dann lass es, Luke.«
»Meine Sachen zu entsorgen ist niederträchtig, Abby. Du wirst noch von mir hören. Ich glaube, das nächste Thema in meiner Sendung werden rachsüchtige Exfrauen sein – samt Ratschlägen, wie man mit denen umgeht.«

»Mach, was du willst. Ich werde die Sendung nicht anhören und auch nicht anrufen.« Mit zusammengebissenen Zähnen legte Abby den Hörer auf. Sie hätte sich selbst treten mögen, weil sie nicht auf die Anrufernummer geachtet hatte, bevor sie sich meldete. »Nie wieder«, schwor sie sich, nahm noch einen Schluck von ihrem Chardonnay und wünschte sich, der Wein würde schneller Wirkung zeigen und die Wut, die in ihr kochte, betäuben. Sie hatte eigentlich erwartet, eine gewisse Befriedigung zu empfinden, wenn er endlich erfuhr, dass sie seine Sachen weggegeben hatte. Doch sie fühlte sich leer. Wie ausgehöhlt. Wie konnten zwei Menschen, die einander einmal geschworen hatten, sich zu lieben, so weit kommen? »Nimm es dir nicht zu Herzen«, ermahnte sie sich und ging ins Wohnzimmer, wo sie trotz der Hitze nach dem Grillanzünder griff und im Kamin Feuer machte.

Sofort schlugen Flammen hoch und knisterten, fraßen das Zeitungspapier, das sie früher am Tag schon auf den Rost gelegt hatte. Im Kamin lag immer Holz bereit, für den Fall eines plötzlichen Stromausfalls, doch an diesem Abend war es etwas anderes. Schon lange vor Lukes unerwartetem Anruf hatte Abby ein ganz bestimmtes Ritual geplant. Zwar war es draußen drückend heiß, aber sie hatte einigen Ballast, der verbrannt werden musste.

Aus dem Regal neben dem gemauerten Kamin zog sie ihr Hochzeitsalbum. Auf den Rat ihrer Freundin Alicia hin hatte sie die fotografische Dokumentation ihres großen Tags nach der Scheidung ein Jahr lang aufbewahrt, doch jetzt war es an der Zeit, die endgültige Tat zu vollbringen. Lukes Anruf hatte sie nur noch in ihren Plänen bestärkt.

Sie schlug das in Leder gebundene Album auf, und ihr Herz wurde schwer, als sie das erste Bild betrachtete.

Da war es, das frisch vermählte Paar, für alle Ewigkeit unter glattem Plastik festgehalten. Die Braut und der Bräutigam. Luke, sportlich, gut aussehend, mit blitzenden blauen Augen, einem beinahe strahlenden Lächeln, einen Arm um Abby gelegt, die fast dreißig Zentimeter kleiner war als er. Ungebändigtes rotblondes Haar rahmte ihr kleines herzförmiges Gesicht ein. Ihr Lächeln war echt, in ihren Augen spiegelten sich die Hoffnungen für ihre Zukunft.

»Erbarmen«, flüsterte Abby, riss das Foto unter dem Plastik hervor und warf es ins Feuer. Langsam schlürfte sie den Wein aus ihrem Becher. Ihr Daumen schmerzte, pochte im Gleichklang mit ihrem Herzen. Sie sah zu, wie das Foto an den Rändern braun wurde, sich wellte und dann in Flammen aufging. Das lächelnde, glückliche Paar war bald vom Feuer verzehrt, löste sich buchstäblich in Rauch auf. »Bis dass der Tod euch scheidet«, höhnte Abby. »O ja.«

Sie senkte den Blick wieder auf das Album. Das nächste Foto zeigte die Familie. Ein Gruppenbild. Sie mit ihrem Vater und ihrer Schwester; er mit seinen stolzen Eltern und seinen beiden jüngeren, nicht so erfolgreichen, nicht so gut aussehenden Brüdern Adam und Lex. Seine Schwester Anna und ihr Mann waren ebenfalls auf dem Bild.

»Keine Zeit für wehmütige Erinnerungen«, sagte Abby. Ansel stakste ins Zimmer und sprang aufs Sofa. Abby warf das Foto auf die brennenden Scheite. Die Flammen leckten eifrig nach der neuen Nahrung, und schon wellte sich das Foto und verbrannte.

Noch ein Schluck Wein und das nächste Bild, eines von Luke allein, groß und stolz in seinem schwarzen Smoking. Er sah wirklich gut aus, das musste man ihm lassen. Und sie hatte ihn einmal geliebt. Doch es schien ihr, als läge das ein ganzes Leben lang zurück. Er war Nachrichtensprecher in

Seattle gewesen und hatte sich zunehmender Beliebtheit erfreut. Ihr kleines Studio hatte er aufgesucht, um ein Porträtfoto machen zu lassen.

Es hatte sofort zwischen ihnen gefunkt. Luke hatte Witze gemacht, und Abby zeigte sich respektlos, nicht beeindruckt davon, dass er fast eine Art Lokalberühmtheit war. Ihr vorgetäuschtes Desinteresse war es dann auch, das ihn fesselte. Erst später, sechs Monate nach ihrer ersten Begegnung, nachdem er ihr einen Antrag gemacht und sie ihn angenommen hatte, erfuhr sie den Grund, warum er ausgerechnet in ihrem Fotostudio aufgetaucht war. Ihren Namen hatte er von einer Mitarbeiterin, einer Produktionsassistentin, ihrer Schwester Zoey. Niemand hatte erwähnt, dass die beiden ein Paar gewesen waren. O nein. Das war ihnen später rausgerutscht, fast ein Jahr nach der Hochzeit – der Hochzeit, bei der Zoey Abbys Brautstrauß gefangen hatte. Von der Affäre hatte Abby ausgerechnet im Schlafzimmer erfahren, als Luke den falschen Namen aussprach. Zwar hatten sowohl Luke als auch Zoey geschworen, die Affäre sei schon lange vor der Hochzeit zu Ende gewesen, doch Abby hatte den beiden nicht so recht getraut.

»Brennt das nicht wunderbar?«, fragte sie Ansel. Er kletterte auf die Rückenlehne des kleinen Sofas und ließ sich dort auf der Decke nieder, die ihre Großmutter gestrickt hatte. Gähnend zeigte er seine spitzen Zähne. Abby zog rasch die restlichen Fotos unter dem Plastik hervor. Eines nach dem anderen warf sie sie ins Feuer, sah zu, wie sie sich wellten, zu rauchen begannen und verbrannten.

»Asche zu Asche, Staub zu Staub«, sagte sie leise, während das Feuer allmählich herunterbrannte. Sie trank ihren Wein aus und schwor sich erneut, dass sich von diesem Abend an ihr Leben für immer ändern sollte.

Sie hatte nicht die geringste Ahnung, wie sehr und in welche Richtung es sich ändern würde.

Er schlüpfte zwischen den zerbrochenen Zaunlatten hindurch und blickte zu dem Gebäude auf, in dem alles vor so langer Zeit geschehen war. Als er durch das wuchernde Gestrüpp vordrang, überkam ihn ein Gefühl der Macht. Spinnweben legten sich über sein Gesicht. Er sog den feuchten würzigen Geruch von Erde und Moder ein.
Insekten summten und zirpten, belebten die Nacht. Das schwache Licht des abnehmenden Mondes ergoss sich über die Landschaft.
Wo einstmals üppige, gepflegte Hecken und klare Teiche voller Seerosen gewesen waren, sah er jetzt nur noch Verwahrlosung und Ruinen. Das Haus aus rotem Backstein mit den Wasserspeiern an den Fallrohren und Fenstern lag verfallen und dunkel da – das Skelett einer vormals großen Dame.
Er schloss eine Sekunde lang die Augen, erinnerte sich an den Anblick und den Geruch jenes Krankenhauses mit der großartigen Fassade und den bösen Geheimnissen. Hier wurden Gebete geflüstert, Schreie erstickt – ein Ort, an dem sich Gott und Satan trafen.
Zuhause.
Er öffnete die Augen wieder und schritt rasch einen von Unkraut überwucherten, von der Welt vergessenen Weg entlang.
Aber *er* hatte ihn nicht vergessen.
Zwanzig Jahre waren eine Generation.
Zwanzig Jahre waren ein ganzes Leben.
Zwanzig Jahre waren eine Strafe.
Aber zwanzig Jahre reichten nicht aus, um zu vergessen.

Nein, es war an der Zeit, sich zu erinnern.
Er zog einen Schlüsselring aus der Tasche und ging rasch zum hinteren Liefereingang. Ein Schlüssel fuhr in das rostige Schloss und drehte sich. Ganz leicht. Er trat ein und beleuchtete mit einer kleinen Stablampe seinen Weg. Er gewöhnte sich langsam wieder ein, war schon vor fast zwei Monaten zurückgekommen. Es hatte lange gedauert, sich einzurichten, sich vorzubereiten.
Geräuschlos schlich er durch einen Flur, von dem eine verschlossene Tür in den Keller führte. Doch er ging daran vorüber, bog nach rechts ab und nahm die zwei Stufen hinauf zu der alten Küche mit den rostigen großen Spülbecken und dem massiven, schwarzen, zerstörten Herd. Er durchquerte einen großen Speisesaal und gelangte in das alte Foyer am Fuß der Treppe, wo einstmals eine alte Standuhr die Sekunden seines Lebens fortgetickt hatte.
Es war dunkel und die kleine Stablampe gab nur wenig Licht, doch in den vergangenen Wochen hatte er sich wieder mit den dunklen, modrigen Fluren, den verzogenen Holzfußböden, den gesprungenen und vernagelten Fenstern vertraut gemacht. Rasch eilte er mit leichtem Schritt die Treppe hinauf. Sein Atem ging schneller, als er auf dem Absatz anlangte, wo das alte bleiverglaste Fenster wie durch ein Wunder heil geblieben war. Er richtete sekundenlang den Strahl seiner Lampe auf das bunte Glas. In seiner Erinnerung regte sich etwas, und für einen flüchtigen Moment stellte er sich ihren dunklen Umriss vor der Madonna aus buntem Glas vor.
Doch er durfte sich nicht aufhalten. Er musste weiter. Rasch drehte er sich um und lief die letzte Treppe zum zweiten Stock empor.
Zu ihrem Zimmer.

Seine Kehle schnürte sich zu und er spürte ein Prickeln im Blut, weil plötzlich Erinnerungsfetzen wie Scherben in sein Hirn drangen. Er biss sich auf die Unterlippe bei dem Gedanken an ihr üppiges kastanienbraunes Haar, an die strahlenden goldenen Augen, die sich so verführerisch weiteten, wenn er sie überraschte, an die Rundung ihrer Wangen und den eleganten Hals, den zu küssen und in den zu beißen er sich so schmerzlich sehnte.
Er erinnerte sich an ihre Brüste, groß und fest zeichneten sie sich unter ihren Blusen ab, drohten die Knöpfe abzusprengen und gewährten Einblick in die bezaubernde Schlucht dazwischen. Manchmal trug sie Hosen, doch sie besaß auch einen Rock in einer Farbe, die ihn an reife Pfirsiche erinnerte. Selbst jetzt sah er noch vor seinem inneren Auge, wie der Saum knapp unter den Knien ihre festen, muskulösen Waden umspielte, wenn sie die Treppe hinaufstieg.
Er spürte seine Erregung wachsen, als er sich ihre wohlgeformten Beine unter dem schwingenden, dünnen Rock vorstellte. Wie sie über die Schulter zurückblickte und bemerkte, dass er sie auf dem Weg die alte Treppe hinauf beobachtete … während die alte Uhr, *tick, tick, tick*, sein Leben forttickte.
Seine Lust war damals übermächtig gewesen.
Schäumte in seinem Blut.
Dröhnte in seinem Hirn.
Er hatte nie im Leben etwas so sehr gewollt wie Faith.
Er spürte ihn wieder, diesen machtvollen Schmerz, der zwischen seinen Beinen begann und stetig in seinem Körper hochkroch. Schweißperlen traten auf seine Stirn. Der Schritt seiner Hose wurde plötzlich ungemütlich eng.
Er stieg weiter hinauf ins Obergeschoss. Sein Herz raste.
Zimmer 207 lag auf halbem Flur, hoch über der halbkreis-

förmigen Zufahrt, ein intimer kleiner Ort, an dem sich sein Leben für immer verändert hatte.

Behutsam und leise schloss er die Tür auf. Er ging hinein und stand in dem Zimmer, in dem alles geschehen war.

Das schwache Licht des Mondes fiel durch das Fenster und verlieh dem Raum etwas Gespenstisches. Die Hitze des Tages hatte sich in dem alten Gemäuer festgesetzt. Vieles hatte sich hier ereignet, manches war gut, anderes durch und durch böse gewesen.

Vor langer Zeit …

Er schloss die Augen, konzentrierte sich und beschwor die Geräusche herauf, die durch die Flure gehallt hatten, das Rasseln von Karren, Scharren von Schuhen, das verzweifelte Stöhnen und Schreien der gequälten Seelen, die gegen ihren Willen das Krankenhaus Our Lady of Virtues bewohnten. Und überdeckt wurden diese Geräusche vom Singsang der Gebete und dem Schlag der Uhr.

Aber Faith war hier gewesen. Die schöne Faith. Die verängstigte Faith. Die zitternde Faith.

Wieder fielen seine Erinnerungen über ihn her.

Schmerzhaft.

Überdeutlich.

Nicht abgeschwächt, obwohl zwei Jahrzehnte seither vergangen waren.

Bis in die kleinste Einzelheit erinnerte er sich an den Duft ihrer Haut, ihr freches, verspieltes Lächeln, das süße, dunkle Gurren ihrer Stimme. Und er erinnerte sich an ihren erotischen Gang, die Bewegung ihrer Gesäßbacken unter der Kleidung.

Er biss die Zähne zusammen. Der Schmerz in seinem Inneren erhitzte sein Blut, weckte altes Begehren, pochte in seinen Schläfen.

Er hätte sie nicht begehren dürfen.
Es war eine Sünde gewesen.
Er hätte sie nicht küssen dürfen.
Es war eine Sünde gewesen.
Er hätte ihr nicht das Hemd herunterziehen dürfen, um ihre Brüste zu entblößen.
Es war eine Sünde gewesen.
Er hätte nicht bei ihr liegen dürfen, die Glieder schweißüberströmt, ihre Hände an seinen Schultern, während sie vor Lust und Schmerz schrie.
Es war der Himmel gewesen.
Und die Hölle.
Unter der quälenden Erinnerung ballte er die Hände zu Fäusten. Sie mit solcher Macht begehrt zu haben, das Salz auf ihrer Haut geschmeckt, sich tief in ihrer feurigen Glut begraben zu haben und dann so gewaltsam aus diesem süßen, süßen Paradies gerissen worden zu sein – das alles war unerträglich gewesen. Er knirschte so heftig mit den Zähnen, dass seine Kiefer schmerzten.
Er durchquerte den Raum und rieb unruhig seine Fingerspitzen in den Handschuhen aneinander. *Faith. O Faith. Du sollst gerächt werden.*
Behutsam, beinahe ehrfürchtig fuhr er mit dem Finger über den aufgequollenen hölzernen Fensterrahmen und blickte dann auf die Stelle, an der ihr Bett gestanden hatte. Er erinnerte sich, wie es in diesem kleinen Zimmer schwach nach Flieder und Rosen geduftet hatte, wie der Sonnenschein durch das hohe Bogenfenster gefallen und sich die feinen Vorhänge im warmen Wind Louisianas gebauscht hatten.
Jetzt war der Raum leer und kahl.
Er ließ den Strahl der Stablampe über die tiefen Furchen huschen, die das metallene Bettgestell in den Boden gegraben

hatte. Teile von toten Insekten bedeckten den Boden oder hingen in uralten Spinnweben fest. Staub bedeckte alles und die Farbe um die Fenster und Bodenleisten herum war abgeblättert. Die Blümchentapete war verblasst und löste sich von den Wänden.

So viel Schmerz. So viel Angst. Immer noch gegenwärtig. Angesichts der stummen Anschuldigungen wegen all der niederträchtigen Taten, die in diesen vier Wänden begangen worden waren, verzog er den Mund. So viel Unrecht war hier geschehen …

Zorn, tief und dunkel, schoss durch seine Adern.

Endlich konnte er all das Unrecht wiedergutmachen.

Rache nehmen.

Und das würde er tun.

An diesem Abend fing er an.

2.

Abby fuhr schneller, als es erlaubt war. Sie hatte sich verspätet und versuchte, auf dem Weg in die Stadt Zeit gutzumachen.

Man wächst mit seinen Aufgaben.

Jacques Chastains persönliches Motto schoss ihr durch den Kopf. Die Scheibenwischer fegten den Regen von der Windschutzscheibe ihres Honda. Abby schaltete die Scheinwerfer ein, um in dem Wolkenbruch besser sehen zu können.

Sie hatte immer versucht, sich die Haltung ihres Vaters zu Eigen zu machen, wie Zoey es getan hatte, aber es war nun einmal so, dass sie nicht so stark war wie ihr Vater oder ihre ältere Schwester … Auch darin ähnelte sie mehr ihrer Mutter, nicht nur im Aussehen.

Während sie auf den Freeway in Richtung New Orleans einbog, hörte sie sich dummerweise im Radio die Sendung ihres Exmannes an. Sie hatte sich vorgenommen, es nicht zu tun, doch jetzt änderte sie ihre Meinung und betrachtete das Anhören der Sendung als Test. Wie viel kann ich aushalten, fragte sie sich und kam zu dem Schluss, dass sie gerade jetzt ein wenig von der Härte ihres Vaters gut hätte brauchen können.

Luke hatte Wort gehalten und seine Sendung dem Thema »Verbitterte Exfrauen« gewidmet, Frauen, die seiner Meinung nach die Verzweiflung und Wut über ihre Zurückweisung nie verwunden hatten. Sie waren die Verlierer im Ehespiel, Frauen, die darauf versessen waren, noch einmal zu heiraten, aber nicht die geringste Chance dazu hatten. Dicke Frauen. Hässliche Frauen. Miststücke erster Klasse, die nicht wussten, wo ihr Platz auf der Welt war.
Luke war offenbar immer noch sauer wegen ihres letzten Gesprächs und er drehte voll auf, ließ seine ganze Wut über den Sender ab. Anscheinend war es ihm völlig gleichgültig, ob er damit jemanden kränkte.
Abby kochte innerlich vor Wut. Es juckte ihr in den Fingern, in der Sendung anzurufen und ihm zu sagen, wie sehr er sich irrte – dabei wusste er es doch tief in seinem Inneren längst. Mit seinem »Standpunkt« war er nur darauf aus, Hörer zu gewinnen, und weder ihn noch den Sender interessierte die Frage, ob sein Publikum ihn mochte, ihn hasste oder lediglich von seinen skandalösen Ansichten fasziniert war.
Ihr wurde übel davon.
Ja, es war tatsächlich höchste Zeit, aus New Orleans fortzukommen. Sie hatte nur noch etwas in der Stadt zu erledigen, und dann nichts wie weg.
Ihre Reifen sangen auf dem nassen Pflaster. Ein Schwarm Pelikane flog unter den stahlgrauen Wolken dahin. Die Skyline von New Orleans kam in Sicht.
Sie verfolgte Lukes Sendung heute nur, um Zeugin zu werden, wie er sich selbst im Radio zum Narren machte. Bei ihrem Telefongespräch hatte er sie gewarnt, dass er kein gutes Haar an ihr lassen würde. Deshalb wollte sie die Sendung nun doch lieber mit eigenen Ohren hören, statt sich

von irgendeiner Freundin per Telefon über das hässliche Spielchen informieren zu lassen.
Abby konnte beim besten Willen nicht begreifen, warum sich diese Sendung so großer Beliebtheit erfreute, aber angeblich erreichten die Hörerzahlen astronomische Höhen. Luke Gierman war in New Orleans in aller Munde, und wenn die Gerüchte, die Abby gehört hatte, der Wahrheit entsprachen, sollte seine Radiosendung bald auf verschiedenen Sendern überregional ausgestrahlt werden. Sie stöhnte innerlich auf. Dann konnte er nicht nur auf lokaler Ebene, sondern landesweit Menschen demütigen.
Was für ein trauriges Zeugnis des Publikumsgeschmacks.
»Ja, meine Exfrau ist schon eine harte Nuss«, sagte er gerade in gespielt fassungslosem Tonfall. »Im Vergleich zu ihr ist Mata Hari die Jungfrau Maria.«
Brüllendes Gelächter.
»Du bist ja so witzig, Luke«, knurrte Abby und umklammerte das Lenkrad so fest, dass ihre Fingerknöchel weiß hervortraten. Wie hatte sie je glauben können, den Dreckskerl zu lieben?
»Während der Scheidung hat sie mich gehörig geschröpft, und dann hat sie auch noch die Nerven, deswegen sauer zu sein! Was soll das? Achtundneunzig Prozent des gemeinsamen Vermögens reichen ihr wohl nicht!«
»Sie will deinen Arsch«, mischte sich sein Kumpan Maury ein.
Ich sollte den Mistkerl wegen übler Nachrede verklagen, aber auch dann würde er nur wieder einen Zirkus veranstalten, irgendwie noch mehr Publicity für sich selbst dabei herausschlagen, sich als Opfer darstellen und mich beschämen, dachte Abby.
Sie warf einen Blick auf ihre Handtasche und erwog aber-

mals, nach ihrem Handy zu greifen, ihn anzurufen und sich zu verteidigen. Sie war ihm verbal schon immer gewachsen gewesen und brannte darauf, für sich selbst und alle anderen geschiedenen Frauen und Männer auf der Welt einzustehen, die sich mit einem ehebrecherischen Lügner hatten herumschlagen müssen.

Als Abby allzu rasant eine Kurve nahm, kam ihr Honda leicht ins Schleudern. »Nimm es dir nicht so zu Herzen.« Sie war eher wütend auf sich selbst.

Lukes Stimme, die ihr einst Koseworte ins Ohr geflüstert, Witze gerissen und sich in hitzigen politischen Debatten zum Wohle der Geknechteten erhoben hatte, wurde jetzt laut und grob.

»... wisst ihr«, sagte er ans Publikum gewandt, »ich glaube, alle Geschiedenen verlieren für eine Weile den Verstand. Und Frauen sind schlimmer als Männer. Einige, meine Ex zum Beispiel, werden zu Soziopathen oder entwickeln extreme Wahnvorstellungen. Paranoia.«

Maury der Blödmann lachte.

»Ihr werdet nicht glauben, was meine Ex getan hat.«

Jetzt kommt's. Abbys Magen krampfte sich zusammen.

»Sie hatte den Nerv, alles, was mir lieb und teuer war, einfach zu entsorgen. Meine Skier – Rossignols auch noch –, meine Golfschläger, ein handgefertigtes Surfbrett aus Hawaii ... das alles hat sie der Heilsarmee gegeben.«

»Nein!«, hauchte Maury ins Mikrofon.

Abby sah vor ihrem inneren Auge, wie der kleine Mann mit der beginnenden Glatze in gespieltem Entsetzen die Hand vor den Mund schlug.

»Doch. Und das gibt mir zu denken, versteht ihr?«

O ja. Abby schaute in den Rückspiegel, sah einen Streifenwagen und erschrak. Sie hatte sich auf die Sendung konzentriert und nicht gemerkt, dass sie die Geschwindigkeitsbegrenzung überschritt. Ein Blick auf den Tacho sagte ihr, dass sie fast zehn Stundenkilometer darüber lag. Sie drosselte das Tempo im selben Moment, als der Polizist Signallicht und Sirene einschaltete. Na toll. Das war mal wieder typisch. Sie fuhr auf die rechte Spur und hielt Ausschau nach einer Haltemöglichkeit. Der Streifenwagen schoss mit rotierendem Licht und gellender Sirene an ihr vorbei.

Glück gehabt. Sie atmete tief durch.

Das hast du davon, wenn du dir Lukes bescheuerte Sendung anhörst!

Sie wollte gerade einen anderen Sender einschalten, da sagte Luke: »Versteht mich nicht falsch: Sie ist eine schöne Frau. Verteufelt sexy. Und klug. Aber manchmal glaube ich, sie hat nicht nur *eine* Schraube locker.«

»Sie hat dich geheiratet, oder?«, witzelte sein Partner.

»Idioten«, schimpfte Abby und trat aufs Gaspedal.

Luke lachte. »Nun ja, das stimmt schon, aber ihre Mutter ist immerhin für unzurechnungsfähig erklärt worden, müsst ihr wissen. Im Ernst!«

»Du elender Mistkerl!« Abby war wie vor den Kopf geschlagen. Das war mehr als niederträchtig.

»Okay, wie findet ihr das? Liebe Zuhörer, ruft an und lasst mich wissen, ob sich eure Ex etwas ähnlich Bescheuertes geleistet hat. Als ich meine Ex neulich Abend anrief, um ihr zum Geburtstag zu gratulieren und ihr zu sagen, dass ich kommen würde, um meine Sachen abzuholen … na, ratet mal! Genau in dem Moment sagt sie mir, sie hätte alles weggegeben! Einschließlich meiner Rossignol-Skier … Und sie wusste, dass ich für diesen Winter einen Skiurlaub geplant habe. Wenn das nicht rachsüchtig ist!«

»Autsch.« Maury war in seinem Element. »Nimmst du deine

Freundin eigentlich mit in den Urlaub?« Offenbar musste er noch tiefer in der Wunde bohren.
»Natürlich!«
»Ist sie nicht ungefähr zwanzig Jahre jünger als deine Ex?«
»Fünfzehn.«
»Noch mal autsch.«
Abby umklammerte das Steuerrad.
Luke fuhr fort: »Dabei hatten wir eine Vereinbarung. Sie wollte ein paar von meinen Sachen, unter anderem die Skier, bei sich lagern, bis ich eine größere Wohnung gefunden hätte, da ihr bei der Scheidung das Haus, der Wagen, das Atelier und so ziemlich alles, was wir besaßen, zugesprochen worden ist.«
»Du verlogener Dreckskerl«, zischte Abby. Sie hatte ihm seinen Anteil am Haus und am Atelier abgekauft, und ihr Auto war auf sie zugelassen, ihr kleiner Honda, während er einen Lexus-Geländewagen fuhr. So gut wie alles war gerecht aufgeteilt worden. Sie knirschte mit den Zähnen und kochte vor Wut. Wenn sie noch einen Funken Verstand hatte, dann schaltete sie jetzt das Radio aus oder suchte einen Sender, der gefälligen Jazz oder beruhigende klassische Musik brachte.
»Und nun behauptet meine Ex, sie hätte alles, was sie für mich aufbewahren sollte, weggegeben, einschließlich eines Familienerbstücks – zufällig eine Pistole. Sie sagt, sie hätte alles in Bausch und Bogen einem Wohlfahrtsverband übereignet.«
»Einem Wohlfahrtsverband?« Noch mehr gespieltes Entsetzen auf Seiten des Blödmanns.
Was für ein armer Tropf!
»Als würde ich ihr glauben, dass irgendeine wohltätige Vereinigung eine Waffe annimmt! Natürlich war das eine Lüge.

Kann ich mich jetzt überhaupt noch sicher fühlen? In dem Wissen, dass meine psychopathische Exfrau die Waffe auf mich richten könnte, die Pistole meines Vaters, die ihm seinerzeit die Polizeibehörde überlassen hat?«

»Du solltest umziehen.«

»Oder anfangen, mich zu wehren«, sagte Luke, während Maury albern keckerte.

Abby ertrug es nicht eine Sekunde länger. Sie kramte das Handy aus ihrer Handtasche, klappte es auf und gab rasch die Nummer des Senders ein.

Eine energische Frauenstimme meldete sich. »KSLJ, *Gierman's Groaners*.«

Abby beherrschte sich gerade noch. Bevor sie ein Wort sagen konnte, klappte sie das Handy wieder zu. Lass dich nicht darauf ein. Lass ihn nicht wissen, dass du den Sender eingestellt hast. Hör dir das erbärmliche Gefasel, das er Unterhaltung oder Gesellschaftskommentar nennt, nicht länger an. Sonst hat er gewonnen.

Leise vor sich hin schimpfend schaltete sie das Radio aus und musste dann feststellen, dass sie ihre Ausfahrt verpasst hatte. Während der gesamten weiteren Fahrt in die Stadt, wo sie einen Beratungstermin wegen einer Hochzeit hatte, kochte sie noch immer vor Wut.

Als sie schließlich in die Zufahrt zu einem anmutigen, zweihundert Jahre alten Haus im Garden District einbog, war sie fast zehn Minuten über der Zeit. Das dreistöckige Haus, in einem sanften Grünton gestrichen und mit schwarzen Fensterläden versehen, stand inmitten von immer noch blühenden Blumenbeeten auf einem gepflegten Grundstück.

Als Abby aus dem Wagen stieg, klingelte ihr Handy, und sie warf einen Blick auf das beleuchtete Display. Wieder ein Makler. Wahrscheinlich der zwanzigste, der sie anrief, seit sie ihre Verkaufsannonce in die Zeitung gesetzt und vor zwei Tagen das Schild *Vom Eigentümer zu verkaufen* angeschlagen hatte.

Sie überließ den Anruf der Voice Mail und schaltete das Handy aus. Dann nahm sie ihre Mappe vom Rücksitz, senkte den Kopf gegen den warmen Regen und ging den gepflasterten Weg entlang zur Haustür, um Braut, Bräutigam und zweifellos auch die Brautmutter zu begrüßen.

Ironie des Schicksals, dachte sie, dass ich meine eigenen Hochzeitsbilder verbrannt habe, während ich die Fotos von Dutzenden anderer frisch verheirateter Paare sorgfältig plane.

Wer sagt eigentlich, dass Gott keinen Sinn für Humor hat?

Wohin brachte er sie?

Gefesselt und geknebelt, mit verbundenen Augen schickte Mary LaBelle ein Stoßgebet nach dem anderen zum Himmel.

Sie flehte um Hilfe.

Um ihre Freiheit.

Um ihre Rettung.

Tränen strömten aus ihren Augen und durchnässten das fest um ihren Kopf gewickelte Tuch, das auch den Knebel bedeckte, den er ihr so gewalttätig in den Mund geschoben hatte. Sie hatte das Gefühl, würgen zu müssen, doch irgendwie gelang es ihr, sich zu bezwingen. Sie wollte nicht an ihrem Erbrochenen ersticken.

Es war dunkel. Sie konnte überhaupt nichts sehen. Sie spürte, dass sie sich in einem Fahrzeug befand, in einem Pickup, dem Holpern und dem Motorengeräusch nach zu urteilen. Er hatte sie wohl auf einen engen mit Plastik bezogenen Rücksitz gestoßen. Der Fahrer, der Kerl, der sie beim Joggen auf einem Weg des All Saints Campus von hinten angesprungen hatte, war plötzlich aus dem Nichts aufgetaucht, hervorgesprungen hinter einer Hecke längs der Wiesen, gerade in dem Moment, als der Himmel seine Schleusen so richtig öffnete.

Mary hatte es eilig gehabt, zurück ins Wohnheim zu gelangen, und hatte ihn nicht gesehen, hatte nicht einmal einen flüchtigen Blick auf sein Gesicht erhaschen können, spürte nur sein Gewicht, als er sie rücklings anfiel, ihr einen Sack über den Kopf stülpte und sie außer Gefecht setzte, indem er ihr den Arm auf den Rücken drehte. Sie fiel auf die Knie. Sie versuchte zu schreien, doch er drückte ihr eine Pistole an die Schläfe. Sie spürte jetzt noch den kalten, runden Abdruck auf ihrer Haut. Da hatte sie den Mund gehalten und sich in ihr Schicksal ergeben.

Gott würde sie retten.

Das tat er immer.

Und wenn nicht, dann lag es daran, dass ER sie zu sich rief. Ihr Glaube würde ihr Kraft geben ... Und doch, als sie jetzt auf das Surren der Reifen auf dem nassen Pflaster lauschte, ahnte sie, dass sie verloren war.

Bitte, Vater im Himmel, noch nicht. Ich bin jung ... ich habe noch so viel zu geben. So viel von deiner segensreichen Arbeit zu leisten.

Als sie an ihre Mutter und ihren Vater dachte, unterdrückte sie ein Schluchzen. Sie liebte beide so sehr! Sie wollte noch nicht sterben. Nein! Sie war eine Kämpfernatur, zwar klein, aber sportlich. In der High School hatte sie in der Tennismannschaft gespielt und sich in Form gehalten. Und zurzeit joggte sie.

Doch während der Pickup durch die Nacht fuhr, starben ihre Hoffnungen. Wohin brachte dieser Verrückte sie? War-

um hatte er sie ausgesucht? Oder war es reiner Zufall? War sie einfach nur zur falschen Zeit am falschen Ort gewesen? Alle Warnungen ihrer Eltern, all ihre Ratschläge zu ihrer Sicherheit – sie hatte sie ignoriert, weil sie wusste, dass Gott sie behütete. Und jetzt ... was jetzt?
Sie war nicht so naiv, nicht zu wissen, was er wollte. Dass er vorhatte, sie zu vergewaltigen und zu töten. Und das durfte sie nicht zulassen. Sie *würde* es nicht zulassen. Sie wehrte sich gegen die Tränen und die Panik und zupfte so konzentriert wie möglich an dem Klebeband, das ihr die Hände auf den Rücken fesselte und ihre Fußknöchel zusammenhielt. Wenn sie sich befreien konnte, würde sie auch eine Möglich keit finden, ihn über die Lehne des Vordersitzes hinweg zu erreichen und zu verletzen. Vielleicht konnte sie ihn mit dem Klebeband, mit dem er sie gefesselt hatte, erwürgen.
Aber Mord ist eine Sünde, Mary ... Vergiss das nicht. Und wenn du versuchst, ihn zu verletzen, verliert er vielleicht die Kontrolle über den Wagen. Dann könntest auch du verletzt werden.
Dann baut er eben einen Unfall!, dachte sie wild. Und wenn sie in Notwehr einen Menschen umbrachte, hätte Gott bestimmt Verständnis. Bitte, Jesus, bitte.
Selbst die Aussicht, sich bei einem Unfall zu verletzen, war besser als das, was der Mann mit ihr im Sinn hatte.
Doch ihre Fesseln gaben nicht nach, ließen sich nicht einmal um den Bruchteil eines Zentimeters verschieben, ganz gleich, wie sehr sie sich abmühte.
Erneut befiel sie Panik.
Die Zeit lief ihr davon. Er würde nicht bis in alle Ewigkeit weiterfahren. Sie gab nicht auf, zerrte an dem Klebeband und den Seilen, während der Pickup die Kilometer in Richtung Untergang fraß. Sie entfernten sich immer weiter von

Baton Rouge. Immer weiter von jeglicher Aussicht auf Rettung.

Vor Angst wurde ihr kalt bis in die Knochen.

Ihre Arme schmerzten, ihre Beine waren verkrampft und nutzlos.

Mama, ich liebe dich, und ich wollte, dass du stolz auf mich bist, wenn ich dem Orden beitrete.

Daddy, vergib mir, dass ich so dumm war, mich von diesem Verrückten überwältigen zu lassen. Du hast mich ermahnt, immer mein Handy mitzunehmen und nie nach Einbruch der Dunkelheit zu joggen. Du wolltest mir eine Waffe geben, und ich habe sie abgelehnt … Es tut mir Leid …

Sie spürte, wie das Fahrzeug die Geschwindigkeit drosselte und von der Hauptstraße, vermutlich einem Freeway, abbog, was zweifellos bedeutete, dass er sich seinem endgültigen Ziel näherte. Abermals packte sie das Grauen, und sie versuchte verzweifelt, eine Hand aus dem Klebeband zu ziehen. Ihr Herz hämmerte, Schweiß rann ihr über den Rücken, Angst ließ ihre Nerven zittern.

Befrei dich, Mary. Gott hilft denen, die sich selbst helfen!

»Es ist sinnlos«, sagte er plötzlich und sie zuckte zusammen. Seit dem Überfall hatte er kein Wort gesprochen. Seine Stimme klang erstaunlich ruhig. Fest. Und weckte eine noch viel größere Angst in ihr.

»Du kannst nicht entkommen.«

Wieder glaubte sie, sich erbrechen zu müssen. Wer war dieser Verrückte? Und warum hatte er sie ausgewählt? Seine Stimme war ihr unbekannt – glaubte sie zumindest, sie war sich über nichts mehr im Klaren.

»Nur noch ein paar Minuten.«

Lieber Vater im Himmel, nein! Bitte mach dem hier ein Ende. Greif ein, rette mich. Wenn du mich zu dir nehmen willst, lass mich bitte auf eine andere Art umkommen, nicht durch die Hände eines Sadisten, nicht durch einen Verrückten.

Zitternd dachte sie an all die heiligen Märtyrer, unter welch schrecklichen Bedingungen sie um ihres Glaubens willen gestorben waren. Sie versuchte sich zu wappnen, Mut in ihrem Glauben zu finden. Falls das hier eine Prüfung war oder tatsächlich Gottes Wille, so sollte es geschehen. Sie würde stoisch sterben, in ihrem Glauben an den Vater im Himmel.

Gegrüßet seist du, Maria, voll der Gnaden, der Herr ist mit dir …

Sie spürte, wie der Pickup langsamer wurde. Die Reifen begannen zu holpern und zu rutschen, als ging es über Steine oder durch Schlaglöcher. Mary strengte sich an, über das Dröhnen des Motors hinweg etwas zu hören, hoffte auf Verkehrsgeräusche, auf Hinweise darauf, dass sie nicht allein waren, wie sie fürchtete. Doch das vertraute Rauschen vorbeifahrender Autos, das Hupen hatte ausgesetzt, und sie verlor den letzten Rest ihrer Hoffnung.

Du bist gebenedeit unter den Frauen, und gebenedeit ist die Frucht deines Leibes, Jesus …

Er fuhr weiter, stundenlang, wie es ihr vorkam, doch in Wirklichkeit höchstens fünf Minuten, und schließlich bremste er scharf, und das schwere Fahrzeug kam zum Stehen. Mary wurde nach vorn geworfen und dann wieder zurückgeschleudert.

Das Herz klopfte ihr bis zum Hals. Sie begann am ganzen Körper zu zittern.

Heilige Maria, Mutter Gottes, bitte für uns Sünder, jetzt und in der Stunde unseres Todes …

Er schaltete den Motor aus. Regen prasselte aufs Dach der Fahrerkabine. Mary konnte kaum noch atmen.

Amen.
Die Tür öffnete sich, und Mary spürte, wie die schwüle Hitze der Nacht ins Wageninnere drang. Der Mann stieg aus. Sie hörte das Schmatzen seiner Stiefel oder Schuhe im Schlamm. Hörte ein dumpfes Geräusch – hatte er den Vordersitz nach vorn geklappt?
Im nächsten Moment wurde sie grob aus dem Wagen gezerrt.
Ihre Laufschuhe versanken tief im Lehm und sie wäre beinahe gestürzt. Modriger Sumpfgeruch stieg ihr in die Nase und weckte Gedanken an Schlangen und Alligatoren in ihr, erbarmungslose Raubtiere – und dennoch harmlos im Vergleich zu dem Ungeheuer, das sie entführt hatte. Sie wand sich, versuchte, sich aus seinem Griff zu befreien.
»Hör auf damit!«, schrie er sie an und neue Angst erfasste sie. Wenn er es wagte, so laut zu sprechen, waren sie allein … völlig allein. O Gott, das war das Ende! Hier in der Dunkelheit, im Bayou, wie sie vermutete, sollte sie sterben. »Ich befreie deine Füße von den Fesseln, aber falls du versuchst wegzulaufen …« – wieder drückte er die stählerne Mündung an ihre Schläfe – »… dann bringe ich dich um.«
Sie hätte beinahe in ihre Joggingshorts gemacht.
Umbringen würde er sie sowieso. Das wusste sie. Wenn sich eine Gelegenheit bot, würde sie weglaufen. Lieber ein Schuss in den Rücken, als stundenlang vergewaltigt und auf übelste Art misshandelt zu werden. Sie musste entkommen. Unbedingt. In dem Augenblick, wenn er ihre Füße befreite …
Mit einer schnellen Bewegung schnitt er das Klebeband an ihren Knöcheln durch, zertrennte auch das Band, das ihre Handgelenke fesselte, und packte dann brutal ihren Arm. Ihre Schultergelenke schmerzten noch, denn er hatte ihr zu-

vor schon die Arme auf den Rücken gedreht, doch dieser Griff war noch viel, viel schlimmer. »Denk nicht einmal dran«, warnte er sie, als hätte er gespürt, dass sie im Begriff war loszurennen, und übte einen so schmerzhaften Druck auf ihren Arm aus, dass sie durch den Knebel hindurch schrie und in die Knie sank.

Der Mann riss sie grob auf die Füße zurück. »Gehen wir.« Er stieß sie mit der kalten Mündung seiner Waffe an, hielt ihren Arm mit kräftigen Fingern umklammert und zwang sie zum Weitergehen.

Mary hörte den Gesang von Fröschen und Grillen, spürte den weichen Boden und Laub unter ihren Füßen, den warmen Regen, der ihr in den Nacken lief und aus ihrem Pferdeschwanz tropfte.

Sie glaubte, den Fluss zu riechen, war sich jedoch nicht sicher. Plötzlich schluchzte sie herzzerreißend auf und wäre beinahe gegen etwas Hartes, Unbewegliches getaumelt. Ein Baum? Ein Felsbrocken? Das alles war ein böser Traum, es konnte nicht anders sein! Ein grauenhafter Albtraum.

Aber sie war hellwach.

»Rauf hier«, befahl er dicht an ihrem Ohr, und sie gehorchte, stieg mit leicht zauderndem Schritt zwei Stufen empor und hörte, wie er eine Tür mit Fliegengitter öffnete. Ein Schlüssel drehte sich im Schloss. »Los, rein!«

O lieber Gott, das hier ist der Ort, an dem er mich umbringen will.

Ihre Kehle schnürte sich zusammen und sie roch den Moder in diesem abgelegenen Gebäude. Sie glaubte, das hektische Scharren winziger Krallen zu vernehmen, wie von Ratten, die Deckung suchten. Mary erschauderte.

Hinter ihr schlug die Tür zu und Mary zuckte abermals zusammen.

Sie wollte schreien, gegen den Mann wüten und gegen Gott, der sie verlassen hatte – so wie Jesus in Todesangst am Kreuz geschrien hatte. In diesem Moment bugsierte ihr Entführer sie in einen Raum, der noch stärker nach Moder roch. Als wäre diese Hütte, oder was immer es sein mochte, seit Jahren nicht bewohnt worden. Unter ihren Füßen knarrten die Bodendielen. Marys Mund war völlig trocken, er produzierte keinen Speichel mehr.
Als sie hörte, wie er die schwere Tür schloss, kroch ihr kalte Furcht über den Rücken. Er schubste sie nach vorn, und sie fragte sich, ob sie gleich in ein dunkles Loch gestoßen werden würde, in einen tiefen, finsteren Keller, in dem sie dann zum Sterben liegen blieb. Wimmernd, kaum noch in der Lage, ihre Blase zu kontrollieren, tastete sie sich zögernd vorwärts, und dann hörte sie es ... ein gedämpftes Geräusch, als wäre noch jemand im Zimmer.
Sie verlor beinahe die Besinnung.
Herr im Himmel, hatte er sie etwa an einen Ort gebracht, wo noch andere Männer auf sie lauerten? Ihr drehte sich der Magen um, und dann roch sie plötzlich etwas anderes. Noch einen Menschen.
Eine Mischung aus Schweiß, Moschus und kaltem, nacktem Grauen.
Sie hatte von barbarischen, an Frauen ausgeführten Riten gehört und versuchte, sich gegen das entsetzliche Schicksal, das sie erwartete, zu wappnen.
»Okay, sei jetzt ein braves Mädchen«, flüsterte er. Sein heißer Atem streifte ihren Nacken. »Tu genau das, was ich dir sage, dann geschieht dir nichts.«
Sie glaubte ihm nicht eine Sekunde lang.
Seine Worte waren eine Falle. Ein Trick, auf den sie nicht hereinfiel.

»Zieh dich aus.«
Sie erstarrte. Befürchtete erneut, sich übergeben zu müssen. Er drückte die Mündung der Waffe gegen ihre Brust, und sie erwog für einen Moment, nicht zu gehorchen. Doch schließlich tat sie, was er verlangte. In dem Wissen, dass die Waffe auf sie gerichtet war, zog sie das T-Shirt aus und streifte ihre Shorts ab. Sie begann wieder zu zittern, hatte sich noch nie im Leben derart verletzlich gefühlt. Tränen strömten aus ihren Augen. Angst krampfte ihre Eingeweide zusammen. Wie viele Menschen – Männer – sahen zu? Wie viele würden sie gleich anfassen? Sie würgte und hatte abermals das Gefühl, ohnmächtig zu werden.
»Gut so.«
In Sport-BH und Slip stand sie wie versteinert da.
Musste sie sich nicht völlig nackt ausziehen?
»Zieh jetzt das an.« Mary hörte, wie hastig ein Reißverschluss geöffnet wurde, dann drückte der Kerl ihr etwas Weiches, Seidiges in die Hände – ein Kleid? Unbeholfen, da ihre Finger ihr kaum gehorchten, raffte sie das glatte Material zusammen, und es gelang ihr, es irgendwie überzustreifen. Sie wusste nicht, was es war, aber es bedeckte ihre Blöße, und das war im Augenblick das einzig Wichtige. »Anders herum«, befahl er, und sie griff blindlings in den Stoff, zog ihn um ihren Körper herum und zerrte das Oberteil hoch, über die Taille und über ihre Brüste. Umständlich fand sie die langen Ärmel und schob die Hände hindurch. Dann war er hinter ihr, packte sie wieder am Arm und zog langsam den Reißverschluss hoch, der irgendwo auf Schulterhöhe endete. Sein Atem war heiß. Eklig. Beinahe nass fühlte er sich auf ihrem Nacken an.
Und jetzt … wenn es doch nur irgendeinen Weg gäbe, ihn aufzuhalten! Aber es war unmöglich.

Langsam, während er sie weiterhin mit einer Hand festhielt, fuhr er mit dem Lauf der Pistole über ihre Haut, so dass das kalte Metall ihren Hals liebkoste.

Mary bekam eine Gänsehaut.

Wenn sie jetzt ganz schnell herumwirbelte, konnte sie ihn vielleicht überrumpeln, ihm die Waffe aus der Hand schlagen, sich die Binde von den Augen reißen und rennen, was das Zeug hielt. Sie war schnell. Und dank des Adrenalins in ihren Adern würde sie fünf oder sechs Kilometer laufen können, ohne eine Verschnaufpause einlegen zu müssen.

»Ah, ah, aaaah!«, stieß er so dicht hinter ihr hervor, dass sie die Dehnung seines Brustkorbs an ihrem Rücken spürte. Seine Erektion presste sich durch die weichen Falten des Kleides in ihre Gesäßfurche.

Marys Kinn zitterte. Wollte er sie vergewaltigen? Und waren dann etwa auch noch die anderen schweigenden Anwesenden an der Reihe?

Warum? Vater im Himmel, warum?

Lauf, Mary! Riskier es! Und wenn die Pistole losgeht – was soll's?

Da legte er seinen Arm um ihre Taille und drückte ihren Körper eng an sich. »Jetzt, Mary«, stieß er heiser hervor, und sie wäre fast gestorben, als ihr klar wurde, dass er ihren Namen wusste. Seine Wahl war nicht zufällig auf sie gefallen. Er hatte genau *sie* für seine schmutzigen Pläne ausgesucht. »Ich sage dir, was du tun musst, um dich zu retten. Hörst du mir zu?«

Sie nickte und hasste sich dafür. Hasste *ihn*.

»Du nimmst jetzt diese Pistole und schießt damit in ein Kissen.«

Wie bitte?

»Ganz recht, ich gebe dir die Waffe, aber du wirst dich nicht

zu mir umwenden und mich damit töten. Das lasse ich nicht zu. Meine Hand wird deine halten. So etwa, siehst du …?«
Er drückte ihr die Waffe in die zitternde, schweißnasse Hand und legte ihren Zeigefinger um den Abzug. Mit festem Griff führte er ihre Hand, und als sie versuchte, sich dagegen zu wehren, schob er ihre Hand nach vorn.
»Du brauchst nur abzudrücken.«
Sie bebte am ganzen Körper. Das war Wahnsinn. Völlig verrückt. Wie kam sie dazu, blindlings ins Dunkle zu schießen? Für einen Moment schoss ihr durch den Kopf, ob es sich womöglich um einen idiotischen Studentenulk handelte, einen Streich von der Art, für die gewisse Schwestern- und Burschenschaften berüchtigt sind. Doch sie verwarf den Gedanken gleich wieder. Sie hatte sich keiner Campus-Gemeinschaft angeschlossen und würde das All Saints College schon bald verlassen. Außerdem hatte das niederträchtige und boshafte Verhalten ihres Peinigers absolut nichts mit einem Scherz zu tun.
»Mach schon!«, drängte er. Vor Erregung ging sein Atem flach und stoßweise. Da hörte sie es wieder, diesen gedämpften Laut – Lachen? Entsetzen? Woher kam er? Aus der Nähe? Von weit weg? War es jemand, der sich in einem Schrank versteckt hatte und sie beobachtete? Ein Einzelner? Zwei? Ein Dutzend?
Sie war so verängstigt, dass sie die Kontrolle über ihren Körper verlor. Hätte der Mann die Waffe samt ihrer Hand nicht mit seinem stählernen und gleichzeitig intimen Griff umschlossen, wäre sie zu Boden gefallen.
Wenn es doch nur ein Albtraum wäre!
Wenn sie doch gleich in ihrem Zimmer im Wohnheim aufwachen würde!
»Dir bleiben noch fünf Sekunden.«

Nein! Wieder dieses gruselige Geräusch.

»Fünf.«

Bitte, Vater im Himmel, hilf mir doch!

»Vier.«

Ich bete zu dir, lass mich nicht im Stich!

»Drei.«

Ich bin deine demütige Dienerin.

»Zwei.«

Erbarme dich meiner Seele.

»Eins.«

Er drückte an ihrer Stelle ab.

Bamm! Der Schuss schlug ein, riss ihre Hand hoch.

Ein gedämpfter Aufschrei ertönte ganz in der Nähe.

Mary roch Kordit und etwas Verbranntes und noch etwas anderes … War es der stechende Geruch von Urin?

Wieder ein gequältes, ersticktes Stöhnen.

Neues Entsetzen packte sie.

Lieber Gott, hatte sie etwa einen Menschen erschossen?

Bitte, bitte nicht!

Was bedeutete das alles? Hinter dem Knebel begann sie, in namenlosem Grauen zu schreien, sie schlug um sich, versuchte, sich aus dem Griff des Verrückten zu lösen, doch er hielt sie nur noch fester, umklammerte ihre Hand und nahm ihr mit raschen Bewegungen die Augenbinde ab und entfernte den Knebel aus ihrem Mund.

Im Schein einer kleinen Laterne sah sie, was sie getan hatte. Ein Mann, der ihr vage bekannt vorkam, saß, ein dünnes Kissen um den Körper geschnallt, in einem Sessel. Die Hände waren ihm auf dem Rücken gefesselt, seine Fußknöchel an die Metallbeine des Sessels gebunden. Er war nach vorn gesunken, und unter ihm sammelte sich das Blut, das aus seinem Körper floss. Federn schwebten wie feine weiße

Schneeflocken zu Boden und ließen sich sanft auf der Blutlache nieder.
Mary würgte krampfhaft und entleerte ihren Mageninhalt auf den Boden und das weiße Kleid, das anzuziehen sie ihr Peiniger gezwungen hatte.
Sie weinte und musste nun noch heftiger zitternd zusehen, wie der Mann starb. Seine Augen wurden glasig. Tränen strömten über Marys Wangen, Schluchzer entrangen sich ihrer Kehle. Sie war überzeugt, dass sie beobachtete, wie seine Seele den Körper verließ.
Um Himmels willen, sie hatte einen unschuldigen, an einen Sessel gefesselten Menschen ermordet! Sie blickte auf die kleine Pistole, die sie noch in der Hand hielt ... *ihre* Pistole ... die kleine Waffe, die ihr Vater ihr zu ihrem Schutz gegeben hatte.
Mit dieser Waffe hatte sie einen Menschen umgebracht.
Nein, Mary. Du nicht. Das Ungeheuer, das dich entführt hat. Bedien dich der Waffe. Du hältst sie ja noch in der Hand. Richte sie auf ihn. Gott bestraft dich bestimmt nicht, wenn du dem Kerl sein schmutziges, sündiges Leben nimmst.
Kaum war ihr der Gedanke in den Kopf gekommen, wurde ihre Hand gewaltsam umklammert. »Du hast ihn umgebracht, Mary«, sagte er so liebevoll, als würde er sie liebkosen.
Sie fröstelte, wollte widersprechen, spürte jedoch, wie sich der Druck seiner Hand verstärkte. Er riss sie nach hinten, so dass ihr Körper an seinen harten Brustkorb gepresst wurde. Ihre Beine berührten seine Oberschenkel und Schienbeine, ihr Po lag an seinem Schritt, und wieder drängte er seine Erektion dagegen. Marys Herz klopfte wild. Sie war wie gelähmt vor Entsetzen.
»Mord ist eine Sünde.« Sein Atem war heiß und weich, seine

Niedertracht hing greifbar in der Luft. »Aber das weißt du, nicht wahr?«
Sie antwortete nicht, spürte nur, wie ihr unablässig die Tränen über die Wangen liefen. Es war gleichgültig, was sie jetzt sagte. Sie war verloren. Sie wusste es. Es gab kein Entrinnen.
»Du hast gesündigt, Mary«, flüsterte er verführerisch und sie schluckte krampfhaft. Suchte in ihrer Seele verzweifelt nach innerer Kraft. Wusste, was jetzt folgte.
Vater im Himmel, vergib mir …
»Und wie wir alle wissen, ist der Lohn der Sünde der Tod …«
Langsam drehte er ihre Hand in seiner und drückte die Mündung ihrer eigenen Pistole an ihre Schläfe.

3.

»Drei Uhr, das lässt sich machen«, sagte Abby, das Handy zwischen Schulter und Ohr geklemmt. Es war zwei Tage her, dass sie Lukes Sendung im Radio gehört und das Vorgespräch für die Nolan-Smythe-Hochzeit geführt hatte. Jetzt betrat Abby gerade ihre Küche, eine Einkaufstüte unter einem und ihre Mappe unter dem anderen Arm. Den größten Teil des Vortages und die frühen Morgenstunden des heutigen Tages hatte sie in ihrem Studio in der Stadt zugebracht, wo sie Rechnungen bearbeitet und mit ein paar College-Absolventen deren Abschluss-Fotos besprochen hatte. Dann war sie einkaufen gegangen und danach in aller Eile nach Hause gefahren.

Sie stellte die Einkaufstüte auf dem Küchentresen ab, auf dem Ansel saß und mit zuckender Schwanzspitze durch das Fenster die Vögel im Futterhäuschen beobachtete. »Husch«, flüsterte Abby, während sie der Frau am anderen Ende der Leitung zuhörte, die sich für ihr Haus interessierte.

Das Schild *Vom Eigentümer zu verkaufen* hing noch keine zweiundsiebzig Stunden, und schon hatten sich diverse potenzielle Käufer gemeldet. Diese Frau war die Erste, die »das Grundstück in Augenschein nehmen« wollte, nachdem sie den Preis und die Einzelheiten gehört hatte.

Ansel streckte sich auf der Arbeitsfläche und ignorierte Abbys Befehl. Sie ging ins Wohnzimmer, wo sie ihre Mappe auf einen Klapptisch legte.

»Wie war noch gleich Ihr Name? Und die Telefonnummer?«, fragte sie, kramte einen Stift aus ihrer Handtasche, eilte zurück in die Küche und kritzelte die Informationen auf einen Notizblock, der neben dem Telefon bereitlag. »Okay, ich erwarte Sie um drei.«

Abby legte auf und warf einen Blick auf die Uhr. In knapp vier Stunden würde die potenzielle Käuferin bei ihr auftauchen.

Nicht, dass Haus und Grundstück nicht gut in Schuss gewesen wären. Es sei denn, jemand bemerkte die grauen Katzenhaare, die überall Knäuel bildeten und sich in den Ecken sammelten. Trotz all ihrer Bemühungen mit dem Staubsauger kam Abby gegen die Fusseln nicht an, denn Ansel wechselte gerade das Fell. »Vielleicht benötige ich viel eher einen Elektrorasierer für dich statt eines Staubsaugers fürs Haus, hm?« Sie hob den schwergewichtigen Kater von seinem Platz auf dem Tresen und drückte ihn einen Augenblick lang an sich. Sie streichelte seinen weichen Pelz und flüsterte ihm ins Ohr: »Ich liebe dich trotzdem. Obwohl wir beide wissen, dass du manchmal wirklich unausstehlich sein kannst.« Er rieb seinen Kopf unter ihrem Kinn und schnurrte so laut, dass sich die Vibrationen seines Körpers in ihrem fortsetzten.

Die vergangenen zwei Tage waren so hektisch gewesen, dass Abby kaum zum Luftholen gekommen war. Sie war von einer Fotosession zur nächsten gehetzt und hatte glücklicherweise keine Zeit gehabt, sich darüber aufzuregen, wie Luke sie in aller Öffentlichkeit fertig gemacht hatte. Zudem hatte sie beschlossen, sich Lukes Hasstiraden einfach nicht zu Herzen zu nehmen.

Sie gab dem Kater einen Kuss zwischen die Ohren, setzte ihn auf den Boden und sah nach seinem Trinknapf. Noch halb voll. Er stelzte zur Verandatür, drehte ein paar Kreise und jammerte, bis Abby die Tür öffnete. Ansel huschte nach draußen und lief zielstrebig zu dem Baum in der Nähe des Vogelhäuschens, um das Meisen und Kleiber herumflatterten. Die Wärme des Oktobers strömte mit einem sanften, erdig duftenden Hauch ins Zimmer.

Abby trat hinaus auf die Veranda. Die Sonne bemühte sich, die grauen Wolken zu durchbrechen. Eine Sekunde lang glaubte sie, einen blassen Regenbogen zu sehen, doch das Bild verschwand genauso rasch, wie es aufgetaucht war.

»Wunschdenken«, sagte sie zu sich selbst, ging zurück ins Haus und schloss die Tür hinter sich. Sie sah sich um und kam zu dem Schluss, dass sie doch noch ein bisschen aufräumen musste, bevor die Interessentin eintraf.

Im Schlafzimmer zog Abby Hose und Bluse aus und schlüpfte in ihre »Putzmontur«: ihre zerfetzte Lieblingsjeans und ein T-Shirt, das nicht nur alte Kaffeeflecken zierten, sondern obendrein auch Bleichspritzer. Sie bändigte ihr wildes Haar in einem Pferdeschwanz und machte sich an die Arbeit. Sie polierte Tische, putzte Fenster, schrubbte Arbeitsflächen und wischte die alten Holzfußböden.

Zur Hintergrundberieselung schaltete sie den Fernseher ein und hörte die Warnung vor einem Tropensturm, der sich über dem Atlantik aufbaute und binnen weniger Tage den Golf erreichen sollte. Nach allerlei Spekulationen von Seiten der Meteorologen folgte eine Werbepause. Als die Nachrichten kurz darauf fortgesetzt wurden, hörte Abby, während sie gerade eine Fensterbank abwischte, einen Begriff, der stets dazu angetan war, ihr Herz stocken zu lassen.

Our Lady of Virtues …

Ruckartig hob sie den Kopf und konzentrierte sich auf den Bildschirm des kleinen Geräts im Bücherregal. Eine gertenschlanke Reporterin mit perfektem Make-up und kurzem dunklen Haar stand vor dem Grundstück des alten Krankenhauses, in dem Faith Chastains Leben sein Ende gefunden hatte.

»... das Krankenhaus ist seit beinahe hundert Jahren eine der großen Sehenswürdigkeiten in dieser Gegend«, erklärte die junge Reporterin, deren Haar vom Wind zerzaust wurde. »Das Gebäude hinter mir hat in seiner langen, zum Teil skandalösen Vergangenheit verschiedene Inkarnationen durchlaufen.«

O Gott, sie wollten doch wohl nicht wieder einmal den Tod ihrer Mutter aufrollen?

Sämtliche Muskeln in Abbys Körper spannten sich an, als erwarteten sie einen vernichtenden Schlag.

»Ursprünglich als Waisenhaus konzipiert, wurde das Hauptgebäude nach dem Zweiten Weltkrieg in ein Krankenhaus umgewandelt und von Anfang an von einem katholischen Nonnenorden geleitet.« Die Kamera schwenkte von der Reporterin hinüber zu dem einstmals so stattlichen Gebäude.

Abbys Herz krampfte sich zusammen, als sie das Krankenhaus sah, mit der breiten betonierten Zufahrt, die mittlerweile bucklig und von Unkraut überwuchert war. Vor langer Zeit hatte Abby am Beckenrand des Springbrunnens gesessen, den die Zufahrt umrundete, und hatte die Kois beobachtet, die zwischen dem dichten Seerosenbewuchs im sonnenglitzernden Wasser umherschossen. Feinste Wassertropfen hatten ihre Haut geküsst. Von diesem Ort aus hatte sie zu den hohen Bogenfenstern im zweiten Stock hinaufblicken können, die zum Zimmer ihrer Mutter gehörten.

Abby schluckte hart. Wie viele Stunden hatte sie an diesem

Brunnen verbracht? Jetzt war er ausgetrocknet und rissig und die Engelskulpturen waren von grünem, schleimigem Moos überzogen, das wie Tränen aus ihren Augen zu rinnen schien.

»Zuletzt diente Our Lady of Virtues als Hospital für Geisteskranke, und obwohl es sich im Privatbesitz befand, litt es doch auch unter der Streichung der Landesmittel. Aufgrund etlicher Vorwürfe von Missbrauch und des vermutlichen Suizids einer Patientin musste die Einrichtung vor knapp achtzehn Jahren dann endgültig ihre Pforten schließen ...«

Abby hatte einen Kloß im Hals. Sie ließ den Wischlappen fallen und verfolgte gebannt die Nachrichtensendung.

Über dem Fernseher, im Regal beim Kamin, stand ein rechteckiges Foto von ihrer Mutter – lächelnd, das dunkle Haar aus dem schönen Gesicht gekämmt, ohne eine Spur von der gemarterten Seele, die sich hinter diesen großen, bernsteinfarbenen Augen verborgen hatte.

Abby ging hinüber und nahm das Bild von seinem Platz. Tiefe Traurigkeit erfasste sie und sie empfand eine schmerzliche Sehnsucht danach, noch einmal das zarte Lächeln ihrer Mutter zu sehen, ihre kühle Hand zu spüren, die die ihre hielt, den sanften, sauberen Duft ihres Parfüms wahrzunehmen.

»... der Abrissbirne preisgegeben, irgendwann im nächsten Jahr, wenn alles nach Plan verläuft.«

Abbys Kopf fuhr zum Bildschirm herum. Man wollte das alte Krankenhaus abreißen?

Die Zeichnung eines zweistöckigen Gebäudes, ähnlich dem ursprünglichen, aber neuer, heller und moderner, erschien auf dem Bildschirm. Verschwunden war das bleiverglaste Fenster mit der Madonna, verschwunden waren auch die Wasserspeier an den Fallrohren und die weitläufigen überdachten, gefliesten Veranden. Statt Backstein war Beton vorgesehen, die Fenster sollten größer und der Engelsbrunnen sollte ersetzt werden durch ein »Wasserspiel« aus Metall und Stein.

Die Szene wechselte ins Studio, wo der Nachrichtensprecher, Mel Isley, hinter einem großen, geschwungenen Schreibtisch saß. In einer Ecke zeigte ein Bildschirmfenster die Reporterin auf dem Anstaltsgelände. Sie sprach immer noch.

»Die Planung sieht vor, die Anlage in eine Seniorenresidenz umzuwandeln, von betreutem Wohnen bis zur vollen Pflegestufe.«

»Vielen Dank, Daria«, sagte der Nachrichtensprecher. Der Ausschnitt mit der Reporterin verschwand und die Kameras richteten sich auf Isley, einen Mann, dem Abby während ihrer Ehe mit Luke ein paarmal begegnet war. Ein aalglatter Schleimer, hatte sie damals gedacht. Er sah gut aus, aber für Abbys Geschmack ein bisschen zu sehr nach Herrenmagazin. »Und jetzt zum Sport«, sagte Isley und lächelte breit in die Kamera. Abby glaubte ihn sogar zwinkern zu sehen. Das erinnerte sie an eine Benefizveranstaltung anlässlich eines Weihnachtsfestes, als er zu viel getrunken und versucht hatte, sie anzubaggern. Jetzt griff er nach den Papieren auf seinem Schreibtisch und fuhr fort: »Nach der Werbepause melden wir uns wieder mit Nachrichten über die Saints.«

»Du liebe Güte.« Abby schaltete den Fernseher aus und Mels Gesicht mit den von dichten Wimpern umgebenen blauen Augen verschwand.

Sie atmete tief durch und ließ den Bericht auf sich wirken. Die Einrichtung, in der ihre Mutter den Tod gefunden hatte, wurde abgerissen. Na und? Ein neues Gebäude sollte an Stelle des alten errichtet werden. Na und? Das nannte man Fortschritt, oder?

Abby stellte das Porträt ihrer Mutter zurück ins Regal, ging in die Küche und öffnete den Kühlschrank. Kein Mineralwasser mehr. »Verdammt!« Sie holte ein Glas aus dem Schrank, drehte den Wasserhahn auf und hörte die alten Leitungen empört ächzen. Eine Hüfte gegen den Tresen gelehnt, füllte sie das Glas und dachte über all die Gründe nach, die sie bewogen hatten, überhaupt nach Louisiana zurückzukehren.

Sie war nicht eben versessen auf diese Rückkehr gewesen. Vielmehr war Seattle – mit seinen lebhaften, am Wasser gelegenen Stadtvierteln, dem kühleren Klima, den schroffen, schneebedeckten Bergen, die man nach kurzer Autofahrt erreichen konnte, mit seiner interessanten Geschichte und vor allem mit den mehr als zweitausend Meilen Entfernung bis Louisiana –, vielmehr war dieses Seattle in ihren Augen ein Ort, an dem es sich wunderbar leben ließ.

Nun ... abgesehen von Zoey und ihrem fiesen kleinen Vertrauensbruch in Bezug auf Luke. Abby trank einen großen Schluck aus ihrem Glas.

Bleib ehrlich, Abby, mahnte eine innere Stimme. Lukes Beziehung zu Zoey war kein kleiner Vertrauensbruch, sondern eine ausgewachsene, krankende, das Herz brechende Affäre!

»Mistkerl«, schimpfte sie, leerte ihr Glas und stellte es in den Geschirrspüler.

Sie hätte sich gleich von Luke scheiden lassen sollen, als sie erfuhr, dass er sie schon während der Verlobungszeit betrogen hatte, aber nein, sie war dumm genug gewesen, ihrer Ehe noch eine zweite Chance zu geben. Er hatte geschworen, sich zu ändern, wenn sie mit ihm nach New Orleans zöge.

Sie war natürlich skeptisch gewesen, aber der Versuchung,

mit ihm einen neuen Anfang zu wagen, hatte sie nicht widerstehen können. Und zu jenem Zeitpunkt war sie dumm genug gewesen zu glauben, dass sie ihren Mann immer noch liebte.

»Blöde Kuh«, schalt sie sich selbst und ging zurück ins Wohnzimmer zu dem Wischlappen, den sie auf der Fensterbank liegen gelassen hatte. Es hatte noch weitere Gründe für den Umzug nach New Orleans oder zumindest in die Umgebung gegeben. Hatte sie sich nicht immer geschworen, dass sie irgendwann an den Ort zurückkehren würde, an dem sich ihr Leben für immer änderte, als Faith Chastain in den Tod stürzte? Hatte sie nicht geglaubt, die Geister der Vergangenheit nur dann zur Ruhe betten zu können, wenn sie das Krankenhaus aufsuchte, Fotos machte und die Nacht, die nur bruchstückhaft in ihrem Gedächtnis gespeichert war, noch einmal genau Revue passieren ließ?

»Ach, Mama«, sagte sie, griff noch einmal nach dem gerahmten Porträt und sah in die Augen, die den ihren so ähnlich waren. Sie warf einen Blick auf den Kamin, in dem sie kürzlich erst ihre Hochzeitsfotos verbrannt hatte. Schwarze Asche klebte immer noch am Rost.

Ihr Handy klingelte in ihrer Tasche, die im Wohnzimmer neben ihrer Mappe lag. Sie eilte hin, kramte das Gerät heraus und klappte es auf. »Hallo?«

»Hi, Abby, hier ist Maury«, meldete sich der Anrufer. Abby rutschte das Herz in die Hose. »Maury Taylor. Sie erinnern sich? Ich arbeite mit Luke zusammen.«

»Natürlich erinnere ich mich.« Ihre Stimme klang kalt. Maury der Blödmann.

»Sagen Sie, Sie haben nicht zufällig was von Luke gehört, oder?«

»Nein«, antwortete sie gedehnt. Wollte er ihr eine Falle stellen? Vielleicht war es wieder einmal einer der beliebten Streiche ihres Exmannes. Er war bekannt dafür, Leute vorzuführen, wenn er auf Sendung war, so dass sich die ganze Hörerwelt auf Kosten des Opfers schlapplachen konnte. Selbst wenn die Sendung in dem Augenblick nicht lief, konnte er die Reaktion des Opfers aufzeichnen und das Band abspielen, wenn er auf Sendung war. Ihr Magen krampfte sich zusammen.

»Sind Sie sicher?«

»Natürlich bin ich sicher. Warum sollte ich von ihm gehört haben?«

»Weiß nicht.« Maurys Tonfall wirkte gereizt. Aus Sorge? Oder aus Angst? »Äh, er ist gestern nicht zur Sendung erschienen. Wir mussten uns mit einer Aufzeichnung aus dem letzten Sommer behelfen.«

Abby glaubte ihm nicht und es war ihr auch gleichgültig. Mit Luke Gierman war sie fertig. »Wie kommen Sie auf die Idee, ich könnte wissen, wo er steckt?«

»Weiß nicht. Ich dachte, Sie hätten vielleicht die Sendung neulich gehört, die über Ex-Ehepartner.«

Abby antwortete nicht darauf, doch sie spürte, wie ihr langsam die Glut am Hals hinaufkroch. Du Schwein, dachte sie und stellte sich Luke vor, wie er gerade seine Lügen ins Mikrofon spuckte. Ihre Finger umklammerten das Handy.

»Äh, na ja, Sie wissen es sicher längst. Er hat Sie in der Luft zerrissen.«

»Und deshalb soll ich Kontakt mit ihm gehabt haben?«, höhnte sie. Doch irgendwie gelang es ihr, ihr Temperament zu beherrschen. Sie war sich noch immer nicht klar darüber, ob es sich hier um eine Falle handelte. »So ein Blödsinn. Ich habe keine Ahnung, wo er steckt. Auf Wiederhören.«

»Nein, Moment, Abby«, sagte er flehend, als hätte er tatsächlich Angst, sie könnte auflegen. »Tut mir Leid. Die Sendung war … Luke ist übers Ziel hinausgeschossen, ich weiß, aber das Publikum mag so was.«

»Und?«

»Nach der Sendung ist Luke verschwunden. Er ist nicht in seinem Fitness-Center aufgetaucht, und Sie wissen doch, dass er nach der Show immer zum Krafttraining geht.«

Abby erinnerte sich, äußerte sich jedoch nicht zu Lukes Versessenheit darauf, in Form zu bleiben. Es ging ihm nicht nur darum, gut auszusehen oder sich gut zu fühlen, nein, es war geradezu eine Manie.

»Niemand hat was von ihm gehört. Ich bin zu ihm nach Hause gefahren, aber er war nicht da. Ich habe ihn auf dem Festnetz und auf dem Handy angerufen, aber er meldet sich nicht.«

»Er wird schon wieder auftauchen«, sagte Abby, nicht bereit, sich in Lukes Angelegenheiten einzumischen.

»Aber …«

»Ich habe ihn nicht gesehen, okay? Und wie er in aller Öffentlichkeit so überdeutlich betonte: Ich bin nicht mehr seine Frau.« Inzwischen war sie richtig wütend. »Ich überwache nicht jeden seiner Schritte. Warum fragen Sie nicht seine Freundin?«

»Nia … nun … Luke und Nia …«

Als er nicht weitersprach, fragte sie gereizt: »Was?«

»Nia weiß nicht, wo er ist.«

Abby spürte, dass er etwas anderes hatte sagen wollen. Doch was es auch sein mochte, es war ihr gleichgültig. »Vielleicht weiß sie es doch und will es nicht verraten.«

»Das passt so gar nicht zu ihm.« Maurys Stimme klang besorgt. Richtig besorgt.

Gut. Sollte er sich graue Haare über der Frage wachsen lassen, wo Luke steckte. Zu Abbys Überraschung interessierten sie Lukes Eskapaden und sein Liebesleben überhaupt nicht mehr. Und sie sorgte sich auch nicht um ihn. Luke war dafür bekannt, dass er sich um der Publicity willen alles Mögliche einfallen ließ. Er war genau der Typ Mann, der seinen eigenen Tod simulieren würde, damit die Hörerzahlen in die Höhe gingen.

»Ich habe Luke seit dem letzten Wochenende nicht gesehen, als er Hershey abgeholt hat, unseren gemeinsamen Hund. Tut mir Leid, ich kann Ihnen nicht weiterhelfen. Und für ihn kann ich nur hoffen, dass er meinen Hund gut versorgt.«

»Okay, okay, aber falls Sie von ihm hören, sagen Sie ihm bitte, dass er sofort im Sender anrufen soll. Der Produzent will Luke für eine neue Staffel gewinnen.«

»Wie toll.« Das zu hören hatte ihr gerade noch gefehlt. Abby legte auf und weigerte sich, darüber nachzudenken, was Luke im Schilde führen mochte. Es war nicht mehr wichtig. Sie waren geschieden. Basta.

Und seine Sachen lagerten nicht mehr in der Garage.

Trotzdem ging sie ins Schlafzimmer und öffnete die zweite Schublade des Nachttisches auf jener Bettseite, die vormals Luke gehört hatte.

Dort lag wie schon seit Jahren die Dienstwaffe seines Vaters. Abby nahm die .38er in die Hand und verspürte leise Gewissensbisse, weil sie ihren Exmann, was die Waffe betraf, angelogen hatte. Doch die verflogen schnell wieder.

Zunächst einmal würde sie die Pistole behalten.

»Okay … dann wollen wir mal sehen.« Detective Reuben Montoya, in Jeans, T-Shirt und schwarzer Lederjacke, näherte sich vorsichtig der Tür des kleinen verfallenen Hauses im Bayou. Das morgendliche Sonnenlicht kroch zwischen Bäumen und Gestrüpp hindurch und sog die letzten Reste des nächtlichen Nebels auf. Der schwere Geruch des Sumpfes stieg Montoya in die Nase: träge fließendes Wasser, modernde Vegetation und noch etwas – ein Gestank, den er als den von verwesendem Fleisch identifizierte. Sein Magen wollte sich umdrehen, aber er wurde seiner Übelkeit Herr. Es war ihm bisher bei seinen Ermittlungen noch immer gelungen, seine Gefühle auszuschalten, einen Tatort professionell zu untersuchen – und dabei sein Essen bei sich zu behalten.

»Sieht aus wie Mord in Verbindung mit Selbstmord«, vermutete Don Spencer, der Deputy. Er war ein kleiner Mann mit blassblauen Augen und rötlichem, militärisch kurz geschorenem Haar. »Aber manches passt nicht zusammen. Wir arbeiten noch daran. Die Spurensicherung ist schon seit einer geschlagenen Stunde am Werk.«

Montoya nickte und schaute sich um. Mehrere Polizisten hatten den Tatort bereits mit gelbem Flatterband abgesperrt und anschließend rund um die kleine Hütte mitten im verdammten Nirgendwo Posten bezogen. »Sie waren der Erste am Tatort?«, fragte Montoya, während er das Tatortprotokoll unterzeichnete.

»Ja. Ein Einheimischer hat auf der Wache angerufen – ein Angler, der gesteht, die Hütte unbefugt betreten zu haben. Er war auf dem Weg zum Fluss, sah, dass die Tür offen stand, und ist hineingegangen.«

»Ist er noch hier?«

Der Polizist nickte. »Da drüben in dem Pickup.« Spencer wies mit einer Kopfbewegung in Richtung eines alten, zerbeulten Dodge, der einmal rot gewesen sein mochte, inzwischen aber, nachdem er jahrelang der heißen Sonne Louisianas ausgesetzt gewesen war, die Farbe verloren hatte. Auf der Ladefläche lagen ein kleines Kanu und eine Angelausrüstung. Montoya warf einen Blick in die Fahrerkabine des Pickups, in der ein Schwarzer hockte. »Er heißt Ray Watson. Wohnt etwa sechs Meilen stromaufwärts. Keine Vorstrafen.«

»Ist er der einzige Zeuge?«

»Bis jetzt.«

»Er soll sich zur Verfügung halten. Ich werde ihm ein paar Fragen stellen müssen.«

»In Ordnung.«

Montoya hätte jetzt für sein Leben gern eine Zigarette geraucht. Stattdessen stülpte er Überzüge über seine Schuhe und ging auf das Häuschen zu, sorgsam darauf bedacht, den Mann von der Spurensicherung, der Fotos von dem überwucherten Pfad zu Tür machte, nicht zu stören. Gestrüpp war umgeknickt, Laub zertreten worden, und es war nicht zu übersehen, dass die Spuren mehrerer Personen zu den Stufen führten.

Montoya trat durch die offene Tür und blieb wie vom Donner gerührt stehen.

»Was zum Teufel ist das denn?«, fragte er, den Blick auf die Leichen gerichtet. Sein Magen krampfte sich zusammen.

Grelles Licht erleuchtete den kleinen Raum, dessen Boden mit Blut, Federn, Erbrochenem und Schmutz bedeckt war. Es roch nach Kordit, Blut, Exkrementen und Staub. Die Leute von der Spurensicherung filmten und vermaßen, suchten nach Fingerabdrücken und anderen Spuren.

Mitten im Raum befand sich der eigentliche Schauplatz des Verbrechens, dem zwei Menschen zum Opfer gefallen waren. Eines der Opfer, ein weißer, gut durchtrainierter Mann, dem Aussehen nach Anfang der Vierzig, lag nackt da, den leeren Blick zur Decke gerichtet. Blut war aus dem Loch in seiner Brust ausgetreten, allerdings nicht so viel, wie Montoya erwartet hätte. Der Mann war rasch gestorben.

»Heiliger Strohsack«, brummte Montoya.

Das zweite Opfer, eine junge Frau in einem weißen Brautkleid aus Seide und Spitze und mit einem tiefen Rückenausschnitt, lag über der männlichen Leiche. Offenbar war sie mit einer einzigen Einschussverletzung am Kopf über ihn gestürzt. Ihr langer Pferdeschwanz hatte sich über ihrem nackten Rücken aufgefächert. Ein paar blonde Strähnen waren von dem Blut aus ihrer Schläfenwunde verklebt.

Während ein Fotograf eine Aufnahme nach der anderen schoss und sein Blitzlicht über die ohnehin makabre Szene hinwegzuckte, war Bonita Washington, die Teamleiterin der Spurensicherung, damit beschäftigt, um die Leichen herum etwas auszumessen und zu notieren. Sie hockte, den Blick auf den Boden geheftet, neben den Opfern. Bonita trug eine Brille mit halben Gläsern und hatte ihr schwarzes Haar tief im Nacken zu einem festen Knoten geschlungen.

»Haben Sie unterschrieben, Montoya?«, fragte sie, blickte mit säuerlicher Miene von der Zeichnung auf, an der sie gerade arbeitete, und fixierte ihn streng. Bonita war Afroamerikanerin und stolz darauf. Sie führte ihr Kriminologen-Team mit eiserner Hand und scharfem Blick.

»Was meinen Sie wohl?«

»Will nur sichergehen. Niemand kommt hier rein, ohne mein Sicherheitsprotokoll unterzeichnet zu haben. Ich muss genau wissen, wer hier ein und aus geht.« Sie zog eine ihrer dunklen Brauen hoch und zuckte nicht ein einziges Mal mit der Wimper. »Sie sind bekannt dafür, dass sie es oft genug mit den Regeln nicht so genau nehmen.«

»Ich habe mich eingetragen. Okay?«

»Gut. Wo ist Bentz?«

»Mit seiner Frau im Urlaub. In Vegas.« Rick Bentz war Montoyas Partner. Schon seit Jahren, seit Bentz aus L. A. hergezogen und Montoya noch ein frisch gebackener Detective gewesen war. In all der Zeit hatten sie nur einmal nicht zusammengearbeitet, und das war in jenen wenigen Monaten, für die sich Montoya in New Orleans hatte beurlauben lassen, um einen Fall in Savannah aufzuklären. Es stieg ihm heute noch sauer in die Kehle, wenn er an diese scheußlichen Wochen dachte, doch jetzt verdrängte er die Erinnerung und konzentrierte sich auf das Naheliegende. Und das war schlimm genug. »Bentz kommt in ein paar Tagen zurück«, sagte er und rieb sein Kinnbärtchen. »Im Augenblick haben Sie es also nur mit mir zu tun.«

»Womit habe ich so viel Glück verdient?«, fragte Bonita, eine Spur von Humor in der Stimme, setzte jedoch sogleich wieder eine ernste Miene auf und wies mit dem Radiergummi-Ende ihres Bleistifts auf die beiden Leichen. »Passen Sie auf, wohin Sie treten und was Sie anfassen.«

Montoya bedachte sie mit einem vernichtenden Blick und zog einen Notizblock aus seiner Gesäßtasche. »Ich habe schon an Dutzenden von Tatorten gearbeitet, Washington.«

»Okay.« Sie machte ein finsteres Gesicht, nickte ihm dann jedoch knapp zu und bemühte sich um ein kameradschaftlicheres Verhalten. »Ich kann Ihnen bereits erste Erkenntnisse liefern: Anscheinend hat sich alles hier in diesem Raum abgespielt. Den Blutspritzern und der Körperhaltung der Leichen nach zu urteilen, dürften beide Opfer genau an dieser Stelle getötet worden sein.« Sie wies mit einem behandschuhten Finger auf den Hüttenboden. »Aber es wurde inszeniert.«

»Inszeniert?«

»Hmm. Wir haben es entweder mit Mord in Verbindung mit Selbstmord oder mit einem Doppelmord zu tun. Darüber bin ich mir noch nicht ganz im Klaren. Aber es wird nicht mehr lange dauern.«

Das bezweifelte Montoya nicht.

»Ich schätze, der Mann war an den Sessel da gefesselt.« Sie deutete auf den alten Sessel aus Metall und Plastik, der in eine Zimmerecke gerückt worden war. »Es sind Blutspuren daran, und man kann sehen, dass er durch den Staub gezerrt worden ist … wegen der Fußabdrücke neben den Schleifspuren. Von Schuhen. Unser Bürschchen hier« – sie wies auf den Mann, der blicklos an die Decke starrte, mit glasigen Augen und aufgedunsenem Gesicht – »trägt keine Schuhe. Und wir haben auch keine gefunden. Für das Mädchen sind sie zu groß. Deshalb glaube ich, dass noch ein Dritter mit von der Partie war. Den Fußabdrücken nach zu urteilen ein großer, kräftiger Mann. Wir nennen ihn der Einfachheit halber Größe zwölf.«

»Der Mörder.«

»Ja. Das männliche Opfer hat Schuhgröße neuneinhalb, vielleicht auch zehn. Die ganze Szene wirkt so gestellt, dass wir es auf Anhieb erkannt haben. Wie gesagt, entweder ist der Mörder ein Idiot, oder wir sollen wissen, dass er dahinter steckt. Er spielt sich förmlich mit seiner Tat auf.« Aus schmalen Augen sah sie Montoya über den Rand ihrer Brille hinweg an. »An den Händen des weiblichen Opfers finden sich zwar Schmauchspuren und ein bisschen Blut, aber irgendetwas ist hier faul.«

»Wer hat sich übergeben?«

»Sie, dem Kleid nach zu urteilen.«

»Ein Hochzeitskleid? Sie war eine Braut?«

»Weiß ich nicht. Glaube ich aber nicht … Sehen Sie mal da,

diese Klamotten. Joggingshorts und T-Shirt. Sie hat sich umgezogen. Oder ist umgezogen worden. Auf jeden Fall, bevor der Tod eintrat, denn an dem Kleid sind überall Blutspritzer.«

»Warum hätte sie sich umziehen sollen?«

»Da bin ich überfragt.« Tiefe Furchen traten auf ihre Stirn. Sie tippte mit dem Bleistift an ihre Lippen und dachte laut nach. »Aber wer immer der Mörder sein mag, er führt uns etwas vor. Wir sollen bemerken, dass der Kerl nackt und bloß der Welt ausgeliefert ist und dass das Mädchen auf dem Weg zu ihrer eigenen Hochzeit ist … oder so ähnlich. Finden Sie's raus …«

Montoya gefiel nicht, was sie da vermutete. Er betrachtete den Mann, der auf dem Rücken lag, und die weibliche Leiche, die über ihn drapiert war. Etwas an dem männlichen Opfer …

»Erkennen Sie ihn?«, fragte Washington und deutete mit dem Bleistift auf den Toten mit dem schütter werdenden braunen Haar.

»Müsste ich ihn kennen?«

»Luke Gierman. Eine Art Lokalmatador. Skandal-Moderator.«

»*Gierman's Groaners*«, sagte Montoya verblüfft. Natürlich, der umstrittene Radiostar! Er war Gierman nie persönlich begegnet, hatte aber mehrmals sein Foto in der Zeitung gesehen.

»Er trug einen Ausweis bei sich. Bargeld und Kreditkarten wurden nicht angerührt, wie es aussieht. Hatte zweihundertundsechs Dollar bei sich und eine Empfangsbestätigung von der First Congressional Bank an der Decatur Street über zweihundert Dollar, datiert auf vorgestern Abend um 18:36 Uhr.«

»Vielleicht ist er danach entführt worden.« Montoya beschloss, sich die Aufzeichnungen der Überwachungskameras in der Bank anzusehen.

»Vielleicht. Was sie betrifft ...« Bonita Washington zeigte mit dem Finger auf die tote Frau. »Courtney LaBelle laut Studentenausweis in ihrer Brieftasche. Sie hatte keine Handtasche bei sich, nur ein dünnes Mäppchen, das in der Tasche ihrer Joggingshorts steckte. Keine Kreditkarte, nur fünf Dollar Bargeld. Aber sie hat einen Führerschein, dem zu entnehmen ist, dass sie aus New Orleans stammt. Wohnt irgendwo im Garden District.« Washington schnalzte betrübt mit der Zunge und schüttelte den Kopf. »Erst achtzehn Jahre alt ... Der Gerichtsmediziner hat sie schon mal oberflächlich untersucht und meint, der Leichenblässe und der Totenstarre sowie der Körpertemperatur nach zu urteilen, dürfte der Tod vorgestern Nacht eingetreten sein, wahrscheinlich zwischen zweiundzwanzig Uhr und drei Uhr morgens. Genauer kann er es noch nicht eingrenzen.«

»Nicht allzu lange nach Giermans Besuch auf der Bank.«

»Nein.«

»Hat sie Gierman gekannt?«, fragte Montoya mit einem Blick auf die Leiche des Mädchens. Ihre Haut war wächsern, das Gesicht ebenfalls aufgedunsen, doch er ahnte, dass die junge Frau recht hübsch gewesen war.

»Das müssen Sie herausfinden. Gierman stand angeblich auf jüngere Mädchen, sie wäre also bestimmt für ihn infrage gekommen.«

Montoya machte sich bereits Notizen. Bonita Washington nervte ihn manchmal entsetzlich, aber sie leistete gute Arbeit. Verdammt gute. Weshalb es nicht einfach war, ihr zu widersprechen, geschweige denn, sie zu ärgern. »Haben wir die Tatwaffe?«

»Ja. In einem Plastikbeutel versiegelt. Zweiundzwanziger Pistole. Befand sich in der Hand des weiblichen Opfers.«
Montoya sah noch einmal forschend auf den Boden. »Was hat es mit den Federn auf sich?«
»Ein Kissen. Vermutlich Gierman vor den Körper gebunden. Vielleicht, um den Schuss zu dämpfen, ich weiß es nicht. Es lag neben dem Sessel.« Washington deutete in die entsprechende Richtung. In der Mitte des alten Kissenbezugs befand sich ein Loch. Der zerschlissene Stoff und die Federn im Inneren waren angesengt und dunkel von Blut. »Einschuss aus nächster Nähe.«
Montoya musterte die Leichen, versuchte sich vorzustellen, wo sie sich vor zwei Tagen befunden hatten und wie es dazu gekommen war, dass sie sich im Tod beinahe wie ein Liebespaar umarmten.
»Wie gesagt, aus den Striemen an Giermans Beinen und Armen lässt sich schließen, dass er gefesselt war, vielleicht mit den Fußknöcheln an den Sesselbeinen, das würde die Blutergüsse erklären. Zwar haben wir nichts Entsprechendes gefunden, aber vermutlich war sein Mund mit Klebeband verschlossen. Auf seinem Gesicht finden sich noch Spuren von irgendeinem Klebstoff.«
Montoya nahm den Toten näher in Augenschein und entdeckte die gräulichen Fusseln, die an Giermans Wangen und Bartstoppeln hafteten. Auf seiner bleichen Haut war eine rechteckige, rötliche Verfärbung sichtbar, und selbst seine Lippen sahen wund aus, als wäre das Klebeband brutal abgerissen worden.
»Verheiratet sind sie nicht?«
»Er ist ledig – geschieden, glaube ich. Ich weiß nicht, wie es mit ihr aussieht, aber sie hat eine erhebliche Schürfwunde am linken Ringfinger. Sieht so aus, als wäre ihr gewaltsam

ein Ring abgestreift worden. Hat einen Teil Haut und Gewebe mitgerissen.«

»Herrgott«, knurrte Montoya mit einem Blick auf den verletzten Finger des Mädchens.

»Ich fürchte, das Jawort ist ihnen nicht leicht über die Lippen gekommen«, sagte Washington, in dem Versuch, mit einem makabren Scherz die Stimmung aufzuhellen.

Seit seinem Eintritt in den Polizeidienst hatte Montoya schon etliche bizarre Mordfälle erlebt, doch dieser hier zählte zu den ungewöhnlichsten. Er straffte sich. »Glauben Sie, hier wurde eine Art Hochzeit in Szene gesetzt? Unser Mörder war der Priester, der Ring wurde ihr mit Gewalt angesteckt, dann wieder abgerissen ... Haben Sie ihn gefunden?«

»Schmuck wurde nicht entdeckt, bis auf die Halskette, die das Opfer noch trägt.« Washington wies auf ein fein ziseliertes Goldkettchen mit einem kleinen Kreuz daran, offenbar aus Diamanten.

»Keine Schuhe?«, fragte Montoya.

»Nur Laufschuhe, von beiden. Es sieht verdammt danach aus, als wären sie auf dem Weg zum Training oder auf dem Heimweg nach dem Training gewesen. Beide trugen ursprünglich Shorts, T-Shirts und Laufschuhe, aber er« – Washington zeigte mit dem Bleistift auf den Toten – »er endet hier splitternackt, während sie« – Washington deutete auf die Frauenleiche – »ein Brautkleid trägt. Keine Schuhe, keine Strumpfhose, keinen Schleier und keinen Ring ... Verflixt merkwürdig, wenn Sie mich fragen.«

»Ganz meine Meinung.«

Washington drückte ihren Notizblock an die Brust und blickte auf Gierman hinab. »Wissen Sie, dieser Kerl hat eine Menge Leute gegen sich aufgebracht. Kirchliche Gruppierungen. Elterngruppen. Sogar die Freiwillige Selbstkontrolle saß ihm im Nacken. Trotz aller Popularität war er bei vielen regelrecht verhasst.« Ihre Lippen wurden schmal. »Es wäre eine Riesenuntertreibung zu sagen, dass er nicht ›politically correct‹ war.«

»Sie mochten ihn nicht?«

»Stimmt, aber« – ihr Blick schwenkte zu dem Mädchen – »wer mag ihn so gehasst haben, dass er ihn tot sehen wollte?«

»Courtney LaBelle?«, spekulierte Montoya.

»Nein. Das glaube ich nicht. Warum sollte eine Studentin ihn hierher schaffen, ihn gefangen halten, wie es aussieht, und dann ihn und sich umbringen?«

»Sexspielchen?«

»Er ist nackt, sie aber nicht. Er war vermutlich an den Sessel gefesselt, also in der unterlegenen Position.« Washington schaute Montoya abermals aus ihren braunen Augen an. »Das weiße Brautkleid ist allerdings nicht die übliche Tracht für eine Domina.«

Montoya sagte: »Ich wusste nicht, dass Sie sich mit so was auskennen.«

»Hey, Montoya, es gibt eine ganze Menge, was sie über mich nicht wissen. Hundehalsbänder, Peitschen, Schnürmieder sind nur ein kleiner Teil davon.« Ihr Lächeln blitzte auf und verriet, dass sie nur Spaß machte. Dann sah sie sich noch einmal ihre Zeichnung an und gab sich wieder ganz professionell. »Ich tippe noch immer auf Mr. Größe zwölf, aber wir werden mehr wissen, wenn die Spurensicherung abgeschlossen ist.«

»Gut.«

»Ich schlage vor, Sie bringen zunächst einmal alles über unsere Opfer in Erfahrung, was Sie nur finden können.«

Das war eine Selbstverständlichkeit und Montoya fühlte sich schon wieder bevormundet, doch statt sich auf ein Streitgespräch mit ihr einzulassen, fragte er: »Was ist mit den anderen Räumen des Hauses?«

»Sieht aus, als wäre nichts angefasst worden, aber wir überprüfen noch jedes einzelne Zimmer einschließlich des Dachbodens.«

»Das Türschloss?«

»Alt und verrostet. Kaputt. Die Jungs, die für Einbrüche zuständig sind, kümmern sich darum.«

»Weiß jemand, wem diese Hütte gehört?«

Wieder schaute sie ihn über den Rand der Brille hinweg spöttisch an. »Irgendwer weiß das bestimmt, ich aber nicht. Das herauszufinden ist ebenfalls Ihr Job.« Sie begann wieder zu zeichnen.

Montoya warf einen letzten Blick auf die Opfer in ihrer makabren Umarmung, dann sah er auf die Uhr, trug sich aus dem Register aus und verließ das Haus. Obwohl der Morgen immer noch schwül und drückend war, erschien ihm die Luft frisch im Vergleich zu dem abgestandenen, üblen Geruch im Inneren des Häuschens.

Er wich einem Forensiker aus, der Gipsabdrücke von Reifen- und Fußspuren nahm, und strebte dem alten roten Pickup zu.

Ein beleibter Schwarzer saß auf dem Fahrersitz, hatte das Radio eingeschaltet und trommelte ungeduldig mit dicken Fingern auf das Steuerrad.

»Ray Watson?«, fragte Montoya und zeigte durch das offene Fenster der Fahrertür seine Dienstmarke. Er warf einen Blick auf die Ladefläche des Pickups. Neben dem Kanu lagen eine Fischreuse und ein paar Ruten, ein Angelkasten, Ruder, Schwimmweste und ein Ködereimer. Alles war festgeschnallt, da die Heckklappe der Ladefläche wegen der Länge des Kanus offen bleiben musste.

»Der bin ich.«

Watson war etwa fünfzig Jahre alt. Er hatte ein breites Gesicht, weit auseinander stehende Augen und Zähne, in denen man, wenn er sprach, Goldfüllungen aufblitzen sah. Eine ausgeblichene Saints-Baseballkappe bedeckte sein lockiges, grau meliertes Haar. Er trug einen weiten Overall über einem T-Shirt und wirkte gereizt und müde. Neben ihm auf dem Beifahrersitz lagen ein Paar hüfthohe Gummistiefel, eine Taschenlampe und eine Dose mit Kautabak.

»Mr. Watson, sagen Sie mir bitte, was Sie vorgefunden haben. Und wie es dazu kam.«

»Sie haben es doch selbst gesehen«, sagte Watson und riss die Augen auf. »Ich habe in dieser Hütte nichts angefasst.« Er wies durch die von toten Insekten verschmierte Windschutzscheibe auf das Haus. »Ich bin wie immer zum Angeln hierher gekommen, aber dieses Mal sah es hier irgendwie anders aus. Irgendwie ... ich weiß auch nicht ... als ob etwas nicht stimmte. Ich hab gesehen, dass die Tür offen stand, und bin reingegangen. Da hab ich sie entdeckt, die Toten.« Er schüttelte den Kopf. »Ich konnte es nicht glauben. Also wirklich, der Kerl ist splitternackt, und die Frau ist angezogen, als wollte sie zu ihrer eigenen verdammten Hochzeit gehen.« Er löste den Blick von dem Haus und sah Montoya direkt in die Augen. »Ich hab sofort gesehen, dass sie tot sind, bin zurück zum Wagen gegangen und habe mit dem Handy meiner Frau die Polizei benachrichtigt.«

»Kennen Sie die Opfer?«

»Nein, Sir«, antwortete Watson nachdrücklich und schüttelte abermals den Kopf.

»Um welche Uhrzeit war das?«

»Vor ungefähr anderthalb Stunden«, sagte er nach einem Blick auf seine Uhr. »Um fünf Uhr heute Morgen. Ich komme immer schon früh her, vor dem Frühstück. Damit ich bei Sonnenaufgang anfangen kann zu angeln. Es war noch dunkel, als ich an dem Haus vorbeifuhr, aber ich habe es mit der Taschenlampe angeleuchtet, wie ich es immer mache, und, wie gesagt, irgendetwas kam mir komisch vor, gab mir ein seltsames Gefühl im Bauch, verstehen sie? Ich kann's nicht anders erklären. Da dachte ich mir, ich sehe lieber mal nach.«

»Und dann sind Sie reingegangen?«

»Genau.« Bei der Erinnerung an den Verwesungsgestank rümpfte Watson die Nase. »So was hab ich noch nie gesehen. Nein, Sir, weiß Gott nicht.«

»Sie wissen, wem das Haus gehört?«

»Nein. Früher gehörte es einem Kerl namens Bud Oxbow, einem Burschen, mit dem ich angeln gegangen bin.«

»Wo lebt Oxbow jetzt?«

»Er ist pensionierter Briefträger und ist vor fünf oder sechs Jahren in den Norden gezogen, irgendwo in die Nähe von Chicago, glaube ich. Hier hat er nie gewohnt, kam nur hin und wieder zum Angeln her und hing in Lotties Imbiss rum, da sind wir auch das erste Mal ins Gespräch gekommen. Hatte eine Wohnung in Mobile, wo er auch gearbeitet hat.« Watson kratzte sich am Kinn. »Ich meine, er hat erzählt, die Hütte da hätte er von einem Onkel geerbt, aber genau kann ich es nicht sagen.«

Montoya ging mit Watson noch einmal alles durch, doch Watson hatte nichts Neues hinzuzufügen. Er erklärte sich einverstanden, sich für weitere Fragen zur Verfügung zu halten und die Polizei anzurufen, wenn ihm noch etwas einfiel, was womöglich hilfreich sein könnte.

Montoya entließ seinen Zeugen. Als Watson den Zündschlüssel drehte und rückwärts den von Laub bedeckten Weg entlangfuhr, klopfte er zum Abschied zwei Mal auf den Kotflügel. Die Sonne stieg höher in den Himmel. Es war bereits ziemlich warm, doch Montoya sah dunkle Wolken am Horizont. Nachdem er noch ein paar Minuten lang mit den Leuten von der Forensik gesprochen hatte, kam er zu dem Schluss, dass er hier alles erfahren hatte, was zu erfahren war. Er stieg in seinen Wagen und fuhr zurück in die Stadt.

Ein höllischer Tag stand ihm bevor. Zwei Leichen, und es war noch nicht einmal Mittag.

4.

»Nur noch eine halbe Meile«, versprach Abby sich selbst. Sie lief mit hohem Pulsschlag am Straßenrand entlang. Ihre Waden schmerzten, ihre Schuhsohlen schlugen auf den Asphalt. Der Schweiß rann ihr in die Augen. Obwohl das Wetter sehr rasch umgeschlagen war und die Sonne von hoch aufgetürmten violetten Wolken vertrieben wurde, hatte sich Abby doch entschieden, das Risiko einzugehen und zu joggen. Drei Wochen waren seit dem letzten Mal verstrichen, und ihre Muskeln waren eine solche Anstrengung nicht mehr gewohnt. Sie biss die Zähne zusammen und lief weiter.

Als sie noch in Seattle lebte, war sie mindestens drei Mal die Woche gejoggt, doch in New Orleans mit seiner hohen Luftfeuchtigkeit und der drückenden Hitze fand sie mehr als genug Ausreden, um ihr Fitnessprogramm schleifen zu lassen.

Aber das sollte sich jetzt ändern.

Ihr Geburtstag war ein Wendepunkt gewesen, der auch beinhaltete, dass sie ihr Sportprogramm wieder aufnahm. Ob sie nun hier lebte oder bei Alicia in der Bay Area, sie würde nicht zulassen, dass sie sich mangels Sport ihre Figur verdarb. Pech für sie, dass jetzt ihre Lungen brannten und sie

Seitenstiche bekam. Sie verdrängte die Schmerzen und lief weiter, bis sie am Briefkasten der Pomeroys, ihrer Drei-Meilen-Grenze, angelangt war.

Als sie an dem massiven Tor vorbeilief, verlangsamte sie ihren Schritt und warf einen raschen Blick durch die kostspielige Barrikade aus Schmiedeeisen und Backstein, die Asa Homer Pomeroy, einen Multimillionär, gegen die Neugierigen abschirmte. Er war zum vierten Mal verheiratet und lebte zurückgezogen auf einem Anwesen, das an Tara in *Vom Winde verweht* erinnerte. Zwei Mal jährlich machte er sein Grundstück für die Öffentlichkeit zugänglich, einmal zu Weihnachten und einmal am Faschingsdienstag. Abgesehen von diesen Gelegenheiten hatte Abby, obwohl sie seine Nachbarin war, sein Haus nie betreten. Sie und Vanessa Pomeroy, die Frau des Multimillionärs, bewegten sich eben nicht in denselben gesellschaftlichen Kreisen.

Sie hörte ein leises Knurren und warf erneut einen Blick durch den Zaun. Der Rottweiler der Pomeroys lief auf der anderen Seite auf und ab. Es war ein riesiges Tier, mit einem Kopf so breit wie der eines Bären. Er bellte wie verrückt, laut genug, um von hier bis in die Stadt die Toten zu wecken.

Lass mich in Ruhe, dachte Abby. Sie atmete schwer und schwitzte so heftig, dass ihr Haar nass war und sich feuchte Löckchen aus ihrem Pferdeschwanz befreiten und um ihr Gesicht ringelten. Zügig ging sie um eine Straßenbiegung herum etwa eine Viertelmeile zurück zu ihrem Haus. Das pinkfarbene T-Shirt klebte ihr am Leib und selbst ihre Shorts waren feucht von Schweiß. An ihrer Zufahrt angelangt, lehnte sie sich gegen das Schild mit der Aufschrift *Vom Eigentümer zu verkaufen* und machte Dehnübungen für die Waden und die Oberschenkel. Trotz der Muskelschmerzen fühlte sie sich nach der körperlichen Anstrengung wohl.

Maurys Anruf wegen Luke hatte sie geärgert. Was zum Teufel führte ihr Exmann im Schilde? »Das geht dich nichts an«, sagte sie laut, legte die Hände auf die Hüften, beugte langsam die Wirbelsäule nach vorn, dann nach hinten, und spürte, wie sich sämtliche Muskeln dehnten.

Den Vormittag hatte sie mit Putzen und mit dem Beantworten von Anrufen wegen der Hausbesichtigung verbracht, dann hatte sie den Dreimeilenlauf eingeschoben, und anschließend wollte sie sich um halb zwei am Nachmittag mit den ersten Kunden in ihrem Studio treffen. Danach standen noch zwei weitere Foto-Sessions und zwei Hausbesichtigungen an. Ein Ehepaar hatte es bereits am Vorabend gesehen, aber um einen zweiten Termin gebeten. Der zweite potenzielle Käufer war ein allein stehender Mann.

Sie zog gerade die Zeitung aus dem Briefkasten, da huschte Ansel mit einer Maus im Maul um die Ecke. »Oje, was hast du denn da?«, fragte Abby und sah, dass das kleine Nagetier noch lebte und zuckte, die Knopfaugen starr vor Angst. »Ach, Ansel«, flüsterte Abby. Sie wollte sich nicht mit dieser Feldmaus befassen müssen, weder tot noch lebendig. »Lass sie laufen. Auf der Stelle! Und fang sie bloß nicht noch einmal und schlepp sie auch nicht ohne Kopf zuhause an! Ansel!« Der Kater huschte davon.

Abby hörte Motorengeräusch. Als sie sich umdrehte, bog ein Streifenwagen in die Zufahrt ein. Ihr Herz setzte einen Schlag lang aus. Was pflegte ihr Vater noch immer zu sagen? Die Polizei kommt nur aus zwei Gründen, und keiner davon ist gut.

Entweder jemand ist gestorben.

Oder du sollst verhaftet werden.

Ihr Mund wurde trocken.

Aus den Augenwinkeln sah sie gerade noch, dass die Maus

entkommen war und rasch im Unterholz verschwand. Ansel nahm die Verfolgung auf. Doch Abby konzentrierte sich bereits auf den Mann, der jetzt aus dem Streifenwagen ausstieg.

Er war ungefähr einsachtzig groß, athletisch gebaut, hatte pechschwarzes Haar und scharf gemeißelte Gesichtszüge, die vermuten ließen, dass irgendeiner seiner Vorfahren Indianer gewesen war. Er trug ein gepflegtes Kinnbärtchen, und in einem Ohr blinkte ein goldener Ring.

»Abby Gierman?«, fragte er, setzte die Sonnenbrille ab und sah sie aus dunklen, ausdrucksvollen Augen an. Er war zwar nicht schön in der Art von Hollywoodstars, sah aber gut aus und hatte etwas Gefährliches an sich. Er hängte die Sonnenbrille in seinen offenen Hemdkragen, wo ein paar dunkle Brusthaare sichtbar waren.

»Ja, ich bin Abby.«

Er blickte sie direkt und fest an und sein Gesichtsausdruck verriet alles: Er brachte schlechte Nachrichten. Wahrscheinlich die denkbar schlechtesten.

Sie dachte an ihren Vater ... der durch das Emphysem und den Krebs ständig vom Tode bedroht war. *Nein, lieber Gott, bitte, lass Dad nicht tot sein!* Ihr Herz klopfte wie wild, ihre Nerven waren zum Zerreißen gespannt.

»Ich heiße Chastain. Abby Chastain.«

Er griff in seine Tasche und zückte seine Dienstmarke. »Aber vormals hießen Sie Gierman«, sagte er und fügte hinzu: »Detective Reuben Montoya vom New Orleans Police Department.« Seine im Sonnenlicht glänzende Marke bestätigte seine Identität.

»Wollen Sie wirklich zu mir?«, fragte sie mit zitternder Stimme.

»Leider ja. Vielleicht sollten wir ins Haus gehen.«

»Was ist passiert, Detective?«, fragte Abby und dachte unwillkürlich an das Gespräch mit Maury Taylor am Vortag. Maury hatte sich Sorgen um Luke gemacht. Und der Polizist hatte sie mit dem Namen ihres geschiedenen Mannes angesprochen. Also ging es doch nicht um ihren Vater! »O Gott, Luke«, flüsterte sie und schlug die Hand vor den Mund. »Was ist passiert?«

»Ms. Chastain, er ist tot. Es tut mir Leid.«

Sie schnappte nach Luft und ihre Knie gaben nach. Blitzschnell ergriff Montoya ihren Arm. Seine kräftige Hand verhinderte, dass sie zusammenbrach.

Ihr Verstand setzte aus und sie fühlte sich wie losgelöst von der Realität.

Vor ihrem inneren Auge flackerten in rascher Folge Bilder von Luke auf. Luke beim Segeln auf dem Puget Sound, das Haar flattert um sein Gesicht, weil er vor dem Wind kreuzt. Luke, der ihr eine einzelne Rose schenkt und sie auf einer Wanderung in den Olympic Mountains bittet, seine Frau zu werden. Luke, der in aller Herrgottsfrühe zur Tür hinaushastet, um bei seinem Radiosender in Seattle die Nachrichten zu sprechen. Luke, der völlig derangiert spät nach Hause kommt, mit leuchtenden Augen und lahmer Ausrede. Luke, der ihr, betrunken, von Zoey erzählt …

Abby schloss die Augen. Kämpfte gegen die Tränen. Ihr wurde flau im Magen und sie hatte das Gefühl, sich übergeben zu müssen.

Tot? Er war tot? Luke? Ausgeschlossen! Das konnte nicht sein. Es war unmöglich. Sie hatte doch gerade noch, vor ein paar Tagen, mit ihm am Telefon gesprochen, gestritten. Sie blinzelte heftig die heißen Tränen weg. »Ich … Das glaube ich nicht.«

Doch Montoyas Gesicht sagte alles. Es war kein Streich,

kein Publicity-Gag vom größten Meister der Eigenwerbung persönlich. »Es tut mir Leid«, wiederholte er.

Sie atmete tief durch, strich sich die Haare aus den Augen und bemerkte, dass Montoyas kräftige Finger immer noch ihren Arm umfassten. Als wäre er im selben Moment gewahr geworden, dass sie nicht kurz vor einer Ohnmacht stand, ließ er sie los.

»Woher wussten Sie gleich, dass es um Luke Gierman geht?«

Sie zuckte mit den Schultern und wünschte sich im Stillen, ihr letztes Gespräch mit ihrem Exmann hätte nicht in einem Streit geendet. »Weil Maury Taylor gestern hier angerufen und nach ihm gefragt hat. Maury fürchtete, ihm könnte etwas zugestoßen sein. Aber ich habe ihn abgewimmelt. Ich dachte, es handelte sich mal wieder um einen von Lukes Gags.« Sie schloss ganz fest die Augen und atmete erneut tief durch. »Ich kann es nicht glauben. Das muss ein Irrtum sein.«

»Es ist kein Irrtum.« Montoyas Stimme war fest, seine Miene überzeugend.

Sie wehrte sich gegen den Sturzbach von Tränen um einen Mann, den sie nicht mehr liebte. »Was ist passiert?«, fragte sie und ihre Stimme klang in ihren eigenen Ohren fern und distanziert. Er muss einen Unfall gehabt haben ... sein verdammter Wagen, das war's.

»Ich finde, wir sollten ins Haus gehen.«

»Warum?«, fragte sie erneut und dann sah sie etwas in Montoyas Augen, etwas Düsteres, Verdächtiges und Beängstigendes. Wieder begann ihr Herz zu rasen. »Was ist passiert, Detective?«, fragte sie mit festerer Stimme. Ihre Gedanken überschlugen sich.

»Ein Schuss. Aus nächster Nähe.«

»Wie bitte?«

»Er ist ermordet worden.«

»Nein! Was sagen Sie da?« Sie taumelte ein paar Schritte zurück. Nein, nein, nein! »Jemand hat auf ihn geschossen und ihn *umgebracht*?«

»Ja.«

Sie hörte Montoya wohl, aber es war, als kämen seine Worte durch einen tiefen Tunnel von weither.

»Lieber Gott. Ich – ich dachte an einen Verkehrsunfall …« Spontan fiel sie zurück in eine Gewohnheit aus ihrer Jugend und bekreuzigte sich automatisch, während die Nachricht langsam in ihrem Gehirn Fuß fasste. Es begann, in dicken Tropfen zu regnen. »Wer?«, fragte sie. »Und warum?«

»Das wissen wir noch nicht.«

»Oh, mein Gott.« Sie hob den Blick zum Himmel, ohne auf die Regentropfen zu achten, die auf ihre Wangen prasselten und an ihrem Hals herabliefen.

»Ms. Chastain …«, sagte er und wies auf die Veranda.

Sie sah ihn an, sah die Wassertropfen, die ihm in den Kragen rannen und die Schultern seines Hemdes schwarz färbten.

»O ja … natürlich«, sagte sie, als ihr endlich bewusst wurde, dass sie beide im Begriff waren, nass bis auf die Haut zu werden. »Gehen wir hinein.« Benommen steuerte sie auf die Garagentür zu und tippte die Codenummer in die elektronische Vorrichtung ein. Ein Signal blinkte auf und meldete einen Fehler. Sie versuchte es noch einmal. Das Wasser gurgelte bereits in den Gullys, Tropfen hingen in Abbys Wimpern. Wieder blinkte das Lämpchen auf, und die Tür öffnete sich nicht. »Verdammt«, schimpfte sie. Nach dem dritten Versuch hob sich das schwere Tor geräuschvoll, und noch bevor es zum Stillstand kam, hatte sie sich darunter hindurch geduckt und betrat die Garage. Tropfnass zwängte sie sich zwischen ihrem Honda und Regalen voller Farbdosen, Gartengeräten und Säcken mit Katzenstreu hindurch, schleuderte ihre Schuhe von sich und öffnete die Tür zur Küche. Dicht gefolgt von Montoya eilte sie zum Spülbecken, drehte den Hahn auf und bespritzte ihr Gesicht mit Wasser.

Luke war tot. Tot!

Sie konnte es nicht fassen. Alles erschien ihr so surreal, so verschwommen …

Sie nahm ein Geschirrtuch vom Küchentresen und wischte sich das Gesicht trocken, und währenddessen hämmerten immerzu die Worte *Luke ist tot! Luke ist tot! Luke ist tot!* in ihr Gehirn und verursachten ihr bohrende Kopfschmerzen.

»Ist alles in Ordnung?« Montoyas Stimme klang weich. Als ob er sich Sorgen um sie machte, ihre Gefühle teilte. Er hatte so etwas sicher schon oft tun müssen. Einige Dutzend Male vermutlich. War daran gewöhnt, der Überbringer schlechter Nachrichten zu sein. Trotzdem entging seinen braunen Augen nichts. Sexy und dunkel registrierten sie jede ihrer Reaktionen. Abby spürte es und war misstrauisch. Auf der Hut.

»In Ordnung?«, wiederholte sie. »Nein. Bei mir ist ganz eindeutig *nichts* in Ordnung.« Sie schüttelte den Kopf, spürte, wie ihr nasser Pferdeschwanz ihre Schultern streifte, lehnte sich, eine Stütze suchend, mit der Hüfte an den Küchentresen und bot Montoya das Geschirrtuch an.

»Nein, danke. Es geht schon.«

»Ich kann es nicht glauben«, fuhr sie fort und faltete das Tuch zusammen. »Ich weiß, das habe ich schon einmal gesagt, aber es ist verdammt schwer zu akzeptieren.« Ihr Puls beruhigte sich, aber sie war immer noch benommen und wie vor den Kopf geschlagen. »Ich meine … wir haben erst neulich Abend noch miteinander geredet.« Sie dachte an den Streit wegen Lukes Sachen, die sie weggegeben hatte, und ihr Gesicht, das, wie sie mit Sicherheit wusste, alle Farbe verloren hatte, wurde plötzlich glühend rot. Schmerzhaftes Bedauern durchzuckte sie bei dem Gedanken, dass ihre letzten Worte an Luke vorwurfsvoll und im Zorn gesprochen worden waren. Geistesabwesend faltete sie das Geschirrtuch noch einmal neu zusammen.

»Worüber haben Sie geredet?« Offenbar aus dem Nichts zauberte er plötzlich einen Notizblock hervor.

»Oh …« Sie atmete hörbar aus und zuckte mit den Schultern. »Wir haben gestritten. Natürlich. Wir haben uns ständig gestritten. Konnten offenbar mit der Scheidung nicht richtig umgehen. Dieses Mal ging es um die Sachen, die er hier zurückgelassen hatte, nachdem er ausgezogen war. Er war sauer, weil ich sie weggegeben hatte.«

Sie wandte den Blick ab, wollte nicht in seine wissenden Augen schauen. In diesem Moment wurde ihr klar, dass sie gut überlegen musste, was sie diesem gewissenhaften Mann gegenüber äußerte. Er war kein Freund, kein Priester, nicht einmal ein Bekannter. Er war Polizist. In den Händen hielt sie das Geschirrtuch. Wie oft hatte sie es inzwischen gefaltet, wieder ausgeschüttelt und neu gefaltet? Vier Mal? Fünf Mal? Sie war sich nicht bewusst gewesen, was sie tat.

»Wie auch immer, es war uns unmöglich, miteinander auszukommen.«

»Haben Sie Kinder?«

Abby schüttelte den Kopf, bemüht, ihr Bedauern nicht zu zeigen, und tupfte sich den Schweiß ab, der sich in ihrem Nacken gesammelt hatte. Sie hatte sich Kinder gewünscht, hatte für eine Weile geglaubt, sie könnten eine glückliche Familie gründen. Zwei Fehlgeburten hatten sie in Verzweiflung gestürzt, doch als es in ihrer Ehe zu kriseln begann, war sie zu dem Schluss gekommen, es als Segen zu betrachten, dass sie kein Baby über den dritten Monat hinaus hatte austragen können. »Nur eine Katze und einen Hund«, sagte sie und schüttelte die bittere Erinnerung ab. »Bei unserer Trennung habe ich Ansel, den Kater, bekommen, und Luke erhielt Hershey, unseren braunen Labrador. Es war ziemlich schlimm, den Hund abgeben zu müssen. Ich kann mir gar nicht vorstellen, wie es gewesen wäre, wenn wir Kinder gehabt hätten.« Bei dem Gedanken an den Hund ergriff sie Panik. »Was ist mit Hershey?«, wollte sie wissen. »Wo ist sie?«

»Unsere Leute sind zurzeit noch in Giermans Stadtwohnung.«

»Ich will meinen Hund zurück«, sagte sie mit Nachdruck.

»Der Hund ist ziemlich groß dafür, dass er in einer Wohnung gehalten wird.«

»Ich weiß. Ich wollte beide Tiere behalten, aber Luke ließ nicht mit sich reden. Er wollte sich eine größere Wohnung suchen, ein Haus mit Garten … bald schon.« Abby zog die Brauen zusammen. »Wie bekomme ich meinen Hund zurück? Ich fahre jetzt gleich zu seiner Wohnung.«

»Nein.« Er schüttelte den Kopf. »Giermans Wohnung wird noch auf Spuren untersucht.«

»Was? Aber Hershey …«

»Ich kümmere mich darum.«

»Würden Sie das tun?«

»Ja. Später, aber heute noch.«

Diese kleine Freundlichkeit des hartgesottenen Polizisten ließ in ihrem Inneren etwas schmelzen. »Danke«, flüsterte sie und fuhr sich mit einer Hand durch das feuchte, zurückgebundene Haar. Der Schock löste sich allmählich.

»Hält sich im Augenblick jemand in der Wohnung auf? Können Sie anrufen und fragen, ob Hershey nichts fehlt?«

»Ich war eben noch dort. Dem Hund geht es gut.« Montoyas Blick hielt ihren fest. »Einer vom Dezernat hat Hershey Gassi geführt und sie dann in einen Zwinger gesperrt, aber ihr fehlt nichts.« Als Abby aufbegehren wollte, fügte er hinzu: »Wirklich nichts.«

»Schon gut, schon gut. Das alles ist nur so … sonderbar! So beunruhigend. Haben Sie eine Ahnung, wer es getan hat?«

»Genau das versuchen wir gerade herauszufinden.«

»Wo war er denn? Sie sagten, Sie untersuchen die Wohnung nach Spuren. Ist jemand eingebrochen?«

In ihrem Kopf dröhnten Tausende von Fragen, sie fühlte sich losgelöst von ihrem Körper, als wäre alles nur ein böser Traum. Doch inmitten all dieser Verwirrung spürte sie, wie der Detective sie musterte, als hätte sie etwas zu verbergen. Er wandte nicht ein einziges Mal den Blick von ihrem Gesicht. Gut, sollte er sie anschauen, solange er wollte.

»Setzen wir uns.«

Sie nickte, und obwohl ihre Beine wie aus Gummi waren, führte sie ihn die paar Schritte ins Wohnzimmer, wo sie sich in ihren Lieblingssessel sinken ließ, einen Schaukelstuhl, den ihre Großmutter ihr vermacht hatte. Abby hatte den Stuhl in die Ecke am Fenster gestellt und zog sich oft dorthin zurück, wenn sie nachdenken musste. Manchmal schaukelte sie stundenlang und blickte hinaus in die Wildnis oder in die Schwärze der Nacht.

Jetzt allerdings blieb der Schaukelstuhl still stehen. Abby nagte an ihrer Unterlippe und beobachtete den Detective mit seinen müden Augen, denen nichts fremd zu sein schien, mit den angespannten, scharf umrissenen Lippen und den regelmäßigen weißen Zähnen. Seine Nase war lang, ein biss-

chen schief, und Abby vermutete, dass sie schon mindestens einmal gebrochen gewesen war. Seine Hände waren groß wie die eines Sportlers. Er hatte die Hemdsärmel bis zu den Ellbogen hochgekrempelt, und seine Unterarme waren goldbraun und bedeckt mit schwarzen feinen Härchen.
Er sah gut aus, das stand außer Frage, und das wusste er wohl auch. Etwas an seiner Art ließ vermuten, dass er seine erotische Ausstrahlung zu seinem Vorteil zu nutzen wusste.
Nicht unbedingt der typische Detective – mit den hochgekrempelten Ärmeln, der Jeans und dem Ohrring.
Warum bemerkte sie das in dieser Situation überhaupt?
»Soll ich Ihnen ein Glas Wasser holen oder sonst etwas?«, bot er an, doch sie schüttelte den Kopf.
»Es geht schon wieder.« Das war gelogen, und sie wussten es beide. Abby fuhr fort: »Bitte, Detective, sagen Sie mir, was Luke zugestoßen ist.«
Er nahm in der Sofaecke Platz und berichtete mit knappen Worten, dass Luke in einer abgelegenen Hütte im Sumpf etwa zehn Meilen von Abbys Haus entfernt gefunden worden war. Ein Angler hatte bemerkt, dass die Tür nicht richtig geschlossen war, er ging hin, um nachzusehen, und fand Lukes Leiche.
»... und da ist noch etwas«, fügte Montoya, die Hände zwischen den Knien gefaltet, hinzu. »Ihr Mann war ...«
»Exmann«, korrigierte Abby hastig, obwohl die Szene so unwirklich war und Montoyas Worte von weither zu kommen schienen.
Montoya räusperte sich, und sein Blick wurde noch eindringlicher, noch konzentrierter. »Ihr Exmann war nicht allein. In der Hütte befand sich noch eine weitere Leiche.«
»Was?«, fragte sie und starrte ihn an. »Dann sind *zwei* Menschen umgebracht worden?«

»Ja.« Er nickte knapp.
Ihr wurde eiskalt.
»Wie ist es denn passiert?«
»Wir sind uns noch nicht sicher, was in dieser Hütte vor sich gegangen ist. Die Szene ist so inszeniert worden, dass es aussieht wie ein Mord in Verbindung mit Selbstmord. Beim jetzigen Stand der Ermittlungen gehen wir jedoch von einem Doppelmord aus. Wir nehmen an, dass die Opfer zu der Hütte verschleppt worden sind.«
»Aber Sie wissen es nicht mit Sicherheit?«
»Noch nicht, nein. Bis wir das Beweismaterial ausgewertet haben, spielen wir alle Möglichkeiten durch.«
Abby war fassungslos. »Und … was ist *Ihrer* Meinung nach passiert?«
»Wie gesagt, wir sind uns noch nicht völlig si…«
»Ja, das haben Sie schon gesagt, Detective, aber Sie haben doch vermutlich eine Ahnung, nicht wahr? So heißt es doch immer! Haben Sie nicht so ein Gefühl? Ein Polizist, der viele Tatorte gesehen und Ermittlungen in Mordfällen durchgeführt hat, entwickelt doch bestimmt eine Theorie über die Vorgänge.«
»Wir werden es bald wissen.«
»Das ist alles unglaublich«, flüsterte Abby, und trotz der Wärme lief ihr ein Schauer über den Rücken. Sie riss sich zusammen und fragte: »Wer ist das andere Opfer?«
Sollte sie jetzt womöglich erfahren, dass noch jemand, den sie kannte, jemand, der ihr nahe stand, ermordet worden war? Sie umklammerte die Armlehnen des Schaukelstuhls so heftig, dass ihre Fingerknöchel weiß hervorstachen.
»Eine achtzehnjährige Frau namens Courtney Regina LaBelle.« Montoya legte eine kurze Pause ein, und seine dunklen Augen forschten in ihrem Gesicht, gespannt auf

ihre Reaktion. »Sie war Studentin, Erstsemester, am All Saints College in Baton Rouge.«

Courtney LaBelle? Hatte sie den Namen schon mal gehört? Irgendetwas regte sich schwach in ihrem Gedächtnis, aber die Erinnerung kam nicht.

»Kennen Sie sie?«

»Nein.« Abby schüttelte langsam den Kopf, ließ den Namen auf sich wirken, gelangte jedoch zu keinem Ergebnis. *Achtzehn? Das Mädchen war kaum erwachsen? O Luke ... Du idiotischer Dummkopf!*

»Kannte sie Ihren Exmann?«

»Ich weiß es nicht.« Abby überlegte angestrengt, versuchte, sich an einen Namen und das dazu gehörige Gesicht zu erinnern, an ein Mädchen, das sie beide gekannt hatten oder dem sie auf einer Party vorgestellt worden waren, aber nein ... Das Mädchen war einfach zu jung. »Tut mir Leid. Luke und ich sind seit über einem Jahr geschieden. Ich weiß nichts von den Frauen, mit denen er sich trifft ... oder ... oder als Freundin oder Bekannte betrachtet. Er hat eine feste Freundin, Nia Soundso.«

»Nia Penne«, bestätigte Montoya, ohne seine Notizen zu konsultieren. »Sie ist offenbar seine Exfreundin. Hält sich in Toronto auf. Seit einer Woche.«

Abby dachte an das Telefongespräch mit Maury. Das also hatte er ihr sagen wollen! Luke und Nia hatten sich getrennt. Sie verzog das Gesicht, erinnerte sich an die Panik in der Stimme von Lukes Freund und daran, wie sie ihn abgefertigt hatte.

Abby schüttelte den Kopf und versuchte, die Zusammenhänge zu begreifen. »Das hat Maury mir nicht gesagt, als er mich gestern anrief. Maury Taylor arbeitet mit Luke zusammen. Wie gesagt, er war auf der Suche nach ihm.«

»Hatte er einen bestimmten Grund zu glauben, Luke würde sich bei Ihnen melden?«

»Keine Ahnung. Vielleicht hatte er bereits mit Lukes anderen Freunden gesprochen … aber ich bin mir nicht sicher. Sie müssen ihn schon selbst fragen.«

»Das werde ich tun.«

Abby zweifelte nicht daran. Das entschlossene Glitzern in Montoyas Augen ließ sie die Überzeugung gewinnen, dass er den Mord an Luke aufklären würde.

»Hatte Ihr Exmann Feinde?«, fragte er.

Sie sah ihn an, als wären ihm plötzlich Hörner gewachsen, und hätte beinahe gelacht. »Er verdiente sein Geld damit, sich Feinde zu schaffen! Das wissen Sie doch. Ich bin sicher, dass der Geschäftsführer des Senders oder der Produzent seiner Sendung Ihnen eine ellenlange Liste von Leuten vorweisen können, die sich über ihn beschwert haben.«

»Und persönliche Feinde?«

Sie zuckte mit den Schultern und versuchte, sich zu konzentrieren, doch die Tatsache, dass Luke tot war, dass jemand ihn umgebracht hatte, ließ sie keinen klaren Gedanken fassen. »Vermutlich. Aber … mir fällt im Moment einfach keiner ein.« Montoya hatte etwas an sich, das sie nervös machte. Als wisse er, wie es auf beiden Seiten des Gesetzes aussah. Als sei er in der Lage zu durchschauen, wie sie im Grunde ihres Wesens war. Als Frau. Als Verdächtige. Abby machte sich nichts vor. Exfrauen boten sich als Verdächtige geradezu an. Sie ermahnte sich, auf der Hut zu sein, zwar die Wahrheit zu sagen, aber dabei sehr besonnen vorzugehen.

Es kam ihr vor, als würde er, wenn er sie so eindringlich ansah, nach Hinweisen darauf suchen, dass sie ihn täuschte. Und gleichzeitig hatte sie den Eindruck, er wartete in den

Gesprächspausen darauf, dass sie das Schweigen brach und etwas sagte, das sie später bereuen würde.

Oder bildete sie sich das alles nur ein? Hatte der Schock über Lukes Tod sie um den Verstand gebracht?

»Ich bin der Meinung, wir sollten jemanden anrufen, der Ihnen Gesellschaft leisten kann. Eine Freundin? Ein Verwandter? Vielleicht auch eine Nachbarin.«

Sie dachte an Vanessa Pomeroy nebenan, an ihre Schwester in Seattle, an Alicia an der Westküste, ihren Vater oder Tanisha, die Studentin, die in Teilzeit in Abbys Studio in der Stadt arbeitete. »Nein. Ich komme zurecht, wirklich. Es ist ja nicht so, als sei ich noch immer in ihn verliebt.«

Montoya zog eine Braue hoch, und sofort bereute sie ihre Worte. Sie spürte den Drang, ihre Äußerung zu erklären. »Hören Sie, Detective, der Umstand, dass er mich wegen einer anderen Frau, einer viel jüngeren noch dazu, verlassen hat, bedeutet nicht zwangsläufig, dass ich mich noch nach ihm verzehre oder völlig zusammenbreche, wenn Sie gleich gehen. Was ich für Luke empfunden habe, ist schon vor langer Zeit gestorben. Traurig, aber wahr.«

Sie senkte den Blick auf ihre Finger und nagte an ihrer Unterlippe. In dem Schweigen, das jetzt einsetzte, waren die Geräusche des Hauses – das Knarren von Holz, das Scharren eines Eichhörnchens auf dem Dach, das stetige Gurgeln von Wasser in den Regenrinnen – umso deutlicher wahrnehmbar.

»Unsere Ehe war schon gescheitert, als wir von Seattle hierher gezogen sind. Wir wollten uns eine zweite Chance geben, aber es ging schief.« Sie nickte vor sich hin, und das Eingeständnis ihrer wahren Gefühle tat ihr gut. »Trotzdem kann ich einfach nicht glauben, dass er tot ist.« Jetzt war es an ihr, Montoya eindringlich anzusehen. »Sie sind doch

sicher, dass er tot ist, oder? Als ich hörte, dass er vermisst wird, glaubte ich wirklich an einen Publicity-Gag.«
»Falls es einer war, ist er gründlich daneben gegangen. Luke Gierman ist tot, glauben Sie mir.«
Eine tiefe Traurigkeit stieg in ihr auf. So groß die Meinungsverschiedenheiten zwischen Luke und ihr auch gewesen sein mochten, sie fand es grausam, dass er umgebracht, dass sein Leben ausgelöscht worden war, bevor er die vierzig erreicht hatte.
Montoya erhob sich und griff in seiner Gesäßtasche nach seiner Brieftasche. Sie verfolgte die Geste, bemerkte, wie sich sein Hintern in der Jeans abzeichnete, und wandte hastig den Blick ab. Himmel, was war denn in sie gefahren? Ja, die Hüften des Kerls befanden sich genau in ihrer Blickrichtung, na und? Hatte Lukes gewaltsamer Tod etwa ihren sexuellen Appetit geweckt? Das war ja widerlich! Was dachte sie sich nur dabei, den Hintern des Detective zu begutachten?
Im Grunde lag da das Problem: Sie dachte gar nicht. Trotz all ihrer Versicherungen, dass sie die Nachricht vom Tod ihres Exmannes schon verkraften würde, stand sie eindeutig unter Schock.
Gut, dann war ihr eben aufgefallen, dass der Detective sexy war. Was bedeutete das schon? Sie wusste schließlich auch, dass sie ihm nicht über den Weg trauen durfte.
Er kritzelte etwas auf die Rückseite einer Visitenkarte, und falls er bemerkt hatte, wie sie ihn musterte, war er diskret genug, es nicht zu zeigen.
»Meine Handynummer«, erklärte er. »Falls Ihnen noch etwas einfällt, rufen Sie mich bitte an.«
»Sie mich auch.« Abby stand auf und nahm die weiße Karte entgegen. Dann kam ihr ein entsetzlicher Gedanke. »Bitte,

sagen Sie nicht, dass ich in die Leichenhalle kommen und ihn identifizieren muss«, bat sie und hatte plötzlich wieder weiche Knie.
»Nein. Seine Eltern kommen her.«
Sie nickte, wollte nicht an ihre Exschwiegereltern denken und auch nicht an den Schmerz, den sie jetzt durchlebten.
»Übrigens ... Ich habe das Verkaufsschild draußen gesehen. Sind Sie im Begriff umzuziehen?«
»Wenn ich das Haus verkauft habe, ja«, antwortete Abby und fragte sich, warum sie plötzlich das Gefühl hatte, sich verteidigen zu müssen, so, als wäre seine Frage eine von der Art, die man einem Verdächtigen stellt. Sie rechnete schon fast damit, dass er sie bitten würde, die Stadt nicht zu verlassen, doch er ließ das Thema fallen und fragte nur noch einmal, ob er jemanden anrufen sollte, der ihr Gesellschaft leistete. Als sie ablehnte, versprach er, später mit ihrem Hund zurückzukommen.
Sie begleitete ihn zur Tür und sah von der Veranda aus zu, wie Montoya seinen muskulösen Körper hinter das Steuer seines Streifenwagens klemmte. Er setzte sein Fahrzeug rückwärts aus der langen Zufahrt, wobei unter den Reifen das Wasser aufspritzte, und bog dann auf die Straße ab.
Als der Wagen Abbys Blicken entschwunden war, brach sie auf der Veranda zusammen und ließ ihren Tränen freien Lauf. Es war im Grunde dumm, sie liebte Luke ja nicht, liebte ihn schon lange nicht mehr, aber trotzdem hinterließ das Wissen, dass er ermordet worden, dass er für immer fort war, eine große Leere in ihrem Innern.
Wer hatte ihn umgebracht? Hatte er seinen Angreifer gekannt? Hatte die Frau den Abzug gedrückt? Oder hatte ein Dritter die beiden getötet?
Montoya hatte sich, was die Einzelheiten der Todesfälle an-

ging, ziemlich bedeckt gehalten. Wer hatte Luke ermordet? Klar, er hatte Dutzende, wenn nicht Hunderte von Feinden, aber wer war empört und wütend genug gewesen, ihn zu erschießen?

Und warum auch das Mädchen?

Es sei denn, sie waren liiert. Hatten eine sexuelle Beziehung.

So widerlich es auch war, Abby konnte sich durchaus vorstellen, dass Luke fasziniert war von einer Studentin mit strahlendem, unschuldigem Lächeln und einem jungen, geschmeidigen Körper. Er stand seit jeher auf junge Frauen, und jetzt hatte es ihn offenbar das Leben gekostet. Wie hatte ihn jemand überwältigen können? Wo war er entführt worden? Und warum?

Abby wischte sich die Tränen ab, zwang sich, aufzustehen und ins Haus zu gehen. *Reiß dich zusammen, Abby. Lass dich nicht so gehen! Er war nicht mehr dein Mann, und, sei ehrlich, manchmal hast du den Kerl richtig gehasst!*

Sie schloss die Haustür ab, legte den Riegel vor und begab sich ins Bad, um zu duschen. Sie musste einen klaren Kopf bekommen. Ändern konnte sie ohnehin nichts mehr. Sie sah auf die Uhr. Ihr blieb gerade noch genug Zeit, sich zurechtzumachen und die Badewanne zu reinigen, bevor sie den allein stehenden Herrn empfangen musste, der das Haus besichtigen wollte.

Schon auf dem Weg ins Bad streifte sie ihre Kleider ab. Ihr Herz war schwer, doch sie biss die Zähne zusammen und sagte sich, dass das Leben weitergehen musste. So traurig sie auch war, sie würde deshalb ihre Pläne nicht ändern.

Das Motto ihres Vaters kam ihr wieder in den Sinn: *Man wächst mit seinen Aufgaben.*

»Ja, ja, ich weiß«, sagte sie und drehte die Hähne auf. Der

Duschkopf fauchte und spuckte, bevor sich der Wasserstrahl über ihren Körper ergoss und den Schweiß, die Tränen und den Schock abwusch. Abby regelte die Temperatur, ließ das Wasser auf ihre Haut prasseln und griff nach dem Shampoo. Zunächst einmal wollte sie alle Gedanken an Luke und den Mord aus ihrem Kopf verbannen.

5.

Abby Chastain hatte etwas an sich, was ihm nicht ganz echt vorkam. Und was dazukam: Sie war verteufelt sexy und schien es selbst nicht mal zu wissen. Selbst ohne die geringste Spur von Make-up, mit aus dem Gesicht gekämmtem Haar und nach sportlicher Betätigung, wie die Schweißflecken auf ihrem T-Shirt verrieten, sprach sie seine Sinne an.

Dieses Erwachen seiner Sinne, das begann, als er Regentropfen in ihrem Haar schimmern sah und das Shirt ihr am Körper klebte, behagte Montoya nicht. Im V-Ausschnitt ihres T-Shirts hatte er ihren Brustansatz gesehen, hatte beobachtet, wie sich ein Regentropfen den Weg zwischen ihre Brüste suchte, bemerkt, wie ihr nasses Haar ihr herzförmiges Gesicht betonte, und er hatte sich vorgestellt – dumm und gefährlich –, wie sie aussehen mochte, wenn sie aus der Dusche kam.

Scheiße.

Seine Gedanken waren, wenn auch nur vorübergehend, absolut unprofessionell gewesen.

Völlig unangebracht.

Er war schon zu lange ohne Frau, daran lag es. Seit Martas Tod … Spontan krampften sich seine Eingeweide zusammen, umklammerten seine Finger das Steuerrad. Er schaltete die Sirene und das rotierende Licht ein und trat aufs Gaspedal, als könnte er seinen Gedanken, seinem Schmerz auf diese Weise entfliehen.

Fast zwei Jahre waren seit Martas Tod vergangen, und es war an der Zeit, darüber hinwegzukommen. Vielleicht hatte sein Interesse an der Ex-Mrs. Gierman auch seine guten Seiten und war ein Zeichen dafür, dass er wieder er selbst war. Trotzdem musste er auf der Hut sein.

Abby Chastain Gierman war tabu. Absolut tabu. Auch wenn alle Spuren darauf hindeuteten, dass sich ein Mann am Tatort aufgehalten hatte, war doch längst nicht sicher, dass sie nicht beteiligt gewesen war. Wenn sie das Verbrechen nicht selbst begangen hatte, war es doch immerhin möglich, dass sie hinter den Kulissen die Fäden gezogen hatte. Es sah zwar nicht so aus, aber solange die Beweislage nicht völlig klar war, wollte er niemanden von seiner Verdächtigenliste streichen. Schon gar nicht eine Exfrau.

Wer wusste schon, welches private Hühnchen Abby Chastain mit den Toten zu rupfen gehabt hatte?

Wütend auf sich selbst zwang sich Montoya, das Tempo zu drosseln. Er schaltete das Signallicht aus. Himmel Herrgott! Was dachte er sich eigentlich?

Als er in den Garden District einfuhr, begann der Polizeifunksender zu knistern. Die Scheibenwischer kämpften gegen die Sturzbäche des Regens. Bei einem Blick in den Rückspiegel bemerkte er den gereizten Ausdruck in seinen zusammengekniffenen Augen. Er glaubte nicht, dass Abby gelogen hatte, dafür erschien sie ihm zu intelligent. Aber sie wusste mehr, als sie gesagt hatte. Selbst wenn er als Entschuldigung ins Feld führte, dass die Nachricht vom Tod ihres Exmannes sie in einen Schockzustand versetzt hatte,

war sie doch nicht restlos offen gewesen. Er hatte ein Gespür dafür.
Und es ließ ihm keine Ruhe.
Montoya bremste auf der St. Charles Avenue vor einer Ampel. Mit den Fingerspitzen trommelte er auf das Lenkrad und sah, wie die Regentropfen das rote Licht der Ampel reflektierten, der einzigen Beleuchtung an diesem grauen, nassen Nachmittag. Während er darauf wartete, dass die Ampel auf Grün umsprang, betrachtete er die Fußgänger, die mit Schirmen und Kappen aus der Straßenbahn stiegen und über die Straße auf die mit Kopfstein gepflasterten, von Bäumen gesäumten Gehsteige hasteten.
Studenten auf dem Weg zu ihren Seminaren an der Tulane oder der Loyola, zwei Universitäten, die nebeneinander an der St. Charles Avenue lagen, überquerten grüppchenweise die Straßen. Sie lachten, schwatzten, hielten Kaffeebecher in den Händen und gingen auf die breiten Rasenflächen der Universitäten zu. Wenn sich Courtney LaBelle für die Seminare an der Loyola entschieden hätte, dem katholischen College aus rotem Backstein mit Türmchen und Schießscharten im Stil einer mittelalterlichen Burg, würde sie dann heute noch leben? Die Loyola-Universität lag im Garden District und war vom Wohnsitz ihrer Familie aus zu Fuß zu erreichen. Wo sie in Sicherheit gewesen wäre …
Beim Anblick der heiteren jungen Studenten, die nicht ahnten, was Courtney LaBelle widerfahren war, biss Montoya die Backenzähne zusammen. Mann, dieser Fall machte ihn zornig …
Was er jetzt brauchte, war eine Zigarette. Nur um seine Nerven zu beruhigen. Er erwog, beim nächsten Laden anzuhalten und sich ein Päckchen Marlboro zu holen. Scheiße, es täte so gut, jetzt eine ordentliche Portion Nikotin in die

Lungen zu kriegen! Mit dem Rauchen aufzuhören war schwieriger gewesen, als er es sich vorgestellt hatte. Er erinnerte sich, wie er Bentz das Leben schwer gemacht hatte, als der vor ein paar Jahren dieses Laster aufgab. Er hatte ihn als Weichei bezeichnet, weil er Kaugummi oder Pflaster oder sonst was zu Hilfe nahm.

Inzwischen verstand er ihn.

In Situationen wie diesen, wenn er dringend nachdenken, sich ein Gespräch mit einem Zeugen durch den Kopf gehen lassen musste, spürte er das intensive Verlangen, sich eine Zigarette anzuzünden.

Die Ampel zeigte Grün. Der Fußgängerüberweg war frei. Montoya trat aufs Gas. Seine Gedanken wandten sich wieder Abby Chastain zu.

Ihr Anblick hatte ihm wirklich arg zugesetzt.

Dort, wo es zählte.

Er blieb dabei: Wenn sie nicht gelogen hatte, verschwieg sie zumindest etwas. Ihre goldenen Augen bargen ein Geheimnis. Sie hatte zwar nicht zurückhaltend, sondern eher offen gewirkt, aber irgendetwas stimmte nicht mit ihr. Vielleicht war er aber auch nicht ganz bei der Sache gewesen, vor lauter Verwunderung über ihre Wirkung auf ihn. Er hatte ihr lediglich die schlechte Nachricht überbringen, ihre Reaktion beobachten und jemanden auftreiben wollen, der sich ihrer annahm, der ihr half, den Schock zu überwinden.

Aber es war ganz anders gekommen.

Die Frau war ihm unter die Haut gegangen.

Und er, verblendet, wie er war, hatte es zugelassen.

Zierlich, gute Figur, Rundungen genau dort, wo sie hingehörten.

Er schaltete das Radio ein und verbot sich, noch länger an Abby Chastains Körper zu denken. Herrgott, hatte er in den vergangenen fünf Jahren denn nichts gelernt? Er biss erneut die Zähne zusammen und bremste vor einer Kurve ab. Man warf ihm schon lange vor, er sei ein Draufgänger, und es stimmte, dass er Frauen mochte und auch die Abwechslung. Das einzige Mal, als er sesshaft hatte werden wollen, war alles den Bach runtergegangen.

Sein Magen krampfte sich zusammen, als er erneut an Marta dachte … Sie war so schön gewesen, und mit ihrer spitzen Zunge und den blitzenden Augen hatte sie ihn in ihren Bann gezogen.

Er hatte geglaubt, sie sei die einzig Richtige, wenn es so etwas überhaupt gab. Während jener kurzen Phase seines Lebens war er überzeugt gewesen, Marta Vasquez zur Frau haben zu wollen.

»Scheißkerl!«, knurrte er, als sich ein Typ in einem roten Mazda RX7 knapp vor ihn setzte. Montoya trat in die Eisen. Als der Fahrer in den Rückspiegel blickte und sich offenbar bewusst wurde, dass er beinahe mit einem Polizeiauto kollidiert wäre, schaltete er herunter, drosselte das Tempo bis zur erlaubten Höchstgeschwindigkeit und mutierte spontan zum braven Staatsbürger, zum Inbegriff des besonnenen Fahrers. »Ja, gut so«, brummte Montoya. Wenn er nur ein bisschen Elan in den Knochen hätte, würde er den Kerl jetzt an den Straßenrand winken und ihn zur Rede stellen, ihm vielleicht sogar einen Heidenschreck einjagen, indem er ihn gegen das Fahrzeug drückte und ihm mit Handschellen drohte, bevor er ihm einen Strafzettel und eine Geldbuße verpasste, dass ihm Hören und Sehen verging.

Montoya grinste bei der Vorstellung, warf einen Blick auf die Uhr und stellte fest, dass die Zeit drängte.

Mit einem Seufzer zwang er sich zur Konzentration auf die Aufgabe, die vor ihm lag: Er musste Mr. und Mrs. Clyde

LaBelle informieren, dass ihre Tochter nie wieder nach Hause kommen würde.

»Ich weiß nicht recht …«, sagte Sean Erwin, der sich in aller Ruhe Abbys Haus ansah. Sein Blick huschte hinter der flotten schwarz gerahmten Brille von einer Seite des Wohnzimmers zur anderen, während er Abby in Richtung Esszimmer folgte. Es war bereits der dritte Durchgang, und Sean, ein großer, schlanker Mann mit Igelfrisur, aristokratischer Nase und schmalen schwarzen Brauen über ausdrucksvollen Augen, war nicht zufrieden. Trotzdem verabschiedete er sich nicht. »Ich glaube, es ist einfach nicht groß genug.« Er tippte mit einem langen Finger auf seinen Mund, runzelte die Stirn und sog die Wangen ein, als hätte er in eine Zitrone gebissen. »Ich besitze zahlreiche Möbelstücke in Übergröße. Einen Schrank von meiner Großmutter, eine Couch, ein Klavier … und mein Bett ist Kingsize.« Rasch schritt er den kurzen Flur entlang zum Bad, das die beiden Schlafzimmer trennte. Er steckte den Kopf noch einmal in Abbys Zimmer. »Nein … Ihr Schlafzimmer sieht nicht so aus, als würden mein Bett, die beiden Nachttische *und* meine Kommode hineinpassen.« Mit einem theatralischen Seufzer zog er ein Maßband aus der Tasche. »Am besten nehme ich mal Maß.«

»Bitte schön. Ich bin in der Küche, falls Sie mich brauchen.« Es kostete Abby große Mühe, nicht die Beherrschung zu verlieren. Während sich dieser Kunsthändler aus der Stadt in ihrem Haus bewegte, als gehöre es ihm bereits, und doch nicht zufrieden war mit dem, was er sah, musste sie immer wieder an den Mord an Luke denken. Sean Erwins Möbel-Arrangements erschienen ihr im Vergleich eher unwichtig. Das Pärchen, das vor einer Stunde gekommen war, hatte das

Haus zum zweiten Mal besichtigt, schien aber auch nicht ernsthaft interessiert.

Die beiden waren wieder gegangen, ohne noch irgendwelche Fragen zu stellen.

Das Telefon klingelte und Abby nahm in der Küche den Hörer ab. Ansel kauerte unter einem der Stühle.

»Hallo?«

»Sag, dass es nicht wahr ist!«, schrillte Zoeys Stimme durch die Leitung. »Sag, dass es Luke gut geht!«

»Schön wäre es …«

»Er ist ermordet worden? Er und ein Mädchen?«

Abby nickte, obwohl ihre Schwester es nicht sehen konnte.

»Ich habe es vor knapp zwei Stunden erfahren. Ein Detective war hier.«

»Ist alles in Ordnung mit dir?«

»Nein, das kannst du dir doch sicher denken«, antwortete Abby, bemüht, leise zu reden, da sie Erwin im Bad hörte, wo er Schranktüren öffnete und wieder schloss. »Wie hast du es erfahren?«

»Ich arbeite im Nachrichtendienst, hast du das vergessen?«

»Aber du wohnst an der Westküste.«

»Seattle ist nicht gerade Timbuktu, und wir erhalten ständig Nachrichten aus der ganzen Welt. Rein zufällig habe ich einen Bericht über einen Doppelmord oder möglicherweise auch einen Mord in Verbindung mit Selbstmord in New Orleans mitbekommen, und dann … dann habe ich bei einem dortigen Sender angerufen. Man sagte mir, die nächsten Angehörigen würden gerade erst verständigt, doch irgendwer beim Sender hat einen Draht zur Polizei. Er hat die Namen preisgegeben. Offiziell verweigert die Polizei jegliche Information über die Identität der Opfer, solange nicht die nächsten Angehörigen benachrichtigt sind, und die sind

in diesem Fall wohl du und Lukes Eltern.« Sie atmete zitternd durch. »Ich kann es einfach nicht fassen!«
»Ich auch nicht«, sagte Abby.
»Und wie geht es dir?«
»Ich stehe noch unter Schock, aber es wird schon werden.«
»Bist du sicher?« Zoey klang aufrichtig besorgt.
»Aber natürlich«, versetzte Abby ein wenig zu hitzig. Ihre Gefühle für Luke waren zwiespältig, aber es wäre albern gewesen zu bestreiten, dass sie keine hatte. Sie hörte, wie Erwin das Bad verließ und einen Einbauschrank im Flur prüfte, ausgerechnet den, dessen Türen immer quietschten. »Du, ich muss auflegen. Ich habe gerade jemanden zur Hausbesichtigung hier. Ich melde mich später.«
»Ruf am besten Dad an. Er hat Luke immer gern gemocht.«
Einer der wenigen in der Familie, dachte Abby mit schmalen Lippen. »Mach ich«, versprach sie im selben Moment, als Sean Erwin seinen Kopf durch die Küchentür steckte. Das Maßband einsatzbereit, die Stirn gefurcht, so musterte er die Tür zur hinteren Veranda. »Eine Speisekammer haben Sie wohl nicht, wie?«, fragte er ungeachtet der Tatsache, dass Abby noch telefonierte.
»Ich melde mich wieder«, sagte sie noch einmal zu ihrer Schwester, und jetzt erst nahm Erwin das Telefon zur Kenntnis.
Er zog den Kopf ein wie eine verängstigte Schildkröte. »Entschuldigung!« Er formte das Wort unhörbar mit den Lippen, aber Abby war bereits im Begriff aufzulegen.
»Kein Problem.« *Ach, Abby, was bist du nur für eine Lügnerin.* Sie war so gereizt, dass sie es sich nicht verkneifen konnte zu sagen: »Und, nein, ich habe keine Speisekammer. Auch kein Klavier, weshalb ich mir auch nie Gedanken dar-

über gemacht habe, ob Platz genug für eins vorhanden wäre, und mein schmales Bett reicht mir vollkommen.«

Er blinzelte erschrocken, und Abby kam zu dem Schluss, dass sie froh sein konnte, ihren Lebensunterhalt als Fotografin zu verdienen und nicht als Maklerin.

»Ich verstehe«, entgegnete er gekränkt, »und ich versuche, mich mit den Gegebenheiten zu arrangieren.«

»Dann tun Sie das. Aber mehr Platz ist nun mal nicht da, es sei denn, Sie wollen anbauen oder das Haupthaus mit dem Atelier verbinden.« Sie ging zur Hintertür und öffnete sie. Ansel schoss wie ein geölter Blitz nach draußen. »Falls Sie es sehen wollen – es ist nicht abgeschlossen und befindet sich auf der hinteren Veranda.«

»Ich schaue es mir an. Danke.« Er verließ überstürzt die Küche, und Abby wünschte sich, er würde einfach verschwinden.

So dringend sie das Haus auch verkaufen wollte, heute schien nicht der richtige Tag dafür zu sein.

»O Gott, nein. Nein! Nicht Mary! Bitte, bitte, Sie müssen sich irren!« Virginia LaBelle bebte am ganzen Körper. Mit weit aufgerissenen blauen Augen stand sie neben ihrem Mann und schüttelte vehement den Kopf. Sie war kreidebleich geworden, ihre Knie zitterten, und hätte ihr Mann sie nicht mit kräftigem Arm gehalten, wäre sie zweifellos auf dem glänzenden Marmorboden des dreistöckigen viktorianischen Hauses zusammengebrochen. Tränen strömten aus ihren Augen. »Nicht meine Kleine«, weinte sie. Montoya blickte die geschwungene Treppe hinauf, wo ein goldgerahmtes Bild eines lebensfrohen, hübschen Mädchens hing. Strahlende blaue Augen, goldene Locken, die bis über die Schultern hingen, Wangengrübchen und ein bezauberndes

Lächeln. Ein sehr schönes Mädchen. Vor seinem inneren Auge erschien unwillkürlich das weibliche Opfer mit dem aufgedunsenen Gesicht und der wächsernen Haut, und ihm wurde übel.

»Es tut mir sehr Leid«, sagte Montoya aufrichtig. Dies hier war das Schlimmste an seinem Beruf. Das Allerschlimmste. Er befasste sich lieber mit den Toten, statt die Lebenden über den Verlust eines geliebten Menschen in Kenntnis zu setzen. Besonders, wenn es sich um ein Kind handelte. »Laut Ausweis heißt sie Courtney Regina ...«

»Sie wird Mary gerufen. Schon immer, seit sie alt genug war, sich für diesen Namen zu entscheiden. Das war irgendwann in der vierten oder fünften Klasse, glaube ich«, erklärte Clyde, der Vater. Clyde LaBelle, groß, kräftig gebaut, mit geröteten Wangen über einem kurz geschnittenen silbrigen Bart, der zu seinem schütter werdenden Haar passte, schien vor Montoyas Augen zu altern. Er ließ die Schultern hängen und wurde blass.

»In der dritten. Schwester Penelope war damals ihre Lehrerin«, berichtigte Virginia, die sich heftig blinzelnd gegen die Tränen wehrte. Ihre Miene verriet Unwillen.

»Sie sind sicher, dass es sich um unser Kind handelt?«, fragte Clyde leise.

»Ja, aber ich brauche jemanden, der die Leiche identifiziert.«

Courtneys Mutter stieß wieder einen durchdringenden Klagelaut aus. »Es kann nur ein Irrtum sein!«

»Das übernehme ich.« Ein Muskel zuckte in Clydes Wange, und Montoya sah, wie er sich gerade aufrichtete.

»Es kann nicht sein, es kann einfach nicht sein«, flüsterte Virginia.

»Schschsch, Liebling ... schsch.« Clyde drückte seine Lippen in ihr Haar, doch er verkniff sich die bequeme Lüge, dass alles wieder gut werden würde.

Denn nichts würde gut werden. Dieses Paar würde für den Rest seines Lebens um seine Tochter trauern, und nichts anderes würde jemals zählen. Alles, wofür sie gearbeitet, alles, was sie sich erträumt hatten – dieses stattliche alte Haus, das gepflegte Grundstück, der silbergraue Cadillac in der Einfahrt –, all das würde in die Bedeutungslosigkeit versinken.

»Vielleicht solltest du dich ein wenig hinlegen«, riet Clyde seiner Frau, doch sie wollte nichts davon hören.

Mit einem langen manikürten Finger strich sie unter ihren Augen entlang und flüsterte: »Ich will hören, was der Officer zu sagen hat. Es stimmt nicht, natürlich nicht, aber ich muss es hören …«

»Ginny, Detective Montoya wäre niemals hergekommen, wenn er nicht ganz sicher wäre, dass …«

»Aber es kann nur ein Irrtum sein!« Sie atmete tief durch und befreite sich aus dem Griff ihres Mannes. Sie war unsicher auf den Beinen, hielt sich jedoch aufrecht und straffte plötzlich den Rücken, als hätte sie einen Stock verschluckt. »Lassen Sie mir bitte einen Augenblick Zeit.« Während sie sich ins Haar fasste, als fürchte sie plötzlich, ihre Frisur sei in Unordnung geraten, schritt sie in Richtung Bad. Ihre goldfarbenen Sandalen klickten auf dem Marmorboden.

»Ich bin Psychiater«, sagte Clyde. »Ich werde ihr etwas geben, das sie beruhigt.« Nervös richtete er den Blick auf die geschlossene Tür zum Bad. »Und ich werde unseren Gemeindepfarrer anrufen. Father Michael wird sie trösten können.«

Montoya entdeckte ein holzgeschnitztes Kreuz über dem bogenförmigen Durchgang zum hinteren Teil des Hauses. Eine schwere, in Leder gebundene Bibel lag gut sichtbar auf einem kleinen Beistelltisch am Fuß der Treppe. Die Eingangshalle ging über zwei Stockwerke, und auf der Höhe des ersten Stocks war eine Galerie angelegt, auf der weitere Bilder der einzigen Tochter der LaBelles ausgestellt waren.

Die Tür zum Bad öffnete sich wieder, und Virginia LaBelle erschien, mit sorgfältig korrigiertem Make-up und von Haarspray starrer Frisur. Sie brachte ein trauriges Lächeln zustande, das ihre Augen nicht erreichte. »Officer, würden Sie mir bitte in den Salon folgen.« Ihre Stimme zitterte, und sekundenlang schien sie erneut die Fassung zu verlieren, doch sie zupfte nur an ihren Ärmelaufschlägen und sagte: »Wir sollten über diese Sache reden. Ich bin überzeugt, dass es sich um einen entsetzlichen Irrtum handelt.«

Clyde tauschte einen Blick mit Montoya, folgte seiner Frau jedoch in ein gemütliches, mit pfirsichfarbenem Chintz und reich verzierten antiken Tischchen ausgestattetes Zimmer. Indem sie einen Schalter betätigte, ließ Virginia ein künstliches Kaminfeuer aufflackern, obwohl die Temperatur in dem Raum mindestens fünfundzwanzig Grad betrug. Dann nahm sie auf einem zierlichen Zweiersofa Platz. Sie faltete die Hände im Schoß und gab sich alle erdenkliche Mühe, gefasst zu wirken, in die Welt der Südstaaten-Noblesse zurückzugleiten, in die sie, wie Montoya vermutete, hineingeboren war. »Möchten Sie vielleicht etwas trinken? Ada könnte uns einen Tee servieren.«

»Nein, danke«, sagte Montoya.

Während sich ihr Mann zu ihr setzte, nahm Montoya rasch das Zimmer in Augenschein. Über dem Kamin hing ein weiteres riesiges Porträt von Courtney, und auf dem breiten Marmorsims befand sich eine umfangreiche Sammlung von Fotos des Mädchens in sämtlichen Lebensabschnitten: Courtney als Kleinkind mit lockigem Haar, Courtney in dem schwierigen Alter, in dem Zahnspangen an ihren Zähnen blitzten und eine kleine runde Nickelbrille auf ihrer Nase saß, dann Fotos jüngeren Datums, Bilder von einer jungen Frau mit frischem Gesicht und liebenswertem Lächeln.

»Sie möchte Nonne werden«, sagte Virginia mit verhaltenem Stolz und befingerte ein Kreuz aus Diamanten in ihrem Halsausschnitt, sehr ähnlich dem, das um den Hals ihrer Tochter gehangen hatte.

Nonne?

Damit hatte Montoya nie im Leben gerechnet. Er musterte Virginia eingehend und fragte sich, ob sie jetzt den Verstand verloren hatte. »Sie wollte in einen Orden eintreten?«

»Wir sind uns bewusst, dass es heutzutage ungewöhnlich für eine junge Frau ist, und ihr Vater und ich haben weiß Gott versucht, es ihr auszureden.« Sie warf ihrem Mann einen verständnisinnigen Blick zu. »Wir wünschen uns Enkel, verstehen Sie …« Ihre Stimme erstarb, und sie schaute zum Kaminsims und den Fotos ihres einzigen Kindes auf. Eine Träne rann aus ihrem Augenwinkel.

Montoya hatte ein flaues Gefühl im Magen. So zartfühlend wie möglich erzählte er, was er wusste und was er ihnen sagen durfte. Berichtete von der Hütte. Von Gierman. Von der Waffe, die in der Hand ihrer Tochter gefunden worden war. Von dem Hochzeitskleid.

Courtney »Mary« LaBelles Eltern hörten die ganze Zeit über zu. Konzentriert. Traurig. Ohne Zwischenbemerkung. Der Regen trommelte gegen die hohen Fensterscheiben, das Gasfeuer zischte, und Clyde und Virginia LaBelle kauerten zusammen auf dem winzigen Sofa, hielten sich an den Händen und sagten, während ihre Eheringe im Feuerschein aufblitzten, kein einziges Wort. Montoya kam es vor, als spräche

er zu Schaufensterpuppen. Erst, als er die Pistole erwähnte, zuckte der Vater zusammen und blinzelte. Schuldbewusstsein flackerte in seinen Augen auf.
»Ich habe ihr die Waffe zu ihrem Schutz gegeben«, flüsterte er mit belegter Stimme. »Ich hätte doch nie gedacht ... O Gott!« Er bedeckte sein Gesicht mit einer Hand und seine Schultern zuckten.
Seine Frau berührte ihn mit ihrer freien Hand an der Schulter, als wollte sie ihm Kraft geben.
»Hätte ich es doch nur gelassen. Wenn ich es nicht getan hätte, wäre sie jetzt vielleicht noch am Leben«, sagte er.
»Schschsch, Clyde. Was passiert ist, ist nicht deine Schuld. Du wirst schon sehen, das alles ist ein Irrtum.« Mit traurigen Augen sah sie wieder Montoya an. »Mary kennt Luke Gierman nicht, dessen bin ich sicher. Er ist doch der Mann, der diese scheußliche Radiosendung moderiert, nicht wahr? Der Mann, der überall verrissen wird?«
»Er hat bei WSLJ gearbeitet. War bekannt als Skandalmoderator.«
»Nun, da haben wir's. Mary kennt ihn nicht. Unmöglich. Und sie besitzt kein Hochzeitskleid, glauben Sie mir. Sie reden von einem anderen Mädchen. Ein Mädchen, das rein zufällig den Ausweis unserer Tochter bei sich hatte.«
»Haben Sie in den letzten zwei Tagen mit Ihrer Tochter gesprochen?«, fragte Montoya und dachte an das Bild, das er bei sich trug, das Bild von dem toten Mädchen, doch er brachte es nicht über sich, es den beiden vorzulegen.
»Nein ...«
»Die Fotos in ihrem Studentenausweis und im Führerschein zeigen die Frau, die wir vorgefunden haben.«
Ein hoher, leiser Schrei entwand sich Virginias Kehle.
»Wenn Sie möchten, rufe ich Father Michael an«, bot Mon-

toya an, der wusste, dass er nichts mehr für das schmerzerfüllte Elternpaar tun konnte.

»Nein, nein … Ich kümmere mich schon darum.« Virginia brachte ein zittriges Lächeln zustande und trat an einen Schreibtisch, wo sie den Telefonhörer abhob und eine Kurzwahlnummer eingab. Sie sprach einige Minuten lang in die Muschel, legte dann auf und ließ die Hand ein paar Sekunden länger als nötig auf dem Hörer ruhen, als zögerte sie, die Verbindung zu unterbrechen.

»Sie haben erwähnt, Courtney, oder vielmehr Mary, hätte erwogen, Nonne zu werden«, sagte Montoya, als Virginia wieder auf dem Zweiersofa Platz nahm, nach ihrer Handtasche griff und ihr ein Papiertaschentuch entnahm. »Wann hat sie sich denn entschlossen, einem Orden beizutreten?«

Clyde runzelte die Stirn. »Vor sechs oder vielleicht auch acht Monaten, glaube ich.« Nach Bestätigung suchend sah er seine Frau an.

»Zu Weihnachten im letzten Jahr.« Virginia zerknüllte das Papiertuch und blickte starr aus dem Fenster, als könnte sie so ihre Tochter zwingen, endlich in der Einfahrt zu erscheinen. »Da hat sie den Nonnenorden von Our Lady of Virtues aufgesucht.«

Irgendetwas in Montoyas Gehirn machte Klick.

»Das ist wenigstens in der Nähe«, fuhr die Mutter des Mädchens fort. Montoyas Eingeweide schienen sich zusammenzuziehen. »Wir haben auch eine gewisse Beziehung zu diesem Orden. Clyde war Stationsarzt in der Anstalt, und ich war Sozialarbeiterin. Wir haben uns dort kennen gelernt.« Ihr Lächeln war flüchtig und erlosch gleich wieder. »Sie reißen das alte Krankenhaus jetzt ab, aber die Nonnen bleiben weiterhin in ihrem Kloster. Ich habe gehört, dass dort Mietwohnungen und Einrichtungen für betreutes Wohnen entstehen sollen, und da die meisten Nonnen langsam alt werden, sollen sie dort freie Unterkunft und Verpflegung bekommen. Allerdings erst, wenn sie sich nicht mehr selbst versorgen können oder der Orden die Betreuung nicht mehr gewährleisten kann.« Virginia schloss die Augen, seufzte und knüllte weiterhin das Papiertaschentuch in ihren Händen.

Montoya hatte vom Abriss des alten Krankenhauses gehört. Seine eigene Tante war vor Jahren dem Orden beigetreten und gehörte ihm immer noch an.

Clyde sagte: »Wir haben sie gebeten, zunächst ein Jahr das College zu besuchen, bevor sie ihr Gelübde ablegt, aber … sie war bereits fest entschlossen.«

»Wissen Sie, warum?«

Clyde zögerte. Zupfte an seinem silbernen Bart und warf einen Blick auf seine Frau. »Sie hatte das Gefühl, dass Gott zu ihr gesprochen hätte.«

»Persönlich?«

»Ja.« Er nickte und wandte den Blick ab.

Also war die Möchtegern-Schwester Mary alias Courtney vielleicht doch nicht ganz so normal.

»Ich weiß, wie sich das anhört, Detective. Ich arbeite ständig mit Menschen, die Stimmen hören …«

»Das ist doch nicht das Gleiche!«, fiel Virginia ihm ins Wort. »Mary … sie hat geglaubt, Gott antworte auf ihre Gebete, das ist alles. Sie war doch nicht schizophren, um Himmels willen!« Virginia presste missbilligend die Lippen zusammen. »Sie ist ein ganz normales, geistig gesundes, liebenswertes Mädchen.«

Genau. Wie Jeanne d'Arc.

Clyde legte den Arm um die Schultern seiner Frau.

Montoya fragte: »Hatte sie mal einen Freund?«

»Nichts Ernstes.«
»Sind Sie sicher?«
»Ja.«
»Könnte es sein, dass jemand an ihr interessiert war, den sie aber nicht erhört hat?«
»Mary versteht sich mit allen Menschen gut, Officer«, sagte Virginia. »Zwar hätte sie jede Menge Freunde haben können, an jedem Finger zehn, aber sie wollte nicht. Sie hatte sich bereits Gott versprochen. Deswegen trägt sie diesen Ring.«
»Einen Ring?«
»Sie trägt ihn an der linken Hand«, erklärte Clyde, und Montoya sah unvermittelt den abgeschürften, misshandelten Finger des Opfers vor seinem inneren Auge.
Virginia fügte hinzu: »Während andere Mädchen einen Ring von ihrem Freund oder einen Verlobungs- oder Ehering tragen, hat sich Mary diesen Gelöbnisring angesteckt. Sie hat ihn sich selbst zu ihrem achtzehnten Geburtstag ausgesucht, dem Tag, an dem sie sich dem Vater versprach.«
»Also Gott.«
»Natürlich.« Virginia straffte die Schultern, als machte sie sich bereit, ihr Kind zu verteidigen.
Montoya wusste nicht, was er sagen sollte. Die Situation wurde von Minute zu Minute merkwürdiger. Er blickte noch einmal zu dem Porträt auf. Das Mädchen hatte sich in Pose gestellt und die Hände auf der Rückenlehne eines Sofas gefaltet. Genau, am Ringfinger der linken Hand trug sie einen filigranen goldenen Ring mit einem einzelnen, eckig geschliffenen roten Stein.
»Sie wollte also nicht heiraten?«
»Was? Nein! Natürlich nicht.« Virginia stieß einen empörten Ton aus.

»Besaß sie ein Hochzeitskleid?«

»Nein! Warum sollte sie? Wie gesagt, sie hatte nicht mal einen Freund!«

»Hat sie sich aus einem bestimmten Grund für All Saints entschieden?«

Clyde antwortete: »Das haben *wir* entschieden. Wir wollten, dass sie gut für uns zu erreichen blieb, aber doch weit genug entfernt von zuhause war, um das Studentenleben kennen zu lernen. Natürlich hätte sie zur Loyola gehen können, die Jesuiten dort leisten Großartiges. Die Universität ist hier in der Gegend eine Institution. Ich selbst habe dort ein paar Jahre lang gelehrt.«

Virginia begann, das Papiertuch in Fetzen zu reißen. »Clyde war der Meinung, es würde ihr gut tun, eine Zeitlang nicht unter unseren Fittichen zu leben, andere Leute kennen zu lernen – auch wenn sie sich dem Orden anschließen wollte.« Sie blinzelte ein paarmal und schniefte. Ihr Kinn zitterte. »Clyde wollte, dass sie ein bisschen von der Welt sah.«

Das Gesicht des Vaters verschloss sich vor Qual. »Ich wollte immer nur das Beste für sie.«

»So wie ich auch.« Virginia schniefte und tupfte sich die Nase.

»Ich verstehe«, sagte Montoya. Das war eine Lüge, denn in Wirklichkeit verstand er überhaupt nichts. Heutzutage flüchtete sich kein achtzehnjähriges Mädchen mehr ohne besonderen Grund in ein Kloster. Hübsche, vermutlich beliebte Mädchen hatten Dates mit Jungen. Es sei denn, sie waren lesbisch. Dann hatten sie Dates mit Mädchen. Aber falls Courtney LaBelle auf Mädchen stand, was zum Teufel hatte sie dann mit Luke Gierman zu schaffen?

Unterschiedlicher hätten die beiden Opfer weiß Gott nicht sein können.

Montoya sprach mit den LaBelles, bis er draußen eine bronzefarbene Limousine vorfahren sah. Da verabschiedete er sich rasch, damit die schmerzerfüllten Eltern Zeit für den Priester hatten.

Ein imposanter Mann, etwa einsneunzig groß, in einem schwarzen Anzug mit schwarzem Hemd und leuchtend weißem Priesterkragen, stieg aus dem Wagen. Dichtes weißes Haar, eine randlose Brille und etliche Falten im wettergegerbten Gesicht ließen vermuten, dass er auf die siebzig zuging. Trotzdem hielt er sich gerade und ging mit sicherem Schritt auf die Tür zu.

Die Türglocke spielte eine leise, liebliche Melodie.

Mrs. LaBelle erhob sich, doch nachdem der Priester eingetreten war, fiel sämtliche Beherrschung von ihr ab und sie brach schluchzend und tränenüberströmt zusammen.

Montoya war froh, diesem Haus entfliehen zu können, dieser Weihestätte für eine Tochter, die nie zurückkommen würde. Er ging eilig zu seinem Streifenwagen, stieg ein und ließ den Motor an. Bevor er rückwärts auf die Straße setzte, rief er per Handy im Morddezernat an und wurde mit Lynn Zaroster verbunden, einer jungen Polizistin, die zufällig gerade den Telefondienst versah.

»Hi, hier ist Montoya. Kannst du im Labor nachfragen, ob am Tatort außer der Halskette des weiblichen Opfers noch weiterer Schmuck sichergestellt worden ist?«

»Klar, mach ich.«

»Hält sich noch irgendwer in Giermans Wohnung auf?«

»Brinkman und ein Ermittler von der Forensik.«

»Ruf sie an und sag ihnen, sie sollen den Hund einsperren. Ich komme vorbei und hole ihn ab.«

»Den Hund?«

»Ja. Giermans Exfrau will ihn zurückhaben. Wie es aussieht,

hat sie ihn bei der Scheidung ihrem Exmann überlassen müssen.«

»Den Hund?«, fragte Zaroster.

»Sagte ich doch.«

Sie murmelte etwas über fanatische Hundenarren und fügte dann lauter hinzu: »Vermutlich hast du noch nichts von den Anrufen kürzlich beim Radiosender gehört?«

Montoya nahm eine Kurve und wechselte zwei Mal die Spur. »Nein. Was für Anrufe?«

»Das war an dem Tag, als die Sendung über rachsüchtige Expartner ausgestrahlt wurde.«

Montoya griff das Steuerrad fester. »Und was war da los?«

»Der Sender registriert jeden Anrufer. Die Rufnummern sind auf dem Computerdisplay zu sehen.«

»Wer hat angerufen?«

»Eine Menge Leute, die wütend reagierten. Und andere, die dem alten Luke ihre Leidensgeschichte erzählen wollten. Aber eine von den Personen, die angerufen haben, hat aufgelegt, ohne etwas zu sagen.«

Montoya ahnte, was folgen würde.

»Bei dieser Anruferin handelt es sich zufällig um seine Ex. Abby Chastain. Sie hat nichts von sich gegeben. Hatte es sich vermutlich anders überlegt und wollte dann doch nicht auf Sendung mit ihrem Exmann sprechen. Ich an ihrer Stelle hätte auch den Mund gehalten. Aber sie hat sich die Sendung eindeutig angehört, und ich habe mir gerade eine Aufzeichnung zu Gemüte geführt. Dieser Gierman hat Abby Chastain in der Luft zerrissen, und zwar nicht zu knapp. Wenn er mein Ex gewesen wäre und ich die Sendung gehört hätte, ich hätte ihm den Hals umgedreht.«

»Willst du damit sagen, dass womöglich Abby Chastain ihren Mann und Courtney LaBelle um die Ecke gebracht hat?« Nein, das erschien ihm nicht einleuchtend. Nicht, wenn man das Hochzeitskleid und die Schuhe in Größe zwölf in Betracht zog.

»Keine Ahnung, was das Mädchen betrifft, aber dieser Gierman ist ein harter Brocken. Er hat seiner Exfrau jedenfalls ein starkes Motiv geliefert. Mehr will ich gar nicht sagen.«

»Behalte die Aufzeichnung. Ich will sie auch hören.«

»Ich habe sie hier«, entgegnete Zaroster, und es hörte sich an, als klopfte sie zur Betonung auf die besagte Kassette.

»Ist sein Wagen schon gefunden worden?«

»Nicht, dass ich wüsste.«

»Gib mir Bescheid, wenn sie ihn aufgespürt haben«, bat Montoya, dann beendete er das Gespräch und fuhr zu Giermans Wohnung im Französischen Viertel.

Es war ein verputztes Backsteingebäude mit hohen Sprossenfenstern, Schlagläden und vornehmen schmiedeeisernen Balkongittern. Der Eingang in einem kleinen Garten war mit Flatterband abgesperrt.

Montoya musterte das Haus, stieß die Tür auf und betrat den Flur. Inez Santiago, eine von Bonitas Ermittlerinnen, packte gerade ihre Ausrüstung ein. Sie blickte auf.

»Na, sieh mal einer an, was die Katze da hereingeschleppt hat«, zog sie ihn auf.

Ihre Zähne blitzten in starkem Kontrast zu ihrem goldbraunen Teint. Santiago war eine Augenweide, gesegnet mit der Anatomie einer Tänzerin und langem kaffeefarbenen Haar mit roten Strähnchen, das sie bei der Arbeit aus dem Gesicht gekämmt und in einem strengen Knoten gebändigt trug. Ihre Augen waren grün, intelligent, und ihnen entging nichts.

»Sind Sie hier fertig?«

»Ja.«

»Was gefunden?«
»Ein paar Fingerabdrücke, aber wer weiß, zu wem die gehören. Wir lassen sie durch den Computer laufen und warten ab, was dabei rauskommt. Brinkman hat ein paar persönliche Sachen, Akten und den Computer, den Müll und den Anrufbeantworter mitgenommen. Sie können sich nach Herzenslust hier umsehen. Aber verändern Sie bitte nichts, bevor ich die endgültige Freigabe aus Washington vorliegen habe.« Wieder blitzte Santiagos Lächeln auf.
Alles war eingestäubt mit dem Pulver zum Aufspüren von Fingerabdrücken und ein paar Schubladen standen offen, doch abgesehen von den Spuren, die die Forensiker im Zuge ihrer Ermittlungen hinterlassen hatten, war die Wohnung picobello. Ordentlich aufgeräumt. Sauber. »Ich komme wegen des Hundes.«
»Weiß der Hund davon? Vielleicht ist er nicht einverstanden.«
»Hey, wie sind Sie denn heute drauf?«
Mit einem frechen Augenzwinkern antwortete sie: »Was für eine Frage!« Sie klappte ihre Box zu und deutete mit einer Kopfbewegung in Richtung Küche. »Der Hund ist da drin. Ich habe versucht, ihn Brinkman anzudrehen, aber er wollte nicht. Scheint Angst vor Tieren zu haben.«
»Er ist schon gegangen?«
»Vor etwa einer Viertelstunde. Sagte, wir könnten uns auf der Wache treffen und dann zusammen nach Baton Rouge fahren, um das Zimmer des Mädchens im Wohnheim zu untersuchen.«
Montoya äußerte sich nicht dazu. Die Zeit, die er mit Brinkman in einem Auto zusammengepfercht aushalten konnte, war begrenzt. An diesem Tag blieb ihm nichts anderes übrig, als sich mit dem nervtötenden Detective abzufinden,

aber in Wahrheit konnte er es nicht erwarten, dass Bentz seinen Dienst wieder aufnahm.
Santiago durchquerte die Küche zu einem kleinen Hauswirtschaftsraum, wo neben dem Wäschetrockner Hundenäpfe standen und ein großer Käfig unter einen Einbauschrank mit einem ausklappbaren Bügelbrett geschoben war. Durch den Maschendraht des Käfigs lugte wachsam ein brauner Labrador.
»Sie wartet schon«, sagte Santiago.
»Bestimmt.« Montoya hockte sich hin. »Na, wie geht's, mein Mädchen?«, fragte er, und der Labrador gab kurz Laut. »Sie will sicher raus.« Er öffnete die Käfigtür, und der Hund kam ohne zu zögern heraus. Hershey gebärdete sich wie wild, stieß ihren Wassernapf um und keuchte erwartungsvoll.
»Gut, dass ich diesen Raum schon durchsucht habe«, brummte Santiago.
»Sie sind hier doch fertig, oder?«
»Ja, aber ich weiß nicht, was Washington sonst noch will. Am besten schaffen Sie das Tier schnellstens nach draußen, und zwar nicht nur in den Garten.«
»Ganz recht«, pflichtete Montoya ihr bei, und als der Hund anfing, an ihm hochzuspringen, sagte er: »Hey, hey, bleib ruhig.« Montoya nahm eine Leine von einem Haken und befestigte sie am Halsband des ausgelassenen Hundes. »Still!«, befahl er, doch der übereifrige Labrador zerrte so heftig an der Leine, dass er sich beinahe strangulierte. »Ich geh mit ihr raus.«
»Gute Idee«, sagte Santiago mit einem leichten, spöttischen Kopfnicken. »Ja, ausgesprochen clever, Montoya. Und nur, damit du's weißt: Der Befehl lautet nicht ›Bleib ruhig‹ oder ›Still‹. Sie sollten besser beim herkömmlichen ›Sitz‹ oder

›Platz‹ bleiben, wissen Sie, bei den grundlegenden Befehlen, wie in *101 Dalmatiner*.«

»Sehr witzig.«

»Finde ich auch.«

»Sie sind ganz schön eingebildet, wie? Die letzte Nacht war wohl besonders gut?«

»Ehrlich gesagt: ja«, versetzte sie mit funkelnden Augen. »Aber nicht so, wie Sie denken. Ich bin ausgegangen, mit einer Freundin. In die Stadt, zum Tanzen. Bin erst um ein Uhr morgens nach Hause gekommen. Harmloses Vergnügen.« Wieder dieses Lächeln. »Was Sie immer denken, Montoya.«

Die beiden gingen nach draußen, und nachdem der Hund am Straßenrand sein Geschäft erledigt hatte, gelang es Montoya, ihn auf den Rücksitz des Streifenwagens zu verfrachten.

»Am besten öffnen Sie ein Fenster.«

»Genau das hatte ich gerade vor«, knurrte er, setzte sich hinters Steuer, drehte den Zündschlüssel und ließ die vorderen Fenster ein paar Zentimeter herunter. Er hatte im Schatten geparkt, aber die Hitze im Wageninneren war trotzdem drückend. Er stieg wieder aus und lehnte sich an den Kotflügel.

»Haben Sie da drinnen irgendetwas Interessantes gefunden?«, fragte er und deutete mit einer Kopfbewegung auf den Vorgarten.

»Nicht viel. Sie waren ja schon vor uns hier. Es gibt keinen Hinweis auf einen Kampf.«

»Und sein Wagen ist verschwunden.« Es war eine Feststellung, keine Frage. Die Einzelgarage war leer. Montoya hatte nachgesehen.

»Ja.«

»Was ist mit seinen persönlichen Sachen? Kleidung, Schmuck?«

»Offenbar wurde nichts angerührt. Die Wohnung wirkt irgendwie … vornehm. Oder geschmackvoll. Wissen Sie, ich habe ein paarmal Giermans Sendung gehört und habe ihn mir als einen verschlampten Widerling vorgestellt. Sein Geschwätz im Radio ging einfach zu weit. Ich hielt ihn für rassistisch, schwulen- und menschenfeindlich, für einen eingeschworenen Verfechter des Rechts auf Waffenbesitz, doch soweit ich das nach unseren Untersuchungen beurteilen kann, trifft wohl nur Letzteres zu.«

»Damit sind also die Schwulen und die Antirassisten aus dem Kreis der Verdächtigen ausgeschlossen«, sagte Montoya, aber der Witz kam nicht an.

»Er hatte eine Menge Feinde.«

»Das höre ich immer wieder.«

»Er hat die Leute aufgehetzt. Es machte ihm Spaß, Öl ins Feuer zu gießen, verstehen Sie?« Santiago runzelte die Stirn. »Womöglich war das alles nur Show. Um der Hörerzahlen willen. Fürs allmächtige Geld.«

»Vielleicht finden wir das noch heraus.«

»Zu spät für Gierman. Hey, soll *ich* lieber den Hund abliefern?«, bot sie an.

»Ich mach das schon.«

»Ach?« Santiago war im ersten Augenblick verdutzt, doch dann hob sie das Kinn und sah Montoya neugierig an. »Sag bloß, Giermans Ex sieht gut aus und ist Single? Herrgott, Montoya, lernen Sie es denn nie?«

»Was soll ich lernen?«, fragte er, doch sie lachte nur.

»Gut. Nehmen Sie den Hund mit!« Santiago schloss bereits die Tür ihres eigenen Fahrzeugs auf, das direkt vor Montoyas Streifenwagen stand.

Montoya verdrängte ihre Bemerkungen und betrat noch einmal das Haus, um sich ein letztes Mal in der Wohnung umzusehen, in der Gierman über ein Jahr lang gelebt hatte. Santiago hatte Recht. Die Räume waren sauber und ordentlich – oder waren es gewesen, bevor die Forensiker nach Fingerabdrücken und anderen Spuren gesucht hatten. Glänzende Holzfußböden, moderne Möbel in gedämpften Farben und abstrakte Kunst in kühnen bunten Klecksen bildeten das Hauptmerkmal von Giermans Einrichtung.
Oben in seinem Schlafzimmer war seine gesamte Kleidung gebügelt, säuberlich zusammengelegt oder auf Bügeln aufgehängt, sein Schmuckkasten enthielt Krawattennadeln, Manschettenknöpfe und mehrere Ringe. Auf der Kommode standen Bilder von ihm beim Segeln und in Skiausrüstung. Montoya erkannte die Bucht vor Seattle, die Space Needle – das Wahrzeichen der Stadt – am einen Ende, die Skyline weiter entfernt, und einen mächtigen Berg – war es der Mount Rainier? – im Hintergrund, während Gierman in seinem Boot gegen den augenscheinlich stürmischen Wind kreuzte.
Aufgrund der Lokalität und Giermans Alter auf dem Foto vermutete Montoya, dass er zu jener Zeit entweder mit Abby Chastain verheiratet oder zumindest liiert gewesen war. In Montoyas Augen waren sie ein sehr gegensätzliches Paar. Doch Montoyas Ermittlungen waren noch nicht so weit gediehen, dass er sich auf seinen ersten Eindruck verlassen konnte.
Das Bad im ersten Stock war sauber. Trotz der Arbeit der Spurensucher standen Giermans Hygiene-Utensilien ordentlich aufgereiht. Die Duschkabine, die Wanne, selbst die Toilette, alles war in tadellosem Zustand, entweder von einer Freundin oder einem Reinigungsdienst geputzt – oder Gierman erledigte die Schmutzarbeit selbst.

Eher unwahrscheinlich.
Montoya öffnete einen Schrank. Keine schrägen Sex-Magazine. Nicht einmal ein einziges *Playboy*-Exemplar. Stattdessen fand Montoya Kataloge von teuren Möbelgeschäften und Kunstgalerien sowie die jüngsten Ausgaben einer Ski-Zeitschrift, von *Golf Digest* und *Men's Health.* Wie es aussah, lebte Gierman allein, und anscheinend war sein großmäuliges, vulgäres Auftreten in der Öffentlichkeit nur Fassade. Oder er war ein sehr vielschichtiger Typ.
Durch einen kurzen Flur gelangte Montoya in das zweite Schlafzimmer, das ausschließlich als Büro und Trainingsraum genutzt wurde. Kein Bett, kein Schlafsofa, nur ein Schreibtisch, ein Computer, ein Aktenschrank und ein Fernseher mit DVD-Player und Videorekorder und eine Bose-Musikanlage. Wie Gierman sie auch im Schlafzimmer und im Wohnbereich hatte. Ein Medien-Freak. An einer Wand befanden sich Laufband und Hanteln, in einem Bücherregal standen CDs mit klassischer Musik, Jazz und Rock 'n' Roll.
Falls Giermann je einen Gast beherbergt hatte, musste er wohl oder übel in Giermans Bett oder auf dem olivgrünen Sofa im Wohnzimmer geschlafen haben.
Im Zuge der Ermittlungen war der Computer ausgeweidet worden, die Kabel, die vormals an den Rechner angeschlossen waren, hingen herab. Aktenschubladen standen offen, ein Großteil des darin verstauten Materials war entnommen worden, und diese Akten stapelten sich inzwischen zweifellos auf Montoyas Schreibtisch.
Brinkman arbeitet gründlich, dachte er, aber er ist trotzdem ein elender Spießer.

Wasser tropfte von den alten Rohren.
Der Geruch nach feuchter Erde drang durch die Kacheln und das Mauerwerk, das schon seit langer Zeit bröckelte.
Es störte ihn nicht.
Es war nicht wichtig.
Beeinträchtigte seine Pläne nicht.
Wenn er ganz still stand und die Augen schloss, erinnerte er sich an den stechenden Geruch von Antiseptika und Ammoniak, der die säuerlichen menschlichen Ausdünstungen von Urin, Schweiß und Angst überlagerte.
Zu den Gerüchen gesellten sich die Geräusche. Wenn er sehr konzentriert lauschte, hörte er heute noch das leise Flüstern, das gedämpfte Beten und das verhaltene, unablässige Stöhnen. Metallkarren rasselten, die Uhr schlug die Stunde, und über allem hing ein Hauch von Verfall und Verdorbenheit, überlagert von vorgeblichem Wohlbefinden, von Sonnenschein und falscher Hoffnung.
Als er jetzt im Labyrinth der Gänge im Kellergeschoss stand, stellte er sich vor, wie es einmal gewesen war. Er sah die Lügen so überdeutlich ... die leuchtenden Augen, das nachsichtige Lächeln, die besorgt gerunzelten Stirnen – aber alles war Lüge gewesen.
Er öffnete die Augen. Angetrieben von dieser Falschheit, diesen dunklen, verborgenen Sünden, den Sünden, vor denen seine Mutter ihn gewarnt hatte, Sünden, für die er grausam bestraft worden war, glitt er durch die dunklen Korridore und hatte das Gefühl, endlich nach Hause gekommen zu sein, zurückgekehrt, um alles in Ordnung zu bringen.
Er bewegte sich geräuschlos, zündete an den kritischen Stellen Laternen an, und das goldene Licht der kleinen Flämmchen beleuchtete die einstmals glänzenden, blitzsauberen Wände. Jetzt war überall Schimmel sichtbar, dunkle Fle-

cken, die sich über die schmutzigen Kacheln an den Wänden in diesem Teil des Krankenhauskellers ausbreiteten. Dieser Teil war stets verschlossen und geheim gehalten worden, ein Ort, in den nie Tageslicht gefallen war, von dem nur wenige wussten, welches Grauen hier unten stattgefunden hatte. Diejenigen, die davon wussten, hatten den Mund gehalten und erwartet, dass der Betrug und die Schandtaten in Vergessenheit gerieten.

Da hatten sie sich aber geirrt.

Nichts war je vergessen.

Und auch nicht vergeben.

Diese wertvolle Lektion hatte seine Mutter ihn gelehrt.

Er zündete noch eine Laterne an und bog um eine Ecke. Mit seinem Schlüssel öffnete er eine letzte Tür und trat in den fensterlosen Raum, in dem seine Habseligkeiten untergebracht waren. Er entzündete Kerzen und ging zu dem kleinen Sekretär mit den Guckloch-Fächern hinüber. Er war nicht abgeschlossen. Er betätigte einen Hebel und sah zu, wie sich die Arbeitsplatte senkte und verborgene kleine Fächer freilegte, perfekte Verstecke für seine Schätze. Aus der Hosentasche kramte er einen Ring, einen schmalen Goldreifen mit einem blitzenden roten Stein. Sekundenlang rieb er ihn zwischen Daumen und Zeigefinger, spürte die Wärme, dachte an das Mädchen, das ihn getragen hatte. Es brachte sein Blut in Wallung, und er fuhr sich mit der Zunge über die Lippen. Sie war so wunderschön gewesen … so arglos. Er bemerkte das Blut an dem Goldreifen. Ihr Blut. Umso besser.

Er durchlebte noch einmal den Moment, als er ihr die Pistole in die Hand gezwungen und abgedrückt hatte, spürte ihr festes, rundes Hinterteil an seinem Unterleib und dann, wie sie niedersank, als der Tod kam.

Sie war so verängstigt gewesen, und er wusste, dass er sie sich hätte unterwerfen können. Nur mit äußerster Mühe hatte er diesen Drang niedergekämpft. Ihre Gesäßbacken hatten sich so innig und intim an seinen steinharten Schwanz geschmiegt … Sie zu besteigen, wäre ein Leichtes gewesen. Sich ihres jungfräulichen Körpers zu bemächtigen, eine Wohltat. Er hatte sich vorgestellt, sein Glied in ihre enge kleine unberührte Möse zu rammen, diese hauchzarte Barriere zu durchbrechen, die das Kind von der Frau trennte.

Aber es wäre nicht richtig gewesen.

Hätte all seine sorgfältig ausgeklügelten Pläne ruiniert.

Jetzt, als er an ihren warmen, zitternden Körper dachte, wurde er wieder hart und es drängte ihn, sich Erleichterung zu verschaffen.

Doch er wusste, dass diese Qual Teil seiner eigenen Buße war.

Langsam atmete er aus, bemerkte, dass der Ring, den er krampfhaft umklammert hielt, seine Haut geritzt hatte, und schalt sich innerlich. Die Zeit war nicht reif. Noch nicht.

Erbost über seine eigene Schwäche legte er den Goldreif in ein gesondertes Fach, zog dann die Armbanduhr aus der Tasche und platzierte das kostbare Stück neben dem Ring.

Perfekt, sagte er zu sich selbst. Die Kerzen brannten herunter, im Flur tropfte Wasser. Das hier war der erste Schritt, doch die Vollendung war noch fern. Sein Werk benötigte Zeit – so viele mussten noch bezahlen! Aus einem der oberen Fächer nahm er ein schwarz gebundenes Fotoalbum und begann, langsam Seite für Seite mit den gestellten Fotos, den Zeitungsausschnitten, Schnappschüssen und Zeitschriftenartikeln umzublättern.

Mit einem Lächeln betrachtete er die Bilder und las die Texte, die er schon lange auswendig kannte. Das Lächeln erlosch, als er bei Faith Chastains Foto angelangt war, einer Atelieraufnahme in Schwarzweiß, auf der sie beinahe wollüstig in die Kamera blickte. Er berührte das Foto, folgte mit dem Finger ihrer Wangenlinie. Ihm wurde eng in der Brust, als er sie sich im Leben vorstellte. Und im Tod.

Verärgert klappte er das Album zu und schob es zurück an seinen Platz im Sekretär. Dann schlug er die Arbeitsplatte zu. Für so etwas hatte er jetzt keine Zeit. Auf ihn wartete noch viel Arbeit.

Die Toten neulich nachts waren erst der Anfang.

6.

»Alle hier bei WSLJ stehen unter Schock«, sagte der Diskjockey, »uns allen wird Luke Gierman fehlen. Immerhin war er bei uns so etwas wie eine Legende ...«

Erbarmen, dachte Abby.

»... als Erinnerung an Luke und seinen Beitrag zur Durchsetzung der Redefreiheit hat WSLJ beschlossen, einige von seinen Sendungen zu wiederholen, und wir wüssten gern von euch, welche ihr am liebsten hören möchtet. Ruft uns an oder besucht uns auf unserer Website.« Der DJ rasselte ein paar Telefonnummern und die Web-Adresse mit solcher Begeisterung herunter, dass Abby übel wurde. Sie schaltete das Radio aus.

»Jetzt wollen sie ihn also heilig sprechen«, sagte sie zu Ansel, der auf der Rückenlehne des Sofas hockte und mit hungrigem Blick einen Kolibri im Vogelhäuschen fixierte. »Unglaublich. Was meinst du, dadurch bekommt der heilige Lukas einen ganz neuen Stellenwert, oder?«

Trotz ihrer spöttischen Worte empfand Abby noch immer tiefes Bedauern wegen ihres letzten Gesprächs mit Luke und ihrer Lüge, was die Waffe seines Vaters betraf.

»Nicht daran denken«, ermahnte sie sich und hörte im selben Moment das Knirschen von Reifen auf der Zufahrt. An-

sel, aus seiner Faszination für den Kolibri herausgerissen, sprang vom Sofa und stelzte zur Tür, um dann wie vom Donner gerührt stehen zu bleiben.
»Was ist?«, fragte Abby und sah aus dem Fenster. Detective Montoya war gekommen. Mit Hershey. Abbys Herz machte einen Satz. Verflixt, der Hund hatte ihr gefehlt! Sie öffnete die Haustür.
Hershey zerrte an der Leine und ließ das Laub aufwirbeln. Statt den ungestümen Hund zurückzuhalten, rannte Detective Montoya los, um mit ihm Schritt zu halten. Er hob den Blick, entdeckte Abby auf der Veranda und lächelte mit blitzenden Zähnen.
Ein aufrichtiges, jungenhaftes Lächeln, und Abby fühlte sich überrumpelt.
»Ich glaube, sie hat sie vermisst«, sagte Montoya, während Hershey schon die Stufen hinaufsprang. Schwanzwedelnd verlangte sie Abbys ungeteilte Aufmerksamkeit.
»Ja, braves Mädchen. Du bist so ein braves Mädchen«, versicherte Abby, tätschelte ihr glänzendes Fell und beugte sich hinab, um sich von Hershey das Gesicht lecken zu lassen. »Du hast mir so schrecklich gefehlt, Hershey.«
Die Labradorhündin bellte laut auf und Abby lachte. Zwar behagten ihr die Umstände ganz und gar nicht, die dazu geführt hatten, dass Hershey wieder zu ihr kam, aber sie freute sich, die Hündin bei sich zu haben. »Vielen Dank, dass Sie sie hergebracht haben«, wandte sie sich an Montoya und nahm die Leine von ihm entgegen.
»Keine Ursache.«
Sie zog eine Augenbraue hoch. »Ich wohne schließlich nicht gerade um die Ecke vom Polizeipräsidium. Lassen Sie sich zumindest auf ein Bier oder eine Cola einladen, das heißt, ich habe nur Cola light im Haus …«

»Nein, danke, wirklich nicht.«

Sie löste die Leine vom Halsband, und Hershey, die Ansel entdeckt hatte, schoss ins Hausinnere. »Oha. Aufgepasst.«

Der Kater sträubte das Fell und machte einen Buckel, der ihn doppelt so groß erscheinen ließ, fauchte und fegte zur offenen Tür hinaus, über die Veranda und den Stamm einer immergrünen Eiche hinauf. Die Hündin folgte ihm auf dem Fuß, blieb kurz vor dem Baum stehen und bellte Ansel wild an, der auf einem der unteren Äste hockte und zu ihr herabblickte.

Abby musste lachen. »Das ist ihr Lieblingsspiel.«

Hershey winselte und bellte, bis sie die Witterung eines anderen Tiers aufnahm und anfing, in den Büschen zu schnuppern. »Es ist immer dasselbe«, erklärte Abby und beobachtete kopfschüttelnd die Tiere. »Jedes Mal, wenn Luke sie hierher brachte, flippte Hershey aus, und Ansel fauchte und rannte weg. Jedes Mal jagte Hershey hinter ihm her, und zwanzig Minuten später lagen beide vereint im Wohnzimmer, Ansel auf der Rückenlehne des Sofas, Hershey in ihrem Körbchen beim Kamin, beide zusammengerollt und fest schlafend.« Abby schob sich das Haar aus den Augen. »Manchmal geht es hier zu wie im Zirkus.«

»Hat Ihr Ex Ihnen den Hund häufig überlassen?«

»Fast an jedem Wochenende«, sagte sie. »Sosehr er bei der Scheidung auch um Hershey gekämpft hatte, fühlte er sich durch die Verantwortung für den Hund doch eingeengt. Zwischen seiner Arbeit beim Sender und seinen Freizeitaktivitäten war er kaum zuhause.« Sie streifte Montoya mit einem Blick. »Luke war ein Frischluftfanatiker, und wenn er nicht angeln oder auf die Jagd gehen oder Skifahren oder sonst etwas konnte, verbrachte er Stunden im Fitness-Center. In Wahrheit war ihm der Hund lästig. Aber ich habe ihn immer gern zu mir genommen.« Sie spürte einen Stich im Herzen. »Ehrlich, Lukes Tod trifft mich sehr. Wir haben uns zwar nicht gut verstanden, und unser letztes Gespräch ... nun, das war wirklich schlimm, ganz schrecklich, und dann hat er mir am nächsten Tag in seiner Sendung ein paar gehörige Seitenhiebe versetzt.«

»Sie haben die Sendung gehört?«

Abby verdrehte die Augen. »Ja. Ich war neugierig oder vielleicht habe ich auch tief drinnen einen Hang zum Masochismus, ich weiß es nicht. Jedenfalls habe ich die Sendung eingeschaltet. Das war ein Fehler.« Sie sah den Hund an und rieb sich geistesabwesend den Unterarm. »Luke ist an diesem Tag wirklich unerträglich gewesen.«

»Hat er Sie in Rage gebracht?«

»Und wie«, gab sie zu und schaute Montoya an. »Es hätte jeden in Wut versetzt. Doch worauf Sie eigentlich hinauswollen, ist natürlich, ob ich wütend genug war, um ihn umzubringen. Aber da liegen sie falsch, ich habe ihn nicht umgebracht.«

»Wie steht es mit Courtney LaBelle? Können Sie sich inzwischen an sie erinnern?«

»Nein ... Aber der Name kommt mir irgendwie bekannt vor.«

»Es gibt eine berühmte Sängerin namens LaBelle«, half er ihr auf die Sprünge. »Und einen DJ beim WNAB.«

»Nein ... die meine ich nicht.« Sie hatte schon den ganzen Tag darüber nachgedacht, hatte, seit sie den Namen des Mädchens gehört hatte, ein leises Unbehagen empfunden. »Aber sie war zu jung, es ist nicht möglich, dass ich sie gekannt habe.«

»Sie ließ sich Mary nennen.«

»Mary LaBelle.« Abby massierte sich mit einer Hand den

Nacken und schürzte die Lippen, während sie sich den Namen durch den Kopf gehen ließ. Nichts kam dabei heraus, nur dieses vage Gefühl, dass sie sich an etwas erinnern müsste. An etwas Wichtiges. »Tut mir Leid. Wahrscheinlich habe ich mich geirrt.«

»Wissen Sie, ob Ihr Ex irgendwelchen Schmuck getragen hat, der ihm viel bedeutete?«

»Was denn zum Beispiel? Einen Nasenring?«

Montoya lachte schnaubend. »Ich weiß es nicht, aber fangen wir ruhig mal mit einem Ring an, einem Ring für den Finger.«

Sie verschränkte die Arme. »Sechs Monate nach unserer Hochzeit hat er nicht einmal mehr seinen Ehering getragen. Er hatte einen Unfall beim Segeln und war mit dem Ring irgendwo hängen geblieben. Das behauptete er zumindest. Jedenfalls hat er ihn von da an nie mehr getragen. Erst später kam mir der Gedanke, dass er die Tatsache, verheiratet zu sein, nicht unbedingt für jeden ersichtlich machen wollte. Der Ring befindet sich noch in meinem Besitz, er liegt in meiner Schmuckschatulle«, gestand sie verlegen. »Ich habe ihn aufbewahrt, um ihn an irgendeinem Jubiläumstag in den Mississippi zu werfen, bin aber nie dazu gekommen.«

Montoya sah sie eindringlich an.

»Also … er hat keinen Ehering und auch sonst keinen Ring getragen?«

»Ich habe nie einen Ring an ihm gesehen.« Abby blickte vielsagend auf den Diamanten in Montoyas Ohr. »Auch keine Ohrringe oder Armbänder oder Goldketten … Das einzige Schmuckstück, an das ich mich erinnere, ist eine Armbanduhr. Die trug Luke immer.« Ihr Magen krampfte sich zusammen, als sie an den Tag dachte, an dem sie im strömenden Regen nach draußen zu seinem BMW gerannt war. Sie hatte ihm einen Gefallen tun wollen, wollte das Verdeck schließen und seine Versicherungsdokumente ins Haus holen. Kurz zuvor waren Unklarheiten über die Deckungssumme der Versicherung für das neue Auto aufgetreten. Was sie dann im Handschuhfach des glänzenden schwarzen Sportwagens fand, war eine teure Uhr und eine Karte, mit Initialen unterzeichnet, die sie als jene von Connie Hastings erkannte, der Geschäftsführerin eines Konkurrenzsenders, die versuchte, Luke abzuwerben. Abby traf die niederschmetternde Erkenntnis, dass ihr Mann sie betrog. Mal wieder. Ihre Hände zitterten, als sie die niedliche, eindeutig zweideutige Karte las. Mit einem brennenden Gefühl im Magen begutachtete sie die Rolex. Sie glaubte, keine Luft mehr zu bekommen, und bemerkte nicht, dass die Beifahrertür noch weit offen stand, der Alarm unablässig schrillte und Regen ins Wageninnere strömte und sie und den blöden Versicherungsbescheid durchnässte.

Herrgott, wie konnte sie nur so dumm sein! Wäre sie zu jenem Zeitpunkt nicht schwanger gewesen, hätte sie sich auf der Stelle scheiden lassen. Stattdessen hatte sie das Verdeck offen gelassen, Karte und Geschenk auf den Beifahrersitz gelegt, die Tür nicht geschlossen – in der Hoffnung, dass das Wageninnere ruiniert, die Batterie leer sein und die kostbare Uhr gestohlen würde. Anschließend hatte sie sich in die Büsche übergeben und war dann zurück ins Haus gegangen, um darauf zu warten, dass Luke aus der Dusche kam.

»Die Uhr … Es ist eine Rolex, eine, die er beim Tauchen tragen konnte. Stellen Sie sich vor, sie überstand sogar die Druckverminderung … und sah so cool aus, dass er sie ständig anhatte. Jedenfalls solange wir noch verheiratet waren.«

»Hat er sie versichert?«

»Das weiß ich nicht«, sagte Abby. »Aber da Sie fragen, muss ich annehmen, dass sie nicht mehr da ist.«
»Ich mache nur Inventur von seinen Besitztümern.«
»Aber wenn er die Uhr getragen hätte, wüssten Sie es doch, oder?«, widersprach sie. »Dann hätten Sie mich nicht fragen müssen.«
»Diebstahl ist als Motiv nie auszuschließen.«
»Falls Courtney ihn umgebracht hat, hat sie ihn zumindest nicht beraubt. Und falls es jemand anderes war – warum hat er sich die Mühe gemacht, beide Opfer mitten ins Nirgendwo zu verschleppen?«, wollte Abby wissen, erbost darüber, dass der Detective nicht mit offenen Karten spielte. »Diebe rauben ihre Opfer für gewöhnlich auf der Straße aus, im Auto, bei der Arbeit, zuhause … Sie machen sich nicht die Mühe, zwei Opfer zusammenzubringen, um einen grotesken Mord in Verbindung mit Selbstmord vorzutäuschen.«
»Es sei denn, es macht ihnen Spaß«, wandte Montoya ein.
»Gibt es einen Grund dafür, dass Sie mir nicht mehr darüber sagen, was in jener Nacht vorgefallen ist?«, fragte Abby und beschloss, ihre größte Befürchtung auszusprechen. »Stehe ich etwa unter Verdacht?«
»Jeder steht unter Verdacht.«
»Insbesondere Exfrauen, die am Tag des Mordes in aller Öffentlichkeit gedemütigt wurden, nicht wahr?«
In Montoyas Miene ging eine Veränderung vor sich. Seine Züge wurden hart. »Ich komme noch einmal wieder«, versicherte er. »Ich bringe einen zweiten Detective mit, dann vernehmen wir Sie, und Sie können so viele Fragen stellen, wie sie möchten.«
»Und Sie werden meine Fragen beantworten?«
Er lächelte kaum merklich. »Das kann ich nicht versprechen. Nur, dass ich Sie nicht belügen werde.«

»Das hätte ich auch nicht von Ihnen erwartet, Detective.«
Er nickte knapp. »Wenn Ihnen in der Zwischenzeit etwas einfällt oder Sie sich an etwas erinnern, rufen Sie mich bitte an.«
»Das mache ich«, versprach sie und sah ihm nach, als er eilig die zwei Stufen der Veranda hinuntersprang und zu seinem Wagen lief. Ihrer Schätzung nach war er ein paar Jahre jünger als sie, und er hatte eine angeborene erotische Ausstrahlung. Toll. Genau das, was sie brauchte – ein sexy Bulle, auf dessen Liste von Mordverdächtigen sie wahrscheinlich ganz oben stand.
Abby pfiff nach dem Hund, und Hershey stürmte schmutzig und voller Laub in Richtung Tür. »Sitz!«, befahl Abby, und die Labradorhündin ließ sich brav mit dem Hinterteil auf dem Boden nieder. Abby öffnete die Tür, ging in die Küche und nahm ein Handtuch vom Haken. Unter Hersheys Protestjaulen wischte sie ihr alle vier Pfoten sauber. »Du bist jetzt unser Problemfall, oder?«, scherzte sie und legte der Hündin das Handtuch über den Kopf.
Hershey schüttelte sich, warf das Handtuch ab, bekam ein Ende mit den Zähnen zu fassen und zerrte daran, als wollte sie Tauziehen. Abby lachte, während sie mit dem Hund spielte, und empfand zum ersten Mal seit der Nachricht vom Tod ihres Exmannes wieder ein wenig Freude. Das Telefon klingelte, und sie ließ von dem Hund ab, der knurrend das zerfetzte Stück Frotteestoff schüttelte.
»Hallo?«, meldete sie sich.
»Abby Chastain?«
»Ja.«
»Beth Ann Wright vom *New Orleans Sentinel*.«
Abby seufzte auf. Die Presse. Das fehlte ihr gerade noch.
»Sie waren Luke Giermans Frau, nicht wahr?«

»Worum geht es?«, fragte Abby misstrauisch. Hershey blickte erwartungsvoll auf die Hintertür. »Gleich«, flüsterte Abby, an die Labradorhündin gewandt. Hershey wedelte verhalten mit dem Schwanz.

»Oh, entschuldigen Sie«, sagte Beth Ann mit aufrichtigem Bedauern. »Ich hätte es Ihnen gleich erklären sollen. Unsere Zeitung bringt eine Reihe von Artikeln über Luke, der immerhin eine Lokalgröße war, und dafür möchte ich Sie interviewen. Ich dachte, wir könnten uns vielleicht morgen früh treffen?«

»Luke und ich sind geschieden.«

»Ja, ich weiß, aber ich möchte den Mann hinter dem Mikrofon etwas tiefer ergründen, verstehen Sie? Er war eine öffentliche Persönlichkeit und meine Leser möchten bestimmt Näheres über ihn wissen, seine Lebensgeschichte, seine Hoffnungen, seine Träume, Sie wissen schon, den menschlichen Aspekt.«

»Dafür ist es wohl zu spät«, sagte Abby in unverhohlen kühlem Tonfall.

»Aber Sie kannten ihn schließlich ganz privat. Ich dachte, sie könnten vielleicht ein paar Anekdoten beisteuern, den Leuten den wahren Luke Gierman nahe bringen.«

»Ich glaube nicht.«

»Mir ist bewusst, dass ein paar ungelöste Probleme zwischen Ihnen beiden standen.«

»Wie bitte?«

»Ich habe neulich seine Sendung gehört.«

Abbys Muskeln spannten sich an, sie hielt den Hörer fest umklammert.

»Daher ist die Situation für Sie wahrscheinlich schwerer als für manchen anderen, aber trotzdem würde ich Ihnen gern ein paar Fragen stellen.«

»Vielleicht ein anderes Mal«, wich Abby aus, doch Beth Ann ließ nicht locker.

»Wann immer es Ihnen passt. Sie sind in Louisiana geboren, nicht wahr?« Abbys Nacken verspannte sich noch mehr.

»In Louisiana geboren und aufgewachsen, aber Sie haben Luke in Seattle kennen gelernt, wo er für einen Radiosender arbeitete ... Wie heißt er noch gleich, ich habe es mir doch irgendwo notiert ...«

»KCTY.« Das war allgemein bekannt.

»Ach ja, richtig. Aber Sie sind hier aufgewachsen und zur Schule gegangen, nicht wahr? Ihre Mutter und Ihr Vater stammen aus dieser Gegend?«

Alarmglocken schrillten in Abbys Kopf. »Ich will nicht darüber reden.«

»Jacques und Faith Chastain.«

»Luke war ein paar Jahre lang ihr Schwiegersohn, weiter nichts«, presste Abby hervor.

»Moment mal ...«, sagte Beth Ann leise, als kramte sie in ihren Notizen, wenngleich Abby den Verdacht hatte, dass ihr sämtliche Informationen griffbereit vorlagen. »Ihre Mutter hat ihn vermutlich nie kennen gelernt, oder? War Ihre Mutter, Faith Chastain, nicht die Frau, die sich im Krankenhaus Our Lady of Virtues in den Tod gestürzt hat? In dem Krankenhaus, das jetzt abgerissen werden soll?«

Die Frau hatte ihre Hausaufgaben sehr gründlich gemacht.

»Also hat sie Luke gar nicht als Schwiegersohn kennen gelernt?«

Abby legte auf. Knallte den Hörer auf die Gabel und schwor sich, den Anrufbeantworter laufen zu lassen, falls das Telefon noch einmal klingelte. Wenn jemand einen Termin für die Hausbesichtigung oder eine Fotosession ausmachen wollte, würde er schon eine Nachricht hinterlassen.

Sekundenlang starrte sie das Telefon an, rechnete halb damit, dass es erneut zu klingeln begann, und atmete dann tief durch. Gewöhn dich dran, ermahnte sie sich, das ist erst der Anfang. Bis Lukes Mörder gestellt ist, werden die Presse, die Polizei und andere Neugierige dich mit Anrufen bombardieren.

Das war wohl unvermeidlich.

Die Fahrt nach Baton Rouge verlief relativ erträglich, fand Montoya. Brinkman nervte nicht so sehr wie sonst und beschränkte die Unterhaltung auf das vorliegende Verbrechen. Bislang hatte das Labor noch keine Ergebnisse geliefert, aber Giermans Wagen war in einer Seitenstraße in der Nähe seines Sportclubs gefunden worden. Die Bank, bei der er Geld abgehoben hatte, lag nur einen Block entfernt. Das Dumme war, dass laut Brinkman niemand im Fitness-Center Luke beim Training gesehen hatte. Er war nicht zu seinem persönlichen Trainingsprogramm und auch nicht zum Free Climbing erschienen, das er mit Vorliebe an einer künstlichen Felsmauer des Centers praktizierte.

Giermans BMW schien auf den ersten Blick keine verdächtigen Spuren aufzuweisen, aber die Spezialisten der Spurensicherung waren noch mit der gründlichen Inspektion beschäftigt.

»Ich habe auch mit der Exfreundin, Nia Penne, gesprochen«, berichtete Brinkman und öffnete das Fenster einen Spaltbreit, während sie in nordwestlicher Richtung den Highway 10 entlangfuhren.

Es dämmerte. Die Scheinwerfer durchstachen die einsetzende Dunkelheit, die Luft war drückend und versprach noch mehr Regen.

»Was sagt sie?«

»Hauptsächlich, dass Gierman ein Schürzenjäger war. Immer auf der Suche nach Frischfleisch, aber sie glaubt, dass er trotz allem noch seine Exfrau liebte.« Er warf Montoya einen Blick zu.

»Wir reden über den Kerl, der in seiner Sendung über seine Exfrau hergezogen ist?«

»Ja. Nia Penne behauptet das zumindest. Ich habe sie nach der Sendung gefragt, aber sie sagt, im Radio macht er nur Show. Kaum zu glauben!«

Das fand Montoya auch.

»Meiner Meinung nach macht man sich keineswegs bei den Damen beliebt oder kriegt sie ins Bett, wenn man ständig öffentlich schmutzige Wäsche wäscht.« Brinkman lachte meckernd, kramte in seiner Jackentasche und förderte ein zerknülltes Zigarettenpäckchen zutage. Er klopfte eine Filterzigarette aus der Packung, schob sie sich in den Mundwinkel und suchte in seinen Taschen nach dem Feuerzeug. Dann steuerte er den Wagen durch eine lang gezogene Kurve und ließ verlauten, dass es wohl nicht leicht war, eine Frau wie Abby Chastain zu vergessen.

»Ich tippe auf Geld als Mordmotiv.« Während Brinkman sprach, wackelte die Zigarette in seinem Mund. »Gesetzt den Fall, Gierman hatte nach der Scheidung noch was übrig. Gewöhnlich kriegen ja die Frauen sowieso den Löwenanteil.«

Das kaufte Montoya ihm nicht ab. Allerdings hatte er auch noch nicht drei Scheidungen hinter sich, wie Brinkman. Doch er hatte das Gefühl, dass Abby Chastain nicht hinter irgendwelchem Geld her war. Aber er konnte sich natürlich irren. »Zurück zu Gierman. Gut, er war ein Draufgänger. Das wussten wir bereits. Wie steht es mit dem Alibi der Freundin?«

»Absolut wasserdicht.« Brinkman fand das Feuerzeug endlich und zündete seine Zigarette an. »Sie war bei Freunden in Toronto, mit einem Pärchen samt einem zehn Monate alten Baby.« Er blies eine Rauchwolke in Richtung Beifahrerfenster. »Als Gierman ermordet wurde, saß Nia mit ihren Freunden zusammen, hat bei ihnen zuhause bis drei Uhr morgens Wein getrunken und Karten gespielt. Von dem Lärm sind die Nachbarn wach geworden und haben die Polizei gerufen. Die hat sich die Namen notiert.«

»Vielleicht hat sie jemanden bestochen.«

»Hört sich nicht so an.« Brinkman schüttelte den Kopf und rümpfte die Nase. »Sie war sauer auf Luke. Anscheinend hatte er was mit irgendeiner Serviererin in einem Hotelrestaurant an der Bourbon Street, und Nia hat Wind davon gekriegt. Hat ihm eine Szene gemacht und die Affäre beendet. Sie haben nicht zusammengewohnt, also konnte sie einfach so Schluss machen. Sie wirkte geradezu erleichtert.«

»Und diese Serviererin?«

Brinkman sog ausgiebig an seiner Zigarette. »So weit bin ich noch nicht gekommen. Hey, ist das nicht die Ausfahrt?«

Er trat auf die Bremse, setzte den Blinker und fuhr kurz darauf durch die regennassen Straßen von Baton Rouge. Es war zwar noch nicht dunkle Nacht, doch aufgrund der zunehmenden Dämmerung hatten sich die Straßenlaternen bereits eingeschaltet und ließen den nassen Asphalt schimmern. Fußgänger hasteten unter Schirmen vorüber, ein paar Radfahrer traten heftig in die Pedale und platschten durch die Pfützen. Neonreklame blitzte bunt an den Fenstern von Bars und Restaurants längs der Straße auf.

»Was ist mit dem Sender? Gibt es da jemanden, der Gierman gern für immer vom Mikrofon verbannt hätte?«

»Daran arbeite ich noch. Hab mit ein paar Mitarbeitern

gesprochen, und bisher sind alle nur voll des Lobes. Wenn man sie hört, muss Gierman ein wahrer Teufelskerl gewesen sein. Ein echter Traumprinz.« Er schnaubte, und Rauch quoll aus seinen Nasenlöchern. »Ein feiner Kerl – dass ich nicht lache! Der Letzte, der ihn gesehen hat, ist, soviel ich weiß, sein Handlanger Maury Taylor, der echt betroffen zu sein scheint. Könnte aber auch nur Show sein. Ich muss noch mit ihm reden.« Er warf seine Kippe aus dem Fenster. »Diese Typen vom Radio«, sagte er verächtlich. »Ein Haufen Spinner.«

Der Streifenwagen durchquerte jetzt ein Wohngebiet und näherte sich der Universität. Die Häuser wurden größer und prächtiger. Gepflegte Rasenflächen, geräumige Veranden, frische Anstriche, zur Schau gestellter Reichtum prägten die Umgebung des All Saints College.

»Weißt du, wohin wir müssen?«, fragte Brinkman, als sie das unbewachte Tor passierten.

»Cramer Hall.«

»Warst du schon mal dort?«

Montoya nickte. »Bentz' Kleine, Kristi, hat in dem Wohnheim gewohnt, als sie hier studierte.« Er nannte keine Gründe für seinen damaligen Besuch, sagte nichts über den Terror, den Kristi und ihr Vater ausgestanden hatten, doch da Brinkman zu jener Zeit schon im Dienst gewesen war, wusste er, worum es ging.

»Ach ja«, sagte er und nickte. »Die Sache mit dem Serienmörder, der sich der Auserwählte oder so ähnlich nannte. Herr im Himmel, war das ein Verrückter.«

Sie fanden einen Besucherparkplatz und stiegen aus dem Wagen. Mit eingezogenen Köpfen eilten sie ins Wohnheim, wo die Dekanin, Dr. Sharon Usher, die vorher benachrichtigt worden war, sie erwartete. Die Dekanin war eine nervöse

Frau mit schmalen Schultern, kurzem braunen, von Silberfäden durchzogenem Haar, ungeschminkt und mit schmalen, verkniffenen Lippen. Sie sah aus wie mindestens fünfundvierzig, und sie entsprach mit ihrer eulenhaften Brille, dem langen Tweedrock und dem braunen Pullover in jeder Hinsicht dem Klischee der Akademikerin.

Sie schüttelten einander die Hände. Anschließend führte Dr. Usher die Männer, einen großen Schlüsselring umklammernd, als handelte es sich um die Schlüssel zu einem Königreich, die alte Treppe des Backsteingebäudes hinauf – eines Gebäudes, das nach Parfüm, verschwitzten Jogginganzügen und sportlichem Ehrgeiz roch. In Dreier- oder Vierergruppen kamen ihnen Mädchen entgegen, laut schnatternd, Headsets eingestöpselt oder Handys am Ohr. Sie schenkten den älteren Männern kaum Beachtung.

Doch im dritten Stock herrschte Stille. Falls hier Studentinnen wohnten, hatten sie sich entweder in ihren Zimmern eingeschlossen oder waren ausgegangen. Die Tür zum Zimmer 304 war mit Flatterband abgesperrt.

»Ich hoffe, Sie klären diesen Fall schnell auf«, bemerkte Dr. Usher in einem Ton, als glaubte sie, die Polizeibehörde würde sich absichtlich Zeit lassen.

»Das haben wir vor«, beteuerte Brinkman mit einem belustigten Blick in Montoyas Richtung.

»Nun gut. Auf Ihre Bitte hin habe ich Courtneys Stundenplan, eine Liste der Teilnehmer ihrer Seminare sowie sämtlicher Studentinnen in diesem Wohnheim, nach Zimmernummern geordnet, für Sie bereitgelegt. Und Sie sollten auch wissen, dass erst vor drei Wochen Mr. Gierman hier war. Als Gastdozent in Dr. Starrs kommunikationswissenschaftlichem Seminar. Courtney hat an diesem Seminar teilgenommen.«

Montoya blieb abrupt stehen und horchte auf. Endlich eine Verbindung zwischen den beiden Opfern!
»Luke Gierman war hier?«, vergewisserte er sich.
»Ganz recht.« Dr. Usher ging ihren Schlüsselbund durch.
»Hat sich Courtney mit ihm unterhalten?«
»Das glaube ich nicht, aber ich weiß es nicht genau. Ich habe mit Dr. Starr gesprochen. Die Verwaltung war nicht glücklich über die Wahl seiner Gastdozenten.« Sie schob einen Schlüssel in das Schloss des Zimmers. »Wenn wir auch ausdrücklich Vielfalt und Gesinnungsfreiheit und alles Mögliche predigen, sind wir doch ein ziemlich konservatives Institut.«
»Wir würden Dr. Starr auch gern sprechen.«
»Ich weiß. Er stößt später zu uns, wenn wir fertig sind«, sagte sie, jene Effizienz unter Beweis stellend, mit der sie wahrscheinlich jede Aufgabe anging. »Ich habe seine Handynummer und alles Nötige der in meinem Büro befindlichen Akte beigelegt. Wenn Sie Ihre Arbeit hier beendet haben, können Sie sich die Akte abholen.«
Montoya warf Brinkman einen Blick zu. Vielleicht hatten sie hier einen Glückstreffer gelandet. Usher entriegelte die Tür und stieß sie wortlos auf.
Montoya trat ins Zimmer, knipste das Licht an und hatte im ersten Moment das Gefühl, in eine andere Welt geraten zu sein. »Was zum Teufel ist das denn?«, fragte er und betrachtete die Wände. Eine Seite des Zimmers war schlicht weiß gestrichen und vollgehängt mit Kruzifixen, Mutter-Gottes-Bildern und Abbildungen von Jesus am Kreuz. Die andere Seite war pechschwarz gestrichen und völlig kahl. Keine Wandbehänge, keine Bilder, nichts, was irgendetwas über die Bewohnerin ausgesagt hätte. Der Schreibtisch vor der weißen Wand war vollgestellt mit gerahmten Bildern von

Courtney LaBelle mit einer aufgeschlagenen Bibel. Ein Rosenkranz hing vom Türknauf eines Wandschranks. Die andere Zimmerseite war so gut wie leer, bis auf einen kleinen Drucker, der auf dem Schreibtisch stand, und mehrere Bücher in einem Regal, Romane von Anne Rice und anderen über Vampire, Werwölfe und das Paranormale.

»Das begreife ich nicht«, sagte Brinkman, und ausnahmsweise konnte Montoya ihm nur beipflichten.

»Dieses Zimmer gehörte Courtney LaBelle« – Dr. Usher wies auf die helle Seite des Zimmers – »und Ophelia Ketterling.« Die Dekanin wies mit einer Handbewegung auf die dunkle Seite. »Wir ermutigen unsere Studentinnen, ihre Individualität zu pflegen, und manche, nun ja, manche übertreiben maßlos.«

Um ihren Worten Nachdruck zu verleihen, ließ Dr. Usher die Jalousie herab, so dass kein Licht mehr ins Zimmer drang, und knipste die einzige Lampe an, die auf dem Schreibtisch auf der dunklen Zimmerseite stand. Dann schaltete sie das Deckenlicht aus.

»Scheiße«, entfuhr es Brinkman, als sich die dunkle Zimmerseite blitzartig verwandelte. Auf der vormals schwarzen Wand wimmelte es plötzlich von Mustern, die offenbar nur auftauchten, wenn die ultraviolette Glühbirne ihr gespenstisches Licht abgab. Merkwürdige Bilder von Wasser speienden Monstern, Vampiren und Kreaturen mit langen Zähnen, Schwänzen und Zungen erschienen, als wären sie aus den Tiefen der Hölle emporgestiegen. »Schau sich das einer an!«, staunte Brinkman.

»Ophelia ist Kunststudentin. Eine begabte dazu, wenngleich manche ihre Themenwahl mit Skepsis betrachten.« Usher schaltete das Deckenlicht wieder ein, und die grotesken Bilder verschwanden.

»Wie hat sich Courtney mit ihrer Zimmergenossin verstanden?«

»Überhaupt nicht.«

Kein Wunder, dachte Montoya.

»Hat sie sich über diese, hm, ausgefallene Dekoration beschwert?«, wollte Brinkman wissen.

»Bei mir nicht, und auch nicht bei der Verwaltung«, antwortete die Dekanin und nagte an ihrer Unterlippe. »Im Grunde hat das Studienjahr ja auch gerade erst begonnen. Ich habe von dieser Sache zum ersten Mal gehört« – sie deutete auf die schwarze Wand –, »als wir von der Tragödie erfuhren.« Seufzend schlang sie die Arme um ihre schlanke Taille. Der Schlüsselring klimperte zwischen ihren Fingern. »Das alles ist so grauenhaft …«

Amen, dachte Montoya. »Kannten sich die beiden Mädchen schon, bevor sie aufs All Saints College kamen?«, erkundigte er sich.

»Courtney und Ophelia? Aber nein.« Sie schüttelte den Kopf.

»Wie haben sie dann zueinander gefunden?«

»Durch den Computer, der die Zimmerbelegung erstellt«, antwortete die Dekanin.

»Obwohl die beiden so verschieden sind?«

»So verschieden nun auch wieder nicht. Beide kunstbegeistert, beide Nichtraucherinnen, beide aus religiösen Familien stammend, Courtney aus New Orleans, Ophelia aus Lafayette. Beider Mütter haben hier studiert, beide gehören der oberen Mittelschicht an. Beide haben eine katholische Privatschule besucht. Ja, sie waren sehr verschieden, hatten aber auch sehr viel gemeinsam.« Dr. Usher lächelte traurig.

»Können wir Ms. Ketterling sprechen?«, fragte Montoya.

»Sie ist unten im Büro.«
Brinkman stöberte bereits im Zimmer herum. Montoya sagte: »Es dauert nur ein paar Minuten.«
»Ich erwarte Sie dort.« Die Dekanin entfernte sich mit einem Stakkato ihrer festen Schuhe, das durch den gefliesten Flur und das Treppenhaus hallte.
»Was für eine Spinnerei«, brummte Brinkman. »Diese Bilder, die Bücher über Vampire, schwarze Wände ... Die Tussi ist gestört! Schwer gestört. Wäre vielleicht interessant zu erfahren, wo sie in der Nacht gesteckt hat, als ihre Zimmergenossin ins Gras beißen musste.«
»Bücher über Vampire lesen viele. Das ist heutzutage cool.«
»Nur weil es cool ist, muss es noch lange nicht in Ordnung sein.«
Sie suchten das kleine Zimmer sorgfältig nach Hinweisen ab, sprachen kaum, entdeckten nichts, was von Interesse gewesen wäre. In Courtneys Zimmerhälfte entdeckten sie Lehrbücher, ein paar Jeans, T-Shirts und Pullover, ein Kleid und eine Schublade voller BHs und Unterwäsche. Auf dem Schreibtisch befand sich das übliche Sammelsurium junger Frauen: iPod, Laptop, Handy, Make-up und Kosmetikartikel. Seltsam, dass sie ihr Handy nicht bei sich hatte, dachte Montoya und steckte das Gerät ein. Dann betrachtete er die religiösen Symbole. Bilder von Engeln, Drucke von religiösen Gemälden – einige kannte Montoya sogar –, Kruzifixe und Madonnenskulpturen. Ein zweiter Rosenkranz war über einen Bettpfosten drapiert. Eine Schachtel enthielt Heiligenbilder und Medaillons.
Courtneys Besessenheit brachte ihn ins Grübeln. Hatte der Umstand, dass sie zwangsweise das Zimmer mit einem Mädchen teilen musste, das mehr Interesse für die schwarzen

Künste als für die Aufnahme in den Himmel hegte, Courtneys religiösen Fanatismus noch gesteigert? Sie hatte ohnehin geglaubt, berufen zu sein, Gottes Stimme gehört zu haben. Was hatte die Gemeinschaft mit dieser Zimmergenossin ihr angetan?

»Die ticken doch beide nicht richtig«, kommentierte Brinkman die Funde.

»Vielleicht hat der Computer sie deswegen zusammengewürfelt«, mutmaßte Montoya. »Yin und Yang.«

»Mag sein. Ich muss erst mal eine rauchen.« Brinkman kramte bereits in der Innentasche seiner Jacke. »Lass uns hier aufhören. Ich gehe kurz nach draußen und stoße später im Büro wieder zu dir.«

»In Ordnung.«

Der Hund würde ein Problem darstellen.

Hunde stellten immer ein Problem dar.

Er stand in der hereinbrechenden Dämmerung im Wald, den schwülen Modergeruch des Sumpfs in der Nase. Durch das tropfende Spanische Moos, zwischen Mooreichen und Platanen hindurch spähte er zu dem Haus mit der breiten Fensterfront hinüber.

Aus den tiefer werdenden Schatten konnte er, wie er es schon öfter getan hatte, ihre Bewegungen im Haus verfolgen. Er wusste, dass sie in dem kleinen Bad neben der Treppe ihre Handcreme aufbewahrte. Er hatte sie aus dieser Tür treten und sich die Hände reiben gesehen. Er hatte zugeschaut, wie sie sich im Flur zu einem hohen Regal hinaufreckte, in dem sie Weihnachtsdekoration aufbewahrte, und bei der Gelegenheit hatte er ihren glatten, festen Unterleib aufblitzen gesehen, da das T-Shirt aus dem Bund ihrer Jeans gerutscht war. Und er wusste, dass in der Schublade des Nachttisches neben dem Bett, in dem sie nicht schlief, eine Waffe lag. Sie hatte sie herausgenommen, betrachtet, wieder zurückgelegt und die Schublade rasch geschlossen.

Die Dienstwaffe des Vaters ihres Mannes, wie er aus Luke Giermans letzter Radiosendung erfahren hatte.

Auch jetzt war sie im Haus. Er hatte sie durch die Fenster gesehen, aus denen warmes Licht in die zunehmende Dunkelheit schimmerte. Sie hatte sich eine Kanne Kaffee aufgebrüht und trank aus ihrer Tasse, während sie von einem Zimmer ins andere ging, mit ihren Haustieren sprach, den Fernseher einschaltete, an dem Tisch arbeitete, auf dem sie Negative und Fotos ausgebreitet hatte. Zwar hatte er das Klingeln des Telefons nicht gehört, aber er beobachtete, wie sie in der Küche den Hörer abhob und ohne die Spur eines Lächelns zu reden begann.

Vermutlich ging es in dem Gespräch um ihren toten Mann.

Er musterte sie und fragte sich, wie sie einen so nichtswürdigen Mann wie Gierman hatte heiraten können, einen Mann, der sie dreist betrog und sie im Radio niedermachte.

Mary hat dir einen Gefallen getan, dachte er in der Erinnerung an die Waffe, die in der Hand des Mädchens losgegangen war und Gierman getötet hatte. Gierman war außer sich vor Angst gewesen, seine Augen drohten aus den Höhlen zu quellen, und er schüttelte den Kopf so heftig, als könnte er das Unvermeidliche dadurch aufhalten.

Als ihn die Kugel traf, ging ein Ruck durch Giermans Körper, sofort quoll pulsierend das Blut aus der Schusswunde – das Leben floss aus ihm heraus. Ja, Mary, die Jungfrau, hatte der Welt einen Gefallen getan, indem sie Gierman tötete. Und dann hatte sie selbst das ultimative Opfer dargebracht.

Er fühlte sich leicht und beschwingt, als er sich an das Gefühl der Macht erinnerte, das ihn überkommen hatte, die Überzeugung, Gerechtigkeit geübt zu haben.
Von seinem Versteck aus sah er, wie Abby eine Hüfte vorschob, den Arm unter der Brust um ihren Körper schlang und mit leicht zur Seite geneigtem Kopf den Hörer ans Ohr drückte. Lockiges rotblondes Haar fiel ihr bis auf die Schultern, zwar nicht die dunkle Mahagonifarbe von Faiths Haar, aber ebenso verlockend. Heiß. Feurig.
Sie vollführte kreisende Bewegungen mit dem Kopf, als wolle sie Verspannungen im Nacken bekämpfen. Während er ihren eleganten Hals und darunter die Knochen des Schlüsselbeins betrachtete, bekam er eine Erektion.
Erwartungsvoll rieb er die Fingerspitzen aneinander und leckte sich die Lippen, schmeckte seinen eigenen Schweiß und das Regenwasser. Herrgott, sie war so schön! Sah Faith so ähnlich! Sekundenlang schloss er die Augen, ergab sich dem Sehnen in seinem Inneren, dem Begehren, spürte den Regen, die Tränen Gottes auf sich niederprasseln und ihn auf seiner Mission segnen.
Ich werde nicht versagen, gelobte er sich stumm und öffnete die Augen wieder, um ihr hübsches Gesicht zu betrachten, aber sie war fort, stand nicht mehr im Rahmen des Wohnzimmerfensters.
Wo war sie?
Panik überkam ihn, als er jedes einzelne Fenster prüfte … Keine Spur von ihr. Befand sie sich auf dem Weg nach draußen? Aber er war noch nicht bereit! Er griff in seine Tasche, fühlte den Knauf seines Jagdmessers und fragte sich, ob er es würde benutzen müssen.
Mit klopfendem Herzen, die Finger um den Messergriff gelegt, setzte er sich in Bewegung.

Plötzlich tauchte sie auf, ging vom Flur ins Wohnzimmer. Er entspannte sich kurzfristig. Sie war auf dem Weg ins Esszimmer, blieb aber unvermittelt stehen, als hätte sie etwas gehört. Sie drehte sich um, sah direkt in seine Richtung und verzog unwillig die Mundwinkel. Dann trat sie ans Fenster und schaute hinaus in die Dunkelheit.

Er erstarrte.

Hielt den Atem an.

Achtete nicht auf das Vibrieren in seinem Körper.

Sie war unglaublich schön. Er sah, wie sie an der Unterlippe nagte, den Blick noch immer auf sein Versteck gerichtet. Hatte er sich bewegt? Sie irgendwie auf sich aufmerksam gemacht? Dann war es vielleicht an der Zeit … für sie …

Nein, nein! Halte dich an deinen Plan! Du hast zu viele Jahre daran gearbeitet, um ihn jetzt zu ändern. Folge NICHT deinem Instinkt … Jetzt noch nicht.

Aber sie sah der anderen so ähnlich, war beinahe Faiths Ebenbild … Er blickte in ihre ausdrucksvollen Augen, wollte, dass sie ihn bemerkte. Forderte sie heraus.

Versonnen rieb sie sich den Nacken, und er studierte die Bewegung, dachte an die weiche Haut unter dem Haaransatz. Er stellte sich vor, wie sie schmecken würde, wie sie sich anfühlen würde, wenn sie auf dem Bauch lag, ahnungslos, bis er sie mit seinem Körpergewicht auf die Matratze presste …

Sie rührte sich, und seine Vision schwand. Jetzt durchquerte sie das gesamte Haus, sprach mit jemandem, strebte der Tür zu, die hinaus auf die hintere Veranda führte. Ein paar Meter entfernt lag das Atelier. Als sie an den Flügeltüren vorüberkam, begriff er. Der verdammte Hund trabte aufgeregt neben ihr her, die Nase in der Luft, als ob das verflixte Vieh jedes Wort verstand. In wenigen Sekunden würde sie die

Hintertür erreicht haben und den Hund vermutlich rauslassen. Der dämliche Köter würde bellend zu ihm her rennen. Er griff in seine Jackentasche, zog das Handy hervor und gab in dem sicheren Wissen, dass er seine Rufnummer unterdrückt hatte, eine Kurzwahlnummer ein. Die Kurzwahl für ihre Nummer. Die Nummer, die er vor gar nicht langer Zeit, gleich nach dem Diebstahl des Handys aus einem unverschlossenen Auto, gespeichert hatte. Er entfernte sich bereits vom Haus, bahnte sich einen Weg durch dicht stehende Zypressen, Tannen und Büsche, ohne sich zu vergewissern, ob sie ans Telefon gehen würde.

Das erste Klingeln.

Schwitzend sprang er über einen kleinen Baumstumpf.

Das zweite Klingeln.

Scheiße, ließ sie etwa erst den verdammten Hund raus?

Das dritte Klingeln.

Sie meldete sich nicht. Verdammt noch mal, sie war womöglich schon an der Tür! Er lief schneller.

Das vierte Klingeln.

Scheiße!

Klick.

Ihm blieb beinahe das Herz stehen.

»Hallo, hier ist Abby. Bitte hinterlassen Sie eine Nachricht.«

Er klappte das Handy zu, schob es in die Tasche und hastete durch das dichte Gestrüpp. Er war schnell, sein Körper vom Sport gestählt, und er würde nicht zulassen, dass ein dämlicher Hund ihn aufspürte. Den Wagen hatte er gut eine Meile entfernt hinter dem Schuppen einer verlassenen Sägemühle abgestellt.

Trotz der zunehmenden Dunkelheit benötigte er keine Taschenlampe – er hatte diesen Weg schon oft zurückgelegt.

Am Zaun des Pomeroy-Grundstücks verlangsamte er seinen Schritt und schlich vorsichtig daran entlang. Er atmete schwer und fürchtete, der verdammte Rottweiler der Pomeroys werde jeden Augenblick an den Zaun stürzen.
Noch so ein blöder Hund, mit dem er sich abplagen musste!
Doch er hörte kein Knurren, kein Bellen, kein Pfotengetrappel. Keine sabbernde Schnauze schnappte mit gefletschten Zähnen hinter dem Zaun nach ihm. Er lief wieder schneller, überquerte die Straße und bog auf einen Wildwechsel ein, der zur alten Mühle führte.
Minuten später sprang er über den rostigen Maschendrahtzaun und gelangte an den verfallenen Schuppen, hinter dem er seinen Wagen geparkt hatte.
Er setzte sich hinters Steuer, schweißnass von dem Lauf durch das feuchte Unterholz. Sein Kopf dröhnte, sein Atem ging hastig, nicht vom Laufen, sondern von dem Wissen, dass er um ein Haar entdeckt worden wäre.
Noch nicht. O nein, jetzt noch nicht.
Er drehte den Zündschlüssel im Schloss, atmete tief durch, fuhr hinter dem alten Schuppen hervor und schaltete die Scheibenwischer ein. Die Scheinwerfer ließ er fürs Erste aus. Nur für den Fall, dass sich jemand in der Nähe aufhielt.
Der Pickup holperte und hüpfte über die unebene Straße. Er musste anhalten, um das Tor zu öffnen, es passieren, wieder anhalten und es hinter sich schließen, um sein Versteck für das nächste Mal zu sichern. Er verriegelte das verdammte Tor sogar mit seinem eigenen Schloss. Das ursprüngliche hatte er vor einigen Wochen entsorgt, nachdem er es mit einem Bolzenschneider geknackt hatte.
Er fuhr über die Hauptstraße in Richtung Highway und schaltete erst dort die Scheinwerfer an. Sein Herz klopfte

immer noch unkontrollierbar, seine Nerven waren bis zum Zerreißen gespannt. Er kurbelte ein Fenster herunter, damit die beschlagenen Scheiben klar wurden, und als ein paar Meilen zwischen ihm und Abbys Haus lagen, schaltete er das Radio ein und suchte den Sender WSLJ.

»… setzen wir heute unsere Hommage an Luke Gierman fort. Wir alle hier bei WSLJ und sicher auch alle Einwohner von New Orleans sind empört und traurig über das, was Luke zugestoßen ist. Wir bitten unsere Hörer dringend, sich zu melden, falls sie irgendetwas wissen, was der Polizei bei der Aufklärung des Verbrechens dienlich sein könnte. Es sind bisher kaum Einzelheiten darüber bekannt, was genau passiert ist, doch wie es aussieht, hat man die Theorie ›Mord in Verbindung mit Selbstmord‹ fallen gelassen. Nach Meinung der Polizei wurde der Doppelmord so inszeniert, dass es aussieht, als hätte das weibliche Opfer, Courtney LaBelle, Luke erschossen und dann die Waffe gegen sich selbst gerichtet. Die hiesige Polizei sowie die staatliche und die Bundespolizei fahnden nach dem Mörder von Luke Gierman und Courtney Regina LaBelle. Sobald wir Näheres über dieses üble Verbrechen in Erfahrung gebracht haben, werden wir euch natürlich informieren.

Wir haben ein paar von Lukes persönlichen Lieblingssendungen ausgesucht und spielen sie noch einmal in voller Länge. Dazwischen machen wir je eine halbe Stunde Pause, in der ihr anrufen oder uns eine E-Mail schicken und euch zu den Sendungen äußern könnt. Die erste Sendung ist eine Wiederholung vom letzten Sommer, am Tag vor dem vierten Juli, und beginnt um einundzwanzig Uhr …«

Zufrieden schaltete er das Radio aus. Diese Hommage an Gierman war lächerlich, ließ die Öffentlichkeit Giermans Tod jedoch nicht so schnell vergessen, und das war wichtig

Die Bürger von New Orleans waren also »empört und traurig«. Gut. Es wurde auch Zeit. Höchste Zeit.
Schaltet morgen wieder ein, dachte er und hatte zugleich seinen nächsten Vergeltungsakt, die nächsten Opfer im Sinn.
Sie waren ganz in der Nähe.
Und warteten auf ihn.

7.

Montoya schloss die Tür des Wohnheimzimmers und stapfte zusammen mit Brinkman die vier Treppen zur Eingangshalle hinunter. Während Brinkman nach draußen ging, um zu rauchen, suchte Montoya das kleine Büro hinter der Briefkastenanlage auf, in dem Dekanin Usher an einem schweren Eichenschreibtisch saß. Ein korpulentes Mädchen mit sichtlich gefärbtem schwarzen Haar und unreiner Haut unter weißem, gespenstischem Make-up hockte finster dreinblickend in einem Besuchersessel. Die junge Frau trug ein langes schwarzes Kleid, schwarze Spitzenhandschuhe ohne Finger und schwarze Stiefel, hatte ein Bein über das andere geschlagen und wippte nervös mit einem Fuß.

»Ophelia, das ist Detective Montoya.« Usher blickte an ihm vorbei auf die Tür, offenbar in der Erwartung, dass Brinkman folgte. »Detective Montoya, das ist Ophelia Ketterling.«

»Einfach nur O«, berichtigte das Mädchen ohne die Spur eines Lächelns. »Ich werde O genannt.«

Montoya nahm in dem einzigen noch freien Sessel neben dem Mädchen Platz. »Detective Brinkman kommt gleich«, erklärte er. »Aber wir sollten schon anfangen. Ich werde dieses Gespräch aufzeichnen. Sind Sie damit einverstanden?«

Ophelia zuckte mit der Schulter, als wäre es ihr egal und als warte sie nur darauf, dass die Quälerei ein Ende hatte. »Wie Sie wollen.«

»Gut.« Er stellte den Taschenrekorder auf die Ecke des großen Schreibtisches.

Dekanin Usher musterte das kleine Gerät mit den sich langsam bewegenden Spulen, als wäre es ein tollwütiger Hund, doch sie erhob keine Einwände. »Die beiden Detectives sind von der Polizeibehörde von New Orleans und möchten dir ein paar Fragen über Courtney stellen.«

»Sie meinen Mary«, korrigierte das Mädchen, schon ein bisschen lebhafter. »Sie hat auf diesem Namen bestanden.«

Die Dekanin war sichtlich verärgert, wie ihre herabgezogenen Mundwinkel verrieten. »Beantworten Sie einfach die Fragen.«

»Was für Fragen?« Ophelia spähte unter der dick aufgetragenen Wimperntusche hindurch und gab sich zu Tode gelangweilt.

»Zunächst einmal, hatte sie eine Beziehung mit einem Mann?«

Ophelia schnaubte verächtlich und verschränkte die Arme vor der Brust, wodurch ihr Busen noch besser zur Wirkung kam.

Was wahrscheinlich beabsichtigt war. Montoya hatte schon Dutzende Mädchen dieser Art erlebt, versessen darauf, »tough« und »anders« zu sein, und er konnte in ihnen lesen wie in einem Buch.

»Nein, natürlich nicht.«

»Keinen Freund?«

Sie verdrehte die ausdrucksvollen Augen, als hielte sie Montoya für einen schwachköpfigen Idioten. »Nein, es sei denn, Jesus zählt auch.«

»Ophelia!« Die Dekanin stieß empört die Luft aus. »Das hier ist ein Verhör! Und es wird aufgenommen.«

»Aber es stimmt doch! Sie hat über nichts anderes geredet. Gott, Jesus und der verdammte Heilige Geist. Sie war nicht ganz dicht! Faselte unablässig davon, dass sie sich Gott versprochen habe und seine Braut wäre und es nicht erwarten könnte, sich dem Nonnenorden anzuschließen, und dass sie nur aufs College ging, um ihre Eltern zu beschwichtigen.«

»Wie fanden Sie das?«, fragte Montoya.

»Was meinen Sie wohl?«, fragte Ophelia aufreizend zurück. Montoya entdeckte ihr Nasenpiercing, ein kleiner roter Stein, sowie ein ledernes, geflochtenes Halsband. Eine winzige gläserne Phiole mit einer dunklen Flüssigkeit hing daran.

Sie griff nach dem merkwürdigen Anhänger und hielt das kleine Fläschchen gegen das Licht. »Ist es das, was Sie sich ansehen? Wollen Sie wissen, was drin ist?« Sie zog mit verführerischem Gesichtsausdruck eine dunkle Braue hoch. »Das ist Blut, okay?«

»Das reicht!«, mischte sich die Dekanin ein und streckte die Hand nach dem Rekorder aus. »Schalten wir das Gerät lieber ab.«

Ophelia verzog ihre glänzenden, violett geschminkten Lippen zu einem Lächeln. »Nicht ausschalten! Ich will das hier endlich hinter mich bringen. Außerdem ist das hier nicht irgendwelches Blut.« Sie schüttelte das Fläschchen und der dunkle Inhalt schäumte an das Glas. »Es ist *Menschenblut.*«

In diesem Moment erschien Brinkman. Er sah sich im Zimmer um und bezog an der Tür Stellung.

Ophelia legte es offenbar eindeutig darauf an zu schockieren. Montoya wartete ab, zeigte sich unbeeindruckt, ließ sie ihr Spielchen treiben.

»Natürlich ist es *kein* Menschenblut«, widersprach die Dekanin, doch sie war kreidebleich im Gesicht und ballte nervös eine Hand zur Faust. »Schließlich herrschen hier in Bezug auf solche Dinge gewisse Regeln.«

»Aber nicht jeder hält sich daran! Es ist *mein* Blut, und ich trage es bei mir, wann und wie ich will, sei es in meinem Körper, in einem Teströhrchen oder in so einem Fläschchen.« Ophelia zwirbelte die Lederschnüre. »Und es ist eine seltene Blutgruppe«, fügte sie stolz hinzu. »AB negativ.«

Brinkman räusperte sich. Fühlte sich anscheinend ausgesprochen unbehaglich.

»Was Ihre Zimmergenossin betrifft …«, sagte Montoya, nicht bereit, sich ablenken oder beeindrucken zu lassen. »Können Sie mir sagen, wann Sie Courtney LaBelle zum letzten Mal gesehen haben?«

Dieses Mal unterließ Ophelia es, den Namen des Mordopfers zu korrigieren. »An dem Tag, als sie ermordet wurde, ist hier nichts Besonderes passiert. Ich habe sie gesehen, als sie sich auf den Weg zur Bibliothek machte, wie sie es immer tut … tat. Sie hatte ihren Rucksack dabei und Jogging-Klamotten angezogen, die Sachen, die sie immer trug, wenn sie in der Bibliothek arbeiten und hinterher joggen wollte.«

»Wirkte sie normal?«

»Bestimmt nicht! In meinen Augen wirkte sie *nie* normal«, sagte Ophelia und drehte die Phiole zwischen den Fingern. »Ihr fehlten mindestens zehn Perlen zu einem vollständigen Rosenkranz, um es in ihrer Sprache auszudrücken. Aber falls Sie wissen wollen, ob sie anders war als gewöhnlich …

Nein. Sie war wie immer. Komisch und scheißheilig wie immer.«

»Ophelia«, mahnte die Dekanin.

»Ich heiße O, schon vergessen?«

Montoya fragte: »Um welche Uhrzeit ist sie an jenem Tag aufgebrochen?«

Ophelia ließ von der Phiole ab und verlagerte in dem Sessel ihr Gewicht. »Ich weiß nicht genau, aber es war nach dem Abendessen, falls man den Fraß, der im Wohnheim auf den Tisch kommt, überhaupt so nennen kann.«

»Es war schon Abend?«

»Ja. Es war fast dunkel. So etwa sieben ... halb acht, glaube ich.«

»Wie spät kam sie normalerweise zurück?«

»Vor Mitternacht«, sagte Ophelia und blickte aus dem Fenster, in dessen Scheibe sich ihr bleich geschminktes Gesicht spiegelte.

»Wissen Sie, ob sie sich mit jemandem getroffen hat?«

Ophelia schüttelte den Kopf und wickelte ein Strähnchen ihres glatten schwarzen Haars um einen Finger. »Das weiß ich nicht. Ich glaube aber nicht. Sie war eine Einzelgängerin. Sagte ich doch schon. Äußerst merkwürdig. Hyperreligiös. Eine echte Spinnerin.«

»Sie muss doch Freunde gehabt haben.«

Ophelia zuckte mit den Schultern. »Vielleicht durch die Kirche. Ich weiß es wirklich nicht. Sie ging in eine Jugendgruppe und da kannte sie jemanden, eine Nonne, glaube ich, in irgendeinem Orden ... Teufel, wie war noch der Name? Melinda oder Margaret vielleicht. Nein ...«

»Maria?«, half Montoya nach und empfand tief in seinem Inneren plötzlich ein Grauen.

»Ja. So heißt sie.«

»Von Our Lady of Virtues?«

»Könnte sein. Ja, vielleicht.« Sie kaute an einem kleinen schwarzen Fingernagel, seufzte dann und richtete den Blick wieder auf Montoya. »Ich habe nicht genau hingehört, wissen Sie?«

»Und Sie glauben, dass sie mit niemandem liiert war«, hakte Montoya noch einmal nach.

Ophelia stieß entnervt den Atem aus. »Das hatten wir doch bereits! Sie war mit Gott verheiratet, schon vergessen? Hat sich nie mit männlichen Sterblichen getroffen. Das kam wohl nicht infrage. Es war schließlich keine freizügige Ehe.«

Ohne auf diese Äußerungen einzugehen, drang Montoya weiter in sie. »Trug sie einen Ring?«

»O ja. Immer. Den Jungfernring.«

»Was?«

»So habe ich ihn genannt. Manche Mädels, die voll auf Gott abfahren, machen das. Sie kaufen sich einen Ring oder lassen ihn sich von jemandem schenken, der ihnen viel bedeutet, von den Eltern oder so, und dann geloben sie, auf heiße Sachen zu verzichten, verstehen Sie? Auf Sex. Das ist dann eine Art Bündnis zwischen dem Mädchen, das den Ring trägt, und Gott. Es schwört, bis zur Hochzeit Jungfrau zu bleiben, oder … in Marys Fall womöglich für immer, da sie ja Gott versprochen war und überhaupt.« Ophelia machte eine abfällige Handbewegung. »Was für ein Blödsinn! Ewige Jungfräulichkeit? Lass mich bloß in Ruhe.« Sie schüttelte den Kopf, als wollte sie ihn von obszönen Gedanken befreien. »Verstehen Sie? Mary war wirklich und wahrhaftig scheiß… durchgeknallt.«

»Hat sie mal Luke Gierman erwähnt?«, wollte Montoya wissen.

»Ja, ich glaube schon«, antwortete Ophelia abschätzig. »Ein Mal, vielleicht auch zwei Mal, als sie einen Teil seiner Sendung gehört hatte und« – sie zeichnete mit den Zeigefingern Gänsefüßchen in die Luft – »›schockiert‹ war von seinem Gerede. Heiliger Strohsack, war das denn nicht gerade der Sinn der Sache?«

Montoya empfand so etwas wie einen leichten Stromschlag, einen Adrenalinstoß, wie immer, wenn er das erste Anzeichen eines Zusammenhangs erkannte. »Hat sie ihn persönlich gekannt?«

»Nein. Das glaube ich nicht.«

»Hat sie mal in seiner Sendung angerufen?«

Ophelia öffnete schon den Mund zu einer Antwort, schloss ihn aber rasch wieder und dachte kurz nach. »Ich wollte schon aus voller Überzeugung Nein sagen, aber ich weiß es nicht. Sie hat nie was davon gesagt, dass sie angerufen hätte, und ich habe es auch nie mitbekommen. So war sie nicht. Sie hatte nicht den Mumm dazu, dieses Mäuschen. Aber, hey, man hat schon Pferde kotzen sehen. Klar, sie könnte in der Sendung angerufen haben.«

»Aber von ihm gesprochen hat sie?«

»Nicht sehr ausführlich. Kann sein, dass sie ein oder zwei Mal mir gegenüber etwas geäußert hat. Dass er zu Jesus finden müsse und so. Aber das hatte ihrer Meinung nach jeder nötig, auch ich, deshalb habe ich mir nicht viel dabei gedacht.«

»Aber Sie wissen nicht, ob sie jemals mit ihm persönlich darüber gesprochen hat«, hakte Brinkman nach, und O schüttelte den Kopf.

»Lassen Sie uns das Thema wechseln«, schlug Montoya vor. »Courtney ging doch sicher mal mit Freunden aus? Unternahm was, hatte Kontakte?«

»Ja, klar, wenn man das so nennen kann. Aber normal war das, was sie unternahm, nicht. Sie ging nicht in Kneipen oder Konzerte oder zu Spielen und dergleichen.«

»War sie denn nicht sowieso noch zu jung für Kneipenbesuche?«, fragte Brinkman, und Dekanin Ushers Miene wurde noch verkniffener.

Ophelia bedachte Brinkman mit einem gereizten Blick, der ihn warnen sollte, sich nicht dümmer zu stellen, als er war. Jeder wusste doch von gefälschten Ausweisen. »Nach dem Essen ging sie für gewöhnlich in die Bibliothek, dann joggte sie zurück zum Wohnheim, zog sich um und ging für ein, zwei Stunden in die Kapelle, um zu beten oder was immer die dort treiben.«

»In die Kapelle auf dem Campus?«

»Ja, aber ich glaube, so weit ist sie an dem besagten Abend nicht gekommen«, sagte Ophelia und hörte auf, mit dem Fuß zu wippen. »Sie ist nicht zurückgekommen, um sich umzuziehen, wie sie es sonst immer tut, und in ihren Joggingshorts hätte sie sich bestimmt nicht in der Kapelle sehen lassen.«

»Sie haben sie wohl immer im Auge behalten, was?«, fragte Brinkman.

Wieder ein gelangweilter Blick in seine Richtung. »Unsinn. Nach der ersten Woche hier am College habe ich ihr keine Fragen mehr gestellt. Sie hatte die Angewohnheit, alles, und ich meine wirklich *alles*, in einen Bezug zu Gott zu setzen. Ganz gleich, ob ich gelernt oder telefoniert habe oder auf dem Weg unter die Dusche war, immer war sie da, immer mit einem heiteren Gesicht und dem Rat, Jesus zu suchen. Wissen Sie, ich bin katholisch erzogen worden, bin auf die St. Theresa in Santa Lucia gegangen. Das liegt übrigens in Kalifornien.«

»Ich dachte, Sie stammen aus Lafayette«, bemerkte Montoya.
»Mein Dad wurde nach Lafayette versetzt, als ich in die Mittelstufe kam. Das war ganz schön daneben.
Wie auch immer, ich war auf einer katholischen Schule, hatte aber nie das Bedürfnis, die Menschen zu bekehren. Die meisten Kids, mit denen ich zur Schule gegangen bin, sind auf dem Teppich geblieben und haben ihren ganzen Glaubenskram nicht nach außen getragen. Die waren überhaupt nicht darauf aus, andere zu missionieren und die Welt zu retten. Aber Mary, sie war wie eine von diesen Wiedergeborenen. Eifrig. Besessen. Also, nein, ich habe sie *nicht* ständig im Auge behalten. Ich habe vielmehr versucht, ihr aus dem Weg zu gehen. Sie war völlig ausgeflippt. Ich hatte bereits einen Antrag gestellt, eine andere Zimmergenossin zu bekommen.«
Montoya warf Dekanin Usher einen Blick zu, und sie nickte.
»Nur, damit wir uns richtig verstehen«, sagte Brinkman und verschränkte die Arme vor der Brust. »*Sie* halten *Mary* für völlig ausgeflippt?«
O nickte. »Amen und basta.«
Sie stellten ihr noch ein paar weitere Fragen, ließen sich dann von Dekanin Usher die Akte mit den Listen von Courtneys Seminaren geben, und trafen sich anschließend mit Dr. Starr, einem Mann Anfang dreißig. Starr war schlank und durchtrainiert und blinzelte ständig, als hätte er Probleme mit seinen Kontaktlinsen. Er führte sie in sein winziges Büro, das kaum größer war als ein Wandschrank. Es lag im ersten Stock eines der massiven Backsteingebäude, die den Platz umgaben. Vor dem zerkratzten Schreibtisch aus Holz standen zwei gepolsterte Klappstühle und dahinter ein mit och-

senblutrotem Leder bezogener Chefsessel auf Rollen. »Bitte, nehmen Sie Platz«, bat Dr. Starr, nachdem sich die Männer vorgestellt hatten. Der Schreibtisch war zwar riesig, aber aufgeräumt, und es sah aus, als verbrächte Dr. Starr viel Zeit damit, die Stapel von Essays und Faxen zu säuberlichen Päckchen zu ordnen. Die Bücher in dem Regal hinter ihm standen in Reih und Glied, und Montoya fand, wenn er es auch nicht äußerte, dass der Raum nicht gerade nach viel Arbeit aussah. Montoyas Schreibtisch im Präsidium war auch gut organisiert, aber nach funktionellen Gesichtspunkten, und die Ordnung änderte sich unentwegt mit den Berichten, Akten und Nachrichten, die in seinem Eingangskorb landeten. Die Sachen auf Bentz' Schreibtisch waren nach einem System geordnet, das nur Bentz selbst durchschaute, und Brinkmans Arbeitsplatz war ein Schweinestall. Dort standen und lagen ständig sieben oder acht Kaffeebecher zwischen dem Gewirr aus Berichten, Zeitungen, Ordnern und diversen Stiften.

Aber der Arbeitsplatz dieses Burschen hier ... der war einfach zu perfekt.

»Ich weiß, es geht um Mary«, sagte Starr und schaltete eine Schreibtischlampe ein, die sanftes, goldenes Licht verbreitete. Montoya nahm zur Kenntnis, dass er offenbar vertraut genug mit ihr gewesen war, um sie bei dem Namen zu nennen, den sie sich selbst zugelegt hatte. »Welch eine Tragödie! Die Fakultät und die gesamte Studentenschaft stehen unter Schock, glauben Sie mir.«

»Wie gut haben Sie sie gekannt?« Brinkman kam gleich auf den Punkt.

»Gut genug, um zu wissen, dass sie eine talentierte Schriftstellerin war. Ihre Essays waren voller Sachverstand, ihre Bemerkungen während der Seminare tiefschürfend, wenn

auch sehr begrenzt, was die theologische Sichtweise betraf.« Er lächelte und blickte auf seine Armbanduhr.
»Ist die Gruppe so klein, dass Sie in den ersten Seminarwochen schon alle Ihre Studenten kennen lernen konnten?«, fragte Montoya.
»*Diese* Gruppe ist klein«, erwiderte er geduldig. »Acht Uhr morgens ist den meisten Studenten zu früh. Dieses Seminar hat nur sechsundzwanzig Teilnehmer.« Er blinzelte. Runzelte die Stirn. »Oder vielmehr *hatte*.«
Brinkman warf ein: »Wie wir hören, hatten Sie Luke Gierman als Gastredner eingeladen.«
»Luke Gierman, ja. Seine Leiche wurde zusammen mit der von Mary gefunden. Ich habe es in den Nachrichten gesehen.« Starrs kühle Fassade weichte ein wenig auf, und Montoya glaubte feine Schweißperlen an seinem Haaransatz zu sehen. »Ich habe Gierman gebeten, vor dem PK 101 zu sprechen, weil …«
»PK 101?«, fiel Brinkman ihm ins Wort. »Steht das für politisch korrekt?«
»Persönliche Kommunikation«, erklärte Starr leicht gereizt. »Ich dachte, er würde die Studenten interessieren und ein bisschen frischen Wind in unser Institut bringen. Er konnte allerdings nur um acht Uhr morgens kommen, deshalb haben wir das Seminar auch auf diesen frühen Zeitpunkt verlegt.« Starr wandte den Blick ab und sah aus dem winzigen Fenster seines Büros. »Ich hatte natürlich keine Ahnung, dass so etwas passieren würde.«
»Natürlich nicht«, sagte Brinkman, und Starr hob ruckartig den Kopf und schaute ihn an.
»Ich versichere Ihnen, ich habe nichts weiter getan, als einen Gastredner von einem Radiosender einzuladen.« Er ordnete seine Stifte rings um die Schreibunterlage auf der hölzernen

Arbeitsplatte. »Verstehen Sie, ich wäre Ihnen dankbar, wenn Sie meinen Namen so weit wie möglich aus den Ermittlungen heraushalten würden ... Ich bin noch ziemlich neu hier, und wenn ich auch durch die Sache mit Gierman ein bisschen mehr, Sie wissen schon, Interesse wecken wollte, bin ich doch ... na ja, ich ... ich kann diese Art von Schwierigkeiten nicht gebrauchen.«

»Wir ermitteln in einem Fall von Doppelmord!« Montoya konnte seinen Ärger nicht mehr verbergen. »Wir haben kein Interesse daran, jemandes Ruf zu schädigen, aber wir müssen unsere Arbeit tun und wir werden sie auch tun.«

»Das verstehe ich ja, aber ...«

»Sind Sie schon einmal mit dem Gesetz in Konflikt geraten?«, fragte Montoya, und der Mann wurde blass.

»Ein wenig, ja«, gestand Starr und fügte hastig hinzu: »Es war nichts Ernstes. Hatte etwas mit Öko-Terror zu tun. Ich habe nichts verbrochen, war nur an einer Protestveranstaltung beteiligt, aber ... Dieses Institut hier ist sehr konservativ.«

»Und man weiß hier nichts davon?«

Er schüttelte den Kopf. »Nein, ich glaube nicht.«

»Wenn Sie nichts Böses getan haben, müssen Sie auch nichts befürchten«, sagte Montoya, dem dieses Theater langsam auf die Nerven ging. Eine der Studentinnen dieses Mannes war ermordet worden, und er sorgte sich um seinen Ruf. Was für ein Scheißkerl.

Von diesem Punkt an verlief die Vernehmung zügig, doch sie erfuhren nichts, was verwertbar gewesen wäre. Wenn man Starr glauben konnte – und Montoya war nicht restlos von der Aufrichtigkeit des Kerls überzeugt –, war er lediglich durch widrige Umstände in die Mordermittlung hineingeraten.

Starr war sichtlich erleichtert, als sich die Detectives verabschiedeten.

Während sie den Platz überquerten und auf die Kapelle zusteuerten, zündete sich Brinkman eine Zigarette an und sagte: »Das letzte Wort über diesen Typen ist noch nicht gesprochen. Hast du gesehen, wie er mit den Stiften gespielt hat? Total nervös. In meinen Augen schuldbewusst.«

»Weswegen?«

»Weiß ich nicht, aber ich würde ihn allein schon deswegen gern verhaften, weil er so ein wichtigtuerisches Arschloch ist. Schade, dass das kein Verbrechen ist.«

Ausnahmsweise war Montoya seiner Meinung.

In der Kapelle trafen sie auf den Dienst habenden Priester, Father Stephen, einen kleinen, schmalen Mann mit starker Brille und einem Hörgerät, das er ständig regulierte. Sie erfuhren weiter nichts, als dass der ältliche Gottesmann Mary LaBelle für eine »frische Brise« und ein »braves Mädchen« hielt und bei ihrer Beschreibung alle erdenklichen antiquierten Klischees von jungen Frauen bemühte, die den »Weg der Demut einem egoistischen und materialistischen Lebensstil« vorzogen.

Das alles brachte Montoya in Rage, doch er hielt den Mund und ließ den alten Mann faseln. Als Luke Giermans Name fiel, schnalzte Father Stephen mit der Zunge, äußerte sich jedoch nicht.

Auf dem Weg zurück zum Wagen brummte Brinkman: »Himmel Herrgott, das ist nicht zu glauben! Stammt dieser Kerl aus dem sechsten Jahrhundert oder was?«

Montoya grinste unwillkürlich. Vielleicht war Brinkman doch nicht solch ein Blödmann ... Auf der Heimfahrt verfiel der ältere Detective allerdings zurück in seine gewohnte nervtötende Art.

»Diese Zimmergenossin ist ein ausgeflipptes Huhn«, sagte Brinkman, als Montoya durch das Tor des Universitätsgeländes fuhr und vorbei an den prächtigen alten Anwesen den Weg zum Freeway einschlug. Der Regen hatte nachgelassen, und Montoya brauchte nur noch gelegentlich, wenn ein Lkw an ihnen vorüberfuhr, die Scheibenwischer einzuschalten.

»Ophelia?«

»Oh, Moment … so darfst du sie nicht nennen. Sie heißt ›O‹ und Courtney heißt ›Mary‹. Himmel, benutzt denn heutzutage niemand mehr seinen echten Namen? Scheiße! Habe ich das richtig verstanden? Sie trägt ihr eigenes Blut in diesem Fläschchen an einem Riemen um den Hals?«

»Sagt sie zumindest.« Montoya fädelte den Crown Vic in östlicher Richtung in den Verkehrsstrom auf dem Freeway ein.

»Durchgeknallt.« Brinkman öffnete das Fenster einen Spaltbreit und zückte sein Zigarettenpäckchen. Er zündete seine letzte Marlboro an und zerknüllte die Schachtel in der Faust. »Kannst du dir vorstellen, die zu bumsen? Heiliger Strohsack! Beißt dich bestimmt in den Hals, kurz bevor du kommst.« Er sog gierig an seiner Zigarette.

»Sie ist halt noch jung. Will provozieren.«

»Indem sie sich einen Fingerhut voll Blut um den Hals hängt?« Brinkman blies den Rauch durch den Mundwinkel aus und brummte: »Vielleicht hat *sie* es getan.«

»Gierman ermordet?«

»Das Mädchen ist doch völlig durchgedreht.«

»Sie hat ein Alibi.«

»Ja, dank ihrer ebenso durchgedrehten Freunde.« Rauch quoll aus Brinkmans Nasenlöchern. »Sie könnten alle beteiligt sein. Eine Art Kult vielleicht.«

»Es gibt keine Hinweise darauf, dass außer den beiden Opfern und möglicherweise einer weiteren Person – der mit den großen Füßen – noch jemand am Tatort war.«

»Das wissen wir noch nicht hundertprozentig. Ich sage dir, diese Spinnerin hat nicht alle Tassen im Schrank! Allein schon die Verkleidung! Der dunkle Lippenstift, das weiße Gesicht, diese fingerlosen Handschuhe …«

»Du hast doch schon Schlimmeres gesehen, Mann. Bedeutend Schlimmeres. Du arbeitest in New Orleans. Warst du nie in der Bourbon Street?« Wieso ging ihm die jetzt gerade durch den Sinn?

»Doch, aber einen abartigen Mist wie diesen gibt es im Quarter nicht. Nein. Den findest du nur auf einer verdammten Universität.«

»So sind diese Jugendlichen nun mal.«

»Ich sag ja nur, sie könnte mit der Sache zu tun haben.«

Gott weiß wer konnte mit der Sache zu tun haben, sagte sich Montoya, das war ja das Problem.

Er setzte den Blinker und beschleunigte auf der Zubringerspur des Freeways. Der Polizeifunksender knisterte und die Reifen sangen.

Brinkman betrachtete seine Kippe. »Aber je länger ich darüber nachdenke: Ich tippe doch eher auf die Exfrau.« Er warf Montoya einen Blick zu. »Möchte wetten, sie erbt alles, was Gierman hinterlässt.«

»Sie waren geschieden.«

»Macht nichts.« Brinkman nahm einen letzten Zug und warf die Kippe aus dem Fenster. »Wart's ab. Mrs. Ex-Skandalmoderator wird mit einer schönen Stange Geld aus dieser Sache herausgehen, das sag ich dir, und wenn das der Fall ist, dann ist sie die Verdächtige *numero uno*.«

Montoya wollte es nicht glauben, doch er wusste, dass

Brinkman Recht hatte. Abby Chastain war verdächtig. Ob es ihm passte oder nicht.

Abby sah aus dem Fenster. Die Nacht war schwarz und nass, ein jaulender Wind fuhr durch die Bäume. Und irgendetwas draußen vor dem Haus ließ Hershey nicht zur Ruhe kommen. Die Labradorhündin winselte und knurrte an der Hintertür. Doch das war nicht ungewöhnlich. Jedes Mal, wenn Luke den Hund zu einem Wochenendbesuch gebracht hatte, war Hershey ganz aus dem Häuschen gewesen vor aufgestauter Energie. Die Hündin tanzte dann winselnd um Abby herum, bereit, nach draußen zu stürmen und jedes Wesen, das das Pech hatte, dem Haus zu nahe gekommen zu sein, anzuspringen. Nicht, dass Hershey eine echte Bedrohung darstellte. Im Kampf mit einem Waschbären oder einer Beutelratte wäre sie wahrscheinlich die Unterlegene.
»Ruhe!«, ermahnte Abby die Hündin jetzt. Hersheys Verhalten machte sie nervös und sie fragte sich, was da wohl von draußen ins Haus hineinspähte.
Oder wer?
Sie fröstelte plötzlich und rieb sich die Arme.
Es wurde auch nicht besser, als das Telefon klingelte, während sich der Hund aufführte wie ein Berserker, um nach draußen zu gelangen. Das Display zeigte keine Rufnummer an, deshalb nahm Abby den Hörer nicht ab.
Der Anrufer verzichtete darauf, eine Nachricht auf Band zu sprechen.
Wahrscheinlich nur Telefonwerbung. Oder ein Reporter.
Und doch hatte sie so ein Gefühl … das Gefühl, dass es mit dem Anruf etwas auf sich hatte, womöglich sogar etwas Bedrohliches. Abermals bekam sie eine Gänsehaut auf den Armen.

»Stell dich nicht so an«, ermahnte sie sich, schloss jedoch die Jalousien der Fenster im rückwärtigen Teil des Hauses. Dann schenkte sie sich den Rest Kaffee aus der Kanne in eine Tasse und wärmte ihn in der Mikrowelle auf.

Sie war nervös wegen der Morde. Der Hund trug auch nicht gerade zu ihrer Beruhigung bei, genauso wenig wie der Wind, der in den Bäumen jaulte und um die Hausecken pfiff. Sie redete sich immer wieder ein, dass sich niemand draußen versteckt hielt, dass das, was der Hund gehört hatte, von der vierbeinigen Art sein musste. Stinktiere, Beutelratten, Waschbären, gelegentlich sogar mal ein Stachelschwein trieben sich in diesen Wäldern herum.

Ironie des Schicksals, dass mir die Umgebung Angst einjagt, dachte sie. Gerade die freie Natur ringsum hatte ihr das abgelegene Haus ursprünglich so attraktiv erscheinen lassen. Als sie das Anwesen zum ersten Mal besichtigte, hatte sie einen Silberreiher gesehen und wenige Minuten später ein Reh.

Sie war hingerissen gewesen. Nachdem sie dann das Haus gekauft hatten, saß sie oft in dem Schaukelstuhl ihrer Großmutter am Fenster oder auf der hinteren Veranda und beobachtete die Tiere – die Reiher und die Pelikane, die Eichhörnchen und Rehe … Aber das war zu einer Zeit, bevor alles den Bach hinunterging, damals, als sie noch Hoffnung hatte.

Nun, wehmütige Erinnerungen wollte sie nicht zulassen.

Die Mikrowelle klingelte. Mit Hilfe eines Topflappens nahm Abby die Tasse heraus und trank vorsichtig einen Schluck, an dem sie sich beinahe die Lippen verbrühte.

Wieder läutete das Telefon. Sie fuhr zusammen, und etwas von dem heißen Kaffee schwappte auf ihre Hand und ihren Ärmel. Die Tasse entglitt ihr. Sie zerbrach auf dem Boden in blaue Keramikscherben. Der Kaffee spritzte an die Schränke und breitete sich auf dem Boden zu einer Pfütze aus. Hershey zog den Schwanz ein und nahm das Missgeschick in Augenschein. Das verdammte Telefon klingelte erneut. Abby sah die Nummer des Anrufers auf dem Display, hob den Hörer ab und wappnete sich. »Hi, Dad«, sagte sie, tupfte mit dem Topflappen auf ihrem Arm herum und klemmte sich den Hörer zwischen Ohr und Schulter.

»Hallo, Schatz.« Jacques Chastains Stimme war ein Rasseln, ein Flüstern im Vergleich zu früher, und Abby stellte ihn sich vor, wie er in seinem Sessel saß, das Sauerstoffgerät neben sich, Plastikschläuche in den Nasenlöchern. Krebs und Emphysem hatten langsam, aber sicher ihre Spuren an seinem Körper hinterlassen. Ein Teil der Speiseröhre war chirurgisch entfernt worden, die Chemotherapie hatte Jacques seiner Kräfte beraubt. Inzwischen ging es ihm besser, aber er würde nie wieder der große, robuste, lebenslustige Mann sein, der er einmal gewesen war. Der Bergsteiger, Wildwasserkanute und Tennisspieler.

Nie wieder.

»Dad, wie geht's dir?«, fragte Abby und wehrte sich gegen den Kloß in ihrem Hals.

»Ich bewege mich, also bin ich wohl noch am Leben. Und dir?«

»Ganz gut.«

»Ich habe von der Sache mit Luke gehört«, sagte er. »Wie schrecklich! Es tut mir Leid.«

»Mir auch.« Sie starrte auf den roten Striemen auf ihrer Hand, wo der Kaffee sie verbrannt hatte.

»Ich weiß, zwischen euch stand es nicht zum Besten, aber … ich mochte ihn.«

»Ich auch. Damals.« Sie fühlte sich verraten, weil ihr Vater

Worte aussprach und Gefühle eingestand, die ihr wehtaten. Jacques, schon immer ein Träumer, war der Meinung gewesen, sie sollte bei ihrem Mann bleiben, Luke würde »schon irgendwann zu Verstand kommen«, wenn sie ihm noch eine Chance gab. Abby sah das anders. In ihren Augen wäre das verlorene Liebesmüh gewesen. Schließlich hatte sie sich einmal um eine Versöhnung bemüht. Und es hatte nicht geklappt.

Allerdings hatte ihr Vater nie von Lukes Affäre mit Zoey erfahren. Und so würde es auch bleiben. Es gab keinen Grund, Jacques' Verhältnis zu seiner Erstgeborenen zu zerstören. Außerdem war das, wie man so sagt, Schnee von gestern. Schmutziger, verharschter Schnee.

»Weißt du, wann das Begräbnis stattfindet? Ich würde gern hingehen.«

»Ich weiß es nicht. Ich glaube, die Polizei hat noch nicht einmal seine Leiche freigegeben. Aber wenn ich es in Erfahrung gebracht habe, lass ich es dich wissen.« Abbys Hand begann zu schmerzen und sie trat mit einem großen Schritt über den verschütteten Kaffee und die Scherben hinweg, drehte das kalte Wasser auf und ließ es über ihre Hand laufen.

»Das Mädchen, das mit ihm zusammen gefunden wurde – hast du es gekannt?«

»Nein.«

Ein sekundenlanges Zögern, und Abby wusste, was jetzt kam. »Ich frage nur äußerst ungern, aber hatte er was mit ihr?«

»Ich weiß es nicht, Dad.«

»Nun, ich glaube, eher nicht«, sagte er.

Sie nahm ein Geschirrtuch vom Griff der Backofentür, beugte sich hinab, und während sie mit einer Hand den

Hörer an ihr Ohr hielt, las sie mit der anderen die größeren Scherben auf und warf sie in den Mülleimer unter der Spüle.

»Aber es handelt sich um einen Doppelmord, nicht wahr? Nicht um Mord in Verbindung mit Selbstmord, wie es zu Anfang hieß?«

»Ich weiß eigentlich nicht, was Sache ist«, gestand Abby ein. Sorgfältig wischte sie mit dem Geschirrtuch die Kaffeepfütze auf dem Holzfußboden auf.

»Oh ... na ja ...« Jacques verstummte. Abby hatte ihre Arbeit beendet und warf das nasse, schmutzige Geschirrtuch in die Spüle. »Und wie geht es *dir*? Die ganze Situation ist sicher nicht leicht für dich.«

»Ich bewege mich, also muss ich wohl noch am Leben sein«, wiederholte sie seine Worte.

Ihr Vater lachte leise.

»Wie geht's Charlene?«, fragte sie, obwohl sie mit ihrer Stiefmutter nie richtig warm geworden war, einer eitlen Frau, die auf die sechzig zuging, aussah wie fünfzig und behauptete, »Ende vierzig« zu sein. Was die Natur ihr versagt hatte, ließ sie von Schönheitschirurgen richten – was nicht weiter schlimm gewesen wäre, wenn sie dazu gestanden hätte. Aber das tat sie nicht.

»Ihr geht's gut. Immer beschäftigt«, sagte Abbys Vater, und seine Stimme wurde lebhaft vor Hoffnung. »Sobald der Arzt mir grünes Licht gibt, holt sie mich nach Hause.«

Der Kloß in Abbys Kehle war wieder da. »Und wann ist das?«

»Oh, schon bald, glaube ich.«

Es war gelogen. Sie wussten es beide. Doch Abby wollte ihren Vater jetzt nicht mit der Wahrheit konfrontieren. Sollte er sich ruhig an die vergebliche Hoffnung klammern, dass er nach Hause zurückkehren und mit seiner Frau in dem weitläufigen Haus auf dem großen Grundstück in Shreveport wohnen würde. Vielleicht bestand doch noch eine Chance, dass er wieder ganz gesund wurde. Während Abby darüber nachdachte, kämpfte sie die Tränen nieder.

»Tja, ich wollte nur hören, wie es dir geht, Schätzchen. Lass es mich wissen, wenn du etwas brauchst, ja?«

»Klar, Dad. Du auch.«

»Und gib mir Bescheid wegen des Begräbnisses.«

»Ich bin nicht an der Organisation beteiligt. Die übernehmen vermutlich Lukes Brüder oder seine Eltern.«

»Aber sie werden dich informieren«, sagte er fest, als wären sie alle eine glückliche Familie.

»Ich werde es schon in Erfahrung bringen.«

»Gut. Pass auf dich auf, Schätzchen.«

»Mach ich. Du auch, Dad.« Deprimiert legte Abby den Hörer auf und dachte an ihre kleine zersprengte Familie. Ihr Vater lebte allein in einer Einrichtung für betreutes Wohnen und hoffte jeden Tag darauf, nach Hause zurückkehren zu dürfen, was wohl nie der Fall sein würde. Zoey wohnte in Seattle und versuchte immer noch, das Verhältnis zu ihr zu verbessern, aber aus Tausenden von Meilen Entfernung. Abby lebte hier, im Süden von Louisiana, in einem Haus, das sie bald verkaufen würde, um umziehen zu können.

Oder um weglaufen zu können, schalt ihre innere Stimme.

Sie wischte den Boden trocken und reinigte die Schränke, dann versuchte sie, den Flecken aus dem Ärmel zu entfernen. Es war unmöglich. Außerdem schmerzte die Haut oberhalb ihres Handgelenks wie verrückt. Sie ignorierte den Schmerz und ging, gefolgt von Hershey, ins Wohnzimmer. Ansel lag auf seinem Lieblingsplatz, der Sofalehne, und döste. Abby ließ sich in der Ecke des Zweiersofas nieder, und der Hund sprang zu ihr auf das Polster, ohne ihre Aufforderung abzuwarten.

Sie war im Begriff, die Labradorhündin auszuschimpfen, überlegte es sich jedoch anders und kraulte Hershey hinter den Ohren. Die Hündin legte den Kopf auf Abbys Bein, verdrehte ihre ausdrucksvollen braunen Augen in ihre Richtung und blickte Abby ins Gesicht. »Du weißt genau, wie du mich herumkriegst, wie?«, sagte Abby und lachte leise. Ansel reckte sich und gähnte, wobei er seine nadelspitzen Zähne und schwarzen Lippen zeigte.

Eigentlich geht es mir doch recht gut, dachte Abby und überlegte, wie es sein würde, beide Haustiere an die Westküste zu verpflanzen. Ihr Blick streifte den Kamin, in dem noch die Asche des letzten Feuers unter dem Rost lag.

Die Bilder von Luke.

8.

»Hör dir das an«, sagte Lynn Zaroster. Sie saß hinter ihrem Schreibtisch in einem Großraumbüro, in dem Detectives und uniformierte Polizisten hin und her liefen, miteinander redeten, Akten durchsahen oder auf Computertastaturen tippten. Lynn, erst fünfundzwanzig, athletisch gebaut, mit einer kurzen schwarzen Lockenmähne und genug Idealismus ausgestattet, um die Welt aus den Angeln zu heben, drückte die Abspieltaste des Kassettenrekorders auf ihrem Schreibtisch.

Giermans Stimme dröhnte aus dem Lautsprecher » … und nun behauptet meine Ex, sie hätte alles, was sie für mich aufbewahren sollte, weggegeben, einschließlich eines Familienerbstücks – zufällig eine Pistole.«

Montoyas Eingeweide krampften sich zusammen. Er lehnte sich mit der Hüfte an Lynns Schreibtisch und hörte zu.

»Sie sagt, sie hätte alles in Bausch und Bogen einem Wohlfahrtsverband übereignet.«

»Einem Wohlfahrtsverband?« Eine weitere Männerstimme, gespielt fassungslos.

»Das ist der Handlanger, der manchmal auch der zweite Moderator der Show genannt wird«, erklärte Zaroster. »Maury Taylor.«

Gierman schien vor Wut zu toben. »Als würde ich ihr glauben, dass irgendeine wohltätige Vereinigung eine Waffe annimmt! Natürlich war das eine Lüge. Kann ich mich jetzt überhaupt noch sicher fühlen? In dem Wissen, dass meine psychopathische Exfrau die Waffe auf mich richten könnte, die Pistole meines Vaters, die ihm seinerzeit die Polizeibehörde überlassen hat?«

Psychopathisch. Interessante Wortwahl.

Maury Taylor riet ihm: »Du solltest umziehen.«

»Oder anfangen, mich zu wehren«, offenbarte Luke der ganzen Stadt New Orleans und ihrer Umgebung, während der Mann an seiner Seite lachte.

Im gleichen Tenor verlief der Rest der Sendung, bis Lynn es nicht länger aushielt. Sie drückte die Stopptaste und blickte zu Montoya auf. »Was für ein Arschloch«, stieß sie zwischen zusammengebissenen Zähnen hervor. »Ich sage dir, wenn ich seine Exfrau wäre, ich glaube, ich hätte ihn umgebracht, und zwar noch während der Sendung.« Sie imitierte mit der rechten Hand eine Pistole, indem sie den Zeigefinger ausstreckte und den Daumen krümmte, als wäre er der Abzug. »Kra-wumm«, sagte sie, nachdem sie auf den Rekorder gezielt hatte. »Ich würde ihn einfach auspusten.« Sie hob den Zeigefinger, der den Lauf darstellte, an die Lippen, blies hinein und gab dann vor, die »Waffe« wieder in das Halfter zu schieben. »Auf Nimmerwiedersehen.« Sie warf Montoya erneut einen Blick zu. »Und schon wäre ein weiterer verlogener, ehebrecherischer Scheißkerl von Exmann verschwunden. Wie würde es dir gefallen, wenn jemand in aller Öffentlichkeit deine schmutzige Wäsche wäscht?«

»Vielleicht will sie deswegen umziehen.«

»Die Exfrau?«

»Hmm.«

Er hörte Schritte hinter sich. »Prima Timing«, sagte Brinkman. »Ich habe gerade Giermans Papiere durchgesehen. Habe sein Testament und seine Versicherungspolicen gefunden. Ratet mal, wen er als Begünstigten eingetragen hat?«

Montoyas Nackenmuskeln spannten sich an. Schon die Art, wie Brinkman die Frage stellte, verhieß nichts Gutes.

»Die Exfrau«, sagte Zaroster noch einmal und kniff die blauen Augen zusammen.

»Bingo. Die junge Dame hier hat ein Baby Born gewonnen!« Brinkman lächelte breit. »Du hast die vorläufigen Berichte aus der Forensik gelesen, oder?«, wandte er sich an Montoya. »Sieht aus, als wäre eindeutig eine dritte Person mit Gierman und LaBelle im Raum gewesen. Und die Blutspritzer und Schmauchspuren weisen darauf hin, dass jemand seine Hand um die des Mädchens gelegt hatte, als abgedrückt wurde. An ihrem Mund, den Handgelenken und Beinen fanden sich Spuren von Klebstoff. Und Blutergüsse, die zeigen, dass sie gefesselt gewesen sein muss. Jemand hat die ganze Sache inszeniert.«

»Warum sollte sich Abby Chastain die Umstände machen, ein zweites Opfer zu töten? Warum bringt sie nicht einfach ihren Ex um?«, gab Montoya zu bedenken.

»Um uns hinters Licht zu führen.« Brinkman blickte ihn entgeistert an, als hielte er ihn für so dumm wie Bohnenstroh. »Ich behaupte nicht, dass ihr das gut gelungen ist, aber sie ist Anfängerin, hat wahrscheinlich nie was von Forensik gehört.«

»Jeder, der einen Fernseher besitzt, hat von Forensik gehört«, wandte Montoya ein.

»Ich rede nicht von diesem CSI-Mist im Fernsehen. Ich rede davon, wie es wirklich ist«, sagte Brinkman.

»Sie trägt keine Männerschuhe in Größe zwölf.«
»Dann hatte sie einen Komplizen.«
»Gib's auf, Brinkman, du bist auf dem Holzweg. Ob sie ein Motiv hat oder nicht, sie hat es nicht getan.«
»Woher willst du das wissen?«, fragte Brinkman gereizt, und Lynn Zaroster zog eine Braue hoch und wartete ebenfalls auf eine Erklärung.
»Mal angenommen, sie wusste, dass ihr Ex auf der All Saints Gastvorträge hielt, und bringt in Erfahrung, wer in dem Seminar gesessen hat. Oder vielleicht glaubt sie, er hätte das Mädchen gebumst.«
»Die Jungfrau Maria?«, fragte Montoya. »Laut Autopsiebericht ist ihr Jungfernhäutchen intakt.« Er dachte immer noch über dieses Mädchen nach. Über Courtney LaBelle. Ultrareligiös. Ließ sich Mary nennen, nach der Jungfrau Maria.
»Tja, die Exfrau weiß das aber nicht, oder?«
»Das war nicht die Tat einer Frau«, sagte Zaroster fest. »Diese Inszenierung. Nie im Leben.« Sie lehnte sich auf ihrem Stuhl zurück. »Wisst ihr, mein Onkel ist Dozent am All Saints. Unterrichtet Religion. Vielleicht kannte er das Opfer oder ein paar von ihren Freunden.«
»Wir waren schon dort«, vermeldete Brinkman. »Sie hatte nicht viele Freunde. Nur eine Zimmergenossin direkt aus einem Hexenkonvent.«
Zaroster sah Montoya fragend an.
»Sie ist eine Gothic«, erklärte Montoya.
»Mensch, Brinkman! Warst du kürzlich mal im French Quarter? Gothic ist … also, Gothic ist dort wirklich noch das Harmloseste.« Zaroster lachte. »Vielleicht sollte ich mal meinen Onkel fragen, ob er von jemandem weiß, der hier in der Gegend einem Hexenkonvent angehört.«

»Frag ihn auch gleich nach Vampiren. Diese Tussi trägt ihr eigenes Blut an einem Halsband.«

Erneut zog Zaroster eine Braue hoch. »Das geht über Gothic hinaus«, bemerkte sie.

»Stimmt«, pflichtete Montoya ihr bei und fügte hinzu: »Ja, sprich mit deinem Onkel.« Je mehr Informationen sie sammeln konnten, desto besser.

Es selbst wollte ebenfalls bei einer Verwandten um Rat bitten.

Er hatte versucht, seine Tante Maria zu erreichen, aber bisher hatte sie nicht zurückgerufen. Das Kloster war allerdings auch nicht gerade mit High-Tech ausgestattet. Ein Telefon, keine Handys, ein Computer, soviel er wusste. Ein Besuch wäre wahrscheinlich einfacher gewesen.

Brinkman schnaubte und fuhr sich durch das wenige noch verbliebene Haar. »Du drehst dich nur im Kreis, wenn du mit deinem Onkel redest.«

»Meine Sache«, schoss Zaroster zurück. »Wie gesagt, in meinen Augen ist dieser Mord nicht die Tat einer Frau.«

»Wir reden nicht von irgendeiner Frau. Wir reden von einer stinkwütenden Exfrau, die einen Haufen Geld erbt.« Brinkmans Lächeln war ölig und selbstgefällig. Er wies mit einer Kopfbewegung auf den Ausgang. »Lass uns ein Wörtchen mit der frisch gebackenen Erbin reden.«

Das war es also. Das »offizielle« Verhör. Abby saß mit geradem Rücken an ihrem Esszimmertisch. Bei seinem ersten Besuch war Montoya allein gekommen, um sie über Lukes Tod zu unterrichten. Beim zweiten Mal, um den Hund abzuliefern. Bei jeder Gelegenheit hatte er ein paar Fragen gestellt, immer ganz beiläufig. Schließlich hatte sie noch unter Schock gestanden.

Doch jetzt war er noch einmal da, und dieses Mal, das ahnte sie, würde er sie nicht mit Samthandschuhen anfassen.
Brinkman, ein Typ mit Halbglatze, machte keinerlei Anstalten, freundlich zu sein. Sein Blick war misstrauisch, sein Benehmen höflich, aber unterkühlt, sein Gesichtsausdruck ließ vermuten, dass er mehr über sie wusste als sie selbst.
Das alles ärgerte sie gewaltig.
Er stand an den Flügeltüren und schaute nach draußen, während Montoya ihr am Esstisch gegenübersaß. Zwischen ihnen befand sich ein bunter Tischschmuck aus kleinen Zierkürbissen, Flaschenkürbissen, Laub und Kerzen. Das Ganze wirkte festlich und fehl am Platz, insbesondere angesichts des Rekorders am Tischrand und des insgesamt finsteren und nüchternen Tons ihrer Unterhaltung.
Eines beinahe anklagenden Tons.
Beinahe.
Abby warf einen feindseligen Blick auf Detective Brinkman mit seinem Wabbelbauch, der fortschreitenden Glatze und dem abgebrühten Benehmen. Falls Brinkman als so genannte Unterstützung mitgekommen war, hätte Montoya besser daran getan, allein zu erscheinen.
Die beiden Detectives waren eine halbe Stunde zuvor eingetroffen, sehr zu Hersheys Freude und zu Ansels Ärger. Die Labradorhündin hatte beim Erscheinen der Gäste aufgeregt gebellt und sich wie wild gebärdet, Ansel hingegen war ins Wohnzimmer gehuscht, um unter dem Sofa zu verschwinden und misstrauisch darunter hervorzulugen.
Abby hatte Kaffee angeboten, doch jetzt standen die Tassen nahezu unberührt vor ihnen, während die Fragen auf Abby niederprasselten.
Alle Informationen, die sie Montoya bei seinem letzten Besuch bereits anvertraut hatte, waren noch einmal durch-

gehechelt worden, und jetzt drangen sie in neues, unberührtes Territorium vor.

Abby sagte sich, dass es Routine war, dass sie mit jedem sprachen, der Luke und das Mädchen gekannt hatte, und doch konnte sie sich des Gefühls nicht erwehren, dass sie unter Verdacht stand, dass die Polizei glaubte, sie sei irgendwie in den Fall verwickelt. Und das war lächerlich. Sicher, sie empfand nicht die geringste Liebe und kaum noch Achtung für Luke Gierman, aber sie hätte ihn doch niemals umgebracht. Sie konnte nur hoffen, dass zumindest Montoya das wusste.

Abby gab sich Mühe, ihre Nervosität zu verbergen, aber sie war gereizt und leicht eingeschüchtert durch den Rekorder und die beiden Männer, die ihr abwechselnd Fragen stellten. Als sie schließlich dachte, das Verhör sei so gut wie beendet, sah Brinkman ihr voll ins Gesicht – zweifellos, um sich ihre Reaktion nicht entgehen zu lassen – und fragte: »Wussten Sie eigentlich, dass Sie immer noch als Begünstigte in der Lebensversicherung Ihres Mannes eingetragen sind?«

»Wie bitte?« Abby war verblüfft. »Eine Lebensversicherung?«

»Ganz recht. Es geht um über eine halbe Million Dollar.« Er lächelte gekünstelt. »Eine hübsche Stange Geld.«

»Das muss ein Irrtum sein.«

»Nein. Ich habe die Police bei seinen persönlichen Dokumenten gefunden und mich bei der Versicherungsgesellschaft erkundigt.«

»Das glaub ich nicht.« Nicht einmal in ihren kühnsten Träumen wäre sie auf die Idee gekommen, dass sie jemals noch einen Cent von Luke erhalten würde.

»Er ist wohl nicht dazu gekommen, diesen Passus zu ändern, wie?«, bemerkte Brinkman.

»Ich wusste nicht einmal, dass er so eine Versicherung abgeschlossen hatte«, antwortete sie aufrichtig. »Das heißt … Als wir heirateten, haben wir uns beide versichert. Mit kleinen Beiträgen und zeitlich begrenzt.«
»Ist er noch Ihr Begünstigter?«
»Nein.« Sie schüttelte den Kopf. »Ich habe die Versicherung beitragsfrei gestellt und sofort mein Testament geändert.« Alles, was sie besaß, würde ihr Vater bekommen, und falls sie ihn überlebte, erbte Zoey alles, was sie an Vermögen angesammelt hatte. Sie war davon ausgegangen, dass Luke sein Testament in ähnlicher Weise geändert hatte. Jetzt hatte sie das Gefühl, ihm Unrecht getan zu haben.
»Wie gesagt, eine Menge Geld.« Brinkman massierte sich scheinbar nachdenklich den Nacken. »Eine halbe Million. Wie finden Sie das? Und dann sind da noch sein Konto, ein paar Aktien in seiner Rentenversicherung … Seine gesamten Vermögenswerte belaufen sich auf mehr als sechshunderttausend.«
»Das kann nicht stimmen«, sagte sie und warf Montoya einen Blick zu. Seit Brinkmans Offenbarung hatte er kein Wort gesprochen, beugte sich jetzt jedoch vor und legte die Unterarme auf den Tisch. »Luke hat Familie. Eltern und Brüder.«
»Ich habe mich bei seinem Anwalt erkundigt.« Brinkman zuckte mit der Schulter. »Sofern sich Ihr Ex nicht einen anderen Anwalt genommen und ein neues Testament verfasst hat, von dem niemand weiß, ist das vor fünf Jahren unterzeichnete noch gültig. Was bedeutet, dass Sie eine reiche Frau sind.« Er neigte den Kopf zur Seite. »Aber Sie wussten nichts von dem Testament, sagen Sie?«
»Ich bin davon ausgegangen, dass er es geändert hat, und von dieser Lebensversicherung hat er mir nie erzählt. Das

schwöre ich.« Abby wusste nicht mehr, was sie noch sagen sollte.
Sie schaute hilflos auf die beiden Detectives, die offenbar wild entschlossen waren, sie mit dem Mord an Luke in Zusammenhang zu bringen.
»Sieht so aus, als hätten Sie gerade in der Lotterie gewonnen.«
»So fühle ich mich aber nicht.«
»Wenn Sie meinen.«
»Hören Sie, ich mag diese Anspielungen nicht.« Sie wandte sich Montoya zu, der während dieses Schlagabtauschs geschwiegen hatte. »Haben Sie noch Fragen?«, wollte sie wissen, bemüht, Haltung zu bewahren.
Brinkman legte es darauf an, sie aus der Fassung zu bringen, und das wusste sie.
»Nein, das war erst einmal alles«, sagte Montoya.
»Gut. Ich dachte schon, ich bräuchte einen Anwalt.«
»Wie kommen Sie auf diesen Gedanken?«, fragte Brinkman mit einem Lächeln, das entwaffnend sein sollte. Doch Abby traute ihm nicht über den Weg.
Sie richtete das Wort wieder an Montoya. »Sonst noch was?«
»Nur, dass wir eine gewisse Verbindung zwischen Luke und Courtney LaBelle festgestellt haben. Er war Gastdozent in einem ihrer Seminare am All Saints College.«
»Dann kannte er sie?«
»Wir wissen nicht, ob sie sich persönlich kennen gelernt haben. Nur, dass sie sich zur selben Zeit am selben Ort aufgehalten haben.«
»Was auch ein Riesenzufall sein könnte.«
»Sofern Sie an Zufälle glauben«, sagte Brinkman. »Ich persönlich glaube nicht daran.«

Abby spürte wieder diese Verkrampfung im Magen, die sie immer befiel, wenn die Sprache auf ihren Exmann und jüngere Frauen kam. »Sie glauben also, die beiden hatten was miteinander?«
»Das ist ja das Seltsame. Kein Hinweis darauf, dass sie auch nur miteinander gesprochen hätten.«
»Trotzdem ist es nicht so einfach, hier an einen Zufall zu glauben«, bemerkte Brinkman. »Aber Sie« – er deutete auf Abby – »Sie sind ihr nie begegnet?«
»Stimmt«, sagte sie mit Nachdruck. Dann stand sie auf und sah die beiden Männer erbost an. »Sie glauben offenbar, ich hätte etwas mit dem Mord an meinem Exmann zu tun. Habe ich aber nicht, und ich habe auch keine Ahnung, wer es war, verdammt noch mal! Ich bin Courtney LaBelle nie über den Weg gelaufen, habe nie auch nur von ihr gehört. Ich weiß nicht, woher beziehungsweise ob sie meinen Exmann kannte. Ich habe mich strikt aus seinen Angelegenheiten herausgehalten und ihn gebeten, es umgekehrt genauso zu handhaben.«
Brinkman sagte: »Bis auf den Umstand, dass Sie an dem Tag, als er die Sendung über Expartner moderierte, beim Sender angerufen haben.«
»Nein ... ach, na gut, ich habe angerufen, aber kein Wort gesagt. Ich habe gleich wieder aufgelegt. Mir war klar geworden, dass mich Luke aus der Reserve locken wollte. Er war wirklich sauer. Er hatte mich angerufen und nach seinen Sachen gefragt, und ich musste ihm gestehen, dass ich alles weggegeben, dass ich keine Lust mehr gehabt hatte, sie noch länger für ihn aufzubewahren. Er hat vor Wut getobt. Am nächsten Tag habe ich dann mitbekommen, wie er mich in seiner Sendung öffentlich in der Luft zerriss, und da habe ich tatsächlich die Nummer gewählt, aber weder

mit ihm noch mit sonst jemandem gesprochen. Ich wollte nichts sagen, was ich später bereuen würde.«

Sie war jetzt wirklich aufgewühlt, ihre Wangen glühten, die alte Wut kochte wieder hoch. »Als Folge des Streits mit Luke bin ich zu der Überzeugung gekommen, dass ich New Orleans schnellstmöglich verlassen sollte. Um einen möglichst großen Abstand zwischen mich und meinen Exmann zu bringen.«

»Das hat der Tod jetzt wohl erledigt«, bemerkte Brinkman.

»Haben Sie eine Ahnung. Der Mann wird jetzt verehrt wie ein Heiliger! Tag und Nacht rufen Reporter bei mir an. Leute, die mit mir reden und, ich zitiere, ›den wahren Luke Gierman‹ kennen lernen wollen. Das ist ein Witz! Alles, was Luke je wollte, war in den Genuss von fünfzehn Sekunden Ruhm zu kommen und diese vielleicht auf eine komplette halbe Stunde auszudehnen. Die Tatsache, dass er ermordet wurde, hat ihm das eingebracht, was er zu Lebzeiten nicht erreichen konnte. Dummerweise glauben manche Leute immer noch, über mich kämen sie an ihn heran.«

Brinkman lachte schnaubend. »Wie man über Priscilla Presley an Elvis herankommen wollte.«

»Das ist nicht ganz das Gleiche«, presste Abby hervor, mühsam ihren Zorn niederkämpfend. Sie wusste, dass Brinkman sie absichtlich bis zur Weißglut reizte, weil er auf eine bestimmte Reaktion hoffte. »Ich möchte einfach nach vorn blicken. Neu anfangen.«

»Ich dachte, deswegen wären Sie ursprünglich hierher zurückgekehrt. Sie sind nach Hause gekommen, um mit Ihrem Mann noch einmal von vorn anzufangen. Sie stammen doch von hier, nicht wahr?«

Sie zuckte zusammen und sah zu Montoya hinüber. Er saß immer noch am Tisch und ließ sie nicht aus den Augen.

»Was hat das eine mit dem anderen zu tun?«
»Sie sind hier aufgewachsen, hier zur Schule gegangen. Waren ihre Eltern nicht Jacques und Faith Chastain?«
»Sie *sind* meine Eltern. Mein Vater lebt noch.« Das Dröhnen wurde lauter.
»Und Ihre Mutter?«
»Sie ist tot.« Abby spießte den dicken Detective mit ihren Blicken auf. »Aber das wissen Sie doch, oder? Sie wollen mich nur aus der Reserve locken. Warum?« Wütend schaute sie Montoya an. »Was soll das?«
»Wir haben ein Bindeglied zwischen den Opfern gefunden. Courtney LaBelles Eltern haben zur selben Zeit, als Ihre Mutter dort Patientin war, im Krankenhaus Our Lady of Virtues gearbeitet. Clyde LaBelle war dort Psychiater, Virginia Simmons Sozialarbeiterin.«
Abby starrte ihn verwirrt an.
Montoya fuhr fort: »Zudem ging Courtney, die sich Mary nennen ließ, nur aufs College, um ihre Eltern zufrieden zu stellen. Sie hatte längst beschlossen, Nonne zu werden.«
»Nun, soviel ich weiß, sucht die Kirche händeringend nach jungen Leuten, die in ihre Orden eintreten.«
»Courtney LaBelle war offenbar bereit dazu. Sie hatte schon mit der Mutter Oberin in Our Lady of Virtues gesprochen. Das alte Krankenhaus wird abgerissen, aber das Kloster bleibt erhalten.«
»Und das ist Ihr ›Bindeglied‹?«, fragte sie. »Das Krankenhaus? Aber Luke hatte nichts mit dem Krankenhaus zu tun. Er war nie dort, jedenfalls nicht, dass ich wüsste. Wir haben erst nach dem Tod meiner Mutter geheiratet.«
»Erinnern Sie sich an Courtneys Eltern?«, fragte Montoya.
Abby schüttelte den Kopf. »Virginia … Simmons, sagten Sie, hieß die Mutter?«

Montoya nickte. »Ja.«
»Nein.« Sosehr sie sich auch anstrengte, sie konnte sich kein Bild von einer Ms. Simmons vor ihr inneres Auge rufen, doch dafür wimmelte es in ihrem Kopf von Zerrbildern der Anstaltsärzte. Sie erinnerte sich an einen großen, hageren Mann mit gestutztem Bart und starken Brillengläsern, die seine Augen vergrößerten. Er stand stets mit leicht vorgebeugten Schultern da, und bei seinem Anblick musste Abby an eine Gottesanbeterin denken.
»Aber Dr. LaBelle, ich glaube … Kann sein, dass er meine Mutter mal behandelt hat.« Abby schloss sekundenlang die Augen, nagte an ihrer Unterlippe und versuchte, sich an die Zeit vor der Tragödie zu erinnern, als sie und ihr Vater und Zoey ihre Mutter regelmäßig im Krankenhaus besucht hatten. Sie dachte an den Brunnen mit den Engeln, daran, dass sie sich etwas wünschen durfte, als sie die leuchtend bunten Fische zwischen den dichten Seerosen schwimmen sah. Libellen surrten über den Wasserspiegel des Teichs. Ochsenfrösche quakten, Eichhörnchen schimpften die alte gescheckte Katze aus, die auf dem Grundstück umherstreifte. Ältere Menschen saßen in Rollstühlen auf breiten Veranden oder im Schatten bunter Sonnenschirme oder unter den duftenden Zweigen großer, knorriger Magnolienbäume.
Auch Personal war da gewesen, Krankenschwestern in gestärkten Uniformen und Ärzte, deren weiße Kittel im leichten Wind flatterten. Sie hatten das Stethoskop um den Hals gehängt und Ungeduld im Blick, bis sie Abby oder Zoey oder ihren Vater bemerkten. Dann wich diese Ungeduld einem breiten Lächeln und Händeschütteln und Worten der Ermutigung.
»Es geht ihr gut … ja, nun … ein Zwischenfall … Sie nimmt die neuen Medikamente gut an … dürfte nicht mehr lange

dauern ... uns stehen verschiedene Verfahren zur Wahl ... immer wieder neue Behandlungsmöglichkeiten ...«

Vor ihrem inneren Auge sah sich Abby selbst als Kind, das zu der breiten Eingangsveranda mit den Terrakotta-Kübeln voller rosafarbener und weißer Petunien und gelber Schwarzäugiger Susannen hinaufging. Wespen und Hornissen summten unter den Giebeln, Stimmen wehten über die breiten gepflegten Rasenflächen.

Abby entsann sich, wie sich die riesige Tür öffnete und den Blick auf gähnende Düsternis im Inneren freigab. Dort änderte sich alles. Schon als kleines Kind hatte Abby, wenn sie den Fuß über die Schwelle setzte, Angst empfunden, da die Geräusche von draußen verstummten und das Sonnenlicht nur spärlich durch Fenster mit dichten Jalousien oder das Bleiglas auf dem Treppenabsatz eindrang. Sie hatte gespürt, dass hier etwas ganz und gar nicht in Ordnung war.

Die gedämpften Worte, der Singsang der Gebete, die leisen, aber unüberhörbaren Seufzer und Schreie waren durch lange, enge Korridore mit dunklen Walnusspaneelen und jägergrünen Tapeten gekrochen. Die Gerüche von Urin, Erbrochenem und menschlichem Verfall waren überdeckt worden von Desinfektions-, Bleich- und Reinigungsmitteln, doch Abby hatte die Ausdünstungen trotzdem wahrgenommen.

Dieser Arzt, der ihre Mutter behandelte ... Er hieß anders, nicht LaBelle. Wie lautete sein Name? Holman? Hellman? Nein, Heller! Sie spürte einen unangenehmen Geschmack im Mund, wenn sie an ihn dachte, doch sie erinnerte sich kaum an etwas Konkretes. Abby dachte angestrengt nach. LaBelle?

Und dann überfiel sie die Erinnerung. Ihr Inneres verkrampfte sich schlagartig. Dr. LaBelle, der die Treppe heruntereilte, Abby ansah und den Blick hastig wieder abwandte. Der ein Papier unterschrieb, auf einem Klemmbrett, ihrer Vermutung nach eine Patientenkarte. Dann hob er den Blick und sprach mit ihrem Vater. Er wirkte ungeduldig, als wären Jacques' Fragen unerträglich dumm oder läppisch oder reine Zeitverschwendung. Dr. LaBelle hatte sich stets mit einer Aura der Überlegenheit umgeben und bediente sich des aufgesetzten Tonfalls eines Menschen, der immer und immer wieder die gleichen Fragen beantworten muss. Er machte den Eindruck, viel zu beschäftigt zu sein, um sich mit der Familie einer Patientin befassen zu können. Als wären Jacques und seine beiden Töchter eine Zumutung, eine zusätzliche Arbeit, die ihm aufgebürdet wurde.

Jetzt öffnete Abby die Augen wieder.

»Ja ... jetzt erinnere ich mich an ihn«, sagte sie und innerlich wurde ihr kalt wie im tiefsten Winter. Es war schwer, ihn sich als Vater vorzustellen, als einen Mann, der unter dem Verlust seines Kindes litt.

»Aber seiner Tochter sind Sie wirklich nie über den Weg gelaufen?«

»Nein. Ich weiß nichts über ihn. Nachdem meine Mutter gestorben war, habe ich die Anstalt nie wieder betreten, nie wieder mit jemandem gesprochen, der dort gearbeitet hat oder Patient gewesen ist.« Sie begegnete Montoyas ruhigem Blick. »Ich habe versucht zu vergessen, was dort geschehen ist.« Die Tatsache, dass Luke gleichzeitig mit einem Mädchen ermordet worden war, das in einem – wenn auch lockeren – Zusammenhang mit Our Lady of Virtues stand, machte ihr zu schaffen. »Erinnert sich Dr. LaBelle an meine Mutter?«

»Das werden wir noch prüfen.«

Das alles konnte nur Zufall sein, sonst nichts. Doch natürlich musste die Polizei gründlich arbeiten, jede Spur verfolgen. Abby war froh, als das Verhör beendet war und Montoya den Rekorder ausschaltete. »Ich glaube, wir haben alles, was wir brauchen.« Er bedachte sie mit einem kaum wahrnehmbaren Lächeln. »Vielen Dank, dass Sie uns Ihre Zeit geopfert haben. Falls Ihnen noch etwas einfällt, rufen Sie mich bitte an. Meine Karte haben Sie ja.«

»Natürlich.«

Sie begleitete die beiden Detectives zur Tür und sah, wie Brinkman, kaum dass er auf die Veranda getreten war, eine Zigarette aus der Schachtel klopfte und sie anzündete.

Montoya wollte ihm folgen, doch Abby hielt ihn spontan am Arm zurück. »Detective ...«

Er blieb stehen. Streifte die Finger, die sich um seinen Unterarm gelegt hatten, mit einem flüchtigen Blick und sah Abby dann ins Gesicht. Eine Sekunde lang stockte ihr unter seiner eindringlich-männlichen Musterung der Atem.

»Hören Sie«, sagte sie, ohne ihn loszulassen. »Ganz gleich, wie viel Geld Luke mir vermacht haben mag, er war trotzdem ein Mistkerl. Ich war nicht mehr in ihn verliebt, und ich wollte tatsächlich fort von hier – fort von ihm.« Sie griff ein wenig fester zu. »Aber ich habe ihn nicht umgebracht, und es tut mir Leid, dass er tot ist.« Sie hob leicht das Kinn. »Und die Verbindung, die Sie zwischen den Opfern und dem Krankenhaus geknüpft haben, ist verdammt dünn.«

»Vielleicht ist das Krankenhaus gar nicht das Bindeglied«, sagte er mit tiefer Stimme, die ihr Herz höher schlagen ließ.

»Aber ...«

»Vielleicht sind *Sie* es.«

»Wie meinen Sie das?«

Er lächelte nicht, presste vielmehr die schmalen Lippen zusammen. »Geben Sie auf sich Acht, Abby«, riet er ihr. »Schließen Sie die Türen ab. Schalten Sie die Alarmanlage ein, falls Sie eine besitzen. Wenn nicht, rufen Sie einen Sicherheitsdienst an und lassen Sie unverzüglich eine installieren.« Er zog die Brauen zu einem dunklen Strich zusammen. »Seien Sie vorsichtig.«

Sie spürte, wie sie blass wurde.

»Sie glauben, ich bin das Bindeglied? *Ich?* Nein.« Sie schüttelte den Kopf. »Das ist doch Irrsinn, Detective.«

»Seien Sie trotzdem auf der Hut.« Er berührte ihre Schulter – eine Geste, die irgendwie vertraulich wirkte. Erste Regentropfen fielen vom Himmel. »Ich melde mich«, versprach er, und seltsamerweise machte ihr Herz vor Freude einen Hüpfer.

Dann lief er die Stufen der Veranda hinunter, zog im Regen den Kopf zwischen die Schultern, setzte sich hinters Steuer des Streifenwagens und fuhr mit seinem Kollegen davon. Die Heckleuchten verschwanden am Ende der Zufahrt.

Abby schloss die Tür und lehnte sich dagegen. Montoyas Warnung hallte in ihrem Kopf nach.

Wie erstarrt blieb sie für lange Zeit so stehen.

Die Ziffern an der Zimmertür sahen merkwürdig und ungleich aus, doch Abby wusste, es war das Zimmer ihrer Mutter: 207. Hier war es. Mama war immer in ihrem Zimmer.

Abby betätigte den Türknauf, rechnete damit, dass abgeschlossen war, doch er ließ sich leicht drehen, und sie trat ein.

»Mom?«, rief sie und entdeckte Faith Chastain in der Nähe des Fensters. Sie lächelte glückselig wie immer.

»Baby.« Ihr Lächeln wurde breiter. »Wie schön, dass du gekommen bist.«

Doch dann schweifte Faiths Blick ab, vorbei an Abby zur offenen Tür und in den dunklen Flur dahinter.

Etwas Fremdes lag im Blick ihrer Mutter. Angst?
»Mom? Stimmt etwas nicht?«, fragte Abby mit wachsender Besorgnis und trat vollends ins Zimmer. »Mom?«
Plötzlich veränderte sich das Gesicht ihrer Mutter. Faiths Lächeln erlosch. Panik verzerrte ihre Züge. Sie wich zurück, den Blick auf die offene Tür geheftet, und näherte sich rückwärts immer mehr dem Fenster. »Nein«, flüsterte sie. »Lieber Gott, nein.«
»Mom?«, rief Abby noch einmal. Himmel, was ging hier vor? »Mom, pass auf!«
Aber offenbar hörte ihre Mutter sie gar nicht.
Eine tiefe Männerstimme schien vom Himmel herabzudröhnen. »Was suchst du hier? Raus!«
Wer war der Mann? Ein Besucher? Ein Patient? Ein Arzt? Einer der Wärter?
»Raus hier, auf der Stelle!«
Mit wild klopfendem Herzen, die Nerven zum Zerreißen gespannt, drehte sich Abby zu dem Mann um – doch er stand nicht hinter ihr.
Die Tür zum Flur schien schief in den Angeln zu hängen. Abby spähte in alle Richtungen. Versteckte er sich im Finstern? Oder im Schrank, dessen Tür einen Spaltbreit offen stand? Oder in der Zedernholzkommode am Fuß des Bettes ihrer Mutter … Das Bett! Versteckte er sich darunter, dort in der Dunkelheit unter der dünnen Matratze? Spähten diese Augen darunter hervor … hässliche, verdammende Augen, die sie anstarrten?
Die Kehle schnürte sich ihr zu. Sie musste hier raus. Mit ihrer Mutter. Dieses Zimmer beherbergte Böses, war die Höhle des Todes selbst.
Sie schlug das Kreuzzeichen über der Brust und blickte auf das Kruzifix über dem Bett. Blut rann von den Händen und

Füßen der Jesusgestalt aus Ton, floss aus seiner Seite und aus seinem Gesicht an der sich lösenden Tapete herab.
»Mama?«, flüsterte Abby mit ihrer Kleinmädchenstimme. Sie entdeckte das Abbild ihrer Mutter in dem Spiegel über dem Kaminsims. Groß, dünn, abgezehrt, die Kleider zerrissen, Blutergüsse im Gesicht, Blut an den Handgelenken. Faith schien vor ihren Augen dahinzusiechen.
Plötzlich zersprang der Spiegel, und das Bild ihrer Mutter teilte sich in tausend kleine reflektierende Scherben, die durch das Zimmer regneten.
Abby fuhr zurück, fort von dem splitternden Glas, taumelnd auf der Flucht vor den scharfen Kristallen.
»Es ist nicht deine Schuld«, flüsterte ihre Mutter ihr ins Ohr.
»Was?« Abby wirbelte herum. Doch ihre Mutter schrumpfte, verschwand. »Mama, was ist nicht meine Schuld? Mama?«, rief sie verzweifelt.
Ein ohrenbetäubendes Krachen tönte durch das Zimmer.
Plötzlich fühlte sich Abby von den knochigen Armen ihrer Mutter umschlungen, sie hielt ihre Tochter fest, drückte sie heftig an sich.
Wieder splitterte Glas, und der Boden gab unter ihren Füßen nach. Zusammen wirbelten sie durch die Nacht.
»Es ist nicht deine Schuld«, flüsterte Faith erneut, während sie in die Dunkelheit stürzten, geradewegs, dessen war sich Abby sicher, in den gähnenden Schlund der Hölle. »Es ist nicht deine Schuld …«

Schlagartig öffnete Abby die Augen.
Mit einem Ruck setzte sie sich auf.
Sie war im Bett. In *ihrem* Bett. Hershey wühlte sich neben ihr unter die Kissen. Trotz des Ventilators an der Zimmer-

decke war sie schweißnass am ganzen Körper. Sie rang keuchend nach Luft.
Der Hund hob den Kopf und gähnte, und Abby schaltete die Nachttischlampe an. Sofort war ihr kleines Schlafzimmer in tröstliches Licht getaucht. Die Läden waren geschlossen, ihr Bademantel war nachlässig übers Bett geworfen, am Fußende, wo Ansel, nach Katzenart gemütlich zusammengerollt, lag und ein Auge öffnete.
»O Gott«, flüsterte sie und ließ sich zurück in die Kissen sinken.
Es war ein Traum gewesen. Ein Albtraum.
Immer das Gleiche. Wenn sie unter Stress stand, träumte sie von ihrer Mutter und dem Krankenhaus. Manchmal war es ein Gefühl, als hätte sie ihren Körper verlassen und blickte auf sich selbst als Kind hinab, ein Kind, das die alte Krankenhaustreppe hinaufstieg, vor dem bleiverglasten Fenster auf dem Absatz verharrte, durch den düsteren Korridor im zweiten Stock dem Zimmer ihrer Mutter zustrebte, die Tür öffnete und die Mutter vor dem Fenster stehen sah. Dann wieder, wie in dieser Nacht, war sie selbst aktiv in das Drama einbezogen, durchschritt selbst die Korridore. Doch welcher Traum es auch war, sie war jedes Mal viel jünger. Erst fünfzehn Jahre alt.
Unwillkürlich schlug Abby, wie immer, wenn sie aus solch einem Traum aufschrak, das Kreuzzeichen und atmete tief durch. Ihr Puls normalisierte sich langsam, während der Albtraum allmählich verblasste, sich in ihr Unterbewusstsein zurückzog, wo er sich auf die Lauer legte, bereit, erneut zuzuschlagen.
Das ist diesmal einzig und allein die Schuld dieses verdammten Montoya, dachte sie aufgebracht. Wenn er nicht das Krankenhaus und ihre Mutter zur Sprache gebracht hätte …

wenn er nicht so verdammt sexy und verwirrend gewesen wäre …

Halt, Abby. Du kannst es einem Mann nicht verübeln, wenn er seine Arbeit tut oder ein ansprechendes Äußeres hat.

»Verdammt!« Sie schleuderte die Bettdecke von sich.

Erst jetzt sah sie auf die Uhr. Sechzehn Minuten nach vier. Eigentlich zu früh, um aufzustehen.

Montoyas Warnung hallte durch ihren Kopf. *Schließen Sie die Türen ab. Schalten Sie die Alarmanlage ein, falls Sie eine besitzen. Wenn nicht, rufen Sie einen Sicherheitsdienst an und lassen Sie unverzüglich eine installieren.*

»Ich habe nun mal keine«, sagte sie leise zu sich selbst.

Immer noch aufgewühlt wälzte sie sich aus dem Bett und tappte barfuß durchs Haus, prüfte alle Türen und vergewisserte sich, dass sämtliche Fenster fest verschlossen waren. Hershey trottete hinter ihr her. Ihre Krallen kratzten auf dem Holzfußboden.

Vielleicht hatte Montoya nicht ganz Unrecht. Im Augenblick hing ihre Sicherheit von einer freundlichen Labradorhündin ab, die keiner Fliege etwas zuleide tat, von einem Revolver, den sie nie benutzte, und darüber hinaus lediglich von ihrem eigenen Verstand. »So bist du verloren, Abby«, schalt sie sich selbst. Auf der Innenseite der Fenster klebten zwar Sticker, die behaupteten, das Haus sei durch eine Alarmanlage mit direkter Verbindung zur Polizei gesichert, doch das war eine Lüge, die auf das Konto des Vorbesitzers ging. Falls jemand in das Haus einbrach, war Abby auf sich allein gestellt.

»Reiß dich zusammen«, rief sie sich zur Ordnung und ging in die Küche, wo sie ein Glas aus dem Schrank nahm und den Wasserhahn aufdrehte. Während sie sich das gefüllte Glas zunächst an die Stirn hielt und es dann zur Hälfte austrank, blickte sie hinaus. Sie sah ihr bleiches Spiegelbild im Fenster über der Spüle, hinter dem die undurchdringliche Dunkelheit des Waldes alles verbarg, was womöglich dort lauerte und sie beobachtete.

Und wer sollte das sein, Abby?

Leidest du jetzt unter Verfolgungswahn?

Wie sie?

Wie Faith?

Vergiss nicht, die Krankheit deiner Mutter begann mit einfachem Misstrauen und entwickelte sich dann rasch zu umfassendem Argwohn und der Vorstellung, verfolgt zu werden. Geschieht mit dir jetzt dasselbe?

»Nein!« Wütend goss sie den letzten Schluck Wasser ins Spülbecken.

Wie die Mutter, so die Tochter.

»Ach, sei still.«

Du führst Selbstgespräche, Abby? Hat sie das nicht auch getan? Hast du sie nicht selbst in der Küche gesehen, wo sie vor sich hin murmelte, mit sich selbst sprach? War es nicht genau das, worüber sich die Kunden in dem Antiquitätenladen beschwert hatten?

Abby ließ das leere Glas auf der Arbeitsplatte stehen und wehrte sich gegen die Stimme in ihrem Kopf. Sie würde *nicht* wie ihre Mutter werden.

Aufgewühlt, wie sie noch immer war, wusste sie, dass sie nicht wieder würde schlafen können, und so beschloss sie, in der Dunkelkammer die Fotos anzusehen, die sie entwickelt hatte – in erster Linie, um sich selbst zu beweisen, dass sie keine Angst davor hatte, sich allein in diesem Haus aufzuhalten. Sie zog ein langärmliges Hard-Rock-Café-T-Shirt an und griff nach ihren Schlüsseln. Dann pfiff sie nach dem Hund und ging durch die Küche nach draußen auf die hintere Veranda, wo die Ochsenfrösche quakten und Grillen zirpten. Ganz kurz ließ sich der Mond zwischen den Wolken blicken. Abby schloss die Tür hinter sich ab und ließ Hershey zur Bewachung des Hauses zurück. Schon nach zehn Schritten betrat sie ihr kleines Atelier.

Die dazugehörige Dunkelkammer war kaum mehr als ein mit Wasseranschluss ausgestatteter Wandschrank. In Regalen waren Papier, Flaschen, Zangen, Chemikalien und Becken für die verschiedenen Stadien des Entwicklungsprozesses untergebracht.

In letzter Zeit hatte sie Fotos kaum noch selbst entwickelt, weil sie das Labor neben ihrem Studio in der Nähe des Jackson Square nutzte. Für kommerzielle Arbeiten griff sie hauptsächlich auf ihre Digitalkamera und den Computer zurück. Was jedoch ihre persönlichen Schwarzweißfotos anging, zog sie es vor, sie eigenhändig zu entwickeln.

Die Arbeit wirkte beruhigend. Tröstlich. Und schließlich hatte sie Trost und Beruhigung verflixt nötig.

Vor ein paar Tagen hatte sie die Negative jener Filmrolle bearbeitet, die sie in ihrer alten 35-Millimeter-Kamera gefunden hatte. Kurz nach der Scheidung von Luke hatte sie sich eine neue Kamera gekauft. Neugierig darauf, was sich wohl auf dem ersten Teil des alten Films befand, hatte sie die restlichen Fotos erst vor kurzem verknipst, hatte Ansel auf der Veranda aufgenommen, als die Spätherbstsonne hinter den Bäumen unterging. Später hatte sie dann die Negative entwickelt und einen Kontaktabzug. Diesen hatte sie mit einer Wäscheklammer an einer quer durch die Dunkelkammer gespannten Leine befestigt und einfach dort hängen lassen.

Von ihrer Absicht, sich nach dem Trocknen näher mit dem Abzug zu befassen, hatte Detective Montoyas erster Besuch sie abgehalten. Und danach hatte sie nicht mehr daran gedacht.

Nun nahm sie den Kontaktabzug von der Leine, verließ die Dunkelkammer und setzte sich an den Schreibtisch in ihrem Atelier. Dann regulierte sie die Lampe so, dass sie gut sehen konnte, holte ihre Lieblingslupe aus einer Schreibtischschublade und machte sich daran, jede Aufnahme sorgfältig zu begutachten. Wenn sie Bilder von Ansel sah, wie er schlief, auf der Pirsch war oder sich unter dem Sofa versteckte, musste sie lächeln. In aller Ruhe prüfte sie bei jedem Bild, ob der Gegenstand deutlich erfasst und das Licht richtig war.

Bei der dritten Reihe rang sie plötzlich nach Luft. »O Gott!« Um ein Haar wäre ihr die Lupe aus der Hand geglitten.

Das Gesicht ihres verstorbenen Mannes starrte sie an.

Mit seinem unbekümmerten Lächeln, dem Hauch eines Grübchens und sexy geschwungenen Lippen blickte er ihr in Schwarzweiß entgegen.

Sie rutschte mit dem Stuhl ein wenig zurück, als hätte sie Angst, das Bild könnte sich plötzlich in den leibhaftigen Mann verwandeln.

Sie hatte völlig vergessen, dass sie das Foto noch aufgenommen hatte, kurz bevor sie sich entschloss, künftig eine Digitalkamera zu benutzen. Luke hatte neue Passfotos gebraucht, und sie hatte ihn fotografiert.

Kurz nach dem Fototermin hatte sie von seinem Verhältnis mit Connie Hastings erfahren. Am selben Nachmittag noch hatte sie ihren Anwalt aufgesucht, Luke nahegelegt auszuziehen und erste Schritte zur Scheidung ihrer Ehe eingeleitet.

Wie lange war es her, dass sie die Fotos geschossen hatte? Achtzehn Monate? Zwei Jahre? Es war egal.

Abby stellte fest, dass das Foto gelungen war. Es hatte Lukes unbeschwerte Art eingefangen, dieses Jungenhafte, in das sie sich viele Jahre zuvor verliebt hatte.
Und jetzt war das Foto nutzlos.
Es sei denn, sie würde es seinen Eltern schenken.
Aber sollte sie in dieses Wespennest stechen? Seine Mutter hatte nie geglaubt, dass ihr Sohn ein Schürzenjäger war, behauptete immer, eine starke Frau wüsste schon, wie sie ihren Mann halten kann.
»Vergiss es«, sagte Abby laut und strich die Aufnahme kreuzweise durch. Die Fotos von Hershey, Ansel und dem Tierleben rund um ihr Haus würde sie später vergrößern. Für heute hatte sie genug Spaß gehabt.
Sie schloss das Atelier hinter sich ab und ging die paar Schritte bis zum Haus. Es war immer noch dunkel, kein Lichtstreifen am Horizont kündigte die Morgendämmerung an.
Hershey wartete auf der Matte vor der Tür, den großen braunen Kopf auf die Vorderpfoten gelegt. »Du bist wirklich ein braves Mädchen«, flüsterte Abby. Sie kraulte die Hündin hinter den Ohren, sagte: »Das dürfte ich jetzt eigentlich nicht tun, also verpetz mich nicht, okay?«, griff im Vorratsraum in die Schachtel mit Hundekuchen und warf der Labradorhündin einen zu. Hershey fing ihn im Flug und trug ihn ins Wohnzimmer, wo sie ihn krachend verspeiste.
»Komm, wir gehen wieder ins Bett und versuchen, noch ein paar Stunden zu schlafen.« Die Uhr auf dem Kaminsims zeigte kurz nach fünf. Abby stöhnte auf. Jetzt wieder einzuschlafen war nahezu unmöglich, und um neun Uhr hatte sie einen Beratungstermin in ihrem Studio. Also musste sie spätestens um halb acht aufstehen. Sie machte sich auf den Weg

ins Schlafzimmer, doch Hershey, die ihr folgte, blieb vor den Flügeltüren abrupt stehen.

»Musst du schon wieder raus?«

Die Hündin starrte nach draußen, und langsam richtete sich ihr Nackenfell auf. Sie knurrte tief in der Kehle.

»Oh, nun hör schon auf«, flüsterte Abby. Montoyas Warnung schoss ihr durch den Kopf. Hatte sie die Tür hinter sich abgeschlossen, als sie zurück in die Küche kam?

Abby schaltete überall das Licht aus, so dass das Haus im Dunkeln lag. Dann spähte sie ebenfalls aus dem Fenster, sah aber nichts in der pechschwarzen Nacht.

»Das ist sicher nur ein Waschbär«, sagte sie, und der Hund knurrte erneut. Leise. Grollend. Eine Warnung.

»Komm schon, Hershey, du machst mir Angst.« Sie dachte an die Waffe im Nachttisch und fragte sich, ob sie je die Nerven hätte, sie zu benutzen, sie auf einen Einbrecher zu richten und abzudrücken.

Ohne irgendwo Licht zu machen, ging sie noch einmal zu der Tür, die zum Atelier führte, und fand sie verschlossen vor. Ihr drohte keine Gefahr. Oder? Eilig lief sie zurück in die Küche. Sie lugte in Richtung Atelier – und sah durch den Lichtschein der Sicherheitsleuchte an dem kleineren Gebäude einen Schatten gleiten.

Ihr blieb beinahe das Herz stehen.

Sie stand wie erstarrt, rechnete halb damit, dass jeden Moment das Gesicht eines Mannes auf der anderen Seite des Fensters auftauchte, kaum einen Zentimeter von ihr entfernt, getrennt nur durch eine dünne Glasscheibe.

Aber nichts geschah. Kein Gesicht erschien. Keine dunkle Gestalt huschte durch ihr Blickfeld. Der Schatten, den sie gesehen hatte, kam nicht zurück.

Reiß dich zusammen, Abby.

Da draußen ist niemand.
Keine Menschenseele.
Der Hund knurrte wieder, und Angst überfiel sie, schwarz wie die Nacht.
Mit der Angst kamen böse Vorahnungen.
Sie ahnte, dass das, was mit Lukes Tod begonnen hatte, noch lange nicht vorüber war.

9.

Simón!«, rief Schwester Maria und lächelte und winkte, als sie ihren Neffen entdeckt hatte.

Schon in der Eingangshalle des Klosters fühlte sich Montoya fehl am Platze. Als er nun bei seinem Firmnamen gerufen wurde, verstärkte sich die Empfindung noch. »*Tia* Maria.«

»Welch eine Überraschung!« Sie schob ihren Arm unter seinen und drückte ihn an sich. Seit er sie das letzte Mal gesehen hatte, war sie gealtert. Ihre vormals frische Haut war nun faltig, die Lippen waren schmal, die Hände mit Altersflecken übersät, doch sie wirkte kraftvoll, und ihre Augen sprühten vor Lebensfreude. »Los, komm, wir setzen uns in den Garten, dann kannst du mir erzählen, was dich zu mir führt. Zwar würde ich mir gern einbilden, du hättest Sehnsucht nach deiner alten Tante gehabt, aber ich habe das Gefühl, dass mehr hinter deinem Besuch steckt.« Sie lächelte Montoya an, und ihm fiel ein, dass sie ihn geneckt hatte, solange er denken konnte.

Maria führte ihn durch einen langen Flur, vorbei an verzierten Sprossenfenstern, die nur wenig Licht einließen. Am Fuß eines holzgeschnitzten Treppenhauses stieß sie die Tür zu einem Garten auf, in dem die Blumen in den großen Betonkübeln bereits zu welken begannen. Die Fontäne eines Springbrunnens in der Mitte ergoss ihr Wasser über einen Engel, der zwei Gefäße hielt, aus denen das Wasser in einen großen rechteckigen Teich floss. Seerosen blühten auf der Oberfläche, Goldfische huschten im schimmernden Wasser umher.

Maria setzte sich mit Montoya auf eine steinerne Bank im Schutz des Kreuzgangs. Wenn er genau hinsah, entdeckte er in ihrem Gesicht noch die Züge des Mädchens, das sie einmal gewesen war, eine verängstigte junge Frau, die, wie er aus dem Klatsch seiner Angehörigen wusste, mit noch nicht einmal zwanzig Jahren schwanger wurde. Wer ihr Geliebter gewesen war, blieb ihr Geheimnis. Sie hütete es nun schon bald vierzig Jahre lang, und was aus dem Kind geworden war, hatte Montoya den Gesprächen zwischen seiner Mutter und seiner Schwester nie entnehmen können. Maria hatte nicht geheiratet. Stattdessen war sie diesem Nonnenorden beigetreten, in dem sie Zuflucht, Trost und vermutlich Vergebung gefunden hatte.

Während sich am Himmel Wolken zusammenballten und der Wind das Spanische Moos an den hohen Eichen vor den Kreuzgangmauern zerzauste, plauderten sie eine Weile lang über die Familie, tauschten Neuigkeiten über Verwandte aus und lachten bei der Erinnerung daran, wie Schwester Maria ihren Neffen mit seiner ersten Freundin erwischt hatte.

»Aber jetzt bist du ja erwachsen«, sagte sie und hob den Kopf, um ihn anzusehen. Der Saum ihres Schleiers fiel über ihre Schulter. »Und hast du dir endlich verziehen, was deiner … Freundin zugestoßen ist?«

»Ich bin nicht wegen Marta gekommen«, entgegnete er ruhig. Eine Wolke schob sich vor die Sonne.

»Nein? Warum bist du dann hier, Simón? Hat es mit dem geplanten Abriss des Krankenhauses zu tun?«

»Maria, ich heiße Reuben. Manchmal nennt man mich auch bei meinem zweiten Vornamen, Diego. Aber niemand nennt mich Simón.«

»Nur ich«, versetzte sie lächelnd. »Und daran wird sich nichts ändern. Es ist ein guter Name. Simón – Simon der Zelot – ist mein Lieblingsheiliger.« Sie lächelte. »Du weißt, was man über einen alten Hund sagt.«

»Ich glaube, du könntest durchaus noch ein paar neue Kunststücke lernen, wenn du wolltest.«

Sie lachte. »Mag sein. Aber bitte, verlange nicht von mir, dass ich tanze.«

»Einverstanden.« Er wurde ein wenig lockerer. In ihrer Nähe hatte er sich schon immer wohl gefühlt.

Sie berührte sein Knie. »Also, was ist los? Was willst du wissen?«

»Ich habe ein paar Fragen, die sich auf das alte Krankenhaus beziehen«, begann er. »Du hast doch dort gearbeitet, oder?« Er wies mit einer Kopfbewegung in die Richtung des Sanatoriums.

Maria zupfte an ihrem Ärmel, nickte und beobachtete die Vögel, einen Fliegenschnäpper und eine Meise, die um den Springbrunnen herumflatterten. »Ja, ich hatte dort mein Büro, das ich mit einer Sozialarbeiterin teilte.«

»Zufällig mit Virginia Simmons?«

Seine Tante sah ihm ins Gesicht. »Ja. Sie hat dann aber gekündigt und einen der Ärzte geheiratet. Dr. Heller, glaube ich.«

Sie runzelte die Stirn, als sie Hellers Namen nannte, als wäre ihr allein schon der Gedanke an ihn zuwider.

»Nein … da habe ich mich geirrt. Es war Dr. LaBelle.« Als

sie die Tragweite ihrer Worte erkannte, schaute sie Montoya verblüfft an. »Ach, du liebe Zeit! Sie ist die Mutter von Courtney LaBelle, von dem Mädchen, das neulich ermordet worden ist.«

»Genau.«

Traurigkeit überschattete Marias Blick. »Ich habe von dem Fall gehört«, sagte sie leise. Ihre Hände ruhten in den Falten ihrer schwarzen Tracht. »Eine Schande. Deswegen bist du also hier. Du ermittelst in diesem Mordfall. Ich glaube, du solltest lieber mit der Mutter Oberin reden. Sie weiß mehr darüber, warum Mary Novizin werden wollte. Mir war gar nicht bewusst ... Wie dumm von mir ... Ich kannte ihren Namen, bin ihr begegnet, aber mir ist nie in den Sinn gekommen, dass sie Virginias Tochter ist.« Maria lächelte betrübt und setzte hinzu: »Manchmal ... na ja, manchmal bin ich ein wenig vergesslich.«

Das war nichts Neues. Montoya wusste von seiner Mutter, dass sie sich Sorgen machte wegen der »Verwirrtheit« ihrer Schwester, und wenn es auch nie ausgesprochen wurde, stand doch die Frage im Raum, ob sie an Alzheimer oder einer anderen Form von Demenz litt.

Maria räusperte sich und tastete nach dem Kreuz, das sie um den Hals trug. Als sich das Tor auf der gegenüberliegenden Seite des Kreuzgangs öffnete und ein großer Mann mit breiten Schultern eintrat, hob sie den Blick. Der Mann schob eine Schubkarre, über deren leerer Ladefläche eine Harke und ein Besen lagen.

»Wer ist das?«, fragte Montoya und musterte den Mann. Er trug eine Sonnenbrille und eine tief in die Stirn gezogene Baseballkappe. Um den Hals hing ihm ein Headset, dessen langes Kabel zu einem CD-Player oder iPod in seiner Tasche führte.

»Der Gärtner. Er heißt Lawrence.« Maria tätschelte die Hand ihres Neffen, währenddessen steckte sich Lawrence die Kopfhörer in die Ohren und fing an, das Laub vom Hof zu kehren. »Sag jetzt nicht, dass du ihn verdächtigst?«

»Es überrascht mich nur, einen Mann hier zu sehen.«

Sie lachte leise. »Na ja, Männer sind gelegentlich ganz nützlich, weißt du. So selbstständig wir hier auch sind, die meisten von uns kommen langsam in die Jahre, und einige Aufgaben eignen sich besser für einen Mann als für einen Haufen alter Nonnen.« Sie ergriff Montoyas Hand. »Manchmal, Simón ... Reuben, manchmal finde ich, dass die Welt recht hässlich geworden ist. Doch dann besinne ich mich auf die Worte unseres Vaters im Himmel, und sie sind Balsam für meine Seele. Geben mir die innere Ruhe zurück und meinen Glauben an die Menschheit. Ich weiß, für dich ist das schwer zu verstehen, allein schon wegen deines Berufs ...«

»Meinst du, das allein wäre der Grund?«

Sie drückte seine Hand. »Ein bisschen Glaube würde dir gut tun.«

»Mag sein«, antwortete er und sagte sich, dass es ruhig auch mehr als nur ein bisschen sein könnte. Aber der Glaube war ihm längst abhanden gekommen. Er schnitt erneut das Thema an, das ihn interessierte: Abby Chastains Mutter. »Erinnerst du dich an eine Patientin namens Faith Chastain?«

Marias Gesicht schien zu schrumpfen. Die Furchen auf ihrer Stirn vertieften sich. Sie faltete die Hände. »Vor ein paar Tagen war der zwanzigste Jahrestag ihres Todes«, sagte sie. Es überraschte ihn, dass sie sich so deutlich an die Tragödie erinnerte. »Das werde ich nie vergessen. Ich war als Erste bei ihr. Ich trat auf dem Weg zum Kloster gerade zur Tür hinaus, als ich das Knirschen von Metall und das Splittern von Glas hörte. Und dann den Schrei. Diesen grauenhaften, markerschütternden Schrei.« Maria strich sich über den Hals. »Das Auto von Faiths Angehörigen war gerade vorgefahren. Eines der Mädchen war bereits im Gebäude, vielleicht schon auf der Treppe, ja, ich war ihr auf dem Weg nach unten im ersten Stock begegnet. Die andere Tochter und Faiths Mann waren noch draußen, luden ein Geschenk für sie aus dem Wagen, glaube ich ... Aber es ist so lange her ...«

Marias Augen trübten sich, und auch wenn sie über den Hof hinweg auf den arbeitenden Gärtner blickte, sah sie, wie Montoya ahnte, vor ihrem inneren Auge doch etwas völlig anderes.

Leise fuhr sie fort: »Es war grauenhaft. Ich hörte Rufe und Schreie, und da lag sie ... das arme Ding, da lag sie zerschunden und tot auf dem Beton.« Sie schlug rasch ein Kreuzzeichen über ihrer Brust. »Das Mädchen war bei ihr und der Ehemann ... Jacques. Es war so schrecklich!« Sie schauderte und blinzelte hastig ein paar Tränen fort. »Eines der Mädchen hielt ein Geschenk in den Händen. An diesem Tag hatte Faith Geburtstag. Merkwürdig, weißt du, wenn jemand an seinem Geburtstag aus dem Leben scheidet.« Sie runzelte die Stirn. »Und es war auch der Geburtstag einer der Töchter, der jüngeren, glaube ich, aber ich bin mir nicht ganz sicher.«

»Was kannst du mir über Faith sagen?«, fragte Montoya.

»Über ihren Gesundheitszustand? Nicht viel, fürchte ich. Krankheitsgeschichten sind streng vertraulich.«

»Ich weiß, aber sie ist tot, *Tia.* Schon seit langer Zeit.«

»Trotzdem. Ich darf keine Informationen weitergeben.«

»Ich könnte einen Gerichtsbeschluss erwirken.«

»Und wenn ich dem zuwider handle, steckst du mich ins

Gefängnis?« Sie erhob sich und schritt zu einem mit Blumen und Farnen bepflanzten Korb. Mit ihren dünnen Fingern zupfte sie vertrocknete braune Wedel und einzelne Blätter heraus.

»*Tia* Maria, bitte«, sagte Montoya, bemüht, einen gereizten Unterton zu vermeiden. »Hilf mir doch. Ich will Courtneys Mörder fassen.«

»Indem du Fragen über Faith Chastain stellst?« Dass sie ihm nicht glaubte, war unüberhörbar.

»Alles, was du sagst, wird vertraulich behandelt, das verspreche ich dir.«

»Es gibt Gesetze zum Schutz von Patienten und Ärzten«, entgegnete sie mit leiser Stimme, zerrieb die trockenen Blätter zwischen den Fingern und ging zurück zu der Bank. Sie biss sich auf die Unterlippe und ließ die Blattreste durch ihre Finger rieseln.

Auf der anderen Seite des Kreuzgangs fegte der Gärtner immer noch, mit gesenktem Kopf, als hätte er die beiden Gestalten auf der Bank nicht bemerkt.

Sie seufzte. »Vermutlich ist es ein offenes Geheimnis, dass Faith mehrmals in die Anstalt eingewiesen wurde. Verschiedene Ärzte stellten verschiedene Diagnosen. Freilich, das alles ist vor vielen Jahren geschehen, und die Mediziner wussten damals noch nicht so viel über Geisteskrankheiten wie heute.« Sie wischte sich die Hände ab. »Ich kann dir sagen, was ich glaube: Faith Chastain war eine unverstandene, schwer gestörte Frau. Das ist keine professionelle, medizinische Diagnose, aber die Wahrheit. Und ihre Krankheit? Schizophrenie? Mag sein. Paranoia? Ganz sicher. Es war, als kämpfte sie gegen Dämonen in ihrem Inneren. Ich habe versucht, ihr durch Gebete zu helfen, und hoffte, sie würde Trost und Frieden in Gott finden. Ob es ihr gelungen ist? Ich weiß es nicht …« Marias Blick wurde düster.

»Was ist mit ihr passiert? Was hat sie dazu getrieben, in den Tod zu springen?«

»Keine Ahnung. Das ist eines der großen Geheimnisse, die dieses Krankenhaus umgeben. Aber Faith ist jetzt bei Gott. Die Dämonen in ihrem Inneren können sie nicht mehr quälen und peinigen. Allein das ist wichtig.«

»Aber Courtney LaBelle und Luke Gierman sind ermordet worden, und die beiden verbindet die Tatsache, dass Angehörige von ihnen in einem Zusammenhang mit diesem Krankenhaus standen.«

»Luke Gierman? Dieser Radiomoderator? Ein Angehöriger von ihm war auch hier?« Maria legte die Stirn in Falten und dachte angestrengt nach.

»Kein Blutsverwandter. Aber Abby Chastain ist seine Exfrau. Und sie ist Faiths jüngere Tochter.«

»Oh … Das wusste ich nicht.« Marias Blick schweifte ins Leere. »Das arme Mädchen. Was sie an jenem Tag gesehen hat …«

»Verstehst du jetzt, warum ich deine Hilfe brauche?«

Sie schaute ihn flüchtig an und berührte mit ihrer kühlen Hand seine Wange. »Ich weiß deine Arbeit zu würdigen. Du übst einen schwierigen Beruf aus. Oft genug erfährst du die grausame, schmutzige Seite des Lebens. Aber ich habe nichts weiter zu erzählen, was dir helfen könnte.« Sie lächelte. »Tut mir Leid, Simón.«

Sie warf einen Blick auf die Uhr und erhob sich.

»In ein paar Minuten beginnt mein Küchendienst. Ich habe mich sehr gefreut, dich zu sehen. Richte liebe Grüße an deine Mutter aus.«

»Mach ich.«

»Und hier …« Sie griff in ihre tiefen Taschen und zog einen Rosenkranz hervor. Blutrote Perlen kennzeichneten die Stationen. »Nimm ihn.«

»Das kann ich nicht«, sagte er.

Sie legte ihm den Rosenkranz in die Hand. »Natürlich kannst du. Benutze ihn, Simón. Denke an den Heiligen, dessen Namen du trägst. Nimm seine Kraft, seine Überzeugung in dich auf.« Sie fasste noch einmal nach seiner Hand. »Die Macht Gottes wird dich in Erstaunen versetzen.«

»Die Macht Gottes?«, wiederholte er. »Moment mal, Maria, jetzt redest du wie einer dieser wiedergeborenen Prediger. Du weißt schon, wie heißt er gleich?« Er schnippte mit den Fingern. »Billy Zachary Furlough. Ist ›Die Macht Gottes sei mit dir‹ nicht sein Standardspruch?«

Sie wandte den Blick ab. »Ach ja?«

»Ich glaube schon. Du machst mir Angst, *Tia*. Ich stelle mir äußerst ungern vor, dass du deinem Orden untreu wirst und dich einem dieser Fernsehprediger zuwendest, die Feuer und Schwefel auf unsere Häupter beschwören.«

»Das ist höchst unwahrscheinlich.« Aber sie lachte nicht, wie er erwartet hatte, und die Sorgenfalten um ihre Augen schienen eher noch tiefer zu werden.

Montoya ließ sich von seiner Tante durch dunkle, stille Flure hinaus auf den Parkplatz bringen. Er steuerte den Wagen zum Tor hinaus, von wo aus er jedoch nicht der Hauptstraße folgte, sondern an der Weggabelung auf die vormalige Zufahrt zum Krankenhaus abbog.

Er konnte nur bis an den Zaun heranfahren. Das alte, schmiedeeiserne Tor war verriegelt und zusätzlich mit einer rostigen Kette gesichert. Montoya ließ den Motor des Streifenwagens laufen und stieg aus. Während das verdammte Signaltuten ihn daran erinnerte, dass er die Tür nicht geschlossen hatte, trat er an den Zaun und spähte durch die Gitterstäbe auf das verfallene Bauwerk.

Die Zufahrt war bucklig, Unkraut wuchs in den Ritzen. Der Rasen stand kniehoch, und darüber erhob sich das dreistöckige Backsteingebäude. Auf dem Dach fehlten ein paar Ziegel, und zahlreiche Fenster waren mit Brettern vernagelt. In der Mitte des Gebäudes, hoch über dem Eingang, befand sich ein rundes, buntes Giebelfenster. Eine ehemals weitläufige Veranda mit niedrigen Begrenzungsmauern flankierte das Haus an einer Seite. Sie war jetzt von Ranken und Dornen überwuchert. Am anderen Ende des Gebäudes knarrten die verrosteten Feuerleitern, als ein Windstoß sie erfasste.

Das hier war das Bindeglied zwischen den Mordopfern?

Dieses trostlose, heruntergekommene Gebäude?

Er stellte sich Abby als junges Mädchen vor, das hierher kam, um seine Mutter zu besuchen, die den Bezug zur Wirklichkeit verloren hatte. Eine »gestörte« Frau, die die »Dämonen« in ihrem Inneren bekämpfte, falls Marias Einschätzung zu glauben war. Er dachte an seine eigene Familie: arm, aber vereint und größtenteils glücklich. Fünf temperamentvolle Brüder und zwei Schwestern. Seine Familie hatte gegen die Armut und all die Versuchungen und Enttäuschungen angekämpft, die der Geldmangel mit sich brachte, aber der Zusammenhalt war immer stark gewesen und die Eltern fest im Glauben verankert und entschlossen, das Beste aus ihrem Leben zu machen. Sie hatten Montoya ermutigt, Sportler zu werden, und sein Fußballtalent und Durchsetzungsvermögen hatten ihn durchs College gebracht.

Sämtliche Klassen- und Rassenschranken, die er überwunden hatte, erschienen ihm jetzt gering im Vergleich dazu, eine geistig verwirrte Mutter zu haben, die ihrem Leben ein Ende setzt, indem sie sich vor den Augen ihrer Tochter aus einem Fenster im zweiten Stock auf den Beton stürzt. Wie grauenhaft für ein Kind, so etwas mit ansehen zu müssen.

Die Sache war nicht mehr in den Medien.
Die Polizei ermittelte orientierungslos in alle Richtungen.
Die Reporter hatten sich längst anderen Storys zugewandt, es gab keine Schlagzeilen über den »spektakulären Doppelmord« mehr auf der Titelseite, und die Geschichte geriet allmählich in Vergessenheit.
Das war einfach nicht richtig.
Begriff denn niemand, dass diese Sache von großer Bedeutung war? Dass endlich Vergeltung geübt wurde?
Er schlich durch die Korridore der alten Anstalt, denn nichts anderes war dieses Gebäude, ganz gleich, mit welchen vornehmen, freundlichen, ehrfürchtigen oder gar hochtrabenden Namen man es belegte. Er fuhr mit seinen behandschuhten Fingern liebevoll über die Wände, bemüht, so etwas wie Seelenfrieden zu finden. Doch selbst hier, an seinem Zufluchtsort, empfand er keinen Trost, keine Ruhe. Und das Hochgefühl, das er beim Töten erlebt hatte, das Rauschen im Blut und der Adrenalinstoß, das alles verflüchtigte sich bereits.
Er ging durch Räume, von denen nur wenige noch wussten – und die, die sich erinnerten, hätten sie lieber vergessen. Der Geruch von Staub und Missbrauch klebte an den Wänden, legte sich über den rissigen Fliesenboden. Die Decken waren undicht, aber es störte ihn nicht.
Hier wollte er arbeiten.
Hier wollte er zuhause sein.
Hier war der Ort, an den er sich ständig erinnert hatte.
Hier war der Ort, an dem er alles wieder geraderücken würde.

Er stellte eine Laterne in die Ecke eines der fensterlosen Räume und betrachtete die alten Gerätschaften, die noch an Haken hingen oder in sich neigenden Regalen verstaut und vergessen waren.
Langsam strich er mit einem Finger über eine Zwangsjacke, deren lange Bänder fast bis zum Boden reichten. Die Jacke war früher einmal weiß gewesen, nun aber längst grau geworden und roch nach Schimmel. In einer Ecke, vor mehr als einem Jahrzehnt dort abgestellt, lehnte ein Elektroschocker, ein Folterinstrument, dessen Einsatz gegen Menschen verboten war, soviel er wusste. Früher war es jedoch durchaus zur Anwendung gekommen. Er ging zu einem an die Wand geschobenen Metallkarren. Die Deckplatte bestand aus rostfreiem Stahl, die Schubfächer waren flach. Er öffnete das oberste Fach und entdeckte chirurgische Instrumente, nicht mehr glänzend und messerscharf, sondern mit den Jahren stumpf geworden.
Er schluckte verkrampft. Erinnerte sich. O ja, er erinnerte sich.
Mit der behandschuhten Hand hob er ein Skalpell auf und hielt sich die schmale Klinge so nah vors Gesicht, dass er auf der reflektierenden Oberfläche sein Spiegelbild sehen konnte. Er kniff im dämmrigen Licht die Augen zusammen und glaubte einen Moment lang, die entsetzlichen, qualvollen Schreie der Patienten zu hören, die einstmals in diesen Raum gebracht worden waren, in einen Raum, in dem chirurgische Praktiken und Operationen stattgefunden hatten, die nicht als ethisch vertretbar galten.
Er hatte viele gesehen, die in diesen Raum geschoben wurden, Menschen, die außer Kontrolle geraten waren, die sich lautstark wehrten, aber auch solche, die man sediert hatte und die nun teilnahmslos alles mit sich geschehen ließen.

Er schob das Skalpell und ein paar weitere chirurgische Instrumente in seinen Rucksack.
Niemand wusste, dass er überlebt hatte.
Niemand wusste, dass er heute noch lebte.
Und es interessierte niemanden.
Aber es wird sie interessieren, dachte er und spürte, wie wärmende Vorfreude in ihm aufstieg, oh, es wird sie durchaus wieder interessieren.

10.

Als Montoya zurück zum Streifenwagen ging und einstieg, verdunkelte sich der Nachmittagshimmel. Er wendete geschickt und ließ das verfallene Krankenhaus hinter sich. Auf dem Weg nach New Orleans klingelte sein Handy.

»Montoya«, meldete er sich. Bonita Washington brachte ihn auf den neuesten Stand bezüglich des Mordfalls Gierman/ LaBelle. Unter Courtney LaBelles Fingernägeln waren keine Hautfasern und auch sonst nichts gefunden worden, was eine DNA-Analyse möglich gemacht hätte. Keiner der am Tatort entdeckten Fingerabdrücke fand seine Entsprechung beim Durchlauf durchs AFIS, das Automatische Fingerabdruck-Identifikationssystem – also hatte der Mörder entweder keine Fingerabdrücke hinterlassen oder seine Abdrücke waren nicht gespeichert. Courtney LaBelles Rucksack war sichergestellt worden, doch er war leer und gab keinerlei Aufschluss.

Washington erklärte weiter, dass der Autopsiebericht nichts Spektakuläres erbracht hatte. Beide Opfer waren jeweils an einem einzigen, aus nächster Nähe abgegebenen Schuss gestorben. Beide waren anscheinend gefesselt und geknebelt gewesen, also höchstwahrscheinlich entführt worden.

»Also«, sagte Washington, während er auf dem Freeway beschleunigte und der verdammte Regen wieder einsetzte, »abgesehen von den Schuhabdrücken Größe zwölf und einem kurzen dunklen Haar an dem Brautkleid haben wir nicht viel, was uns weiterhilft. Das Haar wird jetzt im DNA-Labor untersucht. Ich gebe dir Bescheid, wenn der Bericht vorliegt. Aber da ist noch etwas«, setzte Washington hinzu.

Montoya schaltete die Scheibenwischer ein.

»Aus dem Brautkleid sind sämtliche Etiketten herausgeschnitten, aber meines Erachtens sieht es verdammt teuer aus. Das Material ist Importseide, Ärmel und Ausschnitt sind mit kunstvoller Perlenstickerei abgesetzt. Möchte wetten, es ist ein Designer-Kleid. Nicht, dass ich Expertin auf diesem Gebiet wäre, aber ich kenne jemanden. Vielleicht kann sie uns einen Hinweis geben, wo es gekauft wurde oder wer der Designer ist.«

»Irgendwie kann ich mir unseren Mörder nicht auf Brautmodenschauen oder Designertreffen vorstellen.«

»Ich auch nicht. Wahrscheinlich ist das Kleid gestohlen. Vielleicht auch in einem Second-Hand-Laden oder bei eBay gekauft. Aber es hat nicht Courtney gehört. Abgesehen von ihrer ›Ich-bin-Gott-versprochen-Marotte‹ ist ihr das Kleid auch ein paar Nummern zu groß. Courtney trug Größe 36 oder vielleicht 38. Das Kleid ist aber Größe 42. Außerdem wurde es für eine Frau geschneidert, die um einiges größer war als Courtney LaBelle. Der Saum ist schmutzig, weil Courtney vermutlich draufgetreten ist.«

»Sie trug keine Schuhe. Und eine Braut trägt für gewöhnlich hohe Absätze.«

»Ja, aber bestimmt keine zehn Zentimeter hohen … Dieses Kleid sieht aus, als wäre es auf Bestellung entworfen und maßgeschneidert worden, aber nicht für Courtney LaBelle oder jemanden von ihrer Statur.«

»Wir müssen also herausfinden, für wen.«

»Das würde uns in der Tat weiterhelfen. Wie gesagt, ich spreche mit meiner Expertin, und wenn wir wissen, woher der Stoff oder die Perlen kommen, finden wir vielleicht auch den Schneider. Viel ist das nicht«, gestand Washington ein, »aber doch wenigstens ein Anfang.«

»Im Augenblick nehme ich wirklich alles, was ich kriegen kann. Danke.«

Montoya beendete das Gespräch, und nachdem er drei Meilen zurückgelegt hatte, gab er Brinkmans Nummer ein.

»Ja?«

»Wissen wir inzwischen, wer die letzten Personen sind, die unsere Opfer lebend gesehen haben?«

»Warte ... Mal schauen ... Also, hier sind meine Notizen. Fangen wir mit der Jungfrau Maria an, okay? Ich habe jeden Schritt, den sie an jenem Abend getan hat, so gut ich konnte zurückverfolgt, und die letzten Menschen, die sie lebend gesehen haben, sind zwei Mädchen, die zu dem Zeitpunkt, als LaBelle die Bibliothek verließ, hineingegangen sind. Gegen halb zehn Uhr abends. Die beiden sind sich in Bezug auf die Uhrzeit ziemlich sicher, und sie wissen genau, dass es sich um Mary handelte. Eines der Mädchen, Jenny Ray, saß im selben kommunikationswissenschaftlichen Seminar wie Mary. Auch sie hat Gierman am All Saints erlebt.«

Wie viele andere Studenten.

»Also, diese zwei haben sie gesehen. Courtney trug Jogging-Kleidung und einen Rucksack und wollte über den Campus zum Wohnheim laufen.«

»Der ausgeflippten Zimmergenossin zufolge, ja.«

Montoya wechselte die Spur. »Was ist mit Gierman?«

»Wir haben noch niemanden gefunden, der ihn gesehen hat, nachdem er das Sendegebäude verlassen hatte. Aber irgendwer hat bei ihm zuhause seine Post aus dem Kasten genommen und auf den Küchentresen gelegt. Ich habe sie an dem Tag, als wir seine Wohnung durchsuchten, gefunden, also nehme ich an, Gierman hat das Gebäude des Senders verlassen, ist nach Hause gegangen, hat sich ausgeruht, vielleicht auch gegessen – laut Autopsiebericht finden sich in seinem Magen Reste von Lasagne, und im Müll habe ich die leere Schachtel einer Tiefkühl-Lasagne gefunden. Dann hat er sich wohl auf den Weg zum Fitness-Center gemacht. Aber weil er nicht genug Bargeld bei sich hatte, ist er zuvor noch zum Bankautomaten gefahren. Bevor du jetzt Fragen stellst, ja, ich habe mir die Aufzeichnungen der Videokamera in der Bank angeschaut. Man erkennt ihn von vorn und von hinten, während er das Geld zieht. Eindeutig Gierman. Allein. Ich habe auch die Leute überprüft, die Stunden vor und nach Gierman den Bankautomaten aufgesucht haben. Nichts Verdächtiges. Alles sauber.«

»Also haben wir keine Erkenntnisse, die uns weiterbringen.«

»Nicht viele.«

»Scheiße«, knurrte Montoya und betrachtete geistesabwesend den Minivan vor ihm. Auf der Heckklappe klebte ein Sticker, der stolz auf das Baby des Besitzers hinwies. »Was wird denn in der Szene so geredet? Hat irgendwer was gesehen? Weiß jemand, ob eine große Sache im Schwange ist?«

»Von unseren üblichen Informanten hört man nichts ... Wer auch immer es war, er hält sich bedeckt. Oder sie.«

»Ich stimme mit Zaroster überein – das war nicht die Tat einer Frau«, sagte Montoya, verärgert darüber, dass Brinkman Abby Chastain immer noch zu den Verdächtigen zählte.

»Nun, man wird sehen.«
Montoya beendete das Gespräch. Er war frustriert. Auf dem Weg in Richtung City betrachtete er die Skyline, hohe Gebäude, die in den grauen Tag hineinstachen. Doch mit den Gedanken war er bei dem verdammten Fall. Die Zeit verrann und er war unruhig, weil sie mit den Ermittlungen nicht vorankamen.
Doch plötzlich wurde ihm bewusst, dass es an Abby und ihrem verführerischen Lächeln, den intelligenten Augen und dem verlockenden Körper lag, dass er keine Ruhe fand. Zum Teufel mit der Frau! Es hatte einmal eine Phase gegeben, als er an keiner schönen Frau vorübergehen konnte, aber inzwischen … ach, zum Teufel. Es war zwingend nötig, dass er einen klaren Kopf bewahrte und unparteiisch blieb, doch Ms. Chastain, die Ex-Mrs. Gierman, beeinträchtigte ihn leider sehr in seiner Urteilsfähigkeit.
Die Art, wie Brinkman sie während der Vernehmung bedrängt hatte, war ihm zuwider gewesen. Zum ersten Mal war Montoya diese Grobheit bei einem Verhör unangemessen erschienen – aber das war lächerlich. Er wollte gar nicht wissen, wie oft er selbst einen Zeugen in die Enge getrieben, ihn eingeschüchtert und darauf gelauert hatte, dass die Wahrheit ans Tageslicht kam. In Abbys Fall jedoch war es Montoya verdammt schwer gefallen, den Mund zu halten, nicht einzugreifen, sie nicht zu verteidigen. Stattdessen hatte er sich zwingen müssen, sich auf Brinkmans Verhörtaktik einzulassen. Das Gespräch war ihm nicht wie die Vernehmung einer Zeugin, sondern eher wie eine Inquisition vorgekommen.
Allerdings war er auch ziemlich voreingenommen …
Wahrscheinlich war es besser, wenn er den Fall abgab. Doch die Vorstellung, dass Brinkman noch einmal so rücksichts-

los mit Abby umgehen oder gar mit Bentz zusammenarbeiten würde, wenn dieser wieder da war, behagte Montoya absolut nicht.

Bentz und seine Frau hätten sich, verdammt noch mal, keinen besseren Zeitpunkt für ihre Flitterwochen aussuchen können!

Montoya fuhr vom Freeway ab, drosselte das Tempo, weil er die Stadtgrenze passierte, und begab sich ins French Quarter. In der Innenstadt wimmelte es von Menschen, wie immer. Die Fußgänger wetteiferten mit Autos, Bussen, Lkws und von Maultieren gezogenen Kutschen und liefen kreuz und quer über die Fahrbahn. Trotz des Regens spielten Straßenmusiker in der Hoffnung auf Spenden vor ihren aufgeklappten Instrumentenkoffern, schlenderten Leute an den Geschäften entlang, und die Düfte aus den anliegenden Restaurants mischten sich mit dem Gestank von Benzin und Öl.

Montoya war mit seinen Gedanken immer noch bei dem Fall und bei Abby Chastain. Luke Giermans Ex! Wenn nicht gar des Mordes an ihm verdächtig, dann doch immerhin eine Person, die Interesse an seinem Tod haben könnte. Sie hatte die Mittel und die Gelegenheit gehabt. Und das Motiv? Mehr als eine halbe Million Dollar waren schon mal ein Anfang. Und dass Gierman sie in aller Öffentlichkeit lächerlich gemacht hatte, war auch nicht zu verachten.

Aber wie hätte sie in so kurzer Zeit ein derart gut geplantes Verbrechen begehen können? Und was war mit Courtney LaBelle? Nein, es konnte nicht sein. Selbst wenn sie Gierman wegen seiner Sprüche im Radio den Tod gewünscht haben sollte, war ihr doch nicht genug Zeit geblieben, einen Killer anzuheuern und die Entführungen und Morde zu inszenieren wie ein … was? Beziehungsdrama? Nein, Brinkmans Theorie war Blödsinn. Schlicht und ergreifend Blödsinn.

»Zur Hölle mit dem ganzen Scheiß«, murmelte Montoya. Sein Blick fiel auf sein Gesicht im Rückspiegel. Er sah seine dunklen Augen, die zusammengepressten Lippen, sein energisches Kinn. »Bleib objektiv«, befahl er sich. Als die Ampel auf Grün wechselte, fuhr er an, ließ die letzten zwei Straßen bis zum Parkplatz der Polizeibehörde hinter sich und manövrierte den Streifenwagen in eine freie Parkbucht. Immer noch verärgert über sich selbst, den Fall und die ganze verdammte Welt stieg er aus und nahm seine schlechte Laune mit in das Gebäude.

Er stieg die Treppe hinauf und begab sich in das Großraumbüro des Morddezernats. Computertastaturen klapperten, Telefone klingelten, an allen Arbeitsplätzen herrschte Betriebsamkeit. Irgendwo spie ein Kopierer surrend Papiere aus, und vor Zarosters Schreibtisch verteidigte sich äußerst wortreich ein unrasierter Verdächtiger in Handschellen mit zottigen Dreadlocks, die ihm bis auf die Schultern hingen. Er trug eine Jeans und eine Jeansweste und redete übersprudelnd und stoßweise. Er kam wohl gerade von einem Trip runter und beteuerte Zaroster und einem anderen Detective nachdrücklich seine Unschuld.

Montoya hätte um ein Haar Brinkman angerempelt, der, während er seine Jacke anzog, dem Ausgang zustrebte. »Sieh dir das an«, sagte er und machte eine Kopfbewegung in Richtung des Festgenommenen. »War in eine Messerstecherei in der Nähe von Esplanade und Royal verwickelt. Drecksack eins« – er wies mit dem Daumen auf den Mann mit den Dreadlocks – »passte es wohl nicht, dass Drecksack zwei es mit der Alten von Drecksack eins trieb. Schnappte sich ein Küchenmesser, und das war das Ende von Drecksack zwei.«

Er fuhr sich mit der Handkante theatralisch über die Kehle. »Uuups. Also wirklich, ›angeblich‹ hätte er dem Kerl vor den Augen der Dame beinahe den Kopf abgeschnitten, und die Bezeichnung Dame benutze ich in Anbetracht des betroffenen Miststücks im weitesten Sinne.«

»Warum ist er nicht im Verhörraum?«

»Unsere Kapazitäten sind ausgeschöpft. Eine Schießerei auf der Decatur und ein Unfall am Fluss. Es war ein ereignisreicher Tag. Dieser Dreckskerl hat im Verhörraum schon gesagt, was er zu sagen hatte, wir haben alles auf Band, aber er wollte noch ein Statement abgeben. Bestand auf seinem Recht auf einen Anwalt. Und deshalb …« Brinkman zuckte mit den Schultern, als wollte er sagen: »Und das alles auf einmal.« Dann fand er seine Marlboroschachtel in der Innentasche seiner Jacke, schüttelte eine Zigarette heraus und schob sie sich in den Mundwinkel. Auf der Suche nach dem Feuerzeug klopfte er seine Taschen ab und ging die Treppe hinunter. »Ach, übrigens, Bentz ist wieder da!«, rief er über die Schulter zurück. »Er sucht dich. Ich nehme an, er übernimmt jetzt meinen Part.« Er sagte es ohne eine Spur von Verbitterung. Montoya vermutete, dass Brinkman ihn auch nicht besonders gut leiden konnte.

Montoya suchte seine Büronische auf, ging die Meldungen durch, druckte Bonita Washingtons Berichte aus und ordnete sie in die immer umfangreicher werdende Akte ein. Dann klemmte er sich die Akte unter den Arm, holte zwei Becher Kaffee aus der kleinen Küche und machte sich auf den Weg in Bentz' Büro.

Ohne anzuklopfen stieß er die Tür mit der Schulter auf. Bentz saß an seinem Schreibtisch vor einem Berg Papiere. Als Montoya eintrat, hob er den Blick.

»*Hola, mi amiga*«, begrüßte Bentz ihn grinsend. Er war ein

kräftig gebauter Mann, der sein Übergewicht bekämpfte, indem er täglich seine Boxbirne verprügelte. Er entdeckte den Kaffee und winkte Montoya erfreut näher. »*Como es usted?*«

»Herrgott, Bentz, es heißt *amigo*. Mit ›o‹. Ich bin männlichen Geschlechts. *Varon!* Kapiert? *Soy un hombre, para el motivo de Dios!* Soll ich es dir übersetzen? Ich bin ein Mann, um Gottes willen!«

Bentz' Mundwinkel zuckten, und er starrte vielsagend auf Montoyas Ohrstecker. »Wenn du meinst.«

»Mann, fang jetzt nicht gleich wieder damit an, okay?«

»Wollte nur das Eis brechen, *hombre*. Mich wieder in die alltägliche Routine eingewöhnen«, versetzte Bentz, nahm den Kaffee entgegen, trank davon und hob dann den Becher. »*Gracias.*« Er war Mitte vierzig, und ein paar graue Haare und die Falten in seinem Gesicht verliehen ihm zusätzlich Charakter. Das behauptete er zumindest Montoya gegenüber immer wieder, wenn der Jüngere dumme Anspielungen auf sein Alter machte. Und er war ein verdammt guter Cop, trotz des Vorfalls in L. A.

»Und du hast nicht die Bank in Las Vegas gesprengt?« Montoya schlürfte seinen Kaffee und lehnte sich gegen den Aktenschrank, auf dem ein Weihnachtskaktus im Sterben lag. »Ich dachte, du hättest ein paar Millionen am Spieltisch gewonnen und wärst nur zurückgekommen, um deine Sachen zu holen und dich zu verabschieden.«

Bentz schnaubte durch die Nase. »Ja, genauso war's. Aber es war beim Roulette. Jetzt bin ich so reich, dass ich Asa Pomeroy *und* Billy Furlough aufkaufen und wieder abstoßen könnte.«

Montoya lachte. Er fühlte sich so gut wie schon lange nicht mehr, seit er an diesem chaotischen Fall von Doppelmord arbeitete. Der Umgang mit Brinkman hatte ihn genervt. Bentz war bedeutend angenehmer. Intelligenter. Ruhiger. Ein guter Ausgleich zu Montoyas aufbrausendem Temperament. »Also«, sagte er, »falls du gerade deine Spendierhosen anhast: Ich könnte einen neuen fahrbaren Untersatz brauchen. Ein Ferrari wäre nett, aber ich würde mich auch mit einem Porsche zufrieden geben, solange er ordentlich aufgemotzt ist.«

»Sind sie das nicht alle?«, fragte Bentz. »Ich werde dran denken. Weihnachten ist ja nicht mehr weit.« Er holte ein Röhrchen Tabletten gegen Sodbrennen aus seiner Schublade, schob ein paar davon in den Mund und deutete dann auf seinen Computerbildschirm, auf dem Bilder vom Tatort der Gierman/LaBelle-Morde zu sehen waren. »Wie wär's, wenn du mich jetzt über diesen Doppelmord aufklärst? Ich habe die vorläufigen Berichte gelesen. Was hast du sonst noch?«

Montoya reichte ihm die Akte und schilderte Bentz seine Version des Tathergangs. »Wir haben einerseits bisher keinen Verdächtigen«, sagte er, »denn niemand hegte einen Groll gegen Courtney LaBelle, zumindest wissen wir von niemandem.«

Bentz' Gedanken waren schon vorausgeeilt. »Aber andererseits ist da Luke Gierman, den jede Feministin, jedes Mitglied eines Eltern-Lehrer-Verbands oder einer gesellschaftskritischen Gruppe tot sehen will, wegen seiner Sendungen zum Thema ›Abnormer Sex und perverses Verhalten‹.«

»Genau.«

»Was ist mit der Tatwaffe?«

»Courtneys Vater hatte sie ihr zu ihrem Schutz geschenkt. Auf dem Campus war sie nicht zugelassen. Das habe ich heute noch überprüft. Nicht einmal ihre Zimmergenossin, die sich O nennt und eine Affinität zur Gothic-Kultur hat, wusste von dem guten Stück.«

»Aber irgendwer wusste davon«, erwiderte Bentz.

»Ja.« Montoya kratzte sein Kinnbärtchen. »Weißt du, es ist seltsam: Das Mädchen trägt einen Ring zum Zeichen, dass sie sich Gott versprochen hat, und will Gott zuliebe Jungfrau bleiben – und ihr Dad schenkt ihr zu ihrem Schutz eine Waffe.« Er runzelte die Stirn. »In meinen Augen passen Gott und Waffenbesitz einfach nicht zusammen.«

»Da täuschst du dich. Denk doch nur mal an die Kreuzzüge oder an die Vorgänge im Nahen Osten. Religion und Geld sind die Ursachen aller Kriege.«

»Jetzt bist du also zum Philosophen geworden.«

»Zu einem Philosophen, der zufällig auch noch ein Vermögen am Roulette-Tisch gewonnen hat«, sagte Bentz und griff lächelnd nach seiner Lesebrille, die auf dem Schreibtisch lag. Er blätterte durch die Akte, überflog die Seiten. »Was liegt uns sonst noch vor?«

Montoya klärte ihn über die Alibis der Personen auf, die Kontakt zu den Opfern gehabt hatten, und über den Mangel an Spuren am Tatort. Die Forensik-Abteilung war noch mit dem Identifizieren der Reifenspuren beschäftigt, die in der Nähe der Hütte im Wald entdeckt worden waren, und forschte nach der Schuhmarke, die den gefundenen Abdrücken in Größe zwölf entsprach. Dann berichtete er Bentz von dem Brautkleid und dem einzelnen kurzen schwarzen Haar, das darauf entdeckt worden war. Gemeinsam gingen sie anschließend die Liste der Verdächtigen durch, überlegten, wer den Opfern nahe gestanden hatte und wer ihnen den Tod gewünscht haben mochte. Sie strichen die Liste zusammen bis auf jene Personen, die unter Berücksichtigung der infrage kommenden Zeit sowohl Gierman als auch LaBelle überfallen haben konnten, ohne gesehen zu werden. Dann überlegten sie, von wo aus die Opfer wohl entführt worden waren und warum die Wahl des Täters auf sie gefallen war.

»Das ist die große Frage: Wer wollte Courtney LaBelle und Luke Gierman tot sehen?«, sprach Bentz seine Gedanken laut aus. Er griff in die oberste Schublade seines Schreibtisches, fand ein Päckchen Doublemint-Kaugummi, zog einen Streifen heraus und bot Montoya ebenfalls einen an.

»Nein, danke.«

»Bist du eigentlich immer noch auf Entzug?«, fragte Bentz, faltete den Kaugummistreifen zusammen und schob ihn sich in den Mund.

»Ja.«

»Und wie kommst du damit zurecht?«

»Prima«, fuhr Montoya ihn an. Um nichts in der Welt wollte er Bentz gegenüber eingestehen, dass er für einen Zug aus einer Zigarette inzwischen zum Mörder hätte werden können.

Bentz zog ungläubig eine Braue hoch, äußerte sich jedoch nicht dazu. »Gehen wir alles noch einmal durch. Die letzten, die Courtney lebend gesehen haben, waren ein paar Mädchen, die gerade die Bibliothek betraten, als Courtney herauskam. Und der Letzte, der Luke Gierman gesehen hat, war Maury Taylor beim WSLJ.«

Montoya nickte, legte Brinkmans Theorie dar und schilderte, was sie aus den Videoaufzeichnungen der Bank entnommen hatten. Bentz trank seinen Kaffee dabei aus und der von Montoya wurde kalt.

»Ich kenne ein paar Leute bei dem Sender. Ich schau mich dort mal ein bisschen um. Vielleicht kommt mir noch was unter, das Brinkman übersehen hat.« Bentz zerdrückte den Pappbecher und warf ihn in den Abfallkorb. »Der Entführer hat Luke Gierman also gegen zwanzig vor sieben abends abgefangen und das Mädchen etwa drei Stunden später.«

»In Baton Rouge. Anderthalb Stunden von hier entfernt. Wie hat er das angestellt? Hatte er Gierman in seinen Kofferraum gesperrt, während er dem Mädchen auflauerte?«

»Die Hütte liegt nicht weit entfernt vom westlichen Ufer des Lake Pontchartrain.«

»Zwanzig Meilen abseits vom Highway 10.«

»Also, wo mag der Kerl wohnen?«, überlegte Bentz laut. »Und woher wusste er von der leer stehenden Hütte?«

»Keine Verbindung zwischen dem Besitzer und den Opfern. Ich habe es schon überprüft.« Montoya nahm einen letzten Schluck Kaffee, verzog das Gesicht und goss den Rest in den Topf mit dem vertrockneten Kaktus.

»Und das Einzige, was die beiden Opfer verbindet, ist nach deinen bisherigen Erkenntnissen ein Seminar, in dem Gierman einen Vortrag gehalten hat, und die Tatsache, dass die Mutter von Giermans Exfrau genau dort Patientin war, wo Courtney LaBelles Mutter und Vater gearbeitet haben, und dass Courtney als Novizin eben jenem Orden beitreten wollte, zu dem das Krankenhaus gehörte.«

»Ziemlich dünn«, gab Montoya zu.

»Beinahe gar nichts.«

»Du glaubst also, das alles ist ein Zufall?«

Bentz lehnte sich wieder so weit in seinem Sessel zurück, dass er knarrte, und wälzte nachdenklich seinen Kaugummi im Mund. »Du weißt, wie ich über Zufälle denke«, sagte er und warf einen Blick auf die Abbildung auf seinem Monitor.

»Du glaubst nicht an Zufälle. Brinkman auch nicht.« Montoya studierte ebenfalls das Bild auf dem Monitor. Luke Giermans nackter Körper, zum Teil verdeckt von dem Mädchen im blutbefleckten Brautkleid. Augenscheinlich mit Absicht so positioniert. Passend zu einer ganz bestimmten Aussage. Von einem kranken, gestörten Gehirn.

Bentz rieb sich den Nacken und beugte sich vor. »Ein Kerl, der so etwas tut, verlangt nach Aufmerksamkeit.«

Montoya wusste, worauf Bentz hinauswollte. »Du glaubst, er tut es noch mal?«

Ein Muskel zuckte in der Wange des Älteren, und seine Züge wurden hart. Er hob den Blick zu Montoya. »Ich will es nicht hoffen.«

11.

Ich möchte zur Beerdigung kommen«, beharrte Zoey von der anderen Seite des Kontinents. »Wann findet sie statt?«

»Ich weiß es nicht.« Mit einer Hand steuerte Abby ihren Honda durch den Verkehr, mit der anderen hielt sie das Handy ans Ohr. Sie hasste das. Es war ihr einfach nicht gegeben, sich auf mehrere Dinge gleichzeitig zu konzentrieren.

»Hör mal, ich sitze im Auto, ich melde mich später bei dir.«

»Ich sitze auch im Auto. Na und?«

»Ich kann mich nicht gleichzeitig auf das Gespräch und den Verkehr konzentrieren.«

»Ach, das mache ich ständig. Ein Kinderspiel.«

»Genau«, antwortete Abby sarkastisch, weil sich in dem Moment ein silberner Toyota von der rechten Spur kommend vor sie setzte und sie bremsen musste. »Mistkerl!«

»Ich?«

»Nein. Zumindest nicht heute.«

»Gott sei Dank«, sagte Zoey. »Gut, wann rufst du an?«

»Wenn ich fertig bin. Versprochen.«

»Was steht denn auf dem Plan? Ein Foto-Shooting?«

»Ja«, schwindelte Abby. Im Grunde war es keine richtige Lüge. Keine große. Aber sie wusste, dass Zoey eine Herzattacke bekommen würde, wenn sie erfuhr, dass Abby auf dem Weg zum Krankenhaus Our Lady of Virtues war. Am Vortag hatte sie Stunden mit Kunden und Hausbesichtigungen verbracht und zudem versucht, Schlaf nachzuholen. Mühsam hatte sie sich durch den Tag geschleppt und sich am Ende gezwungen, drei Meilen zu joggen. Danach war sie außer Atem gewesen und hatte Muskelschmerzen gehabt. Nach einem Abendessen aus der Mikrowelle und einem ausgedehnten, heißen Schaumbad einschließlich eines langsam geschlürften Glases Wein hatte sie dann geschlafen wie eine Tote. Keine gespenstischen, immer wiederkehrenden Albträume hatten sie geweckt, keine Bilder von ihrem toten Mann hatten sie im Schlaf gestört. Sie war erholt und erfrischt aufgestanden.

Und heute wollte sie ihr Leben fest in die Hand nehmen. Erster Tagesordnungspunkt: der Besuch in der Anstalt. Die Vergangenheit begraben. Es war höchste Zeit dafür. Aber das würde Zoey nicht begreifen.

»Okay, aber lass mich bitte wissen, wann die Trauerfeier für Luke stattfindet.«

»Ach, Zoey ...«

»Sieh mal, du brauchst moralische Unterstützung. Lukes Angehörige sind nicht unbedingt sehr warmherzig Nicht wie die Waltons, falls du verstehst, was ich meine. ›Gute Nacht, John-Boy‹ und Apfelkuchen sind bei diesem Haufen Spinner unbekannt.«

Unwillkürlich musste Abby lächeln. Manchmal konnte Zoey überaus witzig sein, dann wieder ging sie ihr gewaltig auf die Nerven. »Okay, ich gebe dir Bescheid.«

»Abby?«

»Was?«, fragte sie, blickte in den Rückspiegel und sah, dass ein Lkw nahezu an ihrer Stoßstange klebte.

»Geht es dir gut?«

»Natürlich, ganz prima«, schnappte sie, wenngleich das gelogen war. »Wirklich ausgezeichnet!«

»Nein, im Ernst. Die Sache mit Lukes Tod … das ist sicher schwer für dich und …«

»Ich muss jetzt aufhören, da kommt meine Ausfahrt«, fiel Abby ihr zornig ins Wort. Bevor Zoey noch eine weitere verdammte Frage stellen konnte, legte sie auf. Sie hatte es satt, sich von ihrer neugierigen Schwester die übermäßig besorgte Verwandte vorgaukeln zu lassen. Seit Monaten hatte sie nichts von Zoey gehört, und jetzt rief sie plötzlich ständig an. Es war fast, als wäre ihre Schwester von einer Art perverser Faszination von dem Mord an Luke erfasst.

Oder sie ist aufrichtig besorgt. Wie wär's denn mal damit, Abby? Vergiss endlich, was in Seattle passiert ist. Zoey macht sich wahrscheinlich wirklich nur Gedanken um dich.

»Sollte mich wundern«, knurrte Abby und schaltete das Handy aus. Wenn jemand sie sprechen wollte, konnte er, verflixt noch mal, gern eine Mitteilung in ihrer Voice Mail hinterlassen. Sie sah in den Rückspiegel, stellte fest, dass der Lkw ihr immer noch im Nacken saß, und verspürte den Drang, auf Schneckentempo herunterzugehen und den Kerl richtig zu ärgern. Warum überholte er nicht einfach, wenn sie ihm zu langsam fuhr?

»Idiot«, schimpfte sie, drosselte das Tempo und lenkte auf den Ausfahrtstreifen. Der schwere Lkw donnerte an ihr vorüber, der Motor röhrte und der Sticker an seiner hinteren Stoßstange mit der Frage: *Wie gefällt dir mein Fahrstil?* schien sie verhöhnen zu wollen.

Aus dem Gedächtnis fand sie den kurvenreichen Weg zu

Our Lady of Virtues. Natürlich hatte sich die Landschaft verändert, und wo früher Wiesen mit grasendem Vieh oder Wälder die Straße gesäumt hatten, standen jetzt Häuser inmitten von kleinen Nutzgärten. Offenbar hatten die Immobilienmakler die Gegend für sich entdeckt.

Nach einer Weile wurde die Bebauung spärlicher, und die Natur nahm wieder überhand. Abbys Puls beschleunigte sich, ihre Hände am Lenkrad wurden feucht. Mehrmals erwog sie umzukehren.

Man wächst mit seinen Aufgaben …

»Ja, ja, Dad, ich weiß«, sagte sie leise und ignorierte die unterschwellige Panik, die sich mit jeder Meile steigerte, um die sie sich jenem Ort näherte, jenem Ort, an dem sich ihr Leben unwiderruflich verändert hatte.

Sie biss sich auf die Unterlippe.

Du kannst das.

Noch eine letzte Straßenbiegung, dann kam der schmale Weg mit dem verwitterten Schild in Sicht. *Our Lady of Virtues. Gegr. 1843.*

Abbys Finger umfassten das Lenkrad fester, und die Knöchel traten weiß hervor. Und dann rollte der Wagen auf das Grundstück, das dem Kloster Our Lady of Virtues gehörte: dreißig Morgen voll üppiger Gärten, Gebäude und Wälder, nach denen sich Bauunternehmer schon seit Jahren die Finger leckten. Aufgrund der sich immer weiter ausdehnenden Vorstädte hatte sich der Wert dieses Grundstücks, das nach wie vor dem Nonnenorden gehörte, zunächst verdoppelt und dann verdreifacht, obwohl viele Gebäude verfallen waren und nur noch auf die Abrissbirne warteten.

Abby bog an der Weggabelung auf den Privatweg ab und fuhr zum Eingang des Krankenhausgrundstücks. Das Tor war natürlich verriegelt, zusätzlich zu dem ursprünglichen

Schloss noch mit einem Kettenschloss gesichert, und das verblichene Schild mit der Aufschrift *Betreten verboten* drohte jedem, der es nicht beachtete, mit der »Ausschöpfung sämtlicher gerichtlicher Mittel«.

»Nett«, flüsterte Abby spöttisch. »Sehr christlich.« Sie hatte damit gerechnet, dass das Eingangstor abgesperrt war, und sich auf der Fahrt hierher eine Ersatz-Strategie überlegt. Nichts sollte sie von ihrem Vorhaben abhalten.

Sie nahm die Kamera aus dem Futteral, befestigte einen Riemen daran und stieg aus dem Auto. Der heruntergekommene Zustand des Grundstücks, der Rasenflächen und Gebäude berührte sie mehr, als sie erwartet hatte. Ihr wurde das Herz schwer, als sie das alte Krankenhaus betrachtete, ein Gebäude, das den Bürgerkrieg, zwei Weltkriege und viele andere Unruhen überlebt hatte. Hundertfünfzig Jahre lang war es gepflegt und am Leben erhalten worden, aber dann hatte man es aufgegeben.

Alles Leben ist begrenzt.

Alles und jeder muss sterben.

Abby ignorierte die Wehmut, die sie plötzlich überkommen hatte, schob ihre Kamera zwischen den Gitterstäben hindurch und machte ein halbes Dutzend Aufnahmen.

Während sie durch den Sucher spähte, verspürte sie eine überwältigende Traurigkeit angesichts des bröckelnden Mörtels, der fehlenden Dachziegel, der mit Brettern vernagelten Fenster. In leuchtendem Orange aufgesprühte Graffiti waren noch unter einer Schicht schwarzer Farbe erkennbar, die jemand, wahrscheinlich im Auftrag der Nonnen, darüber gestrichen hatte, um die Obszönitäten zu verdecken.

Lieber Gott, was war denn in sie gefahren? Sie hatte diesen Ort gehasst. Warum dann diese Wehmut, diese Sentimentalität?

Vielleicht war sie noch viel verkorkster, als sie annahm.
»Hör auf«, ermahnte sie sich. »Das führt doch zu nichts.«
Abby versuchte, das Tor zu öffnen. Das alte Metall rasselte und ächzte, aber Schloss und Kette gaben nicht nach. Natürlich nicht. Damit hatte sie gerechnet. Jetzt konnte sie umkehren. Schließlich hatte sie die Stelle gesehen, an der ihre Mutter gestorben war, wenn auch nur aus einiger Entfernung.
Doch war sie nicht zufrieden. Das hier, so schwor sie sich, sollte ihr letzter Besuch im Krankenhaus Our Lady of Virtues sein. Wenn sie die Geister der Vergangenheit heute nicht vertreiben konnte, war es ihr Schicksal, sie für den Rest ihres Lebens mit sich herumzuschleppen.
Was für eine deprimierende Vorstellung.
Sie musste also tun, was in ihren Kräften stand.
Abby stieg wieder in ihren Honda, aber statt an der Weggabelung auf die Hauptstraße abzubiegen, steuerte sie das Kloster an. Kurz vor dem Tor schlug sie einen engen Verbindungsweg ein, der zu einem tiefer gelegenen, früher hauptsächlich von Wartungskräften genutzten Parkplatz führte.
Diesen kleinen Parkplatz hatte sie als Kind zusammen mit Zoey entdeckt, als sie in der Umgebung des Krankenhauses auf Entdeckungsreise gingen.
Abby nahm ihre Kamera vom Beifahrersitz und trat hinaus in die Wärme und Einsamkeit des Nachmittags. Sie hörte das Zwitschern der Vögel und das Keckern eines Eichhörnchens, doch durch die dicken Mauern, die das Kloster selbst umgaben, drang kein Geräusch von Gebeten oder Musik oder Unterhaltungen. Gut. Sie wollte nicht, dass die Nonnen sie bei der Ausführung ihres Plans beobachteten.
Ziemlich nervös, weil sie nicht nur das Gesetz brach, son-

dern womöglich auch einen Fehler mit unvorstellbaren emotionalen Folgen beging, schüttelte sie doch ihre Bedenken ab, verriegelte den Wagen und steuerte auf eine der Garagen zu, in der Rasenmäher und Gartengeräte untergebracht waren.
Eine Reihe von fünf Meter hohen Lebensbäumen flankierte einen Maschendrahtzaun, der sich hoch über Abbys Kopf erhob. Oben neigte sich der Zaun nach innen, so dass er von der Krankenhausseite her unmöglich zu überwinden war oder zumindest nicht so einfach, wenngleich Abby wusste, dass man es schaffen konnte, wenn man nur sportlich genug war. Mit zehn Jahren war es ihr gelungen.
Jetzt war es eine Herausforderung. Konnte sie über den Zaun steigen, drei Meter tief zu Boden springen und später dann irgendwie wieder auf die andere Seite klettern? Als Kind war sie flink wie ein Äffchen in Bäume, über Zäune und auf Balkone gestiegen. Jetzt, beinahe fünfundzwanzig Jahre älter und fünfunddreißig Pfund schwerer als vor dem Beginn der Pubertät, konnte es äußerst schwierig werden. Doch es hatte ein Tor gegeben, wenn sie sich recht erinnerte, ein Tor, das den Nonnen und dem Anstaltspersonal Zugang von der einen Einrichtung zur anderen gewährt hatte. Sie suchte den Zaun ab und fand etwas, das früher ein Eingang gewesen sein musste, doch jetzt war er von dornigem, ungestutztem Gestrüpp fast überwuchert. Flüchtig kam ihr die Dornenhecke des Dornröschenschlosses in den Sinn, aus dem Märchen, das ihre Mutter ihr oft vorgelesen hatte, als sie, Abby, noch ein Kind war. In dieser Gutenachtgeschichte hatte sich der Prinz einen Weg durch die grauenhafte, dornige Hecke gebahnt, um seine Prinzessin zu erlösen. Abby erwartete nicht so Großartiges oder Romantisches. Selbst wenn sie es schaffte, in das Krankenhaus zu gelangen und

der Vergangenheit ins Angesicht zu blicken, wie ihr letzter Seelenklempner es ihr empfohlen hatte, was kam dann? Würde ihr dann leicht ums Herz werden? Würden sämtliche Probleme in ihrem Leben plötzlich und wie durch ein Wunder verschwinden?

Wohl kaum.

Zu ihrer großen Verwunderung stellte sie fest, dass das Tor nicht nur unverschlossen war, sondern sich auch problemlos öffnen ließ.

Warum?

Sie zögerte. Es war zu einfach. Da stimmte was nicht. Warum war der Haupteingang verriegelt und mit einer Kette gesichert, warum drohten dort Schilder mit gerichtlichen Konsequenzen, während dieses Tor offen war? Das ergab keinen Sinn ... es sei denn, die Nonnen benötigten noch Zutritt oder das Wartungspersonal oder die Gärtner sahen in dem alten Gebäude noch nach dem Rechten. So musste es wohl sein.

Auf der anderen Seite des Tors, auf dem Krankenhausgrundstück, war zu erkennen, dass auch andere durch das Gras und die Büsche gestapft waren. Man erkannte es an den niedergetretenen Halmen, und Abby machte – und sei es auch nur, um ihre Nerven zu beruhigen – ein Foto von dem überwucherten Weg, den sie als Kind gegangen war und der heute unter Gras, Ranken und Unkraut fast verborgen lag. Als sie zwischen den Bäumen hindurchlief, schlug ihr Herz noch ein bisschen schneller. Ihre Schuhe schmatzten im Schlamm. Unterwegs dachte sie an die Zeit, als sie durch diesen lichten Wald aus Lorbeerbäumen, Tannen und Eichen gelaufen war. Zoey hatte sich oft in den Zweigen einer Weide versteckt, und manchmal hatte ein süßer Duft nach Magnolie und Jasmin in der Luft gehangen.

Sie sah sich selbst wie in einem alten Film. Sie und ihre Schwester liefen, sepiafarben, durch dieses Waldstück, fanden eine hohle Eiche und einen Bienenstock, erblickten Eselhasen und Stinktiere. Und immer hatte sie sich eingeredet, Faith Chastain wäre völlig normal, alle Kinder in der katholischen Privatschule, die sie besuchten, sähen ihre eigene Mutter ebenfalls nur jeden Sonntag nach der Messe oder mittwochabends. Als Kind, das auf das dräuende Krankenhaus zuhüpfte, hatte sie versucht, sich einzureden, dass auch die Mütter ihrer Klassenkameradinnen häufig unter bohrenden Kopfschmerzen litten, die ihre Persönlichkeit veränderten. Bestimmt verbrachten auch diese Mütter viele Stunden des Tages bei geschlossenen Vorhängen im Bett und ihre Nächte mit endlosen Wanderungen durch die Flure, so wie Faith Chastain es tat. Abby erinnerte sich an die Zeiten, wenn ihre Mutter sporadisch zuhause gewohnt hatte.

In diesen langen Nächten hatte Abby, wenn sie in dem Doppelbett lag, den Atem des Windes durch die mit Fliegengitter versehenen Fenster gespürt, hatte beobachtet, wie sich der Ventilator unter der Decke drehte. Sie horchte auf die Verkehrsgeräusche, schaute zu, wie das Licht der vorbeifahrenden Autos über die kiefergetäfelte Wand ihres Zimmers glitt, hörte den Schrei einer einsamen Eule, während ihre Schwester im Bett neben ihr glückselig schlief und nichts von dem nächtlichen Ritual ihrer Mutter mitbekam.

Aber Abby kannte es.

Sie hatte den schmalen Streifen Licht unter der Tür gesehen, hatte die Schatten gesehen, die sich langsam vor- und zurückbewegten, wenn Faith Chastain durch die Flure wanderte, sie hatte den Rauch der ständig glimmenden Zigarette ihrer Mutter gerochen.

Während einer dieser Nächte, als Jacques, ein Holzhändler,

nicht zuhause war und Abby wach lag und auf das Zirpen der Grillen und Zikaden lauschte, während sie die Schatten an der Ritze unter der Tür vorüberhuschen sah, da hatte sie etwas gespürt … etwas Fremdes lag in der Luft.

Damals war sie etwa zehn Jahre alt gewesen. Sie hörte, wie Wasser in die Badewanne lief, wie das Wasser durch die Leitungen rauschte, und ihr fiel auf, dass die Schritte auf dem Flur ausgesetzt hatten.

Die Tür zum Badezimmer fiel zu. Wurde abgeschlossen.

Sie fragte sich, warum ihre Mutter um drei Uhr morgens ein Bad nehmen wollte.

Abby lag im Bett, wartete, ohne zu wissen, worauf, und die ganze Zeit über hörte sie das Wasser rauschen.

Schließlich konnte sie nicht eine Sekunde länger still liegen bleiben und warf die Bettdecke von sich. Als sie schließlich ihr Zimmer verlassen hatte und auf dem Flur stand, sickerte bereits Wasser unter der Badezimmertür hervor und floss in rosafarbenen Bächlein über die alten Holzdielen …

Als Abby jetzt durch das Dickicht eilte, das den einstmals so gepflegten Rasen umgab, schnürte sich ihre Kehle zusammen. In einem Winkel ihres Bewusstseins war sie immer der Meinung gewesen, der erste Krankenhausaufenthalt ihrer Mutter sei ihre Schuld gewesen …, dass, wenn sie nur mutiger gewesen, früher aufgestanden wäre und Faith Chastain irgendwie daran gehindert hätte, sich im Bad einzuschließen, ein Teil der Tragödie, zu der das Leben ihrer Mutter dann wurde, hätte abgewendet werden können.

Ich verzeihe dir … Abby Dana, ich verzeihe dir … Die Stimme ihrer Mutter, sanft hingehaucht, wie immer in ihren Träumen, streifte ihr Bewusstsein.

Sie spürte erste kühle Regentropfen vom Himmel fallen und trat um eine von Unkraut verseuchte Hecke herum, um die

Rückfront des Krankenhauses zu betrachten. Wie oft hatte sie an genau dieser Stelle gestanden, war voller Angst aus den Schatten des Waldes herausgetreten, in der vergeblichen Hoffnung, keine der Nonnen, schon gar nicht Schwester Rebecca mit dem strengen Gesicht oder die immer gereizte Schwester Madeline, würde sie erwischen!

Erneut hob sie die Kamera und fotografierte diese Seite des alten Gebäudes, die Weide und die langgestreckte offene Veranda, auf der jetzt eine einzige vergessene Liege, verrostet und zerbrochen, auf den rissigen Steinplatten lag.

Knirsch!

Sie hob den Blick zu einer Regenrinne, die sich rostig und schwer von jahrealtem Unrat vom Dach gelöst hatte. Das Metall bewegte sich im Wind. Ein Wasserspeier mit Augen, die über dem als Abfluss dienenden offenen Mund hervortraten, blickte böse auf sie herab.

Himmel, wie hatten diese steinernen mittelalterlichen Monster sie geängstigt, als sie ein Kind war. Sie war überzeugt gewesen, dass Vögel und Eichhörnchen, die dumm genug waren, diesem klaffenden dunklen Maul zu nahe zu kommen, von dem bösartigen Wesen geschnappt und gefressen wurden.

Sie blickte zu den oberen Stockwerken und dem Fenster im zweiten Stock auf, das sich direkt über ihr befand. Das Fenster, zersplittert, als sich Faith durch die alten Scheiben stürzte, war erneuert worden und zählte zu den wenigen, die noch unversehrt waren. Keine Risse, nicht mit grauen Brettern zugenagelt.

Abby richtete die Kamera auf das Fenster und trat bis ans Ende der Zufahrt zurück, um sicherzustellen, dass sie das gesamte Gebäude einschließlich des Brunnens aufs Bild bekam. Als sie durch den Sucher blickte, die Schärfe einstellte und die erste Aufnahme schoss, glaubte sie einen Herzschlag lang, eine dunkle Gestalt am Fenster im Zimmer ihrer Mutter stehen zu sehen. Sie betrachtete die Glasscheibe und das runde, bunte Bleiglasfenster darüber, doch niemand war dort zu erkennen.

»Natürlich nicht«, schalt sie sich selbst. Sie war entschlossen, sich von ihrer eigenen wilden Fantasie nicht kleinkriegen zu lassen. Ja, es war ein deprimierender Ort, eben der Ort, an dem ihre Mutter ums Leben gekommen war, aber es war an der Zeit, sich ihm zu stellen.

Sie biss die Zähne zusammen, kämpfte das Rasen ihres Pulses nieder, richtete die Kamera auf das Fenster zum Zimmer ihrer Mutter und verlor sich in dem Spiel der Schatten, Formen und Bilder, die sie im Sucher sah. Sie machte Aufnahmen von dem Gebäude als Ganzem, dann von einzelnen Abschnitten, dem leblosen Brunnen mit seinen bemoosten weinenden Engeln, den skelettartigen Resten der ehemaligen Feuerleiter und der großen, dräuenden Eingangstür, auf die sie damals zugerannt war, begierig, ihre Mutter zu sehen, mit aufgeregt klopfendem Herzen, weil es sie drängte, Faith an ihrem gemeinsamen Geburtstag von ihrem neuesten Schwarm zu erzählen …

Oder etwa nicht?

Mit gefurchter Stirn dachte sie nach, ging im Kopf die Jahre zurück. War es so geschehen? Oder hatte sie sich die Erinnerung an diesen Tag so zurechtgelegt?

Der Regen wurde heftiger, als sie an der Stelle im rissigen, nassen Beton stehen blieb, an der der Körper ihrer Mutter mit einem dumpfen Aufprall, der ihr Herz hatte stocken und Übelkeit aufsteigen lassen, aufgeschlagen war.

»Oh, Mama«, flüsterte sie.

Die Kehle schnürte sich ihr zu. Ihr wurde ein wenig schwindlig, als sie sich an den entsetzlichen Schrei erinnerte, daran, wie sie sich umdrehte und ihre Mutter herabstürzen sah, wie die Knochen und der Schädel brachen und dickes rotes Blut hervorquoll.

»Mein Gott«, flüsterte sie und schlug mit heftigen Bewegungen ein Kreuzzeichen über der Brust. Sie konnte die Stelle, an der ihre Mutter aufgeschlagen war, genau angeben, und als sie jetzt die Augen schloss, hörte sie wieder die auf sie einstürmenden Geräusche, den Ruf ihres Vaters, die Schreie und die eiligen Schritte, mit denen andere zur Hilfe herbeistürmten.

Zu spät.

Dann die Sirene des Krankenwagens – überflüssiger Lärm, Teil der Dissonanz, die der Welt verkünden zu wollen schien, dass Faith Chastain ihrer Qual endlich entronnen war.

Abby trat zurück, fort von der Stelle, wo sie wieder das Blut fließen sah, das Gesicht ihrer Mutter, ihr in einem unrealistischen Winkel zugewandt. Es schaute zu ihr auf ... wie aus weiter Ferne ... als stünde Abby auf einem Berggipfel. Wie immer spielte ihre Einbildung ihr Streiche.

Abbys Fersen stießen gegen die Stufen, die zum Haupteingang führten. Sie riss sich endlich los von der Stelle, an dem Faith ihr Leben ausgehaucht hatte, drehte sich um und stieg die Stufen zur Tür hinauf, drückte die Klinke und lehnte sich mit der Schulter dagegen.

Abgeschlossen.

Natürlich.

Der Himmel öffnete seine Schleusen jetzt noch weiter, die Regentropfen prasselten nieder, es war dunkel wie zur Abenddämmerung. Abby hätte zurückfahren, das Unterfangen aufgeben und hoffen können, dass diese Besichtigung des Tatorts ausreichte, um ihrer Seele Frieden zu bringen, um mit dem Tod ihrer Mutter abzuschließen. Doch als sie noch einmal einen Blick hinauf zum Fenster von Faiths Zimmer warf, wusste sie, dass immer Fragen offen bleiben, Zweifel sie plagen würden, wenn sie nicht bis in das Schlafzimmer vordrang, in dem der Wahn ihrer Mutter zum Selbstmord eskalierte.

Und nun war sie schon einmal hier, nicht wahr?

Sie ging um das Gebäude herum, rüttelte an Türen und fand sie alle verriegelt, die Flügeltüren zur Veranda ebenso wie die Küchentür, vor der die Lebensmittel angeliefert worden waren.

Sie war schon im Begriff aufzugeben, einzusehen, dass sich das Schicksal gegen sie verschworen hatte, da entdeckte sie in der Nähe eines Lieferantenparkplatzes ein Fenster, dessen Scheibe zertrümmert war, das man jedoch nicht mit Brettern vernagelt hatte.

Vielleicht hatte sich das Schicksal doch noch eines Besseren besonnen.

Abby stieg auf den bröckelnden Absatz und versuchte, das Fenster hochzuschieben. Es gab ein wenig nach. Sie legte die Kamera beiseite und schob mit beiden Händen noch einmal etwas kräftiger. Nichts passierte. Das Fenster rührte sich nicht. »Mach schon, mach schon«, bat sie und fragte sich unwillkürlich, wie viele Gesetze sie eigentlich gerade übertrat, stellte sich vor, wie sie Detective Montoya den Grund für ihr unerlaubtes Eindringen erklären musste. Nicht unbedingt ein angenehmer Gedanke. Sie atmete ein paarmal tief durch und versuchte es erneut. Ihre Armmuskeln, die Schultern und der obere Rücken schmerzten von der Kraftanstrengung. Sie biss die Zähne zusammen. Strengte sich noch mehr an.

Plötzlich glitt das Fenster nach oben und Abby wäre beinahe gestürzt. Abgestandene Luft wehte ihr entgegen und einen Augenblick lang war sie unentschlossen. Doch dann hob sie die Minolta auf und ließ sie am Trageriemen vorsichtig auf der anderen Seite des Fensters in den Raum hinab. Jetzt war sie selbst an der Reihe. Bedeutend beweglicher, als sie sich selbst eingeschätzt hatte, stemmte sie sich hoch, kroch durch die Fensteröffnung und fing sich nach dem Sprung mit den Händen auf dem staubigen Boden eines vormaligen Speisesaals ab. Jetzt war der Raum leer und der Boden fleckig von dem Wasser, das durchs Fenster und an der Wand hinab in die Ritzen zwischen den Dielen gelaufen war.

Es war dunkel im Haus, doch sie wagte es nicht, Licht zu machen. Vermutlich war der Strom sowieso schon vor vielen Jahren abgestellt worden. Während sie durch den alten Speisesaal schlich, versuchte sie, sich so leise wie möglich zu bewegen, als könnte sie, wenn sie Lärm verursachte, die Geister wecken, die hier hausten.

Was natürlich Blödsinn war.

Sie glaubte ja auch nicht an Geister.

Warum lief sie dann nicht laut rufend durch die alten Flure? Fürchtete sie, jemand könnte sie hören? Wer? Die in ihrem Kloster eingesperrten Nonnen? Oder verspürte sie aus Ehrfurcht vor den Toten das Bedürfnis, leise zu sein? Oder aus Angst? Wovor? Dass sie womöglich eine Schlange aufschreckte, die sich hier eine Wohnstatt gesucht hatte und nun zusammengerollt in einer finsteren Ecke lag? Dass sie eine Ratte über den staubigen Boden huschen sah?

Oder einfach, weil ihr klar war, dass sie sich hier nicht aufhalten durfte? Nein, wenn sie ehrlich zu sich selbst war, hatte sie tatsächlich Angst.

Vor dem, was sie finden würde.

In ihrem Inneren.

Man wächst mit seinen Aufgaben … Die Worte ihres Vaters hallten wieder einmal durch ihr Bewusstsein, wiederholten sich wie ein Mantra. Sie ließ den Speisesaal hinter sich und trat durch eine Vorratskammer in die Küche. Sie erinnerte sich, als Kind in diesem Raum gewesen zu sein, sah vor ihrem inneren Auge das glänzende Porzellan und funkelndes Kristall, das Gäste und Patienten, sofern sie vertrauenswürdig waren, benutzen durften.

In der Küche war es schmuddelig, der Herd, bedeckt mit dem Schmutz eines ganzen Jahrzehnts, bot – dem Kot nach zu urteilen, den Abby bemerkte – allen möglichen Nagetieren eine Heimstatt. Sie versuchte, die Tür zum Kellergeschoss zu öffnen, aber die war fest verschlossen, und unwillkürlich überkam sie Erleichterung, dass es wenigstens einen Ort gab, den zu inspizieren sie sich nicht gezwungen fühlte.

Jetzt hast du dich hier in der Küche lange genug deinen Dämonen gestellt, dachte sie und ging weiter in die Eingangshalle, wo, wie sie sich erinnerte, am Fuß der Treppe eine alte Standuhr ihren Platz gehabt hatte. Sie war nicht mehr da, das Empfangspult war unbesetzt, die dahinter liegenden Büros kamen ihr vor wie kleine, luftleere Grabkammern.

Der Salon mit seiner hohen Decke war ihr einst elegant und prachtvoll erschienen. Jetzt roch es hier nach Moder und Verfall, die verblichenen Samtvorhänge waren verschlissen und hingen in Fetzen, der einzig verbliebene, einst tiefbraune Sessel zeigte ein stumpfes Orange, die Füllung war aus den Polstern gequollen und bedeckte ringsum den Boden.

Das ganze verdammte Haus war einfach nur deprimierend. Falls ihre Seele hier eine bedeutsame Offenbarung erfahren sollte, stand sie ihr noch bevor.

Aber du warst ja auch noch nicht in ihrem Zimmer, nicht wahr, Abby?
Alles andere ist doch gar nicht wichtig.
Du musst das Zimmer sehen, in dem sie gelebt hat, das Zimmer, in dem sie ihre schlaflosen Nächte verbrachte, das Zimmer, in dem sie sich schließlich durchs geschlossene Fenster gestürzt und so das Leben genommen hat.
»Verdammt«, flüsterte Abby und ging zur Treppe. Langsam stieg sie hinauf, wie damals als Kind, als Schwester Rebecca darauf bestanden hatte, dass »Laufen, Hüpfen und Herumtollen wie wilde Gassenjungen« verboten war.
Im ersten Stock hielt sie inne und spähte den dunklen Korridor entlang. Die Türen sämtlicher Privatzimmer standen offen, hingen schief in ihren alten Scharnieren.
Die Hand auf dem Geländer, ging sie weiter hoch zur zweiten Etage und hielt inne, als sie glaubte, etwas gehört zu haben – Schritte? Im unteren Stockwerk? Oder oben? Sie wartete mit angehaltenem Atem. Horchte. Doch sie hörte nichts außer dem Prasseln des Regens auf dem Dach und dem Rauschen des Wassers in den Regenrinnen. Ansonsten blieb alles still, abgesehen von ihren eigenen Schritten auf der knarrenden Treppe.
Reiß dich zusammen, ermahnte sie sich stumm. Ihr Herz hämmerte, als sie auf dem letzten Treppenabsatz das Bleiglasfenster betrachtete und sich fragte, wie es den Verfall hatte überstehen können. Warum war es nicht verkauft worden? Was hatte es vor der Zerstörung bewahrt? Sie erinnerte sich, früher das Madonnenbild betrachtet zu haben, wenn helles Sommerlicht durch die Scheibe fiel und den goldenen Heiligenschein der Jungfrau Maria leuchten ließ, als käme er geradewegs aus dem Himmel.
Abby wandte sich ab, stieg die letzten paar Stufen zum

zweiten Stock hinauf und blieb dann wie angewurzelt stehen. Ihr Herz zog sich schmerzhaft zusammen. Alle Türen waren geschlossen, nicht eine stand offen wie im Stockwerk darunter.

»Wie merkwürdig«, flüsterte sie und wünschte sich, die Taschenlampe mitgenommen zu haben, statt sie im Handschuhfach des Wagens zurückzulassen. *Nun tu's einfach. Bring es hinter dich.* Sie ging den Flur entlang geradewegs zur Tür des Zimmers ihrer Mutter. Die Ziffern der Zimmernummer 207 waren unversehrt, und erst, als ihr Blick die Tür nebenan streifte, erschien ihr dies merkwürdig. Auf der Tür zum Nachbarzimmer war überhaupt keine Nummer mehr zu sehen, und bei der gegenüberliegenden fehlte die Null, so dass die Nummer aussah wie 26 mit einer Lücke zwischen den Ziffern.

Na und?

Los, Abby, sei nicht solch ein Angsthase! Was glaubst du eigentlich, in dem Zimmer zu finden?

Sie straffte sich innerlich, griff nach dem Türknauf und versuchte, ihn zu drehen.

Nichts rührte sich.

Sie probierte es noch einmal. Die Tür klemmte vermutlich nur, war mit den Jahren in ihrem Rahmen aufgequollen. Sie versuchte es erneut. Der Knauf ließ sich eindeutig nicht bewegen. Es war nicht die Tür selbst, die sich nicht rührte; das Schloss war verriegelt.

»Toll.«

Sie überlegte, dass sich in dieser Etage wahrscheinlich noch einige wertvolle Gegenstände befanden und die Zimmer deshalb abgeschlossen waren. Das Bleiglasfenster bestätigte diese Vermutung. Offenbar hatten diejenigen, die dieses alte Gebäude ausgeräumt hatten …

Wieder hörte sie ein Geräusch, ein Scharren, und ihr Herz machte einen Satz. Ging jemand durch den unteren Flur? Schlüpfte durch eine Tür? Schloss sie hinter sich? *O Gott.*
Abby presste sich an die benachbarte Tür.
Sie gab nach.
Öffnete sich unter ihrem Gewicht.
Abby verlor die Balance, taumelte geräuschvoll in das leere Zimmer. Mit einem Keuchen fing sie sich ab. Über das laute Klopfen ihres Herzens hinweg horchte sie angespannt auf weitere Geräusche.
Sie hörte nichts.
Oder doch?
Sie fuhr sich mit der Zungenspitze über die Lippen. Hatte sie das ganz leise Klicken eines Türschlosses vernommen?
Ihr sträubten sich die Haare.
Es sind deine verdammten Nerven, Abby. Sonst nichts. Du leidest unter Verfolgungswahn.
Genau wie sie!
Ein kleiner Protestlaut steckte ihr in der Kehle, doch sie unterdrückte ihn. Sie litt nicht unter Verfolgungswahn, sie stand nicht kurz vor dem Zusammenbruch! Sie war geistig völlig gesund. *Man wächst mit seinen …*
Klick.
Abbys Herz schlug hart gegen ihre Rippen. War da wieder ein gedämpftes Geräusch?
Sie wollte rufen, unterließ es jedoch. Stattdessen verbarg sie sich in den Schatten. Die Angst dröhnte ihr in den Ohren.
Das ist doch albern, Abby! Reiß dich zusammen. Lass dich doch nicht ins Bockshorn jagen von den Geräuschen, die in einem leer stehenden alten Haus nun einmal vorkommen!
Sie zwang sich zur Ruhe, lehnte sich gegen die Wand und schloss die Augen. Sie hörte nichts. Ihre Einbildung war mit

ihr durchgegangen. Wieder mal. Sie atmete tief durch, kämpfte die Angst nieder und redete sich gut zu.
Tu's jetzt, bring es hinter dich! Nun mach schon!
Sie straffte den Rücken und ging zurück zur Tür zum Zimmer ihrer Mutter. Sie rüttelte an dem verdammten Knauf und warf sich mit ihrem ganzen Gewicht gegen die Tür. Nichts rührte sich.
Sie wandte sich zu einer anderen Tür im Flur und drehte den Knauf. Die Tür sprang auf, als wären die Angeln frisch geölt, und gab den Blick frei auf einen weiteren, leeren, vergessenen Raum. Sie probierte noch eine weitere Tür auf der anderen Seite des Flurs. Auch sie ließ sich problemlos öffnen. Die nächste auch.
Aber Zimmer 207 war fest verschlossen. Als einziges Zimmer auf dieser Etage. Der angeblich so sichere Hafen, von dem aus sich Faith in den Tod gestürzt hatte …
Aber war es wirklich so passiert, wie sie all die Jahre geglaubt hatte?
Vor ihrem inneren Auge sah Abby ihre Mutter am Fenster … Hatte Faith hinausgeschaut, das Kreuzzeichen über ihrer Brust geschlagen und sich im Geiste auf den Sprung durch das Glas vorbereitet?
Das hatte sie immer geglaubt. Doch in ihren Träumen stand Faith verängstigt und zitternd dem Fenster abgewandt und starrte auf die offene Tür …
Schlapp, schlapp, schlapp.
Schritte!
Dieses Mal konnte Abby es ganz deutlich hören. Jemand stieg die Treppe empor. Sie bekam kaum noch Luft und sah sich voller Panik um. Hastig schob sie sich an der Wand entlang und schlüpfte zurück in das Zimmer gegenüber der Nummer 207.

Wer konnte sich jetzt im Gebäude aufhalten?
Hatte jemand sie gesehen?
Hatte dieser Jemand bestimmte Gründe, in die verfallene Anstalt einzudringen? Zum zweiten Stock hinaufzusteigen?
Aber welche?
Das gesamte Gebäude erweckte den Eindruck, als wäre es seit Jahren nicht mehr betreten worden. Abby atmete ganz flach, versuchte, sich absolut still zu verhalten, und hoffte verzweifelt, dass der Eindringling sie nicht gehört hatte, nicht wusste, dass sie sich hier versteckte.
Immer noch hallten die Schritte durchs Treppenhaus.
Kamen näher.
Hatten schon fast den Treppenabsatz erreicht.
Die Schritte näherten sich unablässig, die Bodendielen des Flurs im zweiten Stock knarrten.
Sie schloss die Augen.
Näher.
O Herr im Himmel!
Die Schritte setzten aus.
Abby öffnete die Augen und hätte um ein Haar geschrien.
Dort im Schatten lauerte eine dunkle, unförmige Gestalt.

12.

Abby schnappte nach Luft und fuhr zurück.

»Sie sind das Mädchen, nicht wahr?«, fragte eine leise Stimme. »Faiths Tochter.« Die Gestalt kam näher, trat aus den Schatten heraus, und Abby starrte in das Gesicht einer alten Nonne, ein Gesicht, das sie zu kennen glaubte.

»Ja …«

»Was tun Sie hier?«

Wenn ich das nur wüsste! »Mein Psychiater hat mir geraten, hierher zurückzukehren. Um ein paar von meinen Problemen zu lösen, verstehen Sie?«

»Hat er Ihnen auch geraten, verbotenerweise das Grundstück zu betreten und in das Haus einzubrechen?«

Heiße Röte kroch an Abbys Hals empor. »Das war meine eigene Idee.«

»Sie hätten fragen können.«

»Hätte mich denn jemand hereingelassen?«

Die Nonne lächelte und schüttelte kurz den Kopf. »Wahrscheinlich nicht. Ich bin übrigens Schwester Maria.«

Schwester Maria. Natürlich. Abby stellte sie sich vor, wie sie vor zwanzig Jahren mit glatterer Haut und kräftigerer Gestalt ausgesehen hatte …

»Ich glaubte, gesehen zu haben, wie jemand vom Kloster

aus in Richtung Krankenhaus lief, deshalb bin ich Ihnen gefolgt«, fuhr Schwester Maria fort. »Ich bin nicht mehr so gut zu Fuß wie früher, und so hat es eine Weile gedauert, bis ich hier angekommen bin.« Sie neigte den Kopf zur Seite. »Nun, Faith, ich nehme an, du hast gefunden, was du gesucht hast?«

»Ich heiße Abby. Faith war meine Mutter.«

»Oh ... Ja, natürlich. Das meinte ich doch.« Sie blinzelte, als könne sie so ihre Gedanken ordnen.

Abby fragte: »Warum ist die Tür zum Zimmer meiner Mutter verschlossen?«

»Verschlossen?«, wiederholte die alte Frau. »Das kann nicht sein. Als wir das Krankenhaus aufgegeben haben, war keine der Türen verschlossen. Die Eingangstüren, ja, natürlich, die sind gesichert, aber nicht die Türen im Hausinneren.«

»Ich konnte sie nicht öffnen.«

»Vermutlich ist das Holz aufgequollen ...«

»Das glaube ich nicht.«

Sie überquerten den Flur zur Tür mit der Nummer 207. »Auf dieser Etage waren alle Türen geschlossen, aber, wie Sie sagten, nicht abgesperrt.«

»Tatsächlich?«

»Die Türen im ersten Stock dagegen stehen weit offen.«

»Tja, merkwürdig«, murmelte Schwester Maria geistesabwesend.

Sie drehte den Türknauf. Die Tür ließ sich nicht öffnen. Sie versuchte es erneut. Nichts regte sich. Noch einmal versuchte sie es, dann gab sie auf. »Sie haben völlig Recht«, sagte sie schließlich. »Sie ist eindeutig abgeschlossen. Wie seltsam.«

Sie seufzte.

Abby warf ihr einen Blick zu. Plötzlich erkannte sie in der

Schwester eine jüngere Frau wieder, die mit wehenden Röcken an ihr vorüberhastete …

»Sie waren dabei«, sagte sie, und ihr wurde bewusst, dass diese Nonne diejenige gewesen war, die zu ihrer Mutter eilte und nach dem nicht mehr vorhandenen Puls an ihrer Halsschlagader tastete. »Sie waren dabei, als meine Mutter starb. Ich habe Sie gesehen.«

»Damals habe ich hier im Krankenhaus gearbeitet, ja.«

»Ich wollte sie besuchen … Es war ihr Geburtstag«, stammelte Abby. »Ich … ich wollte ihr ein Geschenk bringen.«

Die alte Nonne runzelte verwirrt die Stirn. »Sie?« Sie betrachtete Abbys Haar, dann ihre Augen. »Sie waren das Mädchen, das die goldene Schachtel mit der pinkfarbenen Schleife trug?«

»Ja. Ich hatte ebenfalls Geburtstag«, erklärte Abby und spürte wieder diese alte Traurigkeit in ihrem Inneren. »Ich hatte in einem kleinen Laden an der Toulouse Street eine Wolldecke gefunden. Sie war weiß und mit Silberfaden durchzogen, und ich wusste, dass sie meiner Mutter gefallen würde …« Bruchstückhafte Bilder jenes lange vergangenen Tages schossen ihr durch den Kopf. Das Päckchen. Die zarte Schleife. Der markerschütternde Schrei. Der zerschundene Körper ihrer Mutter …

»Tut mir Leid, dass ich Sie nicht erkannt habe. Ich dachte, es wäre Ihre Schwester gewesen, das Mädchen mit dem schwarzen Haar, das die Schachtel trug.« Die Nonne war sichtlich verwirrt. »Sind Sie nicht auf der Treppe an mir vorbeigelaufen, kurz vor dem Absatz? Sie rannten hinauf, und ich lief hinunter, war auf dem Weg ins Kloster. Ich bin ganz sicher.«

»Nein.« Abby schüttelte den Kopf, spürte aber etwas Dunkles, Heimtückisches, das in ihr Bewusstsein vordringen wollte. »Das kann nicht sein.« Oder etwa doch? Trotzdem wiederholte sie beharrlich ihre Geschichte, die Geschichte, die ihrer Überzeugung nach wahr sein musste. »Ich war gerade aus dem Auto gestiegen, als es passierte.« Eine Gänsehaut überzog ihre Arme.

Als hätte sie eine böse Vorahnung.

Aber wovon?

Warum starrte die alte Nonne sie so eindringlich an? Als ob sie gelogen hätte! Aber in Bezug auf was? Auf das Geschenk? Das war albern. Abby erinnerte sich, dass sie die große, unhandliche Schachtel gehalten und im Wagen mit Zoey darum gestritten hatte, wer sie ins Krankenhaus tragen durfte. Abby war ungeduldig gewesen, eilte in Gedanken schon der Zeit voraus zu dem bevorstehenden Tanzfest und Trey Hilliard und … so war es doch gewesen, oder?

Die Nonne war durcheinander, das war es. Schwester Maria hatte sich geirrt.

Und doch hatte die Frau einen so scharfen Blick, als würde sie Abby besser verstehen als sie sich selbst. Abby räusperte sich. Lächelte gezwungen. »Sie haben meine Mutter also gekannt?«

»Ja, aber nicht sehr gut«, antwortete Schwester Maria vorsichtig. »Ich bin nicht sicher, ob überhaupt jemand sie gut gekannt hat.« Sie unterbrach sich und blickte auf die Tür zu Zimmer 207. »Falls Sie Antworten suchen, fürchte ich, Sie werden sie nicht dort drinnen finden.« Sie seufzte und berührte Abbys Arm. »Kommen Sie, hier gibt es nichts mehr für Sie zu tun. Außerdem ist dieses Gebäude zum Untergang verdammt.«

Von wem?

Vom Bundesstaat Louisiana?

Oder von den gepeinigten Seelen, die hier gelebt hatten?

Abby war nicht so weit vorgedrungen, um sich jetzt abschrecken zu lassen. »Ich weiß, Schwester, aber ich muss unbedingt das Zimmer meiner Mutter sehen, bevor die Abrissbirne es für immer vernichtet. Es ist Teil meiner persönlichen Vergangenheitsbewältigung, meiner Bemühungen, nach vorn zu schauen und mit dem Tod meiner Mutter abzuschließen.« Die Nonne zögerte. »Ich habe gebetet, Schwester Maria, glauben Sie mir. Und ich glaube, Gott hat mich hierher geführt.«
Das war im Grunde eine Lüge, aber Abby scheute nicht davor zurück, nicht einmal einer Nonne gegenüber, ein bisschen großzügig mit der Wahrheit zu verfahren, um diese Sache zu einem Ende zu bringen.
Maria musterte sie abschätzend. »Nun gut«, sagte sie gedehnt. »Ich werde sehen, was ich tun kann.«
Mit dieser Zusage ließ sich Abby von der alten Frau zur Treppe führen.
»Wir haben einen Hausmeister für das Grundstück«, berichtete Schwester Maria. »Ich werde ihn bitten, herzukommen, das Türschloss in Augenschein zu nehmen und zu versuchen, es zu öffnen.« Sie schenkte Abby ein freundliches, verständnisvolles Lächeln, was Abby merkwürdig fand. Wieso glaubte diese Frau, irgendetwas über sie, Abby, zu wissen? Oder war es auf ihre Nähe zu Gott dem Herrn zurückzuführen, dass sie so ruhig, heiter und mitfühlend wirkte? »Es könnte eine Weile dauern, denn Mr. DuLoc hat im Kloster viele Aufgaben zu erfüllen.« Sie waren im ersten Stock angelangt, und die alte Frau blieb stehen und spähte blinzelnd in den dunklen Flur hinein. »Hatten Sie nicht gesagt, sämtliche Türen wären offen?«
Abby stand da wie erstarrt. Das Blut rauschte ihr in den Ohren.

Sämtliche Türen waren geschlossen.
Fest verschlossen.
»Ist das nicht sonderbar?«, dachte Schwester Maria laut und ging zur ersten Tür. »Hallo? Ist hier jemand?«, rief sie.
»Wer sollte denn hier sein?«
»Ich weiß es nicht, aber wir werden es gleich erfahren.«
»Nein, warten Sie!« Abby wollte die Nonne zurückhalten, doch sie konnte nicht verhindern, dass Schwester Maria die Türklinke von Zimmer 106 drückte. Die Tür ließ sich problemlos aufmachen. Durch ein einziges zersplittertes Fenster drang Licht in das Zimmer.
Abby atmete erleichtert aus. Kurz darauf griff Schwester Maria nach der Klinke von Zimmer 105 und öffnete auch diese Tür.
Kein Schwarzer Mann sprang heraus. Niemand schrie: »Hab ich euch!« Kein Gespenst oder Monster tauchte, in grüne Nebel gehüllt, auf, um gleich wieder zu verschwinden.
»Sind Sie sicher, dass diese Türen offen standen?«, fragte Schwester Maria.
»Absolut.«
Offenbar skeptisch zog die alte Nonne eine Braue hoch.
»Haben Sie es nicht bemerkt, als Sie die Treppe heraufkamen?«, gab Abby zurück und betätigte selbst die Klinke einer Tür.
Wie geölt schwang sie auf. Zimmer 104 war leer.
»Ich habe nicht darauf geachtet.«
Abby schritt den Flur entlang, öffnete Türen und spähte in die Zimmer. Den Raum, der direkt unter dem ihrer Mutter lag, bewahrte sie sich bis zum Ende auf. Schließlich trat sie auf diese letzte Tür zu, biss die Zähne zusammen und drückte mit einem Ruck die Klinke hinunter.
Die Tür klemmte.

»Nun komm schon!« Wütend warf sie sich mit ihrem ganzen Gewicht gegen das Holz. Da schwang die Tür nach innen auf und gab den Blick auf ein Zimmer frei, das beinahe mit dem ihrer Mutter identisch war. Natürlich war es leer geräumt, die Wände, von denen die Tapeten schon vor langer Zeit abgerissen worden waren, wirkten grau. Doch an der gleichen Stelle wie im Zimmer darüber war ein Wandschrank angelegt, und ein ähnlicher Kamin, aus dessen Einfassung ein paar Kacheln zu Boden gefallen waren, beherrschte die gleiche Wand wie im oberen Raum. Das Fenster bildete den einzigen bemerkenswerten Unterschied. In diesem Zimmer war es hoch und schmal, und über der Scheibe war im Gegensatz zu Zimmer 207 kein rundes Bleiglasfenster eingelassen. Eine solche Dekoration, manchmal als Rosenfenster bezeichnet, gab es nur im obersten Stockwerk, und zwar in einem Giebel, der hoch über der Eingangstür lag.

Wenn sie als Kind im Auto ihres Vaters auf der Rückbank saß, hatte Abby das Zimmer ihrer Mutter problemlos ausmachen können, sobald Jacques durch das Haupttor auf das Krankenhausgrundstück fuhr. Das obere Fenster unter dem Dach und die bunte Scheibe darüber waren ihr Anhaltspunkt gewesen.

»Und Sie sind wirklich sicher, dass Sie diese Türen nicht selbst geschlossen haben?«, vergewisserte sich Abby, als sie zurück in den Flur trat.

Schwester Maria wirkte gekränkt. »Natürlich! Hören Sie, manchmal mag ja mein Gedächtnis aussetzen, aber so schlimm ist es nun auch wieder nicht. Bedenklich ist vielmehr Ihre eigene Wahrnehmung. Kommen Sie. Es ist Zeit zu gehen.«

Abby folgte der Nonne zur Treppe, doch als sie einen Blick über die Schulter zurückwarf, ein letztes Mal den Flur entlang sah, lief es ihr kalt über den Rücken, als führe die spitze Kralle eines Dämons ihr über die Wirbelsäule.

Im Erdgeschoss angelangt, hatte Schwester Marias Ärger offenbar schon ein wenig nachgelassen. Sie ergriff Abbys Hand und schaute ihr in die Augen. »Sie sehen müde aus.«

Ja, sie war müde. Dieses Gebäude, diese trostlose alte Anstalt mit den schmuddeligen Wänden und den düsteren Erinnerungen, hatte sie aller Energie beraubt.

Schwester Maria geleitete sie durch den Haupteingang nach draußen und schloss die Tür wieder ab. Gegen den Wind und den Regen gestemmt, umrundeten sie gemeinsam das Haus, doch an der Ecke warf Abby noch einmal einen Blick über die Schulter, um zum Zimmer ihrer Mutter hinaufzusehen.

Da! Hinter der Fensterscheibe stand ein Mann! Ein großer Mann, das Gesicht im Dunkeln verborgen. Sie fuhr zu Schwester Maria herum.

»Was ist?«

»Dort, am Fenster«, flüsterte Abby und zeigte mit dem Finger nach oben.

Doch die Gestalt war genauso schnell verschwunden, wie sie gekommen war.

Schwester Maria schaute irritiert hinauf zum Fenster. »Ich sehe nichts. Kommen Sie jetzt«, verlangte sie gereizt. »Wir werden beide nass bis auf die Haut.«

Abby hätte der Nonne gern erklärt, was sie gesehen hatte, doch es schien unmöglich. Ihr Haar klebte durch den Regen am Kopf, und es war so dunkel …

»Was ist denn nur los?«, fragte die alte Frau. »Nun kommen Sie schon!«

Abby hatte das Gefühl, dass der Teufel selbst ihr Herz umklammert hielte und zudrückte. Ihre Zähne klapperten, aber nicht vor Kälte. Wer war der Mann am Fenster? Eine Erscheinung? Nur ein Schatten, in dem ihre lebhafte Fantasie eine böswillige Gestalt erkannt hatte?

»Abby?«

Schwester Maria war bereits ein Stück entfernt.

Abby beschleunigte ihre Schritte und holte die Nonne ein.

»Was ist los?«, wiederholte die Nonne und streifte Abby mit einem Blick. »Sie sehen aus, als hätten Sie einen Geist gesehen.«

»Es ist ... nichts«, erwiderte Abby. »Ich wollte nur einen letzten Blick auf das Gebäude werfen.« Eilig lief sie den überwucherten Weg entlang, zwischen den Bäumen hindurch. Ihre Nikes platschten durch Pfützen und erschreckten ein Eichhörnchen, das ins Unterholz flüchtete.

Als sie den Wald hinter sich gelassen hatten, hielt Schwester Maria ihr das Tor auf, und dann folgten beide mit schnellem Schritt dem Zaun, bis sie den Parkplatz erreicht hatten. »Dieses Tor benutzen wir nicht oft«, erklärte Maria. »Nur wenn der Gärtner zur Arbeit kommt oder die Leute, die nach dem Abriss auf dem Grundstück bauen wollen, oder wenn wir Eindringlinge verjagen müssen.«

Abby wurde rot. »Es tut mir Leid. Das nächste Mal werde ich fragen.«

»Wollen Sie etwa noch einmal herkommen?«

Abby dachte an die Gestalt, die sie hinter dem Fenster im Zimmer ihrer Mutter gesehen hatte. War es Einbildung gewesen? Eine Lichtspiegelung? Und was hatte es mit den plötzlich geschlossenen Türen im ersten Stock auf sich? »Ich hoffe es. Wie gesagt, ich glaube, ich muss mir Moms Zimmer noch einmal anschauen«, sagte Abby und verdrängte ihre Ängste. In dem alten Krankenhaus hielt sich niemand auf. Kein Mensch.

Aber die Türen waren plötzlich geschlossen.
Und du hast jemanden gesehen, der dich anstarrte. Wirklich, Abby! Das bildest du dir nicht ein. Du verlierst nicht *den Verstand!*
»Wer weiß sonst noch von diesem Tor?«, erkundigte sie sich.
Maria zuckte die Schultern. »Nicht viele, abgesehen von den Schwestern. Wie gesagt, ein paar Leute haben noch Zugang zum Krankenhaus. Als es noch in Betrieb war, wurde das Tor gelegentlich vom Personal benutzt, aber von den entsprechenden Personen leben hier nur noch wenige.« Sie lachte leise und wischte sich mit dem Handrücken einen Regentropfen von der Nase.
»Warum benutzen die Leute, die hier bauen wollen, nicht einfach das Haupttor?«
Sie waren auf dem Parkplatz angelangt und suchten Schutz vor dem Regen unter dem Vordach der Garage. »Das werden sie später natürlich tun. Aber der Verkauf des Grundstücks ist noch nicht ›in trockenen Tüchern‹. Bis nicht alle Einzelheiten mit der Gemeinde, der Erzdiözese, den Ingenieuren und Architekten und unserer Mutter Oberin geklärt sind, passiert hier gar nichts.«
»Ich dachte, es wäre schon alles beschlossene Sache«, wandte Abby ein.
»Sagen wir mal, es wird noch verhandelt, und dabei belassen wir es lieber, denn ich habe wahrscheinlich schon mehr gesagt, als mir zusteht.« Sie sah Abby noch einmal an. »Geht es Ihnen wirklich gut?«
Mir wird es nie wieder richtig gut gehen, dachte Abby. *Meine Mutter litt unter Paranoia und Schizophrenie und hat Selbstmord begangen, indem sie sich aus einem geschlossenen Fenster stürzte, mein Vater stirbt langsam an Krebs, meine*

Schwester hat mit meinem Verlobten geschlafen, der mich nach der Hochzeit mit mehreren Frauen betrogen hat.

»Ja, alles bestens.«

Schwester Maria legte sorgenvoll die Stirn in Falten. »Vielleicht sollten Sie mit ins Haus kommen.« Sie blickte zu den schweren Wolken auf. »Ich könnte uns eine Tasse Tee besorgen.«

»Nicht nötig. Wirklich nicht.«

Nachdem sie das gruselige alte Krankenhaus verlassen hatte, wollte Abby am liebsten auf dem schnellsten Wege nach Hause fahren.

Schwester Maria musterte sie skeptisch.

»Würden Sie mich anrufen, wenn das Schloss repariert ist und ich das Zimmer meiner Mutter in Augenschein nehmen kann?«

»Sind Sie sicher, dass Sie das wirklich wollen?«

»Ja!«, antwortete Abby voller Überzeugung und blickte über ihre Schulter zum Zaun und dem dahinter liegenden Wald. Von hier aus konnte sie die roten Backsteinmauern des Krankenhauses nicht sehen.

»Dann rufe ich Sie natürlich an.«

»Ich melde mich später im Kloster und hinterlasse meine Nummer.«

Die Nonne nickte. Abby hob grüßend die Hand, lief zu ihrem Wagen und glitt hinter das Steuer. Durch die beschlagene Windschutzscheibe beobachtete sie, wie Schwester Maria erstaunlich behände zu dem Tor in der das Kloster umgebenden Mauer eilte.

Abby drehte den Zündschlüssel, wendete und steuerte den Wagen auf die Hauptstraße.

Er wartete, während sie fortfuhr.
Von dem Fenster im zweiten Stock aus konnte er über das Tor hinwegsehen, und dort, wo der Baumbestand lichter wurde, erfasste er aus der Vogelperspektive einen kleinen Ausschnitt der Straße. Nur ein flüchtiger Blick auf ihr Auto würde ihm gewährt sein, vielleicht zwei Sekunden lang, wenn sie auf die Hauptstraße abbog. Doch das reichte. Für den Moment. Er hob schon einmal das starke Fernglas an seine Augen, damit er bereit war, damit er ihren Gesichtsausdruck lesen konnte.
Es dauerte ein bisschen länger, als er erwartet hatte, vermutlich wegen dieser Quasselstrippe von Nonne, die selbst ein paar düstere Geheimnisse hütete, Geheimnisse, die seinen eigenen sehr nahe kamen. Seine Lippen zuckten bei dem Gedanken. Diese sanftmütige Frau in ihrer schwarzen Tracht mochte noch so heilig erscheinen – er wusste es besser.
Bald sollte ihr Geheimnis gelüftet werden.
Wie auch die Geheimnisse der anderen.
Er musste zügig vorgehen, und deshalb beabsichtigte er, seinen Zeitplan zu straffen. Durch den Feldstecher sah er im Regen etwas silbern aufblitzen. Sein Herz pochte, sein Körper vibrierte vor freudiger Erwartung. Heiß schoss es ihm durch die Adern, als er registrierte, dass sie die Kurve viel zu schnell nahm. Die Reifen des Honda gerieten in dem strömenden Regen ins Schleudern, der Wagen brach hinten aus. Er stellte sich ihre Angst vor, während sie wild gegenlenkte.
Als sie den Honda wieder in ihre Gewalt bekommen hatte und der Wagen aus seinem Blickfeld verschwand, leckte er sich die Lippen.
Sein Herz klopfte wild, er spürte einen feinen Schweißfilm

auf der Oberlippe. Sie sah Faith so ähnlich … Sein Gaumen wurde trocken, und Lust kroch wie eine glühende Schlange durch seine Adern.

Faith … oh, du Schöne …

Sein Kopf dröhnte, und er entsann sich an ihre süße, ihn willkommen heißende Wärme, wie sie nach Luft rang, wenn er in sie eindrang, wie die Furcht hinter dem begierigen Ausdruck in ihren Augen durchschimmerte. Sein Inneres erzitterte, als er daran dachte, wie er sie verführt hatte, wie sie ihm schließlich unterlag, wie sie vor Begierde unter ihm gekeucht und ihre Zähne in seine Schulter gegraben hatte.

Er bleckte die Zähne und atmete scharf ein. Gott, wie er sie in diesem Moment begehrte, wie er sich danach sehnte, ihren heißen, drängenden, biegsamen Körper an seinem zu spüren!

Alles zu seiner Zeit, ermahnte er sich und schloss fest die Augen. Faiths Gesicht tauchte vor ihm auf … ihr heißer Blick, ihr kehliges Lachen, die freche Einladung ihrer feuchten Lippen. Und während er sie sich wieder einmal vorstellte, während er sie beinahe riechen konnte, veränderten sich plötzlich ihre Züge, und aus der Erinnerung an die Mutter wurde eine Vision von der Tochter.

13.

»Hören Sie, ich sag Ihnen doch, das war das letzte Mal, dass ich ihn gesehen habe«, beteuerte Maury Taylor im Rezeptionsbereich des Radiosenders. Bentz, der vorab angerufen hatte, war etwa zu dem Zeitpunkt aufgetaucht, als Maury, der in Luke Giermans Sessel Überstunden machte, endlich Feierabend hatte. Die Gierman-Show wurde mehrmals am Nachmittag und am Abend ausgestrahlt, und wie die letzte Erhebung ergeben hatte, stiegen die Zuhörerquoten ins Astronomische.

»Das alles habe ich schon diesem anderen Detective erklärt. Wie hieß er doch gleich?«, fragte Maury und schnippte mit den Fingern. »Brinkman, der Dicke mit dem Bierbauch.«

Bentz nickte. »Ich weiß, aber ich war damals nun einmal nicht dabei und möchte gern noch ein paar Einzelheiten überprüfen«, sagte er. Das war reiner Unsinn. Brinkman hatte gute Arbeit geleistet, als er die Mitarbeiter des Senders vernahm, aber Bentz wollte sich einfach selbst ein Bild davon machen, was los war.

»Ich weiß nichts, außer dass Luke *stink*sauer auf seine Exfrau war«, erklärte Maury. »Sie hatte seine Sachen weggeschmissen, und an diesem Tag hat er es ihr in seiner Sendung ordentlich gegeben.« Er verzog das Gesicht. »Ich weiß, wir bringen hier ziemlich schräge Sachen, aber für gewöhnlich wurde Luke nie zu persönlich, verstehen Sie, es lag ihm nicht, seine eigene schmutzige Wäsche zu waschen. In der Beziehung hielt er sich an eine Art ... ungeschriebenes Gesetz, so was wie einen Ehrenkodex.«

»Ehrenkodex?« Das kaufte Bentz ihm nicht ab. Seiner Meinung nach hätte Gierman alles getan, sogar seine eigene Großmutter umgebracht, wenn er geglaubt hätte, damit die Hörerquoten für seine Sendung in die Höhe treiben und sein eigenes aufgeblasenes Ego aufpäppeln zu können.

»Ja, wirklich. Ich weiß nicht genau, und er selbst würde es bis zu seinem Tod abstreiten, aber ... Ach, zum Teufel«, unterbrach sich Maury, als ihm klar wurde, was er gesagt hatte.

»Aber was?«

Taylor wandte den Blick ab, fixierte eine bunte Neonreklame, die sich pink und blau auf seinem Gesicht spiegelte, und sah den Polizisten dann wieder an. »Ich glaube, er hat sie immer noch geliebt.« Als Bentz verdutzt eine Augenbraue hochzog, fügte er hastig hinzu: »Ja, ja, ich weiß. Er stand auf junge Mädchen. Verdammt, tun wir das nicht alle? Wie er es schilderte, kriegte er einfach nicht genug ... war eine regelrechte männliche Schlampe. Ich kenne nicht alle Frauen, die er gebumst hat, aber von einigen hat er mir erzählt, und Informationen darüber habe ich schon dem anderen Bullen gegeben. Die Einzige, an die ich mich wirklich erinnere, und Luke hat sie nur ein einziges Mal erwähnt, als er ein paar über den Durst getrunken hatte, war die Schwester seiner Frau.«

»Was?«

»Ja ... Die Ehefrau war nicht sehr erfreut, falls Sie verstehen, was ich meine. Kaum hatte Luke sich mir anvertraut, verschloss er sich wie eine Muschel, tat die Sache mit einem Lachen ab, als wäre es nur ein Witz gewesen, aber das glaube ich nicht.«

Bentz beschloss, sich diese Einzelheit gut zu merken, und spürte eine altbekannte Wut. Er hatte das auch erlebt. Mannomann, und wie er es erlebt hatte. Er wusste nicht, was es für Abby Chastain bedeutete, dass ihr Mann sie mit ihrer Schwester betrogen hatte, aber etwas Gutes war es bestimmt nicht.

»Im Grunde war es ja auch gleichgültig, ob diese Bettgeschichte mit seiner Schwägerin tatsächlich stattgefunden hat oder nicht.«

Schwachsinn. Nie im Leben war das gleichgültig.

»Ich hatte nur immer das Gefühl, dass er irgendwie nie so richtig über die Trennung von seiner Exfrau hinweggekommen ist.«

»Hat er das behauptet?«

»Luke? Zugeben, dass er an einer Frau hängt, die nichts mehr mit ihm zu tun haben will? Neee. Das ist nicht sein Stil.« Maury hob die schmalen Schultern und schüttelte den Kopf. »Aber wer weiß, vielleicht bin ich ja auch auf dem völlig falschen Dampfer.«

»Dass er was mit ihrer Schwester hatte, kann der Exfrau doch unmöglich gepasst haben.«

»Uuuh, nein. Autsch! Sie wissen doch, wie das so ist mit Liebe und Hass.«

Bentz widersprach nicht, doch er wusste aus eigener Erfahrung, dass die Grenze zwischen Liebe und Hass manchmal unsichtbar ist. Leidenschaft ist ein verdammt gefährliches Gefühl.

»Hat jemand was dagegen, wenn ich mir seinen Schreibtisch und seinen Schrank ansehe?«

»Tun Sie, was Sie nicht lassen können, aber der andere Cop ...«

»Brinkman?«

»Ja! Herrgott, warum kann ich mir seinen Namen nicht merken?« Taylor schnaubte durch die Nase. »Kein gutes Zeichen. Mein Gedächtnis ist mein Kapital, ich muss schnell schalten können, schlagfertig sein.« Er lächelte stolz mit viel zu vielen Zähnen. Der Klassenclown, der endlich mal einen Treffer gelandet hatte. »Der Geschäftsführer meint, er könnte mich zum zweiten Gierman machen. Wie finden Sie das?«

Bentz fand, dass der Geschäftsführer der Hörerschaft von New Orleans keinen großen Gefallen damit tun würde, hielt sich aber bedeckt. »Wie war das mit Brinkman?«

»Ach ja. Richtig. Er hat Lukes Sachen schon durchgesehen. Hat mitgenommen, was er brauchen konnte. Lukes Schreibtisch steht da drüben.« Maury führte Bentz durch den Hauptflur, auch unter dem Namen »Aorta« bekannt, und durch das Labyrinth von Korridoren in dem alten Gebäude. Sie kamen an anderen Mitarbeitern und gläsernen Kabinen und Büros vorbei.

»Was ist mit Giermans Freundin?«

»Nia?« Taylor schnaubte. »Toller Arsch. Aber nicht viel im Oberstübchen, verstehen Sie?« Er tippte mit zwei Fingern an seine Schläfe. »Nicht unbedingt eine Geistesleuchte, und Luke, der langweilt sich rasch, wenn die Frauen nicht mit ihm mithalten können. Körperlich stimmte es prima, sie hat ihn immer auf Touren gebracht, aber so was hält ja nicht lange vor, wissen Sie.«

Als wäre dieser Typ Casanova persönlich oder ein Dr. phil. Taylor passierte gerade eine Vitrine voller nostalgischer LPs und faselte immer noch. »Nia und Luke haben sich getrennt –, das wissen Sie wahrscheinlich längst. Soviel ich weiß, hatte sie längst einen Neuen, so einen Macho … noch versessener auf Bodybuilding als Luke, falls man sich das vorstellen kann. ›Groß, dunkel und schön‹, hat sie zu Luke gesagt und ihn dann richtig fertig gemacht. Hat gesagt, dieser Typ wäre der beste Lover, den sie je hatte. Können Sie sich das vorstellen? Autsch!« Er sah Bentz über die Schulter hinweg an, mit einem so vertraulichen Blick, als hätten sie beide diese Erfahrung geteilt. »Wie sich herausstellt, hat die kleine Nia schon seit Wochen heimlich was mit diesem Typ. Wie finden Sie das? Der betrogene Betrüger. Eine Art kosmische Gerechtigkeit.«

»Abgesehen davon, dass der Betrüger jetzt tot ist.«

»Ja«, sagte Maury und verzog das Gesicht. »Abgesehen davon. Autsch! Scheiße, was?«

»Allerdings.« Sie waren im rückwärtigen Teil des Gebäudes angekommen, wo eine Reihe eingebauter Schreibtische mit den Spindschränken um Platz an der Wand konkurrierte. »Wie war das mit Gierman? Hatte er noch andere Freundinnen oder Exfreundinnen, die womöglich durchgedreht sein könnten?«

»Glaube ich nicht. Auf Sendung hat er immer so getan, als hätte er eine Freundin, ob es nun stimmte oder nicht. Das gehörte zu seiner Show«, erklärte Maury und deutete auf Giermans Schreibtisch, auf dem Kugelschreiber in einem Kaffeebecher mit dem Bild eines schokoladenbraunen Labradors darauf steckten. Am schwarzen Brett über dem Schreibtisch hingen Fotos von Gierman beim Segeln, Skifahren und Tennisspielen. Andere zeigten ihn an den Kotflügel eines rasanten BMWs gelehnt oder beim Toben mit dem braunen Hund, der auch auf dem Becher abgebildet war – eine regelrechte Weihestätte seiner selbst und seiner

Hobbys. Ein Egomane, wie er im Buche stand, fand Bentz. Das einzige weitere Foto war ein kleiner Schnappschuss von einer Frau, in der Bentz Abby Chastain erkannte. Auf dem Bild schaute sie aufs Meer hinaus, das lockige rotgoldene Haar vom Wind zerzaust, die Lippen zu einem sexy Lächeln leicht geöffnet, Grübchen in den Wangen. Sie hatte die Art von Augen, die einem Mann bis auf den Grund seiner Seele zu blicken schienen.

Ja, dachte Bentz, Maury Taylor hat wohl Recht. Niemand würde ein Bild wie dieses aufbewahren, wenn er nicht ernsthaft an der Frau hing.

Bentz streifte Taylor mit einem Blick. Auch der kleinere Mann betrachtete das Foto.

»Hab ich's nicht gesagt?«, fragte er und verzog das Gesicht. »Die einzige Frau, die Luke Gierman wirklich jemals etwas bedeutet hat, war seine Exfrau.«

Montoya ließ den Blick über die Menge schweifen und überprüfte im Geiste jeden einzelnen der Trauergäste, die sich vor der Kapellentür des All Saints College versammelt hatten. Ein junger Geistlicher, Father Anthony, stand kerzengerade auf den Stufen vor dem Eingang. Neben ihm hatte der altgediente Father Stephen den bloßen Kopf im Gebet gesenkt. An seiner Seite stand Dekanin Usher. Regen tropfte von ihrer Hutkrempe.

Hunderte von Studenten drängten sich vor der Kapelle, jeder hielt eine Kerze in der Hand, alle lauschten andächtig der wohltönenden, ruhigen Stimme des Priesters, der bei dieser Totenwache für Courtney Regina LaBelle, genannt Mary, sprach.

Die Glocken der Kapelle läuteten leise im Hintergrund, während Father Anthony von der Freude kündete, »Mary«

gekannt zu haben, und von der Tragödie, die sie, die sich ganz in den Dienst Gottes gestellt hatte, so jung hatte sterben lassen. So unschuldig. So auf Gott vertrauend. Father Anthonys weißer Kragen leuchtete in der einsetzenden Abenddämmerung und stand in starkem Kontrast zu seinem schwarzen Hemd und dem schwarzen Anzug.

Er trug kein Messgewand, stellte Montoya fest und nahm an, dass die feierliche Tracht dem eigentlichen Begräbnis vorbehalten war.

Father Anthony mahnte die Trauergäste, nicht allzu traurig und zornig zu sein, da Mary jetzt bei Gott dem Vater sei, geborgen und geliebt, an einem Ort, an dem es ihr bedeutend besser gehe als jedem Einzelnen der Anwesenden.

Montoya hörte nur mit halbem Ohr zu.

Die Trauergäste beteten, weinten, hielten ihre Kerzen verkrampft in den Händen, und die ganze Zeit über fotografierte Montoya sie mit einer kleinen, verborgenen Kamera. Die Fotos würden bestenfalls verschwommen sein, aber sie waren besser als gar nichts. Er war sicher, Father Anthony hätte eine Videokamera mit Beleuchtung nicht zugelassen.

Montoya hoffte, dass der Mörder verrückt genug war, an der Trauerfeier teilzunehmen. Oftmals drängte es den Verbrecher nämlich, bei den Ermittlungen mitzumischen, nahe am Geschehen zu sein, sich darin zu sonnen, dass die unfähige Polizei ihn nicht erwischte. Es baute sein Ego auf, zu wissen, dass er das Superhirn hinter der Tragödie war. Gewöhnlich war es allerdings nur eine Frage der Zeit, bis er sich verriet.

Montoya gab vor zu beten, während er in Wirklichkeit unentwegt die Gesichter in der Masse beobachtete ... Nicht, dass die äußere Erscheinung etwas verraten hätte. Manche

Mörder hatten die instinktive Fähigkeit, völlig normal zu wirken, so langweilig und nichts sagend, dass niemand glaubte, sie könnten ihrer Frau die Kehle durchschneiden oder den Nachbarn erschießen oder bis in alle Einzelheiten eine Mordserie planen.

Der Wind frischte auf, ließ die Kerzen flackern und verlöschen, riss Schirme aus verkrampften Händen und stülpte einen sogar völlig um.

»Lasset uns beten zu Gott dem Herrn«, sagte der Priester und erhob die Hände zum Himmel, »und dann setzen wir den Gottesdienst in der Kapelle fort.« Er faltete die Hände und senkte den Kopf.

Alle, die vor der Kapelle standen, folgten seinem Beispiel.

Außer Montoya.

»Du hast gesagt, du würdest zurückrufen«, warf Zoey Abby vor, sobald diese in der Küche den Hörer abgenommen hatte.

Abbys Blick huschte durch den Raum. Das Erlebnis im Krankenhaus Our Lady of Virtues saß ihr immer noch in den Knochen, und sie wurde das Gefühl nicht los, dass jemand sie beobachtete.

Was natürlich an Verfolgungswahn grenzte.

Nein, nicht Verfolgungswahn, nur übertriebene Vorsicht.

Die Kühlschranktür stand offen, und Hershey hockte erwartungsvoll davor, während Abby mit der freien Hand zwischen halb vollen Flaschen mit Salatdressing und Soßen nach einem Becher Joghurt suchte.

»Ich habe stundenlang gewartet«, maulte Zoey.

Ach, hör doch auf, dachte Abby.

Doch sie sagte: »Ich weiß, Zoey. Es tut mir Leid … Ich habe die Zeit vergessen.« Es ärgerte sie, dass sie unwillkürlich das

Bedürfnis hatte, sich ihrer älteren Schwester gegenüber zu entschuldigen.
»Ich hatte zu tun. Und, nein, ich habe wegen Lukes Begräbnis noch nichts gehört.«
»Es müsste doch bald stattfinden, oder?«
»Ich weiß nicht, wann es stattfinden ›müsste‹. Falls seine Familie beschließt, ihn einäschern zu lassen, halten sie vielleicht erst später einen Gottesdienst ab. Zoey, ich weiß wirklich nicht, welche Rolle mir dabei zugedacht wird. Und ob ich überhaupt eine Rolle spiele. Exfrauen stehen nicht gerade ganz oben auf der Liste, das ist doch klar. Aber trotzdem würde ich ihm die letzte Ehre erweisen. Keine Ahnung, ob *er* mir auch nur ein Quäntchen Ehre zugestanden hat. Zumindest, was die letzte Zeit betrifft.«
Zoey sog scharf die Luft zwischen den Zähnen ein. »Das tut weh, Abby.«
»Du hast seine letzte Sendung im Radio nicht gehört.« Sie zog den Deckel von einem Joghurtbecher ab, den sie inzwischen entdeckt hatte, und kam spontan zu dem Schluss, dass jetzt der beste Zeitpunkt für ein Geständnis war. »Ich war gestern draußen.«
»Wo, draußen?«
»Beim Krankenhaus.«
Eine Pause entstand, dehnte sich unerträglich aus. »Warum?«, fragte Zoey schließlich.
»Sie wollen es abreißen, und …«
»Gut!«
»… und deshalb wollte ich noch mal hinfahren.«
»Weil irgendein blöder Seelenklempner dir dazu geraten hat?«
Abby sträubten sich die Nackenhaare. Seit dem Tod ihrer Mutter hatte sie mehrere Therapeuten aufgesucht, gute und

weniger gute. »Weil ich das Gefühl hatte, ich müsste es tun.«

Ihre Schwester murmelte etwas vor sich hin und fragte dann lauter: »Und? Wie war es, Abby? Hast du deinen Spaß gehabt?«

»Sehr witzig, Zoey«, presste Abby zwischen den Zähnen hervor.

Warum hatte sie das Thema überhaupt angesprochen?

»Ehrlich gesagt, es war äußerst merkwürdig. Und gruselig. Echt gruselig. Das Gebäude fällt total in sich zusammen. Ich habe eine Nonne getroffen, die früher dort gearbeitet hat. Sie hat gesehen, wie ich das Grundstück betrat, weil ich beim Kloster parken musste. Vielleicht erinnerst du dich noch an Schwester Maria. Sie ist groß. Hübsch. Hispanischer Herkunft, glaube ich.«

»Ja, ich erinnere mich an sie«, entgegnete Zoey mit seltsamer Stimme.

»An dem Tag, als Mom starb, war sie auch da.«

Zoey antwortete nicht.

»Eigenartig – ich glaube, sie hat mich mit dir verwechselt. Anscheinend war sie der Meinung, ich sei dir und Dad voraus ins Krankenhaus gelaufen. So habe ich sie zumindest verstanden.« Abby öffnete eine Schublade und entnahm ihr einen Löffel. »Ich sei die Treppe hinaufgelaufen, als sie gerade herunterkam, und du seist ihr mit dem Geschenk für Mom entgegengekommen … oder so.« Abby zog die Augenbrauen zusammen. »Ich glaube, so hat sie es dargestellt. Wie gesagt, das alles war höchst sonderbar.« Sie tauchte den Löffel in den Joghurt und leckte ihn ab. Zoey hatte noch immer nicht geantwortet. »Zoey?«

»Ja.«

»Was hältst du davon?«

»Ich … Ich weiß nicht, warum sie so etwas behauptet. Wahrscheinlich ist sie schon recht alt. Und womöglich etwas verwirrt.«

»Mir erschien sie ziemlich klar im Kopf.«

»Ziemlich«, wiederholte Zoey. »Seitdem sind immerhin zwanzig Jahre vergangen.«

»Hey.« Abby hielt den Löffel hoch, als richtete sie ihn auf ihre Schwester. »Wieso habe ich dieses Gefühl, dass du irgendetwas vor mir verbirgst?«

»Ich verberge nichts vor dir. Es ist mir nur unangenehm, über die Anstalt und Moms Tod zu sprechen. Ich weiß, du hast damit noch nicht abgeschlossen, Abby, aber bei mir ist es anders, und ich brauche *nicht* ständig auf die Geschichte zurückzukommen.« Zoey verstummte für einige Sekunden. »Du warst ihr besonders nahe, verbunden durch ein einzigartiges, von Gott gegebenes Karma oder wie immer du es nennst. Das habe ich verstanden. Aber ich finde, wir sollten jetzt nach vorn schauen.«

»Auf Lukes Begräbnis?«, bemerkte Abby staubtrocken.

»Ja! Lass uns auch mit dieser Geschichte abschließen. Und sobald er unter der Erde oder eingeäschert ist oder was auch immer, schlage ich vor, dass wir beide uns den einen oder anderen Cosmopolitan genehmigen, auf ihn anstoßen – und ihn, die Vergangenheit und das verdammte Kriegsbeil endgültig begraben, okay?« Sie sprach immer schneller, und ihre Stimme hatte sich um fast eine Oktave gehoben.

»Na schön.«

»Also, ich komme nach New Orleans.«

»Perfekt«, sagte Abby mit einem aufgesetzten Lächeln, »aber wir sollten über so einiges reden, bevor wir diese Drinks nehmen, okay? Auch über Mom und den Tag, an dem sie gestorben ist. Ich glaube, du weißt mehr darüber, als du mir je gesagt hast. Wenn du nicht mit mir zum Krankenhaus fahren willst, gut, aber wir werden darüber reden.«

»Ach, Abby …«

»Ich brauche das, Zoey«, erklärte sie und legte mit Nachdruck den Hörer auf. Sie warf ihren kaum angerührten Joghurt ins Spülbecken.

Sie hatte seit jeher das Gefühl gehabt, dass ihre Schwester und ihr Vater nicht ganz ehrlich waren, was jenen Tag betraf, hatte aber noch nie direkt danach gefragt. Sie war ganz zufrieden gewesen, eingehüllt in ihren Kokon der Unwissenheit, und sie hatte Angst gehabt vor dem, was sie erfahren würde, wenn sie sich jemals hervorwagte.

Schwester Marias Überzeugung, dass sie, Abby, *im* Krankenhaus gewesen war, als ihre Mutter in den Tod stürzte, hatte jedoch Bruchstücke von Erinnerungen zurückgebracht, die bislang verschüttet gewesen waren. Irgendetwas an ihrer Erinnerung an den Vorfall stimmte nicht – und zwar seit mehr als zwanzig Jahren.

Sie war wirklich *im* Krankenhaus gewesen. Ihr fiel unvermittelt wieder ein, dass sie die Treppen hinaufgeeilt war und beinahe eine große Nonne umgerannt hatte, die sie sogleich ermahnte, langsam zu gehen. Doch Abby hatte nicht auf die Frau mit der strengen Miene und der raschelnden schwarzen Tracht gehört. Sie war an ihr vorbei und die letzte Treppe hinaufgerannt, zielstrebig in Richtung Zimmer 207 … Danach setzte ihre Erinnerung aus.

Abby schloss die Augen und versuchte heraufzubeschwören, was damals passiert war. Warum nur sah sie den zerschmetterten Körper ihrer Mutter auf dem Beton liegen? Kopfschmerzen kündigten sich plötzlich an, pochten, warnten sie, dass ihr das, was sie erfahren würde, bestimmt nicht gefiele. Trotzdem kämpfte sie um die Erinnerung. Sie stütz-

te sich auf die Arbeitsplatte und zwang ihre Gedanken, in die Vergangenheit zurückzuwandern. Wenn sie beim Sturz ihrer Mutter nicht gerade erst aus dem Wagen gestiegen, sondern bereits auf der Treppe im Krankenhaus gewesen war, dann hatte nicht nur ihr Gedächtnis sie im Stich gelassen, sondern auch ihre Familie. Ihr Vater. Ihre Schwester.
Es war an der Zeit, den Selbstschutz aufzugeben, die Lügen, den Betrug. Die Schuld Schicht für Schicht abzutragen.
Zoey würde ihr dabei helfen, ob sie nun wollte oder nicht.

Der Abend hatte ihn nicht weitergebracht. Montoya hatte seine Zeit damit vergeudet, mit den Studenten zu reden, die an der Trauerfeier teilgenommen hatten, und Courtney LaBelles Freunde zu überprüfen. Dann hatte er Father Anthony ein paar Minuten lang aufhalten können, bevor der Priester weitermusste – versessen darauf, Courtney LaBelles Familie zu trösten. Doch Montoya mochte ihn nicht. Father Anthony Mediera war aalglatt, nach außen hin zu ruhig, zu perfekt für Montoyas Geschmack.
Später war Montoya zu Nia Pennes Wohnung gefahren und hatte sie dort mit ihrem neuen Freund angetroffen. Zierlich, beinahe elfengleich, mit einem von weißblondem, stufig geschnittenem Haar umrahmten Gesicht, das Montoya an Tinkerbell erinnerte, hatte sie höflich ein paar Fragen beantwortet, war aber nicht von ihrer Geschichte abgewichen. Montoya registrierte, dass der neue Mann in ihrem Leben tatsächlich einen Körper wie eine griechische Skulptur besaß und größtenteils stumm blieb.
Der Freund stand mit vor der Brust verschränkten Armen am Kamin, in dem ein elektrisches Feuer glühte. Er hieß Roy North, trug Schuhgröße zwölf, und Montoya war entschlossen, ihn zu überprüfen. Roys Revierschutzverhalten,

seine auf Muskelkraft und Testosteron gestützte Wut gaben Montoya zu denken. Außerdem war er in der vergangenen Woche nicht mit Nia und ihren Freunden in Toronto gewesen.

Was Nia betraf, war sie nicht unbedingt die trauernde Exfreundin. Vielmehr grinste sie, als Montoyas Blick auf die überall im Wohnzimmer herumstehenden Kisten fiel, und erzählte, dass sie die Wohnung auflösen und mit Bigfoot zusammenziehen wolle.

Tinkerbell und Sasquatch. Was für ein Paar.

So sah also die ewige Liebe aus, dachte Montoya auf dem Weg zu seinem Streifenwagen, den er in einer Seitenstraße in der Nähe von Nias Wohnung abgestellt hatte. Für eine flüchtige Sekunde schoss ihm Marta durch den Kopf ... schön, voller Leben, voller Temperament und Charme. Doch es fiel ihm schwer, sich ihr Gesicht vorzustellen, ihre dunklen Augen und das lange lockige schwarze Haar.

Das Gesicht einer anderen Frau erschien stattdessen vor seinem inneren Auge.

Das Gesicht einer schönen Frau mit whiskeyfarbenen Augen, ungebändigten rotblonden Locken und vollen Lippen. Abby Chastain. Luke Giermans Exfrau, die Frau, die Dreh- und Angelpunkt seiner Ermittlungen war. Scheiße.

Er schloss die Türen des Streifenwagens auf, stieg ein und zog die Fahrertür zu. Während er den Zündschlüssel drehte, fragte er sich, warum er dann eigentlich von Abby träumte. Sie war unerreichbar für ihn, und damit basta. Er blickte in den Seitenspiegel, sah, dass die Fahrbahn frei war, riss das Steuer herum, wendete geschickt und fuhr hinaus in die dunkle Nacht von Louisiana.

Das verdammte Tor klemmte!
Wie hatte das passieren können?
Asa Homer Pomeroy lehnte sich aus dem Fenster seines Jaguars und tippte abermals den Code ein, mit dem er das elektrische Tor zu seinem Grundstück öffnen konnte. Nichts geschah, abgesehen davon, dass er tropfnass wurde. Schon wieder. Es regnete wie aus Kübeln. »Verdammte Scheiße! Nun mach schon!« Er tippte noch einmal die Ziffern des Codes ein und fluchte laut. Dann probierte er es mit der Fernbedienung. Drückte mehrmals auf die Taste, aber das verdammte Tor rührte sich einfach nicht.
Er hatte sein Handy bei sich, natürlich, aber wen sollte er anrufen? Vanessa weilte glücklicherweise eine Woche lang bei ihrer Mutter, das Hausmädchen hatte schon Feierabend, der Gärtner wohnte zwanzig Minuten entfernt. Und er hatte zu viel getrunken, um einen Bullen rufen zu können. Sämtliche Freunde würden volle vierzig Minuten benötigen, um herzukommen, und zudem wären sie nach dem feuchtfröhlichen Abend im Club auch viel zu betrunken, um noch fahren zu können.
Nein, er war auf sich allein gestellt.
Was für gewöhnlich kein Problem war. Teufel, nicht umsonst hatte er zwei Einsätze in Vietnam überlebt und seither in den guten alten Vereinigten Staaten bessere Waffen gebaut, vermarktet und verkauft. Er hatte Gewehre, Granaten, Maschinenpistolen, Munition und alle nur erdenklichen anderen Waffen in der ganzen Welt verscherbelt, und dadurch war er reicher geworden, als er es sich je hätte träumen lassen.
Und das alles verdankte er dem Yankee-Erfindungsgeist von Seiten seines Vaters, dem Südstaaten-Charme seiner Mutter und seinem typisch amerikanischen Know-how, weiterver-

erbt von Generation zu Generation seiner konservativen Ahnen.
Und heute Abend sollte ihn, bei Gott, keinerlei billige japanische Technologie aufhalten. Er griff nach seinem Stetson, stülpte ihn auf den Kopf, zog eine Taschenlampe aus dem Handschuhfach und stieg, nachdem er seine Lesebrille aufgesetzt hatte, aus dem Wagen. Der Regen bildete bereits kleine Bäche, die seine gottverdammten italienischen Lederschuhe durchnässten, jene Schuhe, die er auf Vanessas Drängen hin während ihrer letzten Toscana-Reise gekauft hatte. Herrgott, war das eine Geld- und Zeitverschwendung gewesen!
Er beugte sich vor, um die beleuchtete Tastatur erkennen zu können, und in dem Moment wurde ihm bewusst, dass sein Hund ihm nicht zur Begrüßung entgegengelaufen war. Für gewöhnlich kam Geronimo, sobald er das schnurrende Motorengeräusch des Jaguars hörte, aufgeregt die Zufahrt heruntergerannt und wartete mit hängender Zunge auf der anderen Seite des Tors auf ihn.
Aber wo war er heute?
Wasser tropfte von Asas Hutkrempe. Seine Brille beschlug. Er spähte in die Dunkelheit, über das schmiedeeiserne Tor und zwischen den Bäumen hindurch zu dem versteckt gelegenen Haus, dessen Lichter trotz allem hätten sichtbar sein müssen. Doch es herrschte, abgesehen vom Scheinwerferlicht seines Jaguars, völlige Dunkelheit.
Er pfiff schrill durch die Zähne.
Nichts.
Hier stimmt etwas nicht, dachte er. Und gerade als die ungewisse Ahnung in ihm aufstieg, dass er in eine Falle gelockt worden war, spürte er etwas Hartes, Kaltes im Rücken. Er wollte sich umdrehen, doch es war zu spät.

Zapp!
Ein Stromschlag von dreihunderttausend Volt schoss durch seinen Körper.
Der Hut flog ihm vom Kopf.
Er sank in die Knie.
Keuchend versuchte er, in seiner Tasche nach dem Messer zu greifen, das dort verborgen war.
Doch er war völlig wirr im Kopf, Körper und Geist waren uneins, und er konnte nicht einmal einen Finger heben. Sein Gehirn befahl seiner Hand, in die verdammte Tasche zu greifen, aber er vermochte keinen Muskel zu bewegen.
Mit trüben Augen sah er einen großen Mann aus den Schatten treten und sich drohend vor ihm aufbauen.
Panik stieg in Asa auf.
Der Angreifer war schwarz gekleidet, trug eine Art eng anliegenden Ganzkörperanzug und eine Maske vor dem Gesicht. Er beugte sich vor und besaß doch wahrhaftig die Kühnheit, seine Waffe so zu halten, dass sie im Scheinwerferlicht sichtbar war.
Immer noch unfähig, sich zu bewegen, und kaum in der Lage, klar zu denken, erkannte Asa flüchtig den Elektroschocker, der in einer seiner Firmen hergestellt wurde.
Was sollte das?
Dann wusste er es. Der Kerl wollte ihn entführen. Lösegeld in Millionenhöhe fordern. Und zu Asas Entführung bediente er sich zynisch der »Selbstverteidigungswaffe«, die Pomeroy Industries herstellte.
Entsetzen machte sich in ihm breit. Noch einmal wollte er nach dem Messer greifen. Wieder versagten seine Hände den Dienst.
Der Angreifer drückte ihm seelenruhig die Waffe in den Nacken und versetzte ihm einen weiteren Stromschlag.

Elektrizität zuckte durch seinen Körper.
Noch einmal dreihunderttausend Volt.
Asa schrie.
Stechender, brennender Schmerz zog abwärts durch seinen gesamten Körper. Trotz aller Werbung, die das Gegenteil behauptete, ging der Stromschlag mit ungeheuerlichen Schmerzen einher. Er krümmte sich, lag zuckend im Schlamm, während sein Angreifer langsam und in aller Ruhe eine Rolle Klebeband aus seinem Werkzeuggürtel zog. Es folgten eine Spule Angelschnur sowie ein Messer. Auch diese Waffe erkannte Asa. Sein Angreifer ließ ein Pom 4SF aufspringen, ein Klappmesser mit schnell zu lösender Sperre und einer zehn Zentimeter langen gezahnten Klinge – ein Spezialmesser, das in Pomeroy Industries' jüngstem Katalog zum Ausweiden von Großwild angepriesen wurde, weil es problemlos durch Schwarte und Knochen schnitt.
Ein Messer, mit dem man einen Menschen ausnehmen konnte.
Die Angst ließ Asa das Blut in den Adern gefrieren.
Tu's nicht! Ich bin reich. Ich bezahle. Alles, was du willst!, wollte er schreien, doch nur ein unverständliches Jaulen kam aus seiner Kehle. Er vermochte keine Worte zu formen.
Er versuchte, sich zu wehren, doch es war sinnlos. Ohne Kontrolle über seine Gliedmaßen wand er sich im Schlamm wie ein Warzenschwein.
Er hob den Blick zu seinem Angreifer und hätte schwören können, Befriedigung in den Augen zu sehen, die durch den Schlitz in der Maske auf ihn herabschauten.
Wer war der Kerl? Was wollte er?
Herrgott, hilf mir, betete Asa stumm. Hilflos sah er zu, wie zunächst ein fünfzehn Zentimeter langes Stück Klebeband von der Rolle geschnitten und ihm über den Mund geklebt

wurde. Dann wurden ihm die Arme grob auf den Rücken gedreht, mit demselben Klebeband gefesselt und zuletzt mit plastikbezogener stählerner Angelschnur gesichert – die Sorte, die Asa beim Hochseeangeln benutzte. Das Klebeband hätte gereicht, die Schnur jedoch hatte eine Bedeutung.

Alle Hoffnung verließ ihn, als auch seine Knöchel gefesselt wurden, allerdings nicht mit der Angelschnur. Dann wurde ihm eine Kapuze über den Kopf gestülpt und am Hals zugebunden. Sie hatte Luftlöcher, so dass er wohl atmen, aber absolut nichts sehen konnte.

Wie in Vietnam.

Der Vietkong hatte ihn gefangen genommen. Ihn fast zwei Wochen lang in einem Käfig gehalten, bevor ihm die Flucht gelang. Nun, sie würde ihm auch dieses Mal gelingen, verdammt noch mal. Er würde die Angst niederkämpfen, die ihm in den Knochen saß, und diesen verdammten Scheißkerl mit seinen eigenen Waffen schlagen.

Beim Kragen seiner Jacke wurde er auf die Beine gezerrt. Er wollte sich wehren, aus dem Griff befreien, aber es war vergebens.

Er hörte, wie eine Wagentür geöffnet wurde. Sein Angreifer schob ihn grob in den Fond, Asa stieß sich die Stirn und roch und spürte den Rücksitz seines Jaguars unter sich. Seine Beine wurden hochgedrückt, so dass er die Knie anziehen musste, dann wurde die Tür zugeschlagen.

Wenige Sekunden später hörte er, wie sich sein Angreifer hinters Steuer setzte. Der Wagen senkte sich unter dem zusätzlichen Gewicht ein wenig, dann wurde auch die Fahrertür geschlossen. Mit einem für Asa ohrenbetäubenden Klicken wurden sämtliche Türen verriegelt. Der Rückwärtsgang wurde eingelegt, dann dröhnte der perfekt getunte

Motor auf, und rückwärts ging es die Viertelmeile bis zur Hauptstraße.
Asa konnte nur hoffen, dass jemand seinen Wagen erkannte.
Aber es war schon spät.
Nur wenige Fahrzeuge fuhren auf diesem abgelegenen Straßenabschnitt.
Zunächst einmal musste er sich nach dem Willen dieses Scheißkerls richten. Zweifellos ging es ihm um Geld. Er wollte Lösegeld erpressen. Nun, das sollte ihm recht sein; er verfügte über ausreichend Mittel, um die geforderte Summe bezahlen zu können, ganz gleich, wie viel der Entführer verlangte.
Womöglich musste er im Verlauf der Verhandlungen einen Finger opfern.
Oder ein Ohr.
Innerlich wand er sich, doch er riss sich zusammen. Das Wichtigste war schließlich, mit dem Leben davonzukommen.
Vanessa würde das Lösegeld doch bereitwillig zahlen, oder?
Im Vorstand von Pomeroy Industries saßen auch seine Kinder. Sie würden keine Sekunde lang zögern, das Geld herauszurücken, nicht wahr?
Hatte er seinen Frauen und Kindern nicht immer geholfen, sogar seinen Enkeln, um Himmels willen? Er hatte für Zahnspangen, Studium, Urlaub, für alles, was sein Nachwuchs brauchte, bezahlt und selbst jenen Geld gegeben, die seinen Reichtum verachteten und behaupteten, sie brauchten nur »ein bisschen Startkapital«. Er hatte für Gesichtslifting und Busenvergrößerung und Therapien geblecht. Für Kuren, neue Autos, selbst für ein Boot, er hatte

das Geld hingeblättert, also sollten diejenigen, die ihm nicht nur ihr Leben, sondern auch ihren Lebensstil verdankten, verflucht noch mal schnellstens das Bargeld aufbringen, um ihn aus dieser Hölle loszukaufen.

Verlass dich nicht auf sie, Pomeroy.

Du hast schon oft genug in der Klemme gesteckt, und wer war der Einzige, der zu deiner Rettung herbeieilte?

Du selbst, sonst niemand, verdammt noch mal.

Wenn er sein Leben genauer betrachtete, sah es im Grunde so aus, dass er viele Feinde hatte, und ein paar von den erbittertsten zählten zu seiner eigenen Verwandtschaft. Hinterhältige Kriecher, Geldhaie, Lügner und Betrüger … alle waren entweder mit ihm verheiratet gewesen oder hatten sein Blut in den Adern.

Und dann war da noch die Reihe seiner Partner, von denen er die meisten irgendwann über den Tisch gezogen hatte.

War das hier die Strafe?

So darfst du nicht denken. Der Kerl hier ist nur ein geldgieriger, geisteskranker Opportunist. Am Verhandlungstisch hast du schon mit Schlimmeren zu tun gehabt.

Hitziger Zorn trat an die Stelle der kalten Angst. Ja, im Moment war er gefesselt und wehrlos. Aber das war nur vorübergehend. Wer auch immer der Scheißkerl am Steuer seines Jaguars sein mochte, er würde schon bekommen, was er verdiente. Der Idiot hatte nicht einmal seine Taschen durchsucht, wusste nicht, dass Asas Messer an seinem Schenkel verborgen war, gleich neben seiner Geldspange. Bei der kleinsten Gelegenheit würde Asa das Pom 3.5F zur Anwendung bringen, ein todbringendes Springmesser, das problemlos durch Haut und Muskeln drang. Asa hatte nicht umsonst in seiner Zeit bei der Army bei speziellen Einsatztruppen gedient, wo er lernte, einem Mann das Messer so zwischen die Rippen zu stoßen, dass es das Herz traf. Es musste ihm nur gelingen, seinen Angreifer zu überrumpeln.

Natürlich waren Jahre vergangen, seit er zuletzt einen Menschen umgebracht hatte, aber er war überzeugt, dass er den Kerl kaltmachen konnte. Dieses Mal hatte sich der Kidnapper das falsche Opfer ausgesucht, verflucht!

14.

»Asa Pomeroy wird vermisst«, sagte Lynn Zaroster, als Montoya am folgenden Nachmittag die kleine Küche der Dienststelle betrat. Er hatte den Tag damit verbracht, Papierkram aufzuarbeiten, Autopsieberichte zu studieren und Zeugen zu verhören, und gleichzeitig darauf gewartet, dass die Fotos, die er am Vorabend geschossen hatte, vergrößert wurden. Die Leichen von Luke Gierman und Courtney LaBelle sollten für die Familien freigegeben werden, der Bezirksstaatsanwalt verlangte Antworten, und Montoya war der Lösung des Doppelmordfalls keinen Schritt näher gekommen als an dem Tag, als er die Hütte am Fluss betreten hatte.

Zaroster tunkte vorsichtig einen Teebeutel in einen Becher mit dampfendem Wasser. Montoya ging zur Kaffeemaschine. »Der Millionär?«

»Multi-Multimillionär, wenn man der Zeitschrift *Industrialist* glauben will.«

»Solchen Mist liest du?«, fragte Montoya, ergriff einen Pappbecher und ließ den dünnen Strahl Kaffee hineinfließen.

»Ich nicht, aber mein Freund«, stellte sie richtig.

»Moment mal – wohnt Pomeroy nicht in Cambrai?«

»Außerhalb des Stadtgebiets. Im Niemandsland, sozusagen.«
Montoyas Magen machte einen Satz. Er erinnerte sich, an dem kunstvollen schmiedeeisernen Tor vorbeigefahren zu sein, das Pomeroys Grundstück sicherte. »Er wohnt in der Nähe von Abby Chastain!«
»Tatsächlich?«, fragte Zaroster und warf den benutzten Teebeutel in den Müll.
Das Gefühl, das Montoya beschlich, behagte ihm nicht. Ganz und gar nicht. »Was ist mit ihm?«
»Weiß ich nicht. Ich habe auf der Toilette Vera von der Vermisstenabteilung getroffen, und sie sagte, seine Frau sei verreist gewesen und heute Morgen zurückgekommen. Asa war nicht zuhause. Das Bett war gemacht, und offenbar zieht er für gewöhnlich nicht mal die Bettdecke glatt. Wie auch immer, das Mädchen und der Gärtner konnten nicht ins Haus, das automatische Schloss am Tor ist wohl kaputt. Sieht so aus, als hätte jemand den Code geändert, meint der Typ vom Sicherheitsdienst, der es nachgeprüft hat. Also ruft die Frau Asa auf seinem Handy an, aber er meldet sich nicht. Allmählich beginnt sie, sich Sorgen zu machen, und dann ruft Asas Sekretärin aus seinem Büro an: Asa sei noch nicht erschienen, dabei habe er eine wichtige Konferenz. Sie telefoniert herum, aber weder seine Kumpels noch Angehörige oder sonst wer hat eine Ahnung, wo er stecken könnte. Daraufhin ruft die Frau die Polizei an und will kommen, um ihre Vermisstenmeldung zu Protokoll zu geben. Die vierundzwanzig Stunden sind noch nicht um, aber es sieht nicht gut aus.«
»Wo ist er zuletzt gesehen worden?«
Zaroster kostete ihren Tee, hob in einer fragenden Geste die freie Hand und schüttelte den Kopf. »Ich sagte doch, ich

weiß nichts. Bisher brodelt nur die Gerüchteküche. Und es ist nicht unser Fall.«

Noch nicht, ging es Montoya durch den Kopf voller Unbehagen bei dem Gedanken, dass das Grundstück der Pomeroys an Abbys grenzte. War es Zufall, dass ihr Exmann in derselben Woche ermordet wurde, in der ihr nächster Nachbar verschwand?

»Ach ja«, sagte Zaroster und schlürfte ihren Tee. »Ich habe meinen Onkel am All Saints angerufen.«

»Und was sagt er?«, fragte Brinkman, der gerade in die Küche kam, nach der Kaffeekanne griff und sich den letzten Rest einschenkte. »Sag bloß, der Hexenorden trifft sich jeden Sonntagabend um sieben Uhr, wie die Bingo-Runde meiner Tante.«

»Ja, genau.«

»Und an Stelle von selbst gebackenen Plätzchen und Punsch bringen sie alle Phiolen mit Blut für einen kleinen Cocktail mit?«

»Ist Courtneys Zimmergenossin wirklich *so* schlimm, oder ist er einfach ein Spießer?«, wandte sich Zaroster an Montoya.

»Entscheide du.«

»Ich weiß nur, dass meinem Onkel zufolge die Gothic-Bewegung am All Saints College ziemlich angesagt ist. Nichts Gefährliches, sondern ein paar Kids, die auf schwarzes Haar, schwarze Stiefel, schwarzen Lippenstift und weiß geschminkte Gesichter stehen. Keine große Sache.«

Brinkman schnaubte verächtlich.

»Aber ein paar von denen nehmen die Sache wohl etwas ernster.«

»Wie die kleine Miss O, möchte ich wetten«, versetzte Brinkman.

»Mag sein. Natürlich wird immer geklatscht, und es kursieren Gerüchte über Vampir-Verehrung und Bluttrinken – der übliche Studenten-Kram.«

Montoya lachte.

»Was hab ich gesagt?« Brinkman nahm einen Schluck Kaffee und verzog das Gesicht. »Als Nächstes opfern sie dann Jungfrauen. Allerdings ist Mary LaBelle ja schon tot, also werden sie wohl keine mehr finden. Sie war bestimmt die einzige Jungfrau am ganzen College.«

»Du würdest dich wundern«, sagte Zaroster sichtlich gereizt.

»Ja, natürlich.« Brinkman trank noch einen Schluck Kaffee und zog eine Grimasse, als hätte er in eine saure Zitrone gebissen. »Der schmeckt beschissen.«

»Dann brüh frischen auf«, riet Zaroster ihm, und als er den Mund zu einer Antwort öffnen wollte, fuhr sie fort: »Und erzähl mir bloß nicht, du wüsstest nicht, wie das geht, oder Frauen könnten das besser, okay?«

»Aber es ist nun mal so.«

»Ich habe keine Lust.«

Er zuckte mit den Schultern.

»Was bist du doch für ein Baby! Sieh mal, der Kaffee ist portionsweise abgepackt.«

Sie nahm einen Kaffeepad aus einem Korb voller Teepackungen, Kaffee und kleiner Süßstoffpäckchen. Dann hielt sie Brinkman das Päckchen unter die Nase. »Ist verdammt einfach. Du gibst so einen Pad in den Filter der Kaffeemaschine, füllst Wasser ein und drückst auf den Knopf.« Sie warf das Päckchen ungeöffnet zurück in den Korb. »Und siehe da, binnen weniger Minuten hast du frisch gebrühten Kaffee.« Sie durchbohrte ihn mit einem warnenden Blick. »Das kann jeder Schwachkopf, also darf ich doch wohl annehmen, dass ein Kriminologe wie du ohne allzu große Probleme eine Kanne Kaffee zustande bringt? Oh, vergiss nicht, das Päckchen zuerst zu öffnen! Verstehst du, du musst die Folie abziehen.«

Ihr Handy klingelte. Sie meldete sich und stürmte, die Teetasse in der Hand, aus dem Zimmer.

»Puh. Sie ist wohl mit dem falschen Fuß aufgestanden«, knurrte Brinkman. »Also, das mal zu sehen ... Dafür würde ich ein Wochengehalt opfern. Ich meine, wie sie mit zerzaustem Haar aus dem Bett steigt.« Er trank noch einen Schluck und kniff die Augen zusammen. »Stell sie dir mal mit hohen Hacken und Schulterhalfter vor. Und mit sonst nichts.« Er sog scharf die Luft ein. »Möchte wetten, sie ist eine ganz heiße Nummer.«

»Sag ihr das, und sie hängt dir eine Belästigungsklage an den Hals, und zwar so schnell, dass dir schwindlig wird. Das heißt, nachdem sie dir in die Eier getreten hat.«

Brinkman lachte leise, und Montoya ging zurück zu seinem Schreibtisch. Er dachte über Asa Homer Pomeroy nach. Konnte es überhaupt sein, dass das Verschwinden des Millionärs in einem Zusammenhang mit dem Doppelmord an Gierman und LaBelle stand? Das war eigentlich an den Haaren herbeigezogen. Dass ein reicher alter Knacker nicht zur Arbeit kam oder nicht in seinem eigenen Bett geschlafen hatte, bedeutete noch lange nicht, dass er ermordet worden war. Und was hieß es schon, dass sein Grundstück an das von Abby Chastain grenzte? Das Ganze war vermutlich reiner Zufall.

Trotzdem wurde Montoya, während er seine E-Mails abrief und die Telefonnachrichten checkte, die über Nacht und am frühen Morgen eingegangen waren, das Gefühl des Unbehagens nicht los. Er hob den Hörer ab und rief in der Ver-

misstenabteilung an. Es konnte nicht schaden, sich möglichst gründlich über Pomeroy schlauzumachen.
Nur für alle Fälle.

»… und das Begräbnis findet um elf Uhr statt«, sagte Lukes Bruder Lex. »Ich nehme an, du willst gern informiert sein. Der Gottesdienst wird in St. Michael's abgehalten. Kein Sarg. Er wollte eingeäschert werden. O Gott, ich kann nicht glauben, dass ich über so etwas rede! Ich habe es noch gar nicht richtig begriffen.«
»Das kann ich mir denken.«
»Also … vielleicht sehen wir uns dann.«
»Ja«, antwortete Abby, »danke für den Anruf.« Sie klappte ihr Handy zu und seufzte. Der Gedanke an das Begräbnis deprimierte sie. Es würde nicht nur merkwürdig sein, all die Leute wiederzusehen, die Luke gekannt hatten, und Zeugin ihrer Trauer zu werden, es war auch so unwirklich, dass er tatsächlich für immer fort war. Und sie würde seiner Mutter und seinem Vater gegenübertreten müssen. »Nicht sehr lustig«, sagte sie zu Hershey und schob das Handy in die Tasche.
Sie hatte den ganzen Nachmittag über in ihrem Atelier gearbeitet. Ihre Digitalkamera war an den Computer angeschlossen, der auf ihrem Schreibtisch stand. Nachdem sie die Bilder digital bearbeitet hatte, druckte sie diejenigen aus, die sie gebrauchen konnte, prüfte sie noch einmal, und als sie mit den Ergebnissen zufrieden war, brannte sie sie für ihre Kunden auf CD, speicherte sie auf der Festplatte und fertigte eine Sicherungs-CD für sich selbst an. Sie druckte auch stets die endgültigen Aufnahmen aus, sortierte sie und heftete sie ab.
Damit hatte sie an diesem Tag Stunden verbracht, hatte kaum

Pausen eingelegt, höchstens einmal, um sich einen Kaffee oder einen Tee zu machen. Das Frühstück hatte aus Toast und Erdnussbutter bestanden, dann hatte sie zwei Stunden lang gepackt und Bilder von den Wänden genommen, dann die Nägel entfernt, wobei sie den widerspenstigeren mit einem Hammer zu Leibe gerückt war. Danach, gegen zehn, hatte sie sich im Atelier an die Arbeit gemacht, und war darin so vertieft gewesen, dass sie vergaß, eine Mittagspause zu machen. Inzwischen war es schon nach acht Uhr abends. Ihr Magen knurrte, ihr Rücken schmerzte. Sie massierte sich Schultern und Nacken und hoffte, dass sie im Gefrierfach noch eine Mikrowellen-Mahlzeit fand. In dem Moment sprang Hershey, die auf ihrer Decke in der Ecke lag, blitzartig auf. Sie knurrte leise mit gesenktem Kopf und schlich zur Tür.

»Was ist denn jetzt wieder?«, schimpfte Abby, denn der Hund war den ganzen Nachmittag über nervös gewesen, wollte mal rein, dann wieder raus und bellte Eichhörnchen an, die im Magnolienbaum auf der hinteren Veranda zeterten.

Hersheys knurrte abermals und starrte reglos auf die Tür.

»Lass das, Hershey«, sagte Abby, ohne den Blick vom Computermonitor und der Shipman-Hochzeit zu wenden. Sie löschte die Fotos, auf denen die Braut mürrisch dreinblickte oder die Haartolle des Bräutigams zu sehr hervorstach.

Die Nackenhaare der Hündin standen jetzt steil in die Höhe. Dieses Mal war ihr Knurren beinahe unhörbar, doch es reichte, um Abby in ihrer Konzentration zu stören. Schließlich gab sie nach. »Okay«, sagte sie, nicht willens, sich von der Nervosität der Labradorhündin anstecken zu lassen. »Zeig mir, was dich stört.« Sie beschloss, Feierabend zu machen, fuhr den Computer herunter, schaltete das Licht aus und öffnete die Tür des Ateliers.

Die Hündin schoss hinaus wie eine Rakete, rannte bellend am Rande der Veranda auf und ab und spähte zwischen die dahinter liegenden dunklen Bäume.

Ein kalter Schauer der Angst lief Abby über den Rücken. Seit sie von dem Mord an Luke erfahren hatte, war sie oft unruhig und reizbar. Und falls sie geglaubt hatte, der Besuch im Krankenhaus Our Lady of Virtues würde ihr helfen, die Vergangenheit zu bewältigen, dann war dies ein fataler Irrtum gewesen. Seit sie durch die vergessenen Flure geschritten war, hatte sie nur noch schlecht geschlafen. Drei Bilder hatten sie nach dem Besuch nicht mehr losgelassen – die verschlossene Tür zum Zimmer ihrer Mutter, die Türen im ersten Stock, die plötzlich alle zu gewesen waren, und die schattenhafte Männergestalt hinter dem Fenster im zweiten Stock. Noch jetzt überzogen sich schon bei dem Gedanken daran ihre Arme mit einer Gänsehaut.

Sie verriegelte ihr Atelier, überquerte die Veranda und schloss die Tür zum Haus auf. Hershey knurrte immer noch mit gesträubtem Fell, den Blick auf den Wald gerichtet, da huschte Ansel plötzlich über die Veranda und verschwand wie der Blitz im Haus. Die große Labradorhündin nahm schwanzwedelnd die Verfolgung der Katze auf.

»Na toll«, schimpfte Abby. Sie wusste nicht, welches von ihren Haustieren sie als Erstes erwürgen sollte. »Du hast mich in Todesängste versetzt, Hershey.« Wütend verriegelte sie die Tür. »Du sollst zwar ein Wachhund sein, aber du musst mich nicht vor *Ansel* beschützen. Meine Güte!« Sie schlüpfte aus ihren Schuhen. Der Kater war auf den Küchentresen gesprungen und hockte jetzt mit aufgeregt zuckendem Schwanz und geweiteten Pupillen vorm Fenster. Er sträubte das Fell und fauchte den Hund an. »Du hörst jetzt auch auf! Lasst mich in Ruhe … alle beide. Ich kann mir auch allein Angst einjagen. Dazu brauche ich eure Hilfe nicht!« Abby hob den Kater vom Tresen und setzte ihn auf den Boden. Sie öffnete das Gefrierfach und fand lediglich eine Vorratspackung Kaffee und eine uralte Pizza.

»*Bon appétit*«, sagte sie, packte die Pizza aus und heizte den Backofen vor. Die Peperoni sahen aus, als wären sie im sechsten Jahrhundert geerntet worden, auf dem Käse schimmerten Eiskristalle, der Rand ließ Gefrierbrand vermuten. Doch es war alles, was sie da hatte, und es bot ihr einen Anlass, kreativ zu werden und Tomaten und Zwiebeln in Scheiben zu schneiden. In der Vorratskammer förderte sie eine kleine Dose mit schwarzen Oliven zutage. Und während sich der Backofen aufheizte, kramte sie im Schrank, bis sie eine Flasche Rotwein fand. Ein goldenes Bändchen war ihr um den Hals gelegt, an dem eine winzige Karte mit der Aufschrift *Danke für die Gastfreundschaft! In Liebe, Alicia* hing.

Abby dachte lächelnd an Alicias letzten Besuch. Sie hatten eine Flasche Weißwein entkorkt, draußen auf der Veranda gesessen, den Abendgeräuschen gelauscht und von ihrem gegrillten Fisch gegessen. Luke hatte angerufen und gesagt, dass er über Nacht in der Stadt bleiben müsse. »Zu viel Arbeit«, behauptete er, »muss mich auf ein neues Format vorbereiten. Bis morgen. Hab dich lieb, Baby.«

Nachdem Abby aufgelegt hatte, sagte Alicia: »Er ist so ein Loser, Abby! Lass dich von dem Kerl scheiden und zieh endlich einen Schlussstrich.« Sie schenkte ihnen ein zweites Glas Wein ein. »Aber lass nicht zu, dass er uns diesen Abend verdirbt. Das ist dieser Scheißkerl nicht wert.«

Oh, wie Recht sie gehabt hatte, dachte Abby jetzt. Diese Flasche Rotwein stand seit jenem Besuch im Schrank und sammelte Staub an. Höchste Zeit, sie zu entkorken. Sie würde die Flasche öffnen und Alicia anrufen, ihr vorschlagen, sich auch ein Glas Wein einzuschenken, und dann würden sie am Telefon zusammen trinken.

Auf der Suche nach einem Korkenzieher öffnete sie eine Schublade. Ihr Blick streifte Hershey. Die Hündin fixierte das dunkle Wohnzimmer.

»Darauf fall ich nicht rein«, sagte Abby, im Glauben, dass sich Ansel unter dem Sofa versteckt hatte. Doch in diesem Moment hüpfte der Kater auf ihren Küchenhocker. Abby spürte plötzlich etwas, eine Veränderung in der Atmosphäre. Was war das? Etwas Erdiges, Feuchtes ... weniger ein Geruch als ein Empfinden.

»Das ist nur deine Einbildung«, flüsterte sie. Sie entdeckte den Hammer auf dem Küchentresen, wo sie ihn morgens hatte liegen lassen, und hob ihn auf.

Als würdest du damit jemanden totschlagen! Bleib auf dem Teppich!, verhöhnte sie eine innere Stimme. Du, die Frau, die einen Nachtfalter im Haus einfängt und draußen freilässt!

»Stimmt, aber Hornissen gegenüber bin ich gnadenlos«, sagte sie zu sich selbst und umfasste den glatten Holzstiel des Hammers.

Bildete sie es sich nur ein, oder hatte sie etwas gehört? Das leise Scharren von ... was? Ledersohlen auf Holz? Das leise Schließen einer Tür? Blitzartig waren ihre Gedanken wieder beim Krankenhaus und dem gespenstischen Öffnen und Schließen der Türen dort.

Sie umklammerte den Hammer noch fester, schluckte krampfhaft, ging ins Wohnzimmer und knipste rasch die Tiffanylampe an. Licht in allen Regenbogenfarben erleuchtete den Raum bis in die hintersten Winkel.

Weit und breit niemand.

Hershey knurrte.
Um ihrer Unruhe Herr zu werden, bewegte sich Abby vorsichtig, den Hammer in der Hand, durch den Flur. Sie spürte, wie sich ihr Herzschlag beschleunigte, während sie in allen Zimmern die Lampen einschaltete, Schranktüren öffnete und unter ihr Bett und das Gästebett spähte.
Im Bad hielt sie den Atem an, hob den Hammer, während ihr Szenen aus *Psycho* durch den Kopf schossen, und zog mit einer raschen Bewegung den Duschvorhang zurück. In der gekachelten Kabine war niemand, nicht einmal eine wehrlose Spinne.
»Siehst du … da ist nichts«, sagte sie mit immer noch rasendem Puls und einem flauen Gefühl im Magen.
Ihr blieb nur noch ein Zimmer im Erdgeschoss. Sie öffnete die Tür zum Wirtschaftsraum – und ihr Herz setzte einen Schlag aus.
Das Fenster war offen.
Beinahe hätte sie den Hammer fallen lassen.
Ihre Gedanken überschlugen sich.
Manchmal öffnete sie am Waschtag das Fenster, weil der Trockner mit seiner defekten Entlüftung dazu neigte, den ganzen Raum zu vernebeln. Aber heute hatte sie nicht gewaschen, und sie konnte sich auch nicht entsinnen, das Fenster geöffnet zu haben.
Denk nach, Abby. Du musst das Fenster geöffnet haben, es kann gar nicht anders sein.
Ihr brach der Schweiß aus. Ihre Handfläche war so feucht, dass sie den Hammer nicht mehr sicher halten konnte.
Bleib ruhig. Es könnte *doch sein, dass du gestern Abend, nachdem du die Handtücher gewaschen hast, vergessen hast, das Fenster zu schließen.*
Aber sie wusste es besser.

Jeden Abend prüfte sie, ob alle Türen und Fenster geschlossen waren.
Also, warum stand das Fenster des Wirtschaftraums jetzt offen?
Dafür fand sie einfach keine Erklärung. Sie trat in den kleinen Erker, schloss das Fenster mit einem Ruck und versuchte, es zu verriegeln. Doch es gelang ihr nicht, den Riegel einrasten zu lassen. Durch die jahrlange Feuchtigkeit im Raum war das Holz aufgequollen. Na prima, dachte sie, ich muss mir etwas einfallen lassen, um es zu sichern.
Vielleicht half ein Brett aus der Garage.
Während sie noch über ihr weiteres Vorgehen nachdachte, drängte sich ein beängstigender Gedanke in ihr Bewusstsein.
Würde sie ungewollt den Eindringling im Haus einschließen? In der oberen Etage hatte sie noch nicht nachgesehen.
Abrupt drehte sie sich um und lief bis zum Ende des Flurs, wo eine steile Treppe hinauf in ihr Büro führte.
Dort war sie den ganzen Tag über nicht gewesen.
»Komm, Hershey, du hast damit angefangen«, sagte sie zu dem Hund. Sie schaltete das Licht im Treppenhaus ein. Dann stieg sie die enge Treppe hinauf, hörte die Stufen unter ihren Schritten knarren. Mit jeder Stufe stieg die Temperatur. Die Hitze des Tages war unters Dach gestiegen. Ihr Büro war fensterlos, es gab nur eine kleine Dachluke in der Schräge, die sie einen Spaltbreit öffnen konnte. Unter Herzklopfen kam sie am Ende der Treppe an und schaltete das grelle Deckenlicht an.
Der Raum war natürlich leer.
Abgesehen von ihrem Schreibtisch und dem alten Klappstuhl.
Und auch hier versteckte sich kein Schwarzer Mann.

»Lügnerin!«, beschimpfte sie den Hund, während sie die Wandschränke durchsuchte. »Das war ein Fehlalarm.« Hershey ließ den Kopf hängen, sie wedelte nur noch ganz schwach mit dem Schwanz, als ob sie sich schämte. Schon bedauerte Abby ihre Zurechtweisung. Sie setzte sich auf die oberste Stufe, kraulte den Hund im Nacken und beugte sich so weit vor, dass Hershey ihr mit der Zunge rasch über die Wange fahren konnte. »Hundeküsse sind die besten«, flüsterte Abby und knuddelte die Labradorhündin ausgiebig. Mit einem weiteren Stups von Hersheys feuchter Nase wurde sie belohnt.

»Komm mit, vielleicht finde ich noch ein Leckerli für dich.«

Die Hündin stieß ein kurzes »Wuff« aus und schoss die Treppe hinunter. Als Abby im Erdgeschoss angelangt war, hörte sie ein leises »Ding« und stellte fest, dass der Backofen die gewünschte Temperatur erreicht hatte. Der Hund stand bellend vor der Haustür.

»Um Himmels willen! Was ist denn nun schon wieder los, Hershey?«, rief Abby. Als sie den bogenförmigen Durchgang zum Wohnzimmer erreicht hatte, strich Scheinwerferlicht über die Wände.

Abby zuckte zusammen und sah aus dem Fenster. Ein schwarzer Mustang hielt vor der Garage. Eine Sekunde später verstummte das Schnurren des Motors, und die Fahrertür öffnete sich.

Als sie den Fahrer erkannte, schnappte Abby nach Luft.

»O nein«, hauchte sie. Detective Montoya brachte mit Sicherheit keine guten Nachrichten.

15.

Montoya stieg aus seinem Fahrzeug. Er schlug die Tür zu und drückte einen Knopf an seinem Schlüsselring. Der schnittige Wagen ließ einen Signalton hören, die Lichter blinkten auf, doch Abby sah nur den Mann. Wie töricht, dass ihr Herz dabei anfing schneller zu schlagen.

Ach, Abby, sei nicht so dumm. Du solltest nicht einmal daran denken!

Bevor er Gelegenheit hatte zu klingeln, öffnete sie die Tür. Hershey stürmte nach draußen und tanzte schwanzwedelnd um Montoya herum. O ja, die Labradorhündin erwies sich als famoser Wachhund.

»Erwarten Sie jemanden?«, fragte Montoya und trotz seiner angespannten Miene blitzte ein Lächeln auf. Er ließ sich auf ein Knie nieder und kraulte den Hund, der darauf reagierte, indem er vor Behagen seufzte.

»Nur Sie, Detective«, sagte sie und wurde sich plötzlich der Erleichterung bewusst, die sie bei seinem Anblick verspürte. Ihre Nerven bedurften eindeutig der Beruhigung. Und vielleicht gehörte sie auch zu diesen Frauen, die auf hartgesottene Männer standen, auf Männer mit Ecken und Kanten, mit einem Glitzern in den Augen und einem weichen Herzen.

Was sind denn das für lächerliche Gedanken? Montoya

ist Polizist. Er bearbeitet den Mord an Luke. Und damit basta.

Doch als er sie erneut anlächelte, sexy und gleichzeitig jungenhaft, fuhr es ihr warm ins Blut.

Bleib auf dem Teppich, Abby!

Und wie kommst du überhaupt auf die Idee, dir einen Mann suchen zu wollen? Der Letzte, mit dem du eine ernste Beziehung hattest, ist gerade ermordet worden. Hast du das vergessen?

»Sie haben mich erwartet?«, fragte Montoya. »Kommen Sie deshalb mit einem Hammer bewaffnet an die Tür?«

»Wie bitte? Oh. Nein … ich habe gerade ein paar Nägel aus den Wänden gezogen.« Das war nicht wirklich gelogen. Hastig legte sie den Hammer auf einem Tisch neben der Tür ab. Als Hershey zurück ins Haus trottete, erhob sich Montoya. Das Licht fing sich in seinem ebenholzschwarzen Haar und hob seine wie gemeißelt wirkenden Wangenknochen hervor. Abby fragte sich, wie es wohl wäre, ihn zu küssen. Ihr Blick hing an seinen schmalen Lippen, und die Kehle wurde ihr eng. Sie stellte sich vor, wie er sie nicht nur küsste, sondern auch berührte, mit den Lippen und den Händen ihren Körper streichelte.

Abby, hör auf!

»Sind Sie allein gekommen?«, fragte sie, obwohl sie sich der Antwort ziemlich sicher war. Sie stellte sich auf die Zehenspitzen und spähte über seine Schulter, als hielte sie Ausschau nach einem zweiten Polizisten.

»Ja, heute Abend bin ich solo.«

»Ohne Ihren liebenswürdigen Partner?« Sie verschränkte die Arme vor der Brust. Als wollte sie ihr Herz schützen.

Montoyas Lächeln war animalisch. »Meinen Sie Brinkman?«

»Ein wahrer Gentleman«, bemerkte sie spöttisch. »Bei seinen Kolleginnen steht er bestimmt hoch im Kurs.«
»Nicht ganz.«
»Welch eine Überraschung. Aber wo steckt mein Freund denn heute Abend?«, fragte sie, wohl wissend, dass sie flirtete. Doch sie war nicht in der Lage, es zu unterlassen.
Montoya zuckte die Schultern. »Wahrscheinlich unterwegs, um die Bevölkerung zu nerven und den Ruf der Behörde in den Schmutz zu ziehen«, sagte er. Sie war verwundert über seine Offenheit. Montoya fügte hinzu: »Er ist ein guter Cop, und ich vertraue auf seinen Instinkt. Ich stehe zu ihm, aber ... Sagen wir's mal so: Brinkman und ich, wir passen nicht zusammen.«
Sie lachte, und die ganze Anspannung fiel von ihr ab.
»Ich glaube, so etwas sollte ich Ihnen gegenüber gar nicht äußern. Es könnte mich in Schwierigkeiten bringen.«
»Und das würde Sie stören?« Abby glaubte es nicht, sie ahnte, dass Reuben Montoya gelegentlich gern eine Grenze überschritt.
»Nicht sonderlich, nein.«
»Das dachte ich mir.« Sie trat zur Seite und forderte ihn wortlos auf einzutreten. »Also, Detective ...«
»Sie dürfen mich Reuben nennen«, sagte er.
»Tun das alle?«
Er lachte leise. »Nur meine Mutter.«
»Und die anderen?«
»Abgesehen von meiner Tante, die darauf besteht, mich Simón zu nennen, weil das mein Firmname ist, und von meinen Geschwistern, die Reu zu mir sagen, rufen mich alle nur Montoya.«
»Dann werde ich das auch tun«, sagte sie. Das war nicht so persönlich. »Also, Montoya, Sie sind doch nicht ohne Grund

hier, oder?« Sie schloss die Tür. »Wollen Sie zur Sache kommen?«
Er nickte und folgte ihr ins Haus. Mit einem Blick in das gemütliche Wohnzimmer mit den Tiffanylampen, den Antiquitäten und Polstermöbeln kam Abby zu dem Schluss, dass sie bei hellerem Licht besser denken konnte, vielleicht im Esszimmer oder in der Küche …
»Brennt da etwas an?«, fragte er.
»Oh, verdammt! Nein … eigentlich nicht.« Sie steuerte auf die Küche zu und erschreckte Ansel, der sich unter dem Sofa versteckt hatte. Der Kater huschte ins Esszimmer, blickte flüchtig über die Schulter zurück und stieß leise Fauchgeräusche aus. Dann sprang er auf den Sitz eines Stuhls, von wo aus er die Vorgänge beobachten konnte.
»Sehr freundlich«, bemerkte Montoya trocken.
»Ansel kennt den Begriff Gelassenheit nicht.« Wieder blitzten Montoyas Zähne weiß auf und seine braunen Augen glitzerten. »Er ist verstimmt, seit Sie Hershey hergebracht haben. Ansel hofft vermutlich, dass der Hund einfach wieder verschwindet. Oder tot umfällt. Das wäre ihm genauso recht.«
Sie betrat die Küche, dicht gefolgt von Montoya. Dort deutete sie auf die Pizza mit dem Gefrierbrand, die noch in der Plastikhülle auf der Arbeitsplatte lag. Und da war auch noch die Flasche Wein. Einladend zum Atmen auf dem Küchentresen abgestellt. Sie zögerte, beschloss dann aber, nicht lange hin und her zu überlegen. »Ich wollte mir gerade etwas zu essen machen. Nichts Großartiges. Es ist vielmehr … na ja, es ist eher dürftig, aber … würden Sie mir Gesellschaft leisten?« Sie spürte, wie sie rot wurde, und sie kam sich so albern vor wie damals, als sie aus einem Impuls heraus Trey Hilliard zum Sadie-Hawkins-Tanz eingeladen hatte.

Montoya griff nach der Flasche roten Tafelwein und lächelte, als er das Etikett sah. »Ich bin nicht im Dienst«, bemerkte er und blickte zu ihr auf. »Und das ist das bisher beste Angebot, das man mir heute gemacht hat.«

»Tatsächlich?« Abby musste unwillkürlich lachen. Sie holte Weingläser aus dem Schrank. »Himmel, Montoya, Sie sollten Ihr Leben mal überdenken.«

»Keine Sorge, das habe ich bereits getan.« Er schenkte Wein ein, und sie befreite die Pizza aus der Folie. Anschließend öffnete sie eine Packung geriebenen italienischen Käse, die Dose mit den schwarzen Oliven und schnitt dann rasch Tomaten und Zwiebeln in Scheiben. »So«, sagte sie, während sie den Käse über die Peperoni streute, »und nun zum Grund Ihres Besuchs.« Sie legte die Zwiebeln und Oliven auf den Käse und schob die Pizza in den Ofen. »Wieso habe ich bloß das Gefühl, dass Sie noch mehr schlechte Nachrichten bringen? Die Tatsache, dass Sie um kurz vor neun Uhr abends hier bei mir auftauchen, verheißt nichts Gutes, oder?«

»Eher nicht.« Er reichte ihr ein Glas und nahm einen Schluck aus seinem eigenen.

»Bisher, Detective, haben Sie nicht nur schlechte, sondern auch beunruhigende Nachrichten gebracht. Was ist es denn dieses Mal?«

»Es geht um Asa Homer Pomeroy«, antwortete er und stellte sein Glas auf den Tresen.

»Was ist mit ihm?«

»Haben Sie die Nachrichten im Fernseher nicht verfolgt?«

Da spürte sie es, diese Vorahnung von etwas Schrecklichem. Die Erleichterung, die sie in den vergangenen zehn Minuten genossen hatte, verflüchtigte sich. »Nein, ich habe gearbeitet. Allein. In meinem Atelier.« Sie wies mit einer Kopfbewegung in Richtung Hintertür und trank dann zur Beruhigung einen Schluck Wein. Er schmeckte angenehm. »Ich hatte nicht mal das Radio eingeschaltet. Was ist passiert?«

»Er wird vermisst.«

»Vermisst?« Die bösen Vorahnungen bestätigten sich. »Mein Nachbar?«

»Seit gestern Abend.«

»Und Sie vermuten, dass da etwas faul ist«, sagte sie, und die Welt schien unvermittelt noch ein bisschen trister zu werden. Wenn ein Mann, der so reich und mächtig war wie Asa, seines Lebens nicht sicher sein konnte, wer dann? Nein, nein, das war falsch gedacht! Gerade *wegen* des Reichtums und Einflusses bei Pomeroy Industries war Asa gefährdet.

»Wir wissen noch nicht, was genau passiert ist, aber da er Ihr Nachbar ist, dachte ich, ich schaue mal lieber bei Ihnen vorbei und frage, ob alles in Ordnung ist.«

»Hier ist alles in Ordnung«, erklärte sie. Während der Duft von schmelzendem Käse, warmer Tomatensoße und schmorenden Zwiebeln durch die Küche zog, dachte Abby flüchtig an das offene Fenster und das Knurren und Zähnefletschen des Hundes.

»Dass sie mit dem Hammer in der Hand umherliefen, hatte also keinen besonderen Grund?«

»Ich sagte doch ...«

»Ich weiß, was Sie gesagt haben, aber als Sie die Tür öffneten, schienen Sie erleichtert zu sein, mich zu sehen, und sie hielten den Hammer so fest umklammert, dass ihre Knöchel weiß hervortraten.«

»Das ist Ihnen aufgefallen?«

»Ich bin schließlich Detective«, bemerkte er.

»Okay, *Detective*, Sie haben mich überführt. Der Hund gebärdete sich, als wäre jemand Fremdes im Haus, und ich habe es überprüft.«

»Mit einem Hammer als Waffe?«
»Er lag gerade griffbereit.«
»Aber Sie besitzen doch eine Alarmanlage, oder?« Er wies mit einer Kopfbewegung auf das Fensterchen in der Hintertür mit dem Sticker.
»Der Sticker klebte schon hier, bevor ich eingezogen bin. Ich habe keine Alarmanlage.« Sie hob die Schultern. »Ich weiß nicht, ob es hier überhaupt mal eine gab.«
»Dann installieren Sie eine.« Sein Ton war jetzt bar jeden Humors.
Dann erzählte er ihr alles, was er über den Fall Pomeroy wusste, und schloss mit den Worten: »Es besteht die Möglichkeit, dass sich Asa einfach aus dem Staub gemacht und niemandem gesagt hat, wohin er fährt, doch das ist unwahrscheinlich. Sämtliche Instanzen sind eingeschaltet, die städtische und die staatliche Polizei und, wie ich schon sagte, das FBI.«
»Weil er reich ist?«, fragte Abby. »Das finde ich ungerecht.«
»Ist es auch. Aber Pomeroy ist eine bekannte Persönlichkeit. Sein Unternehmen hat seinen Hauptsitz in New Orleans, aber er besitzt Lager und Fabriken in Alabama, Texas und sogar in Georgia. Und es besteht die Möglichkeit, dass er über die Grenze entführt wurde, deshalb sind sämtliche Behörden alarmiert. Ich arbeite im Morddezernat, aber bisher weist nichts darauf hin, dass Pomeroy tot ist. Da ich schon mal bei Ihnen war, habe ich mich freiwillig gemeldet, Sie aufzusuchen und zu warnen. Außerdem würde ich gern wissen, ob Ihnen in der Nachbarschaft irgendetwas Verdächtiges aufgefallen ist.«
»Aber Sie sind nicht im Dienst«, stellte sie klar.
»Stimmt. Trotzdem wäre es gut, wenn Sie mir erzählen wür-

den, was Sie gesehen oder gehört haben. Vielleicht irgendetwas, das vom Normalen abweicht?«

»Mir ist nichts aufgefallen.« Abby griff nach einem Ofenhandschuh, streifte ihn jedoch nicht über. Es fiel ihr schwer zu begreifen, was Montoya sagte. Schließlich zog sie den Handschuh doch an, öffnete die Backofenklappe, und eine heiße, würzig duftende Wolke stieg daraus auf. Vorsichtig nahm sie die Pizza aus dem Ofen. Der geschmolzene Käse warf Blasen und floss über den Teigrand. Abby ließ die Pizza auf eine Platte gleiten.

Sie dachte daran, wie oft sie schon zu Fuß oder mit dem Wagen das Grundstück der Pomeroys passiert hatte. »Ich kann mich an nichts Auffälliges oder Verdächtiges erinnern«, sagte sie noch einmal. »Wenn ich in mein Studio fahre, komme ich am Nachbargrundstück vorbei, einmal auf dem Weg in die Stadt und dann wieder auf dem Heimweg.« Sie kramte in einer Schublade und förderte einen stumpfen Pizzaschneider zutage. Unter großem Kraftaufwand schob sie die kreisförmige Klinge durch den Teig und teilte die Pizza in Achtel. »Außerdem komme ich beim Joggen am Tor vorbei, aber ich bin in letzter Zeit nur selten gelaufen. Haben Sie schon die Stinsons besucht? Sie wohnen direkt gegenüber. Asa und Mark kennen einander aus irgendeinem Fliegerclub. Sie besitzen beide ein Flugzeug. Und Vanessa und Celia Stinson spielen zusammen Bridge und Golf.«

»Jemand hat bereits mit ihnen gesprochen. Wir suchen alle auf, die Asa kennen.«

»Das wird eine Weile dauern.«

»Ganz sicher.«

Abby richtete die Tomatenscheiben an, holte Teller und legte zwei Pizzastücke darauf. Einen reichte sie Montoya, dann setzte sie sich auf den Barhocker neben ihm, aß jedoch nicht. Nachdem ihr Magen stundenlang nach Nahrung geschrien hatte, war ihr jetzt der Hunger vergangen. Die Vorstellung, dass Asa Pomeroy nur ein paar Meter die Straße hinunter womöglich entführt worden war, ging ihr an die Nieren.

»Also sind Sie gekommen, um zu erfahren, was ich über Asa Pomeroy weiß und ob ich etwas Auffälliges gesehen habe«, stellte sie fest und versagte es sich hinzuzufügen: *unter dem Vorwand, dass Sie sich Sorgen um mich machen.*

Dummes Weib!

Montoya bemerkte die Frage in ihren Augen. »Ich bin gekommen, um Sie zu warnen«, stellte er richtig, hob das Pizzadreieck an den Mund und biss hinein. »Und um mich zu vergewissern, dass Sie in Sicherheit sind.«

Ein kalter Schauer lief ihr über den Rücken. »Ich kenne Asa Pomeroy nicht einmal persönlich.«

Er nickte. »Heute kann das von Vorteil sein.«

»Möglich.«

»Essen Sie«, forderte er sie auf. »Es schmeckt gut.«

Er schenkte Wein nach, und schließlich kostete Abby doch von der Pizza.

Montoya verzehrte das erste Stück und bemerkte dann beiläufig: »Wie ich hörte, haben Sie die alte Anstalt besucht.«

Sie hätte sich beinahe an ihrem Bissen Pizza verschluckt. »Woher wissen Sie das?« Der einzige Mensch, dem sie es anvertraut hatte, war Zoey, und sie bezweifelte, dass ihre Schwester zum Hörer gegriffen und die Polizei von New Orleans angerufen hatte.

Ließ die Polizei sie überwachen?

Und wenn, warum brachte Montoya es zur Sprache?

»Schwester Maria ist meine Tante«, erklärte er und spülte einen Happen Pizza mit einem großen Schluck Wein hinunter.

»Ach so.« Heiße Röte stieg Abby in den Nacken bei dem Gedanken, dass sie unbefugt auf das Krankenhausgrundstück eingedrungen war. »Sie hat mich also angezeigt?«
Montoya lächelte entwaffnend. »Nein. Wenn sie Sie hätte bestrafen wollen, hätte sie Sie gezwungen, auf den Knien bis in alle Ewigkeit den Rosenkranz zu beten. Ich habe sie zufällig angerufen und mich danach erkundigt, ob sich in Bezug auf den bevorstehenden Verkauf und Abriss schon etwas tut, und bei der Gelegenheit erwähnte sie Ihren Besuch.«
Mein Pech, dass ich ausgerechnet Schwester Maria begegnen musste. Abby zwang sich zu einem weiteren Bissen Pizza. »Hat sie gesagt, warum ich dort war?«
»Nein. Nicht einmal, als ich sie danach gefragt habe.«
»Und deshalb fragen Sie jetzt mich?«
Er antwortete nicht, sah sie nur an.
»Es war nichts Aufregendes«, erklärte sie in dem Entschluss, ihm gegenüber offen zu sein. »Auf den Rat eines Therapeuten hin, bei dem ich in Behandlung war, hatte ich mich entschlossen, das Krankenhaus noch einmal aufzusuchen und mich meiner Vergangenheit zu stellen, verstehen Sie? Ich wollte den Ort wiedersehen, an dem meine Mutter ihre letzten Jahre verbracht hat. Sie hat an meinem fünfzehnten und ihrem eigenen fünfunddreißigsten Geburtstag Selbstmord begangen, indem sie sich aus dem Fenster ihres Zimmers stürzte ... aus dem geschlossenen Fenster.« Abby schauderte und fügte hinzu: »Aber das wissen Sie ja längst, nicht wahr? Ich vermute, dass Sie eine ganze Menge über mich wissen, mehr, als sie zugeben möchten, und ich frage mich, warum.« Unter wachsendem Ärger stieß Abby ihren Teller von sich. Er glitt weit über den Tresen und wäre um ein Haar zu Boden gefallen. Sie bemerkte es kaum. »Also,

was ist los? Stehe ich unter Verdacht? Falls ja, unter welchem? Luke ermordet zu haben? Asa Pomeroy entführt zu haben? Etwas mit dem Selbstmord meiner Mutter zu tun zu haben?« Sie fixierte Montoya mit hitzigem Blick und sagte: »Nun sagen Sie schon, Detective Montoya, worum geht es hier wirklich? Und bitte halten Sie sich nicht zurück, nehmen Sie keine Rücksicht auf meine Gefühle. Hat die liebe alte Tante Schwester Maria Ihnen nicht gesagt, dass beichten gut ist für die Seele?«

Er verkniff sich ein Lächeln. Ließ sich überhaupt nicht einschüchtern. Zum Teufel mit dem Mann.

»Vielleicht wollte ich mich nur überzeugen, dass mit Ihnen alles in Ordnung ist.«

»Sie erwarten doch nicht, dass ich das glaube? Nachdem Sie mich von den Our-Lady-of-Virtues-Spionen beschatten ließen?« Abby konnte nicht verhindern, dass ihre Stimme schneidend klang, doch er war nicht beleidigt. Wenn er überhaupt eine Regung zeigte, dann amüsierte er sich wohl über ihre Empörung. Herrgott, sie hätte ihn am liebsten geschüttelt. Er trieb sie in den Wahnsinn, verdammt!

Im Grunde hätte sie liebend gern geglaubt, dass er aus Sorge um sie gekommen war, dass es ihn gedrängt hatte, sie wiederzusehen – aber das war nur Wunschdenken. Die bodenständigere Seite ihres Wesens wusste es besser.

Dieser Mann war Cop. Punktum. Er traute ihr nicht, und sie traute ihm jetzt auch nicht mehr.

»Glauben Sie, was Sie wollen«, sagte er, stand auf und wischte sich die Hände an einem Stück Küchenpapier ab, das er von der Rolle auf dem Tresen abgerissen hatte.

»Mach ich.«

Er warf das benutzte Tuch in den Abfalleimer. »Also ist hier alles klar?«

Er gab einfach nicht auf, wie?

»Abgesehen von einem neurotischen Hund und einer paranoiden Katze, ja.« Sie war versucht, ihm von dem offenen Fenster zu berichten, brachte es jedoch nicht über sich. Sie wollte nicht wie ein verängstigtes kleines Mäuschen dastehen, und außerdem war ja niemand im Haus gewesen.

Montoya sah ihr in die Augen. »Nun, vielen Dank für das Essen.«

»Wenn man es denn als Essen bezeichnen kann.«

Wieder bedachte er sie mit seinem entwaffnenden Lächeln. »Das war die beste Einladung zum Abendessen, die ich seit langer, langer Zeit bekommen habe.« Als sie widersprechen wollte, hob er eine Hand. »Im Ernst.«

»Sie sind leicht zufrieden zu stellen.«

»Mag sein.« Seine dunklen Augen blitzten, dass ihr der Atem stockte. »Wenn ich es mir recht überlege, bin ich das wohl wirklich.«

Abbys Puls raste und ihr wurde ganz heiß. Was hatte dieser Mann nur an sich, dass er ihr derart unter die Haut ging? Eben noch hatte er sie so verärgert, dass sie ihn am liebsten erwürgt hätte, und im nächsten Moment scherzte und flirtete er mit ihr und schlich sich wieder in ihr Herz.

Sie mahnte sich zu äußerster Vorsicht. Flirten war die eine Sache, sich in einen Mann wie Detective Montoya zu verlieben, war etwas völlig anderes. Er war einfach tabu.

Sie ging ihm voraus zur Haustür.

»Wenn Sie etwas sehen oder hören, das Ihnen seltsam vorkommt, rufen Sie mich an.« Er warf ihr einen Blick zu, den man sehr vielfältig hätte auslegen können. »Sie kennen meine Nummer.«

»Ich sagte es doch schon. Ich weiß nichts.«

Sie öffnete die Tür.

Auf der Schwelle blieb Montoya zögernd stehen.

Eine halbe Minute lang blickte er hinaus in die dunkle Nacht. Der Regen trommelte auf den Boden, der Wind peitschte die Äste der alten Eichen an der Zufahrt. »Also, Abby ...«, sagte er schließlich, drehte sich um und sah ihr ins Gesicht. Tiefe Furchen durchzogen seine Stirn, und sein Mund wirkte streng. »Geben Sie auf sich Acht.«

Etwas in ihrem Inneren schmolz dahin.

Sie konnte kaum sprechen. »Das ... Das tu ich.«

Mit einer Hand berührte er leicht ihren Unterarm, die andere ruhte auf der Türklinke. »Hier ist was im Busch. Ich weiß nicht was, aber es gefällt mir nicht. Lassen Sie eine Alarmanlage einbauen. So schnell wie möglich.«

»Allmählich machen Sie mir Angst.«

»Gut. Das ist der Sinn der Sache.«

Abby schnürte es die Kehle zu. »Okay.«

Er schaute an ihr vorbei, ins Hausinnere und auf den Tisch im Eingangsflur. »Und der Hammer – das ist keine schlechte Idee. Schützen Sie sich.«

Kurz darauf ging er die Verandastufen hinunter und die gepflasterte Zufahrt entlang zu seinem schwarzen Mustang. Er stieg ein, ließ den Motor an, wendete und fuhr die Straße hinunter. Seine Heckleuchten verschwammen im Regen.

»Hast du das gehört, Hershey? Die Sache mit dem Hammer? Als ob das was nutzen würde. Und von deinen Fähigkeiten als Wachhund scheint er auch nicht viel zu halten, was?« Sie schob den Riegel vor und ging ins Schlafzimmer, bemüht, keine Traurigkeit aufkommen zu lassen, weil Montoya fort war. Ohne ihn erschien ihr das Haus plötzlich leer.

Albern.

Seine Warnungen schossen ihr durch den Kopf. Vielleicht

war es an der Zeit, die .38er zu laden. Munition befand sich in einer Schachtel im Schrank. Sie öffnete die Schublade.

Aber der Revolver war nicht da.

Sie blinzelte verdutzt. Ausgeschlossen! Der Revolver von Lukes Vater konnte nicht verschwunden sein. Sie hatte ihn doch vor wenigen Tagen noch hier gesehen!

Zutiefst aufgewühlt ließ sich Abby aufs Bett fallen, zog in Erwägung, Montoyas Nummer zu wählen, entschied sich jedoch dagegen. Sie sah noch einmal im Nachttisch nach und wälzte sich dann quer übers Bett zum anderen Nachttisch. Aufgeregt öffnete sie die Schublade und betete stumm, dass sie die .38er dort finden würde, einfach nur vergessen hatte, wo die Waffe zuletzt gelegen hatte.

Doch umsonst.

Der Revolver war fort.

Und das Fenster hatte offen gestanden.

Jemand war bei ihr eingestiegen und hatte Lukes Waffe gestohlen.

»Das ist grotesk«, flüsterte sie. Und es machte ihr verdammt Angst. Damit sie nicht vollends in Panik geriet, verbrachte sie die nächste halbe Stunde damit, erst das Schlafzimmer und dann das gesamte Haus auf den Kopf zu stellen, in der vergeblichen Hoffnung, dass sie den verdammten Revolver nur verlegt hatte. Sie fand jedoch keine Spur von der Waffe.

Wer hatte sie gestohlen?

Und was hatte derjenige damit vor?

16.

Der alte Mann wartete garantiert darauf, dass etwas geschah.

Soll mir recht sein, dachte er, während er durch die Dunkelheit schlich und über den Zaun stieg. Seinen Pickup hatte er hinter dem Schuppen der alten Sägemühle abgestellt, und er beschloss, zum letzten Mal das Risiko eingegangen zu sein, so nahe am Grundstück der Pomeroys zu parken.

Adrenalin fuhr durch seinen Körper, und er fühlte sich lebendiger denn je seit seinem Mord an Gierman und der Jungfrau. Die Bedrohung hatte jetzt, da die Bullen wussten, dass Pomeroy verschwunden war, eine viel stärkere Wirkung. Das FBI würde eingeschaltet werden, und sie würden das Herrenhaus der Pomeroys verkabeln und auf eine Lösegeldforderung warten – die niemals erfolgen würde.

Ein tückisches Lächeln trat auf seine Lippen.

Sie hatten keine Ahnung, was los war. Noch nicht.

Aber morgen würden sie es wissen ... Dafür wollte er sorgen. Er wusste bereits, wie er mit ihnen in Kontakt treten konnte und durch wen.

Sosehr er es genoss zu sehen, wie sich die Ermittler am Kopf kratzten und sich im Kreise drehten, sie erschwerten ihm doch seine Arbeit. Angesichts so vieler Einsatzkräfte, die in diesem Landesteil ausschwärmten, musste er vorsichtig sein. Sehr vorsichtig. Deshalb hatte er auch schon heute den Revolver gestohlen, als Abby in ihrem Atelier arbeitete. Über eine Stunde lang hatte er sie beobachtet, hatte erkannt, dass sie wahrscheinlich den Großteil des Tages an ihrem Arbeitsplatz verbringen würde, und die Gelegenheit beim Schopf gepackt. Er wusste, dass sich alles schwieriger gestalten würde, insbesondere, weil er die Sache ein wenig beschleunigen, schneller arbeiten wollte. Deshalb hatte er es riskiert, in ihr Haus einzusteigen und die .38er aus ihrem Versteck im Schlafzimmer zu holen.

Doch er hatte sich auch etwas gegönnt.

Obwohl es gefährlich war, hatte er sich die Zeit genommen, sich auf ihr Bett zu legen, ihren Duft einzuatmen, sich vorzustellen, wie es wäre, wenn er ihren Körper unter sich spüren würde.

Wie sie sich wand.

Schwitzte.

Ihn begehrte.

Faiths Tochter.

Das Blut floss ihm heiß durch die Adern, als er an den Duft ihres Bettes dachte. Vor seinem inneren Auge sah er ihre wilden Locken auf dem Kissen, ihre Lippen, geöffnet und bebend, und ihren Körper, der sich ihm entgegenwölbte, während er in sie hineinstieß. Hart. Schnell. So dass es ihr den Atem nahm, bis zu dem perfekten Augenblick, wenn er sie tötete …

Oh, wie gern hätte er sie heute überrascht. Er zitterte vor Vorfreude, seine Hände lagen schweißfeucht auf dem Lenkrad.

Hab Geduld.

Ihre Stunde ist bald gekommen.

Jetzt öffnete er das Tor, fuhr seinen Pickup hindurch und sicherte dann die Kette wieder. Der Regen, der fast den ganzen Tag über vom Himmel gefallen war, ließ ein wenig nach, und er atmete die nasse Nachtluft tief in seine Lungen. Dann fuhr er auf den Highway und schaltete schließlich die Scheinwerfer ein. Es war Zeit zu handeln, unter den stets wachsamen Augen der Polizei.

Beinahe vierundzwanzig Stunden lang hatte er den alten Mann über sein Leben nachdenken lassen. Das reichte.

Jetzt war es an der Zeit, ein Ende zu machen.

»Verdammt!« Gina Bellinda Jefferson schleuderte ihren Bleistift quer durch den kleinen Raum. Er traf die Wand genau neben ihrer Auszeichnung als afroamerikanische Geschäftsfrau des Jahres 2002, die die Stadt New Orleans ihr verliehen hatte. Dann fiel der Bleistift hinter den Aktenschrank. »Toll, Gina. Gut gemacht«, sagte sie leise, verärgert über sich selbst, weil sie ihre Wut nicht beherrscht hatte. Es war spät, schon nach neun Uhr, und sie hielt sich als Einzige noch im Gebäude des Crescent City Centers auf. Seit zwölf Stunden war sie hier, riss sich ein Bein aus und war so frustriert wie noch nie in ihrem fünfundfünfzigjährigen Leben. Sie ging über den fadenscheinigen Teppich zum Aktenschrank und versuchte vergeblich, den Bleistift darunter zu ertasten. Der Aktenschrank war ein Monstrum und voll gestopft mit alten Akten von Klienten – Klienten, die sich bald um eine neue Einrichtung würden bemühen müssen, wo sie den Bedürfnissen nach geistiger Gesundheit Genüge tun konnten.

Es sei denn, sie zauberte einen Goldesel aus dem Hut.

Sie hatte schon bei fast allen Spendern, auf die sie zählen konnte, angeklopft, immer und immer wieder. Sie benötigte einfach eine neue Liste mit reichen Menschenfreunden, falls es so etwas gab. Mit Hilfe eines Kleiderbügels fischte sie endlich den Bleistift, jetzt in lange, klebrige Spinnweben gehüllt, hinter dem Schrank hervor. Nachdem sie ihn mit einem Papiertuch gereinigt hatte, steckte sie ihn in den Becher auf ihrem Schreibtisch, ein Geschenk von jemandem, dem das Center für geistige Gesundheit geholfen hatte.

»Gott, gib mir Kraft«, sagte sie, nahm ihren Regenmantel vom Kleiderständer im Flur und streifte ihn über. Der Mantel erschien ihr zu eng, was sie daran erinnerte, dass sie eigentlich auf Diät war und mindestens dreißig Pfund abnehmen musste. Aber sie war zu deprimiert, um ihrer ständig wachsenden Leibesfülle regelmäßig Beachtung zu schenken. Zu deprimiert und zu gestresst. Manche von ihren Freundinnen rauchten, wenn sie gereizt waren, andere hatten das Glück, bei nervlicher Überlastung nicht essen zu können. Sie dagegen empfand Essen in sorgenvollen Zeiten als einzigen Trost, und im Augenblick hatte sie verdammt viele Sorgen. Das Center würde dichtmachen müssen, und zwar schon bald, falls sie keine Möglichkeit fand, an das nötige Geld heranzukommen.

Die Nacht hinter dem Fenster erschien ihr dunkler als gewöhnlich, aber vielleicht lag es nur daran, dass sie so frustriert war. Nach monatelangen Bemühungen zur Geldbeschaffung, Stunden am Telefon, Arbeit rund um die Uhr sah es so aus, als wäre alles umsonst gewesen.

Sie ließ den Kopf kreisen, um die Verspannungen im Nacken zu lösen, schaltete fast überall das Licht aus und spähte dann durch die Glastür auf eine Stelle auf der anderen Straßenseite, an der sie schon zwei Mal an diesem Abend einen Mann hatte stehen sehen.

Sie war an die Arbeit mit Spinnern gewöhnt. Schließlich war

das Center für Menschen da, die psychologische oder emotionale Unterstützung brauchten. Die schwereren Fälle wurden ins Krankenhaus überwiesen, doch die meisten Menschen, mit denen sie zu tun hatten, waren arme Seelen, die Medikamente oder einfach nur ein offenes Ohr benötigten. Ein Arzt und zwei Krankenschwestern leisteten freiwillige Hilfe, der Rest der Belegschaft bestand aus bezahlten Psychologen und Sozialarbeitern.

In ihren fünfzehn Jahren im Center hatte Gina jede Menge merkwürdige Gestalten kennen gelernt. Wieso, fragte sie sich, hatte sie dann das Gefühl, dass an dem Kerl, den sie auf der gegenüberliegenden Straßenseite knapp außerhalb des Lichtkreises der Straßenlaterne herumlungern gesehen hatte, etwas besonders faul war?

Ein sechster Sinn?

In diesem Teil von New Orleans wimmelte es von Obdachlosen und Gestrauchelten. Die Stadt beherbergte außerdem viele Spinner und Neurotiker und Drogenabhängige. Sosehr sie New Orleans liebte, kannte sie doch auch die Gefahren der Straße. Sie war als ältestes von sieben Kindern hier geboren und aufgewachsen. Ihr Vater, Franklin, war in seiner Jugend Boxer und später Busfahrer gewesen. Ihre Mutter hatte die Kinder großgezogen und nicht nur für ihre eigene Familie gekocht, sondern auch für Leute in der Nachbarschaft. Und dann hatte Ezzie Brown mit Hilfe einer kleinen Erbschaft und der Ermutigung all ihrer Bekannten ihr eigenes Restaurant am Rande des French Quarters eröffnet. Ezzies und Franklins Kinder hatten im Restaurant gearbeitet, ob es gesetzlich zulässig war oder nicht, hatten Tische abgewischt, gekellnert, gekocht, den Boden aufgewischt und den Grill gescheuert, wobei sie den Wert des Dollars und guten Jazz zu schätzen lernten. Ein aus zwei Türen improvisierter

Tisch in dem an die Küche angrenzenden Hinterzimmer diente als Schreibtisch, an dem die Kinder unter dem Summen und dem grellen Licht von Neonröhren ihre Hausaufgaben erledigen mussten. Sie waren umgeben von Regalen voller Gurkengläser, Dosen mit Tomatenmark, Säcken mit Zwiebeln, Knoblauch und Peperoni.

Jetzt schaltete Gina die Alarmanlage ein, klemmte sich den Schirm unter den Arm, kramte den Schlüsselring aus ihrer Handtasche, schloss den Reißverschluss und stieß, beladen mit Aktenkoffer und Handtasche, mit der Schulter die Tür auf. Die Nacht draußen wirkte feindselig. Wasser floss durch die dunklen Straßen, gelegentlich fuhr mit laut dröhnender Musik ein Auto vorüber und ließ das Wasser aufspritzen.

Die Düfte der Stadt stiegen ihr in die Nase, der Geruch des Mississippi war allgegenwärtig. Trotz allen Elends liebte Gina diese Stadt.

Kein Fremder lungerte in den Schatten neben der Straßenlaterne herum.

Sie sah noch einmal genau hin.

Dann schloss sie die Tür hinter sich ab und dachte an das Restaurant, in dem ihre Mutter, die auf die achtzig zuging, immer noch die besten Scampi von ganz Louisiana servierte. Ihre Eltern hatten allen Kindern beigebracht, stark zu sein, fleißig zu arbeiten und Gott den Herrn zu lieben. Ganz gleich, wie knapp das Geld zu der Zeit war, als Gina heranwuchs, Franklin und Esmeralda Brown waren immer ihrer Kirche treu geblieben, hatten im Chor gesungen, für die Kinder in armen Ländern gespendet und ihre eigenen Kinder in diesem Sinne erzogen.

Niemals war ein zu Besuch kommender Nachbar ohne eine Mahlzeit nach Hause gegangen. Wenn ein Weihnachtsfest ohne große Geschenke gefeiert werden musste, dann war es eben so, und als die Busgesellschaft Franklin kündigte, verdingte er sich als Hilfsarbeiter, bis er eine neue Anstellung fand. Und in all der Zeit, in guten und in schlechten Tagen, schwankten die Eltern niemals in ihrem felsenfesten Glauben.

Nicht einmal, als der jüngste Sohn Martin geboren wurde. Er bereitete von Anfang an Schwierigkeiten. Esmeralda, die sechs rosige gesunde Babys auf die Welt gebracht hatte, war bei der siebten Geburt beinahe gestorben. Ein Kaiserschnitt in der Notfallaufnahme und eine darauf folgende Bluttransfusion hatten ihr das Leben gerettet, doch das untergewichtige Baby hatte schon im Mutterleib gelitten und wurde während seines ersten Lebensjahrs von Unruhe und Koliken geplagt. Wer konnte sagen, ob sein brutaler Eintritt in die Welt Ursache für seine spätere Neigung zu Gewalt und Jähzorn war? Ganz gleich, welchen Grund es gab, Martin war von Anfang an anders.

Er wurde im Laufe seiner dreiunddreißig Lebensjahre immer wieder zunächst in Erziehungsanstalten, dann psychiatrische Einrichtungen und später in Gefängnisse gesteckt. Martin war zweiundzwanzig Jahre jünger als seine älteste Schwester Gina und verschaffte ihr einen ersten Einblick in die Nöte von Menschen mit psychischen Problemen. Tests ergaben zwar, dass sich Martin geistig normal entwickelte, den Standardtests zufolge war er sogar recht intelligent, aber irgendetwas stimmte nicht. So viele Psychiater Martin auch aufsuchte – einschließlich Dr. Simon Heller im Krankenhaus Our Lady of Virtues, als dieses noch in Betrieb war –, er hatte sich nie in die Gesellschaft eingefügt.

Menschen wie Martin brauchten dieses Center, und zwar dringend!

Handtasche, Aktenkoffer und Schirm unter einen Arm ge-

klemmt, zog Gina das Scherengitter vor die Tür, sperrte es ebenfalls ab und rüttelte noch einmal daran, um sich zu vergewissern, dass es wirklich verschlossen war.
Gina spannte ihren Schirm auf und hastete wie jede Nacht über den Kiesweg zu ihrem Auto. Der Buick Regal, ihr ganzer Stolz, stand wie immer auf dem rückwärtigen Teil des Parkplatzes mit dem schadhaften Asphalt. Der Wind fing sich in Ginas Schirm, der Regen peitschte gegen ihre Beine, und wieder hatte sie dieses merkwürdige Gefühl, das sie den ganzen Tag über nicht hatte abschütteln können. Sie blickte über die Schulter zurück, konnte jedoch niemanden entdecken. Die Straße lag verlassen da, der Verkehr war inzwischen spärlich und ruhig.
Woher kam dann diese Unruhe?
Hier draußen ist niemand, Gina, sagte sie sich. Lass dich nicht so gehen! Niemand hat dich je belästigt. Du bist nur mit den Nerven am Ende, weil das Center geschlossen wird, wenn du keine Möglichkeit findest, das zu verhindern. Du, Gina. Diese Last nimmt dir keiner ab.
Während sie eilig ihrem Auto zustrebte, überlegte sie wieder einmal, auf welche Weise sie schnell zu Geld kommen konnte. Sie brauchte irgendeinen Prominenten, der ihr weiterhalf. Jemanden, zu dem die Öffentlichkeit einen Bezug hatte, jemanden, dem sie trauen und der großzügig spenden würde. Sie dachte an Billy Zachary Furlough, diesen überschäumenden Fernsehprediger. Er brachte die Leute dazu, allwöchentlich für seine Kirche zu spenden, und sein Standardspruch »Gott liebt dich, Bruder« war im ganzen Land zu hören.
Sie war Billy Zachary noch nie wegen Geld angegangen – er hatte etwas zu Abgebrühtes, zu Geschäftsmäßiges an sich. Aber nach der heutigen Konferenz musste sie womöglich

doch ihren Stolz vergessen und ihn, statt anzurufen, persönlich aufsuchen.
Ja, sie würde zu Billy Furlough gehen. Und dann würde sie sich noch einmal an Asa Pomeroy wenden, ein weiterer wohlhabender Bürger der Stadt, den sie absolut unsympathisch fand.
Pomeroy tauschte seine Ehefrauen regelmäßig gegen jüngere Modelle ein und verkaufte Waffen an den Meistbietenden. Trotzdem war er bekannt dafür, dass er Hunderttausende von Dollars spendete, wenn ihm eine Sache zusagte. Zudem besaß Asa, der Allmächtige, selbst einen Sohn, der mit psychischen Problemen zu kämpfen hatte.
Wieder einmal würde sie lächeln, freundlich bitten und ihre Zunge im Zaum halten müssen.
Der Zweck heiligte die Mittel.
Dieser alte Spruch war ihr in Fleisch und Blut übergegangen. Erst letzte Woche hatte sie ihre Freundin Eleanor Cavalier angerufen, die bei WSLJ arbeitete. Gina hatte sich einen Spendenaufruf im Radio gewünscht und gehofft, als Gast zu Samantha Wheelers Sendung *Mitternachtsbeichte* eingeladen zu werden. Dr. Sam war Psychologin und arbeitete im Boucher Center in der Nähe der Toulouse Street. Manchmal sprang sie auch im Crescent City Center ein. Das Problem war nur, dass die für die Sendung zuständige Programmdirektorin meinte, für das Publikum sei es interessanter, wenn Gina auch einmal in Luke Giermans Sendung auftrat. Trotz ihrer Angst, einen Pakt mit dem Teufel zu schließen, hatte Gina, wenn auch widerstrebend, zugestimmt.
Nachdem Gierman nun einem Mord zum Opfer gefallen war, nahm Gina an, dass sie in Bezug auf diesen Auftritt davongekommen war.

Sie kämpfte mit ihrem Schirm, trat in Pfützen, die sich in den Schlaglöchern gesammelt hatten, und spürte, wie das Wasser in ihre Stiefel drang.
Erst jetzt wurde ihr bewusst, warum es so dunkel war. Die einzige Sicherheitsleuchte auf dem gesamten Parkplatz war durchgebrannt.
Wie merkwürdig.
Sie sehnte sich danach, den fünf Meilen weiten Heimweg rasch hinter sich zu bringen, warm zu duschen, sich und Wally ein Glas Wein einzuschenken und ihn haushoch im Scrabble zu besiegen. Er wartete bestimmt schon auf sie, so wie er es in den sechsunddreißig Jahren ihrer Ehe immer getan hatte.
Endlich war Gina bei ihrem Wagen angekommen und wollte den Schlüssel ins Türschloss schieben, aber das erwies sich, wie so vieles andere an diesem verflixten Abend, als Problem. Das Schloss klemmte.
Sie versuchte es noch einmal. »Komm schon«, presste sie zwischen den Zähnen hervor. Ihre Nerven waren bis zum Zerreißen gespannt. Der Schlüssel ließ sich keinen Millimeter weit ins Schloss schieben.
Aufgebracht wollte sie gerade den Reißverschluss ihrer Handtasche öffnen, um ihr Handy herauszunehmen, da spürte sie etwas – nichts, was sie hätte sehen können, sondern nur eine düstere Ahnung, die sie veranlasste, sich umzudrehen und ihren Schirm zu schwingen.
Zu spät. Kaltes Metall berührte sie am Hals.
Sie wollte schreien, doch da schoss ein Stromschlag von Tausenden von Volt durch ihren Körper. Ihre Beine knickten ein. Sie fuchtelte wild mit den Armen, konnte nicht mehr atmen. Ihre Gedanken verwirrten sich. Es war, als würden tausend winzige Dolche ihre Haut ritzen. Nein! Erneut ver-

suchte sie zu schreien, aber nur leise, unverständliche Laute kamen über ihre Lippen.
Rasch und geschickt, als hätte er es schon tausendmal praktiziert, presste der Angreifer ihr ein Stück Klebeband über den Mund, hob die Schlüssel auf, die neben ihr zu Boden gefallen waren, zog etwas vom Türschloss ihres Autos ab, öffnete beide Türen auf der Fahrerseite und stieß Gina brutal auf den Rücksitz. Hilflos und unfähig, sich zu rühren, beobachtete sie, wie er draußen noch etwas vom Boden aufhob … ihre Handtasche, dann den Schirm. Beides warf er auf den Beifahrersitz.
Von Panik erfasst, versuchte Gina zu fliehen, ihre puddingweichen Gliedmaßen in Bewegung zu bringen, aber es war vergebens. Mit dem gleichen Klebeband, das ihren Mund verschloss, fesselte er ihre Knöchel, da ihre Beine noch hilflos aus dem Wagen hingen. Danach kroch er halb ins Wageninnere, drehte ihr schmerzhaft die Arme auf den Rücken und wickelte Klebeband um ihre Handgelenke.
Gina bemühte sich, ihn anzusehen, ihn zu verletzen, ihm die Arme zu zerkratzen, doch er war zu schnell und er trug einen schwarzen Taucheranzug oder etwas in der Art. Wer war dieser Mann, und warum tat er ihr das an?
Als Nächstes wurden ihr die Augen verbunden. Nach nur knapp zwei Minuten lag sie auf dem Rücksitz, in ihrem eigenen Wagen eingesperrt, und er, wer immer er sein mochte, setzte sich hinters Steuer. Sie spürte, wie die Reifen ihres Wagens über die Buckel und durch die Schlaglöcher des Parkplatzes rumpelten, bis sie die Straße erreicht hatten.
Während der gesamten Tortur hatte der Kerl keinen Ton von sich gegeben.
Er arbeitete mit eiskalter Effizienz.
Mit einer Brutalität, die ihr die Angst direkt ins Herz jagte.

Lieber Gott, hilf mir! Tränen brannten in ihren Augen, sie zitterte am ganzen Körper. Sie versuchte, sich zu konzentrieren, einen Fluchtplan zu entwerfen oder sich wenigstens aus dem fahrenden Wagen zu stürzen, doch noch während ihr der Gedanke in den Sinn kam, hörte sie, wie die Kindersicherung einrastete.

Er drosselte das Tempo an der nächsten Einmündung, wie sie vermutete, und bog ab.

O Gott, wohin brachte er sie?

Und was hatte er mit ihr vor?

Denk nach, Gina, denk nach! Dein Handy! Wenn du es in die Finger bekommen und die Kurzwahl für die Polizei drücken könntest!

Verzweifelt versuchte sie, mit purer Willenskraft ihre Muskeln zum Gehorsam zu zwingen, aber was nutzte es schon? Sie war gefesselt, die Arme waren ihr auf den Rücken gedreht, die Schultergelenke schmerzten. Außerdem steckte ihr Handy in der Handtasche, und die lag vorn auf dem Beifahrersitz.

Aller Mut verließ sie.

Es gibt kein Entrinnen, es sei denn, du findest einen Weg! Gib nicht auf, Gina ... Finde einen Ausweg! Erzählst du nicht allen Leuten, die in deine Beratungsstunde kommen, dass Gott einem immer eine Möglichkeit bietet, die man lediglich erkennen und für die man arbeiten muss? Dann finde diese Möglichkeit, jetzt, bevor es zu spät ist!

Du wirst auf die Probe gestellt. Von Gott.

Du kannst dich retten. Der Herr wird mit dir sein.

Sie versuchte, ruhig und bei klarem Verstand zu bleiben, Trost in ihrem Glauben zu finden. Gott hilft denen, die sich selbst helfen. Zunächst einmal musste sie sich auf die Route konzentrieren, die der Kerl einschlug. Sie kannte die Straßen der Stadt wie ihre Westentasche. Das Center lag zwei Blocks von der Esplanade entfernt, und er war in die Straße nach Westen eingebogen.

Jetzt fuhr er langsam durch die kurvenreichen Straßen der City, wie sie annahm, immer noch in westlicher Richtung. Durch die Augenbinde konnte sie die Straßenlaternen und Leuchtreklamen nur erahnen. Sie hörte auch Verkehrsgeräusche – das Summen von Reifen, das Dröhnen von Motoren, laute Stimmen. Dann, als ihr Buick beschleunigte, wusste sie, dass sie auf dem Freeway waren, aber in welcher Richtung? Sie wartete darauf, dass sie am Fahrgeräusch eine Brücke erkannte. Eine kürzere über den Mississippi, oder die Brücke über den Lake Pontchartrain, zwanzig Meilen lang.

Doch der Kerl war so oft abgebogen, bevor er auf dem Freeway beschleunigte, dass sie aus dem Konzept geraten war. Bald drang keine Stadtbeleuchtung mehr durch ihre Augenbinde.

Sie war verloren, gefesselt und allein in der Gewalt eines potenziellen Mörders.

Sie betete um ihre Rettung, doch mit jeder Meile, die sie hinter sich ließen, starb ein Stückchen ihrer Hoffnung.

Sie wusste, worum es ging. Das Motiv dieses Monsters war nicht Geldgier. Sonst hätte er ihre Brieftasche und ihren Schmuck gestohlen und sie liegen gelassen. Und er würde auch kein Lösegeld verlangen, denn sie und Wally lebten bescheiden und verfügten über kein nennenswertes Vermögen. Wenn es bei ihrer Entführung also nicht um Geld ging, war sein Motiv noch düsterer, noch beängstigender. Tödlicher.

Er wollte ihren Körper. Er wollte sie vergewaltigen oder umbringen oder beides.

Sie sagte sich, dass sie sich würde glücklich schätzen kön-

nen, wenn sie lebend aus dieser Sache herauskam. Sie ermahnte sich, dass nichts anderes zählte, ganz gleich, welche Schmerzen sie würde ertragen müssen.
Plötzlich erklang gedämpfte Musik, ein melodisches leises Klingen. Erneut kamen ihr die Tränen, als sie den Klingelton erkannte, den sie ihrem Festnetz-Telefon zuhause zugeordnet hatte. Wally rief an. Wartete auf sie. Der Wein war bereits eingeschenkt, das Scrabble-Spielbrett lag auf dem Küchentisch bereit. Bis jetzt war sie höchstens zehn Minuten überfällig, und schon sorgte er sich um sie. Ich liebe dich, dachte sie, und ihr Herz zog sich zusammen, als sie sich sein Gesicht vorstellte.
Sie hatte ihn gleich nach dem High-School-Abschluss geheiratet. Schon damals hatten sie Opfer gebracht, hatten auf Flitterwochen verzichtet, um Geld zu sparen. In den folgenden fünf Jahren hatten sie gearbeitet und das College besucht, Kredite aufgenommen und Stipendien bekommen. Während dieser Zeit hatten sie den Entschluss gefasst, keine Kinder in die Welt zu setzen, weil sie beide ihre großen Familien, ihre Geschwister unterstützen wollten. Wally war Lehrer geworden, und sie hatte aufgrund der Entwicklung ihres Bruders Martin beschlossen, mit psychisch Kranken zu arbeiten.
Das Handy hörte auf zu klingeln, und das Herz wurde ihr schwer.
Gib nicht auf, Wally! Bitte!
Zehn Minuten später ertönte die gleiche Melodie erneut. Der Mann am Steuer ignorierte das Handy. Als hätte er nicht den geringsten Grund zur Sorge.
Hatte er noch nie von GPS-Chips gehört? Dass die Antennen die Signale ihres Handys auffangen würden oder so? Sie hatte nicht allzu aufmerksam zugehört, als der Verkäu-

fer endlos über die Vorteile des Global Positioning Chips schwafelte, mit dem ihr neues Handy ausgerüstet war. Doch jetzt hoffte sie, dass es ihr half, ganz gleich, wie es funktionierte.

Wieder setzte das Klingeln aus, und sie stellte sich die Sorge in Wallys Stimme vor, wenn er ihr eine weitere Nachricht hinterließ.

Ihr Entführer fuhr immer weiter durch die Nacht. Gina hatte keine Ahnung, wo sie sich befand, doch den fehlenden Verkehrsgeräuschen und der inzwischen vergangenen Zeitspanne nach zu urteilen, mussten sie sich bereits weit von New Orleans entfernt haben.

Als das Handy zum dritten Mal klingelte, hätte sie beinahe aufgeschluchzt. Armer, lieber, kluger Wally. Er würde nach ihr suchen, und das war gut. Er würde die Polizei informieren, man würde nach ihrem Wagen suchen, und der GPS-Chip ... o Gott, nie zuvor hatte sie auf die Technik vertraut.

Sie fuhren, wie es ihr vorkam, noch eine Stunde lang, dann verließ der Mann den Freeway und bog auf eine kurvenreiche Straße ab. Zwei Mal noch klingelte das Handy ... Gina nahm an, dass Wally begonnen hatte, Freunde und Angehörige anzurufen.

Schließlich bremste der Entführer ab, nahm eine scharfe Rechtskurve, und gleich darauf holperte der Wagen über unebenes Gelände. Unkraut oder Gestrüpp streifte raschelnd den Unterboden. Lieber Gott, wohin hatte er sie verschleppt?

Ihr Herz klopfte wild, als er anhielt. Er schaltete den Motor aus, öffnete die Wagentür, und Gina roch den lehmigen Geruch von Wald und Sumpf. Grillen zirpten, Ochsenfrösche quakten, und der Wind fegte ins Wageninnere.

Sie wappnete sich. Jetzt war es so weit. Nun, sie würde sich nicht kampflos geschlagen geben.
Die hintere Tür des Buick wurde geöffnet, und sie begann sich zu winden und zu wehren.
»Ich bin bewaffnet«, sagte er. »Halt still.« Um seiner Warnung Nachdruck zu verleihen, presste er den kalten, harten stählernen Lauf einer Pistole gegen ihren Schenkel. »Und ich habe ein Messer.« Jetzt glitt eine lange, kühle Klinge an ihrem Bein entlang.
Beinahe hätte sie die Kontrolle über ihre Blase verloren. Jetzt wusste sie es ganz sicher. Er würde sie umbringen. Mit der Pistole, wenn sie Glück hatte. Es gab kein Entkommen.
Herrgott, hilf mir. Gib mir Kraft.
Er schob die Messerklinge zwischen ihre Knie und tiefer. Falls sie Kontrolle über ihre Muskeln gehabt hätte, hätte sie mit beiden Füßen auskeilen, ihm vielleicht mit ihren Schuhen ins Gesicht treten können. Noch während sie diese Möglichkeit erwog, glitt das Messer tiefer und zerschnitt das Klebeband, das ihre Knöchel fesselte. Sie reagierte spontan, holte zu einem heftigen Tritt aus, doch er packte ihren Fuß mit festem Griff und drehte ihn um. Grob. Schmerz schoss durch ihr Bein. Ihr Knie knackte. Sie schrie trotz des Knebels auf.
»Miststück!«, knurrte er mit tiefer Stimme. »Begreifst du immer noch nicht?«
O Gott, ja, sie hatte begriffen. Ihr Bein schmerzte höllisch. Er würde ihr noch mehr Schmerzen zufügen.
Der Mann zerrte sie grob aus dem Wagen und stieß sie, den Lauf seiner Waffe in ihren Rücken gedrückt, vorwärts.
»Beweg dich.«
Hatte sie diese Stimme schon einmal gehört?
Ihre Schuhe versanken im Schlamm, doch sie schleppte sich

voran, entschlossen, entweder eine Möglichkeit zu finden, ihrem Schicksal zu entgehen oder sich in Jesu Hände zu geben.
Ihre Schuhspitze stieß gegen etwas Hartes, und sie wäre beinahe gestürzt. »Hinauf«, befahl er. »Zwei Stufen.«
Sie schluckte ihre Angst hinunter, nahm die zwei Stufen. Als er um sie herum griff, spürte sie seinen Atem im Nacken. Eine Insektenschutztür knarrte. Der Mann stieß Gina wieder mit der Mündung der Pistole in den Rücken. Ihre Schritte klangen dumpf auf den unebenen Bohlen einer Veranda, wie sie vermutete.
Eine weitere Tür öffnete sich quietschend. Ginas Herz klopfte so heftig, dass sie meinte, es müsse explodieren.
»Rein da!«
Vorsichtig tastete sie sich voran. Trotz der Augenbinde empfand sie eine andere Art von Dunkelheit, von Enge. Ihre Nerven vibrierten, die Muskeln waren verkrampft, sie war am ganzen Körper schweißnass. Sie befand sich in einem Haus, in einem leeren Haus, dem lauten Hallen ihrer Schritte auf dem Fußboden nach zu urteilen. Es roch nach Schmutz und Verwahrlosung und nach etwas anderem, etwas Stechendem … Urin?
Von einem Tier?
Oder von einem Menschen?
Ihr Magen krampfte sich zusammen.
Du lieber Gott, befanden sich etwa Tote im Raum? Oder lebten die Menschen noch und wurden gegen ihren Willen hier festgehalten? Ein wenig Licht drang jetzt durch ihre Augenbinde, trübe Beleuchtung. Ihre Fantasie gaukelte ihr die grausigsten Szenen vor.
»Bleib stehen«, sagte er an ihrem Ohr, und sie fühlte die Schneide einer kalten Stahlklinge an ihrer Wange. Er stand

hinter ihr, drängte sich fest an ihren Rücken. Kalte, nie gekannte Angst stieg in ihr auf.
Er legte einen Arm um ihre Rippen, hielt die Pistole unter ihre Brüste gepresst und strich langsam mit der Messerklinge über ihre Wange. Sie spürte an ihrem Rücken seine Erektion. Die Situation erregte den Dreckskerl!
Abermals stiegen ihr Tränen in die Augen.
Das Messer glitt tiefer, unter ihr Kinn. Wo die Haut weich und verletzlich war.
O Gott …
Er übte mehr Druck auf die Klinge aus und ließ sie scheinbar verführerisch über ihren Hals gleiten, bis zu der weichen Stelle zwischen den Schlüsselbeinknochen. Er atmete jetzt schwer, in kurzen, keuchenden Stößen.
Vor lauter Panik knickten ihre Beine ein, und hätte er sie nicht gehalten, wäre sie gestürzt.
Herrgott, gib mit Kraft.
Als sie schon sicher war, dass er ihr im nächsten Moment die Kehle durchschneiden würde, öffnete er die Handfesseln. Hätte sie das geahnt, wäre sie bereit gewesen, doch in dem Bruchteil der Sekunde, in der ihr bewusst wurde, dass ihre Hände frei waren, rückte er wieder dicht an sie heran, setzte ihr das Messer an die Kehle und drückte ihr die Pistole in die Hand.
»Schieß«, befahl er und umfasste ihre Hand mit stahlharten behandschuhten Fingern.
Was?
Er dirigierte ihre Hand mit der Waffe, richtete sie schräg nach unten, und sie hörte ein Geräusch … Einen erstickten Schrei?
Also war noch jemand in diesem Raum.
»Schieß, Gina Bellinda!«

Als sie ihren Namen aus seinem Mund hörte, hätte sie sich am liebsten übergeben. Dass sie Teil seiner makabren, tödlichen Inszenierung war, was auch immer sie bedeuten mochte, drehte ihr den Magen um.
Das Messer fuhr über ihre Kehle, und sie empfand einen heißen, brennenden Schmerz, als es ihre Haut ritzte.
»Schieß und mach ein Ende.«
Tu's nicht. Gina, tu's nicht … Hier geht etwas Grauenhaftes vor, etwas viel Schlimmeres, als du anfangs gedacht hast.
Wieder ein gedämpfter Aufschrei.
Schräg vor ihr. Von der Stelle, auf die er die Waffe richtete. Lieber Gott, zu welcher Untat wollte er sie zwingen?
Sie versuchte, ihm ihre Hand zu entziehen, doch er packte noch fester zu, zielte und zwang ihren Finger, den Abzug zu ziehen.
Bamm!
Der Schuss klang wie ein Donnerschlag.
Es riss ihr die Hand hoch, doch er hielt sie fest.
Ein klagender Ton, durch irgendetwas erstickt, störte die Stille ringsum.
O Gott, was hatte sie getan?
»Vergeltung«, knurrte ihr Angreifer und riss Gina die Binde von den Augen.
Ginas Augen stellten sich nur mühsam auf das Licht ein, das eine kleine Glühbirne in einer Ecke des großen, mit Fichte vertäfelten Raums spendete. »O lieber Gott, nein«, flüsterte sie, als sie erfasste, was sie getan hatte. Ein dicker Mann mit zerzaustem weißem Haar starrte mit fassungsloser Miene zu ihr auf. In seiner Brust klaffte ein Loch, aus dem Blut quoll.
Sie erkannte in ihm einen Mann, den sie verabscheute, ausgerechnet den Mann, den sie um eine Geldspende hatte an-

gehen wollen ... Ein leises Stöhnen kam über ihre Lippen, als sie Asa Homer Pomeroy sterben sah.

Heftig zitternd wich sie zurück, versuchte, die Waffe fortzuwerfen, doch das Monster war immer noch hinter ihr, und seine Erektion war immer noch steinhart. Wieder umspannten seine Finger ihre Hand. Sie senkte den Blick auf die Waffe, einen Colt .45 mit Perlmuttkolben, wie eine von denen, die ihr Mann besaß.

Während sie vor Grauen schier verging, drehte er ihre Hand, zwang sie hinauf bis an ihre Schläfe. Gina vermochte nicht mehr zu schlucken und sie betete stumm um Vergebung ihrer Sünden. Herr, bitte nimm meine Seele zu dir. Beschütze Wally ... Wally, oh, Wally, ich liebe dich ...

17.

Maury Taylor betrachtete den Zettel in seiner Hand und wusste sofort, dass er Gold wert war.

Er hatte verschlafen, war kurz unter die Dusche gesprungen, in seinen Jogginganzug geschlüpft, hatte sich dann in einem Drive-in seinen morgendlichen Fitmacher in Form von Espresso geholt, war weitergefahren und hatte seinen alten Toyota schließlich gegenüber vom Sender geparkt. Ihm war keine Zeit für die Morgenzeitung geblieben.

In der folgenden Stunde hatte er die an Giermans Sendung und an die Nachfolge-Sendung adressierte Post gecheckt. Beileidskarten, mitfühlende Sprüche, ein paar blöde Geschenke, einschließlich einer auf Videokassette aufgezeichneten alten Show – als ob der Sender sie nicht alle aufgezeichnet hätte! Immer der gleiche idiotische Schmalz. Er war beinahe durch, da entdeckte er diese Kostbarkeit in dem Stapel und wusste auf Anhieb, dass sich sein Leben in diesem Augenblick grundsätzlich geändert hatte.

Zum Besseren.

Und wie!

Der schlichte Zettel war an Luke Gierman adressiert, den Toten persönlich, und steckte in einem einfachen weißen, mit Blockbuchstaben beschrifteten Umschlag ohne Absender.

Seit Lukes Tod gingen beim Sender Säcke voller Karten und Briefe und Zettel ein. Ganz zu schweigen von den Hunderten E-Mail-Botschaften täglich. Der Kerl war im Tod noch beliebter als im Leben und die Hörerquoten seiner Show waren höher denn je, was Maury nur recht war. Der Geschäftsführer sprach davon, Maury dauerhaft zum Moderator der Show zu befördern und den Namen irgendwann zu ändern, etwa in *Maury Taylor präsentiert Gierman's Groaners* ... Das war ziemlich umständlich, und irgendwann würde daraus schlicht und einfach die *Maury Taylor Show* werden, doch sie mussten noch, wie der Geschäftsführer ihm versichert hatte, an einem schlagkräftigeren, persönlicheren Titel arbeiten. *Taylors Tratsch* klang ganz gut, aber viel zu weiblich. Er wollte ja nicht wie eine Tussi rüberkommen ... Aber grundsätzlich schien sich für ihn alles zum Guten zu wenden. Bald würde er kriegen, was ihm zustand.

Dein Pech, Luke.

In Maurys Augen war Luke ein echter Scheißkerl gewesen. Eine großspurige Nervensäge. Dennoch – er, Maury, war nicht dumm und hatte trotz seiner Abneigung gegen Luke mitgemacht, die Rolle des Blödmanns gespielt, grölend über Dinge gelacht, die ihn insgeheim abstießen, er hatte die Stöhntaste gedrückt, wenn sich Luke einen besonders schlimmen Kalauer leistete.

Teufel auch, wer hätte nicht die Chance ergriffen, Teil einer beliebten Show zu sein? Nur die wenigsten Radio-Moderatoren wurden reich, aber Luke hatte die Grenzen gesprengt und – den Mengen von Blumen, Karten und Anrufen nach zu urteilen, die bei WSLJ eingingen – eine Menge Menschen erreicht, die von seiner Show entweder fasziniert oder angewidert waren.

Doch jetzt war Maury an der Reihe.
Wegen dieses Zettels.
Maury heftete den Blick erneut auf das weiße Stück Papier.

BEREUE
HW

Gott, es wäre für ihn ein solcher Triumph, dieses eine Wort in seiner Sendung verlesen zu können, die Hörerschaft aufzurütteln, indem er andeutete, mit Lukes Mörder in Kontakt zu stehen … Man stelle sich nur die Hörerzahlen vor! Bei dem Gedanken wurden ihm die Handflächen feucht. Gut, die Polizei würde sich aufregen. Aber hatte der Sender nicht für derartige Situationen gute Anwälte?
Was hätte Luke getan?
Das stand außer Frage.
Maury ließ keine Skrupel aufkommen. Er ging zum Fotokopierer im Hinterzimmer, nickte Rambling Rob, einem drahtigen alten DJ, zu, der trotz CDs und Computer noch Schallplatten abspielte. Rob trank Kaffee und löste Kreuzworträtsel, seine übliche Routine, bevor er auf Sendung ging.
Maury legte den Zettel auf den Kopierer und drückte die Starttaste. Ein beunruhigender Gedanke quälte ihn allerdings. Was war, wenn sich der Zettel als Fälschung erwies? Dass er ein gutes Gefühl bei der Sache hatte, musste nichts bedeuten. Er wollte nicht hinterher als der Blödmann dastehen. Nie wieder. Die Rolle hatte er viel zu lange gespielt.
Also, wie sollte er diesen Zettel heute Nachmittag in der Sendung einsetzen …
Ach, zum Teufel, er würde den Hörern einfach davon berichten, in dem Wissen, dass der Absender zuhörte, und

dann würde er den Kerl ködern, ihn anlocken. Wer weiß, vielleicht würde der Absender dieses Zettels – ob er nun ein Spinner war, der sich wichtig machen wollte, oder tatsächlich der Mörder – irgendwie reagieren. Besonders, wenn Maury ihn ein bisschen aus der Reserve lockte.

Wenn das geschah, würden die Hörer verrückt spielen. Es wäre ein riesiger Erfolg. Dann wäre es gleichgültig, ob sich der Zettel als Fälschung erwies oder nicht. Maury stellte sich vor, wie sich das Ganze in der Sendung machen würde, und hätte beinahe einen Steifen gekriegt.

Er nahm die Kopie und das Original wieder an sich und ging gerade zur Tür hinaus, da hob Rob den Blick von seinem Rätsel.

»Hey! Hast du die Nachrichten gehört?«

»Welche Nachrichten?« Maury blieb abrupt stehen. Er konnte nur hoffen, dass Lukes Mörder nicht gefasst worden war. Nicht gerade jetzt.

»Über die Entführung.«

»Sie haben Pomeroy gefunden?«

»Weiß nicht.« Der alte DJ verzog das Gesicht und seine zahlreichen Falten vertieften sich. »Nein, ich rede von Gina Jefferson. Du kennst sie doch?«

»Diese Wohltäterin? Die sich für die schwarze Bevölkerung einsetzt und im Stadtrat ständig nach Mitteln für ihre Klinik schreit, die Frau, die Luke in seiner Sendung haben wollte, um sie öffentlich fertigzumachen? *Die* Gina Bellinda Jefferson?«

»Ja, die«, sagte Rob sichtlich genervt. »Und übrigens, Wohltäterin ist kein Schimpfwort. Sie ist eine prima Lady. Hat eine Menge für die Stadt und die Obdachlosen getan und für die … du weißt schon, die nicht alle Tassen im Schrank haben. Wie auch immer, sie ist verschwunden.«

»Verschwunden? Wie Pomeroy?«, fragte Maury. Eine Sekunde lang war er irritiert, doch dann setzten sich die Rädchen in seinem Hirn wieder in Bewegung. Noch schneller als zuvor. Die Sendung versprach ein absoluter Hammer zu werden …

Zwei bedeutende Bürger der Stadt vermisst, einer davon ein reicher Industrieller, der für Geld seine Schwiegermutter verkauft hätte, die andere ein großherziger Gutmensch, die den Unterprivilegierten half … ja! Hier entwickelte sich gerade eine unglaubliche Sendung. »Ist sie entführt worden?«, fragte er und warf einen Blick auf den Zettel.

Konnte dieses Stück Papier etwas mit den Vermissten zu tun haben? War Luke nicht auch zunächst gekidnappt worden? Und das Mädchen, Courtney LaBelle?

»Sieht so aus. Aber das kann noch keiner mit Sicherheit sagen. Bisher ist nicht mal eine Lösegeldforderung für Pomeroy eingegangen, und er ist schon seit zwei oder drei Tagen verschwunden.« Rob schwieg für einen Moment. »Da fragt man sich doch, was zum Teufel hier los ist.«

Der Zettel brannte Maury geradezu in der Hand. Er ging zur Tür. Niemand durfte wissen, was er plante. Weder die Programmdirektorin noch der Geschäftsführer noch einer von seinen Kollegen. »Da hast du Recht!«, rief er noch über die Schulter zurück.

Die Sendung *Gierman's Groaners* hatte ihren üblichen Platz im Programm behalten, aber zwei oder drei Ausschnitte – »Aus Lukes Lieblingssendungen« – wurden jeden Tag zu einem anderen Zeitpunkt ins Programm genommen, was Maury im Sender festhielt, wo er stundenlang beim Zusammenschneiden, Überarbeiten und Moderieren helfen musste. Sinn und Zweck war, noch mehr Hörer heranzuziehen, und auch wenn einige ungehalten reagiert und per E-Mail

ihr gewohntes Programm verlangt hatten, freuten sich wegen der hohen Einschaltquoten doch die Werbekunden.
Es war eine Ironie des Schicksals, dass Maury plante, Luke noch lange unter den Lebenden weilen zu lassen, zumindest im Radio. Wenn die Sendung endgültig seine wurde, würde er ein Segment Luke widmen. Luke erging es genauso wie Elvis nach seinem Tod. Er war lebendiger, gegenwärtiger, öfter zu hören denn je.
Und dieses Goldstück, dieser Brief des Mörders oder von wem auch immer, würde die Kugel ins Rollen bringen. Maury plante, die Botschaft auf Sendung vorzulesen, den Hörern mitzuteilen, dass sie »vielleicht« von dem Mörder stamme, seiner Meinung nach aber eher ein Schwindel sei, von einem Trittbrettfahrer. Davon erhoffte er sich, dass der Kerl dumm genug war, in der Sendung anzurufen. Wäre das nicht die Supershow? Maury brauchte nichts weiter zu tun, als den Briefschreiber herauszufordern. Dann erst würde er die Polizei einschalten.
Als er den Flur entlangschritt, musste Maury unwillkürlich lächeln. Er war es leid, die zweite Geige zu spielen; es war an der Zeit, ins A-Team aufzusteigen.

»Das kann doch nicht wahr sein!« Abby vermochte ihren Frust nicht zu verbergen. Sie telefonierte gerade mit dem vierten Sicherheitsdienst an diesem Tag. Sie lehnte sich in ihrem kleinen Studio im Herzen von New Orleans an den Schreibtisch, zählte stumm bis zehn und versuchte, die Ruhe zu bewahren.
»Es ist aber so, Madam«, versicherte eine raue Stimme am anderen Ende der Leitung. »Den nächsten freien Termin haben wir ... mal sehen ...« Sie hörte, wie Seiten umgeblättert wurden, und fragte sich, warum Stan's Security Service seine

Terminplanung nicht per Computer erledigte. »... wie's aussieht Montag in zwei Wochen, aber vielleicht ergibt sich zwischendurch noch was. Man kann nie wissen. Trudie, unsere Sekretärin, kennt sich viel besser aus als ich, aber sie macht gerade Pause. Wenn sie zurück ist, kann sie Ihnen alles genau sagen. In zehn, fünfzehn Minuten dürfte sie wieder hier sein.«

»Danke, ich melde mich dann noch einmal«, sagte Abby und legte auf. Wer hätte gedacht, dass sich die Suche nach einer Firma, die sofort eine simple Alarmanlage installieren konnte, genauso schwierig gestaltete wie ein Einbruch in Fort Knox? Sie blickte auf ihren Monitor, auf dem die jüngste Ausgabe der Gelben Seiten aufgerufen war und sich mit ihrer Liste von Sicherheitsdiensten und Installateuren von Alarmanlagen über sie lustig zu machen schien.

Warum sollte sie sich die Mühe überhaupt noch machen?

Sie wollte das Haus ja ohnehin verkaufen.

Sean Erwin, dieser stoppelhaarige Mann, der kein gutes Wort für ihr Haus übrig gehabt hatte, wollte später am Nachmittag noch einmal zu einer Besichtigung kommen. Dieses Mal würde er nicht nur sein Maßband, sondern auch eine Liste mit den Ausmaßen seiner Möbel mitbringen, und einen Skizzenblock, auf dem er, wie er verraten hatte, die Anordnung seiner Lieblingsstücke aufgezeichnet hatte, der Dinge, ohne die er »absolut nicht leben« konnte.

Abby hielt es für Zeitverschwendung, hatte aber zugestimmt, ihn nach der Arbeit in ihrem Studio, wo sie Anrufe getätigt, Rechnungen bezahlt, Mahnungen an säumige Kunden geschickt und anderen Papierkram erledigt hatte, zuhause zu empfangen.

Sie versuchte schon den ganzen Tag lang, nicht an Detective Reuben Montoya zu denken. Warum der sexy Polizist ihr nicht aus dem Kopf ging, verstand sie einfach nicht. Sie rief sich noch einmal ins Gedächtnis, dass sie ja nicht auf der Suche nach einem Mann war. Sie hatte vielmehr beschlossen, sich bis zu ihrem Umzug an die Westküste Verabredungen, Männer und Sex ganz aus dem Kopf zu schlagen.

Aber der Detective mit dem schiefen Lächeln schlich sich immer wieder in ihre Träume und auch in ihre Gedanken.

Alles in allem war es also viel besser für sie, schnellstens umzuziehen.

Bevor es zu spät war.

Es ist längst zu spät, Abby. Du hast Feuer gefangen. Gesteh's dir nur ein.

Na gut. Dann eben: bevor sie eine Dummheit beging.

Ach, Schätzchen, höhnte ihre innere Stimme. Was Detective Montoya betrifft, ist das Kind längst in den Brunnen gefallen, und du weißt es.

Laura Beck war wütend.

Sie fuhr ihren Lincoln Continental mit einem Bleifuß im Manolo-Blahnik-Schuh. Das stimmt nicht ganz, dachte sie kleinlaut. Die Riemchenschuhe aus Leopardenfell-Imitat waren keine echten Blahniks, sondern verdammt gute Fälschungen, und sie hatten über zweihundert Dollar gekostet. Deshalb freute sie sich auch keineswegs darauf, durch Regen und Dreck stapfen zu müssen und sie womöglich zu ruinieren.

Als Kind armer Leute in den Appalachen aufgewachsen, hatte sie schon frühzeitig den Wert des Geldes kennen gelernt, und sie verdankte es nur ihrem Verstand, ihrem Mumm und, nun ja, und der Tatsache, dass sie mit den richtigen Männern geschlafen hatte, wenn sie ihrem Lebensziel jetzt zum Greifen nahe gekommen war.

Deshalb sollte ihr auch kein elender kleiner Hausbesetzer den besten Deal verderben, den sie je hatte. Auf keinen Fall. Sie arbeitete seit acht Jahren in den höchsten Rängen der Maklerfirma Respected Realty Company und hatte Jahr für Jahr, in guten und in schlechten Zeiten, Grundstücke im Gesamtwert von mehr als zehn Millionen Dollar verkauft. Jetzt hatte sie die Chance, den Besitzer der Maklerfirma auszuzahlen, und sie plante außerdem, das Unternehmen auf andere Städte auszudehnen. Doch trotz all ihrer Ersparnisse brauchte sie noch Asa Homer Pomeroys Geld, damit ihr Traum wahr wurde.

Zum Teufel mit dem Kerl, wo steckte er?

Warum war er urplötzlich verschwunden?

Als sie die kurvenreiche Straße zu seinem Jagdhaus entlangfuhr, überkam sie die düstere Vorahnung, dass er tot war. Und wenn das stimmte, Erbarmen, dann würden ihre schönen Pläne in Rauch aufgehen … Nun ja, es sei denn, sie sprach mit den Erben. Zum Glück war der älteste Sohn, Christian, seit Jahren nicht in der Gegend gesehen worden, aber Asa hatte außerdem noch eine Reihe von verbitterten Exfrauen, zwei Töchter, die hochnäsige Miststücke waren, und einen weiteren Sohn, dumm wie Bohnenstroh und überzeugt, Gottes Geschenk an die Frauenwelt zu sein. Jeremy Pomeroy hatte sie schon oft angebaggert. Praktisch bei jeder Gelegenheit, die sich ihm bot. Jeremy, ein furchtbarer Langweiler, kam nach seinem selbstherrlichen Vater, wenngleich er nicht dessen Verstand und Arbeitsmoral geerbt hatte. Und seine Kinder erst! Schreckliche Gören. Schon beim Gedanken an Asas Enkel bekam Laura Kopfschmerzen. Diese beiden pubertierenden Schwachköpfe, genauso schlimm wie ihr wichtigtuerischer, schleimiger Vater und genauso kalt wie ihre Mutter.

Laura schauderte bei der Erinnerung daran, wie sie letztes Jahr zu Weihnachten die gesamte Familie Pomeroy hatte ertragen, wie sie lächeln und über zotige Witze lachen und sich von anzüglichen Fingern hatte in den Hintern kneifen und sich immer wieder unterm Mistelzweig hatte küssen lassen müssen.

Nur weil sie ein Stückchen vom Pomeroy'schen Vermögen haben wollte.

Genau wie jeder andere Grundstücksmakler in Louisiana.

Sie bog von der Landstraße auf einen Kiesweg ab, der über das Grundstück führte, vorbei an jahrhundertealten Bäumen, durch laubgefüllte Furchen. Gestrüpp und Dornenranken nahmen ihr noch den Blick auf das Jagdhaus, doch ihr fiel auf, dass jemand das Tor offen gelassen hatte. Seltsam.

Anscheinend ging bei diesem Auftrag aber auch alles schief!

»Du schaffst das schon«, sagte sie zu sich selbst und ertappte sich dabei, dass sie in ihren Heimatjargon verfallen war, den sie in jahrelanger Mühe zu verbergen gelernt hatte. Er war ihr nicht wegen ihrer Herkunft aus den Appalachen peinlich. Schließlich lebten ein paar von den nettesten Leuten, die sie kannte, in den Bergen und Tälern von West Virginia, dem atemberaubend schönen Land voller gottesfürchtiger, Musik liebender, hart arbeitender Menschen. Es war ihre frühere Armut, die ihr eine Gänsehaut verursachte und vor der sie ihr Leben lang davonlief.

Laura warf im Rückspiegel einen Blick auf ihr Gesicht. Sie sah immer noch gut aus, obwohl im nächsten Frühling schon die große Vierzig dräute. Ihr Haar war intensiv rot mit perfekten goldenen Strähnchen, ihre grünen Augen waren groß und sexy, ihr Körper war wohlgeformt dank eines strengen

Speiseplans, der Salate, fettarme Dressings und zuckerfreies Joghurt vorsah, und zwei Stunden im Fitness-Center täglich, jeden Morgen ab fünf. Danach noch zwei Tassen schwarzen Kaffee, und sie war fit für den Tag.

Und sie liebte ihre Arbeit.

Aber nicht, wenn irgendwelche Idioten sie sabotierten.

Ein Nachbar hatte sie angerufen und gesagt, ein Wagen parke vor dem Jagdhaus ... und das an ihrem Außendienst-Tag! Zuerst hatte sie geglaubt, es sei der Hauswart, der das Grundstück aufräumen sollte, doch der Nachbar hatte versichert, auf dem Grundstück werde nicht gearbeitet und es handele sich bei dem Wagen nicht um den zerbeulten grünen Pickup.

Toll, dachte Laura wütend. Einfach großartig!

Das Hausinnere hatte sie bereits picobello reinigen lassen, und in ihrem Kofferraum befanden sich zwei Thermoskannen mit Kaffee, eine Obstplatte und ein Körbchen mit Mini-Beignets für die anderen Makler, die planten, im Zuge ihrer allwöchentlichen Tour bis hier herauszukommen. Die ersten wurden in knapp zwei Stunden im Jagdhaus der Pomeroys erwartet. Wie sollte das jetzt wohl gehen?

»Verdammt«, murmelte sie, als sie den alten Buick auf der Zufahrt entdeckte. Der Nachbar hatte Recht. Nun ja, wer immer hier eingedrungen war, würde achtkantig hinausfliegen.

Pass auf, Laura. Sei vorsichtig. Vergiss nicht, was Mama immer gesagt hat: »Man kann ein Buch nicht nach seinem Umschlag beurteilen.« Vielleicht ist ein Interessent hier, der das Haus kaufen will.

Ausgeschlossen.

Der Nachbar hatte zwei Stunden zuvor angerufen, und Laura bezweifelte, dass sich ein potenzieller Käufer zwei Stunden gedulden und hier warten würde. Es war auch kein Makler, der frühzeitig zur Besichtigung eingetroffen war, und der Wagen sah auch keinesfalls aus wie das Fahrzeug eines Jägers.

Merkwürdig.

Sie lenkte den Lincoln neben den Buick und schaltete den Motor aus. Als sie ausstieg, spürte sie das leise Kitzeln einer beginnenden Laufmasche in ihrer Strumpfhose. Lieber Himmel, warum hatte sie heute überhaupt eine angezogen? Nicht weiter schlimm. Sie würde sie ausziehen und Bein zeigen. Sorgsam darauf bedacht, nicht in Pfützen zu treten, ging sie zu dem Buick hinüber. Er war nicht verschlossen. Und leer.

Wo befand sich der Fahrer?

Im Haus?

Sie betrachtete das große alte Jagdhaus mit dem steilen Dach, den Giebeln und den kleinen Ästen in der Dachrinne. Alle Fenster und Türen schienen geschlossen zu sein. Wie sollte der Besitzer des Buick ins Haus gekommen sein? Es war abgeschlossen, der Schlüssel in dem maklereigenen Schlüsselkasten hinterlegt. So sollte es zumindest sein.

Die Laufmasche in Lauras Strumpf kroch nach oben, und die Nässe drang in ihre Schuhe. Sie hielt auf die Tür zu, im Begriff, die elektronische Entriegelung des Schlüsselkastens zu betätigen und den Schlüssel zu entnehmen.

Doch als sie die zwei breiten Stufen hinaufsteigen wollte, blieb sie wie vom Donner gerührt stehen. Der Schlüsselkasten war verschwunden, hing nicht an der Klinke der mächtigen Eingangstür, wo sie ihn vor zwei Tagen hinterlassen hatte. Verdammt. Was hatte das zu bedeuten? Ihr Blick wanderte über die breite Veranda, und sie nahm sich unwillkürlich vor, sie zu fegen, bevor die Besichtigung begann.

Die Unwetter der letzten Nächte hatten Laub und Tannennadeln auf die hundert Jahre alten Bohlen geweht, und der verdammte faule Hauswart hatte sich offenbar nicht blicken lassen ... ach, zum Teufel. Laura entdeckte den Schlüsselkasten. Er lehnte an einem Pfosten des Verandageländers, und der Henkel war mit dem Bolzenschneider durchgeschnitten.
»Verdammte Scheiße«, fluchte sie leise.
Sie ging zur Tür, drückte die Klinke und stieß die schwere Eichentür problemlos auf. So viel zum Thema Sicherheit. Die Tür öffnete sich so leicht und leise, als wären die Scharniere frisch geölt.
Eigenartig.
Stirnrunzelnd trat sie ein, und sofort überkam sie das Gefühl, dass hier etwas nicht stimmte. »Hallo?«, rief sie. Die Absätze ihrer Schuhe klackerten auf dem Holzfußboden im Eingangsbereich. Schmutzstreifen und ein paar trockene Blätter verunzierten die Politur. Und da war noch etwas. Eine Hundert-Dollar-Note. Benjamin Franklin blickte unter einem kleinen Tisch nahe der Tür hervor.
Wer war hier gewesen und hatte einen Hunderter verloren?
Der Fahrer des Buick?
Der Einbrecher?
Laura schaute die Treppe mit den handgeschnitzten Geländerpfosten hinauf und rief: »Ist da jemand?«
Das große Jagdhaus war still wie ein Grab.
»Hallo?«
Sie bemerkte einen zweiten Geldschein unter dem Bogen, der zum Wohnbereich führte ... und noch einen. Dreihundert Dollar. Sie hob die Scheine auf und ging ins Wohnzimmer, wo noch mehr Banknoten, ungefähr ein Dutzend, auf dem Fußboden lagen. Doch sie waren nicht ganz sauber. Sie waren verschmiert mit Dreck und ... *Blut?*

Lauras Herz setzte für einen Schlag aus. O Gott. Es war wirklich Blut – rote Flecken verschmierten Benjamin Franklins Gesicht. Und dann roch sie es, diesen Kupfergeruch, der auch ihrem Vater anhaftete, wenn er mit einem ausgenommenen Reh von einem Jagdausflug oder vom Schweineschlachten zurückkam … Ja, genauso roch es. Nach Blut und abgestandenem Urin, der mit seinem Ammoniakgestank in der Nase stach.

Sie trat zwei Schritte weiter ins Wohnzimmer, und ihr Blick fiel auf den Boden vor dem Sofa.

»O Gott!«

Zwei Körper lagen dort. Augenscheinlich tot. Eine vollständig bekleidete, korpulente Frau über dem splitterfasernackten Asa Homer Pomeroy.

»Nein!«, schrie Laura und wich zurück. »O nein, nein …«

Sie bemerkte die Einschusslöcher und das Blut, das seitlich am Gesicht der Frau herabgelaufen war und sich unter Asas Leiche zu einer Lache gesammelt hatte. Ein Revolver mit Perlmuttgriff lag noch in der rechten Hand der Frau.

Es war nicht irgendeine Frau, wie Laura jetzt feststellte. Ihr Verstand setzte wieder ein, sie erkannte Gina Bellinda Jeffersons Gesicht, das Gesicht der Frau, die in den Nachrichten als vermisst gemeldet worden war.

Laura musste würgen.

Im gesamten Zimmer lagen Hundert-Dollar-Scheine verstreut, über den Leichen, auf dem Boden und dem Sofa. Sie bewegten sich im Wind, der durch die offene Tür hereinwehte.

Laura taumelte, machte kehrt und rannte zur Tür. Dabei verlor sie einen Schuh. Doch sie blieb nicht stehen, sie schloss die Haustür nicht ab, sprang von der Veranda und lief zu ihrem Lincoln.

Drinnen drehte sie den Zündschlüssel. Als sie anfuhr, spritzte Kies unter den Reifen des Wagens hervor. Ihr Herz hämmerte, und sie fühlte sich, als wäre jedes Haar auf ihrem Kopf grau geworden. Asas aufgedunsenes Gesicht, sein zerzaustes weißes Haar, die Blutlache und sein hässlicher weißer Leichnam, der aussah wie ein gestrandeter Wal, halb bedeckt von Gina Jeffersons Leiche …

Ihr wurde flau im Magen.

Sie kramte hektisch in ihrer Tasche nach dem Handy. Mit fliegenden Fingern gab sie die Nummer des Polizeirufs ein, bremste dabei nicht ab, fuhr einfach schleudernd weiter und hätte beinahe einen Pick-up gerammt, der mit lebenden Hühnern beladen war.

Der Fahrer des Pick-ups hupte und drohte mit der Faust, doch sie nahm es kaum wahr. Die Notrufzentrale meldete sich.

»Ich muss einen Mord melden. Einen Doppelmord!«, schrie Laura. Sie war kurzatmig und hatte das Gefühl, ohnmächtig zu werden. »Und … Sie brauchen nicht mehr zu suchen … Ich habe Asa Pomeroy und Gina Jefferson gefunden. Sie sind beide tot!«, stammelte sie weinend und wehrte sich gegen den erneut aufkommenden Brechreiz. Sie riss das Steuer herum, lenkte in eine Zufahrt, trat auf die Bremse und hörte, wie die Thermoskannen, die Obstplatte und der Korb mit dem Gebäck im Kofferraum durcheinander gerüttelt wurden. Sie stieß die Tür auf, beugte sich hinaus und gab den Morgenkaffee von sich.

18.

»Dieses Haus gehört Pomeroy?«, fragte Montoya, der den Tatort in Augenschein nahm. Nachdem Laura Becks Anruf eingegangen war, hatte die Notrufzentrale das Morddezernat wie auch das FBI verständigt. Es war dem Diensthabenden schließlich gelungen, der entsetzten Maklerin, die die Leichen gefunden hatte und jetzt auf dem Polizeirevier von Brinkman vernommen wurde, die Adresse zu entlocken.

Es war inzwischen später Abend und dunkel. Scheinwerfer waren aufgestellt worden, das Grundstück war mit Flatterband abgesperrt.

In dem alten Jagdhaus drängten sich nicht nur die Leute von der Spurensicherung, sondern auch Vertreter der örtlichen Polizei, vom Sheriffbüro und von der staatlichen Polizei von Louisiana. Am Nachmittag waren Detectives von der Polizeibehörde von Cambrai und New Orleans eingetroffen.

Bonita Washington hatte Montoya bereits zwei Mal angeschnauzt, zuerst, damit er sich ins verdammte Log eintrug, und dann, damit er Hüllen über seine Schuhe streifte. Beides hatte er getan und den Mund gehalten, während Inez Santiago den Raum ausmaß und Fotos schoss. Ein weiterer Ermittler nahm Fingerabdrücke, ein vierter studierte die Blutspritzer.

Das alte Jagdhaus wurde Zentimeter für Zentimeter unter die Lupe genommen, Spuren wurden sichergestellt, die Hände der Opfer mit Plastikbeuteln versehen. Es wurden nicht nur Fotos, sondern auch Videoaufnahmen gemacht.

Alle waren angespannt bei der Arbeit.

Keiner riss einen Witz.

Die Szene war so ähnlich angelegt wie im Mordfall Gierman/LaBelle, allerdings trug Gina Jefferson kein Brautkleid. Es sah vielmehr aus, als wäre sie noch genauso gekleidet wie zu dem Zeitpunkt ihrer Entführung. Ihr Mann Walter hatte den marineblauen Hosenanzug und die Bluse bis ins Kleinste beschrieben.

Aber Asa war so nackt, wie Gott ihn erschaffen hatte. Keinen Faden am Leibe. Die Kleider, die er getragen hatte, lagen zusammengeknüllt vor dem Kamin: Hut, Stiefel, Hose, Jackett und Unterwäsche. Kein Stück wies auch nur einen einzigen Blutstropfen auf. Man hatte ihn also vor seiner Ermordung ausgezogen, nicht erst hinterher. Genau wie Gierman.

Am augenfälligsten unterschied sich die Szene von dem Gierman/LaBelle-Mord dadurch, dass über die Leichen und den Fußboden um sie herum Hundert-Dollar-Noten verstreut lagen.

Warum?

»Seht euch diese Leiche mal näher an«, sagte Bentz und wies auf Pomeroy. »Da, die winzig kleinen Hautverfärbungen, ganz dicht beieinander, die Rötungen.«

»Elektroschocker?«

»Darauf würde ich auch tippen.«

»Und sie?«, fragte Montoya und deutete mit einer Kopfbewegung auf Gina Jefferson.

»Wir haben bisher nichts gefunden.«

»Dann hat der Mörder also nur Pomeroy unter Strom gesetzt.«

»Genau. Aber er ist ja auch entschieden schwerer als die Frau und hat sich vielleicht heftiger zur Wehr gesetzt. Er galt als zäher Brocken.«

»Nicht zäh genug«, bemerkte Montoya und rieb sich stirnrunzelnd den Kinnbart. »Falls wir es mit ein und demselben Mörder zu tun haben, und darauf möchte ich wetten, dann variiert er seine Vorgehensweise. Gierman und LaBelle wiesen keine Anzeichen auf die Anwendung eines Elektroschockers auf. Und seht mal, hier.« Er zeigte auf Gina Jeffersons Gesicht, über dessen Wange sich ein langer Schnitt zog. »Das weicht auch von dem ersten Fall ab.«

»Vielleicht waren diese beiden nicht so leicht zu überwältigen wie die ersten. Könnte aber auch sein, dass der Mörder seine Praxis verfeinert. Etwas ist beim ersten Mal nicht so gut gelaufen, wie er es sich gewünscht hatte, und deshalb feilt er seine Taktik aus und greift zu Elektroschocker und Messer.«

»Oder er geilt sich an den Schmerzen seiner Opfer auf«, sagte Montoya.

»Wir versuchen bereits bei den entsprechenden Läden in Erfahrung zu bringen, wer in letzter Zeit einen Elektroschocker gekauft hat, vielleicht können wir anhand des Abdrucks an Pomeroys Hals sogar die Marke und den Vertreiber feststellen.«

»Das wäre hilfreich.« Montoya nickte. »Und was ist mit der Mordwaffe?«

»Wir glauben, dass sie Mrs. Jeffersons Mann gehört hat. Vor ein paar Wochen war er auf dem Revier und hat einen seiner Revolver mit Perlmuttkolben als gestohlen gemeldet. Er wurde aus seinem Büro zuhause entwendet, während seine Frau und er bei der Arbeit waren. Ich habe schon den Officer angerufen, der die Anzeige aufgenommen und den Fall bearbeitet hat, aber ich fürchte, das ist nicht sehr ergiebig. Jeden Tag werden Waffen gestohlen. Mal abwarten, was der Officer zu sagen hat. Der Ehemann allerdings ist völlig fertig, will nicht glauben, dass seine Frau tot ist, gibt sich selbst die Schuld an dem Diebstahl der Waffe und so weiter. Zaroster und Brinkman haben schon mit ihm gesprochen und einen von seinen Brüdern herbestellt, nur für den Fall, dass Mr. Jefferson vor Trauer den Verstand verliert und eine Dummheit begeht. Zum Beispiel Selbstmord.«

»Das wird ja immer besser«, bemerkte Montoya mit nicht zu überhörendem Sarkasmus. Er sah sich in dem Zimmer um und blickte dann auf das Geld. »Was soll das mit den Geldscheinen?« Am vorigen Tatort waren statt Hundert-Dollar-Noten jede Menge Federn von dem Kissen vorgefunden worden, das Gierman vor den Leib geschnallt worden war. »Wie viel ist es?«

»Soweit wir das abschätzen können, ohne die Leichen zu berühren, etwa sechstausend.«

Montoya pfiff durch die Zähne. »Das Motiv war augenscheinlich nicht Geldgier.«

»Ich habe mit Pomeroys Frau gesprochen. Sie sagt, Asa hätte in seinem Handschuhfach immer fünftausend Dollar gehabt, für den Fall, dass er an einer privaten Pokerrunde teilnehmen wollte. Er bewahrte das Geld in einem violetten Samtbeutel von Crown Royal Whiskey auf. Aber das war nur seine eiserne Reserve. Für gewöhnlich trug er außerdem noch etwa fünfzehnhundert bei sich, in einer goldenen Geldspange, die seine Frau ihm vor ein paar Jahren zu Weihnachten geschenkt hat.«

»Wo ist diese Geldspange?«

Bentz schüttelte den Kopf.

»Du glaubst, der Mörder hat sie an sich genommen?«

»Wenn man der Dame glauben will, hat er das Haus nie ohne diese Geldspange verlassen.« Bentz warf Montoya einen Blick zu. »Wie man allerdings weiß, täuschen sich Ehefrauen oft über die Gewohnheiten ihrer Männer, wenn diese von der Leine gelassen sind.«

Montoya schritt um die Leichen herum, um die Szene aus einem anderen Blickwinkel zu betrachten. »Nehmen wir mal an, es stimmt, was die Frau gesagt hat. Dann hat der Mörder also die Geldspange genommen, aber das Geld, das darin steckte, am Tatort verstreut. Der Täter muss auch von der eisernen Reserve im Handschuhfach gewusst haben. Entweder hat Pomeroy ihm, als er um sein Leben feilschte, von dem Geld erzählt, oder der Mörder oder ein potenzieller Kumpan kannte Pomeroy so gut, dass er von dem Geld im Handschuhfach wusste.«

»Solange wir den Wagen nicht gefunden haben, werden wir das nicht erfahren.«

»Der Buick da draußen gehörte Mrs. Jefferson?« Montoya streifte Bentz mit einem Blick.

»Ja.« Bentz nickte. Er vermied es, die Opfer allzu lange anzusehen. Montoya erinnerte sich, dass Bentz immer Probleme hatte, beim Besuch eines Mordschauplatzes seinen Mageninhalt bei sich zu behalten.

»Ist ihr auch etwas abgenommen worden?«, fragte Montoya. Ein Ermittler löste die beiden Leichen gerade voneinander, um die Leichenblässe und die innere Körpertemperatur zu überprüfen.

»Kann sein. Mr. Jefferson schwört, sie hätte immer ein schlichtes kleines Goldkreuz am Hals getragen, das ihre

Mutter ihr vor Jahren geschenkt hatte. An einem Kettchen.«
»Verstehe. Es ist nicht mehr da.« Montoya betrachtete die beiden Leichen.
»Wir haben es jedenfalls nicht gefunden.«
»Bingo«, meldete sich Santiago und senkte die Kamera. Ihre Augen waren auf einen Polsterschemel gerichtet und auf ein violettes Stückchen Stoff, das darunter hervorlugte. »Da haben wir wohl den Crown-Royal-Beutel.« Sie machte noch ein paar Fotos, streifte Handschuhe über, rückte den Schemel zur Seite und fotografierte den Boden rings um den zerknüllten Whiskeybeutel.
»Sieht so aus, als hätte seine Frau Recht gehabt«, sagte Montoya, als Santiago den Samtbeutel in einem Plastiksack verstaute.
Montoya hatte genug gesehen. Er verstand nicht, warum in beiden Fällen die Leichen so positioniert wurden, als wären sie ein Liebespaar. Was sollte das? Er trat mit Bentz hinaus auf die Veranda, wo ein Polizist Wache stand, den Registraturblock in der Hand. Scheinwerfer warfen ihr Licht zwischen die Bäume. Vor der Absperrung lauerte noch immer die Presse. Am Himmel begleitete das monotone *Wupp Wupp Wupp* von Hubschrauberrotoren den Strahl des Suchscheinwerfers eines ortsansässigen Fernsehsenders.
Bentz und Montoya blieben vorsichtshalber unter dem Vordach der Veranda stehen, sie wollten sich nicht dem Sucher der Kameralinse aussetzen. »Courtney LaBelle hat immer ein Diamantkreuz getragen, und das hat der Mörder bei der Leiche zurückgelassen und stattdessen den Ring mitgenommen.« Bentz wirkte sehr nachdenklich.
»Wie ich schon sagte, es geht ihm nicht um Geld.« Mit dem Rücken zum Wind griff Montoya auf der Suche nach einer

Zigarettenschachtel automatisch in die Tasche, dann erst wurde ihm bewusst, was er tat. Falls Bentz es bemerkt hatte, äußerte er sich nicht dazu.

»Serienmördern geht es nie um Geld. Denen geht es um Macht, um ihr Ego, um die Show oder um irgendeine persönliche Mission.«

»Und für gewöhnlich überschreiten sie keine Rassenschranken«, ergänzte Montoya. »Weiße ermorden Weiße, Schwarze ermorden Schwarze. Aber jetzt haben wir drei weiße Leichen und eine afroamerikanische.«

»›Für gewöhnlich‹ …« Bentz schob die Hände tief in die Taschen. »Wie kommst du auf die Idee, dass irgendetwas an diesem Fall gewöhnlich sein könnte? Der Mörder hat einen Plan. Er arbeitet nicht nach dem Zufallsprinzip.«

»Ganz meine Meinung. Augenscheinlich versucht er, uns etwas mitzuteilen – durch die Gegenstände, die er an sich nimmt, durch die Art, wie er den Mordschauplatz herrichtet. Warum sind die Männer nackt, warum liegen die Frauen bekleidet über ihnen? Will er andeuten, dass es um Sex geht? Oder spielt er auf körperliche oder psychische Überlegenheit an? Warum lässt er es so aussehen, als hätte die Frau den Mann umgebracht und dann die Waffe gegen sich selbst gerichtet?«

»Wenn wir den ganzen Scheiß wüssten, hätten wir ihn längst.« Bentz kratzte sich im Nacken und blickte hinaus in die Dunkelheit. Ein zweiter Hubschrauber war hinzugekommen, blaue Lichtbögen durchschnitten die Nacht. »Lasst uns in Ruhe«, brummte er.

Montoyas Handy klingelte, und er meldete sich.

»Hey, hier ist Zaroster. Du hörst nicht zufällig gerade Radio?«

»Ich bin an einem Tatort.«

»Nimm dir die Zeit und hör dir *Gierman's Groaners* auf WSLJ an. Könnte sein, dass sich der Mörder meldet.«

»Verstanden.« Montoya war bereits mit langen Schritten auf dem Weg zu seinem Streifenwagen, und Bentz folgte ihm. Der Lichtstrahl der Hubschrauber fing sie ein, aber sie ließen sich nicht ablenken.

»Was ist los?«

»Zaroster glaubt, der Mörder könnte Kontakt zu Giermans Radiosender aufnehmen.«

Er drehte den Zündschlüssel, schaltete das Radio ein und suchte den Sender WSLJ. Maury Taylors nasale Stimme erklang.

»... genau, und deswegen bin ich auch nicht sicher, ob diese Sache echt ist oder nur ein Schwindel«, sagte er. Montoyas Rückenmuskeln spannten sich an. Er wagte kaum zu atmen, so angestrengt lauschte er. »Also wirklich, man muss kein Genie sein, um eine simple, wirklich *simple* Botschaft hierher an den Sender zu schicken. Das bringt jeder Idiot fertig. Also, falls du jetzt zuhörst, HW – ich begreif das nicht. Das heißt, ich weiß natürlich, dass du mich einschüchtern willst, aber ich bin nicht restlos überzeugt, dass du der Mörder bist.«

»Wie bitte?«, fragte Bentz leise.

»Will sagen, wenn du beweisen willst, dass du der Mörder bist, hätte ich etwas bedeutend Besseres erwartet. Also gehe ich davon aus, das Ganze ist ein Schwindel und du, HW, wer immer du sein magst, bist nur auf deine fünfzehn Minuten Ruhm versessen. Tut mir Leid, mein Freund, die besorge ich dir nicht. Und genug jetzt von Feiglingen und Schwindlern, kommen wir endlich zum Thema dieses Abends: Wenn man seine Braut betrügt. Wem tut es weh, wenn es doch keiner merkt?«

»Verdammte Scheiße!« Montoya schlug mit der Faust aufs Armaturenbrett. »Der Mörder hat sich bei ihm gemeldet. Dieses armselige Stück Scheiße!«

»Wer weiß, ob das stimmt. Vergiss nicht, mit wem wir es zu tun haben. Maury Taylor würde dem Teufel seine Seele verkaufen und dann vierzehn Tage Rücktrittsfrist beanspruchen, wenn er ein besseres Angebot bekommen und höhere Einschaltquoten erwarten könnte. Das alles kann genauso gut auch nur ein PR-Gag sein.«

Doch Montoya fluchte erneut. »Verdammte Scheiße, ich glaube, es ist an der Zeit, unserem Freund bei WSLJ einen Besuch abzustatten.«

»Gute Idee. Ich bring die Sache hier zu Ende. Ruf mich an.« Bentz fixierte vielsagend das Armaturenbrett, das Montoyas Faust getroffen hatte. »Gib Acht mit dem Wagen«, sagte er und stieg aus dem Crown Vic. »Der wird von Steuergeldern bezahlt.«

»Schon gut, Bentz. Mach endlich die Tür zu, damit ich diesem kleinen Sackgesicht den Hals umdrehen kann.«

Montoya setzte zurück, trat aufs Gas und schoss die Zufahrt hinunter, um gleich beim Tor wegen der anderen Fahrzeuge wieder abzubremsen. Während Streifenwagen mit rotierenden Alarmleuchten die Zufahrt zur Hälfte verbarrikadierten, fanden sich so dicht am Tatort wie möglich immer mehr Pressefahrzeuge ein. Autos von Gaffern säumten die Straße, Leute standen in Gruppen herum und blickten durch das Tor, in der Hoffnung einen Blick auf die Opfer oder Gott weiß was zu erhaschen. Montoya wünschte sie alle zum Teufel. »Habt ihr nichts anderes zu tun«, schimpfte er leise vor sich hin, als eine Frau im gelben Regenmantel es kaum für nötig hielt, ihm Platz zu machen. Sie schaute ihm nach. Er fragte sich flüchtig, ob sich der Mörder unter die

Neugierigen gemischt hatte, und gab den Polizisten, die das Tor bewachten, Anweisung, alle Umstehenden zu überprüfen und im Auge zu behalten.

Als Montoya das Gewirr von Fahrzeugen, Kameras, Scheinwerfern und Menschen hinter sich gelassen hatte, trat er wieder aufs Gas. Er umspannte das Steuer, als wollte er es erwürgen, und lauschte mit halbem Ohr dem Polizeifunk. Bis zur Stadt dauerte es normalerweise fast eine Stunde. Er hatte vor, es in der Hälfte der Zeit zu schaffen.

Auf.

Nieder.

Auf.

Nieder.

Seine Muskeln protestierten gegen die Strapaze, doch er machte weiter, absolvierte die vorgesehenen Liegestütze, während er dem Rest der Gierman-Sendung lauschte. Er strengte sich mächtig an, sein nackter Körper war schweißgebadet.

Auf.

Nieder.

Auf.

Nieder.

Der Moderator war ein Schwachkopf. Eine Beleidigung der menschlichen Rasse, ein Erbsenhirn. Er versuchte so offensichtlich, ihn dazu zu verleiten, dass er sich verriet …

Es spielte keine Rolle. Das Wichtige, das einzig Wichtige war, dass der Brief angekommen war.

Obwohl der Radioempfang im Kellergeschoss des Krankenhauses nicht immer störungsfrei war, kam die Sendung an diesem Abend problemlos über den Äther. Er trainierte jeden Tag, wenn die Gierman-Show lief. Er hatte sich vorgenommen, sein Training nicht zu unterbrechen, aber heute konnte er nicht anders. Er würde seine Übungen später zu Ende bringen, vielleicht noch ein paar zusätzliche ausführen, doch jetzt setzte er sich auf und kreuzte die Fußknöchel. Nackt und schwitzend saß er auf der Matte, hob ein Handtuch vom Boden auf und trocknete sich ab, während Maury Taylor, der sich für schlau und listig hielt, versuchte, ihn aus der Reserve zu locken.

»... man muss kein Genie sein, um eine simple, wirklich *simple* Botschaft ...«

»Woher willst du das wissen, du Idiot?«, sagte er und wischte sich den Schweiß aus dem Gesicht. Er schloss die Augen und atmete tief ein, wobei er immer noch das Bleichmittel roch, das zu der Zeit, als das Krankenhaus noch in Betrieb war – als *sie* noch lebte –, benutzt wurde.

»... aber ich bin nicht restlos überzeugt, dass du der Mörder bist.«

Das ist mir egal, du Kretin, sie werden es wissen. Die Polizei wird es verstehen. Begreifst du nicht? Du bist nur der erbärmliche kleine Überbringer der Botschaft.

Er hatte genug gehört und schaltete zufrieden das Radio aus. Sein Plan funktionierte. Konzentriert nahm er sein Training wieder auf, absolvierte die verbleibenden fünfundsiebzig Liegestütze und beendete sein Programm nach etwa einer Stunde Gewichtheben, als seine strapazierten Muskeln vor Erschöpfung schmerzten und sein Körper wieder schweißbedeckt war.

Er griff nach seinem Handtuch und ging ins Bad, das anlässlich einer der späteren Renovierungen der Anstalt eingebaut worden war. Eine der Duschen hatte er wieder in Betrieb genommen, so gut es ging. Die alten Nonnen konnten nicht ahnen, dass sich jemand auf dem Grundstück aufhielt, weil er keine Heizung beanspruchte. Es gab keine Stromrechnungen, die ihn hätten verraten können. Das Wasser stammte aus einem Brunnen, und die Abwässer seiner Toilette flossen in den Tank, den auch das Kloster benutzte.

Er lächelte angesichts seiner Klugheit. Der Plan war narrensicher, und niemand würde je erfahren, dass er täglich so viele Stunden hier verbrachte. Wenn die alten Rohrleitungen oben im Krankenhaus ächzten, wen störte es? Niemand außer ihm betrat dieses Gebäude.

So gut wie niemand.

Aber sie war gekommen. Die Tochter. Diejenige, die Faith so ähnlich sah. Bei der Erinnerung atmete er tief durch. Zwar hätte er sich verstecken sollen, bevor sie ihn sah, aber er hatte sie wissen lassen wollen, dass er in der Nähe war, und daher leise die Türen im ersten Stock der Anstalt geschlossen, als sie im zweiten Stock an der Tür zu Faiths Zimmer rüttelte. Er war so in seine Arbeit vertieft gewesen, dass ihn diese Nonne beinahe erwischt hätte. Er hatte persönliche Gründe für seine Abneigung gegen die nach außen hin so fromme und duldsame Schwester Maria. Als er sie auf der Treppe hörte, musste er sich in Zimmer 205 verstecken. Seine einzige Chance, unbemerkt davonzukommen, bestand in der Feuerleiter, und er war blitzschnell auf das rostige Gitter hinausgeglitten und hatte kaum das Fenster hinter sich geschlossen, da erreichten die zwei Frauen wieder den ersten Stock.

Über das Hämmern seines Herzens hinweg hörte er, wie sie Türen öffneten und schlossen und den Flur entlangschritten. Er erwog, sich vom Geländer des Notausgangs aus zu Boden fallen zu lassen, stattdessen wartete er mit angehaltenem Atem. Glücklicherweise überprüften weder Schwester Maria noch Faiths Tochter das Fenster am Ende des Flurs.

Wenn sie ihn entdeckt hätten, wäre er gezwungen gewesen, seinen Plan zu ändern – und das war ausgeschlossen.
Jetzt trat er auf die schimmeligen Fliesen der Duschkabine und drehte die Hähne auf. Kaltes Wasser sprühte und tropfte aus dem rostigen Duschkopf. Er rang nach Luft und begann, sich einzuseifen. Mit geschlossenen Augen wusch er sich. Seine Hände glitten über seinen muskulösen Körper, so wie ihre Hände es vor so langer Zeit getan hatten … Und hatte er sie nicht in einer ganz ähnlichen Dusche genommen? O ja …
Er hatte sie in ihrem Zimmer aufgesucht, sie hochgehoben, nicht auf ihren geflüsterten Protest gehört, an nichts anderes gedacht als daran, sie zu besitzen. Er erinnerte sich, barfuß gewesen zu sein und sie mitten in der Nacht die Treppe hinunter zu den Duschräumen gezwungen zu haben, wo er das warme Wasser aufdrehte und sie gegen die nassen, schlüpfrigen Kacheln presste.
Ihr Nachthemd war tropfnass gewesen, klebte an ihrem perfekten Körper. Der blaue Nylonstoff war durchsichtig, er konnte die großen Brustwarzen sehen – runde, dunkle, harte Kreise auf Brüsten, groß genug, um seine Hände zu füllen. Weiter unten, unterhalb ihrer Wespentaille, entdeckte er unter dem nassen Nylon das schöne Nest aus dichten dunklen Kräusellocken … So einladend. Sie roch nach Sex und Begehren.
Trotz der kalten Dusche bekam er nun eine Erektion, als er sich in allen Einzelheiten daran erinnerte, wie sie vor ihm auf die Knie gegangen war, wie das Wasser aus ihrem Haar getropft und wie schwer es gewesen war, sich zurückzuhalten. Erst als er die Lust, die sie ihm bereitete, nicht mehr ertragen konnte, ohne zu explodieren, hatte er sie hochgezogen und in sie hineingestoßen.

»Faith«, flüsterte er, dachte an ihre vor Lust verkrampften Finger, die an den Wänden entlangfuhren und Spuren auf den beschlagenen Kacheln hinterließen. Er dachte daran, wie sie die Augen geöffnet hatte, die Pupillen dunkel, die schwarze Iris auf *ihn* gerichtet, bevor ihr gesamter Körper in Zuckungen ausbrach. Sie hatte sich an ihn geklammert, die Finger in seine Schultern gekrallt und, einen Lustschrei unterdrückend, die schlanken Beine um seine Taille gelegt, den Kopf in den Nacken geworfen, so dass sie ihm ihre Kehle und diese nassen, glatten Brüste bot, während sich ihr Körper unter dem heißen Wasserstrahl aufbäumte …

Oh, Faith, ich schwöre dir, ich werde dich rächen … Deine Qual ist nicht vergessen.

Er schauderte unter der lebhaften Erinnerung, ließ den Seifenschaum an seinen Beinen hinablaufen und drehte dann die Hähne zu. Es gab viel zu tun. Er brauchte kein Handtuch. Das erfrischende Gefühl des Luftzugs, der seine Haut trocknete, holte ihn in die Gegenwart zurück. Es half ihm, sich zu konzentrieren, und im Moment brauchte er mehr denn je seinen klaren Verstand.

Er durfte nicht nachlässig werden.

Zu viel stand auf dem Spiel.

Er schritt den spärlich von ein paar Laternen beleuchteten Flur entlang und öffnete die Tür zu seinem ganz besonderen Raum, dem Raum, in dem all seine Fantasien geboren und nachgespielt worden waren. Drinnen zündete er Kerzen an und beobachtete, wie die Schatten über die Wand und über das gerahmte Bild von ihr tanzten. Faith. Die ihn ansah aus Augen von der Farbe reinsten Honigs. Wie sie ihm fehlte.

Energisch öffnete er den Rollladen des alten Sekretärs und fand seine Schätze vor. Seine jüngsten: die Geldspange des dicken alten Mannes. Aus purem Gold und in Form eines

Dollarzeichens. »Selbstherrliches, habgieriges Schwein«, flüsterte er und entsann sich mit einer Deutlichkeit, die sein Blut schäumen ließ, der Angst in Asas Augen, als er in die Mündung des Revolvers geblickt hatte. Er war schmutzig gewesen, hatte sich selbst besudelt, war auf seine grundlegendsten Bedürfnisse reduziert gewesen und hatte immer noch geglaubt, dem sicheren Tod durch Geld und Feilschen entrinnen zu können.

Es war eine unaussprechliche Lust gewesen, der Schwarzen beim Beenden seines Lebens zu assistieren. Er erinnerte sich, wie sie zitterte, so heftig, dass sie beinahe die Waffe hätte fallen lassen. Doch er hatte ihr geholfen, hatte ihren Finger gezwungen, den Abzug durchzuziehen, hatte das Staunen und das Entsetzen in Asas Miene gesehen. Erst als er sicher war, dass der alte Mann seinen letzten rasselnden Atemzug getan hatte, zwang er die Schwarze, die Waffe gegen sich selbst zu richten. Oh, welche Freude ... Ihre Angst zwischen sich und ihr vibrieren zu fühlen, zu wissen, dass sie noch in dem Augenblick, als der Schuss aufpeitschte, zu Gott betete!

Jetzt ließ er ihre Halskette durch die Finger gleiten, hielt sie hoch und ließ das kleine goldene Kreuz baumeln, so dass es im Kerzenschein aufblitzte. »Du hast der Welt einen Gefallen getan, indem du ihn umbrachtest«, sagte er, als könnte Gina Jefferson ihn hören.

Aber die Welt wusste noch nichts davon. Wusste nicht einmal, dass Asa Pomeroy und Gina Jefferson ihren letzten Atemzug getan hatten. Bald jedoch sollte es bekannt werden, die Polizei würde am Tatort ermitteln, die Bestattung der Leichen würde geplant werden.

Konnte er es wagen, zu Gina Jeffersons Begräbnis zu gehen? Der Cop, Montoya, würde zweifellos auch dort sein, vorgeben zu beten, während er unentwegt Fotos von der Trauergemeinde schoss, genauso wie während der Totenwache für die Jungfrau. Er hatte Montoya in der Menge gesehen, wie er unauffällig eine Kamera hielt und Fotos machte, und trotzdem war er geblieben, konnte nicht anders, weil er die Trauernden beobachten, ihren Schmerz empfinden musste, während sein eigener Körper bebte vor Lebenskraft und dem Wissen, dass all dies ihm allein zu verdanken war.

Die Jungfrau war die Erste.

Die Menschenfreundin die Zweite.

Aber er stand noch ganz am Anfang, und Vorfreude ließ sein Blut rauschen, als er an die Dritte dachte ...

19.

Montoya lenkte den Streifenwagen ins Halteverbot, trat auf die Bremse und zog gleichzeitig schon den Zündschlüssel ab. Das Blut rauschte ihm in den Ohren, als er in das Gebäude in der Nähe des Jackson Square stürmte, in dem der Sender WSLJ beheimatet war.

Ohne die hübsche Frau mit dunkler Haut und zu Cornrows eingeflochtenen Haaren zu beachten, die hinter dem Empfangspult saß, schritt er zielstrebig durchs Foyer.

»Moment mal!« Aus den Augenwinkeln sah er, wie die Frau von ihrem Computer aufblickte. »Kann ich Ihnen helfen?«

Montoya ging weiter.

»Sir, Sie können nicht einfach ...«

Er hörte das Klackern hoher Absätze. Offenbar hatte sie ernsthaft die Absicht, ihn an seinem Vorhaben zu hindern. Er zückte seine Dienstmarke, hielt sie der Frau hin, ohne sich umzudrehen, und setzte seinen Weg fast im Laufschritt fort.

»Officer, bitte!«

Das Gebäudeinnere war ein Gewirr von Gängen wie in einem Kaninchenbau, doch es war ihm bereits von früher vertraut. Er strebte dem rundum verglasten Studio zu, wo eine Signallampe warnte: ON AIR. Durch die Verglasung sah er das Frettchen, Kopfhörer auf den Ohren, vor einer Konsole sitzen und allen, die *Gierman's Groaners* eingeschaltet hatten, die Ohren vollfaseln. Ohne das Signal zu beachten, riss Montoya die Tür auf, stapfte in den Raum und funkelte den dünnen Moderator mit der beginnenden Glatze an. »Du dämlicher, verblödeter Scheißkerl!«, knurrte Montoya, unbeeindruckt von der Tatsache, dass ganz New Orleans und die Gemeinden in der Umgebung ihn hören konnten.

»Oh, sieh mal an. Wen haben wir denn da? Besuch von New Orleans' Besten!«, sagte Maury. Er lächelte breit, als hätte er gewusst, dass Montoya aufkreuzen würde. »Officer, wem verdanke ich die Ehre Ihres …«

Montoya legte kurzentschlossen den Hauptschalter der Stromversorgung um. Das Licht erlosch, und Maurys Kiefer klappte nach unten. »Hey! Was soll das?« Maury drückte hektisch auf ein paar Tasten und streckte dann die Hand nach dem Hauptschalter aus.

»Sie haben in einem Mordfall Beweismaterial zurückgehalten und ich verfrachte Ihren erbärmlichen Arsch jetzt in die Stadt auf die …«

»Was zum Teufel geht hier vor?« Eine große Schwarze trat in den Raum, in der Montoya auf Anhieb Eleanor Cavalier erkannte, die hartgesottene, erbarmungslose Programmdirektorin des Senders. »Detective, dieses Programm muss weitergesendet werden! Sofort.« Sie schoss einen Blick auf Maury ab. »Schalte ein. Sende einen Werbespot. Es darf keinen Sendeausfall geben. Auf gar keinen Fall!«

Maury, mit einer Miene wie die Katze, die den Kanarienvogel gefressen hat, grinste Montoya an und legte die erforderlichen Schalter um.

»Was zum Teufel sollte das?«, wollte Eleanor wissen. In der

Menge, die sich vor dem Studio zusammenscharte, entdeckte sie Samantha Wheeler, besser bekannt als Dr. Sam, die Radiopsychologin, deren Sendung *Mitternachtsbeichte* später am Abend ausgestrahlt wurde. »Samantha, übernimm das Mikro und die Steuerung. Du brauchst nicht viel zu sagen, lass einfach ein paar Minuten lang die Aufzeichnung einer früheren Sendung laufen.«

Dr. Sam nickte. Sie trat ins Studio und setzte sich hinters Mikrofon. Maury reichte ihr das Headset, stülpte sich eine verblichene Saints-Kappe auf die Halbglatze und schlenderte in Richtung Flur, die Hände in den Taschen, als befände er sich an einem sonnigen Sommernachmittag auf einem Spaziergang am Mississippi.

Montoya bedachte den Mann mit einem wütenden Blick.

»Der Bursche hier hat in einer Ermittlung wegen Mordes Beweismaterial zurückgehalten«, erklärte Montoya, an Eleanor gewandt, bevor sich die Tür zum Studio schloss.

»Und Sie selbst übertreten mehr Gesetze, als gut für Sie ist, angefangen mit Parken im Halteverbot bis hin zu ich-weiß-nicht-wie-vielen Rundfunkgesetzen.« Selbstbewusst machte Eleanor Cavalier einen Schritt auf Montoya zu. »Wenn Ihnen hier irgendetwas nicht passt, können Sie genauso gut mit mir oder mit den Anwälten des Senders sprechen.« Mit wütend blitzenden schwarzen Augen fuhr sie zu Maury herum. »Was zum Kuckuck hast du dir dabei gedacht?« Sie hob den Blick, bemerkte die Ansammlung von Mitarbeitern und sagte mit zorniger Stimme: »Die Show ist zu Ende, Leute. Geht zurück an eure Arbeit.«

Sie huschten davon wie Kakerlaken, wenn das Licht angeht. Zufrieden mit der Wirkung ihrer Worte richtete Eleanor ihre Wut wieder auf Montoya. Ihre Stimme war hart wie Stahl, als sie sagte: »Wir reden in meinem Büro.«

Sie bedeutete Maury und Montoya, ihr zu folgen, und führte sie in ein kleines Büro, in dem jedes Buch, jeder Aktenordner an seinem Platz stand. Auf dem Schreibtisch befand sich ein Briefbeschwerer aus Messing in Form von zwei Golfbällen.

»Was hast du zu sagen?« Sie durchbohrte den kleineren Mann mit ihrem Blick, ging dann um den Schreibtisch herum und ließ sich in den Sessel fallen, der unter ihrem Gewicht leise knarrte.

»Ich habe eine Nachricht bekommen. Nun ja, vielmehr der Sender. An Luke adressiert. Womöglich von dem Mörder.« Maury zuckte die Schultern. Er und Montoya standen da wie zwei Schuljungen, die zur Direktorin zitiert worden waren. »Es könnte aber auch ein Schwindel sein.«

Eleanors Lippen bewegten sich kaum. »Schaff ihn her.«

Er verließ den Raum und kam knapp eine Minute später mit einem kleinen weißen Zettel und einem Umschlag in einer Plastikhülle zurück. Ein wenig widerstrebend reichte er beides Montoya. »Da steht nur ›Bereue‹, und unterzeichnet ist es mit HW, beides in Großbuchstaben. Ich habe den Zettel natürlich angefasst, als ich den Brief öffnete, aber als mir klar wurde, dass er wichtig sein könnte, habe ich ihn in Sicherheit gebracht. In der Sendung habe ich eine Kopie benutzt.«

»Himmel, Maury, hast du denn keinen Funken Verstand?«, schimpfte Eleanor. »Warum hast du mir nichts davon gesagt?«

»Ich habe den Brief erst kurz vor der Sendung geöffnet!«

»Soso.« Sie warf ihm einen bitterbösen Blick zu.

»Sie hätten unverzüglich die Polizei anrufen müssen«, belehrte Montoya ihn.

»Hey, ich sagte doch gerade, dass ich den Brief erst geöffnet habe, als ich schon fast auf Sendung ging«, beteuerte der Moderator, doch Montoya war skeptisch. »Da dachte ich, es könnte nicht schaden, ihn in die Sendung einzubringen. Das würde das Hörerinteresse anheizen, verstehen Sie, vielleicht sogar den Kerl dazu bringen, sich zu verraten.«

Montoya hätte den Mann am liebsten erwürgt. »Glauben Sie bloß nicht auch nur eine Sekunde lang, Sie könnten hier den Bullen spielen. Das Ganze ist Sache der Polizei, und wenn Sie meine Ermittlungen beeinträchtigt haben, dann sorge ich dafür, dass Ihr Arsch hinter Gitter kommt, und zwar so schnell, dass Ihnen schwindlig wird.«

»Hast du das gehört, Eleanor? Er droht mir.«

Nicht mehr ganz so großspurig wandte sich Maury seiner Chefin zu.

»Ich hab's gehört. Und ich bin einer Meinung mit dem Detective. Du hast kein Recht – hörst du? – *keinerlei* Recht, dich in Angelegenheiten der Polizei zu mischen. Und Sie« – sie stieß mit ihrem langen Finger anklagend in Montoyas Richtung – »haben kein Recht, hier hereinzupreschen wie ein verdammter Wyatt Earp. Es gibt Gesetze, die zu beachten sind, Detective, und ich verlange, dass auch Sie sich daran halten. Ich werde mich bei Ihren Vorgesetzten beschweren.«

Ein Muskel in Montoyas Kiefer zuckte. »Dann sorgen Sie dafür, dass sich hier beim Sender alle an die Gesetze halten«, knurrte er.

Sie presste die Lippen zu einem schmalen Strich zusammen. Ihm war klar, dass er gerade eine sehr dünne Linie überschritten hatte, aber es war ihm gleichgültig. Sollten die hohen Tiere ihm doch die Leviten lesen. Na und? Es wäre weiß Gott nicht das erste Mal.

Montoya nahm das neue Beweismaterial an sich, verließ das

Sendergebäude und hoffte inständig, dass die Übergriffe dieses mickrigen Moderators seine Ermittlungen nicht untergraben hatten.

Zoey legte den Sicherheitsgurt an und verfluchte im Stillen den Umstand, dass sie für dieses Flugticket eine ungeheure Summe hatte aufbringen müssen – für einen anstrengenden Flug mit vierstündigem Aufenthalt in Dallas, den sie zu allem Überfluss auch noch eingezwängt zwischen einer Frau mit Kleinkind auf der Fensterseite und einem einsachtzig großen Kerl mit gehörigem Übergewicht auf der Gangseite verbringen sollte. Der Dicke fand keine bequeme Sitzhaltung, sosehr er sich auch bemühte. Jedes Mal, wenn er seine Massen zurechtrückte, streifte sein Arm Zoeys. Auch wenn sie nicht gerade an einer Bakterienphobie oder Ähnlichem litt, mochte sie es einfach nicht, von Fremden berührt zu werden. Basta.

Selbst die Decke und das Kissen, die sie eingeklemmt zwischen Sitz 13A und B entdeckt hatte, waren ihr suspekt. Aber sie brauchte Schlaf und hoffte sehr, dass derjenige, der das billige Bettzeug vor ihr benutzt hatte, keine Läuse oder ein gefährliches Grippevirus mit sich herumgeschleppt hatte.

Sie hatte ihren iPod mitgenommen und sich vorgestellt, während der Reise Musik zu hören und völlig abzuschalten. Sie musste sich so weit wie möglich entspannen, angesichts dessen, was ihr nach der Landung bevorstand. Dann würde die Hölle los sein. Zoey, die ihre Schwester gut kannte, ahnte, dass Abby ausrasten würde, wenn sie die Wahrheit erfuhr.

Seit dem Telefongespräch neulich Abend wusste Zoey, dass Abby nicht an ihrem Besuch oder ihrer Teilnahme an Lukes

Begräbnis interessiert war, aber das war allein Abbys Problem.
Die Zeit war reif.
Zoey glaubte an Omen, Flüche und Zeichen, und alle Zeichen, auf die sie sich verließ, deuteten darauf hin, dass sie ihr Geheimnis würde offenbaren müssen. Oft lösten andere Menschen solche Zeichen aus, wie zum Beispiel Luke Gierman vor vielen Jahren, als er ihr sagte, er müsse immerzu an sie denken, er habe eine Art kosmischer Erleuchtung gehabt, die ihn dazu zwang, ihr an jenem warmen Nachmittag im Mai zu ihrem Wagen zu folgen.
Zwar behauptete Zoey von sich selbst, jede Art von Blödsinn auf Anhieb zu erkennen, doch sie ließ Luke reden und reden – und fand ihn von Neuem unglaublich faszinierend. Früher waren sie ein Paar gewesen. Sie kannte seine Sternkarte auswendig und sah, dass die Planeten für ihre Wiedervereinigung richtig standen. *Das* war das Zeichen gewesen … so hatte sie es sich zumindest zu jenem Zeitpunkt zurechtgelegt. Obwohl sie wusste, dass Luke damals mit ihrer Schwester verlobt war, konnte sie ihm nicht widerstehen.
Seitdem war Zoey mit sich selbst nicht im Reinen.
Und jetzt war es an der Zeit, den Verrat an ihrer kleinen Schwester wieder gutzumachen.
Hatte ihr persönlicher Astrologe ihr nicht erst kürzlich erklärt, die Himmelskörper stünden in der perfekten Anordnung dafür? Und wenn der astrologische Aspekt nicht reichte, blieb doch noch ein weiteres, sehr bedeutsames Zeichen: ein anonymer Brief, den sie kürzlich erhalten hatte. Ohne Absender. In Blockbuchstaben. Abgestempelt in New Orleans. Darin stand:

KOMM HEIM. DANA BRAUCHT DICH.

Also, das war wirklich ein ausgesprochen deutliches Zeichen.
Hatte Abby den Brief geschickt und sich geschämt, mit ihrem Namen zu unterschreiben? Hatte sie sich selbst bei ihrem zweiten Vornamen genannt, wie ihre Mutter es manchmal getan hatte? Oder hatte jemand anderes den Brief geschickt, jemand, der Abby gut genug kannte, um zu wissen, was es mit ihrem zweiten Vornamen auf sich hatte?
Das letzte Zeichen, die Vervollständigung der Dreiheit, war der Mord an Luke gewesen. Unmöglich, das zu ignorieren!
Zweierlei stand fest.
Es war Zeit, nach New Orleans zurückzukehren.
Und es war Zeit für die Wahrheit.
Zwanzig Jahre waren vergangen, seit ihre Mutter in den Tod gesprungen war, und Zoey war es von Herzen leid, das Geheimnis zu bewahren, das sie und ihr Vater teilten.
Schluss damit.
Abby war erwachsen. Sie konnte die Vergangenheit verkraften.
Die Türen des Flugzeugs schlossen sich, und die Flugbegleiterinnen forderten die Passagiere auf, sämtliche Elektrogeräte auszuschalten, bevor der Jet startete. Der Dicke neben Zoey schaltete sein Handy aus und verstaute es mit enormer Anstrengung in seiner Tasche unter dem Sitz.
»Entschuldigen Sie«, sagte er, während er seine Gepäckstücke neu ordnete und Zoey dabei immer wieder anstieß.
Sie bedachte ihn mit einem Lächeln, das nicht ehrlich war, und ließ ihre Gedanken wieder wandern.
Sie konnte es nicht fassen, dass Luke ermordet worden war. Eine Studentin hatte zusammen mit ihm den Tod gefunden. Wie grauenhaft.
Zoey hatte die Berichterstattung verfolgt und wusste, die

Polizei verfolgte noch keine heiße Spur. Und dann passierte die Sache mit Asa Pomeroy, Abbys Nachbarn. Was zum Teufel ging da vor? An diesem Morgen hatte sie gehört, dass in New Orleans eine Frau verschwunden war: Eine in der Gemeinde stark engagierte Afroamerikanerin galt als vermisst. Zoey war sich nicht sicher, glaubte jedoch, den Namen schon einmal gehört zu haben, und zwar vor langer Zeit.

Gina Bellinda Jefferson. Warum klang dieser Name so vertraut?

Aus den Informationen, die Zoey noch am Morgen aus dem Internet gezogen hatte, wusste sie, dass Gina Jefferson in New Orleans eine Berühmtheit war. Die Frau arbeitete eher hinter der Bühne als im Rampenlicht, erntete aber große Anerkennung für ihren Einsatz um die Versorgung psychisch Kranker.

Kenne ich sie daher?, fragte sich Zoey, als die Maschine in Richtung Startbahn rollte. Sie dachte angestrengt nach und grub die Zähne in die Unterlippe.

Hatte Gina Jefferson vielleicht am Krankenhaus Our Lady of Virtues oder in ihrer Privatpraxis ihre Mutter betreut? Konnte das sein? War sie vielleicht Sozialarbeiterin gewesen?

Das Flugzeug ging in Startposition und beschleunigte dann mit röhrenden Motoren. Immer schneller raste der Jet über die Startbahn, und Zoey wurde hart in den Sitz gepresst, als die 737 abhob, in den dunklen Himmel stach und den Flughafen von Seattle mit seinem Lichterschein weit unten zurückließ.

Es würde sich lohnen, dachte sie, würde Erleichterung bringen, wenn die Vergangenheit ein für alle Mal abgehakt werden konnte. Das wollte Abby doch auch. Hatte ihre

Schwester nicht gesagt, sie wolle die Wahrheit wissen, um endlich für immer mit der Sache fertig zu werden?
Wenn Abby wüsste, was sie da verlangte!

Montoya fuhr mit zusammengebissenen Zähnen durch den strömenden Regen. Stunden waren vergangen, seit er sich Maury Taylor vorgeknöpft hatte, aber er kochte immer noch. Er hatte den Zettel ins Labor gegeben und war dann mit Bentz und Zaroster noch einmal alles durchgegangen, was sie über die vier Morde wussten. Allerdings hatte die Besprechung kein Ergebnis gebracht.
Es gab noch nichts Neues in Bezug auf das Brautkleid.
Keine fremden Fingerabdrücke am ersten Tatort, auch nicht auf Luke Giermans BMW oder Gina Jeffersons Buick.
Asa Pomeroys Wagen war noch nicht gefunden worden.
Keinerlei Spuren, die zu einem Verdächtigen führen konnten … zumindest jetzt noch nicht.
Abdrücke von Schuhen in Größe zwölf an beiden Tatorten. Der Hersteller war kontaktiert worden und arbeitete schon an einer Auflistung aller Einzelhändler, die den beliebten Wanderschuh führten.
Die Handys und persönlichen Telefonregister der Opfer wurden geprüft, hatten bisher aber noch nichts ergeben.
Ein Sonderkommando brütete über den Fotos, die Montoya bei der Totenwache aufgenommen hatte.
Das schwarze Haar auf dem Brautkleid stammte von einem Mann und befand sich jetzt im DNA-Labor. Doch solange sie nichts hatten, womit das Muster abgeglichen werden konnte, brachte es sie nicht weiter.
Montoya seufzte tief auf.
Beide Opferpaare waren mit der Waffe der weiblichen Opfer getötet worden, das heißt, der Revolver im zweiten Mord-

fall hatte dem Ehemann der Toten gehört. Dann wurden die Leichen so arrangiert, dass es aussah wie ein Mord in Verbindung mit Selbstmord. »Aussah« war das richtige Wort, denn es war nicht gut genug gemacht, um die Polizei hinters Licht zu führen. Das war dem Mörder vermutlich klar. Er spielte mit ihnen, gab ihnen irgendwelche Hinweise. Montoya verstand sie nur noch nicht.

Und dann dieser Zettel. Wenn er sich als echt erwies, bedeutete das, dass Luke Gierman, an den der Umschlag adressiert gewesen war, aufgefordert wurde zu »bereuen«. Ein einziges Wort. Und dann die Unterschrift: HW. Wer zum Teufel war das? Die Behörde durchsuchte Datenbanken und prüfte die Protokolle sämtlicher Vernehmungen zu diesen beiden Fällen. War es jemand mit den Namensinitialen HW, ein Henry Watson oder Hugh Winters oder Herbert Wallace … oder wer? Bentz hatte darauf hingewiesen, dass das eine der Opfer mit zweitem Vornamen Homer, das andere Walter hieß, dass es sich womöglich um diese Initialen handeln könnte. Als Nächstes dachte man darüber nach, ob die Buchstaben ein Hinweis auf einen Ort sein könnten. Auf die Stadt, in der der Mörder gewohnt hatte oder geboren war. Drehte man die Initialen um, kam einem West Houston oder Ähnliches in den Sinn. Oder West Harlem, schlug Brinkman vor, in New York. »Da laufen jede Menge Spinner rum. Üble Gegend. Der Smog verätzt denen das Gehirn.«

Himmel, konnte der Typ denn nie ernst sein?

Natürlich war das reichlich an den Haaren herbeigezogen.

Einige andere Detectives glaubten in Bezug auf den Zettel eher an die Machenschaften eines Trittbrettfahrers, doch Montoya war da skeptisch. Das Wort »bereue« passte irgendwie zu den Fällen.

Was hier vorgeht, hat irgendwie einen religiösen Hintergrund, dachte er jetzt, warum sonst hätte der Täter das Kettchen mit dem Kreuz gestohlen ... *aber das von Mary, der Jungfrau, hat er nicht genommen, oder?*
Teufel auch.
Immerhin sah es so aus, als hätte Maury Taylor nicht gelogen, als er sagte, niemand außer ihm habe den Zettel in den Händen gehabt. Die einzigen Fingerabdrücke auf dem Stück Papier stammten von ihm. Auf dem Umschlag fanden sich natürlich noch weitere, und die wurden bereits mit denen von Postangestellten abgeglichen, doch das war eine zeitaufwändige Arbeit. Sämtliche Abdrücke waren dem AFIS übermittelt worden, und der Klebstoff am Falz des Umschlags wurde auf DNA untersucht. Fand man welche, würde man prüfen müssen, ob sie mit der DNA des schwarzen Haars auf dem Brautkleid übereinstimmte.
Gina Jeffersons und Asa Pomeroys nächste Angehörige waren unterrichtet worden. Wally Jefferson hatte einen Zusammenbruch erlitten. Die vierte Mrs. Pomeroy hatte die Nachricht hingegen gut verkraftet, genauso wie Asas Kinder. Kein sonderlich liebevoller Haufen, die Pomeroys, fand Montoya. Alle vernommenen Personen hatten keine Ahnung, wer dem Waffenkönig Übles wollte. Genauso verhielt es sich mit Gina Jefferson, die im Vergleich zu Asa eine Heilige war.
Schwarz und Weiß.
Auch hier Yin und Yang ...
Aber jemand wollte sie tot sehen. Irgendein unbekannter Feind.
Jemand, der Menschen tötete, die so unterschiedlich waren wie Tag und Nacht.
Jemand, der für seinen, Montoyas, Seelenfrieden viel zu

dicht an Abby Chastain herankam. Er blickte finster in die Nacht hinaus, fixierte die Heckleuchten des Wagens vor ihm. In letzter Zeit hatte er häufig an Abby gedacht. Viel zu häufig.

Er durfte nicht zulassen, dass sie ihm den Kopf verdrehte. Wer weiß, vielleicht war sie doch in den Mord an ihrem Exmann verwickelt. Er glaubte zwar nicht eine Sekunde lang daran, doch er musste unparteiisch bleiben, wachsam, bereit, alle Aspekte und Möglichkeiten zu erkennen. Pech für ihn, wenn sie zufällig auch noch eine heiße Nummer war.

Montoya hielt vor einer roten Ampel. Sein Handy klingelte und er nahm den Anruf an, ohne auf dem Display nach der Nummer zu sehen. »Montoya.«

»Was denken Sie sich dabei, alle Regeln außer Acht zu lassen und wie ein Berserker bei diesem Radiosender einzudringen?«, wollte Melinda Jaskiel, die Bezirksstaatsanwältin, wissen. Bevor er antworten konnte, fuhr sie fort: »Ein verdammtes Glück, dass Eleanor Cavalier meine Freundin ist, sonst wären Sie, wie man so schön sagt, am Arsch.«

Die Ampel schaltete auf Grün und Montoya gab Gas.

»Montoya, unterstehen Sie sich, diesen Fall zu versauen! Wir werden den Dreckskerl stellen und ich will nicht, dass irgendein hochkarätiger Verteidiger auf der Suche nach einem Stück vom Ruhm das Erzwingen von Beweismaterial anführt. War das deutlich genug?«

»Laut und deutlich«, knurrte er, wütend auf sich selbst, auf die Ermittlungen, auf die ganze verdammte Welt.

»Gut. Vergessen Sie das nicht.« Sie legte auf, doch Montoya konnte ihren Zorn noch immer beinahe körperlich spüren.

»Verdammte Scheiße«, fluchte er leise vor sich hin. Er wusste, dass sie im Recht war, aber ihre Ermahnung ärgerte ihn trotzdem maßlos. Andererseits ärgerte ihn an diesem Fall

alles. Und er wusste auch, warum. Es hatte mit Abby Chastain zu tun. Jedes Mal, wenn er sie verließ, drängte es ihn sofort, zu ihr zurückzukehren.
Er ertappte sich dabei, dass er von ihr träumte, sie begehrte, sich wünschte, sie in die Arme schließen zu können und sie so wild zu küssen, dass sie beide nicht mehr klar denken konnten. Er stellte sich vor, sie auszuziehen, mit den Daumen an ihren Brüsten entlangzustreifen, ihren Hals zu küssen, seine Finger in ihre wilde rotblonde Lockenmähne zu schieben und mit der Zunge federleicht an ihrem Hals hinabzufahren.
Seine Fantasie ging mit ihm durch. Er sah sich selbst mit ihr aufs Bett taumeln, beide nur noch halb bekleidet, beide so erhitzt, dass sie schwitzten, beide voller Begehren. Er wollte ihre Finger auf seiner Haut spüren, während er in sie hineinstieß, ohne einen verdammten Gedanken daran zu verschwenden, was man von ihm dachte.
»Scheiße«, brummte er, so in seine Träume vertieft, dass er beinahe die Abzweigung zu der Straße verpasst hätte, in der er wohnte. Er gab sich im Geiste einen Tritt, verscheuchte die Gedanken an Abby abermals aus seinem Kopf und parkte den Wagen vor seinem Haus. Es war eine renovierte Doppelhaushälfte inmitten von lauter identischen Doppelhäusern, die er vor einem Jahr gekauft hatte. Die Veranda hatte er selbst instand gesetzt, gestrichen, ein schmiedeeisernes Geländer angebracht – lauter Arbeiten, um die er früher einen großen Bogen gemacht hatte.
Das Haus war blassblau gestrichen, in einer ähnlichen Pastellfarbe wie die Nachbarhäuser. Montoya trat ein, warf seine Schlüssel auf einen Beistelltisch und zog auf dem Weg ins Wohnzimmer die Jacke aus. Dort angekommen griff er nach der Fernbedienung und schaltete den Fernseher ein. Dann

ging er weiter durch das Arbeitszimmer und den Essbereich in die Küche im hinteren Teil des Hauses. Dort holte er sich ein Bier aus dem Kühlschrank, drehte den Schraubverschluss auf und trat die Kühlschranktür wieder zu. Seine Gedanken drehten sich schon wieder um Abby Chastain. Um Abby und um den Fall, der sie zusammengeführt hatte. Montoya fuhr sich mit der Hand übers Gesicht und trank einen Schluck.

Die Liste der Verdächtigen war umfangreich, doch die Ermittler hatten die meisten Namen, kaum dass sie genannt waren, auch schon wieder gestrichen. Er selbst verdächtigte noch am ehesten Nia Pennes derzeitigen Mitbewohner. Roy North hatte schwarzes Haar, und er trug Schuhgröße zwölf. Doch seine Alibis waren hieb- und stichfest, es sei denn, Nia deckte ihren Lover. Bislang hatte die Polizei keinerlei Beweise dafür, dass Roy North irgendwie mit Luke Gierman oder dem All Saints College in Berührung gekommen war. Und was hatten Roy oder Nia mit Asa Pomeroy und Gina Jefferson zu schaffen? Trotzdem wollte Montoya eine DNA-Probe von dem Kerl. Falls er keinen Richter dazu überreden konnte, ihm eine Ermächtigung auszustellen, musste er North beschatten und versuchen, eine weggeworfene Zigarettenkippe oder einen Kaffeebecher oder sonst etwas aufzulesen, woran sich DNA-Spuren von dem Mann befanden.

Montoya nahm einen weiteren Schluck aus seiner Flasche und ging ins Wohnzimmer, wo auf jedem Fernsehkanal Nachrichten über den Mord an Asa Pomeroy und Gina Jefferson gesendet wurden. Die Moderatoren sprachen von einem Serienmörder, der wieder einmal die Straßen von New Orleans unsicher machte, und nicht nur der Polizeisprecher der Behörde, sondern auch jemand vom FBI gaben

Stellungnahmen ab und beantworteten rasch ein paar Fragen.
Montoya verfolgte die Berichterstattung und wusste, dass irgendwo auch der Mörder vor dem Bildschirm klebte und sich in dem Unheil sonnte, das er angerichtet hatte – und in der Beachtung durch die Medien und die Polizei. Denn nur darum ging es hier: um einen Kick für das verdammte Ego eines Mörders.
Und für diesen Kick, für das erhebende Gefühl der Überlegenheit, das Gefühl der Macht würde der Typ es immer und immer wieder tun.
»Ich kriege dich, du perverser Mistkerl«, gelobte Montoya.
Er leerte die Bierflasche. Vielleicht war es ein bisschen weit hergeholt, aber er glaubte, dass das alte Krankenhaus irgendwie in einem Zusammenhang mit den Vorgängen stand. Heute Abend war es zu spät, um seine Tante anzurufen. Sie hatte keinen Telefonanschluss in ihrem Zimmer. Aber gleich am nächsten Morgen würde er sie fragen, ob sie von einer Verbindung zwischen Asa Pomeroy, Gina Jefferson und Our Lady of Virtues wusste.
Spontan griff er – trotz seines Vorhabens, Abstand zu Abby Chastain zu halten – nach dem Autoschlüssel, zog seine Jacke an und eilte zur Tür hinaus. Jemand musste mit Abby über die Ermordung ihres Nachbarn sprechen.
Er war der Meinung, dass er der beste Mann für diesen Job war.

20.

Abby konnte nicht fassen, was sie im Fernsehen sah und hörte.

Asa Pomeroy und Gina Jefferson waren *tot*? Auf die gleiche Weise umgebracht wie Luke und Courtney LaBelle?

Sie hockte auf der Sofakante, den Blick starr auf den Bildschirm gerichtet, und hatte ein flaues Gefühl im Magen. Was für ein Wahnsinniger machte da die Straßen von New Orleans unsicher und wagte sich sogar bis hier draußen vor?

Die Reporter spekulierten und interviewten, zeigten Außenaufnahmen von einem Jagdhaus, das Asa Pomeroy gehört hatte. Der neueste Tatort. Von dort aus wechselten sie zum Besitz der Pomeroys, nur ein Stückchen die Straße hinunter, und dann wurde das Crescent City Center eingeblendet, eine kleine psychiatrische Klinik, in der man den Armen und Hilflosen beistand.

Irgendetwas ließ Abby keine Ruhe … War Gina Jefferson früher Mitglied der Belegschaft von Our Lady of Virtues gewesen? Kam ihr die Afroamerikanerin mit den regelmäßigen Zügen deshalb so bekannt vor?

Nervös zupfte sie am Polster der Sofalehne, spielte mit dem goldfarbenen Chenilleflor, ohne zu bemerken, was sie tat.

Als stünde ein Fenster offen, durchfuhr Abby plötzlich eine

Kälte, die ihr bis ins Mark drang. Etwas wollte in ihr Bewusstsein vordringen, etwas Wichtiges, aber sie konnte es nicht greifen. Der Gedanke blieb außerhalb ihrer Reichweite.

Dennoch wusste sie instinktiv, dass es mit ihrer Mutter und Our Lady of Virtues zu tun hatte …

Sie warf einen Blick in die dunkle Nacht hinaus und kämpfte das Gefühl nieder, von jemandem beobachtet zu werden, von verborgenen Augen tief in dem Dickicht aus Eichen, Sumpfbeere und Kreuzdorn, Augen, die in ihr Haus spähten und jede ihrer Bewegungen verfolgten. »Hör auf«, ermahnte sie sich. Trotzdem stand sie auf, ging barfuß durchs Haus und schloss sämtliche Jalousien. Jetzt würde kein Mensch mehr etwas von ihr sehen, außer ihrer Silhouette hinter den Jalousien.

Der Hund schlief ausnahmsweise einmal an seinem Lieblingsplätzchen, auf einem Teppich vor dem kalten, verrußten Kamin. Ansel lag zusammengerollt auf der Rückenlehne des Sofas. Der Kater hatte die Augen geschlossen und schnurrte leise, spürte nichts von dem Aufruhr in Abbys Innerem, der sich nicht beschwichtigen ließ. Sie zappte durchs Fernsehprogramm und sah immer wieder die gleichen Szenen: eine vom Hubschrauber aus geschossene Luftaufnahme des Jagdhauses kurz vor Einbruch der Dunkelheit, wieder einmal ein Bild der alten Hütte, in der Luke und Courtney LaBelle gefunden worden waren. Fotos von sämtlichen Opfern, lebendig und lächelnd. Die Biografien der Opfer wurden kurz vorgestellt, einschließlich der Tatsache, dass Gina Jefferson Pomeroy Industries und Pomeroy persönlich öffentlich angegriffen hatte, weil er ihrer Meinung nach nicht genug für die Bedürftigen, besonders für solche mit psychischen Problemen, spendete.

Die beiden hatten sich laut Medienberichten häufig deswegen in den Haaren gelegen.
Vanessa Pomeroy, eine zierliche, kesse Frau mit tadellos sitzender Frisur und ohne eine einzige Träne im Auge, plauderte unbefangen über »die Tragödie«, den Tod ihres Mannes. Im Gegensatz zu ihr wirkte Walter Jefferson so gebrochen und kummervoll, dass ein Angehöriger ihn stützen musste.
»Der arme Mann«, flüsterte Abby und schaltete auf einen anderen Kanal um, auf dem Reverend Billy Zachary Furlough gerade inmitten einer Menschenmenge auf den Stufen seiner Kirche stand. In dem Bericht herrschte noch Tageslicht, also musste diese Szene vor einigen Stunden aufgenommen worden sein. Abby sah, in der Sofaecke zusammengerollt, fasziniert zu, wie der charismatische Prediger das Grauen des Tages in seine eigene persönliche Wiedergeburtsfeier verwandelte. Er raste und tobte, gestikulierte wild und betete mit einem frommen Ernst, der selbst das Herz des starrsinnigsten Atheisten zum Schmelzen gebracht hätte. Reverend Furlough, ein Naturtalent als Redner, hatte wirklich seine Berufung gefunden.
»Warum geschieht all das?«, fragte er rein rhetorisch und blickte direkt in die Kamera. »Warum reißt Gott einige unserer großartigsten Mitbürger aus dem Leben?«
Der große, gut aussehende Mann mit den breiten Schultern und dem kräftigen Gesicht war, wie Abby schätzte, etwa Ende dreißig. Sein Charisma war nahezu mit Händen zu greifen. Er besaß einen klaren Teint, braune Augen, glänzendes glattes schwarzes Haar und weiße Zähne, die entwaffnend blitzten, wenn die Kamera auf ihn gerichtet war. Seinen Priesterkragen trug er eher mit Stolz als mit Demut, und er hatte etwas an sich, das Abby irgendwie vertraut vor-

kam, etwas, das sie nicht benennen konnte, etwas, das bewirkte, dass sich die feinen Härchen auf ihren Unterarmen aufrichteten.

»Vielleicht sollten wir Gottes Weisheit nicht infrage stellen. Wir wollen nicht vergessen, dass Gott jenen hilft, die sich selbst helfen, und in unserer Stunde des Schmerzes, dieser Zeit der Tragödie, wollen wir den Herrn anrufen und ihm sagen: ›Ja, Vater im Himmel, ich will auf dich vertrauen.‹«

Abby wechselte den Kanal, verärgert über den Auftritt. Es war beinahe so, als würde der Prediger Kapital aus den Tragödien schlagen, als würde er hoffen, dadurch noch mehr Menschen in seine Gemeinde zu locken und noch mehr Dollars in die Säckel seiner Kirche zu scheffeln.

Lass das, Abby. Steht dir ein Urteil zu?

Hershey hob den Kopf. Sie bellte kurz, und Abby hörte das Motorengeräusch eines sich nähernden Wagens. Sie ging barfuß zu den vorderen Fenstern, hob eine Lamelle der Jalousie an und spähte hinaus.

Montoyas schwarzer Mustang kam vor ihrer Garage zum Stehen.

Wie schön, dachte sie erleichtert, als er aus dem Wagen stieg und die Tür zuschlug. Ein Lächeln trat auf ihre Lippen. Sein schwarzes Haar war zerzaust, und er schob es sich aus dem Gesicht, während er die zwei Stufen zur beleuchteten Veranda emporstieg.

Als er klingelte, wurde Hershey ganz unruhig. Abby öffnete die Tür und verschränkte die Arme vor der Brust. »Welch eine Überraschung«, sagte sie.

Sein Mund verlor etwas von seiner Härte. »Es wird langsam zur Gewohnheit. Entschuldigen Sie.«

»Ich habe mich doch gar nicht beklagt«, stellte sie richtig

und hätte sich am liebsten selbst getreten, weil sie ihre Freude so offen zeigte.
Er zog eine schwarze Braue hoch.
Während sie ihn mit einer Handbewegung ins Haus bat, frotzelte sie: »Ich schätze, Sie sind gekommen, weil Sie sich eine weitere fantastische, selbst zubereitete Mahlzeit erhoffen.«
»Ja, genau.« Ein wenig von der Anspannung wich aus seinem Gesicht. Er blickte an ihr vorbei ins Wohnzimmer, wo aus dem Fernseher weiterhin Berichte über die Morde an Asa Pomeroy und Gina Jefferson dröhnten. Montoya trat ins Haus, und Abby schloss die Tür hinter ihm. »Sie sind also schon informiert, was Pomeroy betrifft.«
»Es ist grauenhaft.«
»Allerdings.« Er richtete den Blick auf den Bildschirm. »Scheißkerl.«
»Sie werden ihn fassen.« Abby legte den Riegel vor. »Nicht wahr?«
Montoya hob den Kopf und schaute sie ernst an. »Ganz bestimmt.«
Ansel auf der Sofalehne öffnete ein Auge, erfasste den Fremden und war sofort auf den Beinen. Fauchend sprang er zu Boden und huschte kurz darauf aus dem Zimmer.
»Er ist nicht unbedingt ein Fan von mir«, bemerkte Montoya.
»Auch von sonst niemandem, außer von mir.«
Montoya brachte ein Lächeln zustande. »Haben Sie es mal mit Prozac versucht? Das ist mein Ernst. Eine von den Streifenpolizistinnen war dem Wahnsinn nahe, weil ihr Kater ständig markierte und sich weigerte, das Katzenklo zu benutzen, und da hat sie dem blöden Viech irgendein Antidepressivum eingeflößt.«

»Das ist doch ein Witz.«

Er hob eine Hand. »Es ist die reine Wahrheit.«

Abby lächelte. »Ich glaube, ich lasse meine Haustiere trotzdem so sein, wie sie sind.« Um ihren Worten Nachdruck zu verleihen, beugte sie sich hinab und kraulte Hershey hinter den Ohren. »Wirklich, Baby, du brauchst dir keine Sorgen zu machen.« Sie blickte zu dem Detective auf und fügte hinzu: »Treue – darauf lege ich Wert.« Sie registrierte, dass sich etwas in seinem Blick veränderte, und wusste sofort, woran er dachte.

»Nein«, warnte sie. »Lassen Sie das. Die Antwort auf die Frage, die Ihnen gerade durch den Kopf geht, lautet: Ja, ich war meinem Exmann treu. Ich hatte ›Ja, ich will‹ gesagt und nahm an, es sei für immer. Aber ich habe niemals versprochen: ›Ganz gleich, wie viele Affären du hast, ich halte durch. Ist schon in Ordnung. Ich verzeihe dir.‹«

Als sie die letzten drei Worte aussprach, hatte Abby das Gefühl, dass sich etwas in der Atmosphäre veränderte, und sie musste an ihren immer wiederkehrenden Traum denken, in dem ihre Mutter, bevor sie starb, flüsterte: »Ich verzeihe dir.«

»Stimmt etwas nicht?«, fragte Montoya und sie zuckte zusammen, in die Gegenwart zurückgeholt, zu dem Mann mit den forschenden dunklen Augen und dem Beschützerinstinkt. O ja, sie sehnte sich nach seinem Schutz.

»Das fragen Sie noch?« Abby versuchte, sich unbeschwert zu geben, doch es gelang ihr nicht. »Ein Verrückter läuft hier durch die Gegend, bringt Menschen um, einschließlich meines Exmannes und meines Nachbarn, und ich werde regelmäßig von einem Detective kontrolliert. Hier stimmt so einiges nicht.«

»Aber es ist gut, dass ich gekommen bin.«

»Ja ... ja, es ist gut.« Sie schluckte und wandte den Kopf ab, um seinem eindringlichen Blick nicht mehr zu begegnen. »Kommen Sie in die Küche. Ich lade Sie zu einem Bier ein ... Vermutlich sind Sie ja nicht im Dienst.«

»Ich habe frei bis morgen früh, es sei denn, es kommt eine Nachricht.«

»Was für eine Nachricht?«

»Dass der Kerl wieder zugeschlagen hat.« Er sagte es völlig sachlich.

»So schnell?« Was für eine grausige Vorstellung! Abby schaute zum Bildschirm hinüber und betete still darum, dass der Terror bald ein Ende haben möge.

»Es lag nicht viel Zeit zwischen diesen beiden Doppelmorden. Und Serienmörder neigen häufig dazu, immer schneller einer Tat die nächste folgen zu lassen.«

»Serienmörder«, wiederholte sie und ein kalter Schauer lief ihr über den Rücken. »Vielleicht hört dieser Killer ja auch auf. Vielleicht hat er vollendet, was er glaubte, tun zu müssen.«

Der Blick, mit dem Montoya sie bedachte, sprach Bände. Er wusste es besser.

In der Küche entnahm sie dem Kühlschrank zwei Flaschen Lone Star, öffnete sie und reichte eine Montoya. Ansel, der sich auf einem der Barhocker unter dem Küchentresen versteckt hatte und erneut erschrak, sprang zu Boden und verschwand blitzschnell im Flur.

»Schon besser«, bemerkte Montoya. »Er hat nicht gefaucht.«

»Beeindruckend, wie schnell er sich an sie gewöhnt. Passen Sie auf, wenn Sie auf dem Sofa sitzen – dann springt er wahrscheinlich auf die Rückenlehne und leckt Ihr Haar.«

»Darauf freue ich mich jetzt schon«, entgegnete er trocken.

Abby lächelte über seinen angewiderten Blick. »Ehrlich gesagt, das würde Ansel nie tun. Aber die reinrassige Siamkatze meiner Freundin Alicia hat das Spielchen geliebt. Immerzu wollte sie sie ›putzen‹.«

»Ich würde sagen, diese Katze hat ein paar Schrauben locker. Oder sie mochte das Gel oder das Shampoo, das Ihre Freundin benutzt.«

»Tja, wir haben wohl alle unsere Eigenarten«, sagte Abby leise.

»Die einen mehr, die anderen weniger«, stimmte er ihr zu.

Sie gingen zurück ins Wohnzimmer, wo Billy Zachary Furlough auf dem Bildschirm erneut über den Zorn Gottes wetterte und seine Gemeinde ermahnte, ins eigene Herz zu schauen und zu helfen, die arme, irregeleitete Seele, die diese Verbrechen gegen Gott und die Menschen beging, an ihrem Tun zu hindern.

»Ist das zu fassen?« Montoya deutete mit dem Zeigefinger auf den Monitor. »Er hat schon ein paarmal auf dem Revier angerufen. Will sich mit den Detectives, die die Ermittlungen führen, treffen und um göttliche Intervention beten.«

»So viel zu seiner Theorie, dass Gott jenen hilft, die sich selbst helfen, die er vor gar nicht allzu langer Zeit abgesondert hat.« Abby ging zum Fernseher. Der Prediger blickte mit einem kühnen Lächeln direkt in die Kamera, mit einem Lächeln, das besagte, dass er sich als starker Führer in Zeiten der Not einschätzte. »Ist seine Kirche nicht vom Innenministerium oder sonst einer Behörde überprüft worden?«, fragte sie und versuchte, sich genauer zu erinnern.

»Mag sein, ich weiß es nicht. Aber er ist als Führer einer religiösen Organisation weitgehend immun.« Montoya trank einen Schluck aus seiner Flasche. Gedankenverloren blickte er vor sich hin. »Es ist schon merkwürdig, ich glaube, seine Organisation wollte das Grundstück von Our Lady of Virtues kaufen.«

Abby spürte einen Hauch von Angst, als sie sich in die Sofaecke setzte. Montoya nahm in der anderen Ecke Platz.

»Neben einer ganzen Reihe anderer Unternehmen und Mogule, einschließlich Asa Pomeroy«, fügte der Detective hinzu.

»Moment mal … Asa Pomeroy? Wie bitte? Wollte er etwa gleich neben dem Kloster eine Munitionsfabrik bauen?«, fragte Abby fassungslos.

»Ich glaube, er wollte das gesamte Areal kaufen, das Krankenhaus und das Kloster mit allem Drum und Dran. Und ich bin nicht sicher, ob er dort eine Fabrik geplant hatte. Es ist auch nicht wichtig. Die Nonnen haben sich quergestellt und die Erzdiözese hat das Angebot abgelehnt.«

»Warum habe ich noch nie davon gehört?«

»Ich wusste es auch nicht. Die Sache liegt schon ein paar Jahre zurück«, erklärte Montoya. »Ich habe es erst heute im Zuge der Recherchen erfahren. Das Krankenhaus schien für Pomeroy etwas wie eine fixe Idee zu sein, obwohl er, stellen Sie sich vor, Kirchenältester bei der First Baptist Church in Cambrai war. Man fragt sich, warum er dem Krankenhaus, als es noch in Betrieb war, so große Summen gespendet hat. Er ist ja nicht gerade für seine Menschenfreundlichkeit bekannt. Ich vermute, er kannte jemanden, der dort arbeitete oder Patient war.«

»Gina Jefferson zum Beispiel?«, fragte Abby, immer noch auf der Suche nach der verlorenen Erinnerung. »Es ist merkwürdig, aber ich habe das Gefühl …« Sie verstummte, zwang sich, an jenen Tag zu denken, an dem ihre Mutter starb, und an die davor liegenden Wochen. »Vielleicht war sie im Krankenhaus angestellt.«

Montoya zog die Augenbrauen überrascht nach oben. »Das werde ich prüfen. Jedwede Verbindung zwischen den Opfern hilft uns zu verstehen, was hier vorgeht.«

»Glauben Sie, es gibt einen Zusammenhang zwischen den Morden und dem Krankenhaus?«, fragte sie. »Clyde LaBelle war dort Arzt, Asa hat Geld gespendet, Gina Jefferson hat womöglich dort gearbeitet ...«

Sie spürte seinen Blick.

»Und Luke?«

Abby schüttelte den Kopf und zog die Füße unter sich. »An dem Punkt fällt alles wieder auseinander. Lukes einzige Verbindung zu dem Krankenhaus besteht meines Wissens darin, dass meine Mutter dort Patientin war und dort gestorben ist.«

Einen Augenblick lang herrschte Schweigen, dann sagte Montoya: »Nun, wir müssen einfach weiterbohren.« Er sah zu, wie sich Hershey auf ihrem Platz beim kalten Kamin niederließ, und fragte plötzlich: »Können wir Feuer machen?« Er deutete auf den Stapel trockenen Holzes auf dem Rost. Und als sei er Abby eine Erklärung schuldig, fügte er hinzu: »Ich hatte noch nie eine Wohnung mit Kamin.«

»Gern.« Sie erhob sich vom Sofa und richtete rasch alles Nötige im Kamin her. Dann holte sie den langen Grillanzünder, entzündete die Flamme und hielt sie an das Papier und das trockene Anzündeholz unter den Kiefern- und Eichenkloben.

Das Papier fing rasch Feuer, und das Anzündeholz knackte und sprühte, während hungrige Flammen gierig an den Kloben leckten.

»Mist!« Rauch quoll aus dem Kamin und zog durchs Haus. Abby griff rasch über die Flammen hinweg nach dem Hebel der Lüftungsklappe. Das Feuer flammte hell und prasselnd auf, der Rauch wurde in den Schornstein gesogen. »Tut mir Leid«, sagte sie und kam sich reichlich idiotisch vor. »Das passiert mir jedes Mal.«

»Ist alles in Ordnung?«

»Dieses Mal keine Verbrennungen dritten Grades und keine versengten Augenbrauen«, antwortete sie und lachte. »Nur das hier.« Sie zeigte ihm ihre Finger, die schwarz waren von Ruß. »Einen Moment bitte, ich wasche mir nur schnell die Hände.«

Es dauerte länger als einen Moment, den schwarzen, öligen Rußfilm von ihren Fingern zu waschen, ein paar Cracker auf einem Teller herzurichten und etwas Käse zu schneiden, wobei sie sorgsam ein bisschen Schimmel von der Schnittkante entfernte. Als sie zurückkam, hatte Montoya seine Schuhe ausgezogen und blickte in die Flammen.

»Eine kleine Stärkung«, sagte sie. »Viel ist es nicht.«

Sie stellte den Teller auf den Kaffeetisch und nahm ihren Platz auf dem Sofa wieder ein.

Montoya lächelte. »Vielen Dank.« Weit zurückgelehnt saß er auf dem Sofa und fragte: »Kannte Luke wohl irgendwen mit den Initialen HW?«

»HW? Kann sein. Die sind bestimmt nicht selten.« Als er nicht reagierte, sagte sie: »Lassen Sie mich überlegen. Er kannte bestimmt jemanden. Ja! Es gab jemanden auf dem College, einen Typ, den ich nie gesehen habe. »Hank ... Hank ...« Sie schnippte ein paarmal in rascher Folge mit den Fingern. »Wie hieß er noch? Es liegt mir auf der Zunge. Hank Waters! Ich glaube, sie gehörten sogar derselben Studentenverbindung an. Er lebt ... irgendwo im Nordosten, vielleicht in Boston. Ich glaube allerdings nicht, dass Luke zu ihm Kontakt gehalten hat. Sie sind beide in Washington zur Universität gegangen.«

Montoya schien noch mehr zu erwarten, und Abby überlegte.
»Später hatte Luke einen Segelkameraden, der ein Boot am Lake Union in Seattle besaß. Er hieß Herb Warren und ich glaube, manche sprachen ihn mit seinen Initialen, also HW, an, aber Luke nannte ihn immer Herb.«
Montoya drehte die Flasche zwischen seinen Händen. »Und Sie?«
»Ob ich Leute mit den Initialen HW kenne?«, fragte sie und nickte dann. »Tja ... es gab bestimmt Kunden oder in meiner Schulzeit Klassenkameraden, aber die Einzige mit den Initialen HW, die mir spontan einfällt, ist meine Freundin Helen Warwick. Sie wohnt in Kalifornien.«
»Und sie wollen auch nach Kalifornien ziehen?«
»Einer anderen Freundin wegen, Alicia. Sobald ich dieses Haus verkauft habe. Falls ich es je verkauft bekomme.« Sie dachte an Sean Erwin, der zur Besichtigung gekommen war, Möbel gerückt, jedes Zimmer, jede Tür und jedes Fenster vermessen und sich Notizen gemacht hatte. »Also«, wandte sie sich wieder Montoya zu, »was soll das alles?« Doch bevor sie ihre Frage beendet hatte, wusste sie es. »Oh, Moment mal! Ich verstehe. Ich habe einen Teil der Radiosendung gehört. Ich saß im Auto, und Lukes alte Sendung lief gerade. Maury redete von einem Kerl, der sich HW nennt, nicht wahr? Ich hatte gerade das Radio eingeschaltet, als jemand die Sendung unterbrach. Dr. Sam hat dann übernommen ... Hey, Moment, das waren Sie?«
Der Detective nickte knapp.
Abby lächelte bei der Vorstellung, wie Montoya in Maurys Sendung hineinplatzte. Sie sah bildlich vor sich, wie der Dummkopf ausgeflippt war. »Lassen Sie uns darauf anstoßen!« Sie beugte sich zu Montoya hinüber und stieß mit

ihrer Flasche gegen seine. »Ich finde, diesen Drink haben wir uns verdient.«

Er lächelte. »Na ja, *ich* auf jeden Fall.«

Abby lachte auf. »Ich werde Ihnen beweisen, dass Sie nicht der Einzige sind, der hart arbeitet. Während sie in den Straßen von New Orleans das Verbrechen bekämpft haben, habe ich Hochzeitsfotos bearbeitet und Rechnungen geschrieben. Sagen Sie selbst: Wer hat den gefährlicheren Job?« Sie wies mit dem Flaschenhals in seine Richtung. »Haben Sie je die Reaktion einer Brautmutter erlebt, wenn sie ein Foto sieht, auf dem sie ein Doppelkinn hat oder ihr Slip sich sichtbar abzeichnet? Und wie wär's mit einem Schnappschuss, auf dem ihr Mann die Brautjungfer küsst?«

Montoya musste unwillkürlich lachen. Die braunen Augen funkelten.

»*Sie* sind diejenige, die eine Waffe tragen sollte.«

Sie verdrehte die Augen. »Tja, wenn ich eine hätte ... Meine ist verschwunden.« Sein Lächeln erlosch, und sie zuckte mit den Schultern. »Es war die .38er von Lukes Vater. Ich habe die Waffe nach der Scheidung behalten, was meinen Exmann schrecklich ärgerte. Neulich war sie noch da und jetzt ist sie verschwunden.

»Seit wann?«, fragte Montoya mit plötzlich harter Miene.

»Ich weiß nicht. Seit ein paar Tagen.«

»Glauben Sie, Sie haben sie verlegt?«

»Nein ... Ich habe das ganze Haus durchsucht. Ich weiß nicht, wo sie geblieben ist.«

»Wer war in den letzten Tagen außer Ihnen im Haus?« Er stellte die fast leere Bierflasche auf den Kaffeetisch und konzentrierte sich voll auf Abby.

Abby fand seine eindringliche Art ein wenig beängstigend. Er stellte die Frage, die sie sich selbst nicht zu stellen gewagt hatte. »Niemand, na ja, außer ein paar Leuten, die das Haus besichtigt haben.«

»Sie sind im Besitz der Namen, Adressen und Telefonnummern?«

»Nur der Telefonnummern.«

»Die will ich haben.«

»Sie glauben, das könnte wichtig sein?«, fragte sie und spürte wieder den ekligen Atem der Angst auf ihrer Haut.

»Bei den beiden Mordfällen wurden die Opfer jeweils mit der Waffe des weiblichen Opfers ermordet. Im ersten Fall war die Waffe ein Geschenk von Courtney LaBelles Vater, zu ihrem Schutz gedacht. Im zweiten Fall war die Waffe, die zu der Sammlung des Ehemanns gehörte, aus dem Haus der Jeffersons gestohlen worden.«

Abby stockte der Atem. Voll Panik sprang sie auf und schritt vor dem Kamin auf und ab. »Sie glauben, der Mörder war hier« – sie machte eine umfassende Handbewegung und versuchte, ihr rasendes Herz zu beruhigen – »in diesem Haus und hat meine Waffe gestohlen? Und will mich womöglich später entführen, um mich und einen anderen Menschen, einen Mann, mit dieser Waffe umzubringen? Wollen Sie das sagen?« Ihr Atem ging inzwischen rasch und flach.

»Ich sage nur, dass es möglich wäre«, antwortete Montoya vorsichtig.

»Verdammt, Montoya, Sie machen mir Angst!« Hershey hob den Kopf und beobachtete Abby, die die Arme vor der Brust verschränkt hatte. Unruhig ging sie von einem Fenster zum anderen, dachte an die unsichtbaren Augen, die sie gespürt, an das offene Fenster, das sie am Tag, als die Waffe verschwand, entdeckt hatte … O Gott. War es möglich? War jemand in ihrem Haus gewesen? Hatte jemand Lukes Waffe gestohlen?

»Dann sollte ich Ihnen wohl auch sagen, dass zu dem Zeitpunkt, als ich den Verlust der Waffe entdeckte, durchaus jemand im Haus gewesen sein könnte.«

Sie sah Montoya flüchtig an.

»Wer?«

»Das weiß ich nicht. Es war an dem Abend, als Sie hergekommen sind und ich Ihnen mit dem Hammer in der Hand geöffnet habe.«

»Sie haben mir nichts davon gesagt.«

»Ich habe den Diebstahl erst bemerkt, als Sie wieder fort waren. Sie hatten mir geraten, mir eine Waffe zu besorgen, und ich wollte Lukes Waffe holen. Wie ich Ihnen schon sagte, war Hershey kurz zuvor völlig aus dem Häuschen gewesen. Sie war unruhig und hat ständig geknurrt. Ich dachte, es läge an dem Kater, habe aber trotzdem das Haus durchsucht. Im Wirtschaftsraum entdeckte ich schließlich ein offenes Fenster.«

»Und Sie hatten es nicht selbst offen gelassen?«

»Nein …«

»Sie hätten es mir erzählen müssen.«

»Ich hatte Angst, Sie könnten mich für einen Angsthasen halten – für eine von diesen schwachen, ängstlichen Frauen, die ich verabscheue.«

»Sie sollten Ihre Sicherheit nicht Ihrem Stolz opfern«, fuhr er sie an, und es klang so gebieterisch, dass Ärger in ihr hochkochte.

»Ich lebe noch, oder?«, fuhr sie ihn an. »Ich habe das Haus durchsucht und niemanden gefunden. Erst nachdem Sie wieder gegangen waren, habe ich festgestellt, dass der Revolver verschwunden ist. Seitdem suche ich nach ihm, aber« – sie schüttelte den Kopf – »er ist nicht wieder aufgetaucht.«

»Das gefällt mir nicht.«
»Mir auch nicht.«
Er sah sie so durchdringend an, dass sie den Blick abwenden musste. Sie rieb sich die Arme. Ihr war kalt bis in die Knochen. »Wer ist dieser HW?«, fragte sie, und plötzlich wusste sie es. »O mein Gott. Er hat Kontakt zum Sender aufgenommen, nicht wahr? Maury steht in Kontakt mit ihm! Er hat im Sender angerufen oder ihm einen Brief oder eine E-Mail geschickt.«
»*Irgendwer*, ja. Es könnte aber auch ein Trittbrettfahrer sein.«
»Aber in Wahrheit halten Sie die Botschaft für echt«, vermutete Abby und schaute ihn von der Seite an, während sie sich das Haar aus den Augen wischte. »Deshalb sind Sie hier und stellen all diese Fragen. Im Dienst sind Sie vielleicht nicht, aber trotzdem bei der Arbeit.«
»Ich bin nicht sicher, ob der Mörder selbst den Brief geschickt hat.« Montoya stand auf und reckte sich. »Aber es ist möglich und wir verfolgen jede Spur.«
»Was stand in dem Brief?«
Sie trat auf ihn zu, die Pupillen geweitet vor Angst und Sorge. Als Montoya ihr ängstliches Gesicht sah, war es aus mit seiner Konzentration. Abby war ihm so nahe, dass er einen Hauch ihres Parfüms wahrnahm und die goldenen Strähnchen in ihrem Haar ausmachte, die im Feuerschein glänzten. Es würde dem FBI nicht gefallen, wenn er den Inhalt des Zettels ausplauderte, und er wollte nichts unternehmen, was die Ermittlungen auch nur im Geringsten beeinträchtigen könnte. Allerdings lagen hier seiner Meinung nach besondere Umstände vor. Abbys Revolver war verschwunden, und allein diese Tatsache ließ ihn das Schlimmste befürchten.
»Was stand in dem Brief?«, wiederholte sie.

»Wenn ich es Ihnen sage, müssen Sie Stillschweigen bewahren.«
»Natürlich.«
»Es ist mein Ernst.«
»Meiner auch, Detective.«
»Es ist wirklich ernst, Abby, es könnte mich meine Stelle kosten oder, was noch schlimmer wäre, die Ermittlungen stören.«
Er sah sie lange und eindringlich an. »Ich sage es Ihnen nur, weil ich fürchte, dass die Sache irgendwie mit Ihnen zu tun hat. Ich weiß nicht, inwiefern, und es könnte sein, dass ich mich auf dem Holzweg befinde, aber es ist so ein Gefühl ...«
Er hörte nicht auf seine warnende innere Stimme, verdrängte Melinda Jaskiels jüngsten Befehl, sich gefälligst an die Regeln zu halten. Es fiel ihm furchtbar schwer, Abby nicht einfach in die Arme zu nehmen.
»Der Brief enthielt nur ein Wort: *Bereue*. Unterzeichnet war er mit den Initialen *HW*, in Großbuchstaben.« Er registrierte, wie sie verwirrt die Augenbrauen zusammenzog und die Lippen zusammenpresste.
»Bereue? Was denn?« Ihr Blick war sorgenvoll. »Sünden? Wessen Sünden? Und warum?«
»Wir wissen es noch nicht. Aber ein Sonderkommando beschäftigt sich mit diesen Fragen.«
»Sollte diese Information nicht veröffentlicht werden?«
»Das wird sie, wenn der Leiter des Sonderkommandos es für angebracht hält.«
Abby schüttelte den Kopf. »Ich kann nichts damit anfangen und ich kenne sonst niemanden, dessen Initialen HW lauten.« Sie ließ die Schultern hängen. »Warum zum Teufel passiert das alles?«
»Wenn ich das wüsste.«

Und dann konnte er sich nicht länger beherrschen. Er nahm sie in die Arme und zog sie fest an sich. Als sie sich nicht wehrte, legte er das Kinn auf ihren Scheitel und atmete den Duft ihrer Haare ein. »Ich fürchte, das erfahren wir erst, wenn wir ihn gefasst haben.«
Sie schauderte.
»Wir fassen ihn. Es ist nur eine Frage der Zeit.«
»Gut.«
Er schloss sekundenlang die Augen, verloren in dem Gefühl ihrer Nähe und in ihrem Duft. Es wäre jetzt so verdammt einfach gewesen, sie zu küssen. So eng aneinander geschmiegt, mit heftig pochenden Herzen, kostete es Montoya viel Kraft, Abby langsam wieder loszulassen. Sie protestierte nicht, versuchte auch nicht, sich wieder an ihn zu schmiegen, wenngleich er glaubte, ein sehnsüchtiges Glitzern in ihren Augen zu entdecken.
Lass es, Montoya. Sie zu küssen wäre eine Dummheit. Eine große Dummheit. Irgendwie steckt sie in dieser Sache drin ... vergiss das nicht. Sie war mit einem der Opfer verheiratet und könnte das nächste sein.
Nur um die Spannung zu lösen, deutete er auf ein Foto auf dem Kaminsims. »Sind Sie das?«, fragte er und betrachtete das Schwarzweißporträt.
»Das ist meine Mutter.«
»Tatsächlich?«
»Ja ... Als es aufgenommen wurde, war sie ungefähr fünfundzwanzig, vielleicht auch dreißig.«
»Sie sehen ihr sehr ähnlich.«
»Das höre ich öfter.«
»Es war als Kompliment gemeint.«
»Vielen Dank.« Abby versuchte, ein Gähnen zu unterdrücken.

Erst jetzt fiel Montoya auf, wie müde sie aussah. »Hören Sie, Sie sollten jetzt schlafen.«
Sie blickte flüchtig zur Tür. »Sie wollen gehen?«
»Kommt gar nicht infrage, Lady. Erst wenn Sie eine Alarmanlage installiert und einen Dobermann und eine Kampfkatze angeschafft haben.«
»Aber Sie können doch nicht ...« Sie brachte den Satz nicht zu Ende.
»Ich brauche weiter nichts als ein Kissen und eine Decke. Ich schlafe hier.« Er wies auf das Sofa. »Glauben Sie mir, das ist viel besser als manches andere, was ich während meiner Einsätze erlebe.«
»Ich ... ich weiß nicht.«
»Sie können mich rauswerfen, wenn Sie wollen, dann schlafe ich eben vor Ihrer Tür.« Er sah sie lange und fest an. »Ich bleibe, Abby, ob es dir gefällt oder nicht.«
»Danke«, sagte sie schlicht.

Der Cop war da.
War spät gekommen.
Und blieb.
Von seinem Versteck zwischen den Bäumen jenseits von Abbys Veranda aus sah er, wie hinter den Jalousien das Licht ausging ... sämtliche Lichter, schließlich auch die Lampe im Bad. Er roch den Rauch eines Holzfeuers. Der würzige Duft kroch durch die feuchte Herbstluft und erinnerte ihn daran, wie er als Kind an Lagerfeuern gesessen hatte, an Feuern, die er selbst aufgeschichtet hatte. Damals hatte er dieselbe Einsamkeit empfunden, das Gefühl, »anders« zu sein, »nicht ganz richtig im Kopf«, »hochintelligent – ganz außergewöhnlich, was seinen scharfen Verstand angeht, aber, Sie wissen schon, ein bisschen sonderbar«. Das waren die Worte

seiner Mutter gewesen, ihre Erklärung dafür, dass er keine Freunde hatte, dass er so anders war als seine Geschwister. Er empfand sie wieder – die düstere Kälte des Alleinseins. Ausgestoßen. Gehänselt.

Irgendwann hatte er in seinem Anderssein Trost gefunden.

Dann hatte er Faith kennen gelernt.

Und er war nicht mehr allein gewesen.

Wieder einmal stellte er sich ihre Berührung, ihre Wärme, ihre Lippen auf seiner Haut vor …

Bevor er in den köstlichen Erinnerungen versinken konnte, fixierte er erneut das Haus. Er zog eine Grimasse. Wut toste durch seine Adern, und er bleckte angewidert die Zähne.

Sie fickten.

Dessen war er sicher.

Wie eine läufige Hündin ließ sie sich von dem Bullen vögeln! Wand sich wahrscheinlich in diesem Moment ekstatisch unter ihm, schwitzte, schrie und bettelte um mehr.

Schmerz fuhr durch seine Seele.

Sie war ihrer Mutter so ähnlich!

Sein Magen krampfte sich zusammen, sein ganzer Körper schien von winzig kleinen Krabbeltieren zu wimmeln. Als marschierte eine Armee von Tausenden von Ameisen über seine Haut, die stachen und bissen, bis sein Fleisch brannte und eine schwarze Wut tief in seiner Seele aufkam.

Sie hatte ihn *betrogen*.

Erinnerungen stürzten auf ihn ein.

Er dachte an Faiths Lachen, dieses kehlige, ihn ins Herz treffende Lachen, das nur ihm allein hatte gelten sollen. Und doch hörte er es aus ihrem Zimmer dringen. Spät in der Nacht. Als sie auf *ihn* hätte warten sollen.

Er hatte versucht, den Türgriff zu drehen.

Er ließ sich nicht bewegen.

Abgeschlossen.
Sie hatte ihn ausgeschlossen.
Warum?
Er hätte fast nach ihr gerufen, durch die Türritzen geflüstert. Doch dann drangen andere Geräusche an sein Ohr, die unverwechselbaren Geräusche der Kopulation – das raue kehlige Stöhnen tierischer Lust, das rhythmische Knarren der Bettfederung, das schwere Atmen und einen gedämpften Schrei gestillten Begehrens.
Heute noch klangen ihm diese Laute in den Ohren, harte, schmerzliche Laute, die sein Trommelfell reizten.
Er knirschte so heftig mit den Zähnen, dass seine Kiefer schmerzten, und sein Gesicht verzerrte sich wie unter der Folter.
Jetzt trieb die Tochter es also mit dem Cop.
Es stieg ihm sauer in die Kehle.
Er stellte sich ihr rot glänzendes Haar vor, nass von Schweiß, ihren Körper, so schlüpfrig, als wäre er eingeölt. Wie er sich ihm entgegenwölbte, ihre Brüste, die steil aufragten, prall und erregt, mit dunklen, harten Spitzen. Oh, wie gierig kam sie dem hungrigen Mund des Bullen entgegen, seiner langen, nassen Zunge, seinen spitzen Zähnen. Sein Kinnbart würde ihr die Haut wund kratzen.
Sein Herz raste vor Wut – und vor Lust, während er im Geiste Zeuge ihrer Vereinigung wurde. Oh, was sie mit ihm anstellte, all die schmutzigen, widerlichen Handlungen, die sie an ihm vornahm!
Tränen füllten seine Augen, als er an ihre Schönheit dachte, an ihre besudelte Reinheit. Er griff in seine Tasche und tastete mit behandschuhten Fingern nach dem Revolver.
Nach *ihrem* Revolver.
Diese Waffe war seine Rettung. Und ihre.

Er spannte die Faust um den kalten Stahl.

Deine Zeit naht, dachte er zornig. Bald ist es so weit. O ja, sehr bald.

Mit geschlossenen Augen beschwor er ihr Gesicht herauf. Schön. Unschuldig. Verführerisch. Verspielt. Faith so ähnlich, dass sie ihre Zwillingsschwester hätte sein können.

Und wie die Mutter, so hatte auch die Tochter ihn betrogen.

In seinem Herzen hielt er sie für einen Engel.

Doch sein Instinkt wusste, sie war eine Hure.

21.

Im Krankenhaus war es dunkel, die Flure waren düster, die Treppen schienen kein Ende nehmen zu wollen.

Abby beeilte sich. Sie trug eine Schachtel in den Händen, wollte ihre Mutter überraschen. Sie hatte ihr so viel zu erzählen, so viel anzuvertrauen. Sie hatte Trey zum Tanzfest eingeladen und, Wunder über Wunder, er hatte ja gesagt! Höher, immer höher stieg sie. Doch die Schachtel, die sie trug, war groß und unhandlich. Sie wurde immer schwerer in ihren Händen, und während sie die Treppe hinaufeilte, verflüchtigte sich ihr Hochgefühl mehr und mehr, und die Düsternis des alten Krankenhauses schien sie ersticken zu wollen.

Sie atmete schwer, ihre Beine waren müde und unsichtbare Hände zupften an der leuchtend fuchsiaroten Schleife des Geschenks.

Schließlich langte sie auf dem Absatz an, wo die Madonna aus Buntglas leuchtete, mit gefalteten Händen und hellem, schimmerndem Heiligenschein. Abby hielt inne, um zu verschnaufen, nahm dann die letzte Treppe zum zweiten Stock in Angriff, stolperte jedoch. Die Schachtel entglitt ihren Händen. Verzweifelt versuchte sie, nicht nur die Schachtel aufzufangen, sondern auch sich selbst. Sie bekam das Ge-

länder zu fassen, doch das Geschenk erhaschte sie nicht mehr. Sie reckte den Hals und sah voller Entsetzen zu, wie die goldfarbene Schachtel mit der flatternden fuchsiaroten Schleife die Treppe hinunterkegelte und unten in der Dunkelheit verschwand. Im Nichts.

Sie wollte hinterherlaufen, doch die gedämpfte Stimme ihrer Mutter hielt sie zurück. »Abby? Abby Dana?« Es hörte sich an, als wäre Mom sehr, sehr weit weg, als riefe sie vom anderen Ende eines langen Tunnels aus nach ihr. »Abby?«

»Ich komme, Mom«, sagte sie und wusste, dass Zoey ihr die Schachtel bringen würde. Im Auto hatten sie schließlich noch um das Privileg gestritten, ihrer Mutter das Geschenk überreichen zu dürfen. Gut, sollte Zoey es tun. Wen störte das schon? Doch als Abby die Treppe hinunter in die tintenschwarze Dunkelheit blickte, fragte sie sich, wo Zoey eigentlich steckte. Und wo war ihr Vater? Wie lange dauerte es denn, den Wagen abzustellen?

»Abby!« Faiths Stimme klang dünn. Verängstigt.

Abby fuhr herum, wollte die letzte Treppe hinauflaufen. Aus den Augenwinkeln erfasste sie, dass sich das Madonnenbild verändert hatte. So geringfügig, dass kaum jemand es bemerken würde, aber Abby registrierte es. Statt heiter und gelassen auszusehen, trug die Madonna jetzt ein leicht zynisches, verzerrtes Lächeln und erweckte den Eindruck, als teilten sie und Abby ein Geheimnis.

Erschrocken stolperte Abby nach oben. Im zweiten Stock angelangt, hörte sie Schluchzen. Gebrochenes, entsetzliches Schluchzen.

»Mom?« Es war doch bestimmt nicht ihre Mutter, die da weinte? Alle Türen auf der Etage standen offen, die Zimmer dunkel und gähnend, als ob sich dort unsichtbare Bestien versteckten.

Nur die Tür zu Zimmer 207 war fest verschlossen.
Sie griff nach dem Türknauf und drehte ihn.
Nichts.
»Nein. O nein, bitte nicht …«, flehte ihre Mutter auf der anderen Seite der Tür.
»Mom!« Abby hämmerte mit den Fäusten gegen das Holz.
Bamm! Bamm! Bamm!
Die Ziffern der Zimmernummer ihrer Mutter fielen eine nach der anderen zu Boden.
Zwei.
Klack.
Null.
Rumms.
Sieben.
Bamm!
Als die letzte Ziffer gefallen war, öffnete sich ruckartig die Tür.
Abby taumelte ins Zimmer. Blumen welkten in einer Vase. Der Spiegel über dem Kamin war geborsten. Das Glas war blutverschmiert. Ihre Mutter befand sich am Fenster … Aber nicht allein … Ein Mann in weißem Kittel und mit einem glitzernden Stethoskop stand mit dem Rücken zu Abby. Seine Hände lagen auf den Schultern ihrer Mutter, schoben sie rückwärts auf das Fenster zu. Faiths Kleid war zerrissen, sie trug keine Schuhe.
Hilf mir, *flehte sie stumm über die Schulter des Mannes hinweg. Abby Dana, hilf mir!*
Völlig außer sich versuchte Abby, sich zu bewegen, doch ihre Beine waren schwer wie Blei, wollten ihr nicht gehorchen. »Mama!«, schrie sie, streckte die Arme aus, versuchte verzweifelt, zu ihrer Mutter zu gelangen.
Der Arzt stemmte sich mit aller Macht gegen Faiths Schul-

tern. Mit einem Aufschrei taumelte sie plötzlich nach hinten, und ihr Körper prallte mit solcher Macht gegen das Fenster, dass die hohe Scheibe barst.

Der Arzt wich zurück und verschwand in den dunklen Winkeln des Zimmers, während Abby vorwärtsstürzte. Das Fenster gab vollends nach. Heiße, feuchte Luft strömte ins Zimmer.

Faith blutete und klammerte sich an Abbys Hand, verschränkte die Finger mit ihren, zog sie dicht an sich heran. »Ich verzeihe dir«, flüsterte sie.

Gemeinsam stürzten sie hinaus in die dunkle, feuchte Nacht von Louisiana.

Mit einem Schrei fuhr Abby in ihrem Bett hoch. Sie schwitzte und ihr Herz hämmerte wild. Der Traum war so lebensecht gewesen, dass ihr der Atem stockte.

Als sich ihre Augen an die Dunkelheit gewöhnt hatten, sah sie, dass ihre Schlafzimmertür offen stand. Sie schrie erneut auf.

Der Umriss eines Mannes erschien in der Tür. Entsetzt riss sie die Augen auf. Die Gestalt kam immer näher.

»Abby?«, fragte der Mann. Sie erkannte seine Stimme auf Anhieb und wusste, dass Detective Montoya bei ihr war. Er schaltete die Nachttischlampe ein. In der Hand hielt er seinen Revolver. Er trug seine tief auf den Hüften hängende Jeans und sonst gar nichts. Als er sah, dass außer ihr niemand im Zimmer war, legte er seine Waffe auf den Nachttisch. »Ist alles in Ordnung?«

»Das fragen Sie mich immer wieder«, sagte sie und versuchte, ihren rasenden Puls zu beruhigen. »Ich … Ich …« Sie lehnte sich ans Kopfende des Bettes und schloss kurz die Augen. »Ich … hatte wieder diesen Traum.« Sie seufzte tief

auf und fragte sich, ob sie die Albträume, die sie seit damals verfolgten, je loswerden würde. »Entschuldigen Sie … Ich wollte Sie nicht wecken.«
Er lächelte leicht, mit einem kleinen Blitzen seiner weißen Zähne. »Schon gut.«
Abby gab sich alle Mühe, nicht auf seine kräftige Brustmuskulatur zu achten, die unter schwarzem, krausem Brusthaar sichtbar wurde. Und sie gab sich ebenfalls Mühe, seinen straffen Waschbrettbauch nicht anzustarren. Sie atmete tief durch und leistete keinerlei Widerstand, als er sich neben sie auf das Bett setzte, und auch nicht, als er seinen starken Arm um sie legte. Sie wehrte sich nicht einmal, als er sie so eng an sich zog, dass sie seinen männlichen Geruch wahrnahm und sein Herz im Gleichtakt mit ihrem Herzen schlagen hörte.
»Besser?«, fragte er.
»Ja. Ich glaube schon.« Sie atmete aus.
Er umarmte sie fester, beinahe besitzergreifend. »Haben Sie etwas gehört? Etwas gesehen?«
»Nein … Es war nur ein Traum. Der gleiche Traum, der mich schon seit langer Zeit verfolgt. Jedes Mal ist er ein bisschen anders, aber …« Sie schauderte. »Aber es geht immer um den Abend, an dem sie starb.«
»Dann verfolgt sie dieser Albtraum tatsächlich schon sehr lange«, bemerkte er.
»Deshalb habe ich ja neulich auf den Rat eines Psychologen hin das alte Krankenhaus besucht.«
»Es hat als nichts genützt?«
»Noch nicht.« Sie runzelte die Stirn, weil Bruchstücke ihres Traums wieder in ihr Bewusstsein kamen. »Aber ich glaube, dort, im Zimmer meiner Mutter, wartet etwas, das wichtig für mich ist.« Sie blickte in Montoyas dunkle, besorgte

Augen. »Ich weiß, es klingt verrückt, aber mir ist so, als würde ich erst, wenn ich ihr Zimmer aufsuche, alles hinter mir lassen können«, sagte sie bekümmert. »Ich muss unbedingt noch einmal dorthin.«

»Warum?« Montoya schwang die Beine aufs Bett, lehnte sich rücklings in die Kissen und hielt Abby weiterhin an sich gedrückt.

»Weil ihr Zimmer abgeschlossen war, als ich das letzte Mal dort hineinwollte.« Abby schmiegte den Kopf an seine Schulter, schlang die Arme um seinen Oberkörper und fragte sich flüchtig, ob es wirklich klug war, so mit ihm auf dem Bett zu liegen. »Kein anderes Zimmer in dem ganzen verdammten Gebäude war abgeschlossen, abgesehen von der Tür zum Kellergeschoss. Die Außentüren waren verriegelt, die Fenster geschlossen, doch im Hausinneren standen alle Türen offen. Bis auf die Tür zu Zimmer Nummer 207. Moms Zimmer.« Sie sah zu ihm auf und bemerkte steile Falten zwischen seinen Brauen. »Finden Sie das nicht merkwürdig?«

»Ach, ich finde so einiges merkwürdig«, gestand er, und während sie sich in die Augen blickten, veränderte sich etwas zwischen ihnen. Plötzlich wusste sie, dass er sie küssen würde. Bevor sie lange darüber nachdenken konnte, verlagerte er sein Gewicht und zog sie so nahe an sich, dass sich ihr Atem mit seinem mischte.

Das darf nicht sein, dachte sie, hob ihm jedoch ihr Gesicht entgegen.

»Ach, zum Teufel damit«, knurrte er, und im nächsten Moment fanden seine Lippen ihren Mund und legten sich warm darauf. Eine Hand schob er in ihr Haar, die andere legte er in ihren Nacken, und Abby unternahm nichts, um ihn daran zu hindern.

Stattdessen schloss sie die Augen und gab sich ganz seinem Kuss hin.

Wie lange war es her, dass sie einen Mann geküsst hatte? Mit einem Mann geschlafen hatte?

Sie verdrängte diese Gedanken aus ihrem Kopf und verlor sich ganz in dem Augenblick, spürte den fordernden Druck seiner Lippen, das Gewicht seines Körpers, als er sich über sie neigte.

Seine Zunge glitt zwischen ihre Zähne, er wollte sie schmecken, sie berühren. Abby erwiderte den Kuss, ihre eigene Zunge erforschte die Lippen dieses Mannes, von dem sie so wenig wusste, dieses Polizisten, der sie bezauberte und gleichzeitig maßlos reizte.

Du darfst dieser Geschichte keine Bedeutung beimessen. Es geht nur um zwei einsame Menschen, die in einer langen dunklen Nacht aufeinander treffen. Das ist nicht das, was du dir erträumst, Abby, es ist keine Beziehung, nur unverbindlicher Sex. Es geht nicht um dich.

Und doch konnte sie nicht aufhören. Wollte nicht.

Denk doch nach, Abby. Denk an morgen und übermorgen und an alle folgenden Tage.

Sie ignorierte die Stimme der Vernunft. Heute Nacht wollte sie sie nicht hören. Heute Nacht wollte sie sich nicht an die Regeln halten.

Dieses Liebesspiel war lange überfällig und sie brauchte ein Ventil … Sie küsste Montoya, als hätte sie noch nie einen Mann geküsst, als könnte sie nicht genug von ihm bekommen.

Sie schlang die Arme um seinen Nacken, und als er ihr das Nachthemd bis über die Hüften hochschob, mit den Fingerspitzen ihre Haut streichelte, bekam sie kaum noch Luft, vermochte sie kaum noch zu denken.

Sie konnte nur noch fühlen und sie überließ sich willenlos diesen aufregenden, erotischen Empfindungen.
Geübte Hände umfingen ihre Brüste, die Daumen strichen über ihre Brustspitzen. Sein Mund lag noch immer hart auf ihrem, sein Kuss war drängend. Sie dachte nicht mehr daran, ob es richtig oder falsch war, nicht an die Zweifel, die mit der Morgendämmerung kommen würden.
Sie wollte ihn einfach.
Jetzt und sofort.
Diese Nacht gehörte ihnen und sie überließ sich ihm ganz, küsste ihn, strich mit den Fingern über seine festen Muskeln und fühlte das Blut mit einem tiefen, dunklen Begehren in ihren Adern fließen.
Sein Mund fuhr über ihre Wange und an ihrem Hals hinab. Ein weicher Bart, geschmeidige Lippen, eine sanfte Zunge strichen über ihre Haut.
Sie stieß ein leises Stöhnen aus, als seine Hände an ihren Rippen emporwanderten, mit sanft tastenden Fingerspitzen, und ihre Brustspitzen wurden so hart, dass es wehtat. Dann lag er über ihr, seine Beine an ihre gepresst, seine Erektion hart und groß.
Er küsste ihre Halsgrube, leckte sie und bewirkte eine Glut, die in ihrem Kopf dröhnte, ihren Puls beschleunigte. Dann glitt er tiefer, umschlang sie mit den Armen und ließ seinen Atem über die Haut streichen, die er mit seiner Zunge benetzt hatte.
Nimm mich, oh, bitte!, dachte sie, als sein Mund eine Brust fand und mit ihr spielte, sie reizte, mit Zunge, Lippen und Zähnen lockte und knabberte, so dass sich ihr Rücken durchbog und sich ihre Hände um seinen Hinterkopf legten, ihn festhielten und ihn zwangen, lange und heftig zu saugen.

»Oooh«, hauchte sie, wollte mehr, war völlig ausgefüllt von ihrem Begehren.
Sie strich mit den Händen über seine muskulösen Schultern, über die kräftigen Arme. Er war hart und stark. Hatte ohne Zweifel viele Frauen geliebt, gegen viele Männer gekämpft.
Seine Finger lagen heiß auf ihrem Rücken, die Fingerspitzen strichen über ihr Gesäß.
Sie wand sich in köstlicher Qual.
Mehr!
Ihre Hände glitten an seinem flachen Unterleib hinab, an der Linie der dunklen Haare entlang. Sie öffnete den obersten Knopf seiner Jeans und schob die Finger unter den Stoff. Seine Bauchmuskeln zogen sich zusammen, erleichterten ihr den Zugang zu der Wärme, die von seinem Schritt ausging.
»Vorsichtig«, flüsterte er und atmete tief ein. »Gefährliches Terrain.«
»Überall ist gefährliches Terrain«, erwiderte sie leise und zupfte an dem Denimstoff. Die Knöpfe seiner Levi's sprangen einer nach dem anderen auf, und sie fühlte die glatte Härte seines Gliedes und streichelte es mit zärtlichen Fingern.
Sein Körper verkrampfte sich. Montoya fluchte leise. Kräftige Finger umspannten Abbys Handgelenk. »Abby«, sagte er mit rauer Stimme. »Vielleicht ... sollten wir uns das noch einmal überlegen.« Er atmete schwer, sein Körper drängte und glänzte von Schweiß.
»Warum?«
»Weil es, wenn diese Grenze einmal überschritten ist, kein Zurück mehr gibt.«
»Glaubst du, ich weiß das nicht?«

»Ich stecke mitten in den Ermittlungen in einem Mordfall und …«

»So, mitten in den Ermittlungen steckst du?«, unterbrach sie ihn scherzhaft und blies ihren heißen Atem über seinen Brustkorb. Er stöhnte leise auf. »Und ich dachte, du liegst in meinem Bett und verführst mich. Ich habe mich doch nicht geirrt, oder?« Sie fuhr mit den Fingern ihrer freien Hand an seinem Brustbein hinauf und berührte eine seiner flachen Brustwarzen. »Ich habe keinerlei missverständliche Signale empfangen.«

Sie richtete sich auf und küsste mit feuchten Lippen seinen Unterleib.

»Ich versuche nur, edel zu sein«, knirschte er.

»Ich nehme es zur Kenntnis.«

»Abby …«

»Was?« Noch einmal blies sie über seine Haut, und die Finger, die ihr Handgelenk umspannten, griffen sekundenlang fester zu und ließen dann locker.

»Herrgott«, flüsterte er. »Wenn du es so willst, Liebling, dann sollst du es haben.«

Er zog sie zu sich hoch, nahm ihr Gesicht zwischen die Hände und küsste sie, als wollte er nie wieder aufhören. Sein Mund war hart und hungrig, seine Lippen waren gierig. Alle Schranken waren gefallen.

Mit ihrer Hilfe entledigte er sich seiner Jeans. Er gab nicht einen Laut des Protests von sich, als sie seine Hüften berührte, die Finger an seinen steinharten Schenkeln entlangstreifen ließ und seine Gesäßbacken umfasste.

Sein Atem ging heftig, als er sich langsam abwärtsbewegte, sie verführerisch zwischen den Brüsten und auf den Unterleib küsste und ihren Nabel lustvoll mit der Zunge umkreiste. Seine flinke Zunge und seine Lippen erforschten sie, während seine Hände sie massierten und sie sich wand, schwitzte, keuchte, *fühlte*. Heiße, wollüstige Empfindungen schossen durch ihren Körper, und sie wollte mehr … oh, so viel mehr.

Sie öffnete bereitwillig die Schenkel für ihn, verspürte große Zärtlichkeit, als er sie mit Zunge und Lippen schmeckte, leckte, kitzelte und ihr ein Stöhnen purer Lust entlockte.

Der erste Orgasmus kam über sie wie eine riesige Welle. Ihr Körper bäumte sich auf, und sie grub die Fingernägel in die Bettlaken. Kurz darauf erreichte sie erneut einen ekstatischen Höhepunkt. Immer noch erregte er sie, seine Hände kneteten ihr Gesäß, seine Finger fanden geheime Stellen, und auch ein drittes Mal schlug die heiße Welle über ihr zusammen.

In Abbys Kopf drehte sich alles, und als sie schließlich völlig außer Atem war, gebot sie ihm Einhalt, zog ihn an sich und küsste ihn. »Jetzt bist du an der Reihe«, flüsterte sie ihm ins Ohr. Als sie langsam an ihm abwärtsglitt, stöhnte er laut auf.

Sie fuhr mit Zunge und Zähnen an seinen Beinen entlang, spürte, wie er sich wand und die Hände in ihre Haare schob. Sie berührte und küsste ihn zärtlich und merkte, wie er sich zurückhielt, bis er zitterte.

»Abby«, flüsterte er schließlich, zog sie an sich, küsste sie leidenschaftlich und drehte sie auf den Rücken. Dann öffnete er im weichen goldfarbenen Schein der Lampe ihre Schenkel, sah ihr in die Augen und drang in sie ein. Kraftvoll. Tief. So tief, dass sie nach Luft rang.

Langsam zog er sich zurück, doch nur, um erneut zuzustoßen.

Am ganzen Leibe zitternd ergriff sie seine Arme und begann, sich im gleichen Rhythmus wie er zu bewegen. Sie hielt sich an ihm fest, während er in sie hineinstieß und sich zurückzog, schneller und immer schneller. Innerlich brannte sie lichterloh, sie atmete in raschen, knappen Stößen. Immer heftiger bewegten sie sich, bis nichts im gesamten Universum mehr wichtig war außer der Stelle, an der sich ihrer beider Körper vereinten.

Montoya schloss die Augen in dem Augenblick, als sie zum Höhepunkt kam. Ein Schrei erstickte in ihrer Kehle. Immer noch kam er zu ihr, stieß, zog sich zurück, heftig und schnell, bis sie sein fieberhaftes Tempo wieder aufnahm, die Finger in seine Schultern grub und den Kopf nach hinten beugte. Immer heißer. Schneller. Wilder. Bis ihr gesamter Körper unkontrollierbar zuckte und sich aufbäumte.

»O Gott ... Montoya!«, schrie sie, während er zischend den Atem durch die Zähne stieß und den Kopf zurückwarf.

Und dann brach er über ihr zusammen, ergoss sich in sie, umschlang sie mit den Armen, ließ den Kopf gegen ihre Schulter sinken. »Genau das wollte ich hören«, sagte er mit rauer Stimme.

»Was?«

»Meinen Namen in einem Atemzug mit Gott ... im Augenblick der Verzückung.« Ein leises Lachen kitzelte sie am Hals.

»Wie kannst du in diesem Moment Witze machen?« Ihr Herz hämmerte immer noch unkontrollierbar.

»Wer macht Witze?«

»Mistkerl«, flüsterte sie und schlug mit dem Handrücken nach ihm.

»Erst Gott, dann Mistkerl. Welch ein Abstieg.« Er liebkoste ihren Hals, seufzte befriedigt auf und weigerte sich, an den Morgen und die Gewissensbisse zu denken, die die Dämmerung mit sich bringen würde.

Reverend Billy Zachary Furlough saß noch spätnachts in dem Gebäude, das sein Arbeitszimmer beherbergte, den privaten Ort, an dem er sich vor der Welt zurückzog. Vom Haupthaus war dieses Gebäude durch eine Reihe beschnittener Weiden, Magnolien, Kiefern und Eichen sowie durch einen kunstvoll geschmiedeten Eisenzaun abgetrennt. Sein Arbeitsbereich umfasste eine Reihe von Zimmern, eine Garage mit drei Stellplätzen, einen Pool und einen überdachten Basketball-Platz. Vielleicht ein bisschen großspurig, aber seiner Meinung nach brauchte er das alles, um das Wort Gottes verbreiten zu können.

Reverend Furlough fühlte sich dem Herrn nie näher, als wenn er ausgiebig schwitzte und einen perfekten Korbball direkt rechts von der Wurflinie aus landete. Dieser Schuss war sein Markenzeichen, schon immer, seit er im College Torjäger bei den Hornets gewesen war. Er liebte das Spiel.

Auf dem Basketballfeld war es gewesen, wo er zum ersten Mal das Licht sah.

Eben noch war er gen Himmel gesprungen, hatte die Hände ausgestreckt, um den Ball in den Korb zu befördern, und im nächsten Moment lag er am Boden, umgeben von Spielern, Opfer eines unglücklichen Unfalls, bei dem er sich den Knöchel gebrochen und länger als zehn Minuten das Bewusstsein verloren hatte. In dieser kostbaren dunklen Zeitspanne hatte er ein ganzes Leben durchlebt und Christi Antlitz gesehen, und als er wieder zu sich kam, hatte er geschworen, sein Leben in den Dienst Gottes und seines Sohnes zu stellen, wenn er genesen würde – und in der nächsten Saison würde spielen können.

Und so geschah es.

Er arbeitete sich durch Stunden intensiver Physiotherapie, erhielt Karten und Briefe von Menschen, die er nicht kannte, die ihn wissen ließen, dass sie an ihn dachten, und die für seine vollständige Genesung beteten, damit die Hornets in der nächsten Saison ihre Erzrivalen vernichtend schlagen konnten.

Und so geschah es.

Wie durch ein Wunder wurde er gesund, und er schwor öffentlich, es sei nicht nur durch harte Arbeit und Glück geschehen, sondern aufgrund seines Gelöbnisses. Jetzt gelobte er, die Mannschaft für Gott aufs Spielfeld zu führen, mit Gott und in seinem heiligen Namen.

Und so geschah es.

Die Hornets schlugen ihre Gegner vernichtend und gewannen den Titel in ihrer Liga – dank Billy Zachary Furloughs Eifer und Verbissenheit.

Das Publikum war außer Rand und Band. Gleich nach dem Spiel wurde Billy Zachary – ein Handtuch um den Nacken, mit nassem Haar, auf dem Gesicht das Strahlen des Champions – von einem ortsansässigen Radiosender interviewt. Immer noch schwer atmend blickte er direkt in die Kamera und weihte den Sieg, den Pokal und den Titel Gott dem Herrn.

Daraufhin erhielt er Hunderte von Glückwunschbriefen und Anrufen. Wochenlang wurde er von christlichen und weltlichen Radiosendern interviewt.

Doch man bot ihm keinen Vertrag als Profispieler an.

Niemand rief an, um zu fragen, ob er an diesem oder jenem Basketball-Verein in der NBA interessiert wäre.

Nichts.

Das College, das er besuchte, war schließlich recht unbedeutend, die Hornets waren nicht annähernd so stark oder konkurrenzfähig wie die Mannschaften größerer Universitäten. Was seine Verletzung anging, hatte ihn eine ganze

Reihe von Ärzten für geheilt erklärt, für stärker denn je. Trotz der zwei Schrauben und der Platte in seinem Knöchel konnte er immer noch mit Feuer und Elan spielen.

Nur eine Handvoll seiner engsten Freunde wusste von den Schmerzen, die er nach jedem Spiel ausstand. Sein rechter Fuß, der Knöchel und die Wade fühlten sich an, als würden sie im Höllenfeuer geröstet. Er fand Linderung nicht nur im Gebet, sondern auch durch alle möglichen rezeptpflichtigen Schmerzmittel.

Es war einfach gewesen, einen Arzt zu finden, der ihn verehrte, einen ehemaligen Schüler des College, der ihm die nötigen Rezepte ausstellte … Und er missbrauchte diese Mittel nie, setzte sie nur ein, um die Schmerzen und den sie begleitenden brennenden Zorn abzustellen.

Er erwog kurz, in Europa Basketball zu spielen, doch ihm war klar, dass er in Übersee vor denselben Problemen stehen würde wie in den Staaten. Und dann gab es da all die Karten und Briefe, die er aufbewahrt hatte, von Menschen, die sich ihm zugewandt hatten, die ihn um Fotos mit seinem Autogramm baten oder um seine alten Trikots und Basketballschuhe. Fans, die ihm huldigten. Die ihn liebten. Menschen, die an ihn glaubten.

Er hatte das Ausbleiben eines Profivertrags als Zeichen von Gott aufgefasst, als Aufforderung, in »Jesu Mannschaft zu spielen«. Billy Zachary war nicht dumm und erkannte, dass er in dieser Mannschaft bis an sein Lebensende spielen, vielleicht sogar genauso viel Geld wie in der NBA verdienen, dabei aber bedeutend länger am Ball bleiben konnte.

Auch so würde er ein Star werden.

Und so geschah es.

Der gleiche Zorn, die gleiche Hingabe, die ihn auf dem Basketballfeld angetrieben hatten, halfen ihm, eine Gemeinde zu gründen, die bald Tausende von Mitgliedern zählte. Niemand wusste, woher dieser Zorn kam, auf welchen Lügen sein ganzes Leben gründete. Niemand wusste, wie verraten er sich gefühlt hatte, als er erfuhr, dass seine Eltern – zwei arbeitsame, liebevolle Menschen – ihn von Anfang an belogen hatten.

Sie hatten ihm nie gesagt, dass er ein Adoptivkind, dass er nicht von ihrem Blut war. Das hatte er erst in einer ganz normalen Biologiestunde in der Schule entdeckt, als er vierzehn war. Ein blauäugiges Paar mit blauäugigen Eltern konnte keine Kinder mit braunen Augen bekommen ... das war eine schlichte biologische Tatsache. Also hatte sich seine Mutter entweder der Sünde des Ehebruchs schuldig gemacht oder er war adoptiert worden.

Nicht schwer, das herauszufinden. Und er fand es heraus.

Jetzt tippte er mit seinem Stift auf die Schreibtischplatte und runzelte die Stirn angesichts dieses Verrats. Wie oft hatte er versucht, diesen armen, bescheidenen Leuten zu vergeben, und wie oft war es ihm nicht gelungen?

»Gib mir Kraft«, flüsterte er.

Dunkelheit hüllte diesen Teil seines Anwesens ein, ein Anwesen, das kritische Journalisten als »sein Lager« bezeichneten. Sollten sie doch sagen, was sie wollten. Wen störte es? Solange die Reporter über ihn schrieben, hörten die Menschen seinen Namen, und nur das war wichtig.

Er fuhr sich mit der Hand über die Augen. Er war müde und tat besser daran, zu Bett zu gehen. Hier in seinem Arbeitsbereich verfügte er über ein geräumiges Schlafzimmer – mit großem Doppelbett, riesigem Flachbildschirm-Fernseher und sogar einem gasbefeuerten Kamin, den er per Fernbedienung einschalten konnte. Hier verbrachte er seine Nächte lieber als in dem großen Haus im Vorkriegsstil, das

seine Frau im Laufe der Jahre immer wieder hatte verändern lassen.
Pflichtschuldigst blieb er jeden Samstag im Haupthaus, schlief im Ehebett und liebte seine Frau, als würde sie ihm noch etwas bedeuten. Am nächsten Morgen frühstückten sie dann gemeinsam in diesem monströsen Speisezimmer, kleideten sich für den Kirchgang an und brachen in getrennten Wagen – sie mit den Kindern, er allein – zur Kirche auf.
Früher war ihre Beziehung leidenschaftlich gewesen. Aber das lag nun schon ein paar Jahre zurück. Bevor sie so kalt geworden war. Bevor sie sich so sehr auf das Leben der Kinder konzentrierte, dass ihr keine Zeit für Billy Zachary mehr blieb. Bevor sie den Sex auf ein Mal pro Woche reduzierte und sich dabei kaum regte, eine Statue, die sich aufgrund ihres Eherings von ihm bespringen ließ.
Er hasste es.
Er hatte erwogen, sich mit einer jüngeren, lebhafteren, *lebendigeren* Frau als Aldora einzulassen. Er hatte sogar mit der neuen Sekretärin geflirtet, einer frisch geschiedenen Mutter von zwei Kindern, die hohe Absätze und enge Röcke trug und dazu neigte, ihn anzulächeln und ihm zuzuzwinkern, wenn sie mit ihm sprach.
Bisher hatte er diesen Schritt über die Grenze jedoch noch nicht getan.
Noch nicht.
Aber … ein Mann wollte sich geliebt fühlen, nicht nur von Gott, sondern auch von einer Frau.
Er knöpfte sein Golfhemd auf und blickte dabei auf die Worte, die er auf das gelbe Papier eines Blocks geschrieben hatte. Die ganze Woche schon arbeitete er an dieser Predigt, schon seit er von dem Doppelmord an Luke Gierman und

Courtney LaBelle gehört hatte. Die abscheulichen Todesfälle boten ihm die Möglichkeit, dem Herrn noch mehr Menschen zuzuführen.

Dank der Morde hatte er bereits sehr viel Beachtung in den Medien gefunden, doch er wollte noch mehr. Was kein Problem darstellte. Die Morde an Asa Pomeroy und Gina Jefferson versorgten ihn mit reichlich Material.

Billy Zachary ahnte, dass seine Kirche an diesem Sonntag zum Bersten voll sein würde. Angst weckte die Frömmigkeit in den Menschen. Es war interessant, welch große Anziehungskraft seine Worte über den Zorn Gottes, über die Bestrafung für Sünden, seine Worte über Feuer und Schwefel auf seine Gefolgschaft hatten.

Er hatte festgestellt, dass seine Gemeinde umso bereitwilliger spendete, je härter seine Predigt ausfiel, je heftiger er die Fäuste gen Himmel schüttelte, je lauter seine wütende Stimme dröhnte, je deutlicher die Adern an seinem Hals hervortraten. Abends hatte er inzwischen sogar eine halbstündige Sendung bei WNAB im Radio, und das Fernsehen war auch interessiert.

Alle wollten eine Show.

Leidenschaft.

Zorn.

Macht.

Und vor allem die tief verwurzelte Liebe zum Herrn.

Billy Zachary besaß all das.

Also musste dies eine großartige Predigt werden, über den Zorn und die Liebe eines allmächtigen Gottes, über Jesu Barmherzigkeit und über … Er hob den Kopf. Hatte er da Schritte gehört? Er lauschte, vernahm aber kein weiteres Geräusch. Es war wohl nur der Wind gewesen. Er griff erneut nach seinem Stift und begann, konzentriert und zügig zu schreiben. Am nächsten Morgen würde er den Text auf dem Computer bearbeiten und eventuelle Fehler ausbügeln. Indem er seine Gedanken zu Papier brachte, konnte er ein wenig von seiner Wut abreagieren. Seine Feder zerriss beinahe das oberste Blatt des Blocks, während er schrieb und schrieb …

Knarr.

Wieder fuhr sein Kopf hoch.

Dieses Mal war er ziemlich sicher, dass er das Knarren der Bodendielen gehört hatte. Er richtete sich in seinem Sessel auf und horchte.

»Ist da jemand?«, rief er. Sein Leibwächter und Trainer war schon vor Stunden gegangen. Billy Zachary hatte gehört, wie sich das Tor hinter Kyles Chevy Blazer schloss, und hatte durch das offene Fenster die Heckleuchten des schweren Wagens gesehen.

Stille umgab ihn.

Seine Sinne waren heute einfach nur gereizt.

Vielleicht sollte er beten. Er legte den Stift zur Seite und atmete tief durch.

Dann wischte er sich mit beiden Händen übers Gesicht, lehnte sich zurück, schloss fest die Augen und bat den Herrn um Inspiration, um Klarheit der Gedanken, damit er mit Hilfe seiner Predigt Gottes Willen kundtun konnte. Denn das war es, was geschah, davon war er überzeugt. Er bekam seine Eingebungen von Gott, wurde von ihm berührt, als ob der Herr persönlich die Hand aus seinem glorreichen Himmel streckte und seine Fingerspitzen auf Billy Zacharys Scheitel legte.

»Gott, hilf mir«, sagte er laut. »lass mich das Licht sehen, lass mich deine Gegenwart spüren, lass mich dein Sprachrohr sein …«

Wieder dieses Geräusch.
Billy Zachary öffnete die Augen.
Er schnappte nach Luft und sprang auf.
Vor ihm, einen Elektroschocker in der Hand, den er direkt auf das Herz des Predigers richtete, stand Satan.
Bevor Billy Zachary noch ein Wort über die Lippen brachte, hatte Luzifer ihn bereits mit der Waffe berührt.

Schwester Maria spürte etwas im Schlaf.
Sie wälzte sich herum.
Eine behandschuhte Hand legte sich über ihren Mund.
Panik durchzuckte sie, und sie war auf der Stelle hellwach.
Es war stockdunkel in ihrem Zimmer. Bis zum Morgengebet war es noch eine lange Zeit.
Sie konnte ihren Angreifer nicht sehen, aber er war stark und kräftig.
Entschlossen.
Zornig.
Sie spürte seine Wut, roch seinen Schweiß.
Ein Übelkeit erregender, süßlicher Geruch drang ihr in die Nase.
Äther!
Sie kannte diesen Geruch aus ihrer Zeit im Krankenhaus.
Nein!, dachte sie.
Schwester Maria wehrte sich. Versuchte zu schreien. Kämpfte mit aller Kraft, doch während sie sich wand und heftig mit den Armen um sich schlug, atmete sie schwer. Und tief.
Die Chemikalie fand den Weg in ihre Lungen, betäubte ihren Verstand, schwächte ihre Gliedmaßen, ließ ihre Augen zufallen.
Ihre Bewegungen wurden träge.

Sie wusste, was geschah, war aber nicht fähig, sich gegen das Unvermeidliche zur Wehr zu setzen.
Schließlich gab sie auf. Ihr Körper erschlaffte, es wurde dunkel um sie herum.
Vergib mir, Vater im Himmel, betete sie noch, denn ich habe gesündigt.

22.

Billy Zachary Furlough dachte nicht daran, sich kampflos in sein Schicksal zu ergeben. Sein Entführer hatte ihn mit verbundenen Augen, geknebelt und an einen Stuhl gefesselt irgendwo zurückgelassen, wo es nach Verfall und Schmutz roch. Er vermutete, dass er sich in der Nähe des Sumpfes befand, denn er roch abgestandenes Wasser und hörte das Quaken von Ochsenfröschen.

Der Entführer war entschlossen zu töten. Billy Zachary wusste es. Er hatte genug über die jüngsten Mordfälle in der Stadt gelesen, um zu begreifen, dass der Mann, der ihn entführt hatte, dieser Serienmörder war.

Aldora würde keine Lösegeldforderung erhalten.

Es würde keine Verhandlungen um seine Freilassung geben.

Ihm drohte nichts als der sichere Tod. Es sei denn, er unternahm etwas, um sich zu retten.

Der Herr hilft jenen, die sich selbst helfen.

Wie oft hatte er munter diesen Rat gegeben? Jetzt musste er ihm also selbst folgen. Er war allein, von daher gezwungen zu planen, sich vorzubereiten, nach einer Möglichkeit zu seiner Rettung zu suchen.

Er fragte sich, wer dieser Psychopath sein mochte. Warum war seine Wahl gerade auf *ihn* als Opfer gefallen?

Es ergab keinen Sinn. Er hatte keine Feinde. Seine Gemeindemitglieder beteten ihn an, die Medien ebenfalls. Innerhalb seiner Kirche gab es sogar viele, die ihn in die Lokalpolitik drängen wollten.
Und doch schien ihn irgendwer zu hassen.
So schlimm die Lage auch war, Aldora und die Kinder waren wenigstens in Sicherheit ... oder? Der Verrückte war doch nicht noch einmal zurückgekehrt, um einen von seinen Angehörigen zu holen? Bestimmt nicht.
Aber brachte dieser Kerl seine Opfer nicht immer paarweise um?
Einen Mann und eine Frau?
Die einzige Möglichkeit für Billy Zachary, den Mörder zu überlisten, bestand darin, Willfährigkeit vorzutäuschen, Angst sogar, so zu tun, als hätte er die Kontrolle über seinen Körper noch nicht wiedererlangt. Dann ergab sich vielleicht eine Chance, den Mann zu überwältigen.
Vielleicht ... aber er musste rasch handeln. Billy Zachary war gut in Form, doch dieser Mann war größer und kräftiger. Er hatte ihn mit Klebeband gefesselt und geknebelt und dann mühelos in die Garage getragen, wo er ihn noch einmal den Elektroschocker spüren ließ. Danach verfrachtete er ihn auf den Rücksitz seines eigenen Mercedes SL600.
Der Schweinehund hatte den Motor des schnittigen Wagens angelassen, war die Zufahrt entlanggefahren und hatte Billy Zacharys elektronischen Toröffner benutzt. Und die ganze Zeit über konnte Billy nichts unternehmen. *Nichts.* Noch nie im Leben hatte er sich so machtlos gefühlt.
Etwa eine halbe Stunde später spürte Billy Zachary, dass der Wagen nach zu schnellem Abbiegen auf einer schlechten Wegstrecke ins Schleudern geriet. Kurz darauf hielt der Mercedes plötzlich an, und der Fahrer stieg aus. Er öffnete

die hintere Tür und versetzte Billy Zachary noch einmal einen Elektroschock. Der Rest war nur eine verschwommene Erinnerung. Billy Zacharys Fesseln wurden vorübergehend gelöst, er wurde entkleidet und auf den Stuhl gedrückt. An seinem nackten Gesäß spürte er einen Riss in dem Plastiksitz. Seine Hände wurden ihm erneut mit Klebeband auf dem Rücken gefesselt, seine Beine an die Stuhlbeine geschnallt.

Dann gab sein Entführer die ersten und einzigen Worte seit seinem Eindringen in Billy Zacharys Arbeitszimmer von sich.

Er beugte sich zu ihm herab und hauchte: »Die Macht Gottes sei mit dir, Bruder.«

Billy Zachary war es eiskalt in die Knochen gefahren.

Anschließend ließ der Entführer ihn allein. Billy hörte das Motorengeräusch seines Mercedes, der in die Nacht hinausfuhr.

In diesem Moment wusste er, dass er blitzschnell handeln musste. Entweder plante der Scheißkerl zurückzukommen, um ihn zu quälen, zu foltern und ihn dann zu töten, oder Billy Zachary sollte auf unabsehbare Zeit hierbleiben, um langsam an Austrocknung zu sterben.

Er versuchte alles. Brachte sich durch heftige Bewegungen mitsamt dem Stuhl zu Fall, zerrte, bis seine Arme schmerzten, an dem Klebeband, das ihn fesselte, und trat so vehement mit den Füßen um sich, dass ihm der Schmerz bis in den Rücken fuhr.

Unter Aufbietung all seiner Kräfte bewegte er den Stuhl über den schmutzigen Boden vorwärts. Staub und Schmutz setzten sich in seinen Nasenlöchern fest. Sein linkes Ohr wurde wund gescheuert, während er Zentimeter für Zentimeter auf die vermeintliche Tür zukroch. Langsam scharrte

der Stuhl über das stinkende Linoleum, über winzige harte Körnchen, die Billy Zachary für Rattenkot hielt.
Die Minuten verstrichen. Er schwitzte, rieb seine Haut blutig. Plötzlich stieß seine Nase gegen etwas Weiches ... irgendein Stück Stoff? Er erforschte das Ding mit dem Gesicht und spürte plötzlich so etwas wie Metall, kaltes, glattes Metall.
Sein Herz machte einen Hüpfer.
Seine Kleidung. Er hatte die Stelle gefunden, an der sein Entführer seine Hose und sein Hemd abgelegt hatte. Der Irre hatte es eilig gehabt. Also hatte er die Kleider zurückgelassen, mit allem, was in den Taschen steckte. Mitsamt Billys Pomeroy-Multifunktionsmesser, das sein Sohn ihm letztes Jahr zu Weihnachten geschenkt hatte. Von der feinsten Pinzette über eine winzige Säge bis zum Zehennagelschneider – das Multi-Messer verfügte über fünfzehn Klingen. Billy Zachary benötigte nur eine. Und die würde er anwenden.
Ein weiterer Vorteil dieses Multifunktionsmessers bestand in der Tatsache, dass es leicht zu öffnen war. Wenn man einen kleinen Hebel betätigte, sprangen zwei der am häufigsten benutzten Klingen heraus. Er dachte an seinen Sohn, der mit glänzenden Augen neben dem großen Weihnachtsbaum gestanden hatte. Damals hatte Billy Zachary still gelächelt und gedacht: Mein lieber Sohn, wer braucht schon so was? Jetzt war er ihm von Herzen dankbar.
Er arbeitete fieberhaft, brachte den Stuhl vor seiner Hose in die richtige Position, so dass er mit den Händen ein wenig tasten konnte, obwohl seine Schultern so wehtaten.
Er atmete tief durch, betete unentwegt, dachte an die Schmerzen, die er als Sportler ertragen hatte: gebrochene Finger, ein Nasenbeinbruch, Blutergüsse an den Ellbogen, Zerrungen im Knie zusätzlich zu dem gebrochenen Knö-

chel. Er konnte es aushalten. Und er würde es aushalten! Zorn flackerte hell in ihm auf; er biss die Zähne zusammen und ertastete eine Tasche. Gut! Kurz darauf fühlte er ... sein Feuerzeug. Perfekt. Er zog es mühsam aus der Tasche, hatte den Eindruck, dass es viel zu viele kostbare Minuten dauerte, bis es ihm gelang, und legte es sorgsam zur Seite. Vielleicht würde er es noch brauchen. Und jetzt die andere vordere Tasche. Seine Finger strichen über den Hosenschlitz, spürten die Metallzähne des Reißverschlusses, dann ertasteten sie die Tasche. Mit einiger Anstrengung schob er die Hand hinein. Da musste es sein! Er trug es doch immer bei sich! Schweiß brannte in seinen Augen. Panik erfasste ihn.
Dann fühlte er es ... das Pomeroy Ultra! Es war schwer zu greifen, da seine Finger schweißnass waren, doch mit der Kraft der Verzweiflung fasste Billy Zachary nach dem Messer und zog es Zentimeter für Zentimeter aus der Tasche. Irgendwann hatte er es geschafft.
Und jetzt steh Gott mir bei, dachte er und betätigte mit zitternden Fingern den Hebel.
Das Messer fiel ihm aus der Hand. Beinahe hätte er geflucht, doch er riss sich zusammen. Er war nicht allein. Gott war bei ihm. Trotzdem ärgerte er sich über sein Ungeschick. Gib mir Kraft, flüsterte er stumm und bekam das Werkzeug wieder zu fassen. Er stellte sich vor, das Messer ganz normal in der Hand zu halten, atmete langsam und ruhig und drehte es, bis es sich richtig anfühlte. Vor seinem inneren Auge sah er sich den Hebel umlegen – wo war das verdammte Ding? Da! Er spürte die Erhebung und schob den Finger vor.
Schnapp! Eine Klinge sprang heraus.
Halleluja!
Jesus, ich danke dir!
In den letzten Stunden in der Dunkelheit hatte Billy Zacha-

ry seine Mission verstanden. Gott bot ihm die Gelegenheit, die Welt von dem Monster, das ihn entführt hatte, zu befreien. Es war nicht nur eine Prüfung, sondern eine Möglichkeit, sich dem Herrn zu beweisen. Indem er das tat, würde er nicht nur sich selbst retten und das andere Opfer, das der Mörder womöglich gerade hierherbrachte, sondern ein noch größerer Held werden. Die Presse würde sich die Finger nach ihm lecken. Seine Gemeinde würde blühen. Er würde einen Buchvertrag bekommen. Das Fernsehen würde Interesse an seiner Geschichte anmelden.

Aber er eilte der Zeit voraus. Im Augenblick musste er sich einzig und allein darauf konzentrieren, den Feind zu besiegen, und er verließ sich dabei auf seinen alten Freund, den Zorn, der ihm helfen würde.

Denn er war wirklich zornig.

Wütend und rachedurstig.

Er begann, mit dem Messer das Klebeband an seinen Handgelenken durchzusäbeln.

Komm nur, du Mistkerl, dachte er dabei, und die Wut schäumte in seinen Adern, *ich werde dich erledigen.*

Schwester Maria wurde grob hochgezogen.

Die Hände waren ihr auf dem Rücken gefesselt, aber ihr Angreifer hatte das Klebeband an ihren Füßen durchgeschnitten und ihr die Augenbinde abgenommen. Und er hatte ihr den Rosenkranz um den Hals gehängt.

»Beweg dich«, knurrte er hinter seiner Mütze.

Sie war so benommen und schwach, dass sie kaum gehen konnte. Die Mündung des Revolvers in ihrem Rücken und das Drängen des brutalen Mannes ließen sie vorwärtstaumeln, durch die Dunkelheit. Wohin? In den sicheren Tod?

Der Mann leuchtete mit dem schwachen Strahl einer Ta-

schenlampe den feuchten Boden vor ihr aus. Totes Laub bildete einen Teppich über dem nassen Sumpfland. Zypressen erhoben sich, bleich wie Gespenster, ihre Wurzeln warfen den Boden auf. Maria hatte keine Ahnung, an welchen Ort in den Sümpfen von Louisiana der Mann sie gebracht hatte.
Vater unser im Himmel …
Er richtete den Lichtstrahl auf ein Gebäude, nein, auf einen Wohnwagen, der schon seit langer Zeit leer zu stehen schien. Er war verrostet, die Fenster waren herausgeschlagen, das Vordach war nur noch ein Haufen verrotteter grauer Bretter.
Maria stellte sich die widerlichen Dinge vor, die er ihr antun würde, die Schmerzen, die sie würde ertragen müssen, und sie nahm ihr Schicksal an, betete um Kraft, um Tapferkeit, damit sie nicht zusammenbrach.
Er stieß sie zwei unregelmäßige Stufen empor, und sie betrat das dunkle Innere des Wohnwagens. Der Mann drückte ihr immer noch den Lauf der Waffe in den Rücken und zündete jetzt eine Laterne an.
Aller Mut verließ sie beim Anblick des winzigen, verdreckten und vernachlässigten Raums. Es roch modrig.
Auf einem Stuhl in der Ecke gegenüber, die Füße an die rostigen Metallbeine gefesselt, die Hände auf dem Rücken, saß Billy Zachary Furlough. Er war nackt, seine Augen waren verbunden, sein Mund verklebt.
»Nein!«, schrie Maria auf. Das Wort kam nur unverständlich hervor, behindert durch das Klebeband vor ihrem Mund. Trotz der Revolvermündung in ihrem Rücken beugte sie sich nach vorn und begann zu würgen.
»Scheiße!« Ihr Angreifer riss ihr den Klebestreifen vom Mund. Im selben Moment entleerte sich ihr Magen.
Wie konnte das sein? Vater im Himmel, nein!

Sie schluchzte, weinte, war vollkommen verzweifelt.

Nein! Nein! Nein!

Tränen strömten über ihr Gesicht, und sie würgte krampfhaft, immer wieder. Sie merkte nicht, dass ihr Entführer nicht mehr hinter ihr war.

Dass er nun in der Nähe ihres einzigen Kindes stand.

Bei allen Heiligen, wie konnte das Monster das wissen? Was wollte er von ihr? Schwester Maria keuchte und hustete und sah hinüber zu dem vermummten Mann, der sie entführt hatte und sich nun voller Stolz vor ihrem Sohn aufbaute.

Sie durfte das nicht zulassen. Was immer sein abartiger Verstand ausgetüftelt hatte, sie würde nicht zulassen, dass er ihrem Sohn etwas antat, dem Baby, das sie vor so vielen Jahren fortgegeben hatte ...

»Tun Sie es nicht«, flehte sie. »Bitten Sie Gott um Vergebung und hören Sie auf zu sündigen.«

Sein Körper erstarrte. »Ich bin nicht der Sünder«, sagte er langsam und nahm Billy Zachary die Augenbinde ab.

Billy Zachary schaute Maria aus glasigen Augen an, und ihr wurde klar, dass auch er bereits hatte leiden müssen. Sie wollte seine Nacktheit nicht sehen, sondern nur in seine dunklen Augen blicken, die denen seines Vaters so ähnlich waren, des Jungen, den sie in ihrer Jugend gekannt hatte, des Mannes, der schon lange tot war.

»Ihr kennt euch«, sagte der Entführer mit rauer, zufriedener Stimme, und zu ihrem Entsetzen registrierte Maria, dass ihr einziges Kind plötzlich verstand. Dass ihr Geheimnis irgendwie gelüftet worden war.

»Mutter und Sohn.«

Heilige Maria, Muttergottes.

»Beide eine gelebte Lüge.«

Billy Zacharys Blick heftete sich auf den Entführer, und

Maria bemerkte, wie sich etwas in seinen Zügen veränderte, wie der Zorn seine Nasenflügel blähte, seine Augen schmal werden ließ.
Da wusste sie, dass er etwas Dummes, etwas Gefährliches tun würde. Sie musste es verhindern.
Sie wollte ihn retten. Selbst wenn sie dafür töten musste. Mord war eine Todsünde ... Ihre Seele würde geradewegs in die Hölle fahren.
So sei es.

Billy Zachary gab vor, immer noch gefesselt und orientierungslos zu sein, und starrte die Frau wie unter Zwang an. Warum war sie hier? Der Psychopath hatte auch Schwester Maria Montoya entführt, die Frau, die ihn auf die Welt gebracht und bei fremden Eltern zurückgelassen hatte.
Da stand sie in ihrem Nachthemd, den Rosenkranz um den Hals gehängt, sah alt, müde und verängstigt aus, und ihre Lippen bewegten sich lautlos. Zweifellos hoffte sie auf göttliche Intervention.
Sie. Die Nonne. Die seine Mutter war.
Hure.
Versteckt unter dem heiligen Habit.
Und täuscht Frömmigkeit vor.
Er hasste sie, aber mehr noch als sie hasste er diesen Mann, der ihrer beider Leben mit einem Revolver auslöschen wollte, einem Revolver, der offenbar aus seiner Sammlung stammte.
Der Psychopath wandte ihm eine Sekunde lang den Rücken zu. In diesem Augenblick kam Bewegung in Billy Zachary. Er sprang auf, die Füße und Hände frei von Fesseln. Mit einer Kraft, die, wie er hätte schwören können, Gott der Herr ihm verlieh, stieß er dem Entführer in dem Moment,

als sich der Mann wieder umdrehte, das Pomeroy-Ultra-Messer tief in die Brust.
Blut spritzte.
Die Nonne schrie und stürzte sich auf den Angreifer.
Der Psychopath brüllte und schlug Billy Zachary den Revolver ins Gesicht. Schmerz schoss durch seinen Kopf. Sein Nasenbein splitterte. Er taumelte zurück und ließ das Messer fallen. Er hatte beabsichtigt, immer und immer wieder zuzustechen, bis der Kerl zusammenbrach, doch jetzt waren seine Hände schlüpfrig von Blut, und die Nonne mischte sich ein, versuchte, sich zwischen die beiden zu werfen, dem Mann das Gesicht zu zerkratzen. Sie griff ihn mit *bloßen Händen* an!
Nein!
Im nächsten Moment schlug der große Mann, dessen Skimütze durch den Angriff der Nonne verrutscht war und in dessen Oberkörper noch Billy Zacharys Messer steckte, Schwester Maria ins Gesicht, fing sie auf, als sie zu stürzen drohte, und drückte ihr den Revolver in die heftig zitternde Hand …

Schwester Maria rang nach Luft. Er wollte sie zwingen, Billy Zachary umzubringen? *Nein!*
Sie wehrte sich gegen den Unhold, warf wild den Kopf von einer Seite auf die andere, weinte und schrie und betete gleichzeitig, in einem grauenhaften Jammerton. Doch der Psychopath war stark – zu stark. Er richtete die Waffe genau auf Billy Zacharys Herz, spannte den Hahn …

Billy Zachary fuhr zurück, versuchte zu entkommen.
Bamm!
Die Ruger feuerte.

Schmerz explodierte in Billy Zacharys Brust. Er blinzelte. In seiner Kehle gurgelte Blut. Er sah, wie der Psychopath Schwester Marias Handgelenk verdrehte, bis sie schrie. Wie der Mann die Mündung der Waffe an ihre Schläfe drückte und abdrückte. Schaudernd schloss Billy Zachary die Augen und betete, als der Tod ihn holte.

Die Nonne sackte in seinen Armen in sich zusammen. Behutsam legte er ihre Leiche über die des Predigers, arrangierte sie wie in einer Umarmung, Mutter und Sohn. So verschieden.

Schmerz zuckte durch seinen Körper. Er senkte den Blick auf das Messer, das noch immer in seinem Brustkorb steckte, und empfand rasende Wut. Der Scheißkerl hatte ihn verwundet. Glücklicherweise war die Klinge nicht sehr tief eingedrungen. Daher war die Verletzung zwar schmerzhaft, konnte ihn jedoch nicht außer Gefecht setzen. Bald würde er das Messer herausziehen, aber erst, wenn er diesen Ort verlassen hatte. Er konnte es sich nicht leisten, hier noch mehr Blut zu verlieren.

Er hatte sich dumm verhalten. War nachlässig gewesen. Hatte dem Prediger so viel Einfallsreichtum nicht zugetraut. Er senkte den Blick auf den Toten. Wie hatte er sich befreien können? Im Strahl der Taschenlampe sah er die Spuren, die der Stuhl hinterlassen hatte, als Billy Zachary zu dem Kleiderhaufen gerobbt war. Der Reverend hatte irgendwie das Messer aus seiner Tasche geholt, sich von seinen Fesseln befreit und dann gewartet … Warum war er nicht geflohen?

War ihm nicht genug Zeit geblieben?

Oder hatte er ein Held sein wollen, sich unbesiegbar gefühlt, da er in »Jesu Mannschaft spielte«, wie er so oft behauptet hatte? Der Heuchler.

Zufrieden erfasste er, dass die Leichen so lagen, wie er sie haben wollte. Er hob den Kopf der Nonne und nahm ihr den Rosenkranz ab. Rasch ließ er die heiligen Perlen in die Tasche gleiten. Dann griff er nach dem Revolver. Furloughs mit Nickel beschichtete Ruger.

Geräuschlos verließ er den Wohnwagen. Er bemerkte Blut an seinen Schuhen, nahm sich noch auf der Treppe die Zeit, es abzuwischen, ging dann zu dem Mercedes und öffnete den Kofferraum.

Er fand den Erste-Hilfe-Kasten und nahm ihn mit zu einem verfallenen Bootsanleger, dessen Pfähle mehr und mehr im Sumpf versanken. Das Ruderboot lag noch da, wo er es Stunden zuvor zurückgelassen hatte. Er stieg hinein und betrachtete mit Hilfe der Taschenlampe das Heft des Messers. Im Erste-Hilfe-Kasten fand er mehrere Gaze-Päckchen und steriles Pflaster. Das musste fürs Erste reichen. Er biss die Zähne zusammen und zog dann die Klinge aus seinem Fleisch und quälte seinen Oberkörper rasch aus dem Neoprenanzug. Blut quoll hervor, das er mit der Gaze stillte. Er legte alle Gazestreifen übereinander auf die Wunde und fixierte sie mit Pflaster. Im Schein der Taschenlampe musterte er die Waffe, ein Pomeroy-Multifunktionsmesser, auf dessen Griff der Name *Ultr*a stand.

Er vergaß, den Mund zu schließen.

Scheiße!

Schwer zu ertragen, dass Billy Zachary und jetzt auch noch Asa Pomeroy auf diese Weise das letzte Wort hatten.

Nun ja, für die beiden war dennoch alles zu spät.

Er wusch die Klinge im Wasser ab und legte das Messer zusammen mit dem Rosenkranz und dem Revolver in den Erste-Hilfe-Kasten. Dann griff er rasch nach dem Ruder. Beinahe geräuschlos ruderte er auf die Stelle zu, an der er seinen

Pick-up abgestellt hatte, keine zwei Meilen entfernt vom Arbeitsplatz des Predigers.
In wenigen Stunden dämmerte der Morgen, und wenn der Prediger als vermisst gemeldet wurde, wollte er schon weit von Billy Zachary Furloughs Lager entfernt sein.
Ihm blieb nicht mehr viel Zeit.
Er tauchte das Ruder ins Wasser. Schlag um Schlag. Die Schmerzen in seiner Brust pochten unerträglich, doch er verdrängte jeden Gedanken daran.
Heute musste er sich um andere Dinge kümmern.
Seine Lippen verzogen sich zu einem krampfhaften Lächeln.
Der Lichtschein seiner Taschenlampe wies ihm den Weg durch das vertraute Gewässer. Im Vorübergleiten sah er die Augen eines Alligators funkeln. Er atmete den schweren Geruch des Wassers ein und ruderte unbeirrt weiter, wie er es schon als Kind getan hatte.
Wenn er es durfte.
Wenn die Strafen gemildert worden waren …
Bei dem Gedanken daran, wann sich all das verändert hatte, biss er die Zähne zusammen. Als *sie* ihm vorgestellt wurde. Er verzog die Lippen, als wäre ihm ein ekliger Geruch in die Nase gedrungen.
Sie, mit ihrem perlenden Lachen, der dünnen Stimme und dem eisernen Willen. Eine kleine Frau, trotz der hohen Absätze, die sie ständig trug. Eine zerbrechlich wirkende Schönheit, die Männer, selbst bedeutende Männer, dazu brachte, sie zu hofieren.
Von Anfang an hatte sie alles verändert. Kein Jagen mehr in der Schonzeit, keine langen Nächte, kein Essen vor dem Fernseher, keine Musik mehr mit Bässen, die man im Bauch spürte, und ganz bestimmt keine »widerlichen, gewaltverherrlichenden, abartigen Texte« mehr.

Seine Hände krallten sich noch fester um das Ruder.
Schlag um Schlag.
Sie, mit ihrem winzigen, kläffenden Hund und den kostspieligen Pferden …
Sein Lächeln wurde höhnisch, als er an die Ironie des Schicksals dachte: der Hund vom Pferd zertreten, von dem eleganten Braunen, der beim Anblick einer Schlange stieg und seine Reiterin abwarf. Sie schlug mit dem Kopf an einem großen, scharfkantigen Stein auf. Als sich schließlich alle auf die Suche nach ihr machten, kreisten die Geier bereits.
Jetzt aber durfte er die schwüle Bayou-Luft tief in seine Lungen atmen, auf das Summen der Insekten lauschen, den Mond über dem dunklen Brackwasser aufgehen sehen. *Sie* konnte ihn nicht daran hindern.
Schlag um Schlag ruderte er.
Schließlich lenkte er das kleine Boot in eine Bucht. Dort stieg er aus, zog das Boot an Land und versteckte es im Dickicht von Schilf und Rohrkolben.
Er tauschte die Stiefel gegen Laufschuhe aus seinem Rucksack aus, atmete ein paarmal flach durch, dann ein paarmal tiefer. Die Schmerzen waren jetzt erträglich. Er stopfte den Erste-Hilfe-Kasten in seinen Rucksack, dann überquerte er die Wiese eines Bauern und folgte danach zwei Meilen weit im Laufschritt einer kurvenreichen Landstraße bis zu seinem Pick-up und stieg ein.
Alles war so gut gegangen.
Bis Billy Zachary Furlough ihn beinahe überlistet hätte, und die Nonne … Wer hätte gedacht, dass diese Frau, so ruhig und fromm, das Feuer hatte, ihn anzugreifen? Wie eine Bärenmutter, dachte er, in Erinnerung an die Warnungen seines Vaters, die dieser immer aussprach, bevor sie zu den Gewehren griffen und sich auf den langen Weg in die Berge

machten. *Stelle dich niemals zwischen eine Bärin und ihre Jungen. Ganz gleich, was passiert. Falls du diesen Fehler begehst, musst du sie erschießen. Und zwar schnell. Bevor sie Gelegenheit hat, dir die Leber aus dem Leib zu reißen.*

Zwei Mal während seines Laufs war ein Fahrzeug vorbeigefahren. Beide Male tauchte er in den Straßengraben ab und blieb flach liegen, bis die Lichtsäulen der Scheinwerfer über seinen Körper hinweggegangen waren. Erst dann setzte er seinen Weg fort.

Sein Pickup parkte vor dem Lokal, in dem er ein häufiger Gast war. Es war rund um die Uhr geöffnet, und viele Lkw-Fahrer kehrten auf einen Kaffee und ein Stück Kuchen ein; abends trank man dort Bier und Schnaps. In diesem Lokal kannte man ihn namentlich, und niemand dachte sich etwas dabei, wenn sein Pick-up länger hier stand, als er sich im Gastraum aufhielt. Er achtete jedoch streng darauf, dass man ihn etwa alle zwei Stunden zu Gesicht bekam. Die Leute kannten ihn als Jäger und Angler. Man zog ihn gern auf, weil man ihn nie mit einem erlegten Reh oder wenigstens ein paar Enten oder einem Fisch im Eimer zurückkehren sah. Er lachte stets über die Sticheleien, gab eine Runde aus und erzählte den anderen Stammgästen, dass es ihm in erster Linie darum ging, sich in der freien Natur aufzuhalten.

Jetzt schaute er sich um. Hier, wo der Pick-up stand, war es dunkel, obwohl der Himmel im Osten schon etwas heller wurde. Rasch zog er seine Laufschuhe und den Neoprenanzug aus und schlüpfte in eine Jeans. Er zitterte. Der Verband war blutig. Er zog ein blaues Baumwollhemd an und darüber eine marineblaue Nylonjacke.

Er benötigte einen kostbaren Moment, um sich zu sammeln. Dann stieg er aus dem Pick-up und kaufte sich am Stand vor dem Lokal eine Zeitung. Scheinbar in die Schlagzeilen vertieft, betrat er das Restaurant, in dem die Lkw-Fahrer ihren ersten Kaffee schlürften. Er winkte der rothaarigen Kellnerin zu, die, wie er wusste, ihre Schicht gleich beenden würde, setzte sich auf einen Barhocker und bestellte Kaffee, Eier auf knusprig gebratenem Speck und Brötchen.

Während er auf sein Frühstück wartete, versuchte er, nicht an die Morde zu denken. Er durfte diesen Ort zwischen Wachen und Träumen jetzt noch nicht aufsuchen, an dem er den Rausch noch einmal durchleben, das Kribbeln in seinen Adern fühlen und bei der Erinnerung an den Tod einen Orgasmus bekommen konnte. Nein, noch nicht … Er musste bei klarem Verstand bleiben. Und er musste, sobald er sicher sein konnte, dass alle ihn bei einem gemächlichen Frühstück gesehen hatten, seine Wunde versorgen.

Er überflog die Titelseite und stellte fest, dass sämtliche Artikel über Asa Pomeroy und Gina Jefferson inzwischen in den unteren Teil gerutscht waren. Doch weil Luke Giermans Begräbnis bevorstand, zierte ein Foto von ihm den Leitartikel. Andere Beiträge zu diesem Thema waren in den Innenteil verbannt worden.

»Da steckt ein echter Perverser hinter«, sagte ein Lkw-Fahrer. Auf dem Weg zu seiner Lieblingsnische tippte er im Vorbeigehen auf die Zeitung. Das Namensschild an seinem Overall wies ihn als Hank aus. »Kann's kaum erwarten, dass sie den Scheißkerl schnappen und an den Eiern aufhängen.« Er rückte den Schirm seiner Kappe zurecht. »Ich habe mir regelmäßig *Gierman's Groaners* angehört. Es passt mir nicht, dass jetzt sein Handlanger … wie heißt der Typ noch?«

Maury Taylor, du Schwachkopf, dachte er.

»Maury, das war's. Der Typ ist ein Widerling. Giermans Trittbrettfahrer.« Hank rieb sich das fleischige Kinn mit

den zwei Tage alten silbrigen Stoppeln. »Das ist doch alles ätzend.«
»Stimmt«, sagte er. In dem Moment wurde ein Teller mit Eiern, Speck und Brötchen vor ihm abgestellt.
»Tut mir Leid, ein Eigelb ist ausgelaufen«, sagte die Kellnerin. »Unser neuer Koch ... Stört es sie sehr?«
Ja!
»Ich könnte Ihnen ein frisches Spiegelei machen lassen.«
Lenk keine Aufmerksamkeit auf dich. Lächle und tu so, als wäre es nicht weiter schlimm, dass dieser Koch so unfähig ist.
»Ehrlich! Ist kein Problem.«
»Nein, schon gut.« *Zum Kuckuck, Mädchen, nun hau schon ab!*
»Na gut, dann bringe ich Ihnen ein Stück Kuchen. Geht aufs Haus. Pecan-Kuchen. Frisch gebacken.«
Er nickte und Hank schlug ihm auf den Rücken. »Schönen Tag noch.«
»Gleichfalls«, sagte er. Der Schlag schmerzte ihn sehr, und er rang nach Luft. Da zog Hank über dem Rand seiner Brille die grauen Augenbrauen zusammen. »Hey, was haben Sie denn da?«, fragte er und deutete mit einem dicken Finger auf sein Hemd. »Beim Rasieren geschnitten?« Hank lachte, aber es klang hohl.
Er blickte an sich hinab. Sein Hemd wies einen roten Flecken auf.
»Kettensäge. Hat sich festgefressen, als ich Gestrüpp zurückschneiden wollte.«
»Mann, Sie hätten sich umbringen können! Mit den Dingern muss man vorsichtig sein.«
Er nickte und gab vor, verlegen zu sein, weil er nicht mit Werkzeug umzugehen verstand. »Ist in der Notaufnahme

genäht worden, aber ich glaube, ich sollte mich da noch mal blicken lassen.«

»Zum Teufel, ja, das sollten Sie.« Hank nickte knapp, lüftete dann seine Kappe, um sich das Haar glatt zu streichen, und zog sich den Schirm wieder tief ins Gesicht. »Man sieht sich.«

Endlich schlenderte der alte Knacker zurück zu seinem Tisch.

Er zog den Reißverschluss seiner Jacke hoch und aß schnell, sorgsam darauf bedacht, nicht einen Bissen von dem ausgelaufenen Ei zu nehmen. Damit die verdammte Kellnerin ihn in Ruhe ließ, aß er sogar vier Happen von dem Kuchen und spülte ihn mit schwarzem Kaffee herunter, dann legte er das Geld für die Rechnung plus ein angemessenes Trinkgeld auf den Tresen.

Und während der ganzen Zeit verfluchte er innerlich Billy Zachary Furlough.

Als er auf den rückwärtigen Teil des Geländes von Our Lady of Virtues fuhr, war der Tag bereits angebrochen. Er stellte den Wagen in der Scheune ab, kroch durch ein Loch im Zaun und lief den Weg zu einem separaten Eingang zum Kellergeschoss des Hauptgebäudes hinunter, den er schon vor Jahren immer genommen hatte.

Drinnen durchquerte er das Labyrinth von Gängen und Treppen, bis er zu seinen privaten Räumen gelangte, zu den Räumen, die er von früher kannte und sich jetzt wieder angeeignet hatte. In einem alten Instrumentenschrank entdeckte er Verbandmaterial. Er zog seine Jacke aus, knöpfte das Hemd auf und entfernte die blutgetränkte Gaze.

Behutsam reinigte er die Wunde mit kaltem Wasser aus der Dusche. Dann drückte er etwas Gel aus einer Tube mit Antiseptikum darauf, die er im Erste-Hilfe-Kasten des Reverends gefunden hatte. Er verband die Wunde und wickelte sich einen starken Stretchverband um den Oberkörper, den er in einer der Schubladen entdeckt hatte.

Als all das erledigt war, trug er seinen Rucksack in sein Privatzimmer und zündete die Kerzen vor seiner Weihestätte an. Er öffnete den Rollladen des Sekretärs, griff in den Rucksack und holte seine neuen Kostbarkeiten hervor. Rosenkranz und Revolver sollten zusammen einen Platz in einem Fach erhalten. Er wickelte die glitzernde blutrote Perlenschnur um den Lauf der Ruger.

Dann betastete er die übrigen Schätze, die Uhr und den Ring, die Kette mit dem kleinen goldenen Kreuz und die goldene Geldspange ... Seine Sammlung wurde immer umfangreicher, aber ihm blieb trotzdem noch viel zu tun. Acht weitere Stücke fehlten ...

Er schlug ein Fotoalbum auf und betrachtete die alten Bilder – das Krankenhaus, die Belegschaft, die Patienten, die Nonnen. Es gab auch noch andere Fotos, denn einige seiner Opfer waren auf den Bildern aus dem Krankenhaus nicht vertreten. Teil seiner Mission war es, Bilder von ihnen zu finden.

Er war klug vorgegangen. Hatte Jahre damit zugebracht, seinen Plan auszuarbeiten und zu perfektionieren. Die vierzehn Männer und Frauen waren nicht willkürlich ausgesucht. In gewisser Weise hatten sie sich selbst zur Wahl gestellt.

Er fuhr mit dem Finger über die Gesichter, die er mit rotem Stift markiert hatte, und hob dann den Blick zu dem Sekretär, von dem Faith Chastain aus einem gerahmten Foto auf ihn herabsah. Er dachte an sie und ihre geheimen Rendezvous vor so langer Zeit ...

Und als er dann das Tropfen aus den alten Leitungen hörte

und den Geruch von Schimmel und Tod wahrnahm, dachte er an die anderen … Ihm wurde schwindlig von den Erinnerungen an jeden einzelnen Tod, diesen reinen Moment, dieses berauschende Gefühl der Macht, die mächtige sexuelle Erregung …

Er würde sich verstecken.

Ausruhen.

Ein paar Stunden, vielleicht ein paar Tage.

»Aber nicht lange«, gelobte er sich und betrachtete erneut das Foto von Faith. »Nicht lange.«

23.

Abby reckte sich und schlug die Augen auf. Sonnenschein fiel durch die Ritzen der Jalousien und malte Lichtstreifen auf die Bettdecke, unter der Detective Reuben Montoya tief atmend schlief. Einen Arm hatte er über den Kopf gelegt und seine Lippen waren ein wenig geöffnet. Sein schwarzes Haar war zerzaust, was dem für gewöhnlich ernsten Gesicht jungenhafte Züge verlieh.

In Erinnerung an den Liebesakt der vergangenen Nacht lächelte sie. Sie kuschelte sich an ihn, legte einen Arm um seinen Oberkörper. Ihr Blick fiel auf den kleinen Goldring in seinem Ohrläppchen. Sie küsste Montoya auf die Schläfe und knabberte dann an dem kleinen Schmuckstück.

»Ich gebe dir eine halbe Stunde Zeit, um damit fertig zu werden.«

»Du bist ja wach.«

»Sehr«, sagte er mit so tiefer Stimme, dass sie in ihrem Bauch zu vibrieren schien.

Mit einer geschmeidigen Bewegung wälzte er sich über sie und blickte in ihr Gesicht. Dann fand sein Mund ihre Lippen und er begann, ihren Körper zu streicheln, all die Stellen zu berühren, die sie von innen her erglühen ließen. Sekunden später folgte sie seinem Beispiel und sie erforschten

einander und fanden die Leidenschaft wieder, die in der vorangegangenen Nacht geweckt worden war.
Abby öffnete sich ihm bereitwillig. Während sie sich liebten, verschloss sie ihr Bewusstsein vor allem anderen außer der Lust, die in heftigen, heißen Wellen durch ihren Körper rauschte.
Ich bin im Begriff, mich in dich zu verlieben, dachte sie, sprach die Worte jedoch nicht aus. Nein, sie hatte nicht vor, Lust mit Liebe zu verwechseln ... Sie mochte Montoya. Er bedeutete ihr etwas. Viel sogar. Aber das musste nicht unbedingt Liebe sein.
Später, als ihr Atem wieder regelmäßiger ging, hob Montoya den Blick und stellte fest, dass Ansel vom Regal aus auf sie herabstarrte.
»Perverses Vieh«, schimpfte er leise.
»Vielleicht macht er sich Notizen.«
Montoya grinste, schwang sich aus dem Bett, suchte seine Jeans und zog sie an.
»Du nimmst mir die gute Aussicht«, neckte sie ihn.
»Vielleicht lass ich dich später noch mal gucken.«
»Ich nehme dich beim Wort, Detective.«
»In Ordnung.« Er griff nach seiner Waffe, die noch auf der Kommode lag, und schob sie in den Hosenbund. »Wie wär's, wenn ich jetzt Kaffee koche?«
»Hmm.« Sie rekelte sich träge. »Hört sich gut an.« Sie ließ den Kopf zur Seite sinken und schob sich die Haare aus dem Gesicht. »Und lass bitte den Hund raus, ja?«
»Sicher. Nachdem ich dir die Zeitung und eine langstielige Rose gebracht habe.«
Sie sah ihm nach. Daran könnte ich mich gewöhnen, dachte sie, schloss die Augen und ließ Bilder ihrer Leidenschaft vor ihrem inneren Auge Revue passieren.

Hershey tappte ins Schlafzimmer und sprang unaufgefordert aufs Bett.

»Hey, mein Mädchen, wie geht's dir?« Abby hockte sich im Yoga-Sitz aufs Bett und streichelte die Hündin. Sie spürte den leichten Aufprall, mit dem Ansel am Fußende des Betts landete. Der Kater machte einen großen Bogen um die Hündin, ließ sich neben Abby auf einem Kissen nieder und begann zu schnurren.

Sie hörte, wie eine Schranktür geöffnet und wieder geschlossen wurde, und rief: »Der Kaffee steht im Schrank rechts vom Herd ... im obersten Fach!«

Wieder ein Klappern. Dann wurde die Hintertür geöffnet und wieder zugeschlagen.

»Er findet sich nicht zurecht. Ich glaube, ich sollte ihm helfen, meint ihr nicht auch?« Rasch warf sie sich ihren Bademantel über und lief barfuß in die Küche, wo Montoya gerade den Kaffee und die Kaffeemühle gefunden hatte. Hershey folgte ihr. »Du bist mir vielleicht ein Detective!«

»Vorsicht«, warnte er und verzog die Lippen zu einem Lächeln. »Ich bin immerhin der Kerl mit dem Revolver.«

Seine Worte hatten leicht ernüchternde Wirkung auf Abby, weil sie an Lukes verschwundene .38er denken musste. »Brauchst du Hilfe?«, fragte sie und setzte sich auf einen Barhocker.

»Ich glaube, ich komme jetzt klar.«

Abby streckte sich. »Du warst schon draußen?«

Er nickte. »Ich habe unter dem Fenster des Wirtschaftsraums nach Fußabdrücken oder anderen Spuren von deinem Einbrecher gesucht. Nichts, was ich mit bloßem Auge erkennen könnte, aber ich werde jemanden von der Spurensicherung herschicken, der Fingerabdrücke nimmt und den Boden gründlich untersucht.«

»Muss dazu nicht erst ein Verbrechen stattgefunden haben?«
»Du meldest die Waffe als gestohlen, und ich lasse ein paar Beziehungen spielen. Und dann besorgst du dir eine Alarmanlage.«
»Daran arbeite ich bereits«, berichtete sie. »Wie es aussieht, kann frühestens nächste Woche jemand herkommen.«
»Probier's bei All-Security. Du kannst dich auf mich berufen.«
»Da hast du wohl auch Beziehungen?«
»Mein Bruder Miguel arbeitet bei All-Security. Schon seit Jahren. Er installiert dir bestimmt ganz schnell ein Alarmsystem.« Er mahlte den Kaffee, und als die kreischende Mühle wieder verstummte, bellte Hershey kurz auf und rannte zur Tür.
Es klingelte.
»Besuch?«, fragte Montoya und sah auf die Uhr. »Um acht Uhr morgens?«
»Ich weiß nicht ...« Abby zog den Gürtel ihres Bademantels fest und eilte zur Tür. Sie spähte zwischen den Lamellen der Jalousie hindurch.
Draußen stand Zoey. Ihr Gepäck befand sich schon auf der Veranda, ein Mietwagen war auf der Zufahrt neben Montoyas Mustang geparkt.
»Das wurde auch Zeit!«, sagte Zoey, als Abby die Tür öffnete, und schleppte einen Rollkoffer, eine Computertasche und eine übergroße Handtasche ins Haus. Hershey wedelte mit dem Schwanz und gebärdete sich wie wild, als hätte er Abbys Schwester monatelang schmerzlich vermisst. »Hallo, mein Mädchen.« Zoey beugte sich hinab, kraulte die Hündin und richtete sich dann wieder auf. »Was ist das für ein Wagen? Der Mustang gehört doch nicht dir, oder? Hast du

ihn von Luke geerbt oder …« Sie brach mitten im Satz ab, als sie Montoya entdeckte, nur mit einer verwaschenen Jeans bekleidet, in deren Bund die Waffe sichtbar war. Er stand unter dem bogenförmigen Durchgang zwischen Wohn- und Esszimmer. »Oh … wow!« Zoeys Blick wanderte zurück zu ihrer Schwester. Sie räusperte sich. »Ein Typ mit Waffe?«

»Zoey«, sagte Abby und spürte, wie ihr die Röte ins Gesicht stieg, »das ist Detective Reuben Montoya. Er ist *Polizist*, er trägt eine Waffe und ihm gehört der schwarze Mustang.« Abby wandte sich Montoya zu und wies auf Zoey. »Meine Schwester Zoey.«

Zoey trat vor und reichte Montoya die Hand. »Ich fürchte, hm, ich komme ungelegen.«

Montoyas dunkle Augen funkelten. Er warf Abby einen vielsagenden Blick zu und zwinkerte. »Glauben Sie mir, es hätte noch unpassendere Momente geben können.«

»Ohhh …« Zoey wirkte geradezu neidisch.

Erinnerungen an die nächtlichen Liebesstunden schossen Abby durch den Kopf. Sie sah, wie Zoey unter Montoyas Charme dahinschmolz. Das fehlte ihr gerade noch, dass sich ihre Schwester für ihren neuen Mann interessierte … *Er ist nicht dein neuer Mann, Abby,* rief sie sich streng zur Ordnung. Sie lächelte mühsam und widerstand der Versuchung, ihren Arm unter den des Detective zu schieben. »Ich glaube, mehr Informationen benötigt meine Schwester im Augenblick nicht.«

»Ich kümmere mich um das Gepäck.« Er ergriff Zoeys Koffer und schritt zielstrebig auf das zweite Schlafzimmer zu, so als würde er jeden Tag das Gepäck von Abbys Gästen verstauen.

Zoey zog eine Braue hoch und konnte sich eines Lächelns nicht erwehren. »Oh, Abby«, flüsterte sie. »Er ist …«

»Er ist der Detective, der den Mord an Luke aufklärt«, unterbrach Abby sie.
Zoey reagierte verblüfft. »Und er ist hier, bei dir? Bei der Exfrau? Ist das nicht absolut verboten? In den Fernsehkrimis darf sich der Detective niemals mit jemandem einlassen, der dem Opfer nahe steht, weil das ... die Ermittlungen behindern könnte.« Ihre grünen Augen wurden zu schmalen Schlitzen. »Nicht, dass ich es dir verübeln kann.«
Abby warf ihrer Schwester einen warnenden Blick zu und sagte kurz angebunden: »Detective Montoya hat gerade Kaffee gekocht. Du siehst aus, als würde dir eine Tasse gut tun.«
»Da hast du völlig Recht. Der Flug war grauenhaft. Wirklich, *grauenhaft*. Von Seattle bis Dallas saß ich eingequetscht zwischen einem brüllenden Baby samt gestresster Mutter und einem Dicken, der keine bequeme Sitzhaltung finden konnte. Die ganze Zeit über habe ich Schnuller aufgehoben und versucht zu schrumpfen, damit der Dicke Computerschach spielen konnte. Die nächste Etappe war noch schlimmer. Schon in Dallas technische Probleme, eine Ersatzmaschine, kein Platz für Gepäck, nichts zu essen ... apropos, ich habe Riesenhunger!«
Montoya kam zurück. Er lächelte, hatte Zoeys letzte Worte offenbar gehört.
»Leider hab ich nichts Besonderes im Haus«, ließ Abby sie auf dem Weg in die Küche wissen. Hershey stürmte voran.
»Soll das irgendein Witz sein, den ich nicht verstehe?«, fragte Zoey. »Wie lange seid ihr zwei« – sie wies mit dem Zeigefinger von Abby auf Montoya – »schon zusammen?«
»Es ist kein Witz. Es ist vielmehr allgemein bekannt, dass meine kulinarischen Fähigkeiten ... nun ja, begrenzt sind.« Abby wich Zoeys zweiter Frage geschickt aus und öffnete eine Schranktür. »Also, es gibt Toast und Erdnussbutter.«

»Ist sie fettarm?«

Abby schaute ihre Schwester strafend an. »Wir reden von *Erdnussbutter*, Zoey. Jede Menge Fett und ...« – sie hielt das Glas hoch und drehte es so, dass ihre Schwester das Etikett sehen konnte – »... mit Stückchen. Stückchen von echten Erdnüssen. Jedenfalls nicht fettarm.«

»Das nehme ich. Immer noch besser als der Schlangenfraß im Flugzeug. Aber du hättest wirklich etwas einkaufen können!«

Montoya lachte.

»Wie ich sehe, kennt er dich bereits«, bemerkte Zoey. Er schenkte den Kaffee in die Becher und sie nahm auf einem Barhocker Platz. »Eins sage ich euch: Ich esse das jetzt schnell und dann halte ich meinen Schönheitsschlaf. Weckt mich eine Stunde vor der Beerdigung.«

»Sie findet um elf Uhr statt.« Abby nahm das Toastbrot aus dem Kühlschrank, untersuchte die Scheiben auf Schimmelspuren und stellte zwei in den Toaster.

Zoey blickte in ihren Kaffeebecher. »Ich freu mich nicht sonderlich darauf.«

Ich auch nicht, dachte Abby.

Im Wohnzimmer klingelte ein Handy.

»Das ist meins«, sagte Montoya und ging hinaus.

Zoey nippte an ihrem Becher und folgte ihm mit den Augen. »Knackiger Hintern.« Sie wandte sich ihrer Schwester zu. »Rundum sehr ansehnlich.« Ihre Augen funkelten. »Du hättest es mir sagen sollen.«

»Die Sache ist ganz frisch, wirklich.«

»Bleib am Ball, Abs, der Typ ist wirklich scharf.« Zoey trank nun einen großen Schluck Kaffee. »Aber ich weiß nicht, was ich davon halten soll, dass er ein Cop ist.«

»Ich heirate ihn ja nicht gleich, Zoey. Wir sind nur ...« Ja,

was waren sie eigentlich? Jedenfalls kein Paar. »... wir sehen uns öfter.«
»Hm.« Zoey nahm noch einen Schluck. »Kann ich dir nicht verdenken ... Weiß Gott nicht.«

»Was soll das heißen, verschwunden?«, fragte Montoya, und das Herz wurde ihm schwer wie Blei.
Die Mutter Oberin seufzte. »Wir haben das ganze Haus durchsucht, das Klostergelände, alles. Schwester Maria ist nicht da. Sie hat augenscheinlich in ihrem Bett geschlafen, aber es war nicht gemacht, und ... sie ist einfach weg! Ich rufe Sie nur ungern an, aber sie hält viel von Ihnen und hat mir ans Herz gelegt, zuallererst Sie anzurufen, falls mal etwas passiert.«
Montoya zog sich während des Telefonats eilig an, nahm das Handy mal in die eine, mal in die andere Hand, schob den Arm in einen Hemdsärmel und suchte nach Socken und Schuhen.
»Wer hat sie zuletzt gesehen?«
»Ich glaube, das war ich.«
»Wo?«
»An der Tür zu ihrem Zimmer, kurz vor der Vesper. Wir sind uns im Flur begegnet ... und ... Ich begreife das alles nicht!«
»Ich bin schon unterwegs«, versicherte Montoya, schon ganz krank vor Sorge. »Lassen Sie niemanden in ihr Zimmer, nicht einmal in den Flur vor ihrem Zimmer. In einer halben Stunde bin ich bei Ihnen.«
Er zog seine restlichen Sachen an und ging in die Küche. Abby, die gerade eine Toastscheibe mit Erdnussbutter bestrich, blickte auf.
»Ich muss los.« Er hatte keine Zeit für Erklärungen, doch

sie sah so verführerisch aus in ihrem weißen Frotteebademantel, dass er sie kurz in die Arme nehmen und wild küssen musste. »Schließ die Türen ab«, empfahl er ihr, schon auf dem Weg nach draußen. »Ich melde mich später.«

»Okay.«

Zoey saß vor ihrem Toastbrot, das sie noch nicht angerührt hatte. »Mein Gott, Abby«, flüsterte sie. »Was für ein scharfer Typ.«

»Sie haben alles abgesucht?«, fragte Montoya, bemüht, die Ruhe zu bewahren. Er saß in einem Sessel im Büro der Mutter Oberin, einem großen, holzvertäfelten Raum mit Kamin, einem breiten Schreibtisch und Fenstern mit Blick auf den Kreuzgang.

»Das gesamte Kloster. Alle Orte, die sie aufzusuchen pflegt.« Die Frau, viel kleiner als seine Tante, befand sich in den Achtzigern, hatte papierdünne Haut und Augen so blau wie der Himmel im Juni. Sie trug eine Brille mit Halbgläsern. Die Falten um ihren Mund herum waren tief, doch ihr Verstand schien scharf wie eh und je zu sein. »Schwester Maria geht gern allein spazieren. Ich habe sie gewarnt, ihr geraten, sich von jemandem begleiten zu lassen, aber ...« Die Mutter Oberin seufzte und schüttelte den Kopf. Dabei schlug sie vor ihrer schmalen Brust das Kreuzzeichen.

»Haben Sie das Gelände abgesucht?«

»Die direkte Umgebung des Klosters, ja, aber ich habe Mr. DuLoc gebeten, sich auch auf dem restlichen Grundstück umzusehen.«

»Lawrence DuLoc, nicht wahr? Der Hausmeister?«, erinnerte sich Montoya.

»Ja.«

»Wie lange ist er schon bei Ihnen?«

»Seit Jahren … seit mehr als zehn Jahren, glaube ich. Ich müsste in seiner Akte nachschauen.«
»Würden Sie das bitte tun?«
»Er hat uns nie Probleme gemacht.«
»Wohnt er hier auf dem Gelände?«
»In einem kleinen Häuschen am Ende des Grundstücks, aber wirklich, Mr. DuLoc ist ein Gottesgeschenk für uns.« Sie hob ein wenig das Kinn, als fühlte sie sich gekränkt.
»Wir müssen jeden, der in Verbindung mit dem Kloster steht, überprüfen, wenn wir meine Tante finden wollen. Ich bin überzeugt, dass Sie voll und ganz mit uns kooperieren werden.«
Sie kniff die Lippen noch ein wenig fester zusammen als zuvor. »Natürlich, Detective Montoya, aber meine Stellung verlangt auch, dass ich die Menschen schütze, die hier leben.«
»Wir werden sie gemeinsam schützen.« Er erhob sich. »Darf ich ihr Zimmer sehen?«
Die alte Nonne nickte, setzte die Brille ab, die an einer langen Kette um ihren Hals hing, kam hinter ihrem Schreibtisch hervor und führte Montoya durch die Gänge in den ersten Stock. Sie hatte Schwester Marias Zimmer mit ein paar Stühlen verbarrikadiert und schob sie jetzt von der Tür fort.
Er warf einen Blick in den winzigen Raum. An einer Wand stand ein Doppelbett mit völlig zerwühltem Bettzeug. Das Laken hing bis auf den Boden hinab. Sein Magen krampfte sich zusammen, als er sich den Kampf vorstellte. Die Schranktür stand halb offen; ein paar Kleidungsstücke – Nonnentracht wie auch Straßenkleidung – waren in dem Spalt sichtbar. Das kleine Fenster war leicht geöffnet; der Wind wehte durchs Zimmer. »Sie haben nichts angerührt?«

»Nein. Schwester Rebecca, die sie für gewöhnlich zum Morgengebet begleitet, hatte an ihre Tür geklopft. Sie erhielt keine Antwort, und da ist sie eingetreten. Als sie Schwester Maria nicht antraf, hat sie mich gerufen, und ich bin zu ihr ins Zimmer gekommen. Dann sind wir zum Morgengebet gegangen, im Glauben, dass Schwester Maria noch zu uns stoßen würde, doch sie erschien nicht. Als sie auch beim Frühstück fehlte, haben wir angefangen, ernstlich nach ihr zu suchen. Ich habe mit allen hier gesprochen und niemand hat sie nach mir noch einmal gesehen – und das war gegen acht Uhr abends. Wie gesagt, sie hat nichts gesagt oder getan, dem ich hätte entnehmen können, dass sie Probleme hat. Dann habe ich Sie angerufen.«
Offiziell konnte er nichts unternehmen, solange seine Tante noch nicht vierundzwanzig Stunden lang als vermisst galt. Trotzdem schritt er die Grundstücksgrenze des Klosters ab, sprach inoffiziell mit einigen Nonnen, die mit seiner Tante befreundet waren, und ließ sich die Räume und Gänge zeigen, in denen Schwester Maria nun schon seit vierzig Jahren zuhause war.
Zorn erfüllte ihn. Sie war selbst in ihrem Kloster nicht sicher gewesen – an dem Ort, der ihre Zuflucht geworden war, als die Familie sie verstieß.
»Sie kennen meine Tante gut«, bemerkte er und musterte die Mutter Oberin, die ihn zum Wagen begleitete.
»So gut wie alle anderen auch, vermute ich.«
»Waren Sie schon hier, als sie dem Orden beitrat?«
Sie nickte und lächelte leise. »Ja. Ich bin schon sehr lange hier. Wahrscheinlich betrachten einige von den jüngeren Nonnen mich als Dinosaurier. T-Rex womöglich.«
Er betrachtete die zarte Frau. T-Rex war wirklich weit hergeholt.

»Sie müssen wissen, warum meine Tante in erster Linie hierher gekommen ist.«
Sie lüpfte eine Augenbraue und verzog die Lippen. »Wir sind hier eine eng verbundene kleine Gemeinschaft. Es gibt nicht viele Geheimnisse.«
»Jeder hat ein paar Geheimnisse.«
Sie zögerte, dann sagte sie: »Und sie sollten Geheimnisse bleiben, zwischen dem Betreffenden und Gott. Ich weiß von ihrem Sohn.«
Sie hatten den Platz erreicht, auf dem Montoyas Wagen stand. Er öffnete die Tür, hielt jedoch noch einmal inne. »Ich weiß nicht, ob das Verschwinden meiner Tante … ob Schwester Marias Verschwinden irgendwie mit dem alten Krankenhaus zusammenhängt«, bemerkte er, »aber ich hätte gern sämtliche Aufzeichnungen. Ich brauche Informationen darüber, wer dort gearbeitet und gewohnt hat oder häufig zu Besuch gekommen ist.«
Sie hob ruckartig den Kopf. »Das Krankenhaus ist schon seit langer Zeit geschlossen.«
»Mich interessieren in erster Linie die Akten«, erklärte er. »Die existieren doch sicher noch.«
»Solche Informationen sind vertraulich.«
»Dann besorge ich eine gerichtliche Verfügung. Ich bekomme sie ganz sicher. Und Sie hätten mich dann nur aufgehalten und Zeit vergeudet.« Er sah die kleine Frau fest an. »Ich weiß nicht, inwiefern oder warum, aber ich glaube, die Doppelmorde der jüngsten Zeit hängen irgendwie mit dem Krankenhaus zusammen. Die Aufschlüsse, die ich aus diesen Akten gewinne, können mir vielleicht helfen, meine Tante zu finden.« Ihn plagte sein Gewissen, wenn er daran dachte, dass Schwester Maria, kurz nachdem er sie um Informationen gebeten hatte, verschwunden war. »Ich habe

Schwester Maria um Auskünfte gebeten und sie hat mir einen Vortrag über die Schweigepflicht gehalten. Jetzt ist sie wie vom Erdboden verschluckt. Besteht da ein Zusammenhang? Ich weiß es nicht. Und ich muss es herausbekommen.«

»Wonach suchen Sie denn speziell?«, fragte sie.

Er staunte darüber, wie gut sie ihn durchschaute. »Ich möchte genau wissen, was Faith Chastain zugestoßen ist.«

Feine Fältchen gruben sich zwischen ihren Brauen ein. »Ich weiß nicht …«

»Und ich muss Schwester Maria finden.«

Sie wandte kurz den Blick ab, rang mit einer Entscheidung. »Ich werde schauen, was ich tun kann. Es mag zwar so aussehen, aber ich bin kein verstaubtes altes Relikt, das sich an die ›alten Regeln‹ hält, Detective. Ich kenne die Welt, in der wir leben, mit all ihren Übeln. Aber ich muss mich hier, genau wie Sie, an gewisse Vorschriften halten.«

»Danke. Ich bin bald zurück.«

Er lief zu seinem Wagen und raste wie ein Wahnsinniger zurück in die Stadt. Unterwegs rief er seine Mutter an und bat sie, bei sämtlichen Angehörigen anzufragen, ob jemand Maria gesehen hatte. Dann wählte er die Nummer seines Bruders Miguel bei All-Security und erklärte ihm, dass er sofort jemanden brauche, der eine Alarmanlage bei Abby Chastain in Cambrai installierte.

»Hey, Reuben, wir sind über einen Monat ausgebucht«, beschwerte sich Miguel. »Wir richten eine neue Abteilung ein, und die Leute rufen an wie verrückt, seit dieser wahnsinnige Mörder hier herumläuft. Wenn dein Geschäft gut läuft, dann läuft meins auch.«

Montoya nahm eine Kurve viel zu schnell und zwang sich, vom Gas zu gehen. »Es ist aber wichtig.«

»Es ist immer wichtig.«
»Du hättest etwas bei mir gut.«
»Ich habe schon auf Lebenszeit etwas bei dir gut. Wer ist die Frau überhaupt?«
»Eine Freundin, die womöglich in Gefahr schwebt.«
Miguel lachte leise, und Montoya hörte, dass er sich eine Zigarette anzündete. »Eine neue Freundin?«
»Ja.«
»Höchste Zeit für eine neue Freundin«, sagte Miguel. »Okay, ich mache mich gleich Anfang nächster Woche an die Arbeit. Gib mir die Adresse. Moment … ich hole mir eben einen Stift.«
Als er wieder am Apparat war, gab Montoya Miguel alle nötigen Informationen und erwähnte dann, dass Maria verschwunden war.
»Aus dem Kloster?«, fragte Miguel.
»Sieht so aus.«
»Mein Gott, heutzutage ist man wohl nirgendwo mehr sicher.« Er hielt inne. »Aber du findest sie, nicht wahr? Und ihr wird schon nichts fehlen.«
»Das hoffe ich. Halt die Ohren offen. Frag sämtliche Cousins und Cousinen, jeden, der sie kennt. Mit Mom habe ich schon gesprochen. Man sieht sich.« Er beendete das Gespräch und bremste vor einer Ampel im Französischen Viertel ab. Die Sonne schickte ihre Strahlen durch einen feinen Nebel herab auf Straßen und Gassen.
Es war Samstag und bereits so warm, dass Montoya das Fenster herunterkurbelte. Menschenmassen wälzten sich über die Bürgersteige, verstopften die Zebrastreifen oder überquerten verkehrswidrig die Straße. Er tippte unruhig mit den Händen aufs Steuer. Nichts und niemand schien in Eile zu sein. Der Mississippi floss träge vorbei, und der Ge-

ruch des Wassers überlagerte die Düfte von Backwaren und Kaffee aus den Läden und den Gestank von Benzin und Abgasen in der Stadt.
Während er noch vor der Ampel wartete, fielen ihm zwei junge Männer auf, die stolz die Straße überquerten. Auch er war einmal einer von diesen Halbstarken gewesen, überlegte er und sah, wie tief auf dem Gesäß ihre Shorts hingen und wie großtuerisch sie sich aufführten. Wären seine strenge Mutter, die darauf bestand, dass er etwas aus sich machte, und der Sport nicht gewesen, hätte er es vielleicht nie aufs College geschafft, wäre nie Detective geworden. Drei Mädchen in engen T-Shirts und knappen Shorts gingen vorbei. Wie am Bändchen gezogen fuhren die Köpfe der jungen Männer gleichzeitig herum. Einer von ihnen sagte etwas, aber die Mädchen, von denen eine in ihr Handy sprach, ignorierten ihn.
Das Spiel geht weiter, dachte Montoya und warf einen Blick auf die Uhr. Er fuhr am Jackson Square und der St. Louis Cathedral mit ihren drei hoch in den blauen, leicht nebelverhangenen Himmel ragenden Türmen vorbei. Leute schoben Kinderwagen, führten Hunde aus, lachten und kauften ein, sich offenbar nicht bewusst, dass ihr Leben in Gefahr war, dass ein Mörder in den Straßen sein Unwesen trieb, dass die Heiterkeit dieses Morgens nur eine Tarnung für etwas Düsteres und Grauenhaftes war.
Du musst ihn an weiteren Morden hindern. Du bist ein guter Cop, das weißt du selbst, also schnapp dir den Kerl und rette Maria. Um Gottes willen, beeil dich. Lass nicht zu, dass dieser Dreckskerl noch einen Menschen umbringt.
Er parkte in der Nähe der Wache am Straßenrand und eilte in das Gebäude. Im ersten Stock begegnete er Lynn Zaroster.

»Hey«, sagte sie, zog ihre Jacke aus und hängte sie über die Rückenlehne des Stuhls in ihrer Büronische. »Hast du die Nachrichten gehört? Billy Zachary Furlough ist verschwunden.«

Er erstarrte. »Mach keine Witze.«

»Mach ich nicht. Die Ehefrau hat ihn vermisst gemeldet, aber wir glauben, dass die letzte Person, die ihn gesehen hat, das Grundstück erst gegen acht Uhr gestern Abend verlassen hat. Offenbar haben der Reverend und seine Gattin getrennte Schlafzimmer; er bleibt für gewöhnlich über Nacht in seinem Bürokomplex auf dem Grundstück. Noch sind die vierundzwanzig Stunden nicht verstrichen, aber wegen der Morde in der letzten Zeit knien wir uns jetzt schon rein. Brinkman und Conway sind mit einem Vertreter der FBI-Außenstelle in Furloughs Haus.«

»Scheiße«, sagte Montoya. Ihm war übel. »Meine Tante ist auch verschwunden. Aus dem Kloster.«

»Wie bitte?«

»Meine Tante ist Nonne. Sie ist gestern Abend gegen acht Uhr zum letzten Mal gesehen worden.«

»O Gott.« Sie schnappte sich ihre Jacke. »Ich fahre raus.«

»Ich war gerade dort.«

»Bist du wahnsinnig? Du kannst nicht ermitteln, wenn Angehörige betroffen sind …«

»Es war nicht offiziell«, fiel er ihr ins Wort. »Ich war zufällig der erste Angehörige, der benachrichtigt wurde, und bin zufällig auch Cop. Ja, ich habe ein paar Fragen gestellt. Ja, ich habe mir Notizen gemacht. Ja, ich habe mir ihr Zimmer angesehen. Ja, ich habe der Mutter Oberin nahe gelegt, das Zimmer abzusperren. Ich schätze, wir werden mit dem hiesigen Sheriffbüro zusammenarbeiten müssen.«

Stirnrunzelnd stieß sie den Arm bereits in den Jackenärmel.

»Du glaubst jetzt schon, dass wir deine Tante zusammen mit Billy Zachary Furlough finden.«

»Yin und Yang«, sagte Montoya.

Zaroster schaute ihn lange an. »Erklär mir das.«

»Sieh dir die anderen beiden Opferpaare an: Eine Person ist das direkte Gegenteil der anderen. Es wird der Anschein erweckt, dass die Frau die Mörderin ist, vollständig bekleidet, so verschieden von dem anderen Opfer wie nur möglich. Und so würde es auch bei meiner Tante und Billy Zachary Furlough aussehen. Beide haben mit der Kirche zu tun, der eine aufs Äußerliche bedacht, ostentativ, die andere eine Frau, die Nonne wurde, um ein ruhiges, friedliches Leben mit Gott zu führen.«

»Was ist das? Die Regeln des Taoismus oder irgendeine östliche Philosophie?«

»Ich weiß es nicht.«

Sie schob ihre Glock in ihr Schulterhalfter. »Vielleicht ist es an der Zeit, mal ein bisschen in dieser Richtung zu büffeln.«

Das Begräbnis war anstrengend gewesen. Abby und Zoey hatten mit ihrem Vater und Charlene in einer der hinteren Bankreihen gesessen und zugehört, wie der Geistliche Lukes Vorzüge pries. Trauergäste schnieften und ein paar enge Freunde legten Zeugnis darüber ab, was für ein rundherum prima Kerl er gewesen war. Abby erkannte ein paar von seinen Kollegen vom WSLJ, einige Freunde, die sie nach der Scheidung aus den Augen verloren hatte, und ein paar gemeinsame Bekannte.

Montoya war ebenfalls anwesend. Er beobachtete die Leute, und als die Trauergäste aus der Kirche strömten, stellte er sich in der Nähe der Kirchenstufen auf. Nachrichtenteams

warteten draußen, und mehrere Reporter schwangen Mikrofone und sprachen in die Kameras auf den Schultern der Kameraleute. Dann zerstreute sich die Menge.
Abby und Zoey hatten ein paar Stunden mit ihrem Vater und Charlene zugebracht, bis die neue Mrs. Chastain nach ein paar vielsagenden Blicken auf die Uhr darauf bestand, dass es Zeit sei zu gehen, und ihren leidenden Gatten pflichtschuldigst im Rollstuhl zu ihrem Cadillac schob. Abby und Zoey halfen ihr, Jacques im Wagen unterzubringen, und hoben den Rollstuhl in den geräumigen Kofferraum des Cadillac.
»Gebt Acht auf den Lack«, mahnte Charlene, und Abby und Zoey bissen die Zähne zusammen.
Nachher, auf dem Heimweg, bemerkte Zoey: »Am liebsten hätte ich Daddys Rollstuhl gehörig gegen den Kotflügel ihres verdammten Cadillac geknallt. Wer hat den Wagen denn wohl gekauft? Dieses Miststück!« Zoey lehnte den Kopf an das Seitenfenster in Abbys Honda.
»Sie kann nichts dafür, dass Daddy in so schlechter Verfassung ist.«
»Tja, dafür hat sie unterschrieben, ob sie es damals schon wusste oder nicht. Das gehört zum Ehegelöbnis, du weißt ja: in guten wie in schlechten Zeiten.« Abby antwortete nicht und Zoey seufzte. »Okay, das war daneben, ich gebe es zu. Schlafmangel bringt mein sonst so heiteres und fröhliches Gemüt völlig durcheinander.«
Abby lachte.
»Was ist?«, knurrte Zoey.
»Heiter und fröhlich? Hör mir bloß auf.«
Zoey stieß hörbar den Atem aus. »Vielleicht hast du Recht.« Gähnend nahm sie einen Pullover vom Rücksitz, knüllte ihn zusammen und benutzte ihn als Polster für ihren an das Fenster gelehnten Kopf. »Mhm, schon besser …«

»Du schläfst, ich fahre.«
»Du hast gar nicht mit deinem süßen Freund gesprochen.«
»Er ist nicht mein Freund.«
»Dass ich mich so täuschen konnte.« Sie gähnte erneut. »Weißt du, wenn ein Typ über Nacht bleibt, Kaffee kocht und dich küsst, dass du aus den Latschen kippst, bevor er geht – das ist meistens ein ziemlich sicheres Zeichen dafür, dass er dein Freund ist.«
»Hast du gesehen, wie er die Leute gemustert hat?«
»Wie ein Wolf, der zum Sprung ansetzt.« Als Abby auf den Freeway abbog, rückte sich Zoey das Pulloverknäuel noch einmal zurecht. Sie schloss die Augen. »Abby?«
»Hm?« Abby sah in den Rückspiegel und beschleunigte.
»Ich habe nie mit Luke geschlafen, okay?«
»Zoey, das ist gelogen, und wir wissen es beide.«
»Ich meine, *nachdem* ihr verheiratet wart. Ich weiß, du glaubst, ich hätte es getan, aber so niederträchtig bin ich nun auch wieder nicht.« Zoey öffnete halb die Augen und schaute ihre Schwester an. Es war ihr todernst. »So etwas hätte ich dir nicht angetan. Niemals. Ich weiß nicht, was Luke dir erzählt hat, aber nachdem du ihm dein Jawort gegeben hattest, habe ich mit Nachdruck Nein gesagt. Vor der Hochzeit, nun, das weißt du ja. Aber nicht ein einziges Mal, nachdem ihr verheiratet wart.«
»Warum erzählst du mir das jetzt?«
»Weil Luke jetzt nicht mehr lügen kann. Er kann dir nicht mehr den Verstand rauben.« Sie seufzte und verdrehte den Hals, bis es knackte. »Die Zeit mit Luke ist nicht gerade etwas, worauf ich besonders stolz bin, verstehst du? Ich habe mich scheußlich gefühlt deswegen. Aber jetzt kann ich nichts mehr daran ändern. Ich kann dir höchstens die Wahrheit sagen. Luke hat mich sehr oft angebaggert, aber ich habe

ihm nicht einmal einen guten Tag gewünscht. Klar, ich fand ihn mal sehr attraktiv, aber er war dein Ehemann.« Sie zögerte. »Besteht vielleicht die Möglichkeit, dass wir … dieses Thema endlich abschließen und von vorn anfangen?«

Abby überlegte kurz und warf einen Blick auf Zoey. War es wirklich so einfach?

Zoey schaute Abby noch immer aus halb geschlossenen Augen an. »Einverstanden?«

Luke war tot. Warum sollte das Leben nicht weitergehen?

»Okay, Zoey«, sagte sie schließlich. »Einverstanden.«

24.

Mir lag einfach daran, dass du es von mir erfährst«, sagte Montoya auf der Fahrt zur Wache. Er hatte Abby bei der Beerdigung nicht sprechen können, deshalb rief er sie jetzt bei der ersten Gelegenheit an. »Schwester Maria ist verschwunden.«

»Wie bitte?«

Er hörte die Angst in ihrer Stimme.

»Noch beunruhigender wird alles durch die Tatsache, dass auch Billy Zachary Furlough verschwunden ist. Du hast wohl noch keine Nachrichten gesehen?«

»Nein. O Gott ...«

Montoya wechselte den Fahrstreifen. Er konnte nur hoffen, dass seine Tante gefunden wurde, solange sie noch am Leben war. Seine Finger krampften sich um das Lenkrad. »Ich habe meinen Bruder Miguel angerufen, du weißt schon, der bei diesem Sicherheitsdienst arbeitet. Sie machen ganz bald bei dir die Installation.«

»Danke.«

»Und ich schaue auch bei dir rein, ich weiß nur noch nicht, wann. Deine Schwester ist noch bei dir?«

»Ja. Sie will ein paar Tage bleiben.«

»Gut, und außerdem hast du den Wachhund.«

Abby lachte. »Und vergiss nicht Ansel, die Wachkatze«, sagte sie.
»Ach ja. Mein Kumpel.« Er bog in der Nähe des Jackson Square in die Chartres Street ein, wo sich Touristen versammelt hatten und den Jazzmusikern lauschten, die hinter einem geöffneten Gitarrenkasten spielten.
»Du fehlst Ansel«, behauptete Abby, und er schnaubte durch die Nase.
»Sag ihm, das beruht auf Gegenseitigkeit.« Er stellte sich ihr Gesicht vor und das herausfordernde Glitzern in ihren goldfarbenen Augen. »Die Pistole hast du wohl nicht gefunden?«
»Nein«, sagte sie. Ihre Stimme klang jetzt wieder nüchtern. »Aber ich habe auch nicht noch einmal nach ihr gesucht.«
»Das gefällt mir nicht.«
Je länger er über die verschwundene Pistole nachdachte, desto größer wurde seine Sorge um Abbys Sicherheit. »Ich melde mich bald wieder. Bis dahin lässt du es mich wissen, wenn dir irgendetwas nicht geheuer vorkommt.«
»Mach ich«, versprach sie. »Danke.«
Montoya beendete das Gespräch. Er fühlte sich angreifbar. Nicht nur, weil seine Tante verschwunden war, sondern auch, weil er Angst um Abby hatte. So große Angst, dass er sie, wenn ihre Schwester wieder fort war und das Haus bis dahin noch nicht mit einer Alarmanlage ausgestattet sein sollte, auffordern würde, vorübergehend zu ihm in seine Wohnung in der Stadt zu ziehen. Sein Gewissen meldete sich, als er sich klarmachte, dass er dabei durchaus auch egoistische Motive hatte. Doch er schüttelte solche Gedanken ab. Zuallererst ging es ihm tatsächlich um ihre Sicherheit. Instinktiv wusste er, dass sie in Gefahr war, und er konnte nicht zulassen, dass ihr etwas geschah.

Sieh den Tatsachen ins Gesicht, Mann, nörgelte seine innere Stimme. *Als du das letzte Mal richtig scharf auf eine Frau warst, hast du sie nicht retten können. Trotz deiner unglaublichen Fähigkeiten als Polizist warst du hilflos.*

»Verdammte Scheiße«, knurrte er und stellte den Wagen in der Nähe der Wache ab. Zwar war er noch nicht offiziell von dem Fall abgezogen worden, aber es war nur eine Frage der Zeit, falls sich herausstellte, dass das Verschwinden seiner Tante in einem Zusammenhang mit den Morden stand.

Er schloss seinen Wagen ab und lief ins Gebäude. Dort wollte er die Kamera an seinen Computer anschließen und sämtliche Fotos von Giermans Begräbnis ausdrucken. Diese würde er dann mit den Aufnahmen von Courtney LaBelles Totenwache vergleichen. Ihre Beerdigung war für den kommenden Nachmittag anberaumt, und auch dort würde er sich wieder unter die Trauernden mischen. Es war gut möglich, dass der psychopathische Mörder dort auftauchte.

Komm nur, du Scheißkerl, dachte Montoya und stieg die Treppe zum ersten Stock hinauf, ich warte auf dich.

»Du hast einen anonymen Brief erhalten, in dem stand, *Komm heim, Dana wartet auf dich?*«, wiederholte Abby und sah ihre Schwester an, als hätte diese den Verstand verloren. Sie saßen in einem Restaurant an der St. Charles Avenue, nicht weit von der Sacred Heart Academy entfernt.

Es war Zoeys Idee gewesen, mit der Straßenbahn dorthin zu fahren und »einmal alles hinter sich zu lassen«. Nach Lukes Begräbnisfeier war Abby müde und ausgelaugt gewesen. Sie wäre lieber zuhause geblieben. Doch sie wollte auch dem »Geheimnis« auf die Spur kommen, das Zoey und ihr Vater hinsichtlich der Todesnacht ihrer Mutter hüteten, und Zoey hatte versprochen, Abby alles zu offenbaren, was sie wusste.

Am Ende waren sie dann in die Stadt gefahren und in diesem merkwürdigen Speiselokal in einem vormals viktorianischen Wohnhaus gelandet. Es war mitten am Nachmittag. Sie fanden einen Fenstertisch mit Blick in einen Garten, in dem inmitten üppiger Vegetation unzählige kleine weiße Lichter blinkten. Gerade als die Serviererin ein hohes Glas mit Brotsticks brachte, ließ Zoey die Bombe über den anonymen Brief platzen.

»Hier, ich habe ihn bei mir.« Zoey beugte sich vor und kramte in ihrer Handtasche.

Schließlich fand sie den schlichten weißen Umschlag. Er war in New Orleans abgestempelt und trug keine Absenderadresse. Sie holte den Brief heraus und legte ihn vor ihrer Schwester auf den Tisch.

Obwohl es noch warm war, wurde Abby eiskalt. »Hast du das nicht merkwürdig gefunden?«

»Ja, ein bisschen schon.« Zoey griff nach einem Brotstick.

»Das ist *äußerst* merkwürdig, Zoey. Außer Mom hat mich kein Mensch jemals Dana genannt.«

»Na ja, *sie* kann ihn nicht geschickt haben.«

»Ganz genau. Also wer dann? Wer wollte, dass du herkommst?«

»Ich dachte, er käme vielleicht von dir.«

»Du machst Witze.«

»Ich nahm an, dass du mich auf diese Weise zu dir rufen wolltest, du weißt schon, ohne über deinen Schatten springen zu müssen.« Zoey stippte ihren Brotstick in eine winzige Butterrosette.

»Wenn ich dich gebraucht hätte, dann hätte ich angerufen. Das weißt du doch.«

»Nun … ich weiß nicht … dann hat vielleicht Dad den Brief geschickt.«
»Dad?« Abby hob das Blatt Papier auf und wedelte damit vor Zoeys Gesicht hin und her. »Wie hätte er ihn zur Post bringen sollen?«
»Vielleicht hat Charlene es für ihn getan.«
»Warum hat er dann nicht einfach selbst unterschrieben? Was soll dieses Katz-und-Maus-Spiel? Überhaupt, er hätte doch anrufen können, wie ein normaler Mensch!«
»Dann fällt mir nichts mehr ein.« Zoey fühlte sich in die Defensive gedrängt. Kleine Sorgenfältchen gruben sich zwischen ihren Brauen ein. »Hör zu, wir sollten das Thema jetzt erst einmal ruhen lassen. Über den verdammten Brief reden wir später.« Sie zupfte das Blatt Papier aus Abbys Hand und schob es zurück in den Umschlag. Die Serviererin trat wieder an ihren Tisch.
»Haben Sie schon gewählt?«, fragte sie liebenswürdig und zückte ihren Bestellblock. Sie warf einen Blick auf Abby und fuhr fort: »Oder brauchen Sie vielleicht noch ein paar Minuten, um sich zu entscheiden?«
Zoey, die nebenbei die Speisekarte überflogen hatte, sagte: »Ich nehme den Eisbergsalat mit Shrimps, karamellisierten Zwiebeln und Käsedressing extra … Oh, und vielleicht noch die Shrimpssuppe.«
Die Serviererin wandte sich Abby zu, der der Appetit vergangen war. Wer hatte Zoey den anonymen Brief geschickt?
»Abby?«, sagte Zoey und ließ den Blick von der Serviererin zu ihrer Schwester wandern. »Weißt du schon, was du essen möchtest?«
Ich will, dass diese ewigen Fragen ein Ende haben, dass Schluss ist mir dieser Geheimniskrämerei …
Abby schaute in die Speisekarte und versuchte, sich zu kon-

zentrieren. Bildete sie es sich nur ein oder hatten mehrere Leute an den benachbarten Tischen aufgehört zu essen und starrten sie an? *Reiß dich zusammen, Abby. Mach keine Szene. Du wirst der Sache auf den Grund gehen.*

Ihre Hände zitterten, und sie legte sie ineinander verschränkt in den Schoß.

»Vielleicht brauchen wir doch noch ein paar Minuten«, sagte Zoey.

Abby sah ihre Schwester flüchtig an und bestellte das erste Gericht auf der Speisekarte, das ihr ins Auge fiel. »Ich nehme den Spinatsalat mit gegrillten Shrimps. Mit dem Hausdressing.«

Sie wartete, bis die Serviererin gegangen war, dann nahm sie Zoey wütend ins Visier. »Du hättest mir früher von dem Brief erzählen sollen.«

»Ich wollte die Beerdigung abwarten.«

»Also wusstest du, dass ich mir Gedanken machen würde?«

»Dass du dir noch *mehr* Gedanken machen würdest.« Zoey hob den Blick zur Decke, unter der Ventilatoren sanft für kühlere Luft sorgten.

Abby hatte keine Lust mehr, um den heißen Brei herumzureden. »Wann willst du mir endlich von dem Tag berichten, an dem Mom gestorben ist?«

Zoey starrte auf die Tischdecke.

»Zoey!« Abby beugte sich zu ihr vor.

Ihre Schwester schloss die Augen und schüttelte den Kopf. Dann atmete sie tief durch und griff nach ihrem Glas mit süßem Tee. »Gut … Ich sollte es dir eigentlich nicht sagen, aber …«

»Warum nicht? Was ist passiert? Wer hat gesagt, dass du es mir nicht sagen sollst?«

»Die Ärzte. *Deine* Ärzte, Abby. Die dich gleich nach Moms Tod behandelt haben.«

Ein dumpfer Ton hallte in Abbys Kopf wider. Sie ballte die Hände auf den Knien zu Fäusten. »Sag's mir«, verlangte sie kreidebleich.

Angesichts von Abbys Reaktion zögerte Zoey. »Vielleicht ist das hier nicht der richtige Ort.«

»Sag's mir!«, wiederholte Abby gepresst.

»Okay, okay. Also, an dem Tag hattest du offenbar eine Art Blackout. Aufgrund des emotionalen Traumas. Dad sprach mit den Ärzten und die sagten, das wäre nicht ungewöhnlich. Man nennt es emotionale Amnesie, und manchmal kommt die Erinnerung nach einiger Zeit zurück, manchmal aber auch … nicht.« Sie trank einen Schluck Tee.

»Wie in meinem Fall.«

»Genau.«

»Und während der vergangenen zwanzig Jahre seid ihr, Dad und du, nie auf die Idee gekommen, dass ich es vielleicht wissen sollte?«

»Man hat uns davon abgeraten, dir alles zu sagen«, erklärte Zoey schlicht.

»Aber zwei Jahrzehnte sind seither vergangen!« Zorn wallte in Abby auf, doch sie kämpfte ihn mit aller Macht nieder. »Also, worum geht es, Zoey? Was war so entsetzlich, dass ich es verdrängen musste?«

»Ich weiß es nicht«, antwortete ihre Schwester. »Es ist nur so, dass du dich nicht richtig an den Tag erinnerst.« Die Serviererin füllte ihre Teegläser nach, und Zoey wartete, bis sie wieder unter sich waren. »Du und ich – wir haben damals darüber gestritten, wer Mom das Geschenk überreichen durfte. Beim Münzenwerfen hatte ich gewonnen. Dad war ziemlich sauer über unsere Zankerei, schließlich hatte Mom

Geburtstag und so weiter … Und du natürlich auch. Wie auch immer, als wir vor dem Krankenhaus anhielten, bist du aus dem Wagen gesprungen, noch bevor Dad den Zündschlüssel abgezogen hatte. Du bist die Stufen zum Eingang hinaufgerast und drinnen verschwunden, bevor Dad und ich auch nur ausgestiegen waren.«

Abby blinzelte. »Ich war nicht mehr draußen, als Mom …?«

»Nein. Als Mom aus dem Fenster stürzte, warst du bereits in ihrem Zimmer.«

Der dumpfe Hall in Abbys Kopf wurde lauter. Die Kronleuchter im Restaurant schienen zu schwanken. Die Lichter vor den Fenstern blinkten, wurden zu Sternen. Vage entsann sich Abby plötzlich, ins Krankenhaus gerannt zu sein, in das düstere Gebäude, vorbei an einem Jungen im Rollstuhl, der ihr verdutzt nachblickte, und um eine Krankenschwester herum, die einen Wagen mit Medikamenten den Flur entlangschob. Sie war an der alten Standuhr vorbeigestürmt, die gerade die volle Stunde schlug, und dann die Treppe hinauf.

»Ich erinnere mich«, flüsterte sie erstaunt. »Tatsächlich.«

Zoey wirkte verunsichert. »Wirklich?«

»Ja …«

Sie hatte die Treppe hinauf immer zwei Stufen auf einmal genommen und wäre fast mit einer Nonne zusammengestoßen. Sie musste sich beeilen. Sie wollte die Erste sein, die Faith zum Geburtstag gratulierte. Es war ihr gemeinsamer besonderer Tag.

Ihre Schuhsohlen polterten über die Stufen, vorbei an dem Buntglasfenster mit der Jungfrau Maria auf dem Treppenabsatz, dann noch die letzten Stufen bis zum zweiten Stock. Der Flur war menschenleer und spärlich beleuchtet.

Schwer atmend klopfte Abby an die Tür zum Zimmer 207

und stürzte hinein. »Herzlichen Glückwunsch, Mom«, begann sie. »Mom, weißt du was?« Aber ihre Worte blieben ihr im Halse stecken. Faith stand in der Nähe des Fensters, nicht weit entfernt von ihrem zerwühlten Bett. Halb bekleidet, die Bluse offen, so dass eine dunkle Brustspitze sichtbar war, und sie war nicht allein. Ein Arzt im weißen Kittel, das Stethoskop um den Hals, das Haar zerzaust, versuchte, sie zu packen.

Als die Tür gegen die Wand schlug, fuhr er herum. Sein Gesicht war gerötet, eine Ader pochte an seiner Schläfe, und er fixierte Abby wütend. »Weißt du nicht, dass das hier ein Privatzimmer ist? Du solltest anklopfen und nicht so mir nichts, dir nichts ins Zimmer stürmen!«

»Aber …« Abby sah an dem Arzt vorbei zu ihrer Mutter hinüber.

Faith bedeckte sich hastig. Ihre Finger nestelten an ihren Blusenknöpfen, doch ihr Blick war auf ihre Tochter gerichtet. Angst blitzte aus Faiths goldfarbenen Augen, die vor Tränen glänzten. Unhörbar formten ihre Lippen die Worte: »Bitte nicht …«

Ihre Mutter wollte, dass sie schwieg. Sie wollte, dass Abby ihr Geheimnis bewahrte. Und Abby hatte tatsächlich nie ein Sterbenswörtchen gesagt. Niemals. Sie hatte sich nicht einmal daran erinnert, dass sie im Zimmer gewesen war.

Jetzt zitterte sie und entsann sich mit erstaunlicher Deutlichkeit an die Furcht ihrer Mutter.

»Abby!« Zoeys Stimme war wie eine Ohrfeige.

Die Erinnerung verblich, löste sich auf, und Abby fand sich in dem Restaurant wieder. Vor ihr stand ein Teller mit Salat. Über den Tisch hinweg sah Zoey sie besorgt an. Ihr Gesicht war angespannt, aschfahl. »Die Serviererin fragt, ob du frisch gemahlenen Pfeffer auf deinem Salat möchtest.«

»Was?« Abby schaute flüchtig auf den Berg aus dunkelgrünen Spinatblättern, Mandarinenstückchen, Bohnensprossen und saftigen Shrimps. Hastig hob sie den Blick zu der Serviererin, die eine riesige Pfeffermühle über ihren Teller hielt. Abby lächelte gezwungen.

»Pfeffer?«, fragte die Serviererin, wahrscheinlich zum dritten oder vierten Mal.

»Nein, danke«, brachte Abby mühsam hervor, und nach einem letzten neugierigen Blick begab sich die rundliche Kellnerin zum Nachbartisch.

»Was ist mit dir los?«, zischte Zoey.

»Ich erinnere mich ...« Abby beugte sich über den Tisch und flüsterte gerade laut genug, dass Zoey sie verstehen konnte.

Langsam legte ihre Schwester das Buttermesser nieder. »Was ist damals passiert?«

»Sie war nicht allein.«

»Das weiß ich, du warst bei ihr.«

»Nicht nur ich, Zoey. Ein Arzt war im Zimmer, und ... und ich glaube ... O Gott, ich kann es nicht fassen, aber ich glaube, er hat sie *missbraucht*.«

»Missbraucht?« Zoey sah Abby an, als hätte sie den Verstand verloren.

»Sexuell belästigt.«

»Himmel, Abby!«

»Ich weiß, dass es sich verrückt anhört, aber so, wie ich mich an die Situation erinnere, war ihre Bluse geöffnet und ...« Sie zögerte. »Ich habe sein Gesicht vor Augen, aber ...« Sie überlegte angestrengt, suchte nach seinem Namen, aber er fiel ihr nicht ein. Abby atmete tief ein, um ihre Nerven zu beruhigen, und warf Zoey einen Blick zu. »Weißt du noch, wer Mom behandelt hat? Wie der Psychiater hieß?«

»Es gab dort viele Ärzte und Schwestern.« Langsam und mechanisch spießte Zoey einen Happen Blattsalat und Shrimps auf ihre Gabel und tauchte ihn kurz in das kleine Schälchen mit Dressing. »Sie war ja immer mal wieder in diesem Krankenhaus. Und die Belegschaft wechselte ständig.«

»Aber bei ihrem letzten Aufenthalt ... Wer hat sie kurz vor ihrem Tod behandelt?«

»Ich kann mich nicht entsinnen, aber Dad weiß es vielleicht.« Zoey schüttelte den Kopf. »Aber er ist so hinfällig. Ich möchte ihn nicht in diese Sache hineinziehen.«

»Ich glaube, wir haben keine andere Wahl, Zoey. Ich habe das Gefühl, dass dieser Arzt, wer immer er war, Mom nicht nur missbraucht, sondern womöglich auch umgebracht hat.«

»Nun mach mal einen Punkt ... Jetzt wirfst du diesem Mann sexuelle Belästigung *und* Mord vor? Du glaubst, er hat Mom aus dem Fenster gestoßen?«

Abby kniff die Augen zu, versuchte, die Erinnerung zu halten, doch sie war schlüpfrig und entglitt immer wieder ihrem Bewusstsein. »Geh morgen zu Dad. Finde heraus, was er noch weiß.«

»Und was machst du?«, fragte Zoey misstrauisch.

»Ich werde weiterhin versuchen, mich genauer zu erinnern.« Sie fuhr sich mit der Hand durchs Haar und musterte ihre Schwester. »Du hättest es mir sagen müssen. Ich hätte es längst wissen müssen, ganz gleich, was die Ärzte gesagt haben.«

»Niemand konnte vorhersehen, dass du immer wieder diese Albträume haben würdest.«

»Ich habe diese Albträume, weil niemand ehrlich zu mir war!«

»Okay, okay …«
Ein unbehagliches Schweigen folgte. Abby schob mit der Gabel ihren Salat auf dem Teller umher. Sie wusste jetzt, was sie zu tun hatte, doch sie konnte sich ihrer Schwester nicht anvertrauen.
Wenn sie noch einmal das Krankenhaus aufsuchte, würde sie sich dank dieser neuen Information an alles erinnern, dessen war sich Abby sicher. Wenn sie die Wahrheit über das Schicksal ihrer Mutter erfahren, wenn sie den Bann brechen wollte, in dem der Tod ihrer Mutter sie noch immer gefangen hielt, musste sie in der Zeit zurückgehen … Sie musste sich Zutritt zum Zimmer 207 im Krankenhaus Our Lady of Virtues verschaffen.

Montoya schob den Stapel Fotos auf die eine Seite des Schreibtisches, lehnte sich in seinem Sessel zurück und rieb sich die Augen. Seit Stunden saß er nun schon hier.
Bisher hatte er einen Stapel mit Fotos aussortiert – von Personen, die er noch nicht identifiziert hatte. Aus diesem Stapel wiederum hatte er die Männer herausgesucht, die groß genug waren, um womöglich Schuhgröße zwölf zu tragen. Trotzdem war es möglich, dass er in die falsche Richtung ermittelte. Schließlich konnte er nicht mir Sicherheit sagen, ob der Mörder an einer der Beerdigungen teilgenommen hatte.
Frustriert fuhr sich Montoya mit einer Hand über den Nacken und stand dann auf, um Rücken und Beine zu strecken. Er war im Grunde viel zu rastlos und energiegeladen, um stundenlang am Schreibtisch sitzen zu können.
Doch seine Vorgesetzten wollten nicht, dass er an vorderster Front mitarbeitete, solange nichts Näheres über seine Tante bekannt war. Es war zum Haareausraufen! Wer wäre denn

wohl geeigneter, um nach Maria zu suchen, als er? Niemand brannte so sehr darauf, Klarheit in den Fall zu bringen, wie er.

»Scheiße«, knurrte er.

Seine Familie drehte durch. Seit Marias Verschwinden hatte jede Tante, jeder Onkel, jeder Cousin und jede Cousine ersten und zweiten Grades ihn angerufen, entweder um ihm besorgte Fragen zu stellen oder um schlimmste Befürchtungen laut werden zu lassen.

Doch ihre schlimmsten Befürchtungen waren nicht so schlimm wie seine eigenen. Mit jeder Sekunde, die seit dem Verschwinden von Maria und Billy Zachary Furlough verstrich, wurde er sicherer in seiner Überzeugung, dass sie Opfer eines Verbrechens geworden waren. Jedes Mal, wenn das Telefon klingelte, betrachtete er es voller Unbehagen und rechnete damit zu hören, dass irgendwer über ihre Leichen gestolpert war.

Bisher war dieser Anruf jedoch noch nicht eingegangen.

Montoya seufzte und nahm noch einmal den Zettel in Augenschein, den der Mörder geschickt hatte.

BEREUE
HW

Was sollte bereut werden? Was hatten Luke Gierman, Courtney LaBelle, Asa Pomeroy und Gina Jefferson gemeinsam? Und was zum Teufel hatten die Morde mit dem Krankenhaus Our Lady of Virtues zu tun?

Er sah sich die Fotos von den Tatorten auf dem Monitor an. Warum waren die männlichen Opfer nackt ausgezogen? Warum waren die Frauen vollständig bekleidet und lagen über den Männern? Wozu diese präzise Inszenierung? Der

Profiler vom FBI hatte noch nichts Entscheidendes geliefert. Sonst lautete das Profil von Serientätern oft: männlicher Weißer Ende zwanzig bis Anfang vierzig, aus einer Mittelstands- oder Unterschichtfamilie, ein Mensch, der wahrscheinlich als Kind missbraucht worden war, einer, der Brände legte und Tiere tötete, bevor er auf Menschen übergriff, einer, der fasziniert war von der Polizei und den Gesetzeshütern … Montoya kannte das alles.

Aber dieser Kerl war anders, das verriet ihm sein Instinkt. Dieser Kerl hatte den Serienmord auf eine andere Ebene gehoben.

Montoya öffnete die oberste Schublade seines Schreibtisches. Dort fand er ein Päckchen Nicorette-Kaugummi, öffnete es und schob sich eines von den geschmacksneutralen Stückchen in den Mund. Er reckte den Hals und spähte durch die offene Tür in Bentz' Büro, dann sah er aus dem Fenster, vor dem vom Golf her graue Wolken landeinwärts zogen.

Schon in wenigen Stunden wurde es wieder dunkel.

Und Montoya hatte Angst, dass der Mörder dann erneut zuschlug.

Und wenn es nun dieser Dreckskerl war, der Abbys Pistole gestohlen hat?

Er erwog, auch die kommende Nacht bei ihr zu verbringen, wusste jedoch, dass er dann unweigerlich in ihrem Bett landen würde. Ihr Liebesakt war heiß, verzweifelt und innig gewesen. Doch jetzt war sie nicht allein. Ihre Schwester war bei ihr.

Aber die Waffe ihres Exmannes war verschwunden, und das ließ ihm keine Ruhe.

Vielleicht hatte Abby sie verlegt.

Vielleicht hatte jemand sie aber auch gestohlen.

Und vielleicht war der Mörder der Dieb.

Er fluchte leise vor sich hin und rief auf dem Monitor ein neues Bild auf, eine digitale Karte von New Orleans und Umgebung. Sie war so groß, dass sie auch die Orte erfasste, an denen die Morde geschehen waren. Die Fundorte der Leichen waren rot gekennzeichnet. Die Ausgangspunkte der Entführungen waren blau, die Fundorte der Fahrzeuge orangefarben.

Außerdem waren die Arbeitsplätze und Wohnorte der Opfer farblich hervorgehoben. Montoya studierte die Karte, doch sosehr er sich auch bemühte, er erkannte keinen Zusammenhang.

Selbst wenn er mit den Daten spielte, alles in einer Farbe markierte, was eines der Opfer betraf, Wohnung, Arbeitsstelle, Ausgangspunkt der Entführung und Mordschauplatz, einem anderen Opfer dann eine andere Farbe zuordnete und so weiter und so fort ... all das ergab kein Muster.

Stirnrunzelnd schüttelte er den Kopf. Er ging die Sache offenbar falsch an. Er musste sich die Verbrechen an sich näher ansehen. Die Opfer repräsentierten Gut und Böse. Die Inszenierung der Morde ließ die »gute« Person als Mörderin der »schlechten« erscheinen. Und dann war da natürlich noch die Verbindung eines jeden Opfers zum Krankenhaus, zu der ehemaligen Irrenanstalt. Auch wenn diese Verbindung in manchen Fällen sehr dünn war, ließ sie sich nicht abstreiten.

Sein Handy klingelte. »Montoya«, meldete er sich.

»Hi. Hier ist Maury Taylor vom WSLJ.«

Montoyas Muskeln spannten sich an. »Ja?«

»Sie haben doch gesagt, ich soll mich melden, wenn ich noch so einen Brief bekomme. Und heute habe ich einen gekriegt.«

Montoya griff bereits nach seiner Jacke. »Rühren Sie ihn nicht an«, befahl er. »Ich bin gleich da.«

»Ich dachte, ich spreche den Kerl noch einmal in meiner Sendung an. Verstehen Sie, ich könnte ihn provozieren ...«

»Nein!«

»Hören Sie, ich finde, ich habe das Recht zu ...«

»In dieser Angelegenheit haben Sie keinerlei Rechte. Kapiert? Rühren Sie den Brief nicht an, öffnen Sie ihn bloß nicht und ...«

»Ich habe ihn schon geöffnet.«

Dieser dämliche kleine Blödmann.

»Ich musste doch wissen, ob er von demselben Typen ist. Keine Sorge, ich habe ihn nicht angefasst ... jedenfalls nicht überall.«

»Taylor, unternehmen Sie jetzt nichts, verstanden? Absolut nichts!« Montoya beendete das Gespräch, schob das Handy in seine Tasche und war bereits zur Tür hinaus.

25.

Der Text lautete:

BÜSSE
WHZ

Montoya stand mit Maury Taylor in Eleanor Cavaliers Büro und hielt das weiße Blatt Papier in seiner behandschuhten Hand. Er prüfte den Poststempel – er stammte nicht nur wieder aus New Orleans, sondern bewies auch, dass beide Briefe auf demselben Postamt aufgegeben worden waren. Montoya betrachtete den Text immer und immer wieder, dann legte er auch den neuen Brief in eine Klarsichthülle.

Was sollten diese religiösen Ermahnungen? Zuerst BEREUE, unterzeichnet mit HW. Dann folgte BÜSSE, unterzeichnet mit WHZ. War das eine Unterschrift? Montoya glaubte es nicht. Es sah so aus, als wolle der Mörder ihnen etwas mitteilen. Aber was?

»Ich werde in meiner Sendung ja wohl wenigstens erwähnen dürfen, dass der Mörder Kontakt zu WSLJ aufgenommen hat«, sagte Maury. »Es ist doch nur zum Wohl der Öffentlichkeit.«

»Das entscheiden wir«, bestimmte Montoya.

»Aber der Brief war an *diesen* Sender gerichtet, an *meine* Show. Ich will ihn nutzen, um die Leute zu warnen.«

»Wovor wollen Sie warnen?«, fragte Montoya.

»Vielleicht hat jemand, der dem Mörder nahe steht, diesen Brief gesehen«, antwortete Maury. »Und diese Person ahnt nicht, dass ihr Mann oder bester Freund der Verrückte ist.«

»Da ist was dran.« Eleanor tippte sich mit einem rot lackierten Fingernagel ans Kinn.

Sie dachte garantiert gerade an die Einschaltquoten. Es gelang Montoya, seinen Ärger zu beherrschen. »Okay, ich mache Ihnen einen Vorschlag: Ich nehme den Brief mit, lasse ihn im Labor und von den Handschriftexperten untersuchen. Falls wir beschließen, ihn der Öffentlichkeit zu präsentieren, sind Sie als Erste an der Reihe.«

»Ich dachte eher an die Exklusivrechte.« Maury ging aufs Ganze.

»Falls es Ihnen gelingt, das Einverständnis des FBI zu bekommen …« Montoya zuckte mit den Schultern. Es passte ihm nicht, diesem Wurm entgegenkommen zu müssen, aber hier hatte er nichts zu sagen.

»Wir haben uns an Ihre Vorschriften gehalten«, betonte Eleanor. »Ich könnte all die hässlichen Dinge, die ich gegenüber Melinda Jaskiel über Sie geäußert habe, noch zurücknehmen.«

»Zu spät. Das Kind ist längst in den Brunnen gefallen.« Sein Handy klingelte. Er warf einen Blick auf das Display. »Falls Sie noch weitere Briefe bekommen, geben Sie mir Bescheid. Ich spreche mit meinem Vorgesetzten wegen der Exklusivrechte. Der redet dann mit dem FBI, und danach melden wir uns bei Ihnen.«

Maury wollte etwas einwenden, doch da klingelte erneut

Montoyas Handy. Mit dem Gerät am Ohr lief er durch den langen Flur zum Ausgang. »Montoya«, meldete er sich beim dritten Klingeln und schob mit der Schulter die Tür auf.

»Hallo, Detective«, begrüßte ihn die Mutter Oberin und nannte ihren Namen. »Ich habe, seit ich Sie wegen Schwester Maria anrief, mit mehreren Detectives gesprochen und ihnen alle Informationen gegeben, die ich habe, einschließlich dieser Personal- und Patientenberichte.«

»Gut.«

»Aber es gibt noch etwas, worüber Sie Bescheid wissen sollten, und das ist privat.« Sie zögerte. »Ich muss mit Ihnen reden. Persönlich.«

Da hörte er sie, die kleine Stimme in seinem Kopf, die ihm ankündigte, dass sich etwas veränderte. »Wissen Sie, wegen meiner Verwandtschaft mit Schwester Maria bin ich von dem Fall abgezogen worden.«

»Was ich zu sagen habe, ist nur für Ihre Ohren bestimmt. Es erfordert äußerste Diskretion.« Ihre Stimme ließ keinen Widerspruch zu.

Er dachte daran, was sein Vorgesetzter sagen würde, wenn er sich nicht an die Regeln hielt, aber letzten Endes war es ihm egal. Wenn er seine Dienstmarke abgeben musste, nun, dann war es eben so.

Er würde nichts tun, was die Ermittlungen behinderte.

Es sei denn, er konnte den Mörder so zur Strecke bringen.

»Ich bin in einer Stunde bei Ihnen.«

»Danke, Simón.«

»Ich heiße Reuben.«

»Ja, ja, ich weiß. Aber ich entsinne mich, dass Schwester Maria Sie gern mit Ihrem Firmnamen angesprochen hat. Bitte kommen Sie gleich in mein Büro, wenn Sie im Kloster eingetroffen sind.«

Er legte auf, lief zu seinem Mustang und setzte sich mit einem Gefühl innerer Unruhe hinters Steuer. Die Wolken hatten sich aufgelockert, und die Türme der St. Louis Cathedral leuchteten in hellem Weiß. Alles in allem war es ein schöner Tag in New Orleans.

Und doch sah Montoya hinter jedem lächelnden Gesicht einen Mörder. Wer auch immer der Dreckskerl war, er fiel nicht auf. Aus allen Anrufen, die bei der Polizei eingegangen waren, hatte sich nichts ergeben.

Vielleicht war dieser neuerliche Brief jedoch der Durchbruch, auf den sie so dringend hofften.

Montoya trat aufs Gas und raste zur Wache. Wofür war WHZ die Abkürzung? Bezog sie sich vielleicht, auf welche Weise auch immer, auf das Rechtssystem? Machte sich der Kerl lustig über all die Behörden und Abteilungen, die ihn der Gerechtigkeit zuführen wollten? Oder steckte etwas ganz anderes dahinter? Etwas, das auf der Hand lag, etwas, das er beinahe greifen konnte und sich ihm dennoch entzog?

Montoya missachtete eine gelbe Ampel und bog in eine Seitenstraße ab. Wenn nun jeder Buchstabe ein eigenständiges Symbol war? Repräsentierten die Buchstaben jeweils eines der Opfer?

Luke Gierman.

Asa Pomeroy.

Moment. Luke *Walter* Gierman.

Asa *Homer* Pomeroy.

Z für ... Zachary. Reverend Billy *Zachary* Furlough. Die zweiten Vornamen. Walter, Homer, Zachary. Ob es das war? Wieder erschien es ihm fast zu einfach, doch es ergab einen Sinn.

Sorgenvoll runzelte er die Stirn. Wenn seine Theorie zutraf, bedeutete das, dass der Prediger bereits tot war, sonst hätte der Mörder den Brief nicht geschickt. Und wenn es eine Leiche gab, dann würde auch die zweite nicht fehlen, eine weibliche, um dem Muster von Yin und Yang treu zu bleiben. Montoya befürchtete, dass seine Tante Maria, falls seine Theorie ins Schwarze traf, ebenso bereits ermordet worden war.

Wut tobte durch seine Adern. Nie zuvor hatte er sich so machtlos gefühlt. Obwohl er wusste, dass es Unsinn war, ein Verbrechen persönlich zu nehmen, hatte er das Gefühl, der Mörder habe es auf ihn abgesehen, wolle ihn herausfordern.

Bleib ruhig.

Behalte einen klaren Kopf.

Bleib objektiv.

Vielleicht lebt Maria ja noch.

Er schickte ein Stoßgebet zum Himmel und lenkte den Wagen in eine Parkbucht in der Nähe der Wache. Die Straßen waren verstopft von Übertragungswagen, auf deren weißen Karosserien die Namen der Sender prangten, die sie vertraten. Mehrere Reporter und Kameraleute bezogen Posten auf der Eingangstreppe. Fußgänger blieben stehen, um zu gaffen.

Montoya betrat das Gebäude durch die Hintertür auf der Parkplatzseite und eilte in den ersten Stock, wo er vom Klacken der Tastaturen, dem Geruch von abgestandenem Kaffee und Stimmengewirr in Empfang genommen wurde.

Zaroster saß an ihrem Schreibtisch. Er schob ihr den Brief in der Klarsichthülle zu. »Wie's aussieht, hat sich unser Brieffreund wieder gemeldet.«

Zaroster betrachtete das Stück Papier und pfiff leise. »Dann hat es womöglich einen weiteren Doppelmord gegeben?«

»Es sei denn, er schreibt zuerst den Brief und tötet die Opfer später.«

Ihr war klar, dass er selbst nicht daran glaubte. Ihr vorwurfsvoller Blick verriet es.

»Hör mal, ich habe noch etwas zu erledigen. Würdest du diesen Brief ins Labor bringen und dem Kryptologen eine Kopie geben?«

»Wie kommst du an den Brief? Ich dachte, du bist von diesem Fall abgezogen worden?«

»Maury Taylor von WSLJ hat mich angerufen. Wir sind alte Kumpel. Sehr alte.«

»Quatsch«, brummte sie, nahm den Brief jedoch an sich und versicherte: »Ich bringe ihn ins Labor.«

Er lehnte sich an ihren Schreibtisch. »Gibt es Neuigkeiten in Bezug auf das andere Beweismaterial?«

»Oh, das *üppige* Beweismaterial ... Also, das Labor ist noch mit dem schwarzen Haar beschäftigt, bisher sind keine DNA-Treffer dabei herausgekommen. Das Brautkleid ist von einem Ladenbesitzer als ›Nancoise‹-Kreation erkannt worden, was immer das sein mag ... wohl eine billigere Version von Vera Wang, könnte ich mir vorstellen. Wir gehen dem nach, versuchen, Nancoise selbst zu finden und zu prüfen, ob sie irgendwelche Belege aufbewahrt hat. Die Schuhe sind die üblichen Jägerschuhe, hergestellt von – hör gut zu – Pomeroy Industries, der Bekleidungsfirma. Hier sind wir also schon ein bisschen weiter. Es geht aber insgesamt nur sehr langsam voran. Allerdings habe ich einiges über diesen Hausmeister von Our Lady of Virtues herausgefunden. Lawrence DuLoc. Er hat ein ordentliches Strafregister über krumme Dinger, die er sich vor zwanzig Jahren als Jugendlicher erlaubt hat.«

»Was für Dinger?«

»Eine Anzeige wegen eines schweren tätlichen Angriffs – die wurde fallen gelassen. Dann später ein Fall von häuslicher Gewalt, auch hier wurde die Klage abgewehrt.« Zaroster zuckte mit den Schultern. »Er ist groß und hat Schuhgröße elfeinhalb, er könnte also Schuhe in Größe zwölf tragen, aber für die Zeitpunkte der jeweiligen Morde kann er Alibis vorweisen. Brinkman überprüft sie gerade.« Sie schüttelte seufzend den Kopf. »Ich habe mit DuLoc gesprochen. Er hat meines Erachtens gar nicht genug Grips, um so etwas wie diese Morde durchzuziehen.« Sie sah Montoya an. »Glaubst du, er könnte der Gesuchte sein?«

»Hört sich nicht so an. Unser Psychopath will schlauer sein als wir und uns das auch beweisen. Er will, dass wir wissen, wie intelligent er ist.«

»Und …?«

Montoya war schon auf dem Weg zur Treppe. »Also behalten wir DuLoc auf unserer Liste – und suchen unvermindert weiter.«

»Du bist von diesem Fall suspendiert!«, rief sie ihm nach.

Montoya ging einfach davon.

Der Schmerz machte ihn reizbar.

Er umklammerte das Lenkrad und spürte, wie der Schweiß seinen Neoprenanzug tränkte. Außerdem war er erschöpft. Zwar hatte er ein paar Stunden geruht, doch er spürte, dass sein Körper nach Schlaf verlangte.

Das musste warten.

Anschließend war Zeit dazu.

Die verdammte Verletzung störte ihn. Behinderte ihn stärker als erwartet. Die Dinge liefen nicht mehr so gut wie zu Anfang. Seit er Billy Zachary Furlough unterschätzt hatte.

Er knirschte mit den Zähnen.

Vorsichtig steuerte er den Lexus aus der Stadt hinaus in die Wildnis. Das Fahrzeug war angenehm zu fahren, fiel aber auf wie der sprichwörtliche bunte Hund. Und das stellte ein Problem dar. Er warf einen Blick auf den Rücksitz, wo sein jüngstes Opfer zitterte wie Espenlaub, in rascher Folge mit den Lidern blinzelte und hinter dem Knebel leise Jaultöne ausstieß. Der Typ hatte sich in die Hose gemacht, und daher stank es im Wagen nach Urin.

Du hast allen Grund, Angst zu haben, du faules kleines Schwein ... Warte nur.

Falls das Jaulen noch schlimmer wurde, musste er noch einmal zum Äther oder zum Elektroschocker greifen.

Vormittags hatte er am Gottesdienst für Gierman teilgenommen, obwohl er wusste, dass die Polizei anwesend war und sämtliche Trauergäste unter die Lupe nahm.

Diese Schwachköpfe!

Sie ließen sich so leicht übertölpeln ...

Er war direkt an dem Bullen, der heimlich fotografierte, vorübergegangen. *Klick, klick, klick.*

Welch ein Witz.

Simón, der fotografierende Bulle. Der Schänder, der in Abby Chastains Bett geschlafen hat.

Bei dem Gedanken daran verlor er für einen Augenblick die Kontrolle, und der Lexus schoss über die Mittellinie. Nein! Er durfte keinerlei Aufmerksamkeit erregen. Zum Glück herrschte auf dieser Nebenstraße nur spärlicher Verkehr. Um sich zu beruhigen, schaltete er das Radio ein, in dem irgendwelcher klassische Mist lief, und fand schließlich den Sender WSLJ. Aber es war nicht die Stunde von *Gierman's Groaners*.

Ein zusätzliches Ärgernis.

Ob dieser blöde Typ vom Sender den Brief gefunden hatte?

Er warf einen Blick auf die Uhr. Es war noch relativ früh. Bis zum Einbruch der Dunkelheit würden noch ein paar Stunden vergehen, und das erschwerte ihm die Arbeit ungemein.

Er wollte diesen Wagen bis zu der Stelle fahren, an der er seinen Pickup abgestellt hatte. Doch zuerst musste er den gefesselten Mann auf dem Rücksitz abladen. Den Pisser.

Im Radio wurde ruhiger Jazz gesendet, was ihn nur noch reizbarer machte. Er schaltete das Gerät aus, ermahnte sich, die Geduld zu bewahren. Zwanzig Jahre lang hatte er gewartet. Ein paar Stunden mehr würden ihn nicht aus der Bahn werfen.

Bei dem Gedanken verzog er die Lippen. Nur noch ein paar Stunden, dann folgte der Höhepunkt ... Fünf von den sieben wären dann bereits beseitigt – die Wichtigsten bereits sichergestellt. Die anderen zwei Paare hielten sich nicht in der Gegend auf und mussten warten ... Aber er benötigte sowieso eine Verschnaufpause.

Nach der heutigen Nacht.

Der Schmerz in seiner Brust ließ ein wenig nach, weil die Vorfreude in seinem Blut zu singen begann. Bald würde er wieder diesen intensiven, unglaublichen Rausch erfahren. Er dachte an die Tochter, die der Mutter so ähnlich war ... Nur noch ein paar Stunden ...

Die Mutter Oberin sah müde aus. Unter ihrem Schleier zogen sich tiefe Falten durch ihre Stirn, unter den Halbgläsern ihrer Brille lagen dunkle Schatten.

»Das Ganze fällt mir sehr schwer«, gab sie zu und deutete auf einen braunen Umschlag mitten auf ihrem geräumigen Schreibtisch. »Da sind die Akten, die Sie angefordert haben. Schwester Madeline, Gott segne sie, wusste, dass sie auf dem

Dachboden aufbewahrt werden, und hat sie von Mr. DuLoc herunterbringen lassen.« Sie wies auf die Kisten in einer Ecke des Zimmers. »Ich behalte sie hier, für den Fall, dass Sie sonst noch etwas benötigen, aber ich schätze, dass der Umschlag alles enthält, was Sie brauchen.« Sie tippte auf den Umschlag und schob ihn Montoya entgegen. »Früher einmal hat man sich an die Schweigepflicht gehalten, da war der Glaube nicht nur wichtig, sondern wurde freudig gelebt, da herrschte mehr … Ordnung. Aber jetzt …« Sie lächelte kaum merklich. »Ich habe lange und gründlich nachgedacht und um Gottes Segen und Führung gebetet, darum, dass er mir hilft, den richtigen Weg zu nehmen und ihn zu begreifen«, sagte sie. »Doch am Ende hat er mich vor eine schwierige Wahl gestellt.«

Sie stemmte sich hoch, und als sie zum Fenster schritt, schien sie leicht zu taumeln. Sie blickte nach draußen, wo ein Kolibri um die Blumenampeln flatterte und in den welken Blüten Nahrung suchte.

»Ich hätte Sie vermutlich früher unterrichten sollen. Ihre Tante hatte mir anvertraut, dass sie einen unehelichen Sohn geboren hat. Sie ist zu uns gekommen, nachdem ihr Sohn adoptiert worden war.«

Montoya beobachtete, wie die alte Nonne ihren Rosenkranz befingerte. »Ich weiß.«

Sie nickte und blickte weiterhin aus dem Fenster. »Der Junge wurde zum Sportler, zum Studenten und schließlich zu einem Gottesmann.«

»Billy Zachary Furlough?«, fragte Montoya verblüfft.

»Das hat sie mir anvertraut.«

Furlough war im entsprechenden Alter, und wenn er es sich recht überlegte, bestand sogar eine gewisse Familienähnlichkeit zwischen dem großspurigen Prediger und den

Montoyas – das dunkle Haar, der braune Teint, der athletische Körperbau …

»Als ich erfuhr, dass nicht nur Schwester Maria, sondern auch Mr. Furlough verschwunden ist, höchstwahrscheinlich am selben Tag entführt, beschloss ich, Sie anzurufen.« Sie wandte sich um und sah Montoya an. »Sie sind ihr Liebling, wissen Sie. Von all ihren Nichten und Neffen.«

Montoya fragte sich, ob der Mörder wusste, dass er Mutter und Sohn getötet hatte. Natürlich wusste er es. Diese Morde geschahen nicht nach dem Zufallsprinzip. Sie waren sorgfältig geplant.

»Was können Sie mir über Lawrence DuLoc berichten?«, fragte er, entschlossen, diese Frage als erste abzuhandeln.

»Mr. DuLoc ist hier unentbehrlich, er hilft uns über alle Maßen.« Sie holte tief Luft. »Er war Patient im psychiatrischen Krankenhaus. Als Jugendlicher neigte er zu Jähzorn. Ach, eigentlich dürfte ich Ihnen das alles gar nicht mitteilen.« Hilflos hob sie die Handflächen himmelwärts und fuhr hastig fort, beinahe so, als wäre sie froh, die Schleusen der Geheimhaltung öffnen zu können. »Vor langer Zeit wurden ihm einige Verbrechen angelastet, aber er ist jetzt schon lange unauffällig. Seine Personalakte ist makellos.« Sie blickte Montoya eindringlich an. »Ich verbürge mich persönlich für ihn.«

»Die Polizei muss sämtliche Hinweise verfolgen.«

»Ich glaube, Ihre Kollegen haben ihn bereits vernommen.« Die Mutter Oberin trat seitlich an ihren Schreibtisch und berührte Montoyas Hand. »Larry ist kein Mörder.«

Montoya war geneigt, ihr beizupflichten, doch er unterließ es. »Er ist ein kräftiger Mann, nicht wahr? Einsneunzig, einszweiundneunzig?«

»Ja, er ist groß und kräftig«, gab sie zu, straffte sich und verschränkte die Arme über der Brust. »Sie können mit ihm reden. Larry DuLoc ist ein sehr frommer Mensch, Detective. Sein Glaube ist stark.« Sie wies auf das Fenster. »Im Moment hält er sich im Garten auf.«

»Danke.« Montoya zögerte und musterte die Nonne. Einen Moment später fragte er: »Und können Sie mir noch etwas über Faith Chastain erzählen?«

Sie faltete die Hände. »Sie ist an ihrem Geburtstag aus dem Fenster ihres Zimmers gestürzt«, sagte sie und es klang, als rasselte sie zum wiederholten Mal eine alte Geschichte herunter. »Das Krankenhaus wurde verklagt, weil die Fenster nicht angemessen gesichert waren. Die Gitter waren defekt.«

»Sie ist durch die Scheibe gestürzt.«

Die Mutter Oberin nickte. »Wäre das Fenster durch Gitterstäbe aus Metall gesichert gewesen oder hätte sich das Ziergitter am unteren Teil des Fensters in ordnungsgemäßem Zustand befunden, hätte sich die Tragödie vermeiden lassen. Das zumindest kam bei der Verhandlung heraus.«

»Wer hat die Klage erhoben? Der Staat Louisiana?«

Ihr Lächeln war geduldig und nachsichtig. »Irgendwann mischte sich der Staat ein, aber Klage erhoben hat die Familie. Faiths Ehemann Jacques. Es ist jedoch nie zu einem Urteil gekommen. Die Regelung fand außergerichtlich statt.«

Montoya sah sie an und hatte das Gefühl, dass sie etwas verschwieg. »Gibt es sonst noch etwas dazu zu sagen?«

Die Mutter Oberin tastete nach dem Kreuz auf ihrer Brust und schien einen inneren Kampf auszutragen. Montoya wartete und schließlich sagte sie: »Es ist so lange her, und wenn es Ihnen irgendwie hilft, Schwester Maria zu finden, dann …« Sie schlug das Kreuzzeichen. »Es gab Gerüchte über Missbrauch, über sexuelle Belästigung … Einer unserer

Ärzte und Mrs. Chastain sollen eine sexuelle Beziehung gehabt haben. Zuerst stritt der Betreffende alles ab. Dann meldeten sich andere zu Wort: Mitglieder der Belegschaft, die Dinge gesehen, aber aus Angst vor Kündigung nicht gemeldet hatten. Danach behauptete der Beschuldigte, es habe sich um eine Beziehung in gegenseitigem Einvernehmen gehandelt.« Sie zog angewidert die Mundwinkel herab. »Einvernehmlich? Können Sie sich das vorstellen? Mit einer Frau, die an einer Geisteskrankheit leidet?« Ihre Nasenflügel bebten jetzt vor Zorn. »Er wurde auf der Stelle entlassen.«

»Es wurde keine Anzeige erstattet?«

Sie schüttelte den Kopf. »Die Familie hatte wegen des ungesicherten Fensters Zivilklage erhoben, das war alles. Vielleicht hat sie von dem anderen Problem gar nicht gewusst.« Sie senkte den Blick zu Boden. »Das war nicht gerade eine glorreiche Zeit in der Geschichte der psychiatrischen Klinik Our Lady of Virtues.«

»Wer war der Mann?«

Die Schwester Oberin sah Montoya in die Augen. »Dr. Heller. Er war ein brillanter Psychiater. In mancherlei Hinsicht seiner Zeit voraus. Doch gleichzeitig war er ein bisschen nachlässig, träge, wenn Sie so wollen.« Ihr Rücken wurde noch straffer, als hätte sie einen Stock verschluckt. Das Eingeständnis fiel ihr über alle Maßen schwer. »Eine seiner heftigsten Kritikerinnen war Gina Jefferson. Sie hat damals im Krankenhaus gearbeitet.«

»Hatte sie auch etwas von dem Missbrauch mitbekommen?«, fragte Montoya und spürte wieder dieses gewisse Kribbeln. Er ahnte, dass er endlich auf dem richtigen Weg war.

»Daran erinnere ich mich nicht, aber sie war keinesfalls begeistert von Simon Heller.«

»Wissen Sie, wo sich Dr. Heller jetzt aufhält?«

»Nein … Ich habe seinen weiteren Werdegang nicht verfolgt. Er ist umgezogen, in einen anderen Bundesstaat. Irgendwo in den Westen, glaube ich.«

»Dr. Simon Heller. Hat er einen zweiten Vornamen?«

»Ja … Ich entsinne mich, dass er sehr eigen mit dem Namensschild an seiner Tür war.« Sie dachte angestrengt nach, und Montoya musste sich zwingen, sitzen zu bleiben. Die Uhr tickte.

»Simon T. Heller stand auf seinem Namensschild. Ich weiß nicht mehr, wofür das T stand. Theodore oder Thaddeus, etwas in der Art.«

»Sein Name und seine Versicherungsnummer sind in der Akte verzeichnet?«, fragte Montoya und hielt den braunen Umschlag hoch.

»Ja. Und ein Foto von ihm.«

Montoya vergeudete keine Zeit. Er öffnete den Falz und zog die vergilbten Bögen aus dem Umschlag. »Ist Heller ein großer, kräftiger Mann?«

»Groß, aber nicht kräftig. Ein bisschen wie eine Vogelscheuche. Einer der Patienten hat einmal ein Bild von einer Gottesanbeterin in einem Biologiebuch gesehen, darauf gezeigt und gesagt: ›Heller.‹« Sie musste wider Willen lächeln. »Das war nicht nett, aber ein Körnchen Wahrheit steckte doch darin. Er trug eine riesige Brille und hatte extrem lange Beine.«

Montoya fand ein kleines Foto von Heller, das an seine vor langer Zeit eingereichten Bewerbungsunterlagen geheftet war. Die Farben waren verblichen, doch Hellers Gesichtszüge waren deutlich zu erkennen. Er hatte schwarzes Haar, einen dichten Oberlippenbart und seine Augen funkelten hinter den Gläsern einer riesigen Nickelbrille.

»Er war noch nicht sehr alt.«
»Er kam frisch von der Universität«, bestätigte die Mutter Oberin. »War noch nicht einmal dreißig.«
»Wissen Sie sonst noch etwas über ihn?«
»Er hatte so etwas Überlegenes an sich, das er mit übertriebener Leutseligkeit zu kaschieren suchte. Das klappte allerdings nur selten. Er war ein Einzelgänger – und er lief. Er hatte beim Laufen eine unglaubliche Ausdauer. Ich glaube, er hat an Marathons teilgenommen, aber ... ach, ich bin mir nicht sicher. Es sind so viele Jahre seitdem vergangen.«
Montoya betastete die verblichene Fotografie. »Gibt es Fotos von allen, die hier gelebt haben?«
»Nur von der Belegschaft, in den Personalakten.«
»War Heller noch im Krankenhaus beschäftigt, als Faith ums Leben kam?«
»Er war in jenem Moment sogar in ihrem Zimmer«, gestand sie. »Er war Zeuge ihres Sturzes, hat sie aber nicht retten können. Die Anzeige wegen sexueller Belästigung wurde erst nach ihrem Tod erhoben. Und dann wurde ihm nahe gelegt, die Institution zu verlassen.«
Mit äußerster Konzentration betrachtete Montoya das Bild des Mannes. Seine Arroganz trat deutlich zutage. Montoya dachte an das Foto von Abbys Mutter, das er in Abbys Bücherregal gesehen hatte. Eine schöne Frau mit einem verführerischen Lächeln – dem Lächeln, das sie ihrer Tochter vererbt hatte. Faith war also Simon Hellers unfreiwillige Geliebte gewesen.
Montoyas Inneres verkrampfte sich. Was war nun wirklich am Tag von Faith Chastains Tod geschehen? War ihr Sturz tatsächlich ein Unfall gewesen? Oder hatte Heller, vielleicht in dem Wissen, dass der Vorwurf der sexuellen Belästigung drohte, dem Opfer einen Stoß versetzt?

Die ehrwürdige Mutter räusperte sich. »Faiths Tochter war Zeugin des Sturzes. Sie war erst einen Augenblick zuvor ins Zimmer gestürmt.«

»Welche Tochter?«, fragte Montoya, obwohl er die Antwort längst kannte. Schließlich war er Zeuge von Abbys Albträumen geworden.

»Die jüngere …«

»Abby.«

»Ja, so heißt sie. Abigail, aber Faith hat sie häufig auch Dana genannt.«

»Wissen Sie, aus welchem Grund?«

»Ich kann mich nicht entsinnen, obwohl ich damals in der Anstalt gearbeitet habe. Die Tochter war erst fünfzehn Jahre alt. Sie hatte ebenfalls Geburtstag, am selben Tag wie Faith. Anscheinend ist sie ins Zimmer gestürmt, hat Dr. Heller dort gesehen … und mehr weiß ich nicht. Irgendwie ist Faith aus dem Fenster gestürzt. Dana war so geschockt, dass sie das Bewusstsein verlor. Als sie wieder zu sich kam, erinnerte sie sich an kaum etwas.« Dass die Geschichte der Mutter Oberin arg zusetzte, war nicht zu übersehen. »Ich fürchte, mehr kann ich Ihnen nicht sagen.«

»Das macht nichts«, erwiderte Montoya, und es war sein Ernst. Simon Heller. Montoya wusste, wo er zu suchen hatte. Er konnte nur hoffen, dass es nicht zu spät war, den nächsten Mord zu verhindern.

26.

Im Wald versteckt, beobachtete er ihr Haus. Da es noch hell war, erst später Nachmittag, achtete er sorgsam darauf, dass die Linsen seines Fernglases nicht die Sonnenstrahlen reflektierten und Abby warnten. Er hatte auch die Windrichtung berücksichtigt, damit ihr blöder Hund ihn nicht witterte.
Wie lästig.
Alles war bereit, die Bühne stand. Jetzt brauchte er nur noch die Spieler, und zwei von ihnen befanden sich im Haus. Er hatte vor zu warten, bis sie eingeschlafen waren, aber das konnte noch Stunden dauern.
Geduld, ermahnte er sich. Bloß nichts überstürzen.
Aber er war angespannt.
Begierig.
Und die Schmerzen in seiner Brust wurden wieder heftiger, als hätte er sich irgendwie einen Infekt zugezogen.
Die Schwester lag halb auf dem Sofa, ließ die Füße über die Armlehne baumeln. Ihr Weinglas stand auf dem Tisch, die Fernbedienung hielt sie in der Hand. Das war gut so. *Trink aus, große Schwester. Lass dich vom Wein einlullen, entspann dich. Geh früh schlafen … o ja.*
Es würde nicht schwer sein, Zoey zu überwältigen.

Ganz anders Abby ... Bei ihr waren alle Sinne hellwach, er spürte es. Als sie anfing, Gegenstände aus ihrer Garage und der Küche zusammenzupacken und zum Auto zu tragen, erwachte seine Sorge. Es sah aus, als hätte sie beschlossen wegzufahren. Das konnte er nicht zulassen. Sie hatte einen Werkzeugkasten, eine Brechstange und eine Taschenlampe eingepackt.

Wozu?

Kopfschmerzen pochten hinter seiner Stirn, und seine Erregung steigerte sich. Durch den Neoprenanzug kratzte er sich an der Brust, bis er sich Einhalt gebot. *Beruhige dich. Beobachte sie. Sie wird nicht weit fahren. Du hast keinen Koffer gesehen, oder? Kein Übernachtungsgepäck.*

Aber das bedeutete ja nicht, dass sie es nicht schon in den Wagen geladen hatte, bevor er seinen Posten bezog. Plante sie eine Art Campingausflug? Mit dem Cop? Bei dem Gedanken wurde ihm flau im Magen, er musste heftig blinzeln, um Klarheit in seine Gedanken zu bringen. Er durfte sie nicht entkommen lassen. Konnte er beide Schwestern jetzt schon holen? Und was war mit dem Hund? Konnte er beide mit dem Elektroschocker oder mit Äther außer Gefecht setzen? Sie waren beide jung, sportlich, und wenn sie nicht gerade außer sich vor Angst waren, würden sie sich womöglich tatkräftig zur Wehr setzen.

Die Lösung war ganz einfach.

Er würde ihr Auto lahmlegen.

Geräuschlos schlich er näher auf das Haus zu, stets darauf bedacht, sich gegen den Wind zu bewegen. Er scheuchte Drosseln und einen Hasen auf, der eilig davonhoppelte. Seinem Rucksack entnahm er das praktische kleine Taschenwerkzeug, das die Ursache für seine Schmerzen war, ließ Rucksack, Schlüssel und Fernglas zu Boden gleiten, nahm

den Revolver an sich und schlich zur offenen Garagentür, in der ihr kleiner Honda sichtbar war.
Die Tür zum Hausinneren stand einen Spaltbreit offen, und er fragte sich, ob der Hund seine Nähe spürte. Verfluchter Köter. Mit rasendem Puls zückte er das Taschenmesser und ließ eine scharfe kleine Klinge herausspringen. Er wollte sie gerade in ihren Vorderreifen rammen, da hörte er, dass sich Schritte näherten. *Verdammt!*
Er duckte sich tiefer, verbarg sich zwischen Auto und Garagenwand.
Nicht der Hund. Nicht der Hund. Nicht der Hund. Er umklammerte das Pomeroy-Multimesser, und Schweiß rann ihm in die Augen. Er wagte kaum zu atmen und spähte unter dem Honda hindurch zur anderen Wagenseite, wo Abby in ihren Laufschuhen vorbeiging. Sie öffnete die Fahrertür, und er wagte es nicht, sich zu bewegen. Er vernahm einen leisen Aufprall an der Tür nahe seinem Kopf und vermutete, dass sie etwas auf den Beifahrersitz geworfen hatte.
Ihre Handtasche?
Panik erfasste ihn.
Wenn sie jetzt wegfuhr? Wenn sie sich hinters Steuer setzte und eine halbe Sekunde später der Motor des Honda ansprang? Dann würde sie den Rückwärtsgang einlegen und aus der Garage fahren – und er wäre ihren Blicken ausgesetzt.
Sie würde ihn gar nicht übersehen können.
Es gab nichts, wo er sich hätte verstecken können.
In einer Hand hielt er die .38er, in der anderen das Messer. Er hoffte, beides nicht benutzen zu müssen. Nicht jetzt. Nicht, nachdem er schon so lange ihren langsamen Tod geplant hatte.
Dieses Problem hätte er voraussehen müssen.

Er ließ nach. Verlor seinen Scharfblick.
Doch das Glück war auf seiner Seite. Sie ging zurück ins Haus. Sein Blick folgte ihren Füßen, dem ausgefransten Saum ihrer Jeans über den Nikes, bis sie im Hausinneren verschwand. Die Tür fiel mit einem leisen Geräusch ins Schloss.
Unverzüglich stieß er das Messer in den Vorderreifen und schlich auf den nächsten zu. Sie war sicher geschickt genug, eigenhändig einen Reifen zu wechseln, und deshalb hätte er um ein Haar auch den Hinterreifen aufgeschlitzt, doch er hielt inne ... Wenn plötzlich zwei Reifen platt waren, wurde sie garantiert misstrauisch ... Nein, er musste sie überrumpeln.
Er wollte gerade aus der Garage schleichen und sich in den Schatten des Waldes verbergen, da fiel ihm ein, dass sie etwas auf den Beifahrersitz geworfen hatte.
Er lief um den Wagen herum, blickte durch das Seitenfenster und entdeckte einen Rucksack. Er erstarrte. Lugte da ein Handy aus einer der aufgesetzten Taschen hervor? Sollte er wirklich so viel Glück haben?
Leise öffnete er die Beifahrertür. Ja! Es war das Handy! Behutsam und geschickt zog er es mit zwei Fingern heraus und schlich dann rasch aus der Garage. Erst als er im Schutz des Waldes angelangt war und die feuchte Sumpfluft seine Nase kitzelte, konnte er wieder frei atmen.
So weit, so gut.
Erst die Schwester, dann Abby.
Alles war wieder im Lot.

Der Nachmittag verging für Abby entschieden zu schnell. Sie hatte beabsichtigt, ohne Zoey am helllichten Tag das Krankenhaus aufzusuchen, sich Einlass zu verschaffen, die

Treppe hinaufzusteigen und mit Hilfe der Brechstange, die sie im Auto verstaut hatte, die verdammte Tür zum Zimmer 207 aufzubrechen.

Doch Anrufe von Montoyas Bruder, der einen Termin für die Installation der Alarmanlage vereinbaren wollte, von Charlene, die berichtete, dass es ihrem Vater gut gehe, von drei potenziellen Käufern, die Informationen über das Haus verlangten, hatten sie aufgehalten. Sogar Alicia hatte angerufen, und da sie einander seit einer Woche immerzu am Telefon verpasst hatten, ließ sich Abby eine halbe Stunde lang auf den neuesten Stand bringen. Währenddessen lungerte Zoey auf dem Sofa herum, trank Wein und zappte sich durch die Sendungen, die Berichte über die Mordfälle und über Lukes Beerdigung brachten.

»Ich dachte, wir würden auch auf dem Bildschirm erscheinen. Schließlich bist du die Exfrau!«

»Das ist doch krank.«

»Nicht kränker, als diese alte Anstalt noch einmal aufzusuchen. Nur, damit du's weißt«, sagte Zoey und nippte an ihrem Glas Riesling, »ich bin dagegen.«

»Ich muss es tun.«

»Weiß Montoya davon?«

»Nein.«

»Wirst du ihn anrufen?«

»Und was soll ich ihm sagen? Dass ich den Drang verspüre, dorthin zurückzukehren, wo alles angefangen hat? Dass ich mich den Dämonen der Vergangenheit stellen muss, damit ich mit meinem Leben wieder vorankomme?«

Zoey zuckte die Schultern. »In meinen Augen klingt das wie Psychoquatsch.«

»Ich muss es tun«, wiederholte Abby.

»Dann geh.« Zoey gab sich geschlagen.

Abby atmete tief durch. »Du und Dad, ihr habt zwanzig Jahre lang gelogen. Das ist eine verflucht lange Zeit. Ich bin der Meinung, du könntest mir doch wenigstens ein paar Stunden gestatten, um das alles zu überwinden und …«

Zoey leerte ihr Weinglas in einem Zug. »Worauf wartest du dann noch? Treib deine verdammten Dämonen aus.«

»Bin schon unterwegs.«

Zoey stapfte in die Küche, öffnete den Kühlschrank, entnahm ihm die Weinflasche und entkorkte sie. »Vielleicht sollte ich einfach wieder nach Hause fliegen.«

Abby betrachtete durch das Fenster die untergehende Sonne. »Ich habe jetzt keine Zeit zu reden, Zoey. Wenn ich zurück bin, unterhalten wir uns in aller Ruhe und trinken ein paar Gläser Wein zusammen, okay?«

Zoey füllte ihr Glas und stopfte den Korken wieder in die Flasche. Sie seufzte. »Entschuldige, dass ich gemeckert habe. Ich habe immer noch mit dem Jetlag zu kämpfen und fürchte außerdem, dass ich irgendeine Krankheit ausbrüte. Die Frau, die im Flugzeug direkt hinter mir saß, hat so heftig gehustet, beinahe wäre die Lunge mit herausgekommen.«

»Im Medizinschrank im Bad findest du Ibuprofen.«

»Das hier reicht erst mal.« Zoey hob ihr Glas und trank einen Schluck. »Oder willst du, dass ich dich begleite?«, fragte sie zögernd.

»Keine Angst. Das sollte ich allein hinter mich bringen.«

»Na gut, aber nimm meine Waffe mit.«

»Deine Waffe?«

»Ja. Für gewöhnlich habe ich sie in meiner Handtasche, aber wegen der Sicherheitskontrollen am Flughafen musste ich sie in den Koffer packen. Moment.« Sie ließ ihr Glas auf dem Küchentresen stehen, lief auf Strümpfen den Flur hin-

unter und kam Sekunden später zurück, ein merkwürdiges Messer in der Hand.
»Was ist das?«
»Eine billigere Ausgabe des Pomeroy-Stiletts. Die Klinge springt heraus, wenn man auf diesen kleinen Knopf hier drückt. Siehst du …« Sie betätigte mit dem Zeigefinger das rote Knöpfchen. »Ein Springmesser.«
Sie klappte die Klinge wieder ein und legte Abby die kleine Waffe in die Hand.
»Okay«, sagte Abby leicht verunsichert. »Danke.« Sie ließ das Messer in ihre Tasche gleiten. Jetzt oder nie. Das Werkzeug und ihr Rucksack samt Handy und Kamera befanden sich bereits in ihrem Wagen. Sie hatte für alle Fälle auch das Pfefferspray, das sie seit fast zwei Jahren bei sich trug, aber noch nie hatte benutzen müssen, eingepackt. Auf dem Rücksitz lagen zudem noch eine Brechstange, eine Taschenlampe und eine Laterne.
Hershey, die gesehen hatte, wie sie den Wagen belud, stand winselnd an der Tür und freute sich auf den Ausflug. Abby zögerte. Sollte sie den Hund mitnehmen? »Später geh ich mit dir raus«, versprach sie und tätschelte Hersheys Kopf. Dann wandte sie sich an Zoey. »Bis gleich. Mach Feuer im Kamin, und trink noch ein Glas Wein. Wenn ich in drei Stunden nicht zurück bin, alarmier die Polizei.«
»Dann rufe ich Montoya an.«
»Noch besser«, sagte sie und erwog, ihn selbst anzurufen. Doch wenn sie ihm sagte, was sie vorhatte, würde er bestimmt ausrasten. Er würde es genauso wenig verstehen wie Zoey.
Abby stieg in ihren Honda und fuhr rückwärts aus der Garage.

»… ganz recht. Überprüfe Lawrence DuLocs Alibis noch einmal, und bring alles in Erfahrung, was du über Simon Thaddeus Heller finden kannst. Ich weiß seine Versicherungsnummer«, sagte Montoya und rasselte, eine Hand am Steuer, die Nummer herunter. »Er hatte ein Verhältnis mit Faith Chastain, als sie Patientin in Our Lady of Virtues war. Wurde deswegen entlassen. Vermutlich ist er dann in den Westen gezogen. Wende dich an das FBI, vielleicht bekommen die schneller Zugang zu seinen Akten.«

»Wird gemacht«, sagte Lynn Zaroster und legte auf.

Er öffnete das Seitenfenster einen Spaltbreit. Hatte Heller mit den Morden zu tun? War er zurückgekommen? Übte er Rache an den Menschen, die in mehr oder weniger enger Verbindung mit Faith Chastain gestanden hatten? Damals, als er am Krankenhaus Our Lady of Virtues praktizierte. Als DuLoc dort Patient war.

Er kam der Wahrheit näher, das wusste Montoya, aber sie entzog sich ihm immer noch.

Er hatte die Stadt fast erreicht, da klingelte sein Handy. Er meldete sich und nahm gleichzeitig die letzte Abzweigung, bevor die Landstraße zum Highway wurde. »Montoya.«

»Zaroster.«

»Das ging aber schnell.«

»Es geht nicht um Heller oder DuLoc. Zu beiden kann ich dir noch nichts sagen.« Sie zögerte. »Hör zu, du bist zwar von diesem Fall suspendiert, aber ich dachte, du solltest es wissen. Asa Pomeroys Wagen ist gefunden worden, abgestellt im Sumpf südlich der Stadt.«

Montoya wappnete sich. Er ahnte, was jetzt folgte.

»Der Wagen wurde von einem Kerl entdeckt, der für Touristen Rundflüge über diesem Sumpfgebiet anbietet. Er sah das Auto, erinnerte sich an die Polizeiberichte und rief uns an. Die Ersten, die am Schauplatz eintrafen, waren Leute vom örtlichen Sheriffbüro. Neben dem Auto steht ein Wohnwagen, darin befinden sich zwei Leichen. Männlich und weiblich, vorläufig identifiziert als Billy Zachary Furlough und Schwester Maria Montoya.«

»Verflucht«, knurrte Montoya. Zwar hatte er mit dieser Nachricht gerechnet, aber sie traf ihn dennoch wie ein Schlag.

»Es tut mir Leid.«

»Dieser gottverdammte Scheißkerl.« Montoya wurde von Wut gepackt. Tränen brannten in seinen Augen.

»Wir kriegen ihn«, sagte Zaroster.

Montoya zweifelte nicht daran. Wenn es sein musste, würde er den Rest seines Lebens damit verbringen, diesen Psychopathen zu stellen. Er würde sich durch nichts aufhalten lassen. Das Monster musste zur Strecke gebracht werden.

»Sag mir, wo sie gefunden wurden.« Er schaltete das Licht an und fuhr, als säße ihm der Teufel im Nacken.

Eine *Reifenpanne?*

Ausgerechnet jetzt hatte ihr Auto eine Reifenpanne?

»Toll«, sagte Abby und begutachtete den Vorderreifen auf der Beifahrerseite. Ein Blick zum Himmel sagte ihr, dass bald die Dämmerung hereinbrechen würde. Großartig. Ihr blieb nichts anderes übrig, als den Reifen zu wechseln. Und sie konnte nur hoffen, dass sie das Krankenhaus noch erreichte, ehe es zu dunkel war für ihr Vorhaben. Entweder wechselte sie den Reifen selbst – was mindestens eine halbe Stunde dauern würde – oder sie rief einen Kfz-Mechaniker zu Hilfe. Das würde wahrscheinlich noch länger dauern. Oder sie machte sich querfeldein zu Fuß auf den Weg. Obwohl die Strecke zum Krankenhaus, wenn man der Straße folgte, fünf Meilen betrug, brauchte sie höchstens eine Meile zurückzulegen, wenn sie auf direktem Wege über die Wiesen ging. Doch dann musste sie ihr Werkzeug im Rucksack verstauen, und der fasste nicht alle Gerätschaften, die sie brauchen würde.

»Sieht aus, als käme nur Option Nummer eins infrage«, sagte sie zu sich selbst und suchte bereits nach dem Wagenheber und der Bedienungsanleitung.

Vielleicht solltest du den Abschleppdienst anrufen und einfach nach Hause gehen – das hier als eins von Zoeys Zeichen verstehen, das dir nahe legt, nicht in das Krankenhaus einzubrechen.

»Nein«, sagte sie laut. Jetzt einen Rückzieher zu machen, kam nicht infrage. Sie musste die Wahrheit wissen, und zwar noch an diesem Tag.

Sie hätte Abby begleiten sollen.

Zoey trank ihr drittes Glas Wein, sah sich einen Science-Fiction-Film an, den sie schon längst kannte, und fürchtete, einen Fehler gemacht zu haben. Was hatte sie sich dabei gedacht, Abby allein zu diesem entsetzlichen Krankenhaus fahren zu lassen? Sie hätte darauf bestehen müssen mitzukommen.

Der Hund, der vor dem Kamin lag, hob den Kopf und stieß ein leises »Wuff« aus.

Zoey blickte erwartungsvoll auf. Ihr wurde leichter ums Herz. Vielleicht hatte Abby es sich anders überlegt und kehrte schon zurück.

Hershey sprang auf. Ein leises Knurren drang tief aus ihrer Kehle.

Nein … nicht Abby. Irgendetwas anderes. Ein kalter Schauer jagte Zoey über den Rücken. »Was hast du?«, fragte sie und drehte den Ton des Fernsehers leiser. Was hatte Abby gesagt? Hershey sei reizbar? Oder die Katze? Beide Haustiere kamen ihr leicht neurotisch vor. »Guter Hund«, murmelte sie und leerte ihr Weinglas. »Und jetzt lass mich in Ruhe.« Sie drehte die Lautstärke wieder auf.

Der Hund winselte und knurrte immer noch.

»Na gut! Dann geh raus! Tob dich aus.« Zoey erhob sich und fühlte sich leicht benommen. Sie war zwar nicht betrunken, aber sie hatte auf jeden Fall einen kleinen Schwips. Fahren durfte sie nicht mehr.

Inzwischen veranstaltete der verdammte Hund ein Affentheater an der Hintertür. »Das reicht jetzt«, schimpfte Zoey. »Glaub mir, kein Eichhörnchen der Welt ist einen solchen Aufstand wert.« Sie entriegelte die Tür, öffnete sie, und der Hund schoss bellend und knurrend hinaus. Ansel, der unter einem Barhocker am Küchentresen gelegen hatte, fauchte plötzlich erregt, was Zoey beinahe eine Herzattacke einbrachte. Sie hatte den Kater nicht gesehen. »Gebt endlich Ruhe.«

Da vernahm sie ein Klappern.

Sie horchte unvermittelt auf.

Ansel fauchte erneut und huschte in Richtung Esszimmer davon.

Zoey lauschte angestrengt, die Nerven zum Zerreißen gespannt. Doch sie hörte nichts außer dem wütenden Bellen des Hundes und den Stimmen aus dem Fernseher.

Sie atmete tief durch, um sich zu beruhigen.

Am liebsten wäre sie einfach ins Auto gestiegen und Abby gefolgt.

Sie berührte ihre Nase, die ihr taub erschien. Nein, sie traute sich nicht zu fahren. Stattdessen würde sie Abby anrufen, sich vergewissern, dass es ihr gut ging, und darauf bestehen,

Montoya zu benachrichtigen, das würde ihr helfen. Vielleicht sollte sie ihn auch einfach ohne Rücksprache mit Abby anrufen und ihm verraten, was ihre Schwester im Schilde führte. Abby hatte seine Nummer doch bestimmt irgendwo notiert …

Lass es.

Ruf ihn nicht an.

Weißt du noch, wie es mit Luke war?

Seinetwegen hättest du beinahe deine Schwester verloren.

Misch dich nicht ein.

Der Hund bellte immer noch wie verrückt. Zoey spähte durch das Fensterchen in der Tür und sah, dass Hershey aufgeregt im Bereich des Wirtschaftsraums an der Hausmauer hin und her lief. Wahrscheinlich hatte die Labradorhündin irgendein Tier entdeckt, das sich unter dem Fundament versteckt hielt.

Prima. Und wenn es ein Stinktier war?

Zoey ging ins Wohnzimmer und ergriff ihre Handtasche. Während sie darin kramte, heftete sie den Blick auf den Bildschirm. Der Papst stand auf irgendeinem Balkon und winkte den Menschenmassen zu.

Schließlich fand sie ihr Handy.

Knirsch!

Was zum Teufel war das? War eine Tür geöffnet worden?

Zoey gab Abbys Kurzwahl ein. Sie würde jetzt nicht die Nerven verlieren. *Um nichts in der Welt!*

Die Verbindung wurde aufgebaut, und im nächsten Moment hallte eine kleine Melodie durch das Haus. Hatte Abby etwa ihr Handy vergessen? O nein … Ihr Handy am Ohr ging Zoey hinaus in den Flur. Die Musik kam aus dem Wirtschaftsraum.

»Oh, Abby«, sagte sie leise, als sie durch die Tür eintrat und das klingelnde Handy auf dem Sims vor dem offenen Fenster sah …

Vor dem offenen Fenster?

Genau vor diesem Fenster knurrte und bellte draußen Hershey und … o Gott.

Zoey sträubten sich die Nackenhaare. Sie unterbrach die Telefonverbindung und drehte sich um.

Beinahe wäre sie in Ohnmacht gefallen.

Im Türrahmen stand ein Mann in Schwarz.

Sie wollte schreien, da registrierte sie die merkwürdige Waffe.

Das war's. Jetzt bringt er dich um.

Einzig vom Instinkt getrieben, schwang sie sich auf die Waschmaschine und sprang zum Fenster hinaus. Draußen stürzte sie in den Schlamm.

Sie wagte es nicht, sich umzusehen, kam rasch auf die Füße und rannte los.

Wohin? O Gott, wohin konnte sie fliehen? Der Mietwagen! Sie hatte die Schlüssel unter dem Sitz zurückgelassen. Sie sprintete, so schnell sie konnte, zur Vorderseite des Hauses und bemerkte, dass sie noch ihr Handy in der Hand hielt. Mit zitternden Fingern tippte sie die Kurzwahl für den Notruf ein. Sie hörte, wie in ihrem Rücken eine Tür geöffnet wurde.

Lauf, lauf, lauf!

Sie bog um die Ecke. Der Hund rannte neben ihr her.

Der Mietwagen stand auf der Zufahrt. Zoey hörte das Freizeichen in ihrem Handy.

Geht schon ran!, betete sie verzweifelt. O Gott, wo war er? Sie warf einen Blick über die Schulter und entdeckte ihn keine fünf Meter von ihr entfernt.

»Notrufzentrale. Was …«

»Er ist hier! Der Mörder ist hier. In Cambrai! Ich bin Abby Chastains …«

Sie hatte den Wagen erreicht, sah, wie der Mann seine Waffe hob.

»Beeilen Sie sich!« Sie zerrte am Türgriff.

Da drückte er ab.

Montoya parkte seinen Wagen am Ende der Straße. Er zeigte den beiden Polizisten, die das Gebiet um den Fundort absperrten, seine Dienstmarke, suchte sich einen Weg zwischen den geparkten Fahrzeugen hindurch und ging bewusst den Reporterteams aus dem Weg.

Am Tatort herrschte organisiertes Chaos. Polizisten installierten Lampen, andere widmeten sich der Spurensicherung oder fotografierten das Gelände rings um einen verlassenen Wohnwagen. Ein verrostetes Auto undefinierbarer Marke stand neben dem chromglänzenden Jaguar von Asa Pomeroy.

Montoya wusste, dass seine Anwesenheit am Tatort ihm Ärger einbringen würde, doch er bewegte sich auf dem abgesperrten Areal, als hätte er das Recht dazu. Er wollte sich nur einmal umschauen. Sonst nichts.

Er bezweifelte nicht etwa, dass seine Tante das Opfer war, aber er musste mit eigenen Augen sehen, was der Psychopath ihr angetan hatte.

Neben dem Jaguar stand Brinkman und redete mit einigen Deputys des hiesigen Sheriffs, während Bentz und ein weiterer Typ vom Sheriffbüro einen Trampelpfad untersuchten, der zu einem baufälligen Anleger führte. Wie es aussah, war das FBI noch nicht eingetroffen.

Im Augenblick waren alle beschäftigt.

Jetzt oder nie.

Montoya stieg die Stufen zu der offen stehenden Tür des Wohnwagens empor und trat ein.
Der Innenraum wurde von dem seltsamen blauen Schein der Scheinwerfer ausgeleuchtet. Auf dem schmutzigen Boden befanden sich zwei Leichen, einander umarmend wie die vorigen auch: Seine Tante lag in ihrer Nonnentracht über der nackten Leiche ihres Sohnes Billy Zachary Furlough. Falls Blutspuren vorhanden waren, blieben sie unter der roten und schwarzen Farbe verborgen, die über die Opfer gegossen worden war. An einer Wand stand in aggressivem Rot geschrieben:

DER LOHN DER SÜNDE IST DER TOD.

Bonita Washington, die mit behandschuhten Händen die Leichen untersuchte, warf einen Blick über die Schulter. »Sie müssen noch … Montoya?« Sie riss die Augen auf. »Was zum Teufel tun Sie denn hier?«
Er antwortete nicht, drehte sich einfach um und ging hinaus. Auf halbem Weg zu seinem Wagen holte Bentz ihn ein.
»Bleib stehen!«, befahl er, und sein Tonfall behagte Montoya ganz und gar nicht.
Er wandte sich um. Sah den Älteren wütend an. »Was ist?«
»Das weißt du selbst«, sagte Bentz gepresst. »Was zum Teufel denkst du dir dabei?« Montoya antwortete nicht, und Bentz kniff die Augen zusammen. »Verdammt. Ich muss das melden.«
»Dann tu's doch.«
»Scheiße, Montoya, hör auf damit! Wir müssen uns strengstens an die Regeln halten. Ich dachte, das wäre klar.«
»Absolut klar.«
»Dann mach, dass du hier wegkommst.« Ein Muskel zuckte

in seinem Kiefer. Montoya sah ihn fest an. »Wir kriegen den Kerl!«, knurrte Bentz.
Nicht, wenn ich euch zuvorkomme, dachte Montoya. Vor seinem inneren Auge sah er überdeutlich das wächserne, leblose Gesicht seiner Tante. Er stapfte zurück zu seinem Wagen und dachte an die merkwürdige Botschaft an der Innenwand des Wohnwagens: DER LOHN DER SÜNDE IST DER TOD.
Stimmt genau, du perverses Schwein, pflichtete er dem Mörder stumm bei. Und du bist ein verdammter Sünder.
Mach dich bereit.

27.

Abby schaute an dem alten Krankenhaus hinauf und eine unheimliche Kälte fuhr ihr bis in die Knochen. Schon legte sich die Dämmerung über das Land, dunkle Schatten griffen wie Finger aus den Wäldern der Umgebung, Mücken summten laut, Grillen zirpten. Abby stand an dem alten Springbrunnen mit den weinenden Engeln. Sie spürte die Präsenz von etwas Bösem, so, als ob das alte Gebäude selbst drohend auf sie herabblickte.

Du bildest dir das nur ein.

Das verfallene alte Haus bestand schließlich nur aus Stein und Mörtel, Ziegeln und Glas. Es blickte nicht böse auf sie herab, warnte sie nicht, dass sie im Begriff war, den größten Fehler ihres Lebens zu begehen. Trotzdem rauschte das Blut in ihren Ohren.

Genau hier ist es geschehen, dachte sie und betrachtete die Stelle auf dem von Unkraut überwucherten Beton, an der das Leben ihrer Mutter sein Ende gefunden hatte.

Geh hinein. Schieb es nicht noch länger vor dir her.

Sie bekreuzigte sich hastig, legte sich den Riemen ihres Rucksacks über die Schulter, ging um das Gebäude herum und überquerte den Rasen, der früher so gepflegt gewesen war und von dem aus eine Gruppe von Kindern sie damals angestarrt hatte, als stammte sie aus einer anderen Welt. Sie erinnerte sich, wie die Blicke der Kinder ihr und Zoey gefolgt waren, als sie rings um den von schweren Blüten duftenden Magnolienbaum Fangen gespielt hatten.

Sie schauderte bei dem Gedanken an all die gepeinigten Seelen, die hier gelebt hatten, betreut von Ärzten, Krankenschwestern, Sozialarbeitern und anderem Personal. Ihre Mutter war hier angeblich in Sicherheit gewesen, diese Anstalt hatte ein Ort der Genesung, des Trostes sein sollen. Nicht des Schmerzes. Nicht des Grauens. Nicht des Missbrauchs.

Abby sandte ein Gebet für ihre Mutter zum Himmel. »Ach, Mom, es tut mir so Leid«, sagte sie dann laut und mit schwerem Herzen.

Während sie den rissigen Gehsteig zur Rückseite des Gebäudes entlanghastete, dachte sie an das Monster, das Faith missbraucht hatte, an den Arzt, der in Zimmer 207 eingedrungen war und unter dem Vorwand, helfen und heilen zu wollen, nur noch mehr Leid gebracht hatte.

»Ich hoffe, du schmorst in der Hölle«, flüsterte sie.

Es wurde jetzt rasch dunkler, die Sonne versteckte sich hinter dichten Wolken, und schwere Regenfälle kündigten sich an. Eilig lief Abby bis zur Hintertür. Sie war fest verschlossen, genauso wie bei ihrem vorherigen Besuch. Doch das Fenster, durch das sie seinerzeit eingestiegen war, stand halb offen. Schwester Maria hatte offenbar vergessen, den Hausmeister anzuweisen, es zu sichern.

Sie betrachtete das Fenster.

Ein Glückstreffer?

Oder ein böses Omen?

Etwas in ihr hatte immer noch Angst, scheute vor diesem Unternehmen zurück.

Doch dann gab sie sich innerlich einen Ruck und schüttelte ihre Ängste ab. Sie stemmte sich auf den Sims und sprang von dort ins Gebäude.

Sie war hier! Dessen war er sich sicher.

Tief in seinem Heiligtum hörte er das leise Tappen von Füßen über seinem Kopf. Sein Puls beschleunigte sich. Sie war gekommen. Angelockt durch die Vergangenheit kehrte Faiths Tochter an den Ort zurück, wo ihr Schmerz seinen Anfang genommen hatte. Er leckte sich die Lippen und blinzelte.

Sein Schmerz hatte freilich viel früher eingesetzt.

Er starrte an die Wände seines Zimmers und sah die Schriftzüge, die er mit so großer Sorgfalt dort aufgetragen hatte. Bibelpassagen, Worte der großen Religionsphilosophen, seine eigenen privaten Theorien, übernommen von seiner Mutter, bestätigt von den strengen katholischen Schulen, die ihn irgendwann rausgeworfen hatten.

Er lauschte angestrengt. Hörte deutlich die Schritte. Die Schritte der Tochter.

In seinem Körper regte sich wieder etwas, die Lust, die er bei Faith Chastain empfunden hatte, der Zorn, den er verspürte, als er erkannte, dass sie sich auch dem Arzt hingab.

Der Lohn der Sünde ist der Tod.

Wie oft hatte er diese Worte von seiner Mutter zu hören bekommen, wenn sie am Fenster saß, die offene Bibel auf dem Schoß, die brennende Zigarette vergessen im Aschenbecher, mit einem Drink, in dem die Eiswürfel schmolzen ... »Er wird bezahlen«, hatte sie ihrem einzigen Sohn immer wieder versichert. »Dein Vater und seine neue Frau, diese Hure, sind Sünder und werden beide dafür bezahlen.« Dann nahm sie einen Schluck von ihrem Drink und leckte sich einen Tropfen von der Lippe. »Wir müssen alle bezahlen.« Sie sah ihn an und in ihrem Blick entdeckte er nicht einen Hauch von Mutterliebe. »Auch du. In deinen Adern fließt sein Blut und du wirst dafür bezahlen.« Noch einen Schluck, dann bedachte sie ihn mit diesem sarkastischen Lächeln, das er hassen gelernt hatte. »Und du bist ja auch schon so weit, nicht wahr? Die Nonnen in der Schule haben es mir gesagt.«

Selbst jetzt noch spürte er das Pulsieren der Scham, wie damals, wenn sie über die Sünden wetterte, die ihr selbst als solche eingebläut worden waren. Mit zitternden Fingern hatte sie sich eine frische Zigarette angezündet und sich dann ganz auf seine Verfehlungen konzentriert. Die Nonnen hatten ihr berichtet, er würde in der Schule schummeln, was natürlich eine Lüge war, aber sie glaubte den frommen Schwestern, und um ihn zu bestrafen, hatte sie ihn in einen Wandschrank gesperrt. Dort sollte er über seine Sünden nachdenken.

Es war nicht das erste Mal.

Zuvor war er einmal in der Schule dabei ertappt worden, wie er ein Mädchen küsste. Zuhause sah er sich dann einer erbosten und beschämten Mutter gegenüber. Damals war er drei Tage lang eingesperrt worden, nackt ausgezogen, ohne Wasser, in seinem Urin und Kot sich selbst überlassen, mit dem Befehl, als Buße an die Wände zu schreiben: *Der Lohn der Sünde ist der Tod.* Er war überzeugt gewesen, in diesem leeren Schrank, der vormals die Waffen seines Vaters beherbergt hatte, sterben zu müssen.

Natürlich hatte sie ihn wieder freigelassen. Wie immer, wenn seine Mutter, nach Alkohol stinkend, endlich zu dem Schluss kam, dass er hart genug bestraft worden war. Dann weinte sie jedes Mal und bat ihn um Vergebung, badete ihn, bot ihm

neue Kleider, ein teures Spielzeug an und küsste ihn … überall … während sie mit sanfter Hand die Blutergüsse und Schnittwunden versorgte, die seinen Körper übersäten, die Resultate seiner Befreiungsversuche.
Dann war sie zärtlich, streichelte ihn liebevoll, versicherte ihm, dass er, wenn er seine Sünden bereute und Buße tat, Gnade vor Gott finden würde. Mit ihr zusammen.
Einmal, nach einem besonders langen Aufenthalt im Schrank, hatte er nicht nur Angst, sondern auch Wut empfunden. Als das Schloss entriegelt wurde und Licht durch den Türspalt fiel, stand er auf und ging an ihr vorüber, schwankend zwar, aber er ließ sich nicht von ihr berühren und warf ihr die Wiedergutmachungsgeschenke vor die Füße. Er drohte ihr, sie zu verlassen, seinem Vater zu sagen, was sie getan hatte. Sie zitterte und weinte. Aber an jenem Tag erzählte sie ihm auch, dass der Mann, der ihn gezeugt hatte, ihn nie hatte haben wollen. Sein Vater hätte sogar für eine Abtreibung bezahlt, die sie jedoch verweigert hatte. Und später, nachdem er zur Welt gekommen war, hatte sich sein Vater da zu ihm bekannt? O ja, für eine gewisse Zeit war er geblieben, aber nach zehn Jahren war die Ehe gescheitert, sein Vater hatte seine Mutter betrogen und sie und ihn verlassen.
Damals hatte er erkannt, dass sie ausnahmsweise einmal die Wahrheit sprach. Sein Vater hatte sie beide tatsächlich um einer Hure willen im Stich gelassen.
Von dem Moment an wusste er, dass er das Unrecht tilgen musste. Es sollte seine eigene Wiedergutmachung dafür sein, dass er nicht gewollt gewesen war.
Und voller Eifer hatte er nach dem Schwert der Rache gegriffen.
War nicht die neue Ehefrau gestorben?
Hatte man ihn nicht mit misstrauischen Blicken verfolgt?

War er dann nicht hier gelandet? Auf immer weggesperrt, bis die Anstalt ihre Türen schloss und er von einer Einrichtung in die andere verfrachtet wurde, stets in private Anstalten, stets geleitet von Nonnen und Priestern, mit Rosenkränzen und Kruzifixen, stets in dem Wissen, dass jede seiner Sünden beobachtet und katalogisiert wurde, niemals vergessen und niemals vergeben. Er hatte versucht, seiner Mission treu zu bleiben und nicht seinen eigenen Trieben freien Lauf zu lassen. Er hatte versucht, sich gegen sein Begehren zu wehren.

Und doch – mit Faith ... Er hatte alles riskiert, hatte seine Seele dem tiefsten Höllenschlund anheim gegeben, nur um sie zu berühren und bei ihr zu liegen, ihren süßen, warmen Körper über seinem zu fühlen.

Und jetzt war die Tochter hier, die Faith so ähnlich sah, als wäre sie ihre Zwillingsschwester.

Er warf noch einen flüchtigen Blick auf die Schrift an den Wänden seines Zimmers. Über die Bibelpassagen hatte er sorgfältig vierzehn Wörter gemalt, für die vierzehn Opfer, für die Sünder und die Heiligen, für die, die bestraft werden sollten, und für die, die Strafe erteilen würden.

Wenn doch Faith hier wäre ... Sie würde ihn verstehen. Sie würde ihn trösten. Sie würde ihn *lieben*. Doch das war nicht möglich. Der Arzt hatte sie getötet. Hatte sie gefickt, und als die Tochter ihn dabei ertappte, stieß er Faith, die schöne Faith, aus dem Fenster.

Sein Körper verkrampfte sich, als er sich an ihren Schrei erinnerte, an den Aufprall ihres Körpers auf dem Beton. Tränen brannten in seinen Augen. Weißglühender Zorn schoss durch seine Adern.

Faiths Tod war kein Unfall gewesen, wie so viele glaubten.

Er wusste es.

Er war dabei gewesen.
Und der Arzt würde für seine Sünden bezahlen.
Heute Nacht.

Alle Räume des Krankenhauses lagen ruhig da. Die Luft war abgestanden und roch leicht modrig. Abby hatte das Gefühl, dass die Temperatur kontinuierlich sank, seit sie das Haus durch das Fenster betreten hatte.
Ausgeschlossen, das redest du dir bloß ein! Geh weiter!
Sie öffnete den Reißverschluss des Rucksacks und nahm die Taschenlampe heraus. Eine Stimme in ihrem Kopf schrie, dass ihr Unternehmen der blanke Wahnsinn sei, dass sie genauso verrückt sei wie einige von den Menschen, die früher hier gelebt hatten. Dass sie, wenn sie auch nur ein bisschen Verstand besäße, auf der Stelle umkehren würde.
Sie konnte doch am nächsten Morgen noch einmal herkommen.
Am helllichten Tag.
Mit einem Kampfhund, mit Montoya und bewaffnet.
Aber sie wollte ihre Fragen *jetzt* beantwortet bekommen.
Weil sie den Gedanken, noch eine Minute länger warten zu müssen, nicht ertragen konnte.
Sie warf sich den Rucksack wieder über die Schulter. Mit einer Hand hielt sie die Brechstange umklammert, mit der anderen die Taschenlampe. Sie ließ den dünnen Lichtstrahl über den staubigen Boden wandern und richtete ihn dann höher. Sie bemerkte die sich ablösenden Tapeten und die Spinnennetze an den alten Kronleuchtern.
Abby schlich leise durchs Erdgeschoss.
Nie zuvor hatte sie sich so allein gefühlt.
Nie zuvor war sie so entschlossen gewesen.
Du musst es tun. Du musst dich erinnern.

Das Haus ächzte leise.
Abby unterdrückte einen Schrei.
Sie machte zwei Schritte in die Küche und vernahm ein neues Geräusch. Ihr Herz setzte einen Schlag lang aus.
Ein Scharren.
Das Scharren winziger Krallen. Hastig riss sie die Taschenlampe herum. Der Lichtstrahl wanderte über alte Arbeitsplatten und den Herd zu der verrosteten Spüle, in der sie das pelzige Hinterteil einer Ratte im Ausguss verschwinden sah. Der Schwanz glitt hinterher wie eine kleine schwarze Schlange.
»Igitt«, flüsterte sie.
Abby ging langsam weiter, vernahm ihre eigenen Schritte, ihren eigenen Herzschlag.
Sie schloss die Augen und glaubte gleich darauf, einen leisen Schrei gehört zu haben.
Tu dir das nicht an. Hier ist niemand. Lass deinen Ängsten nicht freien Lauf. Verfalle nicht in die Paranoia deiner Mutter.
Sie atmete tief durch und umklammerte die Brechstange, als hinge ihr Leben davon ab.
Und jetzt an die Arbeit! Es ist fast dunkel. Los, Abby, bring es hinter dich!

Montoya achtete nicht auf die Geschwindigkeitsbegrenzung. Verbissen überholte er andere Autos und Lkw. Sein Puls hämmerte in seinen Schläfen. Das Bild seiner ermordeten Tante hatte sich in sein Gedächtnis eingebrannt. Und wenn dieses Monster es jetzt auf Abby abgesehen hatte? »Scheiße«, knurrte er, schaltete herunter und überholte einen Sattelschlepper. Dabei geriet er auf den Seitenstreifen und unter seinen Hinterreifen spritzte Kies hervor.

Auf einer geraden Strecke griff er nach seinem Handy und gab Abbys Kurzwahl fürs Festnetz ein.

Er zählte die Klingelzeichen und seine Sorge wuchs.

»Komm schon«, drängte er. »Geh dran!« Doch niemand meldete sich.

Angst umnebelte seinen Verstand.

Na und? Vielleicht ist sie ausgegangen.

Hastig wählte er ihre Handynummer.

Der Anruf wurde direkt auf ihre Voice Mail umgeleitet.

Das gefiel ihm nicht. Dafür, dass sie nicht abhob, konnte es tausend Gründe geben, von denen keiner mit den Morden zu tun haben musste, und trotzdem war er höllisch nervös.

Die Landschaft flog an ihm vorüber, Ackerland und Wald. Er versuchte, seine Angst in Schach zu halten.

Der Lohn der Sünde ist der Tod.

Was sollte diese Botschaft? Was hatte sie zu bedeuten?

Er blickte finster durch die Frontscheibe, sah mit zusammengekniffenen Augen auf die violett gefärbten Wolken, die sich am Horizont auftürmten, und dachte an den ersten anonymen Brief.

Bereue.

Was sollte jemand bereuen? Eine Sünde? Aber welche? Vor einer Kurve bremste er ab, achtete nicht auf das Knistern des Polizeifunks und versuchte weiterhin verbissen, die Puzzleteile zusammenzufügen.

Büße.

Im Sinne von Wiedergutmachung? Wofür? Ebenfalls für Sünden, Verfehlungen? Welche? Was sollten all diese religiösen Anspielungen? *Denk nach! Du musst es herausfinden! Die Zeit läuft dir davon. Und der Mörder will dir etwas sagen …*

Warum lagen immer zwei Opfer zusammen?

Was waren ihre Sünden?

Er war der Antwort auf der Spur, das fühlte er. Jedes einzelne Opfer war aus einem ganz bestimmten Grund ausgewählt worden … und zwar für seine oder ihre Verfehlung. Gegen wen? Gegen den Mörder? Die Menschheit? Gott?

Herrgott, Montoya, du musst das Rätsel lösen!

Als er direkt vor sich eine enge Brücke sah, drosselte er das Tempo. Ein Motorrad kam ihm mit hoher Geschwindigkeit entgegen, das Frontlicht leuchtete wie ein riesiges Auge. Es schoss mitten auf der Fahrspur an ihm vorüber.

Die erste Botschaft war mit HW unterzeichnet gewesen, die zweite mit HWZ … nein, WHZ. Was wollte der Mörder damit sagen?

Eine mögliche Antwort hatte er ja schon in Erwägung gezogen:

W für Luke *Walter.*

H für Asa *Homer.*

Z für Billy *Zachary.*

Aber die weiblichen Opfer?

Keine Initiale für Courtney Regina LaBelle.

Keine für Gina Bellinda Jefferson.

Keine für Maria Montoya.

Warum trug Courtney ein Brautkleid? Warum waren Asa Pomeroy und Gina Jefferson mit Geld bestreut? Wozu die blutrote und schwarze Farbe, die Schrift an der Wand am Schauplatz des Mordes an Billy Zachary und Maria, an Mutter und Sohn?

Was waren ihre Sünden?

Und warum fanden sich am letzten Mordschauplatz so viele Spuren von Zorn, von großer Wut? Von solcher Gewalttätigkeit? Und an den anderen nicht?

»Verflucht noch mal.« Montoya setzte den Blinker und

scherte auf die Überholspur aus, gab Gas und überholte einen alten Lastwagen mit einem Sticker, auf dem stand: *Hupe, wenn du Jesus liebst.*

Als er sich wieder auf der rechten Spur einfädelte, griff er nach seinem Handy, wollte erneut versuchen, Abby zu erreichen. Er musste ihre Stimme hören, musste sich vergewissern, dass ihr nichts fehlte.

Er tippte ihre Kurzwahl ein und hörte das Freizeichen am anderen Ende der Leitung. Nichts.

Mit Mühe richtete er seine Gedanken wieder auf die Morde. Es ärgerte ihn, dass er das Muster nicht erkannte.

Was war hier die Bedeutung von Yin und Yang? Hell und Dunkel? Gut und Böse?

Nein!

Nicht zwangsläufig Gut gegen Böse. Eher schon Sünder und Heilige!

Er bremste so heftig, dass er an den Straßenrand schleuderte. Auf der Standspur hielt er an, und der Pickup, der hinter ihm zu dicht aufgefahren war, hupte anhaltend, als er überholte. Montoyas Herz klopfte wie ein Schmiedehammer. Sünder und Heilige ... Luke Gierman, der großmäulige Ehebrecher, und Courtney LaBelle, die Jungfrau. Asa Pomeroy, der habgierige Industrielle, und Gina Jefferson, die Menschenfreundin. Billy Zachary Furlough, nicht Marias Sohn ... nein, das war nur das Tüpfelchen auf dem i. Er war ein zorniger Gottesmann gewesen, der Feuer und Schwefel predigte und Gottes Zorn beschwor, während Maria eine sanftmütige, tiefgläubige Frau gewesen war, eine Frau, die ihr Vertrauen in eine liebende, sorgende Gottheit gesetzt hatte.

Konnte das sein? So einfach?

Sein Mustang stand mit laufendem Motor am Straßenrand.

Er gab die Kurzwahl des Morddezernats in sein Handy ein.
Sekunden vergingen.
»Zaroster.« Lynn meldete sich nach dem zweiten Klingeln.
»Montoya hier. Hast du einen Computer in greifbarer Nähe?«, fragte er. Seine Gedanken überschlugen sich. Erste Regentropfen fielen auf die Frontscheibe.
»Ja, natürlich. Warum?«
»Du musst im Internet etwas für mich recherchieren.«
»Klar … einen Augenblick.«
Er hörte sie tippen, und das Warten brachte ihn fast um den Verstand.
»Okay, ich bin bereit«, sagte sie. »Was suchst du?«
»Fang mal mit den sieben Todsünden an.«
Pause. »Die sieben Todsünden … Okay …«
Der Regen wurde heftiger, prasselte auf die Kühlerhaube des Wagens, lief über die Windschutzscheibe. Montoya schaltete die Scheibenwischer ein. Er lauschte ungeduldig Zarosters Tippen.
»Also, dazu gibt es jede Menge Links.«
»Such einfach irgendeinen aus … Wenn's geht, klick auf eine katholische Website. Und lies sie mir vor.«
Wieder klapperte die Tastatur. »Da haben wir's«, sagte sie.
Die Angst pumpte Adrenalin in Montoyas Kreislauf. Er umklammerte das Steuerrad so fest, dass sich die Fingerknöchel weiß abzeichneten.
»Hör zu«, begann Zaroster. »Die sieben Todsünden: Stolz, Zorn, Neid, Wollust, Völlerei, Trägheit des Herzens und Habgier.«
»Gut«, sagte er, obwohl sein Herz nun raste vor Angst. Wenn seine Überlegungen richtig waren, falls er tatsächlich begriffen hatte, was hier vor sich ging, stand das Schlimmste

noch bevor. »Aber da muss es noch etwas geben. Früher im Katechismusunterricht hat man uns auch von den so genannten Kardinaltugenden erzählt, die diesen Sünden gegenübergestellt sind.«

»Kardinaltugenden?«, wiederholte Zaroster. »Würdest du mir vielleicht sagen, worauf du hinaus willst?«

»Sobald ich es selbst weiß«, murmelte Montoya. Er hörte das Klacken der Tastatur. »Davon müsste es ebenfalls sieben geben.«

»Mal sehen …« Wieder Tippgeräusche und eine Pause, die zu seinem Elend lange Sekunden währte. »Oh, da haben wir's. Na, so was! Wusste gar nicht, dass es so etwas gibt. Scheiße. Hör dir das an.«

»Was?«

»Ich habe hier eine Liste der sieben Tugenden, die jeweils einer Todsünde entgegengesetzt sind.«

Der Himmel öffnete jetzt seine Schleusen, es goss wie aus Kübeln.

»Wie heißen sie?«

»Nun, gegen den Stolz steht die Demut, Milde gegen Zorn, Großmut gegen Neid und natürlich Reinheit gegen Wollust. Dann gibt es noch die Gegensatzpaare Mäßigung und Völlerei, Streben nach Gerechtigkeit und Trägheit des Herzens sowie Barmherzigkeit und …«

»Habgier«, vollendete er ihren Satz und legte bereits den Gang wieder ein.

Zaroster atmete tief durch. »Die Buchstaben W, H und Z … wie Wollust, Habgier, und Zorn?«

»Bingo.« Warum hatte er das nicht früher erkannt? Die Hinweise waren da, der Mörder rieb ihm die Buchstaben unter die Nase, die nicht nur den Initialen der Opfer entsprachen, sondern auch ihre vermeintliche Sünde oder

Tugend bezeichneten. »Ich habe gerade den jüngsten Mordschauplatz besucht, und alles dort sprach sehr deutlich von rasendem Zorn. Billy Zachary Furlough war ein zorniger Streiter des Herrn und sein zweiter Vorname, Zachary, beginnt mit dem Buchstaben Z. Z für Zorn. Im Gegensatz zu ihm war meine Tante die Milde in Person, und sie hieß Maria ...«

Zaroster fiel ihm ins Wort. »Und Courtney LaBelle, unsere Heilige Jungfrau, ist die Reinheit. Ihr zweiter Vorname ist Regina. Maria hatte keinen zweiten Vornamen. Dadurch macht der Mörder die Sache ein bisschen verzwickter für uns. Trotzdem, Luke *Walter* Gierman steht für Wollust. Herr im Himmel, das ist ja pervers!«

»Asa Pomeroys Sünde war die Habgier. H wie Homer«, sagte Montoya, »und Gina Jefferson war der Inbegriff der Menschenfreundlichkeit oder Barmherzigkeit. B wie Belinda.«

»H und B«, flüsterte sie. »Wenn du Recht hast, dann ist er noch nicht mal zur Hälfte fertig. Es gibt sieben Todsünden, sieben Tugenden ...«

»Vierzehn Opfer.« Montoya wendete geschickt, trat wieder aufs Gas und fuhr mit kreischenden Reifen an. »Und alles nimmt seinen Anfang im Krankenhaus Our Lady of Virtues, mit der Heiligen Jungfrau der Tugenden.«

»Und dort hat Simon Heller gearbeitet«, sagte Lynn. »Der muss der Gesuchte sein! Ich habe gerade die Bestätigung seiner letzten Adresse erhalten. Stell dir vor: Vor drei Monaten ist Heller wieder nach New Orleans gezogen. Hat eine Wohnung im Garden District gemietet.«

Montoya erschrak. »Schick jemanden hin.«

Vielleicht konnten sie den Scheißkerl aufhalten, bevor es zu spät war.

»Bin schon unterwegs«, erwiderte sie, und er sah bildlich vor sich, wie sie nach Jacke und Waffe griff.

»Nimm noch jemanden mit. Und berichte Bentz, was wir rausgefunden haben.«

»Mach ich.«

»Pass auf dich auf, Lynn. Der Kerl ist brandgefährlich.«

»Keine Angst«, beruhigte sie ihn. »Das bin ich auch.«

Der Regen prasselte auf das Dach der ehemaligen Anstalt. Mit Nerven, die bis zum Zerreißen gespannt waren, ging Abby an dem Buntglasfenster am Treppenabsatz vorbei, wo kaum noch Licht die farbigen Glasscheiben durchdrang. Abby lauschte angestrengt.

Stieg die ausgetretenen Stufen hinauf.

Hinauf in den pechfinsteren Flur im zweiten Stock.

Die Etage, auf der ihre Mutter gewohnt hatte.

Draußen pfiff der Wind, trieb den Regen vor sich her. Abby spürte ein Kribbeln im Nacken. Durch genau diesen Flur war auch Heller geschlichen, hier hatte er vor der Zimmertür gelauert.

Vor ihrem inneren Auge sah Abby sich selbst, wie sie die Tür aufstieß und ihn entdeckte, wie er mit seinen großen Händen ihre Mutter zu fassen versuchte. Abby hatte nach Luft geschnappt. Er war herumgefahren, sein Gesicht gerötet und hart. Die Augen funkelten, eine Ader pochte an seiner Schläfe, und unter seinem Kittel war seine Erektion zu sehen.

Vor Ekel hatte sich ihr fast der Magen umgedreht, und nur der flehende Blick in den Augen ihrer Mutter, die sie über Hellers Schulter hinweg ansah, hatte verhindert, dass Abby schrie.

Jetzt leuchtete Abby mit dem Strahl ihrer Taschenlampe den

Flur aus. Sämtliche Türen längs des dunklen Korridors standen offen, entweder sperrangelweit oder nur einen Spaltbreit. Außer der Tür zu Zimmer 207. Diese war verschlossen.

Es hat nichts zu bedeuten, sagte sie zu sich selbst. Nun mach schon, öffne die verdammte Tür!

Mit vor Nervosität schweißnassen Händen und einem ängstlichen Kribbeln im Körper klemmte sie sich die Brechstange unter den Arm und packte den Türgriff. Sie schloss die Augen und drehte ihn.

Der Knauf ließ sich bewegen.

Problemlos.

Ihr Puls raste. Bei ihrem letzten Besuch war die Tür verriegelt gewesen.

Sie öffnete die Tür.

Sie schwang nach innen auf, ohne den Hauch eines Knarrens, als wären die Scharniere erst kürzlich geölt worden.

Neue Angst ergriff Abby.

Hier war etwas faul. Trotzdem machte sie einen Schritt in das Zimmer. Ein aseptischer Geruch stieg ihr in die Nase. Sie ließ den Lichtstrahl über den Boden des vertrauten Raumes wandern, dann über die Wände und die Einrichtung.

Abby erstarrte, konnte es nicht fassen.

Alles war genauso, wie sie es in Erinnerung hatte.

Das Metallbett, weiß gestrichen, in der einen Ecke.

Der Nachttisch mit einer Vase voll frischer Blumen.

Der Doppelrahmen mit verblichenen Kinderfotos von ihr und Zoey.

Die Patchwork-Decke auf dem Bett, in Rosé- und Pfirsichtönen, die Abbys Großmutter gemacht hatte.

Das Kruzifix an der Wand.

In Zimmer 207 war die Zeit stehen geblieben. Hing nicht sogar ein Hauch vom Parfüm ihrer Mutter in der Luft?

Es konnte nicht sein.

Ihre Mutter war nicht hier …

Wie ein Videorekorder spulte ihr Bewusstsein die Zeit zurück bis zu jenem Tag, an dem sich ihr Leben für immer änderte.

Sie erinnerte sich, wie sie in das Zimmer gestürzt war, begierig, ihrer Mutter von dem Tanzfest und von Trey Hilliard zu erzählen …

»Herzlichen Glückwunsch, Mom.« Abby war außer Atem, nachdem sie die Treppe hinaufgerast war. »Mom, weißt du was?«

Ihre Mutter stand vor dem hohen Fenster, nur halb bekleidet. Aber sie war nicht allein. Ein Arzt, Simon Heller, rang mit ihr.

Abby blieb abrupt stehen und starrte die beiden an.

Heller fuhr herum. Sein Gesicht war hochrot und wutverzerrt. Speichel hatte sich in seinen Mundwinkeln gesammelt. »Weißt du nicht, dass das hier ein Privatzimmer ist?«, rief er wütend. Seine Augen verengten sich unter den buschigen Brauen zu schmalen Schlitzen, seine Nasenflügel blähten sich. »Du solltest anklopfen und nicht so mir nichts, dir nichts ins Zimmer stürmen!«

»Aber …« Abby blickte ihre Mutter an, die offensichtlich verlegen war und versuchte, ihre Kleidung in Ordnung zu bringen.

Faith konnte ihre Beschämung nicht verbergen. Tränen traten ihr in die Augen, und ihre Wangen färbten sich glühend rot. Über Hellers Schulter hinweg sah sie Abby an und erkannte die Verwirrung und den Ekel in ihrer Miene. Stumm, nur mit den Lippen formte sie die Worte: »Bitte nicht ...« Dann murmelte sie: »Abby Dana, es tut mir so Leid.«

Doch bevor Abby etwas sagen konnte, wirbelte Faith herum, als hätte Heller sie gedreht, sie gezwungen, sich abzuwenden. Ihr Körper prallte gegen die Fensterscheibe.

Das Glas zersplitterte mit einem scheußlichen Klirren.

»Nein!« Abby stürmte vor, versuchte, ihre Mutter zu fassen, doch Heller packte ihren Arm und hielt sie zurück.

Wollte er sie daran hindern, Faith zu retten, oder sie selbst vor dem Sturz bewahren?

»Ich verzeihe dir!«, rief ihre Mutter. Ihre Augen waren weit aufgerissen.

Das Fenster war zerborsten, die klaren Scherben waren bereits blutverschmiert. Faith verlor das Gleichgewicht und stürzte hinaus. Ihr entsetzter Schrei hallte durch Abbys Kopf.

»Nein! Mom! Nein!«, schrie Abby. Sie versuchte, sich aus Hellers Griff zu befreien. Und dann schlug der Körper ihrer Mutter mit einem widerwärtigen dumpfen Geräusch auf dem Betonboden auf.

Von Grauen gepackt, tränenüberströmt blickte Abby durch die zerbrochene Scheibe hinunter. »Nein!«, schrie sie abermals auf und riss sich aus Hellers stahlhartem Griff los. »Neiiin!«

Eine Blutlache sammelte sich unter dem Körper ihrer Mutter. Faith Chastains Augen waren blicklos gen Himmel gerichtet. Plötzlich wurden Stimmen laut, die brüllten und Befehle bellten – doch Faith war tot.

Schluchzend wankte Abby zurück, fort von dem entsetzlichen Anblick.

Da vernahm sie hinter sich ein leises, kaum hörbares Luftschnappen.

Blindlings drehte sie sich um und bemerkte, dass die Schranktür einen Spaltbreit offen stand. Nur eine dunkle Ritze. Und dahinter … das Funkeln bösartiger Augen.
Jemand hatte das alles beobachtet? Ein Voyeur, den es erregte zu sehen, wie Dr. Heller ihre Mutter zu schmutzigen, perversen Handlungen zwang?
Die Augen begegneten ihrem Blick in einem Moment intimsten, undenkbaren Verständnisses …

Lieber Gott, dachte sie. Ihr Kopf dröhnte, die Vision aus der Vergangenheit war so klar und deutlich gewesen, dass sie jetzt noch die feuchte Hitze jenes schwülen Abends zu spüren glaubte.
Die Taschenlampe zitterte in ihrer Hand, der immer schwächer werdende Strahl hüpfte durch das Zimmer.
Abby fuhr herum zur Schranktür.
Sie stand einen Spaltbreit offen.
Und in diesem Spalt sah sie das Blitzen hasserfüllter Augen.

28.

Abby unterdrückte einen Schrei. Ihr Puls pochte so heftig, dass sie ihn in den Ohren spürte.
Sie richtete das Licht der Taschenlampe auf den schwarzen Spalt – und beleuchtete das Gesicht eines alten Mannes. Die Hände waren ihm auf dem Rücken gefesselt, die Fußknöchel mit Klebeband fixiert, ein Knebel verstopfte ihm den Mund.
Ich habe ihn schon einmal gesehen, dachte sie. Sie trat näher an ihn heran, und die säuerlichen Gerüche von Schweiß, Urin und Angst stiegen ihr in die Nase. Seine Augen waren weit aufgerissen, und er gab hinter dem Knebel erstickte Töne von sich.
Abby wollte gerade nach dem Knebel greifen, hielt dann aber inne.
Natürlich kannte sie ihn.
Zwanzig Jahre hatten seine Haut faltig werden lassen und ihm das Haar schneeweiß gebleicht. Doch die Gesichtszüge waren unverkennbar. Der kantige Kiefer, die dichten Augenbrauen, die Hakennase. Ein schmerzhafter Ruck ging durch ihren Körper, als ihr bewusst wurde, dass sie in die von Grauen erfüllten, blutunterlaufenen Augen von Dr. Simon Thaddeus Heller blickte.

Der Schänder ihrer Mutter.
Sie prallte vor seinem Anblick zurück. »Du elender, widerlicher Mörder!«, schrie sie.
Er schüttelte heftig den Kopf, und die Töne, die aus seinem Mund kamen, wurden lauter.
Scheißkerl.
»Ich sollte dich hier verfaulen lassen!« Plötzlich fragte sich Abby, wer ihn hier gefangen hielt. Wer ihn gefesselt und geknebelt hatte. Und ihn dann allein zurückgelassen hatte. Neuerliche Angst kroch ihr über den Rücken. Sie ergriff einen Zipfel des Knebels und zerrte ruckartig daran. Der Mann heulte auf. Doch über Hellers erbarmungswürdiges Jaulen und das Rauschen des Windes hinweg glaubte Abby, noch ein anderes Geräusch zu hören.
Ein vertrautes Geräusch.
Das Knarren von Bodendielen?
Schritte?
»Vorsicht!«, schrie Heller.
Sie fuhr herum und holte mit der Brechstange aus, doch gleichzeitig spürte sie, wie etwas Hartes, Kaltes an ihren Hals gepresst wurde.
Knack!
Die Brechstange hatte getroffen. Mit Wucht.
»Miststück!«, brüllte eine schmerzerfüllte männliche Stimme. Im selben Moment schossen Tausende von Volt durch Abbys Körper. Setzten sie außer Gefecht. Warfen sie zu Boden.
Sie zuckte, schlug um sich. Die Brechstange flog außer Reichweite zur gegenüberliegenden Wand und prallte dort gegen den Sockel.
Abby starrte in das wütende, gerötete Gesicht eines Mannes, den sie ebenfalls zu kennen glaubte. »Du verdammtes

kleines Miststück«, knurrte er, versetzte ihr noch einen Elektroschock und rieb sich das Schienbein.

Ihr Verstand funktionierte nicht mehr. Sie hatte keinerlei Kontrolle über ihre Gliedmaßen. Dennoch erkannte sie die wütend dreinblickenden Augen. Sie gehörten der Person, die damals heimlich zugesehen hatte, wie Heller ihre Mutter missbrauchte.

Du erbärmliches Schwein, wollte sie sagen, doch ihre Sprache klang unverständlich, war nur eine Reihe von gelallten Tönen.

Der Mann lächelte über ihre Hilflosigkeit, und dieses Lächeln war pure Bösartigkeit. Ein teuflisches Funkeln glomm in seinen Augen. Diese Augen ... Sie gehörten nicht nur zu dem Voyeur in dem Schrank. Sie gehörten auch zu einem der Jugendlichen, die Abby und ihre Schwester früher beim Fangenspielen auf der großen Wiese hinter dem Krankenhaus zugeschaut hatten.

Ihr Gaumen wurde trocken.

Christian Pomeroy!

Asas Sohn.

Wie hatte sie ihn vergessen können?

O Gott, er würde sie langsam und schmerzhaft töten, er würde sie quälen und dabei womöglich seine düsteren sexuellen Wünsche befriedigen.

Als er die Hand ausstreckte, um ihr übers Haar zu streichen, versuchte sie vergebens, den Kopf zu drehen und ihn zu beißen. Sie war hilflos.

Er wusste es.

»Willkommen zuhause, Faith«, flüsterte er.

Wie bitte? Faith? *Er hielt sie für ihre Mutter!*

»Ich habe darauf gewartet, auf diesen Augenblick, schon lange Zeit.«

Was faselte der Kerl da?
»Das Warten hat jetzt bald ein Ende.«
Ihr Magen wollte sich umdrehen, als er sich über sie neigte und sie damit rechnen musste, dass er seine feuchten Lippen auf ihren Mund drückte.
Stattdessen versetzte er ihr noch einen äußerst schmerzhaften Stromstoß.

Tropf.
Tropf.
Tropf.
Das Geräusch von auf den Boden tröpfelndem Wasser war unüberhörbar und beständig.
Wo bin ich?, fragte sich Zoey, als sie stöhnend zu sich kam. Jeder Muskel in ihrem Körper schmerzte. Es war kühl und feucht, nur eine kleine Laterne flackerte in der Ecke dieses winzigen Raums. Ihre Arme und Füße waren gefesselt, und sie konnte sich kaum bewegen.
Angst durchfuhr sie wie ein Messer.
Sie blinzelte. Erinnerte sich daran, vor Abbys Haus überfallen worden zu sein. Daran, wie der große, muskulöse Mann sie verfolgt hatte, als sie über die Zufahrt lief, wo er sie dann schließlich packte. Wie durch einen Nebel entsann sie sich, dass er eine Art schwarzen Neoprenanzug getragen hatte. Er hatte sie mit Hilfe eines Elektroschockers außer Gefecht gesetzt. Sie war zwar bei Bewusstsein geblieben, konnte sich jedoch nicht wehren, als er sie knebelte und fesselte. Anschließend hatte er sie auf den Rücksitz ihres Mietwagens, eines silberfarbenen Toyotas, geworfen. Er hatte dabei scharf die Luft eingezogen und etwas Unflätiges geknurrt, als würde ihm die Anstrengung Schmerzen bereiten. Vielleicht hatte er sich einen Muskel gezerrt.

Sie hoffte es, verdammt noch mal.
Aber warum hatte er sie entführt? Warum hatte er sie an diesen … diesen entsetzlichen Ort gebracht?
Panik ergriff sie, und sie blickte sich verzweifelt um, suchte nach einer Fluchtmöglichkeit.
Tropf.
Es musste eine Möglichkeit geben, dieser Gefangenschaft zu entkommen, doch ihr Verstand arbeitete noch nicht wieder richtig. Sie konzentrierte sich auf die Laterne mit der kleinen Flamme, die flackernde Schatten an den schimmligen, gefliesten Wänden tanzen ließ. Ein Fenster gab es nicht. Nur eine schmale Tür.
Was hatte dieses Tropfen von der Decke zu bedeuten, dieses Wasser, das sich am Fußboden zu einer immer größer werdenden Pfütze sammelte? Sie hob den Blick zur Decke.
Befand sie sich in einer Art Gefängniszelle … oder etwa unter der Erde? Sie dachte an Abby und ihre Faszination für diese verlassene Anstalt.
Tropf.
Als das nächste winzige Tröpfchen auf den Boden traf, wusste sie es plötzlich.
Mit eiskalter Sicherheit.
Sie befand sich irgendwo auf dem riesigen Gelände des Krankenhauses Our Lady of Virtues. Vielleicht sogar im Krankenhausgebäude selbst … Wenngleich sie sich an keine winzige Zelle wie diese hier erinnerte.
Weil du diese Zellen nie zu sehen bekommen hast. Du befindest dich im Kellergeschoss.
Nein!
Ein Adrenalinstoß fuhr in ihren Kreislauf.
Sie musste hier raus! Dieser Wahnsinnige, wer immer er sein mochte, würde zurückkommen.

Du musst hier raus, Zoey! Du musst SOFORT hier raus!
Sie hörte ein verängstigtes Wimmern und erkannte, dass der Laut aus ihrer eigenen Kehle kam. Sie biss die Zähne zusammen und wehrte sich verzweifelt gegen die lähmende Angst. Sie atmete tief durch.
Bleib ruhig, Zoey. Du hast schon oft in der Klemme gesteckt.
Aber noch nie in der Gewalt eines Psychopathen!
Sie zweifelte nicht eine Sekunde daran, dass er der Serienmörder war, der New Orleans terrorisierte, der Luke und diese anderen Menschen umgebracht hatte ... Sie musste sich retten! Sie war noch viel zu jung, um zu sterben, um die perverse Folter über sich ergehen zu lassen, die er garantiert für sie vorgesehen hatte.
Aber wo steckte er?
Und wo steckte Abby? Hatte sie nicht das Krankenhaus aufsuchen wollen? Lieber Gott, hatte das Monster sie etwa ebenfalls in seiner Gewalt? Zoey begann, unkontrolliert zu zittern. Sie betete um die Sicherheit ihrer Schwester, betete, dass Abby den Mistkerl irgendwie überlistet hatte, dass sie in diesem Augenblick schon Hilfe holte.
Doch tief im Inneren wusste sie, dass die Chancen minimal waren.
Abby war vielleicht schon tot.
Tränen brannten in ihren Augen, als sie an ihre Schwester dachte, und sie fing an, an ihren Fesseln zu zerren. Sie musste entkommen! Es war nicht ihre Art, kampflos aufzugeben, und dieser Scheißkerl würde sich noch wundern.
Zoey sah sich in dem winzigen Raum um.
Du bist allein, Zoey. Das ist gut. Du hast Zeit. Mach das Beste draus.
Doch die Botschaften, die ihr Gehirn aussandte, hatten kei-

ne Taten zur Folge. Mit Mühe richtete sie sich zum Sitzen auf. Wenn sie sich doch nur von dem Klebeband an Händen und Füßen befreien könnte!

Du kannst es. Du musst eine Lösung finden. Los, Zoey, konzentriere dich.

Wie kannst du diesem Kerl entkommen?

Er ist ein Mörder. DER Mörder.

Ihr wurde flau im Magen. Das alles war so unfair! Erneut traten ihr Tränen in die Augen, aber sie gab sich innerlich einen Ruck.

Es hilft dir nicht, zu weinen wie ein Baby! Tu was! Tu was, und zwar JETZT!

Unter Aufbietung aller Kraftreserven bewegte sie sich in Richtung der Metalltür. Wenn es ihr gelang, sich aufzurichten und sich mit dem Rücken zur Tür zu drehen, konnte sie womöglich den Türgriff betätigen.

Unendlich langsam und mühevoll schob sie sich die kurze Strecke vorwärts … Bloß nicht die Laterne umstoßen und dadurch einen Brand verursachen! Allerdings gab es in diesem Raum außer ihr nichts Brennbares …

Sie rutschte weiter durch den Schmutz.

Endlich hatte sie die Wand erreicht. Sie versuchte, auf die Füße zu kommen, sich hochzustemmen.

Einmal stürzte sie wieder um.

Sie schürfte sich den Unterarm auf, und neuer Schmerz schoss bis in ihre Schulter.

Lass dich von dem Schwein nicht unterkriegen.

Innerlich fluchend versuchte sie es noch einmal. Doch sie rutschte wieder an der Wand hinab. Ihr verletzter Arm brannte.

Mach schon, Zoey. Streng dich an. Gib nicht auf.

Ihre Füße waren nackt. Sie krümmte die Zehen und versuchte erneut, auf dem kalten Betonboden Halt zu finden und ihren Körper an der Tür hinaufzuschieben. Als sie endlich aufrecht stand, bemühte sie sich, die Tür zu öffnen. Vergebens. Der schmale Griff ließ sich zwar bewegen, doch sonst geschah nichts. Die Tür war abgeschlossen. Sie versuchte es noch einmal und hoffte, das Schloss würde aufspringen.

Nichts.

Verdammt, verdammt, verdammt. Am liebsten hätte sie sich auf dem Boden zusammengerollt und geweint.

Sie saß in der Falle!

Der Wahnsinnige hatte sie eingesperrt und würde sie entweder einen grauenhaften, langsamen Tod sterben lassen oder er würde zurückkommen und ihr ein anderes entsetztliches Ende bereiten.

»Verdammt noch mal, Montoya!«, knurrte Bentz und schob seine Waffe in das Halfter. Was zum Teufel dachte sich sein Partner? Und wo um alles in der Welt steckte er jetzt?

Auf Zarosters Anruf hin hatte Bentz, nachdem er Brinkman die Leitung der Ermittlungen übertragen hatte, den jüngsten Tatort überstürzt verlassen und war wie ein Verrückter zu Simon Hellers Haus gerast, einem zweistöckigen Gebäude mit riesigen weißen Säulen, in Form geschnittenen Bäumen ringsum und einer weitläufigen Veranda.

Zaroster war schon im Haus, als er ankam, doch ansonsten war niemand anwesend. »Hier ist eindeutig etwas faul«, sagte sie und führte ihn in ein Arbeitszimmer im Erdgeschoss, das Spuren eines Kampfes aufwies.

Ein Schreibtischstuhl war umgestoßen.

Der Computermonitor lag auf dem Boden, er war gesprungen.

Ein lederner Lehnstuhl, in dem jemand, wie es aussah, Kreuzworträtsel gelöst hatte, wies Blutspritzer auf. Die Seiten der Zeitung lagen verstreut auf dem glänzend polierten Boden, ein Bleistift war bis an die Kamineinfassung gerollt, eine Nickelbrille mit zerbrochenen Gläsern lag auf einer zusammengefalteten Seite der Zeitung. Das Kreuzworträtsel war zu etwa einem Drittel gelöst.

Zaroster hatte den Rest des Hauses bereits durchsucht, doch auch Bentz schaute sich noch einmal um. In sämtlichen anderen Räumen schien nichts angerührt worden zu sein. Die Betten waren gemacht, das Geschirr war abgewaschen, keine Spur von irgendjemandem im ganzen Haus. Hellers Fahrzeug, ein weißer Lexus, laut Verkehrsbehörde in Kalifornien zugelassen, war fort, stand jedenfalls nicht vor dem Haus, nicht in der Garage und auch nicht an der von Eichen gesäumten Straße.

Aber woher wusste Montoya von Heller?, ging Bentz jetzt durch den Kopf.

Dieser dreiste Bursche, der sich stets über alle Regeln hinwegsetzte, hatte es geschafft, sich an allen Wachen vorbei in den verkommenen Wohnwagen zu schleichen, wo Schwester Maria und Billy Zachary Furlough umgebracht worden waren. Anschließend hatte er Bentz kaum ein Wort gegönnt und war sogleich zu irgendeinem privaten Rachefeldzug aufgebrochen. Ohne sich jemandem anzuvertrauen.

Bis auf Lynn Zaroster, wie es aussah.

»Wo ist Montoya jetzt?«, wollte Bentz wissen.

»Im Krankenhaus Our Lady of Virtues«, antwortete Zaroster und wiederholte rasch ihr Gespräch mit Montoya und seine Theorie, dass die Mordserie mit den sieben Todsünden und den sieben Kardinaltugenden zusammenhing. »Aber das ist noch nicht alles«, fuhr sie fort. »Montoya glaubt, jeder, der mit der Sache zu tun hat, steht irgendwie auch in Verbindung mit dem alten Krankenhaus. Wir dachten zunächst, Heller wäre der Mörder, aber …« – sie warf einen Blick auf das Chaos im Arbeitszimmer des Arztes – »… es sieht eher so aus, als wäre er ein weiteres Opfer.«

»Montoyas Theorie besagt, dass der Mörder Opfer sucht, deren Namen mit einer Todsünde oder einer …«

»Oder mit der ihr entgegengesetzten Tugend zu tun haben, richtig. In Hellers Fall, präziser gesagt, in Simon *Thaddeus* Hellers Fall, möchte ich wetten, dass ihm Trägheit des Herzens vorgeworfen wird.«

Bentz war erst skeptisch. Doch etwas in der Art, wie sich alles zusammenfügte, ließ Montoyas Sünden-Tugenden-Theorie plausibel erscheinen. Trotzdem hatte Montoya nicht das Recht, auf eigene Faust zu handeln und das Gesetz zu brechen. Womöglich sogar die Ermittlungen zu erschweren.

Als hättest du das nie getan, erinnerte ihn seine innere Stimme.

Bentz achtete nicht auf sie.

Er ging zur Eingangstür des eleganten alten Hauses. »Wenn Montoya Recht hat, dann ist der Mörder noch nicht fertig.«

»Noch lange nicht. Gehen wir.« Zaroster war schon auf dem Weg zu ihrem Wagen.

»Moment! Bleib du hier. Sichere den Tatort. Hol dir Verstärkung. Ich fahre zum Krankenhaus. Ruf Montoya an – wenn ich es tue, geht er garantiert nicht dran. Er darf auf keinen Fall das Krankenhaus betreten. Schon gar nicht allein!«

»Du glaubst, ich könnte ihn überzeugen?«

»Versuch's wenigstens.« Bentz hatte bereits den gepflegten Rasen überquert und war bei seinem Streifenwagen angelangt. Er setzte sich hinters Steuer, knallte die Tür zu, ließ den Motor an, schaltete Licht und Sirene ein und raste die stille Straße hinunter.

»Idiot«, knurrte er dann, griff nach seinem Handy und gab die Nummer des Präsidiums ein, um Verstärkung anzufordern.

Er verstand Montoyas Motive sehr wohl, aber das Ganze passte ihm nicht. Was zum Teufel dachte sich der junge Polizist dabei, die Ermittlungen derart zu gefährden?

Zoey bewegte sich gerade mühselig auf die flackernde Laterne zu, da hörte sie draußen vor der Tür etwas. *Schritte! Bitte, lieber Gott, mach, dass es die Polizei ist. Jemand, der mich rettet.*

Ihr Herz klopfte wild. Knarrend öffnete sich die Tür.

In der Öffnung erschien, die Gesichtszüge im spärlichen Licht überschattet, die Verkörperung des Satans.

O Gott! Bitte hilf mir!

Sie wich, so schnell und so weit sie konnte, vor ihm zurück, bis sie mit dem Rücken an die gekachelte Wand stieß.

Sein Lächeln war verzerrt.

Heimtückisch.

Lüstern.

Sie wurde beinahe ohnmächtig vor Angst, als er in die winzige Zelle trat.

»Ich dachte mir, dass du endlich aufgewacht sein müsstest«, sagte er. »Schön. Du sollst jetzt erfahren, was los ist.«

Das verhieß nichts Gutes. Der Mann riss sie grob hoch, warf sie sich, noch ehe sie eine Reaktion zeigen konnte, über die Schulter und hielt sie an den gefesselten Knöcheln fest. Wieder hörte sie, wie er vor Schmerzen scharf einatmete, und sie wusste instinktiv, dass er irgendwo eine verletzliche Stelle

hatte. Sie musste sie finden! Sie musste diesen Psychopathen irgendwie verwunden und in die Knie zwingen.
Während er sich mit ihr auf den Weg machte, sein Gang leicht schwankend, als würde das Gehen ihm Schmerzen bereiten, wand sie sich, wehrte sich und kämpfte, doch alle Anstrengung war vergebens.
Er schleppte sie durch dunkle, stinkende Korridore, vorbei an Räumen, in denen Laternen brannten. Ihr Kopf hing auf seinem Rücken, die Haare fielen ihr übers Gesicht, doch durch die Strähnen erhaschte sie hier und da einen Blick in eines der Zimmer – auf Elektroschocker, Skalpelle, Zwangsjacken, Spritzen.
Dieses Haus war ein verdammter Ort der Folter.
Also hatte sie richtig vermutet. Der Verbrecher hatte Zoey in die Kellergewölbe der Anstalt verschleppt, in der Faith Chastain missbraucht und belästigt worden war, der Anstalt, wo sie eines so schrecklichen Todes gestorben war.
Und jetzt war offenbar sie an der Reihe.

Montoya trat auf dem Parkplatz des Klosters auf die Bremse. Hielt direkt neben Abbys kleinem Honda.
»Mist!« Er hatte die Suche nach dem Fahrzeug angeordnet, doch bisher hatte wohl niemand den Parkplatz des Klosters überprüft. Er hatte keine Verstärkung angefordert und das Klingeln seines Handys ignoriert, da er Bentz' Nummer auf dem Display erkannt hatte.
Montoya stieg aus und schnallte sich zusätzlich zur Dienstwaffe noch eine zweite kleine Pistole an den Knöchel. Er hatte Pfefferspray bei sich und eine Taschenlampe aus dem Handschuhfach.
Sein Handy klingelte. Er sah nach der Nummer des Anrufers. Zaroster.

Die Angst legte sich wie eine kalte Faust um sein Herz. Wenn sie nun Nachrichten von Abby hatte? Wenn er zu spät kam? Er duckte sich hinter eine tropfende Lebensbaumhecke und nahm das Gespräch an.

Zarosters Stimme klang hart. »Hellers Haus ist leer und weist Spuren eines Kampfes auf.«

»Scheiße!«

»Ganz meine Meinung.«

»Was ist mit seinem Wagen?«

»Verschwunden. Ein weißer Lexus. Seinem Haus und dem Fahrzeug und allem anderen nach zu urteilen lebt der Doktor wohl auf der Sonnenseite. Oder lebte. Bentz war hier, und wir fürchten, dass Heller das nächste Opfer ist. Wie es aussieht, wurde er in seinem Arbeitszimmer überfallen. Wir haben Blutspuren gefunden und eine zerbrochene Brille, identisch mit der, die er auf einem Foto auf dem Kaminsims trägt.«

Das gefiel Montoya nicht. Er hatte Heller für den Mörder gehalten. Wenn nicht Heller, wer dann?

»Bentz ist schon auf dem Weg«, fuhr Zaroster fort, während er durch das Tor schlüpfte. »Mit Verstärkung. Aber er befindet sich, was dich betrifft, auf dem Kriegspfad. Ich soll dir sagen, dass du das Krankenhaus nicht betreten darfst.«

»Zu spät. Ich bin bereits hier. Abby Chastains Wagen steht beim Kloster, und ich glaube eigentlich nicht, dass sie dem Orden beitreten will. Ich habe versucht, sie anzurufen, aber sie meldet sich nicht. War jemand bei ihr zuhause?«

»Nicht, dass ich wüsste.«

»Verdammt.« Aber im Grunde wäre es auch sinnlos gewesen. Ihr Wagen war *hier. Sie* war hier. Er konnte nur beten, dass sie sich nicht in der Gewalt dieses Psychopathen befand, der bereits so viele Menschen auf dem Gewissen hatte.

Abby Chastain … Welche Sünde oder Tugend sollte ihr Name wohl repräsentieren?

A für Abby. A für …

Nein. Ihm fiel nichts dazu ein.

Chastain. C.

Auch nichts.

Wenn seine Theorie zutraf, musste Abby eine der sieben Kardinaltugenden vertreten. Wie Courtney Regina LaBelle die Reinheit vertrat und Gina Bellinda Jefferson die Barmherzigkeit.

Aber wofür konnte ein A oder ein C stehen?

Er dachte an Heller. Simon Thaddeus Heller, ein weiteres Opfer. S für … nein, nichts. T vielleicht? T für Trägheit. Für Trägheit des Herzens. Die entgegengesetzte Tugend wäre Demut.

Zaroster war immer noch am Telefon und versuchte, ihn zu überzeugen, dass es besser wäre, wenn er auf Verstärkung wartete. »… das Sheriffbüro könnte in wenigen Minuten einen Deputy schicken, nehme ich an.«

Montoya hatte genug gehört. »Von mir aus gern. Aber ich warte nicht. Wenn es Bentz nicht passt, ist das sein Pech.«

»Bentz hat klar und deutlich gesagt …«

»Bentz kann mich mal. Ich weiß, was er gesagt hat. Und du hast mich ja gewarnt. Dir kann niemand einen Vorwurf machen.«

»Darum geht es nicht, Montoya.«

Er wartete ihren nächsten Einwand gar nicht mehr ab. »Ich melde mich, sobald ich weiß, was hier vorgeht.« Montoya legte auf, schob das Handy in die Tasche, stellte den Klingelton ab und Vibration ein und folgte dem regennassen Weg. Seine Füße sanken in dem weichen Lehm ein, der Geruch der Erde stieg ihm in die Nase. Angst trieb ihn an.

War der Mörder bei Abby?
Kam er zu spät?
Oder war alles nur falscher Alarm?
Wofür stand das A oder das C?
Halt!
Wie lautete ihr zweiter Vorname? Er hatte ihn schon einmal gehört oder gesehen. Abigail Dana Chastain. *Dana! D* für *Demut! Scheiße!*
Ausnahmsweise hoffte er inbrünstig, dass sein Instinkt ihn einmal trog. Er eilte im Laufschritt durch dichtes Gestrüpp und den immer heftiger werdenden Regen. Das Wasser rann an den Baumstämmen herab und fiel in dicken Tropfen von den Ästen.
Du darfst Abby nicht verlieren!
Bring den Scheißkerl um, wenn nötig!
Schließlich erspähte er zwischen den Ästen hindurch das imposante, bedrohlich aussehende alte Gebäude.
Welche Grausamkeiten hatte es beherbergt?
Welche Boshaftigkeiten hatten in den dunklen Fluren stattgefunden?
Welche hässlichen Verbrechen waren begangen worden, um tobsüchtige Patienten zu sedieren und Menschen, die unter unbekannten Krankheiten litten, unter Kontrolle zu halten?
Oder, wie in Hellers Fall, noch schwächer und beherrschbarer zu machen, damit sie sich seiner Lüsternheit unterwarfen?
Montoya stürmte auf das Gebäude zu und versuchte eine Tür zu öffnen.
Abgeschlossen.
Er versuchte sein Glück mit den Fenstern. Verriegelt. Oder vernagelt.
Die Zeit lief ihm davon. Er musste Abby finden.

Er wagte es nicht, ein Fenster einzuschlagen.
Wollte den Überraschungseffekt für sich nutzen.
Noch einmal lief er um das mächtige Gebäude herum, vorbei an dem Brunnen, in dessen schmutzigem Becken sich Regenwasser sammelte, zur Rückfront des Bauwerks.
Die Tür dort war abgeschlossen, doch ganz in der Nähe stand ein Fenster halb offen.
Und da waren Fußabdrücke.
Kleine Fußabdrücke.
Das Herz wurde ihm schwer.
Abby!
Ohne zu zögern schwang er sich übers Fensterbrett und befand sich im nächsten Moment im Hausinnern.

29.

Abby bekam kaum noch Luft. Im Schrank eingesperrt, den Mund zugeklebt, die Arme und Beine gefesselt, spähte sie durch den Spalt in der Schranktür, so wie Pomeroy viele Jahre zuvor.

Warum?

Und warum hatte sie sich nicht früher an ihn erinnert?

Weil du alles verdrängt hast … Du hast dich nicht an Heller erinnert und nicht an Christian Pomeroy … Vergiss das jetzt, und überlege dir lieber, wie du dich retten kannst!

Die Nacht war gekommen, und Pomeroy hatte, bevor er ging, schwarze Wolldecken vor das Fenster gehängt, so dass kein Licht ins Zimmer oder hinaus fallen konnte. Eine kleine Laterne stand im Kamin, brannte ruhig, spendete aber nur wenig Licht, gerade genug, um den Raum in einen gespenstisch flackernden Schein zu tauchen.

Sie war nicht allein. Pomeroy hatte Simon Heller rücklings auf das Bett gelegt und ihn angekettet.

Abby verlagerte ihre Position. Schmerzen schossen durch ihre Schultern. Sie konnte sich kaum rühren. Er hatte sie an den Handgelenken an einem Haken in der Rückwand des Schranks festgebunden.

Sie dachte an das Pfefferspray, das unnütz in ihrem Rucksack steckte, und an die Brechstange, die jetzt an der Wand lehnte. Außerhalb ihrer Reichweite. Verdammt!

Gib nicht auf. Denk nach, Abby. Finde einen Ausweg.

Der Schrank war klein und enthielt nur diesen einen Haken, an dem sie festgebunden war, sonst nichts, soweit sie es beurteilen konnte. Ringsum verlief allerdings eine Kante, die wohl mal als Sockel für ein Regalbrett gedient hatte. Und die Kante war scharf. Wenn sie sich auf Zehenspitzen stellte und das Klebeband an den Handgelenken an der Kante auf und ab rieb, gelang es ihr vielleicht, es durchzuscheuern. Vielleicht.

Aber eine andere Möglichkeit hatte sie nicht.

Ohne den Schmerz in den Schultern und ihre zitternden Waden zu beachten, machte sie sich an die Arbeit. Sie scheuerte und scheuerte. Und spürte die Reibungshitze.

Nicht aufgeben, Abby.

Regen prasselte gegen das Fenster, und der Wind, der aufgefrischt hatte, pfiff in den Dachsparren. Sie scheuerte mit aller Macht. Noch schneller. Ihre Waden brannten wie Feuer, der Schmerz in den Schultern war unerträglich.

Nicht aufhören!

Schwitzend, schwer atmend hinter dem verhassten Knebel, arbeitete sie weiter. Rieb das Klebeband auf und ab.

Plötzlich hörte sie schwere Schritte auf der Treppe.

Nein!

Ihr Herz hämmerte noch wilder als zuvor.

Scheuern, scheuern, scheuern!

Gab das Klebeband nicht schon nach, wenn auch nur ganz leicht? Oder war der heiße Wunsch Vater des Gedankens, ihre verzweifelte Hoffnung?

Die Schritte kamen näher, stockten vor der Tür zum Zimmer.

O nein! Noch nicht! Bitte nicht, lieber Gott!
Abby schluckte ihre Angst hinunter. Schweiß rann ihr von der Nase. Immer hektischer rieb sie das Klebeband an der Kante. Immer schneller.
Bewahre einen kühlen Kopf.
Das Schloss der Zimmertür knarrte, die Tür öffnete sich.
Abbys Mut sank.
Durch den Spalt der Schranktür beobachtete Abby, wie Pomeroy ins Zimmer trat. Er trug etwas, nein, jemanden … eine Frau …
O nein!
Alle Hoffnung starb, als sie ihre Schwester erkannte.
Zoey!

Bentz gab Gas. Er raste wie ein Wahnsinniger durch den strömenden Regen. Die Scheibenwischer des Crown Vic hatten schwer gegen den Wolkenbruch zu kämpfen. Die Reifen des Streifenwagens surrten, schossen durch Pfützen, gerieten ins Rutschen, doch er gab nicht auf.
Von Montoya hatte er nichts gehört.
Natürlich nicht.
Bentz hatte bereits das Sheriffbüro alarmiert. Leider war das Büro der hiesigen Gemeinde aufgrund eines schweren Verkehrsunfalls unterbesetzt.
Bentz trat das Gaspedal durch.
Der Wind heulte, Spanisches Moos tanzte gespenstisch in den Bäumen. Endlich erreichte er die Abzweigung zum Krankenhaus Our Lady of Virtues.
Er biss die Zähne zusammen und fuhr mit unverminderter Geschwindigkeit weiter. Sirene und Licht hatte er ausgeschaltet.
Hinter einer Kurve sah er eine Weggabelung vor sich. Eine

Straße führte zum Kloster, die andere zum Krankenhaus. Er schlug den Weg zu der vormaligen Anstalt ein, fuhr, so schnell er konnte, hielt vor dem Tor und stieg mit gezogener Waffe aus dem Wagen.

Natürlich war das Tor geschlossen. Aber nicht unüberwindlich. In der High School und auf dem College hatte er sich als Football-Spieler und Ringer hervorgetan. In seinem letzten High-School-Jahr war er der Schnellste in seiner Klasse gewesen, wenn es darum ging, das dicke Seil hinaufzuklettern, das von der Decke der Turnhalle hing. Was machte es schon, dass er inzwischen fünfundzwanzig Jahre mehr auf dem Buckel hatte und genauso viele Pfunde mehr mit sich herumschleppte? Was machte es schon, dass es in Strömen regnete und das Metallgitter glitschig war? Es war doch nur ein verdammtes Tor. Vielleicht zwei Meter fünfzig hoch.

Ein Kinderspiel.

Abby fiel beinahe in Ohnmacht, als sie Zoey sah.

Was hatte das Monster geplant?

Wie, so fragte sie sich verzweifelt, konnte sie sich selbst retten, ihre Schwester retten – Heller retten? Sie blickte auf das Bett, in dem ihre Mutter vor zwanzig Jahren geschlafen hatte. Der Arzt lag ausgestreckt auf der Matratze, ein neuer Knebel war ihm über den Mund geklebt worden und er zitterte, mit weit aufgerissenen Augen. Seine Hose war fleckig.

Abby hasste ihn, konnte ihn jedoch nicht einfach sterben lassen. Wenn sie eine Fluchtmöglichkeit fand, musste sie versuchen, Heller in Sicherheit zu bringen und den erbärmlichen Wicht dann den Gerichten übergeben.

Pomeroy, der leicht hinkte, ließ Zoey ohne große Umstände zu Boden fallen, wo sie benommen liegen blieb, offenbar

nicht fähig, sich zu bewegen. Man sah das Weiße in ihren Augen, und Abby nahm an, dass sie entweder außer sich war vor Angst, unter dem Einfluss von Beruhigungsmitteln stand oder mit dem Elektroschocker traktiert worden war.
Dieses Schwein! Sie sah die Befriedigung in Pomeroys Augen. Er genoss die Situation. Die Wehrlosigkeit seiner Opfer, ihre maßlose Angst erregten ihn.
Ihre Schwester würde ihr nicht helfen können.
Du bist auf dich allein gestellt. Irgendwie musst du ihn überlisten. Er ist zu groß, zu stark, zu entschlossen, um sich körperlich überwinden zu lassen … Sei klug.
Sie wusste wenig über ihn, nur, dass er zur selben Zeit wie ihre Mutter Patient in diesem Krankenhaus gewesen war. Er war Asa Pomeroys Erstgeborener, ein Kind, das in Vergessenheit geriet, als sich Asa von Christians Mutter Karen trennte, um mit seiner neuen Frau und seinem zweiten Sohn Jeremy zusammenzuleben.
Pomeroy verzog leicht das Gesicht, rieb sich die Brust und starrte Abby so eindringlich an, dass sich ihr ganzer Körper mit einer Gänsehaut überzog. Er hatte sie mit dem Namen ihrer Mutter angesprochen, und die Art, *wie* er ihn aussprach, ließ ahnen, dass er Faith nahe gestanden hatte, vielleicht sogar intim mit ihr gewesen war. Lust hatte seinen Blick geprägt, als er flüsterte: »Willkommen daheim, Faith.«
Der Magen wollte sich ihr umdrehen, wenn sie daran dachte, was er ihrer Mutter angetan haben mochte. Oder war es etwa im gegenseitigen Einvernehmen geschehen? O Gott …
Nutze dieses Wissen. Spiel deine Rolle als Faith. Bediene seine Fantasien. Pomeroy wird nicht wollen, dass Faith noch einmal stirbt. Gib vor, Faith zu sein. Vergiss nicht, er hat sie nicht umgebracht … Heller war der Mörder!

Sie warf einen raschen Blick auf den Mörder ihrer Mutter, angekettet und außer sich vor Angst, und erinnerte sich wieder in lebhafter Deutlichkeit an die Szene beim Fenster. Ganz eindeutig: Er hatte Faith durch das geschlossene Fenster gestoßen.

Die Laterne flackerte.

Zoey lag stöhnend am Boden, und Pomeroy ging zum Nachttisch, öffnete die oberste Schublade und entnahm ihr zwei Schusswaffen.

Die erste war Lukes .38er.

Dieser Psychopath war also tatsächlich in ihrem Haus gewesen, war durch den Flur geschlichen, war in ihr Schlafzimmer eingedrungen, hatte ihre Sachen angefasst und hatte womöglich ihr Kissen berührt oder auf ihrem Bett gelegen.

Wieder krampfte sich ihr Magen zusammen.

Sie zitterte, es gelang ihr nicht, Ruhe zu bewahren, sosehr sie sich auch bemühte.

Halte durch, Abby. Mach weiter, sieh zu, dass du dich von diesem verdammten Klebeband befreist.

Doch ihr Blick war auf ihren Peiniger gerichtet, sie beobachtete fasziniert und angewidert zugleich, wie Pomeroy die zweite Waffe an sich nahm, eine Pistole mit langem Lauf, und sie dem entsetzten Heller vors Gesicht hielt.

Der Psychiater bäumte sich auf, zerrte an den Ketten und Handschellen und versuchte, sich ohne Rücksicht auf Verletzungen aus seinen Fesseln zu befreien, wie ein Fuchs in der Falle, der sich die Pfote abbeißt. Er blutete bereits an Knöcheln und Handgelenken.

»Du kannst nicht entkommen«, sagte Pomeroy. »Dein Schicksal ist besiegelt, Simon.«

Heller schüttelte den Kopf.

»Du hast sie umgebracht.«

Noch wilderes Kopfschütteln. Die Augen waren groß wie Untertassen.

»Ich habe es gesehen. Du hast sie aus dem Fenster gestoßen.«

Ein kreischender Protest hinter dem Knebel.

»Und selbst, wenn du es nicht getan hättest, wären die Drogen, mit denen du sie vollgepumpt hast, doch ihr Todesurteil gewesen, diese Medizin, die sie willig und duldsam machte und es dir ermöglichte, sie zu missbrauchen, wann immer du wolltest.« Pomeroy lächelte höhnisch auf sein Opfer hinab. »Du bist ein widerlicher Kerl, Heller. Und ein träger Kerl. Statt dein Wissen zu nutzen, statt nach einer Möglichkeit zu suchen, sie zu heilen, hast du den einfachen, faulen Ausweg genommen.«

Heller weinte jetzt. Gebrochene Schluchzer drangen durch das Klebeband.

»Und deshalb musst du bezahlen. Du warst der Inbegriff der Trägheit des Herzens, verstehst du? Und die Todsünde der Herzensträgheit kann nur durch die Tugend eifrigen Strebens nach dem Guten bekämpft werden.«

Heller war still.

Trägheit des Herzens und Streben nach dem Guten?, dachte Abby. Was redete er da?

»Deshalb habe ich dir einen barmherzigen Engel mitgebracht. Einen, der deine Sünde der Trägheit durch ihre Tugend des Strebens nach Gerechtigkeit tilgt.« Er senkte den Blick auf Zoey. »Zugegeben, sie hat ein bisschen von ihrem Lebenseifer eingebüßt, aber das ist nur vorübergehend so.«

Zoey wirkte sehr benommen. Versuchte, den Kopf zu heben, ließ ihn jedoch zurück auf den Boden sinken. Die Muskeln versagten ihr den Dienst.

Abby arbeitete fieberhaft weiter, scheuerte an der Kante,

ignorierte den Schmerz und wusste sehr wohl, dass ihr die Zeit davonlief.

Er hörte Geräusche. Stimmen. Gedämpfte Schreie.
Montoya mochte sich nicht vorstellen, auf welche Szene er stoßen würde, doch er wusste, dass die Opfer noch lebten. Abby? Heller?
Montoya stieg geräuschlos die Treppe hinauf. Er benutzte die Taschenlampe sparsam, ließ den dünnen Strahl nur hin und wieder rasch vor sich aufleuchten, um nicht zu stolpern. In der anderen Hand hielt er die Glock, schussbereit.
Regen und Wind tobten um das Gebäude, und in den Fluren war es finster. Die Geräusche im zweiten Stock wurden deutlicher, sobald er an einem Buntglasfenster auf dem Treppenabsatz vorüber war. Er stieg nur gerade weit genug die Treppe hinauf, um Einblick in den Flur nehmen zu können. Unter der einzigen geschlossenen Tür im gesamten Flur bemerkte er einen Lichtschein.
Aus dem Zimmer dahinter hörte er das Rasseln von Ketten und Entsetzensschreie.
Keine Zeit, auf Verstärkung zu warten.

Das Klebeband gab langsam nach, franste an den Rändern aus. Aus der Ferne hörte Abby über den Sturm hinweg das dünne Heulen von Sirenen. *Oh, bitte, bitte.*
Doch dann musste sie entsetzt mit ansehen, wie Pomeroy ein Messer aus der Nachttischschublade holte. In der langen Klinge spiegelte sich das Licht der Laterne.
Sie war überzeugt, dass er Heller damit die Kehle durchschneiden würde, doch stattdessen wandte er sich Zoey zu, die immer noch schlaff zu seinen Füßen lag.
Nein! O nein!

Er durchschnitt mit einer geschmeidigen Bewegung zuerst das Klebeband an Zoes Handgelenken, dann auch das an ihren Füßen.
Eine Sekunde lang verspürte Abby Erleichterung, bis ihr klar wurde, dass Zoey keineswegs befreit wurde. Nein, wie sie ja gehört hatte, war auch ihre Schwester Teil von Pomeroys grausamen Plänen.
»Es ist Zeit, dass du für deine Sünden bezahlst, Doktor«, sagte Pomeroy mit tödlicher Ruhe.
Heller drehte durch. Er schrie durch den Knebel, wand sich auf der Matratze, zerwühlte die Decke, zerrte an den Ketten, so dass das Bettgestell wackelte. Metall scharrte über Metall, das Geräusch erfüllte den Raum und übertönte das Prasseln des Regens an den Fenstern.
Pomeroy riss Zoey hoch. Ihre Beine waren noch weich wie Pudding. »Du, Simon Thaddeus Heller«, sagte Pomeroy zornig, »bist verdammt. Du hast behauptet, Arzt zu sein, du hast den Eid geschworen, zu helfen und zu heilen. Stattdessen hast du dir deine Arbeit leicht gemacht. Du hast nicht nur deine Patienten missbraucht, sondern dich auch einer der sieben Todsünden schuldig gemacht, der Todsünde der Trägheit des Herzens.«
Abby traute ihren Ohren nicht. Sieben Todsünden? Trägheit des Herzens? Er begründete seine Verbrechen? Spielte Gott? Wie groß war das Ausmaß seines Wahnsinns?
Sie sah voller Grauen zu, wie Pomeroy einen Arm um Zoeys Taille legte. Er zog Zoeys Gesäß grob an seinen Schritt und zwang ihr die langläufige Pistole in die Hand. Ein Lächeln lag auf seinen Lippen und mit dem Ausdruck höchster Befriedigung rieb er sich an Zoeys Gesäß.
Abby stieg es sauer in die Kehle. *Der Kerl ist pervers! Ein widerlicher, dreckiger Perverser!*

Zoeys Augen wurden klar, und sie fing Abbys Blick auf.
Im selben Augenblick verstand Abby. Zoey war nicht so benommen, wie sie vorgab. Aber was konnte sie schon ausrichten?
Nichts! Du musst ihr helfen!
Pomeroy sagte: »Und du, Zoey Susanna Chastain, Faiths erstgeborene Tochter, besitzt die Tugend des Strebens nach Gerechtigkeit. Daher ist es deine Pflicht, die Welt von den Trägen zu befreien.«
Heller erstarrte.
Pomeroy fixierte den Schrank mit heißem Blick.
Abby rührte sich nicht. Hatte er ihren Befreiungsversuch etwa bemerkt? Ihr Herz schlug einen Trommelwirbel der Angst.
»Und auch du brauchst nicht mehr lange zu warten, Dana. Du, die du von deinem wollüstigen, ehebrecherischen Mann gedemütigt wurdest.« Er neigte leicht den Kopf zur Seite, und sein Blick wurde unsicher. »Faith?«, flüsterte er verwirrt. »Faith?«
Abby näherte ihren Kopf dem Türspalt und nickte heftig, hoffte, dass er ihr glaubte. Doch seine Augen wurden wieder klar, und er schüttelte den Kopf, als wollte er etwas abwerfen. »Nein … Nicht Faith. Dana … für Demut.« Plötzlich lächelte er. »Der Stolz ist sicher schon auf dem Weg.«
Stolz? Demut? Trägheit? Streben nach Gerechtigkeit? Sünden und Tugenden? Was sollte das? Und wer sollte den Stolz repräsentieren? Jemand, dessen Name mit dem Buchstaben S begann? Abby kannte die Sünden und Tugenden aus ihrer Jugendzeit in katholischen Privatschulen. Aber was hatten sie mit ihrer Mutter zu tun?
Tugenden! Unsere Heilige Jungfrau von den Tugenden! Our Lady of Virtues!

War das der Kern der Sache? Nicht, dass es wichtig gewesen wäre. Nichts war wichtig. Nur die Flucht. Irgendwie musste diesem Dreckskerl das Handwerk gelegt werden. Sie musste *irgendetwas* tun! Sie konnte nicht tatenlos zusehen, wie der Irre einen weiteren kaltblütigen Mord beging.

»Du weißt, von wem ich rede«, sagte Pomeroy und rieb sich heftig an Zoeys Rücken, während er auf den Schrank starrte und Blickkontakt mit Abby suchte. »Stolz … Dein Liebhaber, Simón …«

Abby glaubte den Verstand zu verlieren.

Simón! Hatte Montoya nicht gesagt, dass Schwester Maria ihn Simón nannte?

»Der Bulle«, fauchte Pomeroy.

O Gott, dieses Monster wollte auch Montoya umbringen!

Im nächsten Augenblick zielte Pomeroy mit der Pistole direkt auf Simon Hellers Herz. »Es ist Zeit.«

Zoey sackte in sich zusammen. War sie etwa vor lauter Grauen ohnmächtig geworden?

Pomeroy zielte.

Heller gab panische Geräusche von sich.

Der Mörder drückte im selben Moment ab, als Zoeys Ellbogen den Brustkorb des kräftigen Mannes traf.

Bamm!

Der Schuss löste sich.

Der Körper des Mannes auf dem Bett erschlaffte, Blut trat aus einer Wunde in der Brust. In dieser Sekunde rammte Zoey ein zweites Mal den Ellbogen gegen Pomeroys Brust, und der Mörder sog mit einem Zischlaut den Atem ein. Sie trat nach seinen Schienbeinen, und er jaulte auf.

»Miststück, eiferndes, ehrgeiziges Miststück!« Er presste die Mündung der Waffe an Zoeys Schläfe. »Jetzt bist du dran!«

Bamm!

Ein Pistolenschuss hallte durch den Flur.

Gedämpfte Schreie folgten.

Himmel, nein! Abby!

Angst und Wut packten Montoya.

Er kam zu spät!

Verdammt noch mal, er kam zu spät!

Mit gezogener Waffe warf er sich gegen die Tür zu Zimmer 207.

Das Schloss gab mit einem lauten Knacken nach, Holz splitterte. Montoya stürmte in dem Moment ins Zimmer, als Pomeroy die Waffe auf Zoeys Schläfe richtete.

»Polizei!«, brüllte Montoya. »Lassen Sie die Waffe fallen!«

Ein Schuss!

Zum Teufel!

Bentz verschwendete keine Zeit.

Er bemerkte, dass sich von einem Fenster ganz in der Nähe ein Brett gelöst hatte.

Mit einem Ruck riss er es herunter und schlug mit dem Knauf seiner Glock die Scheibe ein. Er entfernte das Glas, stemmte sich hoch, verletzte sich an den Scherbenresten, schwang sich dennoch ohne zu zögern übers Fensterbrett und landete auf dem Boden des Aufenthaltsraums der vormaligen Anstalt.

Kaum hatte er sein Gleichgewicht wiedergefunden, zückte er sein Handy und gab die Kurzwahl für den Polizeinotruf ein.

»Hier spricht Rick Bentz. Polizei New Orleans.« Er rasselte seine Dienstmarkennummer herunter, forderte Hilfe an und nannte Namen und Adresse des alten Krankenhauses. Dann beendete er das Gespräch, schob das Handy in seine Tasche und hastete mit gezogener Waffe durch das verfallene alte Gebäude.

Abby kämpfte immer noch unter Einsatz ihres ganzen Körpergewichts gegen die Fesseln, da stürmte Montoya ins Zimmer.

»Zurück!«, warnte Pomeroy.

Zoeys Augen waren weit aufgerissen vor Angst.

»Lassen Sie die Waffe fallen!«, befahl Montoya. »Sofort!«

Pomeroy schnaubte. »Stolz bis zum bitteren Ende.«

Heller atmete nur noch pfeifend. Dann brachen seine Augen.

»*Du* hättest es sein sollen«, sagte Pomeroy mit einem Blick in Richtung Schrank. Er wich zurück, ging rückwärts auf das Fenster zu und benutzte Zoey, die Pistolenmündung an ihre Schläfe haltend, als Schild.

»Stehen bleiben!«, verlangte Montoya.

Doch Christian Pomeroy fixierte weiter den Schrank und seine Lippen zitterten. »So schön …«

»Aufhören oder ich schieße!« Montoyas Miene war entschlossen, seine Augen auf Pomeroy, die Waffe auf dessen Kopf gerichtet. »Das Spiel ist aus.«

»Genau da täuschst du dich, Simón«, sagte Pomeroy mit ruhiger Stimme, die Abby durch Mark und Bein ging. »Ganz gleich, was geschieht, heute Abend fängt alles erst an.«

»Du bist fertig.«

»Du auch.«

Zoey zuckte zusammen, warf den Kopf in den Nacken und stieß dem Mörder noch einmal den Ellbogen in die Brust. Pomeroy schrie auf. Die Hand, die die Waffe hielt, rutschte ab.

Montoya feuerte.

Bamm!
Die Kugel traf den Mörder in die Schulter. Im selben Moment drückte er ab.
Bamm!
Zoey stürzte mit einer blutenden Wunde am Kopf zu Boden.
Genau in diesem Moment gab das Klebeband an Abbys Händen nach, und Abby zerrte sich den Knebel vom Mund und stürzte aus dem Schrank in die Richtung, wo ihre Schwester am Boden lag.
Montoya schoss erneut. Und noch einmal.
Kugeln fuhren in den Körper des Mörders. Blut quoll hervor.
Pomeroy taumelte rückwärts gegen das Fenster. Glas splitterte und brach. Pomeroys großer, schwerer Körper riss die Decke mit sich und stürzte hinaus in die dunkle Nacht.
Ein dumpfer Aufprall folgte tief unten auf dem nassen Beton.
Abby robbte zu ihrer Schwester. Zoey lag am Boden, Blut strömte aus der Wunde.
»Hab keine Angst … alles wird gut«, schluchzte Abby, während sich Montoya neben ihr auf die Knie niederließ und an Zoeys Hals nach dem Puls tastete. »Du wirst wieder gesund, Zoey … Du musst wieder gesund werden! Halte durch … Bitte, bitte, halte durch.«
Mit Pomeroys Messer löste Montoya Abbys Fesseln. Dann zückte er sein Handy, wählte und bellte Befehle in den Apparat.
Abby verschwamm die Szene vor den Augen. Jeder einzelne Muskel in ihrem Körper schmerzte, in ihrem Kopf drehte sich alles, und sie kämpfte gegen eine Ohnmacht. Durch das zerstörte Fenster trieben Regen und Wind ins Zimmer und

brachten die warme Nacht mit dem Geruch des Bayou mit sich.

Das Sirenengeheul kam näher, und Abby meinte, den Schein der rotierenden Lichter an den Wänden im Zimmer ihrer Mutter zu sehen. Menschen brüllten, Schritte polterten, ein Mann stürmte ins Zimmer. Sie glaubte, ihn zu erkennen. Vielleicht ein weiterer Detective? Vielleicht Bentz? Aber alles war so unwirklich ... alles um sie herum drohte, schwarz zu werden, und Zoey ... Zoey lag reglos da, und das Blut floss ihr übers Gesicht.

»Abby? Abby?« Sie vernahm seine Stimme, schaute in Augen, so dunkel wie Obsidian ... Montoya. Das Herz wurde ihr weit. Er war gekommen, um sie zu retten. Sie zwang sich zu einem bebenden Lächeln, das sogleich wieder erlosch.

»Sie steht unter Schock«, hörte sie ihn sagen.

Abby beugte sich über den reglosen Körper ihrer Schwester.

»Zoey ...«

»Der Rettungswagen ist unterwegs«, erklärte Montoya und drückte Abby fest an sich. Sie nahm seinen Geruch wahr, spürte seine Körperkraft.

»Zoey ...«

»Alles wird gut«, raunte er an ihrem Ohr, und sie wünschte, sie könnte ihm glauben. Doch hier, in diesem Zimmer, war nichts jemals gut gewesen und würde es auch nie sein.

»Weißt du, wer der Mörder war?«

Sie blinzelte, und als sie dann sprach, war es nur ein raues Flüstern. »Christian Pomeroy.«

»Asas Sohn?«, fragte Bentz.

»Er war früher Patient in dieser Anstalt. Ich habe seinen Namen auf der Liste gesehen«, erklärte Montoya. Irgendwo im Erdgeschoss wurde ein Schloss gesprengt. Schritte hallten, und durch das gähnende Fensterloch war jetzt das Dröhnen von Hubschrauberrotoren zu hören.

»Der Rettungsflieger«, sagte Bentz und plötzlich wimmelte es in dem Zimmer von Menschen. Polizisten. Sanitäter.

»Sir?«, wandte sich einer der Sanitäter an Montoya. »Treten Sie bitte zurück.« Ein Notarzt beugte sich über Zoey, prüfte die lebenswichtigen Funktionen, versuchte, die Blutung zu stillen, und legte einen Tropf.

Eine weitere Sanitäterin, eine sehr zierliche Frau, schaute Abby an. »Fehlt ihr was?«

»Mir geht's gut«, behauptete Abby, klammerte sich an Montoya und betete stumm um das Leben ihrer Schwester. Sie sah zu, wie Zocy auf eine Trage gehoben wurde.

»Was ist mit ihr?«, fragte Abby. »Wird sie wieder gesund?«

»Es ist noch zu früh für Prognosen«, entgegnete der Notarzt, »aber sie ist erst einmal stabil.« Er sah Abby eine Sekunde lang fest an. »Wir tun unser Bestes.«

»Und der Kerl da draußen?«, wollte Montoya wissen.

»Er ist tot«, antwortete ein Polizist und deutete mit einer Kopfbewegung auf Heller. »Der da auch.«

Abby zitterte in Montoyas Armen. Was hatte Christian Pomeroy gesagt, so rätselhaft, als hütete er noch ein weiteres Geheimnis?

Sie runzelte die Stirn. Das war bestimmt eine Lüge gewesen.

Heute Abend fängt alles erst an …

»Alles wird gut«, sagte Montoya abermals und führte sie aus dem Zimmer.

»Bist du sicher?«

»Ja.« Er küsste Abby auf den Scheitel.

Epilog

»Ich glaube, das brauchst du jetzt nicht mehr.« Montoya löste das Schild mit der Aufschrift *Vom Eigentümer zu verkaufen* von dem Pfosten und warf es auf einen Laubhaufen neben dem Müllcontainer.

»Du meinst, ich ziehe nicht um?«, fragte Abby scherzhaft.

»Nein.« Er zog sie in seine starken Arme.

Da hatte er natürlich Recht. In den vergangenen zwei Wochen, seit der Nacht, in der Christian Pomeroy ums Leben gekommen war, hatte Abby jede Lust zum Umziehen verloren. Ihre Schwester Zoey hatte eine Woche im Krankenhaus und dann noch drei Tage bei Abby verbracht, bevor sie verkündete, dass sie zurück nach Seattle wolle. Zoeys Gesicht sah immer noch aus, als wäre sie grün und blau geschlagen worden, doch die Gesichtschirurgen hatten den Teil des Wangenknochens rekonstruiert, der von Pomeroys Kugel zerschmettert worden war. Ihr standen noch mehrere Operationen und umfangreiche zahnärztliche Behandlungen bevor, doch die wollte sie lieber zuhause in Seattle vornehmen lassen.

Abby konnte es ihr nicht verübeln. Sie hatte Zoey versprochen, sie zu besuchen und ihr während der nächsten Operationsrunde zur Seite zu stehen.

»Wenn das alles vorüber ist, werde ich sicher ganz besonders schön sein«, hatte Zoey voller Selbstironie gesagt. »Und dann klopft Hollywood bei mir an. Ich könnte bestimmt sogar einen Job in einer dieser Serien bekommen. Mary Hart, mach Platz für mich!« Sie lachte und stöhnte im nächsten Moment vor Schmerzen auf. »Nun ja, irgendwann mal.«

Was Abby betraf, hatte sie nicht die geringste Absicht, von Montoya wegzuziehen, der Tag und Nacht bei ihr gewesen war.

Jetzt blickte sie ihn an, und ihr wurde ganz warm ums Herz. Sie wehrte sich nicht mehr gegen ihre Gefühle, auch wenn sie sich nach der Scheidung geschworen hatte, sich nie wieder zu verlieben.

Montoya hatte sie in der Nacht, als Pomeroy starb, gebeten, ihm zu vertrauen, und sie tat es.

»Weißt du, vielleicht habe ich einen Fehler gemacht«, sagte er jetzt, legte den Arm um ihre Schultern und ging mit ihr zurück zum Haus. Hershey folgte ihnen dicht auf den Fersen. Als sie an dem Verkaufsschild vorüberkamen, das auf dem Laubhaufen lag, versetzte er ihm einen Tritt. »Vielleicht möchtest du ja doch umziehen.«

»Ach?« Sie zog interessiert eine Braue hoch. Der Mann war immer wieder für eine Überraschung gut. »Also, nachdem du erst vor fünf Minuten das Schild abgerissen hast, willst du es wieder aufstellen und mich loswerden?«

Er lächelte breit. »Das habe ich nicht gesagt.«

Sie wartete. Worauf wollte er hinaus?

»Hör zu, ich mache dir einen Vorschlag. Ich habe die Möglichkeit, die Doppelhaushälfte nebenan zu kaufen. Mrs. Alexander zieht in den Norden, weil sie in der Nähe ihrer Kinder sein möchte. Sie hat mir das Vorkaufsrecht an ihrer

Hälfte angeboten. Es wäre ein verdammt gutes Geschäft und ... und ich könnte aus den zwei schmalen Häusern ein großes machen. Und da dachte ich, du hättest vielleicht Lust, bei mir einzuziehen.«

»Nun ja ... vielleicht«, erwiderte sie zögernd und ließ den Blick über ihr Grundstück schweifen. »Aber mir gefällt es hier sehr gut.«

»Allein?«

»Nicht unbedingt.« Sie zwinkerte ihm zu. »Warum ziehst du nicht zu mir?

»Oh, dafür gibt es viele Gründe. Angefangen damit, dass wir beide in der Stadt arbeiten. Wir könnten zusammen in der Stadt wohnen, in der Nähe unserer Arbeitsstellen und unserer Freunde. Aber wir können dieses Haus natürlich trotzdem behalten. Um uns hierher zurückzuziehen, wenn wir mal keine Lust auf die Hektik der Stadt haben.«

»Ein Rückzugsort, der nicht allzu weit entfernt liegt.«

Er nahm sie in den Arm und lehnte seine Stirn gegen ihre. Der Goldring in seinem Ohrläppchen blinkte im Nachmittagslicht.

»Das wäre perfekt«, sagte er. Sein Atem streifte ihr Gesicht, und ihr Herz schlug plötzlich schneller.

»Und auf diese Weise könnte ich wieder hierher ziehen, wenn es mit uns nicht klappt.«

»Es wird klappen.« Er schien fest überzeugt zu sein. Vielleicht war Reuben Diego Simón Montoya tatsächlich ein ungewöhnlich stolzer Mann. »Weißt du, im Präsidium haben sie sogar schon eine Art Wettbüro eingerichtet. Wie Bentz mir verraten hat, steht es zwei zu eins dafür, dass ich bis zum Jahresende verheiratet bin.«

»Tatsächlich? Dann musst du dich aber sputen, nicht wahr, Detective?«

»Dafür bin ich bekannt«, sagte er, und sie spürte wieder dieses leise Prickeln der Lust in ihren Adern, hervorgerufen durch das begehrliche Glimmen in seinen kaffeebraunen Augen.

»Ich komme mit schwerem Gepäck«, warnte sie ihn, »und ich meine damit nicht die Vorfälle im Krankenhaus und all diese Gespenster der Vergangenheit.«

»Reichen die noch nicht?«

Sie boxte gegen seinen Arm. »O nein. Ich rede von Ansel und Hershey.«

Er stöhnte auf. »Na, ich weiß nicht … Ein Hund und ein misstrauischer Kater?«

»Und eine Schwester.«

Er lachte. »Das ist alles? Sonst nichts? Los, Chastain, spuck's aus. Was bringst du noch mit?«

»Du bist unmöglich«, sagte sie lachend und fühlte sich so unbeschwert wie schon seit Jahren nicht mehr.

»Das höre ich öfter.«

»Ich werde darüber nachdenken, ob ich umziehen will«, sagte sie, als sie die zwei Stufen zur Veranda hinaufstiegen. Sie hörte ein Eichhörnchen übers Dach flitzen. »Aber ich kann dir noch nichts versprechen.«

Sosehr sie Montoyas Nähe in den vergangenen zwei Wochen auch genossen hatte, war sie doch kaum zur Ruhe gekommen. Reporter hatten angerufen, weil ihr Name im Zusammenhang mit Faith Chastain und Christian Pomeroy genannt wurde. Sean Erwin war stinksauer gewesen, weil Abby ablehnte, ihm das Haus für tausend Dollar unter seinem Wert zu überlassen. Maury Taylor schlug beim Sender WSLJ immer noch Profit aus Lukes Tod und der Serienmörder-Geschichte, und Abbys Klientel vergrößerte sich proportional zu ihrem neuen Ruhm.

Ausführliche Berichte über Christian Pomeroy, den reichen, geistig verwirrten Sohn des ortsansässigen Millionärs, brachten Einzelheiten ans Tageslicht, die einen frösteln ließen.

Christian hatte mit Neurosen zu kämpfen gehabt, herbeigeführt durch eine Geistesstörung und vorangetrieben durch eine fanatisch religiöse Mutter, die ihren Sohn alten Berichten zufolge offenbar misshandelt hatte. Es wurde vermutet, dass er die zweite Mrs. Asa Pomeroy umgebracht hatte.

Doch statt hinter Gitter zu kommen, war Christian schließlich in der Anstalt Our Lady of Virtues gelandet, wo er sich einer Gruppe aggressiver soziopathischer Jugendlicher in seinem Alter anschloss, die ihre gewalttätigen Neigungen pflegten.

Während seiner Zeit im Krankenhaus hatte Christian Faith Chastain kennen und lieben gelernt und vermutlich eine Affäre mit ihr gehabt.

Im Kellergeschoss des alten Krankenhauses entdeckte die Polizei Pomeroys Unterschlupf, einen alten OP-Saal, den der Serienmörder in eine skurrile Wohnung verwandelt hatte.

Bibelverse und religiöse Sprüche waren an die Wände geschrieben worden. Darüber hatte Pomeroy in Leuchtfarbe die sieben Todsünden notiert und jeder einzelnen die entgegengesetzte Tugend zugeordnet.

Die Einrichtung bestand aus einer Pritsche mit Schlafsack und einem altmodischen Sekretär, in dem Pomeroy die Schätze hortete, die er seinen Opfern abgenommen hatte. Courtney LaBelles Gelöbnisring lag in einem kleinen Fach neben Luke Giermans Rolex, um Asa Pomeroys Geldspange war Gina Jeffersons Goldkettchen mit Kreuz arrangiert, um Billy Zachary Furloughs kostbaren Revolver hatte der Mörder Maria Montoyas Lieblingsrosenkranz gewunden …

Wie es aussah, hatte Christian Pomeroy seine Rache jahrelang geplant, als so genannte Wiedergutmachung, geprägt durch die antiquierten Ansichten seiner Mutter über Sünde und Sühne.

Er hatte Courtney LaBelle sogar das Brautkleid seiner Mutter übergestreift, das er über die Jahre hinweg aufbewahrt hatte.

Die Polizei hatte auf einem in dem Sekretär verborgenen Blatt Papier eine Liste mit vierzehn Namen potenzieller Opfer gefunden, denen jeweils ihre angeblichen Sünden und Tugenden zugeordnet waren. Sechs Namen waren durchgestrichen – die Namen der sechs Opfer, die bereits ihr Leben gelassen hatten. Von den verbleibenden Namen waren vier umkringelt, und zwar Simón Montoya, Dana Chastain, Thaddeus Heller und Susanna Chastain. Stolz, Demut, Trägheit des Herzens und Streben nach Gerechtigkeit. Die verbleibenden vier Personen, deren Namen Abby nicht kannte, repräsentierten Neid, Großmut, Völlerei und Mäßigung und waren ihrem Schicksal entronnen. Das glaubte man zumindest. Die Polizei war noch mit der Prüfung ihrer Aufenthaltsorte befasst.

Pomeroys letzte Worte ließen Abby jedoch immer noch keine Ruhe.

Heute Abend fängt alles erst an.

Blödsinn! Er war tot. Und sie glaubte nicht an seine Auferstehung.

Warum überfiel sie dann bei dem Gedanken an ihn immer noch diese leise Angst? Diese Eiseskälte, die tief in ihre Seele kroch?

Weshalb suchte er sie jetzt in ihren Albträumen heim?

»Hast du Sorgen?«, fragte Montoya und schloss die Tür hinter sich.
»Immer noch dieselben«, gestand sie, wollte aber nicht über Pomeroy und das Grauen, das er bewirkt hatte, reden. Es war vorbei. Erledigt.
»Wie wär's, wenn ich dich zu einem Bier einlade?«
»Klingt gut.«
Sie gingen in die Küche, wo Abby den Kühlschrank öffnete. Montoyas Handy klingelte. Er zog das Gerät aus der Tasche und warf einen Blick auf das Display.
»Die Pflicht ruft. Es ist Bentz«, sagte er mit einem Lächeln und drückte die Annahmetaste. »Montoya.«
Abby öffnete zwei Bierflaschen. Sie reichte Montoya eine davon und stellte fest, dass sich, während er Bentz stumm lauschte, sein Gesichtsausdruck veränderte. Er biss die Zähne zusammen. »Nein, ich hatte keine Ahnung«, sagte er schließlich. »Das ist mir völlig neu.« Er trank einen Schluck Bier und hörte weiter zu. Sein Blick schweifte zu Abby.
Abbys Magen krampfte sich zusammen. Da stimmte etwas nicht.
»Ja, ich bin bei ihr ... Ich frage sie und melde mich dann wieder.«
»Was sollst du mich fragen?«, wollte sie wissen, sobald er das Gespräch beendet hatte. Ihre Finger spannten sich um die kalte Bierflasche.
»Es geht um deine Mutter.«
Abby verspürte den kalten Hauch der Angst im Nacken. »Was ist mit ihr?«, fragte sie.
»Sie hat außer dir und deiner Schwester keine weiteren Kinder bekommen, oder?«
»Nein. Nur Zoey und mich.« Was für eine Frage ... Ihr wurde flau im Magen. Sie stellte ihr Bier auf den Tresen.

»Und du bist mit einem Kaiserschnitt auf die Welt geholt worden?«

»Nein!« Abby schüttelte den Kopf.

»Und Zoey?«

»Auch nicht. Ich bin mir ganz sicher. Ich habe die Geschichten von unseren Geburten von Mom und Dad gehört. Und früher habe ich Mom schon mal nackt gesehen. Sie hatte keine Narbe. Wieso?«

»Bentz hat gerade die Akte deiner Mutter durchgesehen, einschließlich des Berichts vom Gerichtsmediziner«, sagte Montoya und kratzte seinen Bart. »Offenbar hat sie doch eine Narbe, die auf einen Kaiserschnitt schließen lässt. Bentz hat auch andere, frühere Krankenakten studiert, doch in keiner wird eine weitere Schwangerschaft oder eine Geburt erwähnt.«

»Natürlich nicht!«

Montoya musterte Abby mit seinen dunklen, warmen Augen und ihr wurde klar, dass sie nur sehr wenig über die Frau wusste, die sie zur Welt gebracht hatte, die Frau, die viele Jahre in einer Anstalt für psychisch Kranke in dem Kampf gegen ihre eigenen Dämonen zugebracht hatte.

»Aber das kann nicht sein ... Mom und Dad waren nicht einmal mehr zusammen ...«, sagte Abby, und als sie die abwehrenden Worte aus ihrem eigenen Mund hörte, wurde ihr innerlich kalt. Hatte Faith ein Kind von Simon Heller oder Christian Pomeroy zur Welt gebracht? Lebte womöglich irgendwo eine Halbschwester oder ein Halbbruder? Ein Kind, das von einem Mörder gezeugt worden war? Das Herz wurde ihr schwer. »Ich weiß es nicht«, gestand sie im Flüsterton. »Ich ... ich fürchte, alles ist möglich.«

»Könnte es nicht sein, dass Pomeroy genau das meinte, als er sagte: ›Heute Abend fängt alles erst an‹?«

Sie schauderte, wollte nicht an die Konsequenzen denken. »Ich – o Gott – wir müssen es unbedingt in Erfahrung bringen.« Sie atmete tief durch und suchte Montoyas besorgten Blick. »Also, Detective, wo fangen wir an?«

Montoya dachte angestrengt nach. Nahm einen tiefen Zug aus seiner Bierflasche und stellte sie auf den Tresen. »Am Anfang«, sagte er, »da, wo alles begonnen hat.« Er sah ihr fest in die Augen. »In der Anstalt für psychisch Kranke, Our Lady of Virtues.«

»Lieber Gott, hört das denn nie auf?«

»Natürlich hört es mal auf«, sagte er, lächelte gezwungen und zog sie in seine Arme. »Wir stehen das gemeinsam durch, du und ich.« Er gab ihr einen sanften Kuss auf den Mund. »Weißt du, Liebling, ich habe das Gefühl, dass Bentz seine Wette vielleicht doch gewinnt.«

»Tatsächlich?«, fragte sie und konnte trotz allem ein Lächeln nicht unterdrücken. Sie war bei Montoya, bei dem Mann, den sie liebte.

»Ja, wirklich. Die Chancen, dass ich zum Jahresende ein verheirateter Mann bin, stehen gut.«

»Und wer ist die Glückliche?«, neckte sie ihn.

Montoya zwinkerte ihr zu. »Rate doch mal!«

»O nein, Detective. Geraten wird nicht. Ich möchte es von dir hören.«

»Nun, Abby, ich glaube, dass ich dich nicht enttäuschen werde.«

»Ich dich auch nicht, Montoya«, gelobte sie. »Ganz bestimmt nicht.«

Anmerkung der Autorin

Aus Gründen der Handlungsentwicklung habe ich ein paar Regeln des polizeilichen Procederes etwas großzügiger ausgelegt und außerdem eine fiktive Polizeibehörde ins Leben gerufen.

Dieser Roman ist vor dem Hurrikan Katrina entstanden, bevor die Stadt New Orleans und die nahe gelegene Golfküste vom Sturm verwüstet wurden. Ich hoffe, mir ist es gelungen, die einzigartige Atmosphäre von New Orleans einzufangen, wie es früher war und wieder sein wird.

Dank

Viele Menschen waren an diesem Roman beteiligt, und alle waren unentbehrlich. Ich möchte meinem Lektor John Scognamiglio für seine Ideen, seine Visionen, seinen Einsatz, seine Unterstützung und seine unerschöpfliche Geduld meinen Dank aussprechen. An diesem Roman hat er wirklich Großes geleistet!

Ebenso danke ich meiner Schwester, Nancy Bush, die nicht nur als Cheerleader und persönliche Lektorin fungierte, sondern auch die Spielbälle anderer Lebensbereiche aufgefangen und erfolgreich jongliert hat, ohne je die Nerven zu verlieren. Vielen Dank, Nan.

Außerdem danke ich meinem unglaublichen Agenten Robin Rue und allen Leuten von Kensington Books, insbesondere Laurie Parkin, die ebenfalls großen Anteil an diesem Buch hat.

Darüber hinaus sollen an dieser Stelle alle genannt werden, die mir geholfen haben: Ken Bush, Kelly Bush, Matthew Crose, Michael Crose, Alexis Harrington, Danielle Katcher, Marilyn Katcher, Ken Melum, Roz Noonan, Kathy Okano, Samantha Santistevan, Mike Sidel und Larry Sparks.

Falls ich jemanden vergessen habe, bitte ich um Entschuldigung. Ihr ward alle wunderbar.